Cette edition est appellée la cinquieme parceque Voiture
avoit été imprimé plusieurs ~~quatre~~ fois de son vivant. Martin
de Pincheme son neveu publia celle cy. ~~[rayé] exemplaire~~ Chapelain et Conrart
revirent la preface et dirigerent l'edition. Les ~~Notes~~
Marginales de cet exemplaire sont pleines de petits faits, qui servent de
commentaire et d'explication a certaines plaisanteries
de Voiture. elles me paroissent de la main de M. Huet.
si je ne croïs reconnoitre son ecriture, j'attribuerois
a Menage toutes ces petites anecdotes. c'etoit son gens
et c'est pourquoi il est le ~~plasongero~~ et la perte de
tous les arts. peut être M. Huet a-t-il pris la peine de les
copier sur l'exemplaire de menage. il avoit aussi le
gout des petites anecdotes, et en general ce genre d'esprit
etoit alors fort a la mode. Segrais le posseda et aussi
avanteux. Duperron s'en piquoit. aussi a-t-on les Perroniana
le Segraisiana, l'Hueriana, le Menagiana.

Plusieurs de ces notes ne sont pas seulement une Explication mais un supplement du texte d'apres l'original
cela ajoute du prix a cet exemplaire cy. il vaudroit
infiniment, si Voiture valoit tout le ~~quand gens ont du~~
~~qu'il devroit ultimo mode~~
une des plus jolies pieces de Voiture, et qui n'est pas icy
c'est ses couplets a la fleur mode. M. de Voiture en cite
un dans son Catalogue des auteurs ~~du siecle de Louis XIV~~
mais il me semble qu'il la cité de memoire et mal, et
— mal, ~~car ce mot~~ ceville ~~les a~~ rapporté differemment et mieux.

Ces notes ne sont ni de Ménage, ni d'Huet.

Elles sont de Tallemant des Réaux dont les Mémoires ont été publiés en 1834.

Elles ne paraissent cependant pas être de son écriture, mais elles auraient été copiées sur son exemplaire.

Tallemant parle de lui très souvent, voir au tome 11, p. 295 de ses mémoires (Paris 1834. Levavasseur). Il écrivait cette portée en 1657, il lui paraissait semblable que l'entretien eut été par lui porté sur un exemplaire de 1656, la f[in] écrite en de 1649, la ... 1650 ...

D'ailleurs l'orthographe de ces notes et l'ortho[graphe] moderne que celle employée par Tallemant dans ses Mémoires, et dans les notes, chansons et pièces qu'on connaît de lui ; mais il n'y a que Tallemant qui ait pu composer ces notes qui sont ... les petits ... avec variantes de copie où dans les Mémoires elles ne peuvent être ... que d'une personne qui doit être celui intimement avec la famille de Rambouillet.

le 22 7bre 1837

Commerçon
de la Notion.

V. la note cyla page précédente.

LES
OEVVRES
DE Mr DE
VOITVRE

C. Mellan Gabinsæ in Sculp.

4.4

LES
ŒUVRES
DE MM DE

LES
OEVVRES
DE MONSIEVR
DE
VOITVRE.
CINQVIESME EDITION.

Reueuë, corrigée, & augmentée.

CVRVNTA RESVRGO

A PARIS,

Chez AVGVSTIN COVRBE', dans la petite
Salle du Palais, à la Palme.

M. DC. LVI.
AVEC PRIVILEGE DV ROY.

A SON ALTESSE

MONSEIGNEVR

LE PRINCE DE CONDE'

Premier Prince du Sang,
Premier Pair, & Grand-
Maiſtre de France.

ONSEIGNEVR,

Ce n'eſt pas vn preſent que ie viens
faire à Voſtre Alteſſe; C'eſt vne iuſte

reſtitution de ce qui luy appartient ; & la part qu'elle a dans ce Recueil, eſt ſi grande, que ſans la dépoüiller de ſon bien, ie n'aurois pû l'offrir à aucun autre. Mais quoy que par cette conſideration, & par beaucoup d'autres encore, i'aye eſté particulierement obligé de rendre à V. A. ce premier de tous mes hommages; ie la ſupplie tres-humblement de croire, que c'eſt autant par inclination que par deuoir, que ie me ſuis porté à venir reuerer en ſa Perſonne, la Valeur la plus éclatante de nos iours. C'eſt à cette inclination, MONSEI-GNEVR, que ie me ſens le veritable heritier de mon Oncle; & ſans doute que de la proximité de ſon ſang ſi paſſionné pour toute voſtre Maiſon, me vient cette pente naturelle que i'ay à regarder auec autant de reſpeƈt que d'amour, la gloire de vos heroïques Aƈtions. Ie pourrois bien, pour marques de l'admiration auec laquelle ie les

confidere, & de l'eſtime que i'en fais,
entreprendre d'en mettre icy quelqu'v-
ne en ſon iour par mes paroles : Mais ie
tiens qu'il n'appartenoit qu'à l'vnique
plume de Voiture de s'en acquitter de
bonne grace, non plus qu'au pinceau
d'Apelle de faire le portrait d'Alexandre. C'eſt à la hardieſſe de ſes traits, &
non pas à la foibleſſe des miens, qu'il
eſt permis de toucher vne ſi noble peinture. Et ie ne croiray rien faire contre
l'honneur de V. A. ſi ie n'oſe y mettre
la main, & ſi à la teſte d'vn Liure qui eſt
riche de ces belles eſbauches de voſtre
Gloire, & des Eloges de vos Triomphes & de vos Trophées, ie n'ay pas
l'audace d'encherir ſur tant de rares Images de voſtre Vertu. Il me ſuffira donc,
MONSEIGNEVR, d'employer ce
peu de lignes à vous ſupplier tres-humblement, de ne point refuſer à ces Ouurages vne protection ſi aſſeurée que la
voſtre; D'agréer le Recueil que i'en ay

EPISTRE.

fait, pour la satisfaction de V. A. & de
toute la Cour; De receuoir de bon œil
l'offrande que ie luy en viens faire; & de
croire que si le Nepueu ne participe en
autre chose aux bonnes qualitez d'vn
Oncle, que vous auez honoré de quelque estime, il le fait pour le moins dans
la passion auec laquelle il est,

MONSEIGNEVR,

DE VOSTRE ALTESSE,

Le tres-humble, & tres-obeïssant
seruiteur, E. MARTIN
DE PINCHESNE.

AV LECTEVR.

DANS le deſſein que i'ay d'honorer M. Conrart
la memoire d'vn Oncle que i'eſti-
mois infiniment, & dont le ſouuenir me ſera touſiours precieux; i'ay
creû, LECTEVR, d'eſtre obligé, en te faiſant
part de ſes Eſcrits, de te dire quelque choſe de
ſa perſonne. Que ſi i'en parle a ſon auantage,
ie te prie de ne me point tenir ſuſpect pour eſtre
ſon parent, & de croire au contraire que cette
qualité m'oblige d'y apporter plus de retenuë,
que n'auroit pû faire en cette occaſion le moins
paſſion né de ſes Amis. Il n'a pas tenu à moy
que ie ne me ſois diſpenſé de luy rendre vn ſi
iuſte deuoir; tant par mon peu de capacité, que
pour la repugnance que ie trouuois en moy-meſ-
meſme à publier la vertu d'vn homme de qui i'e-
ſtois ſi proche. Mais ie me ſuis laiſſé gagner
aux perſuaſions de ſes amis & des miens, qui
m'ont fait entendre qu'en me chargeant du ſoin
de faire voir ſes Oeuures, ie m'eſtois engagé

ẽ

à celuy de t'entretenir de son merite, & de te rendre quelque compte de sa vie. Ie diray donc de luy, auec moins d'ornement & d'artifice, que de franchise & de verité, tout ce qu'vn semblable suiet me peut permettre. Et pour te faire vne peinture de son ame qui aille au delà de ce qui t'en peut paroistre dans ses Escrits, quelques beautez & quelques agrémens qui s'y rencontrent; i'oseray bien t'assurer qu'il auoit en luy beaucoup d'autres qualitez, pour le moins aussi considerables, & capables toutes seules de le tirer du commun, & de le faire passer pour vn des ornemens de son siecle. Il auoit plusieurs talens auantageux dans le commerce du Monde, & entr'autres ceux de reüssir admirablement en conuersation familiere, & d'accompagner d'vne grace qui n'estoit pas ordinaire, tout ce qu'il vouloit faire, ou qu'il vouloit dire. Il auoit la parole agreable, la rencontre heureuse, la contenance bien composée; & quoy qu'il fust petit, & d'vne complexion delicate, il estoit fort bien fait; & extrémement propre sur soy. Encore qu'il ait passé la meilleure partie de sa vie dans les diuertissemens de la Cour, il ne laissoit pas d'auoir beaucoup d'estude & de connoissance des bons Autheurs. Il possedoit bien

ce qu'on appelle les belles Lettres: Et ce qui l'a
fait valoir dauantage, eſt qu'il en ſçauoit, autant que perſonne, le droit vſage, & auoit vne
grande adreſſe à s'en seruir. Quand il traitoit
de quelque point de ſcience, ou qu'il donnoit
ſon iugement de quelque opinion, il le faiſoit
auec beaucoup de plaiſir de ceux qui l'écou-
toient, d'autant plus qu'il s'y prenoit touſiours
d'vne façon galante, enjoüée, & qui ne ſentoit
point le chagrin, & la contention de l'Eſcole. Il
entendoit la belle raillerie, & tournoit agreablement en jeu les entretiens les plus ſerieux.
Cette merueilleuſſe adreſſe d'eſprit l'a fait bien
accueillir des premiers Seigneurs de la Cour, &
des Princes meſmes. Il auoit vne noble hardieſſe à ſe produire, temperée d'vne douceur &
d'vne ciuilité polie, auec laquelle il ſçauoit ſe
démeſler iudicieuſement de la compagnie du
grand Monde: Et en cela particulierement il a
reüſſi, & a eſté du pair auec les plus galans
hommes de ſon temps. Il s'eſt trouué pourueû
par la Nature de lettres de faueur, & de ie ne
ſçay quel caractere qui l'a fait cherir & honorer
des plus Grands, au delà de ſa condition; &
l'on peut dire de luy, que l'on n'a iamais veû de
Courtiſan de ſa ſorte, le porter ſi haut qu'il l'a

ẽ ij

porté ; puis qu'eſtant d'vne naiſſance médiocre, il eſt mort entre les plus grandes connoiſſances & les plus celebres Amitiez de la Cour. Monſieur le Cardinal de la Valette a eſté vn des premiers qui l'ait pouſſé auprés des Princes & des Princeſſes. Il eſtoit dés lors Introducteur des Ambaſſadeurs prés ſon Alteſſe Royale ; et tant par cette qualité, que pour ſon propre merite, il n'auroit point manqué d'emplois, s'il euſt voulu s'appliquer aux affaires. Mais il eſtoit né pour d'autres choſes, & ç'euſt eſté dommage pour la gloire des Muſes, & l'entretien des honneſtes gens de ſon ſiecle, qu'il s'y fuſt adonné tout entier. Il n'a pas laiſſé d'auoir quelques emplois aſſez honorables : Il a eſté long temps à la Cour d'Eſpagne, par l'ordre et pour les affaires de ſon Maiſtre, Monſeigneur le Duc d'Orleans, où il a entretenu familierement le Comte Duc d'Oliuarez, & d'autres Grands d'Eſpagne, qui faiſoient vn particulier eſtat de ſon Eſprit. Comme il auoit touſiours aimé la langue du Païs, & qu'il y auoit fait vn autre voyage, il la poſſedoit ſi bien, qu'il y fit des vers Eſpagnols qui furent pris pour eſtre de Lopé, vn de leurs plus excellens Autheurs. Il a encore eſté enuoyé par le feu Roy vers le Grand Duc, pour la

naiſſance du Roy d'apreſent ; & ces deux voya-
ges acheuerent de le confirmer dans la connoiſ-
ſance qu'il auroit deſia des langues Eſpagnole &
Italienne, qu'il a tres-bien entenduës. Il auroit
pû obtenir aſſez d'autres Commiſſions honora-
bles ; mais l'amour qu'il a touſiours eu pour les
Lettres, ne luy a pas permis de ſe charger de plus
grandes occupations pour les affaires, auſquelles
il a preferé le repos. Il a touſiours aimé na-
turellement les gens d'eſprit & de ſçauoir, de
quelque qualité qu'ils fuſſent, & en a eſté pa-
reillement aimé. Entre les perſonnes de condi-
tion, & employez auiourd'huy dans le Mini-
ſtere de l'Eſtat, Monſieur d'Auaux a ietté le
premier fondement de ſa reputation, qui ap-
puyée ſur vn homme d'vn iugement ſi exquis,
& d'vne vertu ſi eminente & ſi generalement
approuuée, ne pouuoit manquer de ſe ſouſtenir.
Depuis Monſieur de Chauigny n'a pas peu
contribué à l'eſtablir, par les marques d'eſtime
qu'il luy a données. Meſſieurs les Mareſ-
chaux de Schomberg & de Grammont l'ont
honoré d'vne amitié tres-eſtroite. Et pour
monter plus haut, feu Monſeigneur le Prince
& toute ſa Maiſon, luy a encore fait l'honneur
de le voir de bon œil. Monſeigneur le Prince

d'aujourd'huy l'a aimé & escouté souuent auec
plaisir, & comme tu verras par ses lettres, luy
a donné la liberté de luy escrire souuent auec
beaucoup de familiarité. Monseigneur le Prince de Conty commençoit aussi à le gouster bien
fort, sans oublier icy l'estime que Monseigneur
le Duc d'Orleans son Maistre faisoit de luy, &
l'affection qu'il luy a tousiours tesmoignée. Il
estoit bien aussi dans l'esprit du Roy, de la Reyne, & de Monseigneur le Cardinal d'apresent,
duquel il auoit l'honneur d'estre connu de lon-
gue-main, & d'auoir reçeu quelquesfois des
marques de bien-veillance. Il a esté singulierement aimé de la plus celebre Maison, où la
Vertu ait esté de tout temps reconnuë & honorée; i'entens l'Hostel de Rambouillet. Outre le
Maistre & la Maistresse, tout ce qui y aborde
d'honnestes gens de l'vn & de l'autre sexe, le
cherissoient & en faisoient grand cas. Entre les
sçauans & les hommes de lettres d'vne condition
plus conforme à la sienne, Monsieur de Balzac, Monsieur Capelain, & beaucoup d'autres encore qu'il seroit trop long de nommer,
l'ont estimé viuant, & ont encore sa memoire
en singuliere recommandation: Et l'on peut dire
que de tous ceux qui ont auiourd'huy quelque

reputation d'esprit, il n'y en a gueres qui
n'ayent gousté & admiré le sien. I'ose auancer
cette parole en sa faueur, & ie m'asseure que
l'Academie entiere, de laquelle il estoit, ne
m'en desauoüera pas. Mais ie me trompe si
le suffrage d'aucun homme, pour qualifié qu'il
soit dans l'ordre de la Fortune & de la suffi-
sance, luy est plus auantageux que l'approbation de ces Femmes illustres, qui ont fait de son
entretien & de ses escrits vn de leurs plus
agreables diuertissemens. Ce sexe a le goust
tres-exquis, pour la delicatesse de l'esprit, & il
faut prendre ses mesures bien iustes, pour estre
tousiours leû, ou éscouté fauorablement au Cer-
cle & au Cabinet. C'est en quoy celuy dont ie
t'entretiens, a esté vn grand Maistre; il a tres-
bien pratiqué cét Oracle d'vn Ancien, que c'est
bien souuent vn tour d'adresse que d'euiter de
plaire aux Docteurs. Aussi vouloit-il plaire
à d'autres, ie veux dire à la Cour, dont les Dames font la plus belle partie. Ie me contenteray
d'en nommer trois qui tireront facilement apres
elles la voix & le consentement des autres; pro-
testant qu'en cét endroit ie fais beaucoup moins
de reflexion sur la condition de mes tesmoins,
que sur leur merite. Madame la Duchesse de

AV LECTEVR.

Longueville doit sans doute de grands biens de
naissance & de fortune au Sang de Bourbon &
de Montmorency; mais elle n'est gueres moins
redeuable à son Pere & à sa Mere pour les ad-
uantages de l'esprit. Et en effet, il semble qu'elle
ait herité de l'vn ces lumieres & cette clairvoyã-
ce qu'il auoit en toutes sortes d'affaires, & qu'elle possede auec l'autre les rares & precieuses
qualitez qui font tousiours considerer Madame la Princesse, comme la merueille de nostre
siecle. Elle y a ioint tant de graces & tant de
belles acquisitions par le commerce des meilleurs liures, que c'est à bon titre que les Nations estrangeres disent d'elle à l'enuy de la
France, tout ce qui se peut dire de plus glorieux
d'vne personne bien faite, & d'vne ame bien
raisonnable. Tout le monde la regarde comme
on faisoit autrefois la statuë de cét excellent
Ouurier, qui estoit si acheuée que les autres
Sculpteurs l'appellerent la Regle. Le don qu'elle a d'vn discernement parfait; ie ne dis pas
entre les bonnes & les mauuaises choses; mais
entre le bien & le mieux; cette iustesse de sa
raison, sa force & son estenduë, qui luy font pe-
netrer les defauts les plus cachez, et les traits
les plus delicats des ouurages de l'esprit, luy
donnent

donnent droit de prononcer fouuerainement en
telles matieres. Mefdames les Marquifes de
Sablé & de Montaufier ne font pas fi toft nom-
mées, que noftre ame fe remplit de l'Image de
deux perfonnes accomplies en elles-mefmes, &
dans toutes les belles connoiffances. Ie n'entreprens pas leur Eloge, mais ie fçay que des Princes, des Ambaffadeurs & des Secretaires d'E-
ftat, gardent leurs Lettres comme le vray modelle des penfées raifonnables, & de la pureté
de noftre langue. Cette Princeffe & ces Dames
veulent bien que ie die d'elles pour la gloire de
noftre Autheur, qu'elles ont iugé qu'il appro-
choit de fort prés des perfections qu'elles fe font
propofées, pour former celuy que les Italiens nous
defcriuent fous le nom de parfait Courtifan, &
que les François appellent vn Galant-homme.
Mais il eft temps que ie t'entretienne de fes
mœurs, qui ont bien efté auffi recommandables
en luy comme les autres chofes. Il eftoit parfaitement bon Amy, & c'eft cette bonne condition
de fon cœur, autant que celles de fon efprit, qui
luy en a acquis vn fi grand nombre. Monfieur
le Prefident de Maifons l'a cordialement chery, & luy en a rendu à luy & aux fiens des tef-
moignages pleins de tendreffe et de generofité,

ĩ

iufques apres fa mort. Il n'a iamais contracté
d'amitié auec perfonne qui fe foit démentie,
& comme elle eftoit fondée fur la vertu de ceux
qu'il aimoit, pluftoft que fur leur fortune, elle
n'a point ceffé par leur difgrace. Il a eu les
mœurs auffi douces comme il auoit l'efprit; il a
efté fans animofité & fans enuie pour les ouurages & pour la gloire d'autruy; il a iugé des
chofes fainement & fans paffion, & n'a iamais
médit, ny pris plaifir à diminuer la reputation
de perfonne. Il a toufiours eu les fentimens
qu'on doit auoir de la Religion; il a efté charitable enuers les pauures; & ceux qui l'ont connu dés fa ieunèffe, l'ont toufiours trouué fort
efloigné de toute forte de libertinage. Quoy qu'en
autre chofe il ait aimé la raillerie, il n'a iamais
rien efcrit de fatyrique, & l'on ne voit rien de
luy qui ne foit à l'auantage de ceux dont il a
parlé. Cette derniere qualité, Lecteur, t'inui-
te à vfer de fa reputation, comme il a fait de
celle des autres, & à l'efpargner autant qu'il
te fera poffible. Ie ne doute point qu'il ne fe rencontre quelque chofe dans fes Efcrits digne de
ta cenfure, comme il s'en trouue dans tous les
autres, puifque ceux mefmes qui font profeffion
d'eftre des plus grands Maiftres, n'en font pas

*exempts, & que perfonne n'a encore trouué le
fecret d'efcrire au gré de tout le monde. Mais
ie te prie de ne confiderer pas tant fes Efcrits en
détail comme en gros, de n'y pefer pas tant les
paroles que le bon fens, & d'y remarquer le
genie, & l'efprit, que tu y trouueras poffible
beau par tout. Ie pourrois icy entreprendre de
deffendre fes Oeuures ; mais quel credit leur
pourroit donner vne approbation comme la
mienne ? Peut-eftre que celle de quantité d'honneftes gens de fes Amis feroit vn plus grand
effet fur ton efprit : Mais il faut pluftoft croire
qu'elles fe fouftiendront affez d'elles-mefmes
fans autre recommandation, & il eft iufte de
laiffer cela à la difcretion de ton iugement. Si
plufieurs perfonnes de condition, dont les noms
t'ont efté marquez cy-deuant, & beaucoup
d'autres encore, n'en auoient fouhaité & mefme follicité l'impreffion, tu ne feras pas auiourd'huy en la peine d'en dire ton fentiment.
Ses proches, de leur mouuement propre, ne les
auroient iamais donnez au public, foit par la
modeftie dont ils eftoient obligez de feconder la
fienne ; foit dans la connoiffance qu'il n'a iamais
rien efcrit à cette fin. Et ce n'eft pas vne des
moins loüables conditions de fes mœurs, de ce*

qu'il a fait si peu de vanité d'vne chose, que tu pourras trouuer qu'il sçauoit si bien faire. Mais il est certain que ce sont ses Amis plustost que luy-mesme, qui ont publié ses Ouurages, & qu'il n'a iamais rien escrit que pour eux; ce qui n'est que trop euident par des periodes & des pages mesmes toutes entieres de diuers sens, tellement nez dans son suiet, & si estroittement attachez aux circonstances des temps, des lieux, & des personnes, que hors de là ils ne sçauroient estre trouuez bons, ny goustez & estimez selon leur iuste valeur. C'est ce qui m'a obligé de te faire souuent de longs titres, qu'il a fallu mettre par necessité; à moins que de te donner ses Escrits, sans leur prester en mesme temps les moyens de se faire entendre. A cela, & à la conduitte de tout ce Recueil, m'a seruy beaucoup l'assistance & le conseil de quelques-vns de ses Amis, & entr'autres de Messieurs Chapelain & Conrart, à qui i'ay cette obligation de s'y estre offerts de bonne grace, d'y auoir mis la main auec beaucoup d'affection pour la memoire de l'Autheur. C'est auec eux particulierement que ie me suis conseillé du choix que ie deuois faire de ses Lettres: Car dans la quantité que i'en ay recouurée, nous auons trouué à propos d'en trier,

AV LECTEVR.

les plus propres à estre veuës, & de ne les pas
produire toutes indifferemment. Quant à ce qui
est de l'ordre que ie leur ay donné, ie me suis
reglé à peu prés selon le temps auquel i'ay creû
qu'elles auoient esté escrites. Que si tu n'y trou-
ues pas tousiours cét ordre bien obserué, comme
il seroit à souhaiter, tu t'en prendras à la negligence de l'Autheur plustost qu'à la mienne. Il
mettroit fort peu de dattes à ses lettres, principalement celle de l'année, ce qui a esté cause que ie
n'ay pû leur donner vne suitte, sans beaucoup de
peine. Tu trouueras au reste comme ie t'auois promis cette derniere Edition beaucoup plus correcte
que la premiere, & peut-estre assez pour en estre
content; tu la trouueras aussi augmentée de beaucoup de Lettres, & de quelques Vers encore, qui
m'ont esté donnez depuis. Les mots François
que tu y verras en lettre italique plus frequem-
ment qu'en la premiere Edition, ont esté mis
ainsi pour faire connoistre que ce sont des termes
qui demandent vne particuliere explication, laquelle ie n'ay pas voulu entreprendre de te faire,
de peur de m'y tromper, n'en ayant sçeu auoir
tout l'esclaircissement necessaire, quelque enque-
ste que i'en aye faite. Ce sera donc aux Lecteurs
à s'en informer de ceux qui ont eu plus de part

AV LECTEVR.

dans le secret de ses conuersations. Il suffit que
i'aye marqué de la façon que i'ay dit tous ses
mots qui portēt vn sens extraordinaire. Ses Lettres purement amoureuses seront icy distinguées
de celles qui sont de Galanterie, pour la satisfaction de ceux qui ne les ont pas trouuées de la
beauté & de la force des autres. Mais comme
elles n'ont pas laißé de plaire à plusieurs, et
que chacun a son goust, nous auons trouué à
propos en cette derniere Edition de les mettre à
part, afin qu'elles n'y soient que pour ceux qui
les voudront voir, sans interrompre la suite de
la lecture des autres. De tout ce qu'il a fait,
quoy qu'il y ait (comme i'ay desia dit) vne
Histoire en forme de nouuelle, sous le nom
d'Alcidalis, auec vn discours des affaires d'Espagne, & du Gouuernement du Comte Duc
d'Oliuarez; comme tous les deux sont fort dé-
fectueux en beaucoup d'endroits par les feüilles
qui y manquent; nous n'auons trouué que ses
Lettres & ses Vers qui se peussent donner au
public. Ie ne veux point m'estendre à l'auantage
des vns, ny des autres. Il suffit que ie te die
de ses Lettres, que tu n'y trouueras pas vne
vniformité de style laßante & ennuyeuse; que
tu y verras les inuentions, les figures, & les

paroles mefmes extrémement variées , & que
tout y eft efcrit facilement & nettement , auec
vn air & vn agrément tout particulier. Il fe
pourra faire que fa façon d'efcrire te femblera
vn peu trop familiere , pour quelques perfonnes
de la condition de celles à qui il efcriuoit : Mais
tu confidereras qu'il s'eftoit acquis ce priuilege
par l'habitude qu'il auoit contractée à traitter
de cette forte aueque les plus Grands , & par
la liberté qu'ils luy en donnoient eux-mefmes ;
ce qui faifoit que l'on ne trouuoit point mauuais de luy ce qui n'auroit peut-eftre pas reüffi
à tout autre. Il en a toutesfois vfé auec beaucoup de difcretion , & dans des matieres fi cha-
toüilleufes & fi delicates , il s'eft toufiours gou-
uerné auec beaucoup de iugement. Pour ce qui
eft de fa Poëfie, fi elle ne te femble efcrite auec
tout l'art , & toutes les regles qu'vne feuerité
bien exacte le peut requerir , tu y rencontreras
en recompenfe, vn fi beau genie , des paffions fi
tendres et fi bien couchées , & par tout des graces fi naturelles & fi naïues , que tu auoüeras
qu'il n'y a point d'art ny d'eftude qui les vaille.
Ce n'eft pas pourtant qu'il en ait manqué en ce
qu'il a fait ; mais il l'a conduit auec tant d'a-
dreffe qu'il n'y paroift pas, & n'y efclate point,

au prix de la beauté du naturel. Il faut encore
adiouſter à cela, qu'il n'a iamais fait profeſſion de Poëſie que pour ſon diuertiſſement, &
ſans regarder ſa gloire. Tu luy départiras celle
que tu trouueras qu'il a merité ; et ſans que
pour cét effet ie brigue ta faueur, i'ay aſſez
bonne opinion de tout ce qu'il a fait pour m'en
remettre à ta iuſtice. Si pour la faire valoir dauantage, i'auois à comparer ſon genie auec
quelqu'vn de ceux des Anciens, ne pourroit-on
pas dire, pour la Poëſie, qu'il auroit quelque
rapport auec la douceur de celuy de Catulle ? &
pour la fine et delicate raillerie de ſes Lettres, et
ſa façon de tourner en jeu les choſes graues et
ſerieuſes, auec l'eſprit de Lucien ? Mais diſons
pluſtoſt qu'en ce point il n'eſt comparable qu'à
luy-meſme, & que comme auant luy, nous n'en
auons point veû qu'il n'ait ſurpaſſé, il ſera mal-
aiſé que l'on en voye apres luy qui s'en ac-
quitte d'auſſi bonne grace. Il a eſté d'ailleurs
bien plus retenu que pas vn de ces deux Autheurs. Sur tout, en ſa façon d'eſcrire reluit la
naïue familiarité de Terence, & la pureté &
proprieté de termes, auec laquelle il a imité en
noſtre langue la perfection de la ſienne ; par où
il a aſſez donné à connoiſtre le fruit qu'il a fait
en la

AV LECTEVR.

en la lecture de ce iudicieux Escriuain, qu'il a
chery par deffus les autres. Mais ces iugemens
ne sont pas de ma portée, & ie feray mieux de
les laisser à de plus sçauans que moy. Cepend-
dant, tu ne trouueras pas mauuais, que comme vne matiere qui m'est plus propre, ie donne
à vn sexe qu'il a tousiours honoré, le reste de ce
discours; & que ie le prie de luy continuër apres
sa mort, ses bonnes graces qu'il a sçeu gaigner
durant sa vie. Car dans la delicatesse du goust
des Dames, & l'extresme politesse qu'elles demandent dans les escrits & dans l'entretien, il
a tousiours eu le bon-heur de leur plaire, & de
reüssir aupres d'elles. Et comme cette belle moitié du Monde, auec la faculté de lire, a encore celle de iuger, aussi bien que nous, & est aujourd'huy maistresse de la gloire des hommes, autant comme les hommes mesmes; c'est par elles que i'ay resolu de finir. Souffrez donc, beau
Sexe, qu'il a de tout temps singulierement respe-
cté, que ie concluë par la priere que ie vous
veux faire, de luy conseruer le glorieux auantage de vostre estime, & qu'apres auoir laissé les
hommes dans la liberté de leur iugement, ie brigue la faueur des vostres. Accordez luy vos
suffrages & vos applaudissemens; voyez les

õ

AV LECTEVR.

Ouurages qui sont sortis de ses mains, d'auss
bon œil qu'il a veû en vous le plus bel ouurage
qui soit sorty des mains de la Nature; prenez
courageusement son party contre ceux qui le
voudront reprendre; & ne dites iamais rien
de luy qu'à son honneur, puis qu'il n'a iamais
rien escrit que pour vostre gloire. Auoüez, aueque moy que les Amours & les Graces estoient
nées aueque luy, & que si elles ne viuoient
encore en vous, elles seroient mortes auec luy-
mesme. Si i'en dis trop au iugement de quelques-vnes, elles donneront cét excés à la passion que i'ay de l'honorer; & si ie n'en dis pas
assez au sentiment de quelques autres, elles le
donneront à la proximité du sang, & à la mo-
destie auec laquelle, comme son parent, i'estois
obligé de parler de luy.

VETTVRII

EPITAPHIVM.

VSCÆ Pierides, Camœnæ Iberæ,
Hermes Gallicus & Latina Siren.
Rifus, Deliciæ, Dicacitates,
Lufus, Ingenium, Ioci, Lepóres,
Et quicquid fuit Elegantiarum
Quo VETTVRIVS hoc iacent fepulchro.

ÆGID. MENAGIVS.

ō ij

IN OBITVM
VETTVRII·

DVM te delicias Pindi, Venerumque
    parentem
    (Heu fati crimen) cultior Aula
    gemit.
Ecquis erit qui vos Veneres, Elegantia, Lufus,
    Et te dulcis Amor, dixerit esse Deus?

MESNARDERIVS·

A MONSEIGNEVR
LE PRINCE.
SONNET.

RINCE le plus vaillant de tout ce qui
    respire,
Et qui de nostre Thrône és le bras triomphant;
Qui fait ceder l'Espagne aux armes d'vn Enfant,
Sous qui bien tost le Ciel ordonne qu'elle expire.

Toy qui guides ses pas à marcher à l'Empire,
Qui donnas la Victoire à son Regne naissant;
Et qui ieune aux combats des premiers te poussant,
As fait cent Actions que tout le Monde admire!

Que te reste-t'il plus apres tant de beaux faits,
Pour rendre tes desirs & nos vœux satisfaits,
Que de trouuer en France vn Heraut de ta Gloire?

Tu l'auois en celuy qui traça ces Escrits,
Si grauant ta Valeur au Temple de Memoire,
Trop tost pour l'acheuer, la Parque ne l'eust pris.

DE PINCHESNE.

CONSOLATION

sur la Mort de l'Autheur.

SONNET.

'EST trop pleurer vn mort, à qui les Destinées
Firent vn si riant & si tranquille cours :
Qui sceut si bien vser des momens de ses iours,
Et vit de tant d'honneurs ses veilles couronnées.

Vne suite en viuant, de Graces enchaisnées,
De leurs dons plus exquis ornerent ses Discours ;
Et l'art à leurs beautez adioustant son secours,
Sur vn parfait modelle accomplit ses années.

Il est vray que la Mort par qui tout est détruit,
Trop tost du noir bandeau de l'eternelle nuit
A voilé sa belle Ame, & sillé sa paupiere :

Mais sans plus rien deuoir du celeste flambeau,
Brillant dans ses Escrits de sa propre lumiere,
Ne va-t'il pas reuiure en dépit du tombeau ?

DE PINCHESNE

LETTRES

DE

MONSIEVR

DE

VOITVRE

LETTRES
DE MONSIEVR
DE VOITVRE.

chaque lettre

A MONSIEVR DE BALZAC

LETTRE I.

ONSIEVR,

S'il eſt vray que i'ay touſiours tenu dans voſtre
memoire le rang que vous me dites, vous n'auez pas
eu, ce me ſemble, aſſez de ſoin de mon contentement, d'auoir tant tardé à me donner vne ſi bonne
nouuelle, & ſouffert ſi long-temps que ie fuſſe le
plus heureux homme du monde ſans le ſçauoir.
Mais peut-eſtre que vous auez iugé, que cette fortu-

A ij

ne eſtoit tellement au delà de ce que ie deuois eſperer, qu'il vous falloit auec loiſir chercher des termes pour me la rendre croyable , & qu'il eſtoit beſoin que toute la Rhetorique fuſt employée , pour me perſuader que vous ne m'auiez pas oublié. Et certes, en cela , au moins, eſtes-vous bien iuſte , que ne voulant me donner pour toute l'affection que vous me deuez, que des paroles, vous les auez choiſies ſi riches & ſi belles, que ſans mentir, ie ſuis en doute ſi les effets valent beaucoup mieux. Ie croy certainement que toute autre amitié que la mienne, en ſeroit bien payée. Il me deſplaiſt ſeulement, que tant d'artifice & d'éloquence ne me puiſſent deſguiſer la verité, & qu'en cela ie reſſemble à vos Bergeres, qui ſont trop groſſieres, pour eſtre trompées par vn habile homme. Mais pardonnez-moy, ſi ie me défie de cette ſcience, que ... trouuer des loüanges pour la Fiévre quarte & ... Neron , & que ie connois eſtre plus puiſſante en vous, qu'elle ne fut iamais en perſonne. Toutes ces gentilleſſes que i'admire dans voſtre Lettre, me ſont des preuues de voſtre bon eſprit, plûtoſt que de voſtre bonne volonté. Et de tant de belles choſes que vous auez dites à mon auantage, tout ce que i'en puis croire pour me flatter, c'eſt que la Fortune m'ait donné quelque part en vos ſonges. Encore ie ne ſçay ſi les reſueries d'vne ame ſi releuée que la voſtre, ne ſont pas trop ſerieuſes, & trop raiſonnables pour deſcendre iuſqu'à moy, & ie m'eſtimeray trop fauorablement traitté de vous, ſi vous

auez feulement fongé que vous m'aimiez. Car de
m'imaginer que vous m'ayez gardé quelque place
parmy ces grandes penfées, qui font occupées à cette
heure à faire les partages de la gloire, & à donner recompenfe à toutes les vertus du monde ; i'ay trop
bonne opinion de voftre efprit, pour m'en perfuader cette baffeffe ; & ie ne voudrois pas que vos ennemis euffent cela à vous reprocher. Ie fçay bien que la
feule affection que vous puifliez auoir iuftement, eft
celle que vous vous deuez. Et ce precepte de fe connoiftre foy-mefme, qui eft pour tous les autres vne
leçon d'humilité, doit auoir pour voftre regard vn
effet tout contraire, & vous oblige de méprifer tout
ce qui eft hors de vous. Auffi ie vous iure, que fans
pretendre aucune part en voftre amitié, ie me fuffe
contenté que vous euffiez voulu co████uer auec
quelque foin, celle que ie vous auois v████, & que
vous l'euffiez mife, finon entre les chofes que vous
eftimiez, au moins entre celles que vous ne voulez
pas perdre. Mais pour m'auoir icy laiffé auprés de
cette belle Riuale, dont vous me parlez, fans mentir,
vous n'auez pas efté affez ialoux, & vous luy donnez
tant d'auantage, que i'ay quelque raifon de croire
que vous vous eftes entendu auec elle à me nuire. Et
en cela, ce me femble, ie me dois plaindre auec plus
de raifon que vous, de ce qu'elle eft enrichie de vos
pertes, & que vous luy auez laiffé gagner ce que ie
penfois auoir fauué de fa tyrannie, en le mettant entre vos mains. Pour peu de defenfe que vous euffiez

voulu apporter, la meilleure partie de moy-mefme
nous refteroit encore; & par voftre negligence, vous
l'auez renduë en fon pouuoir, & vous luy auez permis d'auancer tellement fes conqueftes fur moy, que
quand ie vous aurois donné tout ce qui me refte,
vous n'auriez pas la moitié de ce que vous auez perdu. Ie vous affeure, neantmoins, que d'vn cofté, vous
auez regagné en mon eftime la mefme place que
l'on vous a oftée en mon affection, & qu'au mefme
temps que i'ay commencé à vous aimer moins, i'ay
efté contraint de vous honorer dauantage. Ie n'ay
rien veu de vous depuis voftre départ, qui ne m'ait
femblé au deffus de ce que vous auez iamais fait : &
par ces derniers ouurages, vous auez gagné l'honneur d'auoir furmonté celuy qui a paffé tous les autres. Cependant, ie trouue eftrange, qu'auec tant de
raifon que vous auez d'eftre content, vous ne le puiffiez eftre, & que tous les Grands hommes eftant fa-
tisfaits de vous, il n'y ait que vous feul qui ne le foyez
pas. Auiourd'huy toute la France vous efcoute, il n'y
a plus perfonne qui fçache lire, à qui vous foyez indifferent. Tous ceux qui font ialoux de l'honneur de
ce Royaume, ne s'informent pas plus de ce que fait
Monfieur le Marefchal de Crequy, que de ce que
vous faites; Et nous auons plus de deux Generaux
d'Armée, qui ne font pas tant de bruit auec trente
mille hommes, que vous en faites dans voftre folitude. Ne vous eftonnez donc point, qu'auecque tant
de gloire, vous ayez beaucoup d'enuie; & fouffrez

doucement que ces mefmes Iuges, deuant qui Scipion a efté criminel, & qui ont condamné Ariftide
& Socrate, ne vous donnent pas tout d'vne voix ce
que vous meritez. C'eft de tout temps que le Peuple
a cette couftume de haïr en autruy les mefmes qualitez qu'il y admire, tout ce qui eft hors de fa regle
l'offenfe : & il fouffriroit plus volontiers vn vice
commun, qu'vne vertu extraordinaire. De forte que
fi nous auions en vfage cette loy, qui permettoit de
bannir les plus puiffans en authorité ou en reputation, ie croy que l'enuie publique fe defchargeroit
fur voftre tefte, & que Monfieur le Cardinal de Richelieu ne courroit pas tant de fortune que vous.
Mais gardez-vous bien d'appeller voftre malheur,
ce qui n'eft que le malheur du fiecle; & ne vous plaignez plus de l'iniuftice des hommes, puis que tous
ceux qui ont quelque valeur, font de voftre cofté, &
que vous auez trouué entr'eux vn amy que peut-eftre
vous pourrez perdre encore vne fois. Au moins, ie
vous affeure que ie feray tout ce qui me fera poffible
pour vous remettre en eftat de le pouuoir faire, puis
qu'auiourd'huy il y a tant de vanité à eftre des voftres. I'en ay fait iufqu'icy vne profeffion fi publique, que fi d'auanture ie ne me puis empefcher que ie
ne vous ayme moins que de couftume, ie vous iure
que vous ferez le feul à qui ie l'oferay dire, & que ie
tefmoigneray toufiours à tout le monde, que ie fuis
autant que iamais,

MONSIEVR,   Voftre, &c.

A MONSEIGNEVR LE MARQVIS
de Rambouillet, Ambaſſadeur pour le
Roy en Eſpagne.

LETTRE II.

MONSEIGNEVR,

Ie n'euſſe pas creu qu'il pûſt arriuer que ie vous
donnaſſe iamais quelque ſujet de plainte, ni que l'on
deuſt faire vn iour des Paſquins contre moy dans
Madrid. Et ſans mentir, i'euſſe eu bien de la peine à
me conſoler de l'vn & de l'autre, ſi au meſme temps
que i'ay ſceu ces nouuelles faſcheuſes, ie n'euſſe appris celles de voſtre ſanté, & de la grande reputation
que vous aquerez tous les iours parmy des hommes,
qui deuant que de vous auoir veu, ne ſçauoient rien
admirer qu'eux-meſmes. Mais puis que ie conte toutes vos proſperitez entre les miennes, ie croy qu'il ne
m'eſt pas permis d'eſtre triſte, en vn temps où tout le
monde parle ſi auantageuſemét de vous: & ie ne me
puis empeſcher que ie ne me réiouïſſe toutes les fois
que i'entens dire icy, que vous auez appris aux Eſpagnols à eſtre humbles, & qu'ils ne vous honorent pas
moins que ſi vous eſtiez de la Maiſon des Guſmans,
ou de celle desMendoſſes. Par là, Monſeigneur, vous
pouuez

pouuez iuger que ie n'ay pas l'ame si dure que vous
dites ; & qu'au moins, i'ay cela de commun auec tous
les honneftes gens, que ie prens beaucoup de part à
tous les bons fuccés qui vous arriuent. Il eft vray que
i'eftois refolu de tenir ce fentiment fecret, fans vous
en rien communiquer. Car dans les grandes affaires
que vous traittez maintenant, ie croyois que c'euft
efté eftre perturbateur du repos public, que de vous
diuertir par vne mauuaife lettre, de la moindre de vos
penfées ; & quelque permiffion que i'en aurois euë de
vous, ie n'aurois pas encore efté affez hardy pour m'en
feruir, fi ie n'auois vne autre auanture extraordinaire
à vous conter. Vous fçaurez donc, Monfeigneur, que
le Dimanche vingt vniéme du mois paffé enuiron fur
les douze heure de la nuict, le Roy & la Reine fa Mere
eftant affemblez auec toute la Cour, on vid en l'vn
des bouts de la grande fale du Louure, où rien n'auoit
paru auparauant, éclater tout à coup vne grande clarté, & paroiftre en mefme temps entre vne infinité de
lumières, vne troupe de Dames toutes couuertes d'or
& de pierreries, & qui fembloient ne faire que de def-
cendre du Ciel. Mais particulierement l'vne d'elles
eftoit auffi aifée à remarquer entre les autres, que fi
elle euft efté toute feule ; & ie croy certainement que
les yeux des hommes n'ont iamais rien veu de fi beau.
C'eftoit celle-là mefme, Monfeigneur, qui en vne
autre rencontre, auoit efté tant admirée fous le nom
& les habits de Pyrame, & qui vne autre fois s'apparut dans les roches de Ramboüillet auec l'arc & le

B

visage de Diane. Mais ne penfez pas vous imaginer
plus de la moitié de fa beauté, si vous ne vous figurez
que celle que vous luy auez veuë; & fçachez que cette nuit là les Fées auoient répandu fur elle ces beautez
& ces graces fecrettes qui mettent de la différence entre les femmes & les Deefles. Mais lors qu'elle eut pris
le mafque, en mefme temps que les autres le prirent,
pour commencer le ballet qu'elles vouloient reprefenter; & qu'ainfi elle eut perdu l'auantage que fon vifage luy donnoit fur elles: fa taille & fa bonne grace
la rendirent aufsi recommandable qu'auparauant; &
en quelque lieu qu'elle tournaft fes pas, elle tiroit auec
elle les yeux & les cœurs de toute l'affemblée. De forte
qu'abjurant l'erreur où i'eftois, de croire qu'elle ne
danfaft pas parfaitement bien, i'auoüe à cette-heure
qu'il n'y a qu'elle feule qui fçache bien danfer. Et ce
mefme iugement a efté donné fi generalement de
tout le monde; que ceux qui ne voudroient pas encore entendre tous les iours fes loüanges, feroient contrains de fe bannir de la Cour. C'eft pour vous dire,
Monfeigneur, que pendant que vous receuez de
grands honneurs où vous eftes, vous perdez icy de
grands contentemens, & que la fortune, quelque
grand employ qu'elle vous donne ailleurs, vous fera
toufiours beaucoup de tort toutes les fois qu'elle vous
tirera de voftre maifon. Car, enfin, apres auoir
paffé les Pyrenées, quand vous pafferiez encore cette
mer qui fepare l'Europe & l'Afrique; & qu'allant plus
auant, vous vouluffiez voir cette autre partie du mon-

ée , qu'il fembloit que la Nature euft exprés efloignée pour mettre en feureté les trefors & les richeffes; vous n'y pourriez rien trouuer de fi rare que ce
que vous auez laiffé icy; & en tout le refte de la terre
il n'y a rien d'égal à ce que vous auez à Paris. Cela me
fait croire que vous n'en ferez abfent que le moins
qu'il vous fera poffible; & qu'auffi-toft que les affaires
du Roy vous le permettront, vous reuiendrez icy
poffeder des biens, dont il n'y a que vous feul qui
foyez digne. Mais, Monfeigneur, ie ne fçay fi l'on ne
s'eft pas trop fié à vne nation qui a defia vfurpé tant
de chofes fur nous, que de vous auoir mis en fon pouuoir : & ie crains que les Efpagnols ne vous veüillent
non plus rendre que la Valteline. Et certes, cette crainte me donneroit de la peine , fi ie ne fçauois bien
que ceux du Confeil d'Efpagne ne font pas maiftres de
leurs refolutions, depuis que vous eftes en ce païs-là:
& que vous y auez defia trop fait de feruiteurs, pour
y receuoir quelque violence. Nous deuons donc efperer, qu'auffi-toft que le Soleil qui brufle les hommes, & qui tarit les riuieres, commencera à s'efchauf-
fer, vous reuiendrez icy retrouuer le Printemps que
vous auez defia paffé delà, & y reuoir des violettes,
aprés auoir veu tôber des rofes. Pour moy, ie fouhaitte cette faifon auec impatience : non pas tant à caufe
qu'elle nous doit rendre des fleurs & les beaux iours,
que pource qu'elle vous doit ramener : & ie vous iure
que ie ne la trouuerois pas belle, fi elle reuenoit fans
vous. Ie penfe que vous croirez aifément ce que ie

vous dis ; car ie ſçay bien que vous m'eſtimez aſſez
bon, pour deſirer auec paſſion vn bon-heur qui regarde tant de perſonnes.　Et de plus vous ſçauez que
ie ſuis particulierement,

MONSEIGNEVR,

Voſtre, &c.

A Paris ce 8. Mars 1627.

A MONSEIGNEVR LE DVC
de Bellegarde, en luy enuoyant l'Amadis.

LETTRE III.

MONSEIGNEVR,

En vne faison où l'Hiftoire eft fi broüillée, i'ay creu que ie vous pouuois enuoyer des Fables, & qu'en vn lieu où vous ne fongez qu'à vous délaffer l'efprit, vous pourriez accorder à l'entretien d'Amadis quelques-vnes de ces heures que vous donnez aux Gentils-hommes de voftre Prouince. I'efpere que dans la folitude où vous eftes, il vous diuertira quelquefois agreablement, en vous racontant fes auantures, qui feront fans doute les plus belles du monde, tant que vous ne voudrez pas qu'on fçache les voftres. Mais quoy que nous lifions de luy, fi faut-il aduoüer que vos fortunes font auffi merueilleufes que les fiennes, & que de tant d'enchantemens qu'il a mis à fin, il n'y en a pas vn que vous n'euffiez pû acheuer, fi ce n'eft, peut-eftre, celuy de l'Arc des loyaux Amans. En effet, Monfeigneur, vous auez fait voir à la France vn Roger plus aimable & plus accomply que celui de Grece, & que celui de l'Ariofte, & fans armes enchantées,

B iij

fans le fecours d'Alquife, ny d'Vrgande: & fans autres charmes que ceux de voftre perfonne, vous auez eu dans la guerre & dans l'Amour, les plus heureux fuccés qui s'y peuuent fouhaitter. Auffi, à confiderer cette courtoifie fi exacte, & qui ne s'eft iamais démentie, cette grace fi charmante dont vous gagnez les volontez de tous ceux qui vous voyent, & cette grandeur & fermeté d'ame, qui ne vous a iamais permis d'aller contre le deuoir, ny mefme contre la bien-feance: il eft bien difficile de ne fe pas imaginer, que vous eftes de la race des Amadis. Et ie croy, fans mentir, que l'hiftoire de voftre vie fera quelque iour adiouftée à tant de liures que nous auons d'eux. Vous auez efté l'ornement & le prix de trois Cours differentes, vous auez fceu auoir des Roys pour riuaux, fans les auoir pour ennemis, & poffeder en mefme temps leur faueur, & celle de leurs maiftreffes, & en vn fiecle, où la difcretion, la ciuilité, & la vraye galanterie, eftoient bannies de cette Cour, vous les auez retirées en vous, comme dans vn azyle, où elles ont efté admirées de tout le monde, fans pouuoir eftre imitées de perfonne. Et certes, vne des principales raifons qui m'a perfuadé de vous enuoyer ce liure, a efté de vous faire voir, quel auantage vous auez fur eux-mefmes qui ont efté formez à plaifir, pour eftre l'exemple des autres: & combien il s'en faut que l'inuention des Italiens & des Efpagnols ait pû aller auffi haut que voftre vertu. Cependant, ie vous fupplie tres-humblement de croire, qu'entre tant d'affections qu'elle vous a acquifes, elle n'a fait naiftre en perfonne tant d'admiration, ny de veritable paffion qu'en moy, & que ie fuis plus que ie ne puis dire, & auec toute forte de refpect,

MONSEIGNEVR,

Voftre, &c.

A MADAME DE SAINTOT,

en luy enuoyant vn Roland furieux en François,
traduit par du Roſſet.

LETTRE IV.

MADAME,

Voicy, ſans doute, la plus belle auanture que Roland ait iamais euë, & lors qu'il deffendoit ſeul la Couronne de Charlemagne, & qu'il arrachoit les Sceptres des mains des Rois, il ne faiſoit rien de ſi glorieux pour luy, qu'à cette heure qu'il a l'honneur de baiſer les voſtres. Le titre de Furieux, ſous lequel il a couru iuſques-icy toute la Terre, ne doit pas empeſcher que vous ne luy accordiez cette grace, ni vous faire craindre ſa rencontre; car ie ſuis aſſeuré qu'il deuiendra ſage auprés de vous, & qu'il oubliera Angelique, ſi toſt qu'il vous aura veuë. Au moins, ie ſçay par experience, que vous auez deſia fait de plus grands miracles que celuy-là, & que d'vn ſeul mot vous auez ſçeu guerir autrefois vne plus dangereuſe folie que la ſienne. Et certes, elle ſeroit au delà de tout ce qu'Arioſte nous en a iamais dit, s'il ne reconnoiſſoit l'auantage que vous auez ſur cette Dame, & n'auoüoit que ſi elle eſtoit miſe auprés de vous, elle auroit

roit recours auec plus de befoin que iamais, à la force
de fon Anneau. Cette beauté qui de tous les Cheualiers du monde n'en trouua pas vn armé à l'efpreuue,
qui ne frappa iamais les yeux de perfonne dont elle
ne bleffa le cœur, & qui brufla de fon amour autant
de parties du monde, que le Soleil en efclaire, ne fut
qu'vn portrait mal-tiré des merueilles que nous deuions admirer en vous. Toutes les couleurs, & le fard
de la Poëfie ne l'ont fceu peindre fi belle que nous
vous voyons, & l'imagination mefme des Poëtes n'a
pû monter iufques-là. Auffi, à dire le vray, les Chambres de Cryftal, & les Palais de Diamant, font bien
plus aifez à imaginer, & tous les Enchantemens des
Amadis, qui vous femblent fi incroyables, ne le font
pas tant, à beaucoup prés, que les voftres. Dés la premiere veuë, arrefter les Ames les plus refoluës, & les
moins nées à la feruitude ; faire naiftre en elles vne
forte d'amour qui connoiffe la raifon, & qui ne fçache ce que c'eft que du defir, ny de l'efperance; com-
bler de plaifir & de gloire les efprits, à qui vous oftez
le repos & la liberté ; & rendre parfaitement contens
de vous, ceux à qui vous ne faites point du tout de
bien ; ce font des effets plus eftranges & plus éloi-
gnez de la vray-femblance, que les Hippogryphes,
& les chariots volans, ny que tout ce que nos Romans nous content de plus merueilleux. Ie ferois vn
liure plus gros que celuy que ie vous enuoye, fi ie
voulois continuer ce difcours: mais ce Cheualier qui
n'a pas aécouftumé de quitter le premier rang à per-

C

fonne, fe fafche de me laiffer fi long-temps auprés
de vous, & s'auance pour vous faire oüir l'hiftoire de
fes Amours. C'eft vne faueur que vous m'auez beaucoup de fois refufée, & pourtant ie fouffriray fans ialoufie, qu'il foit en cela plus heureux que moy, puis-
qu'il me promet, en recompenfe, de vous prefenter
ce mot de ma part, & de vous le faire lire auant toute
autre chofe. Il ne falloit pas vn cœur moins hardy
que le fien pour cette entreprife; & ie ne fçay encore
comme elle luy reüffira. Neantmoins, eft-il, ce me
femble, bien iufte, puifque ie luy donne moyen de
vous entretenir de fes paffions, qu'il vous raconte
quelque chofe des miennes, & que parmy tant de
fables, il vous die quelques veritez. Ie fçay bien que
vous ne les voulez pas toufiours entendre ; mais
puifque vous n'en pouuez eftre touchée, & que cela
eft trop peu de chofe pour vous obliger à quelque
reffentiment, il n'y a pas de danger que vous fçachiez que ie vous eftime feule plus que tout le refte
du monde, & que ie tirerois moins de vanité de le
commander, que de vous obeïr, & d'eftre,

MADAME,

Voftre, &c.

A MADAME LA MARQVISE DE RAMBOVILLET,

Sous le nom de Callot excellent Graueur,
en luy enuoyant de Nancy vn liure
de ses Figures.

LETTRE V.

MADAME,

De tant de differentes imaginations que mon esprit a produites, la plus raisonnable que i'ay euë, est
celle de vous presenter ce liure; à vous, Madame, qui
excellez sur toute autre, en cette partie de l'ame, qui
fait les Peintres, les Architectes, & les Statuaires, &
qui la defendez par vostre exemple, du blasme que
l'on luy donne, de ne se trouuer iamais en éminence
auec vn parfait iugement. Car outre cette grande lumiere d'esprit, qui vous fait voir d'abord la verité des
choses, vous auez vne imagination, qui mieux que
toutes celles du monde, en sçait discerner la beauté.
Et comme il n'y a personne auiourd'huy, qui ait tant
d'interest que les choses parfaites soient estimées; il
n'y en a point aussi qui les sçache loüer si bien que
vous. C'est vous flatter bien modestement, Madame, que de dire que vous les sçauez connoistre, puis

C ij

que ie pourrois affeurer, que quand il vous plaiſt,
vous le ſçauez faire en perfection. En effet, il eſt
arriué beaucoup de fois, qu'en vous ioüant vous auez
fait des deffeins que Michel-Ange ne defauoüeroit
pas. Et de plus, on vous peut vanter d'auoir mis au
monde vn ouurage qui paſſe tout ce que la Grece &
l'Italie ont iamais veu de mieux fait, & qui pourroit
faire honte à la Minerue de Phidias. Il n'eſt pas difficile d'entendre que c'eſt de Mademoiſelle voſtre
Fille que ie veux parler, en laquelle ſeule on peut
dire, Madame, que vous auez fait pluſieurs miracles. Mais il faudroit vne main plus hardie que la
mienne, pour entreprendre de repreſenter ce qui eſt
en vous & en elle, & ie ne le pourrois pas en vn gros
liure, moy qui ſçay mettre dans vne feüille de papier
des armées toutes entieres, & y faire voir en leur
grandeur la Mer & les Montagnes. Ie me contenteray donc de dire auec beaucoup de reſpect & de verité, que ie ſuis,

MADAME,

Voſtre, &c.

A LA MESME.

LETTRE VI.

M ADAME,

Depuis que ie n'ay eu l'honneur de vous voir, i'ay
eu des maux qui ne fe peuuent dire; Mais ie n'ay pas
laiffé, auec tout cela, de me fouuenir de ce que vous
m'auiez commandé en paffant par Efpernay. Ie fus
voir de voftre part Monfieur le Marefchal Strozzi; &
fon tombeau me fembla fi magnifique, que voyant
en quel eftat i'eftois, & me trouuant là tout porté,
i'eus enuie de me faire enterrer auec luy. Mais on en
fit quelque difficulté, pource que l'on trouua que i'a-
uois encore trop de chaleur. Ie me refolus donc de
faire porter mon corps iufqu'à Nancy ; où enfin,
Madame, il eft arriué fi maigre & fi défait, que ie
vous affeure que l'on en met en terre beaucoup qui
ne le font pas tant. Depuis huit iours que i'y fuis, ie
n'ay pû encore me remettre, & plus ie m'y repofe
plus ie m'en trouue las. Auffi, il y a fi grande difference des quinze iours que i'ay eu l'honneur d'eftre
auecque vous, aux quinze derniers que i'ay paffez,
que ie m'eftonne comme ie la puis fouffrir; & il me
femble que Monfieur Margone qui eft icy Maiftre
d'Efcole, & moy, fommes les deux plus pitoyables

C iij

exemples que l'on puiſſe voir du changement de la fortune. I'ay des eſtouffemens & des foibleſſes, qui me prennent de iour à autre, ſans que l'on puiſſe trouuer icy de Theriaque, & ie ſuis plus malade que ie ne fus iamais, en vn lieu où il n'y a point de remedes pour moy. De ſorte, Madame, que ie crains fort que Nancy ne me ſoit auſſi funeſte qu'il le fut au Duc de Bourgogne ; & qu'apres auoir eſchappé de grands perils, & reſiſté à de grands ennemis, auſſi bien que luy ; ie ne ſois deſtiné à finir icy mes iours. I'y reſiſteray pourtant, autant qu'il me ſera poſſible; car il eſt vray que i'apprehende de ne plus viure, quand ie ſonge que ie n'aurois plus l'honneur de vous voir. Et aprés auoir failly à receuoir la mort par la main d'vne des plus aimables Demoiſelles du monde, & manqué tant de belles occaſions de mourir en voſtre preſence, il me faſcheroit fort de m'eſtre venu faire enterrer à cent lieuës de vous, & de penſer que quelque iour, en reſſuſcitant, i'aurois le déplaiſir de me trouuer encore vne fois en Lorraine. Ie ſuis,

MADAME,

Voſtre, &c.

De Nancy, ce 23. Septembre

A MADEMOISELLE DE
Ramboüillet, fous le nom du Roy
de Suede.

LETTRE VII.

MADEMOISELLE,

　Voicy le Lyon du Nort, & ce Conquerant dont le
nom a fait tant de bruit dans le monde ; qui vient
mettre à vos pieds les Trophées de l'Allemagne ; &
qui aprés auoir défait Tilly, & abbattu la fortune
d'Efpagne, & les forces de l'Empire, fe vient ranger
fous le voftre. Parmy les cris de ioye, & les chants de
victoire que i'entends depuis tant de iours, ie n'ay
rien oüy de fi agreable, que le rapport qu'on m'a
fait que vous me voulez du bien, & dés lors que ie
l'ay fceu, i'ay changé tous mes projets, & arrefté en
vous feule cette ambition qui embraffoit toute la
terre. Cela n'eft pas tant auoir retranché mes deffeins, comme les auoir efleuez ; car encore la terre a
fes bornes, & le defir d'en eftre le Maiftre, eft quelquefois tombé en d'autres ames que la mienne. Mais
cét efprit qu'on admire en vous, & qui ne fe peut
mefurer ny comprendre, ce cœur qui eft fi fort au
deffus des Sceptres & des Couronnes, & ces graces

qui vous font regner fur toutes les volontez font des biens infinis que perfonne que moy n'a iamais ofé pretendre : & ceux qui defiroient plufieurs Mondes, ont fait en cela des fouhaits plus moderez que moy. Que fi les miens peuuent reüffir, & fi la fortune qui me fait vaincre par tout, m'accompagne encore auprés de vous ; ie n'enuieray pas à Alexandre toutes fes conqueftes, & ie croiray que ceux qui ont commandé à tous les hommes, n'ont pas eu vn Empire de fi belle eftenduë que moy. Ie vous en dirois dauantage, Mademoifelle, mais ie vay à ce moment donner la bataille à l'armée Imperiale, & prendre fix heures aprés Nuremberg. Ie fuis,

MADEMOISELLE,

Voftre paffionné feruiteur,
Gᴠsᴛᴀᴠᴇ Aᴅᴏʟᴘʜᴇ

A MA-

A LA MESME.

LETTRE VIII.

MADEMOISELLE,

Tous les moyens que vous m'auiez appris pour ne
me pas ennuyer, me sont inutiles en ce païs, & plus
vos conseils me semblent raisonnables, moins ie
trouue de sujet de me consoler de ne plus ouïr vne
personne qui raisonne si parfaitement. Tous ceux
que ie vois icy, m'asseurent que le sejour en est fort
agreable, & il n'y a pas vn de la suite de Monsieur, qui
n'aye vne Altesse à entretenir, ou vne Princesse pour
le moins. Mais quelque galante que soit la Cour de
Lorraine, ie m'y trouue aussi seul que ie faisois il y a
huict mois dans les voyages de la Beausse, & ie me
souuiens d'auoir veu quelquefois meilleure compagnie dans les ruisseaux de Paris, que ie n'en ay encore
rencontré dans la chambre de la Duchesse. Ie ne sçay
si c'est vn effet de la rate dont ie suis tourmenté depuis quelque temps; mais il me semble qu'il n'y a plus
dans le monde de personnes conuersables, que celles
que i'ay veuës au dernier voyage que i'ay eu l'honeur
de faire auec vous, & ie m'entretiendrois beaucoup
plus agreablement auec Monsieur *** que ie ne ferois auec Madame la Duchesse de ***. La melan-

D

colie que i'ay dans le cœur & dans les yeux, me fait
paroiſtre tous les viſages comme ſi ie le voyois au
trauers de la fumée de l'eau de vie, & ie n'apperçois
rien icy qui ne me ſemble effroyable. Ces heures,
que Monſieur le Marquis appelle les heures de la digeſtion, me durent depuis le matin iuſqu'au ſoir, &
ie ſuis de ſi mauuaiſe compagnie, que Monſieur de
Chaudebonne s'en faſche; & ie voy bien, tout de
bon, qu'il le trouue mauuais. Mais i'ay fait ma paix
auec luy, en luy promettant qu'il m'entendra parler
vn de ces iours deux heures de ſuite; & que ie luy con-
teray vne hiſtoire plus agreable que celle d'Heliodo-
re, & faite par vne perſonne plus belle que Cariclée.
Vous iugez bien, Mademoiſelle, que c'eſt celle de
Zelide, & d'Alcidalis que ie luy ay promiſe; car il n'y
en a point d'autre au monde, de qui cela ſe puiſſe
dire. Quelque ſtupide que ie ſois deuenu, ne craignez point qu'en la contant, ie luy faſſe rien perdre
de ſa beauté; car dans tous mes maux, ie me ſuis encore conſerué ma memoire toute entiere, & ie croy
qu'elle me ſeruira fidellement, quand ce ſera pour
vous, puiſque vous y auez autant de part que perſonne, & que ie ſuis, plus que ie ne vous le puis dire,

MADEMOISELLE,

Voſtre, &c.
1627

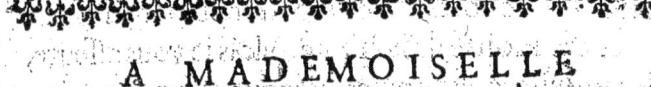

A MADEMOISELLE
de Bourbon.

LETTRE IX.

MADEMOISELLE,

Ie fus berné Vendredy aprés difné, pource que ie
ne vous auois pas fait rire dans le temps que l'on m'a-
uoit donné pour cela, & Madame de Ramboüillet en
donna l'Arreſt, à la requeſte de Mademoiſelle ſa fille,
& de Mad.ᵉ Paulet. Elles en auoient remis l'execution
au retour de Madame la Princeſſe, & de vous, mais
elles s'auiſerent depuis de ne pas differer plus long-
temps, & qu'il ne falloit pas remettre des ſupplices à
vne ſaiſon qui deuoit eſtre toute deſtinée à la ioye.
I'eus beau crier & me deffendre, la couuerture fut ap-
portée, & quatre des plus forts hommes du monde
furent choiſis pour cela. Ce que ie vous puis dire,
Mademoiſelle, c'eſt que iamais perſonne ne fut ſi
haut que moy, & que ie ne croyois pas que la fortune
me deuſt iamais tant eſleuer. A tous coups ils me perdoient de veuë, & m'enuoyoient plus haut que les
Aigles ne peuuent monter; Ie vis les môtagnes abaiſ-
ſées au deſſous de moy, ie vis les vents & les nuées
cheminer deſſous mes pieds, ie deſcouuris des païs
que ie n'auois iamais veus, & des mers que ie n'auois

point imaginées, Il n'y a rien de plus diuertiſſant que
de voir tant de choſes à la fois, & de deſcouurir d'vne
ſeule veuë la moitié de la Terre. Mais ie vous aſſeure,
Mademoiſelle, que l'on ne voit tout cela qu'auec inquietude, lors que l'on eſt en l'air, & que l'on eſt aſſeuré d'aller retōber. Vne des choſes qui m'effrayoit
autant, eſtoit que lors que i'eſtois bien haut, & que ie
regardois en bas, la couuerture me paroiſſoit ſi petite qu'il me ſembloit impoſſible que ie retombaſſe
dedans, & ie vous auoüe que cela me donnoit quelque émotion. Mais parmy tant d'objets differens, qui
en meſme temps frapperent mes yeux, il y en eut vn,
qui pour quelques momens m'oſta de crainte, & me
toucha d'vn veritable plaiſir. C'eſt, Mademoiſelle,
qu'ayant voulu regarder vers le Piedmont, pour voir
ce que l'on y faiſoit, ie vous vis dans Lyon que vous
paſſiez la Saone. Au moins, ie vis ſur l'eau vne grande
lumiere & beaucoup de rayons à l'entour du plus
beau viſage du monde. Ie ne pûs pas bien diſcerner
qui eſtoit auec vous, pource qu'à cette heure-là i'a-
uois la teſte en bas, & ie croy que vous ne me viſtes
point, car vous regardiez d'vn autre coſté. Ie vous fis
ſigne tant que ie pûs; mais comme vous commen-
çaſtes à leuer les yeux, ie retombois, & vne des pointes
de la montagne de Tarare vous empeſcha de me voir.
Dés que ie fus en bas ie leur voulus dire de vos nouuelles, & les aſſeuray que ie vous auois veuë, mais ils ſe
prirent à rire, comme ſi i'euſſe dit vne choſe impoſſible, & recommencerent à me faire ſauter mieux

que deuant. Il arriua vn accident eftrange, & qui femblera incroyable à ceux qui ne l'ont point veu ; vne
fois qu'ils m'auoient efleué fort haut, en defcendant
ie me trouuay dans vn nuage, lequel eftât fort efpais,
& moy extrémement leger, ie fus vn grand efpace
embarraffé dedans, fans retomber; de forte qu'ils de-
meurerent long-temps en bas, tendant la couuerture
& regardant en haut fans fe pouuoir imaginer ce que
i'eftois deuenu. De bonne fortune il ne faifoit point
du tout de vent; car s'il y en euft eu, la nuée en chemi-
nant m'euft porté du cofté ou d'autre, & ainfi, ie
fuffe tombé à terre; ce qui ne pouuoit arriuer fans que
ie me bleffaffe bien fort. Mais il furuint vn plus dangereux accident ; le dernier coup qu'ils me ietterent
en l'air, ie me trouuay dans vne trouppe de gruës, lefquelles d'abord furent eftonnées de me voir fi haut,
mais quand elles m'eurent approché, elles me prirent
pour vn Pigmée, auec lefquels vous fçauez bien,
Mademoifelle, qu'elles ont guerre de tout temps, &
creurent que ie les eftois venu efpier iufques dans la
moyenne region de l'air. Auffi-toft elles vinrent fondre fur moy à grands coups de bec, & d'vne telle violence que ie creus eftre percé de cent coups de poignard, & vne d'elles qui m'auoit pris par la jambe,
me pourfuiuit fi opiniaftrément qu'elle ne me laiffa
point que ie ne fuffe dans la couuerture. Cela fit apprehender à ceux qui me tourmentoient de me remettre encore à la mercy de mes ennemis, car elles
s'eftoient amaffées en grand nombre, & fe tenoient

D iiij

ſuſpenduës en l'air, attendât que l'on m'y renuoyaſt.
On me reporta donc en mon logis, dans la meſme
couuerture, ſi abbatu qu'il n'eſt pas poſſible de l'eſtre
plus. Auſſi, à dire le vray, cét exercice eſt vn peu violent pour vn homme auſſi foible que ie ſuis. Vous
pouuez iuger, Mademoiſelle, combien cette action
eſt tyrannique, & par combien de raiſons vous eſtes
obligée de la deſapprouuer; & ſans mentir, à vous
qui eſtes née auec tant de qualitez pour commander,
il vous importe extrémement de vous accouſtumer
de bonne heure de haïr l'iniuſtice, & de prendre ceux
qu'on opprime en voſtre protection. Ie vous ſupplie
donc, Mademoiſelle, de declarer premierement cette entrepriſe vn attentat que vous deſauoüez, &
pour reparation de mon honneur & de mes forces,
d'ordonner qu'vn grand pauillon de Gaze me ſera
dreſſé dans la chambre bleuë de l'hoſtel de Ramboüillet, où ie ſeray ſeruy & traitté magnifiquement
huict iours durant par deux Demoiſelles qui m'ont
eſté cauſe de ce malheur; qu'à vn des coins de la châ-
bre on fera à toute heure des confitures; qu'vne d'elles ſoufflera le fourneau, & l'autre ne fera autre choſe
que mettre du ſyrop ſur des aſſiettes pour le faire re-
froidir & me l'apporter de temps en temps. Ainſi,
Mademoiſelle, vous ferez vne action de iuſtice, &
digne d'vne auſſi grande, & auſſi belle Princeſſe que
vous eſtes, & ie ſeray obligé d'eſtre auec plus de reſpect & de verité que perſonne du monde,

MADEMOISELLE,   Voſtre, &c.

A MONSEIGNEVR LE CARDINAL
de la Valette.

LETTRE X.

MONSEIGNEVR,

Ie voy bien que les anciens Cardinaux prennent vne grande authorité fur les derniers receus, puifque vous ayant efcrit beaucoup de fois fans auoir receu vne de vos lettres, vous vous plaignez de ma pareffe. Cependant ie voy tant d'honneftes gens qui m'affeurent que vous me faites trop d'honneur de vous fouuenir de moy, & que ie fuis obligé de vous efcrire pour vous en remercier tres-humblement ; que ie veux bien fuiure leur confeil, & paffer par deffus ce qui peut eftre en cela de mon intereft. Vous fçaurez donc, Monfeigneur, que fix iours aprés l'Eclipfe, & quinze iours aprés ma mort, Madame la Princeffe, Mademoifelle de Bourbõ, Madame du Vigean, Madame Aubry, Mademoifelle de Ramboüillet, Mademoifelle Paulet, & Monfieur de Chaudebonne, & moy, partifmes de Paris, fur les fix heures du foir pour aller à la Barre, où Madame du Vigean deuoit donner la collation à Madame la Princeffe. Nous ne trouuafmes en chemin aucune chofe digne d'eftre remarquée, fi ce n'eft qu'à Ormeffon nous vif-

mes vn grand chien qui vint à la portiere du carroſſe
me faire feſte. (Vous ſerez, s'il vous plaiſt, auerty,
Monſeigneur, que toutes les fois que ie diray nous
trouuaſmes, nous viſmes, nous allaſmes, c'eſt en qualité de Cardinal que ie parle.) De là, nous arriuaſmes
à la Barre, & entraſmes dans vne ſalle où l'on ne marchoit que ſur des roſes, & de la fleur d'orange. Madame la Princeſſe, apres auoir admiré cette magnificence, voulut aller voir les promenoirs, en attendant
l'heure du ſouper; Le Soleil ſe couchoit dans vne nuée
d'or, & d'azur, & ne donnoit de ſes rayons qu'autant
qu'il en faut pour faire vne lumiere douce, & agreable; l'air eſtoit ſans vent & ſans chaleur, & il ſembloit
que la terre & le Ciel, à l'enuy de Madame du Vigean,
vouloient feſtoyer la plus belle Princeſſe du monde.
Aprés auoir paſſé vn grand parterre, & de grands iardins tous pleins d'orangers, elle arriua en vn bois où il
y auoit plus de cent ans que le iour n'eſtoit entré qu'à
cette heure-là qu'il y entra auec elle. Au bout d'vne
allée grande à perte de veuë, nous trouuaſmes vne
fontaine qui iettoit toute ſeule plus d'eau que toutes
celles de Tiuoly; à l'entour eſtoiét rangez vingt-quatre violons, qui auoient de la peine à ſurmonter le
bruit qu'elle faiſoit en tombant. Quand nous nous
en fuſmes approchez, nous deſcouuriſmes dans vne
niche qui eſtoit dans vne paliſſade, vne Diane à l'â-
ge d'onze ou douze ans, & plus belle que les foreſts
de Grece & de Theſſalie ne l'auoient iamais veuë:
elle portoit ſon arc & ſes fléches dans ſes yeux, &
auoit

auoit tous les rayons de ſon frere à l'entour d'elle.
Dans vne autre niche auprés, eſtoit vne de ſes Nymphes aſſez belle & aſſez gentille pour eſtre de ſa ſuite;
ceux qui ne croyent pas les fables, creurent que c'e-
ſtoit Mademoiſelle de Bourbon, & la Pucelle Prian-
de, & à la verité elles leur reſſembloient extrémemét.
Tout le monde eſtoit ſans proférer vne parole, en
admiration de tant d'objets qui eſtonnoient en meſme temps les yeux & les oreilles, quand tout à coup
la Deeſſe ſauta de ſa niche, & auec vne grace qui ne ſe
peut repreſenter, commença vn bal qui dura quelque temps à l'entour de la fontaine. Cela eſt eſtrange,
Monſeigneur, qu'au milieu de tant de plaiſirs, qui
deuoient remplir entierement, & attacher l'eſprit de
ceux qui en ioüiſſoient, on ne laiſſa pas de ſe ſouuenir de vous, & que tout le monde dit que quelque
choſe manquoit à tant de contentemens, puiſque
vous & Madame de Ramboüillet n'y eſtiez pas.
Alors ie pris vne harpe, & chantay

Pues quiſo me ſuerte dura,
Que faltando mi Señor
Tambied faltaſſe mi dama.

Et continuay le reſte ſi melodieuſement, & ſi triſtement, qu'il n'y eut perſonne en la compagnie à
qui les larmes n'en vinſſent aux yeux, & qui ne pleu-
raſt abondamment : & cela euſt duré trop long-
temps : ſi les violons n'euſſent viſtement ſonné vne
ſarabande ſi gaye, que tout le monde ſe leua auſſi
ioyeux que ſi de rien n'euſt eſté; & ainſi ſautant, dan-

E

ſant, voltigeant, piroüettant, capriolant, nous arriuaſmes au logis, où nous trouuaſmes vne table qui
ſembloit auoir eſté ſeruie par les Fées. Cecy, Monſeigneur, eſt vn endroit de l'auenture qui ne ſe peut
deſcrire, & certes, il n'y a point de couleurs ny de figures en la Rhetorique, qui puiſſent repreſenter ſix
potages, qui d'abord ſe preſenterent à nos yeux.
Cela y fut particulierement remarquable, que n'y
ayant que des Deeſſes à la table, & deux demy-
Dieux, à ſçauoir Môſieur de Chaude-bonne & moy,
tout le monde y mangea, ne plus ne moins que ſi
c'euſſent eſté veritablemét des perſonnes mortelles.
Auſſi, à dire le vray, iamais rien ne fut mieux ſeruy,
& entr'autres choſes, il y eut douze ſortes de vian-
des, & de déguiſemens, dont perſonne n'a encore
iamais ouy parler, & dont on ne ſçait pas encore le
nom. Cette particularité, Monſeigneur, a eſté rap-
portée par mal-heur à Madame la Mareſchalle de
Saint ✶✶✶✶, & quoy qu'on luy aye donné vingt
dragmes d'Opium plus que d'ordinaire, elle n'a iamais pû dormir depuis. Au commencement du
ſouper, on ne beût point à voſtre ſanté, pource que
l'on fut fort diuerty, & à la fin on n'en fit rien non
plus, pource qu'à mon auis, on ne s'en auiſa pas.
Souffrez, s'il vous plaiſt, Monſeigneur, que ie ne
vous flatte point, & qu'en fidelle Hiſtorien, ie raconte nuëment les choſes comme elles ſont; car ie ne
voudrois pas que la Poſterité priſt vne choſe pour
l'autre, & que d'icy à deux mille ans, on creuſt que

l'on euft beu à vous, cela n'ayant point efté. Il eft
vray que ie fuis obligé de rendre le tefmoignage à la
verité, que ce ne fut pas manque de fouuenir, car
durant le fouper on parla fort de vous, & les Dames
vous y fouhaitterent, & quelques-vnes de fort bon
cœur, ou ie ne m'y connois pas. Au fortir de table,
le bruit des Violons fit monter tout le monde en
haut, où l'on trouua vne chambre fi bien efclairée,
qu'il fembloit que le iour qui n'eftoit plus deffus la
terre, s'y fuft retiré tout entier. Là, le bal recommen-
ça, en meilleur ordre & plus beau qu'il n'auoit efté
autour de la fontaine; & la plus magnifique chofe
qui y fuft; c'eft, Monfeigneur, que i y danfay. Mademoifelle de Bourbon, iugea qu'à la verité ie danfois
mal, mais que ie tirois bien des armes, pource qu'à
la fin de toutes les cadences, il fembloit que ie me
miffe en garde. Le bal continuoit auec beaucoup de
plaifir, quand tout à coup vn grand bruit que l'on entendoit dehors, obligea toutes les Dames à mettre la
tefte à la feneftre, & l'on vit fortir d'vn grand bois
qui eftoit à trois cens pas de la maifon, vn tel nombre de feux d'artifices, qu'il fembloit que toutes les
branches & les troncs des arbres fe conuertiffent en
fufées, que toutes les eftoilles du Ciel tombaffent, &
que la Sphere du feu voulût prendre la place de la
moyenne region de l'air. Ce font, Monfeigneur,
trois Hyperboles, lefquelles appréciées, & reduites
à la iufte valeur des chofes, valent trois douzaines
de fufées. Aprés s'eftre remis de l'étonnement où

cette furprife auoit mis vn chacun, on fe refolut de
partir, & on reprit le chemin de Paris à la lüeur de
vingt flambeaux. Nous trauerfafmes tout l'Ormef-
fonnois, les grandes plaines d'Efpernay, & paffafmes
fans aucune refiftance par le milieu de S. Denis. M'e-
ftant trouué dans le carroffe auprés de Madame ***,
ie luy dis de voftre part, Monfeigneur, vn *Miferere*
tout entier, auquel elle refpondit auec beaucoup de
gentilleffe & de ciuilité. Nous chantafmes en chemin
vne infinité de *Sçauans*, de *Petis-dois*, de *Bon-foirs*, de
Pon-Bretons. Nous eftions enuiron vne lieuë par delà
S. Denis, & il eftoit deux heures aprés minuit ; le trauail du chemin, le veiller, l'exercice du bal, & de la
promenade, m'auoient extrémemét appefanty, quád
il arriua vn accident, que ie creus deuoir eftre caufe de
ma totale deftruction. Il y a vne petite bourgade entre Paris & S. Denis, que l'on nomme la Vilette, au
fortir delà, nous rencontrafmes trois carroffes, dans
lefquels s'en retournoient les Violons que nous
auions fait ioüer tout le iour. Voicy, Monfeigneur,
qui eft horrible ! le Diable alla mettre en l'efprit de
Mademoifelle ***, de leur faire commander de nous
fuiure, & d'aller donner des ferenades toute la nuit.
Cette propofition me fit dreffer les cheueux en la tefte ; cependant tout le monde l'approuua. On fit arrefter les carroffes, on leur alla dire le commandement ; mais de bonne fortune les bonnes gens auoiét
laiffé leurs violons à la Barre ; & Dieu les benie. Par là,
Monfeigneur, vous pouuez iuger que Mademoifel-

le ✳✳✳, eſt vne auſſi dangereuſe Demoiſelle pour la
nuit, qu'il y en ait au monde, & que ie i'auois grande
raiſon chez Madame ✳✳✳, de dire qu'il falloit faire
ſortir les violons, & qu'il ne falloit rien pour ſe rem-
barquer tant qu'on les voyoit preſens. Nous conti-
nuaſmes noſtre chemin aſſez heureuſement, ſi ce
n'eſt qu'en entrant dans le Faux-boug, nous trouuaſmes ſix grands Plaſtriers tous nuds qui paſſerent deuant le carroſſe où nous eſtions. Enfin, nous arriuaſmes à Paris, & ce que ie m'en vay vous dire, eſt plus
épouuentable que tout le reſte. Nous viſmes qu'vne
grande obſcurité couuroit toute la ville, & au lieu
que nous l'auions laiſſée, il n'y auoit que ſept heures,
pleine de bruit, d'hommes, de cheuaux, & de car-
roſſes, nous trouuaſmes vn grand ſilence, & vne effroyable ſolitude par tout; & les ruës tellement deſ-
peuplées, que nous n'y rencontraſmes pas vn homme, & viſmes ſeulement quelques animaux, qui à la
lüeur des flambeaux, ſe cachoient. Mais, Monſeigneur, ie vous diray le reſte de cette auanture vne
autrefois.

Qui èl fin del Canto, e torno ad Orlando,
A dio Signor; à voi mi raccommando.

A MADEMOISELLE PAVLET.

LETTRE XI.

MADEMOISELLE,

Il n'y eut iamais de si beaux enchantemens que les
voftres, & tous les Magiciens qui fe font feruis d'i-
mages de cire, n'en ont point fait de fi eftráges effets
que vous. Celle que vous auez enuoyée, a remply
d'eftonnement tous ceux qui l'ont veuë; &, ce qui
eft beaucoup plus admirable,& que ie penfe que tou-
tela Magie ne peut faire, elle a donné de l'amour à
Madame la Marquife de Ramboüillet, & à moy de la
ioye, le mefme iour que vous eftes partie. Ie ne comprens pas comme cela vous eft pû arriuer. Mais la lettre & le prefent qui vinrent de voftre part, me firent
oublier tous mes maux, & ie receus la petite Europe
auec autant de contentement, que fi l'on m'euft donné celle qui fait vne des trois parties du Monde, &
que l'on diuife en plufieurs Royaumes. Auffi vaut-
elle dauantage, puis qu'elle vous reffemble,& Madame la Marquife, fous ce pretexte, me l'ofta par force,
& iura Stix qu'elle ne fortiroit point de fon cabinet.
Ainfi Europe a efté rauie pour la feconde fois, &
beaucoup plus glorieufement,ce me femble,que lors
qu'elle fut enleuée par Iupiter. Il eft vray, que pour

m'appaiſer, l'on m'a donné deux chiens, qui ont le muſeau ſi long, qu'à mon aduis ils valent bien vne Demoiſelle, & ie ne ſçay s'il y en a vne dans Paris, pour qui ie les vouluſſe donner. Auſſi-bien en l'humeur où ie me trouue, ie ne dois plus conuerſer auec les creatures raiſonnables, & dans le deſeſpoir où ie ſuis, ie voudrois eſtre en vn deſert, entre les griffes du plus cruel des Lyons, moy qui diſois que l'on ne deuoit aymer que les chiens. Vous qui les auez rendus galans, faites, s'il vous plaiſt, auſſi qu'ils ſoient reconnoiſſans, & qu'ils ſe ſouuiennent quelqueſfois de moy, puis que ie les honore plus que perſonne du monde ; & que ie ſuis,

MADEMOISELLE,

Voſtre, &c.

A MADAME DV VIGEAN,
En luy enuoyant vne Elegie qu'il auoit
faite, & qu'elle luy auoit demandée
pluſieurs fois.

LETTRE XII.

Madame,

Voila cette Elegie que vous m'auiez beaucoup
trop demandée, & qui iuſqu'icy auoit eſté oüie de
quelques-vns; mais qui n'auoit encore eſté leuë de
perſonne. Ie voudrois bien qu'il m'en arriuaſt autant
qu'à vous, qui aprés auoir caché long-temps la plus
belle choſe du monde, auez ébloüy, en la monſtrant, tous ceux qui l'ont veuë. Mais c'eſt eſtre trop
amoureux de mes vers, que de leur ſouhaitter cét
auantage, & ie ne voudrois pas qu'ils fuſſent meilleurs, puiſqu'ils n'ont pas eſté faits pour vous. Si
vous les trouuez fort mauuais, vous m'en deuez
ſçauoir d'autant plus de gré, de ce que le connoiſſant
comme vous, ie n'ay pas laiſſé de vous les enuoyer.
Et ſans mentir, pour m'obliger à cela, il ne falloit pas
auoir moins de puiſſance ſur moy, que celle que vous
y auez acquiſe depuis quelques iours : & ſans voſtre
commandement, Madame, ils n'euſſent iamais eſté
                                              ailleurs

ailleurs que dans ma memoire. Mais il est temps qu'ils
en sortent pour laisser place à quelque objet plus
agreable, & ce que Mademoiselle *** me fit voir l'autre iour, l'occupe tellement à cette heure, que ie ne
sçay s'il y aura plus de lieu pour pas vne autre chose. Ie
voy bien, Madame, que ie vous fais vn poulet, en ne
pensant faire qu'vne lettre d'excuse & de compliment, mais ie voudrois bien que les autres fautes que
vous trouuerez icy fussent aussi excusables que celle-
là. Cependant, ie vous iure qu'il y a bien long-temps
que ie ne m'estois tant engagé, & qu'il y a beaucoup
de personnes à qui ie n'en voudrois par dire autant,
quand bien elles me tiendroient l'espée sur la gorge.
Mais puis qu'il n'y peut auoir de scandale, vous deuez, ce me semble, Madame, receuoir fauorablement ce commencement d'affection, pour voir
comme ie ferois si ie deuenois amoureux, & ce qui
en arriueroit, si on me laissoit faire.

F

A MADEMOISELLE DE
RAMBOVILLET,

Sur la mort de ſon ſecond Frere, qui mourut de
peſte, & qu'elle aſſiſta pendant
ſa maladie.

LETTRE XIII.

MADEMOISELLE,

N'ayant pas moins d'admiration de voſtre courage, & de voſtre bon naturel, que de reſſentiment de
voſtre douleur, ie ſuis ſi fort touché de l'vn & de l'autre, que ſi i'eſtois capable de vous dôner les loüanges
qui vous ſont deuës, & la conſolation dont vous auez
beſoin, i'auoüe que ie ſerois bien empeſché par où
commencer : car quelles obligations peuuent eſtre
eſgalement plus preſſantes, que de rendre à vne ſi
éminente vertu les honneurs qu'elle merite, & à vne
ſi violente affliction le ſoulagement qu'elle deſire?
Mais i'ay tort de des vnir ces deux choſes, puiſque
voſtre charité les a ſi parfaitement vnies, que l'aſ-
ſiſtance incomparable que vous auez renduë à feu
Monſieur voſtre Frere, vous doit eſtre maintenant
vne conſolation nompareille, & que Dieu vous donne en cela par iuſtice, ce que les autres luy demandent

par grace; fa bonté infinie ne pouuant laiffer fans reconnoiffance, vne action fi extraordinaire de bonté,
que celle qui vous a fait mefprifer vôftre vie pour
porter les deuoirs de la meilleure Sœur du monde, au
delà de vos obligations,& par vne conftance admirable, demeurer ferme au milieu d'vn peril qui fait
trembler les plus courageux. Cette mefme raifon ne
me peut permettre de douter qu'il ne vous en preferue,
& qu'il ne verfe fur vous pour recompenfe de voftre vertu, les benedictions que vous fouhaite,

MADEMOISELLE,

Voftre, &c.

F ij

A MADAME LA MARQVISE
de Sablé.

LETTRE XIV.

Madame,

Pour vous confoler de la mauuaife nouuelle que vous auez déja apprife, ie ne fçay point de meilleur moyen que de vous faire peur pour vous-mefme. Sçachez donc que moy qui vous efcris, ay efté trois iours durant en vne maifon, où deux perfonnes mouroient de la pefte. Iamais vous ne fiftes mieux que de fortir de Paris, puis que c'eftoit le temps où les honneftes gens deuoient eftre affligez. Madame de Ramboüillet a perdu fon petit-fils, qui eft mort de la pefte en trois iours, & elle n'a pas voulu fortir de fa maifon tant qu'il a efté en vie. Vous pouuez iuger, Madame, que rien ne m'a pû empefcher d'eftre toufiours parmy eux, puis que vous n'eftiez point icy. Mais i'ay peur que ie ne vous efpouuante trop, & que le remede dont ie veux guerir voftre ennuy ne foit plus violent que le mal. Sçachez donc que moy qui vous efcris ne vous efcris point, & que i'ay enuoyé cette lettre à vingt lieuës d'icy, pour eftre copiée par vn homme que ie n'ay iamais veu. Ie prends beaucoup de part, Madame, au déplaifir

que vous auez, & ie voy bien que ce malheur ne pouuoit arriuer en vne plus malheureuse saison ; la mo-
deration que ie connois en voftre esprit, & la negligence que vous auez pour toutes les choses du monde, me font esperer que vous aurez meilleur marché
de cette affliction qu'vne autre, & que la perte de cinquante mille liures de rente qui sortent de voftre
maison, par où vne autre plus interessée que vous seroit principalement touchée, ne vous affligera que
mediocrement. Mais, Madame, ie ne me puis resoudre de respondre par vne lettre de consolation au
plus obligeant poulet du monde ; car la derniere partie de voftre lettre ne se peut appeller qu'ainsi. Ie vous
supplie, tres-humblement, Madame, soyez bien aise
de m'auoir escrit aussi fauorablement que vous auez
fait, car dans tous les ennuis que i'ay, i'ay receu cette
ioye aussi sensiblement que si ie n'auois point du tout
de déplaisir, & ie ne me puis estimer malheureux tant
que i auray l honneur d'estre aymé de vous. Ie suis
si heureux & si hardy que ie n'en doute point du tout,
& mon bon-heur est fort grand en cela, que le bien
du monde que i'estime le plus, est celuy que ie croy
posseder le plus asseurément. Vous doutez si peu de
moy, Madame, que ie sçay bien que vous receurez de
meilleur cœur les asseurances que ie vous tesmoigne
auoir de voftre affection, que celles que ie vous pourrois donner de la mienne, & vous qui souhaittez mon
bien en toutes choses, ne sçauriez rien desirer dauantage pour moy, sinon que ie croye que vous m'aymés.

F iij

ceux qui ont veu quel changement voftre abfence a
fait en moy, & quelle part de mon efprit vous auez
emportée auecque vous, vous pourront tefmoigner
quelque iour, que ie me rends en quelque forte digne
de cét honneur. Mais, Madame, ie ne puis m'empefcher de vous dire, que Monfieur le Maiftre qui vit
auec quelle tendreffe ie vous dis Adieu, fe fera bien
confirmé en l'opinion qu'il auoit; & qu'il croit bien
voir vn iour nos chiffres grauez enfemble fur les arbres de Bourgon; au moins fuis-je bien aife de ce
qu'il a veu, que voftre affection eft bien reconnuë, &
qu'elle eft reciproque. Pour moy, Madame, ie vous
dis encore ce dont ie vous affeuray en partant, que ie
n'eftimeray ni n'aymeray iamais rien tant au monde que vous, & ie feray toufiours auec toute forte de
refpect,

    MADAME,

                Voftre, &c.

A Mademoifelle de Chalais.

MADEMOISELLE,

Ie n'aurois pas voulu vous mettre en hazard non
plus que Madame, en vous faifant lire cette lettre;
mais ie croy que les perfonnes qui ont pris de la
teinture d'or, ne peuuent prendre de mauuais air.
Pour moy, ie prens tous les matins trente grains d'an-

timoine, & fix yeux de ce poiffon que vous fçauez.
Auec cela ie puis aller par tout fans rien craindre.
Conferuez-moy, s'il vous plaift, toufiours l'honneur
que vous me faites de m'aymer; car fi cela vient à me
manquer, ie prendray mon antimoine fans eftre preparé. Ie fuis, Mademoifelle, de tout mon cœur,

Voftre, &c.

A LA MESME.

LETTRE XV.

Madame,

I'ay receu auec voſtre lettre la plus grande ioye que
i'aye euë depuis que vous n'eſtes plus icy. Si vous vous
ſouuenez auec combien d'amitié & d'eſprit ſont eſcrites toutes celles que vous me faites l'honneur de
m'enuoyer, vous n'en douterez pas ; & vous n'auriez
pas l'opinion que vous auez de ma negligéce, ſi la fortune n'auoit fait perdre la derniere que ie vous ay eſcrite. C'eſt vne perte qui vous doit toucher, puis qu'il
y en auoit vne auſſi de Mademoiſelle de Ramboüillet. Elle vous ſupplie de ſçauoir de Madame de Saint
Amand, à qui elle s'adreſſoit, ce qu'elle eſt deuenuë,
car elle en eſt en peine pour beaucoup de choſes
qu'elle vous mandoit. Pour moy, Madame, ie vous aſſeure que ie prens tant de plaiſir à vous eſcrire, que ie
n'en trouue gueres dauantage à ne rien faire. Et mes
lettres ſe font auec vne ſi veritable affection, que ſi
vous le iugez bien, vous les eſtimerez dauantage que
celles que vous me redemandez. Celles-là ne par-
toient que de mon eſprit, celles-cy partent de mon
cœur ; celles-là m'eſtoient à charge, & celles-cy me
ſoulagent extremément. N'eſt-il pas vray, Madame,
                                                    que

que ie vous aurois fait grand dépit, si i'auois mis
encore cinq ou six fois celles-cy & celles-là, & que
vous-vous feriez estonnée de la nouueauté de ce stile. Ie l'ay pensé faire pour voir ce que vous diriez,
mais ie n'ay plus enuie de rire depuis que vous n'estes
plus icy, i'en serois parti il y a long-temps, si le changement de quelques affaires ne m'y auoit retenu. Ma
paresse est née sous la plus heureuse constellation
qu'il est possible, elle trouue tousiours quelque pretexte à toutes les choses qu'elle ne veut pas faire, &
i'ay remis de huit en huit iours mon partement sans
qu'il y ait de ma faute d'estre demeuré iusqu'à cette
heure. Ie croy, Madame, que vous ne trouuerez pas
cela estrange, vous qui y feriez encore, si le chariot
des pestiferez ne vous en eust chassée. Mais ie suis
resolu de m'arracher de Paris dans dix ou douze iours,
& ie croy que vous n'y aurez pas beaucoup de peine.
Au moins la plus forte racine qui m'y tenoit fut
ostée le iour que vous en partistes; & si quelque chose m'y pouuoit à cette-heure retenir, ce seroit Madame & Mademoiselle de Ramboüillet, qui me disent tous les iours que ie m'en dois aller. Ie vous puis
asseurer, Madame, sans pecher contre la franchise que
ie vous doy, que vous estes aymée de ces deux personnes autant que vous le sçauriez desirer, & ie les
entens tous les iours parler de vous auec tant de tendresse, qu'vne des choses que i'aime à cette-heure autant en elles, est l'affection qu'elles vous portent. Ne
doutez donc non plus d'elles que de moy, & ne met-

G

tez point leur amitié entre les biens que vous pouuez perdre. Ie fuis extrémement aife de ce que vous
auez affeuré les autres qui ne font pas de cette Nature, & que vous ayez mis l'ordre que vous defiriez dans
vos affaires. Ie vous remercie tres-humblement de
ce que parmi les voftres, vous ne laiffiez pas d'auoir
foin des miennes. Dans la negligence que i'ay pour
cela, il eft neceffaire pour moy que ie fçache ce qu'il
faut faire de fi bonne part que ie n'y ofe defobeïr, &
que ie reçoiue les auis d'vne perfonne qui commande
en confeillant. Ce qui me mettoit fi en peine, & qui
m'auoit retenu, eft en meilleur eftat que ie n'auois
efperé, & ie croy que nous y donnerons ordre moyennant quelque argent que nous contribuons pour cela. Mais ie croiray en eftre forti heureufement, s'il ne
m'en coufte que cela : & puis, Madame, ie me foucie
moins que iamais d'auoir du bien, à cette heure que
ie fuis affeuré que vous en aurez. Au pis aller, auec
les fecrets que i'ay dans la Chymie, & dans la Medecine, vous me pourrez bien retirer chez vous ; &
vous me ferez habiller en Gentil-homme quand vous
voudrez que ie vous mene. Vous auez bien iugé que
i'aurois befoin de voftre faueur auprés de Mademoifelle d'Atichi, & ie vous fupplie tres-humblement, Madame, de luy efcrire pour moy. Ie ne l'ay
veuë qu'vne fois depuis voftre partement. Cela, &
ce que Monfieur Nerli luy aura pû dire, luy feront
bien croire, comme i'efpere, que vous lui recom-
manderez vne perfonne qui ne vous eft pas indiffe-

rente,& qui vous eſt aſſez fidele pour meriter ce ſoin-
là de vous. Si elle le croit ainſi, ie penſe, Madame,
qu'elle en iugera mieux que de beaucoup d'autres
choſes:Car il eſt vray (& pardonnez-moy,Madame,
ſi ie ne vous le dis pas auec aſſez de reſpect) que ie
n'aime rien au monde tant que vous, & que ie ſuis
de tout mon cœur,

MADAME,

Voſtre, &c.

A LA MESME.

LETTRE XVI.

Madame,

I'ay admiré voſtre iugement en voyant le commencement de voſtre lettre, car il eſt vray que vous
auez veu pluſtoſt que moy vn ſentiment qui eſtoit
caché dans mon cœur. Il me ſembloit que i'auois
vne extréme haſte de partir, mais quelque plaiſir que
i'aye d'auoir de vos nouuelles, i'auouë que quand
i'ay veu Robineau, i'ay eu quelque frayeur de penſer
que ie n'auois plus de pretexte de demeurer icy, &
ie croy que i'euſſe eſté bien aiſe d'attendre encore
ſept ou huit iours cette ioye. Cependant, Madame, quelque déplaiſir que ie pûſſe auoir, i'en ſerois
aiſément conſolé par le ſoin que vous auez de moy,
& ie ſuis extrémement content, de voir que vous
auez plus eſcrit de lettres pour moy en vne nuit, que
vous n'en auez fait en quatre ans pour Madame
Deſloges, & pour Madame d'Aubigni. C'eſt ſans
doute la plus grande preuue d'affection que ie pûſſe tirer de vous, principalement en le conſiderant
auec la circonſtance que vous m'eſcriuez; & ie ne dois
point douter que vous n'employaſſiez toutes choſes
à l'auancement de ma fortune, puis que vous y em-

ployez voftre peine. Ie reconnois cela, Madame,
auec ce cœur que vous fçauez que i'ay, & outre le
contentement que ie reçois en cela pour mon regard,
i'en ay encor vn extréme, de voir que vous eftes auffi
genereufe & auffi bonne amie que ie l'ay toufiours
defiré. Auffi ie vous iure que ie fuis fi fatisfait en cela
de ma fortune, que ie croy que ie la negligeray aux
autres chofes, & que ie mefpriferay l'amitié des Rei-
nes toutes les fois que ie fongeray que i'ay la voftre.
Soyez donc, s'il vous plaift, Madame, extrémement
fatisfaite de ce que vous auez fait pour moy, fans
vous foucier de ce qui en reüffira, ni du fruit que
me produiront vos lettres ; & fi vous les auez efcrites
pour me faire auoir du bien, ou des honneurs, foyez
affeurée qu'elles ont defia fait l'effet que vous auez
defiré. Ie ne manqueray pas de les donner auec l'ordre que vous me commandez. Vous auez bien fait
au refte d'en excufer le ftile, car fans mentir ce iar-
gon de Marfife, de Merlin, & d'Alexis, me femble
infupportable. Cependant ie ne laiffe pas de remarquer parmi tout cela beaucoup d'efprit, & vne merueilleufe adreffe, & fur tout vne extréme enuie de
faire quelque chofe pour moy. Ie trouue extrémement plaifant ce que vous dites à Mademoifelle
de Ramboüillet, que fi on n'y prend garde i'iray
en Flandre comme i'irois à Vaugirard ; & à mon
auis, ce mot là tout feul vaut vne bonne lettre. Il eft
vray, Madame, que fans le foin qu'on a eu de m'en
auertir, ie fuffe allé auec le meffager de Bruxelles.

G iij

Et pour dire le vray, ie fais ce voyage auec tant de regret, que ie ne puis m'imaginer que ie doiue craindre d'estre arresté: & sans Madame ***, ie souhaitterois de passer le reste de l'Hyuer dans vne chambre de la Bastille, pourueu qu'on me la donnast bien chaude. Le *** est tout à fait ruiné, Monsieur de *** estoit depuis quatre mois dans vne estroite amitié auec luy, & auec Monsieur de Bellegarde; vous pouuez iuger, Madame, qu'il n'en sera pas mieux, ni moy aussi. Mademoiselle d'Atichi m'a promis des merueilles, & auec autant d'affection que vous auriez pû faire; Ie vous asseure que ie n'ay pas merité cela d'elle, & que ie ne sçay si ie le pourray meriter iamais. Soyez en seureté de Madame de Villeroy, & de toute autre chose; i'ay receu tous vos auis, & ie les garderay tous. Madame & Mademoiselle de Rambouillet vous aiment extrémement. Ie vous dis Adieu, Madame, les larmes aux yeux, & ie vous asseure que ie vous aime autant que vous le meritez, & plus que vous ne sçauriez vous l'imaginer.

A LA MESME.

LETTRE XVII.

MADAME,

Sans mentir c'eſt vne extréme ingratitude à vous de n'auoir pas pris la peine de me faire reſponſe; & c'eſt eſtre pareſſeuſe à vn point qui ne ſe peut ſouffrir, que de l'eſtre plus que moy. Quelque beau pretexte que i'euſſe d'eſtre ſix mois ſans vous eſcrire; ie n'ay pû laiſſer partir Robineau, ſans vous aſſeurer qu'aprés tout cela ie ſuis plus à vous que iamais. Il eſt vray, Madame, que vous ne me ſçauriez perdre, quelque negligence que vous ayez pour moy. Ie voudrois bien quelquefois, comme Mademoiſelle de Chalais, me pouuoir ſauuer de voſtre ſeruice, & il y a bien icy quelques perſonnes qui ſe reſoudroient à m'enleuer; mais ie n'y puis conſentir; & il me ſemble que ce ſeroit me perdre, que de me ſauuer de la ſorte. Madame de Ramboüillet m'a commandé de vous dire, que ſur le beſoin qu'elle a creu que vous auiez d'vne perſonne habile & adroite pour eſtre en la place de celle que vous auiez perduë, elle vous a enuoyé Mademoiſelle ✱✱✱, qui de bonne fortune n'auoit pas encor trouué de condition, elle croit que vous la receurez comme vne perſonne qu'elle vous a choiſie, & l'a fait partir il y a deux iours. Ie ne vous aurois pas eſcrit cette raillerie, ſi on ne me l'auoit commandé : Car en verité, Madame, i'ay le cœur tout outré du peu de ſoin que vous auez de moy ; deſchargez-le de cét ennuy, s'il vous plaiſt, car ie vous iure qu'il eſt tout à vous. Ie ſuis,

MADAME,

Voſtre, &c.

A LA

A LA MESME.

LETTRE XVIII.

MADAME,

Si vous ne vous fouciez point de mon plaifir ni de mon repos, au moins ayez foin de ma fortune. Ie fuis fur le point de partir fans aucune remife, que iufqu'à ce que i'aye eu de vos nouuelles ; ie crains que les lettres que vous m'auiez données ne foient trop vieilles, fi vous auez encore conferué quelque intelligence en ce païs-là, ie croy qu'il feroit à de-firer pour moy, que vous m'en donnaffiez d'autres; où vous prendriez occafion de parler en ma faueur, fi vous le trouuez à propos. Mais fi vous ne le iu-gez pas ainfi, au moins fera-t-il bien que vous par-liez pour vous, & que par vos lettres vous renou-ueliez les affeurances de voftre fidelité & de voftre feruice. Et cela, Madame, fera toufiours quelque forte de recommandation pour moy. Ie vous fup-plie tres-humblement de me les enuoyer auec tou-te la diligence poffible ; car ie n'attens que cela pour partir. Ie vous dis, Adieu, Madame, auec tant d'affe-ction & de tendreffe, qu'il feroit encore plus dange-reux que Nerli vift celui-cy que l'autre ; & ie vous iure que i'ay plus de regret de m'efloigner de vous,

H

que de quitter celles que ie laiſſe icy. Auſſi, Madame,
me ſerez-vous touſiours plus conſiderable que tout
le reſte du monde; & ſi vous ſçauiez de quelle ſorte
cela eſt, vous en ſeriez ſatisfaite, vous qui ne ſçauriez
eſtre contente à moins d'auoir les cœurs tous entiers.
Ie vous dis cecy auec la meſme fidelité que les derniè-
res paroles que ie dirois en mourant: Il n'y aura iamais perſonne que i'ayme, que i'honore, ny que i'e-
ſtime tant que vous; & ie feray touſiours, Madame,
en quelque temps, & en quelque lieu que ce ſoit,

Voſtre, &c.

A MADEMOISELLE PAVLET.

LETTRE XIX.

MADEMOISELLE,

Ie vous remercie tres-humblement de ce que vous ne vous plaignez point de moy, & ie vous asseure aussi que vous en auez moins de raison que qui que ce soit au monde. Ie m'estonne de ce que vous dites, que les personnes qui me font l'honneur de m'aimer, me blasment de ma paresse, & qu'elles-mesmes en ont tant, qu'elles me font reprocher cela par vne autre. En l'estat, où ie suis, il seroit bien plus raisonnable de m'enuoyer des consolations que des plaintes, & ce ne sont gueres ceux qui sont affligez, qui sont bannis, & qui perdent leurs biens, qui diuertissent les autres. En disant cecy, ne croyez pas, s'il vous plaist, que ie me plaigne de cette rare personne, que son merite & son peu de santé mettent au dessus de toutes sortes de deuoirs. Mais celles qui escriuent de gayeté de cœur, & seulement pour dire des gentillesses, ne sont pas, ce me semble excusables de ne m'auoir pas fait cét honneur. Ie vous asseure qu'il n'y eut iamais vne tristesse pareille à la mienne; & si i'osois écrire des Lettres pitoyables, ie dirois des choses qui vous feroient fendre le cœur.

H ij

Mais, pour vous dire le vray, ie feray bien aife qu'il
demeure entier, & ie craindrois que s'il eftoit vne fois
en deux, il ne fuft partagé en mon abfence. Vous
voyez comme ie me fçay bien feruir des jolies chofes
que i'entens dire : Mais vous, Mademoifelle, de qui
ie tiens celle-cy, & dont ie n'oublie pas vn bon mot,
deux ans aprés que ie l'ay oüy dire ; ayez foin de m'en
mander quelques-vns, puifque i'en fçay fi bien profiter, & enuoyez-moy quelques paroles, dont ie me
doiue fouuenir auffi long-temps que de celles-là.
Toutes celles que i'ay veuës iufques ici de voftre part,
font fi indifferentes, qu'elles n'ont rien diminué de
mon ennuy ; & ie vous fupplie tres-humblement de
m'en enuoyer qui ayent plus de vertu, vous qui fçauez donner aux voftres toute celle qu'il vous plaift.
Sinon, ie croiray que cette reconciliation fi precipitée, qui fut faite fi peu de temps deuant mon départ,
fut fauffe ; & qu'il n'y a eu rien de fincere en vous, que
voftre froideur & voftre indifference. Vous pouuez
iuger, s'il eft poffible que ie viue auec cette imagination, & fi vous n'eftes pas la plus mefchante perfonne
du monde, fi vous me mettez en ce hazard. Ie vous
conjure d'auoir plus de foin de moy, car vous y eftes
extrémement obligée ; puis qu'il eft vray que ie fuis
plus que iamais,

MADEMOISELLE,

Apres auoir efcrit cette Lettre, il m'a femblé qu'il

y auoit cinq ou six dragmes d'Amour, mais il y a si long-temps que ie n'en ay parlé, que ie n'ay pû m'en retenir; & puis ie suis si petit, que vous sçauez bien qu'il n'y a pas de danger de moy. Au reste, cét homme dont vous parlez est mort il y a long-temps, il ne reste qu'à l'enterrer, mais on le laisse-là par negligence,

Voftre, &c.

A LA MESME.

LETTRE XX.

MADEMOISELLE,

Ce fut vn grand bon-heur pour moy, de receuoir voſtre Lettre deuant que de partir de Bruxelles ;
& de receuoir tant de conſolation à la veille d'auoir
tant de peine. Depuis ie n'ay eu aucun déplaiſir,
quoy que i'aye eu beaucoup de mal : Car ie ne veux
pas qu'il ſoit dit, qu'vn homme dont vous auez ſoin,
puiſſe eſtre mal-heureux, & i'aurois honte que la fortune euſt ſur moy plus de pouuoir que vous. I'ay cheminé douze iours ſans m'arreſter, depuis le matin
iuſqu'au ſoir, i'ay paſſé par des païs où le bled eſt vne
plante rare, & où l'on conſerue les pommes auec autant de ſoin, que les orangers en France. Ie me ſuis
trouué en des lieux, où les plus vieilles perſonnes ne
ſe ſouuiennent pas d'auoir iamais veu de lict ; & pour
me rafraiſchir, ie me trouue à cette heure dans vne
armée, où les plus robuſtes ſont fatiguez. Cependant,
ie vis encore, & ie ne vois icy perſonne qui ſe porte
mieux que moy. Ie ne ſçay pas à quoy attribuer vne
force ſi extraordinaire, qu'à l'effet de voſtre Lettre :
& il me ſemble que ie ſuis comme ces hommes qui

font des chofes furnaturelles, apres auoir aualé vn billet. En arriuant, ie me fuis fait enroller, par la faueur
de Monfieur de Chaude-bonne, dans vne compagnie de Crauates : & ie vous puis dire fans vanité,
Mademoifelle, qu'il n'y a perfonne qui y faffe mieux
que moy. Ie n'ay point pourtant encore enleué de
femme, ny de fille, pource que ie me fuis trouué vn
peu las du voyage, & que ie n'eftois pas en trop bonne confiftance ; & tout ce que i'ay pû faire, a efté de
mettre le feu à trois ou quatre maifons : mais ie me
fortifie tous les iours, & ie fuis plus determiné qu'il
n'eft poffible de croire. Tout de bon, ie fuis tout autre que vous ne m'auez veu, & telle perfonne s'eft
fauuée autresfois de mes mains, qui ne m'efchape-
roit pas à cette heure. Ie croy pourtant, quelque mefchant, que ie me faffe, que vous ne croyez pas que ie le
fois tant, & que vous ne penfez pas que l'on me doiue
beaucoup craindre ; & mefmement vous, Mademoifelle, puis que vous fçauez bien que vous auez toute
forte de pouuoir fur moy, & que ie fuis de tout mon
cœur,

MADEMOISELLE,

En partant de Bruxelles, i'enuoyay quelques tableaux à celuy qui vous doit donner cette Lettre.
Ie le priay de vous les porter, & ie vous fupplie

tres-humblement, Mademoiſelle, de les donner à
la perſonne, à qui vous iugez que ie les enuoye, &
de luy dire, que c'eſt vne partie de mon pillage,
& que ie luy donne cela en rabbatant, ſur ce que
ie luy dois de la mourre, *il auoir ioué a la mourre*
auec m^{de} de Rambouiller

Le 27. Iuin, du Port d'Igoin ſur la Loire,
que nous allons paſſer.

Voſtre, &c.

A LA

A LA MESME.

LETTRE XXI.

MADEMOISELLE,

Vous auriez plus souuent de mes nouuelles, si ie
pouuois : mais pour l'ordinaire, nous arriuons en des
lieux où l'on trouue plus aisément toute autre chose, que de l'encre & du papier ; & puis il faut escrire
auec tant de retenuë, qu'estourdy comme ie suis, ie
ne prens iamais la plume que ie ne tremble de peur
d'en trop dire, & que ie ne fasse d'estranges efforts
pour m'en empescher. Mesme à cette-heure, ie meurs
d'enuie d'escrire des choses qu'il est plus à propos de
taire, & que peut estre vous-mesme ne trouueriez-
vous pas trop bonnes. Car il me souuient que par
vostre derniere vous m'auez deffendu de parler d'a-
mour, & il faut que ie vous obeysse quelque peine
que i'y aye. Et ie ne puis pourtant, Mademoiselle,
que ie ne vous die que quelque passion que i'aye
pour la guerre, il y en a quelque autre qui est bien
plus forte en moy, & que ie connois que nos premieres inclinations sont tousiours les maistresses. Nous
ne trouuons rien qui nous resiste, nous nous appro-
chons tous les iours du pays des melons, des figues, &
des muscats, & nous allons combattre en des lieux,

I

où nous ne cueillirons point de palmes : qui ne soient
meslées de fleurs d'oranges & de grenades ; Mais ie
vous asseure que ie quitterois volontiers ma part de
toutes nos victoires, pour auoir l'honneur d'estre à
cette heure à vos pieds, & que i'estimeray tousiours
moins le titre de Conquerant, que celuy de.

*je vous assure que j'aime toujours sous ce que je dois
aimer mieux que j'aimais*

Vostre, &c.

ce 10. Iuillet.

A MADEMOISELLE
de Ramboüillet.

LETTRE XXII.

MADEMOISELLE,

Ie n'ay garde de trouuer rien à redire à voſtre prudence, puis qu'elle eſt iointe auec tant de bonté ; &
qu'elle ne s'employe pas moins à pouruoir aux biens
des autres, qu'aux voſtres meſmes. I'auoüe que ie me
fuſſe eſtonné d'eſtre le premier malheureux que vous
euſſiez abandonné, & que vous euſſiez fait ſur moy
l'aprentiſſage de cette vertu impitoyable qui n'a encore pû compatir auec voſtre generoſité. Auſſi, puiſque les actions qui ſe font auec peril, ſont plus eſti-
mées que les autres, il ne faut pas touſiours chercher
toute ſorte de ſeureté à bien faire, & vous eſtes, ce
me ſemble, Mademoiſelle, particulierement obligée
d'auoir ſoin des miſerables, puis qu'auec des paroles
ſeulement vous pouuez changer leur condition. Celles que vous m'auez fait l'honneur de m'enuoyer, ont
fait en moy tout l'effet que vous pouuez imaginer, &
ie n'ay eſté depuis tourmenté de rien que du regret de
ne vous pouuoir teſmoigner le reſſentiment que i'en
ay. Il eſt vray, Mademoiſelle, que lors que vous ne
voulez pas eſtre meſchante, vous eſtes la plus accom-

I ij

plie perſonne du monde ; & la bonté qui eſt ſi aymable en tous les ſujets où elle ſe trouue, eſt beaucoup
plus eſtimable en vous, en qui elle eſt mieux accompagnée qu'elle ne fut iamais en perſonne. Ie n'euſſe
pas tant differé à vous remercier tres-humblement
de celle qu'il vous a plû auoir pour moy, ſi i'en euſſe
trouué l'occaſion : & ie mets cette lettre entre les
mains de la fortune, ſans voir comme elle pourra paſſer au trauers de tant de difficultez & de feux qui nous
entourent. Ie croy pourtant qu'elle ſera aſſez heureuſe pour ne ſe point perdre, puiſque c'eſt à vous
qu'elle s'adreſſe, & que vous ne manquerez pas de la
receuoir par ce bon-heur que vous dites, que vous
auez en toutes les petites choſes. I'en aurois icy beaucoup à vous dire qui ne ſont pas petites, & que ie voudrois bien que vous ſçeuſſiez. Mais ie croy que vous
voulez que ie ſois prudent auſſi bien que vous, & que
ie n'eſcriue rien qui ſoit ſuiet à eſtre expliqué. Cependant, quoy que nous ſoyons de party contraire, ie
croy que ie puis dire ſans crime, qu'il n'y a perſonne
dans le noſtre que ie ſuiuiſſe ſi volontiers que vous, &
que ie ſeray toute ma vie auec toute ſorte de reſpect &
de veritable eſtime,

　　　　　　　　　　　　　Voſtre, &c.

A MADEMOISELLE PAVLET.

LETTRE XXIII.

M ADEMOISELLE,

I'auois beaucoup plus d'intereft que vous, que les richeffes que vous m'auiez enuoyées, ne tombaffent pas en d'autres mains que les miennes. De tous les biens qui me font reftez, il n'y en a point que i'aymaffe moins perdre que ceux que vous me faites, & ie me pafferay de tous les autres, tant que ie iouyray de ceux-là. Si les pierres que vous m'auez données, ne peuuent rompre les miennes, elles m'en feront au moins porter la douleur auec patience ; & il me femble que ie ne me dois iamais plaindre de má colique, puis qu'elle m'a procuré ce bon heur. Ie ne puis pourtant m'empefcher de vous dire, que cette generofité vous a penfé coufter bien cher, & qu'il ne s'en eft gueres fallu, que ces pierres n'ayent efté des pierres de fcandale pour vous. Celuy auec qui ie demeure, fçait que vous me faites l'honneur de m'efcrire, depuis que ie luy fis voir le billet où vous luy faifiez vos baife-mains. I'eftois auec luy lors que vos Lettres me furent renduës, il reconnut ou deuina voftre efcriture en voyant le deffus, & ie ne niay pas que ce n'en fuft. I'eus la curiofité de voir premierement vn pa-

I iij

pier qui me sembloit plus pesant que les autres, &
l'ayant ouuert, i'en tiray en sa presence vn bracelet le
plus brillant & le plus galant qui fut iamais. Ie nevous
puis dire combien ie fus surpris, détrouuer vne chose que i'attendois si peu de vous, & de voir que i'euf-
se esté si peu discret en la premiere faueur que vous
m'auiez faite. Ie deuins plus rouge que le ruban que
vous m'auiez enuoyé, & celuy deuant qui i'estois, prit
vn visage aussi seuere, que si c'eust esté Mademoiselle *** qui me l'eust donné. Mais ayant leu vostre
Lettre, ie trouuay que ce qui paroissoit vne faueur,
estoit vn remede, & que le bracelet n'estoit pas enuoyé à vn galant, mais à vn malade. Quoy que vous
disiez, Mademoiselle, il me semble que ie suis extremément bon: car moy qui donnerois tout ce que i'ay
au monde, & que vous eussiez fait pour moy vne galanterie comme celle-là; i'eus du contentement en
ce rencontre, que ce n'en fust pas vne, & fus bien aise
de me trouuer moins heureux, & que vous parussiez
moins coupable. Ainsi pour ce coup, l'Ejade a eu
pour vous vn effet que vous n'attendiez pas d'elle, &
sa vertu a deffendu la vostre qui estoit accusee, & preste, ce me semble, d'estre iugée bien rigoureusement.
Apres cela, ie ne la puis tenir que bien precieuse, &
venant de si bonne main, i'ay vne grande foy en elle.
I'auois besoin de ce remede, en vn pays où il n'y en
a point d'autre, & où l'on doit plustost attendre secours des pierres, que des hommes. Que s'il vous
souuient d'vne particularité que l'on nous a dite au-

tresfois de ce lieu , vous plaindrez bien dauantage
ceux qui ont la colique. Quand vous ne sçaurez pas
ce que ie veux dire , ie n'en seray pas fasché : car pour
vn homme qui a pû imaginer vn moment que vous
l'auiez fauorisé, ce discours n'est pas trop galant. Ie
vous diray seulement, Mademoiselle, que vous estes
extremément obligée d'auoir soin de moy. Car outre
que vous auez eu le mesme mal , ie vous apprens que
pour cette fois le mien vient de la mesme cause , &
que les Medecins de Madrid me donnent les mesmes
conseils , que nous ont donné autrefois Monsieur de
la Grange , & Monsieur de Lorme. Dans vos plus
sombres humeurs, vous n'auez iamais esté plus soli-
taire, plus farouche, ny plus inhumaine , que ie le
suis icy. Vous ne sçauriez-vous imaginer combien
la vie que i'y fais, est differente de la mienne passée,&
vous vous estonnerez quelque iour , quand ie vous
diray que i'ay passé huict mois sans parler à vne femme, sans gronder, sans disputer, sans ioüer, & ce qui
est plus estrange, sans me chauffer vne seule fois. Cela
est espouuentable seulement à raconter. I'ay souffert
vn hyuer plus perçant que celuy de France , en vn
lieu où l'on ne voit point de robes de chambre, ny
de cheminées , & où l'on ne fait iamais de feu, sinon
pour le gain d'vne bataille, ou à la naissace d'vn Prince. Dans cette misere, i'ay souhaitté souuent le feu de
l'Hostel de Ramboüillet, & regreté le temps que ie re-
fusois d'estre le Cyclope d'vne plus aymable personn-
ne, que celle qui gouuerne leur Maistre. Il faut estre

bien ſçauant pour entendre cecy. Mais ſi vous deuinez celle dont ie veux parler, ie vous ſuplie tres-humblement, Mademoiſelle, de me permettre de l'aſſeurer icy, que ie l'honore auec plus de paſſion que iamais, & que ie me conſolerois de mon abſence, ſi ie
croyois qu'elle euſt fait en elle le meſme effet qu'en
moy : Car, ſans mentir, elle a redoublé l'affection
que i'ay euë de tout temps de la ſeruir; & m'ayant fait
oublier tous les dépits qu'elle m'a faits, ie ne me ſouuiens plus que des excellentes qualitez qui la rendent
aymable & admirable. Quelque mine que ie faſſe, il
m'eſtoit touſiours reſté ſur le cœur quelque choſe
contre elle, & ce n'a eſté qu'en ma derniere maladie
que ie luy ay pû pardonner le tout qu'elle me fit vne
fois en vôtre preſence, lors qu'elle me penſa tuer auec
vne aiguierée d'eau. Mais à cette heure, i'ay changé
tous les deſirs de vengeance, en ſouhaits de la voir, de
l'honorer, & de la ſeruir; & s'il y a quelque perſonne
au monde que i'ayme plus qu'elle, c'en eſt ſeulement
vne, qu'elle ayme auſſi plus qu'elle-meſme. Pour celle-là, ie luy garderay touſiours dans mon eſprit, &
dans mon eſtime, vn rang tout particulier, elle n'aura iamais dans mon affection, de compagnie, ny de
pareille, non plus qu'elle n'en a point dans le monde.
Et ſi ie ne vous aymois que d'amitié, i'auouë que ie
ne vous aymerois pas tant qu'elle. Ne froncez pas le
ſourcil pour cela, & ne trouuez pas eſtrange, que ie
n'éuite pas dans mes Lettres les choſes qui vous peuuent choquer, puiſque vous n'auez pas cette conſideration

ration pour moy dans les voſtres. Car quel beſoin
eſtoit-il de me dire de ces deux perſonnes, qu'elles
ont fait des connoiſſances nouuelles, qui leur pourroient faire oublier leurs anciens amis? Et à quel propos mettre cela à la fin de la plus obligeante Lettre
du monde ? Si mon mal ſe pouuoit guerir, comme
la fiévre-quarte, par vne grande apprehenſion, cette
malice pouuoit eſtre bonne à quelque choſe ; & encore vous ſerois-ie peu obligé, quand vous m'auriez
guery de la colique, en me donnant de la jalouſie.
Voyez donc, s'il vous plaiſt, à me mettre en repos là-
deſſus : car, ſans mentir, cela a troublé le mien , &
i'en ay moins bien dormy depuis. I'auois deſia quelque diſpoſition à cette crainte ; Non pas que ie doute
aucunement de la bonté de ces Dames ; mais ie ſonge
ſouuent, quelle dangereuſe choſe c'eſt qu'vn grand
eſloignement. En vn mot, Mademoiſelle , il n'y a
que vous dont ie me doiue aſſeurer. Car pour reſiſter
à vne ſi longue abſence, ce n'eſt pas aſſez d'eſtre con-
ſtante, il faut encore eſtre opiniaſtre. Mais puiſque
vous m'auez fait la faueur de me mettre au nombre
de vos amis, ie ſçay bien que mon mal-heur ne vous
en fera pas deſdire ; & que vous ne voudriez pas que
la fortune vint à bout d'vne choſe, qu'autrefois tant
de bons Religieux , & tant de gens de bien n'ont
pû faire. Que s'il y a quelque autre perſonne qui
me faſſe l honneur de m'aymer, ie iouys de ce bon-
heur auec crainte, & comme d'vn bien que ie puis
perdre , & dont le temps m'oſte , peut-eſtre , tous

K

les iours quelque chofe. Vous me dites, que la Maî-
ftreſſe de la voſtre ne m'a pas oublié. Ie ne ſçay ſi ie
pourray deſchiffrer cela. Voſtre Maiſtreſſe, n'eſt-ce
pas vne Demoiſelle qui a les yeux fort eſueillez, & le
nez vn peu retrouſſé, fine, fiere, deſdaigneuſe, glorieuſe, & ciuile, bonne, & meſchante, qui gronde
ſouuent, & qui neantmoins plaiſt touſiours, qui eſt
fort honneſte fille, & qui a vne mere qui l'eſtrangle,
& que i'aymay vne fois depuis Baignolet iuſqu'à
Charonne? Si c'eſt celle-là, ſa Maiſtreſſe, ſans mentir, merite de l'eſtre de tout le monde, & i'ay ſouſte-
nu huit mois durant dans cette Cour, qu'il n'y a rien
ſous le Ciel de ſi beau, ny de ſi bon qu'elle. Tous mes
déplaiſirs enſemble, ne m'ont pas eſté ſi ſenſibles que
le ſien, & i'ay reſpandu beaucoup de larmes, où elle
a eu la plus grande part. Auſſi faut-il auoüer que cela
eſt eſtrange, & bien digne de pitié; que ſa naiſſance
ait eſté ſi heureuſe, & que ſa vie le ſoit ſi peu, & qu'v-
ne perſonne ait eu enſemble toutes les graces, & toutes les diſgraces du monde. Ie reçois l'honneur qu'elle
me fait, auec tout le reſpect & toute la ioïe que ie dois,
& ie prie Dieu qu'il la conſole, comme elle conſole les
autres. Cette bonté deuroit faire beaucoup de honte
à cette Dame, ſur qui l'on trouua vne fois trois poux.
Mais il me ſemble que voſtre Maiſtreſſe vous eſt trop
fidele de ne me rien dire, & que ſans me donner ſujet de ialouſie, elle me pouuoit faire quelque compliment. Vous auez grand ſoin de m'aſſeurer de l'amitié
de voſtre ſeruiteur, ſi ce n'eſt le meſme que ie penſe;

ie ne trouuerois guere bon que vous-vous en fouuin-
fiez tant: mais celuy-là merite toutes chofes, & il n'y
a rien que ie luy puiffe enuier. Pour Madame de Clermont, quand vous ne m'en direz aucune chofe, ie
ne laifferois pas d'eftre affeuré qu'elle me fait l'honneur de m'aymer: connoiffant fa charité, comme ie
fais, ie ne puis douter de fon affection, & c'eft affez
d'eftre du nombre des affligez, pour eftre de celuy
de fes amis. Dans la ioye que ie reçois de l'honneur
que me font tant de rares perfonnes, i'ay vne extréme
trifteffe de voir que vous ne me dites rien d'vn homme, dont vous fçauez que le fouuenir m'apporte-
roit vne grande confolation. Ie fçay bien, Mademoifelle, que ce n'eft pas voftre faute, & que c'eft à dire,
que vous n'auez autre chofe à m'en faire fçauoir. Il n'y
a rien dans mon mal-heur qui me touche dauantage
que cela, ni que i'aye tant de peine à fouffrir. I'ay peur
qu'il ne trouue pas bon que ie parle de luy: mais cette confideration, ny pas vne autre, ne me fçauroit
obliger à eftre ingrat, ny empefcher que ie ne publie
par tout où ie me trouueray, qu'il n'y a point d'homme au monde qui merite plus que fes amis l'ayment,
& que fes ennemis l'eftiment. Si Monfieur le Comte
de Guiche eft à la Cour, permettez-moy, s'il vous
plaift, que ie le fupplie tres-humblement de fonger
quelquesfois à moy, & de donner vn exemple de fa
conftance, en aymant vne perfonne fi efloignée &
fi inutile. I'eus l'autre iour du plaifir, en trouuant Mademoifelle de Montaufier dans la Gazette : mais il

me femble qu'il feroit plus raifonnable que le Da-
moifeau y fuft, & felon que ie le connois, ie ne croirois pas que la renommée de Mademoifelle fa fœur
deuft aller plus loin que la fienne. Ie voudrois bien
qu'il fçeût que ie fuis toufiours fon tres-humble feruiteur, & que ie luy fouhaitte tout le bon-heur, &
toutes les belles auátures qu'il merite. I'excepte pourtant vnẽ Demoifelle, pour qui ie l'ay craint autresfois, & i'affeure icy celle-là mefme, qu'elle fera la plus
ingrate du monde, fi iamais elle m'oublie, pour qui
que ce foit. Car, fans mentir, la paffion que i'ay pour
elle, eft au delà de tout ce qu'elle en fçauroit penfer.
Que fi apres cela, elle la paye d'vne trahifon, i'employeray quelque iour le fer & le poifon pour m'en
venger. Vous ne fçauriez deuiner, Mademoifelle,
celle de qui ie veux parler, & c'eft vn fecret trop important pour le confier à perfonne. Ie vous fupplie
feulement de faire voir cét endroit à Mademoifelle
du Pin. Mais ie m'accouftume à faire de longues Lettres, & i'ay peur de vous laffer : cependant, il me refte
encore mille chofes, & ie me fais vne extréme violence, de me contenter de vous dire que ie fuis,

MADEMOISELLE,

Voftre, &c.

De Madrid.

A LA MESME.

LETTRE XXIV.

MADEMOISELLE,

Vous deuez croire plus que perſonne, que le changement de pays n'en a point apporté en mon eſprit:
car ie vous aſſeure qu'il n'y en aura iamais en moy
pour ce qui vous regarde. Si vous penſez que i'aye des
affections à tout prix, croyés auſſi que ces prix-là ſont
iuſtes, & proportionnez à la valeur des perſonnes.
Tant que ie ſuiuray cette regle, vous deuez eſtre aſſeurée, que ie n'auray point de paſſion plus violente
que celle de vous ſeruir. Si cela eſt ſelon la raiſon, il
n'eſt pas moins ſelon mon inclination; & vous deuez
croire, que ie ne m'empeſcheray iamais de vous aymer, vous qui dites tant, que ie ne me ſçaurois con-
traindre, & que ie ne ſuis point prudent en tout ce
qui eſt de mon plaiſir. Ie n'en ay point, ie vous iure, de
plus grand qu'à vous honorer, & à m'imaginer ſouuent toutes les bontez, & les beautez que ie connois
en vous. Quoy que les preſens que vous me faites,
ſoient empoiſonnez, ie les reçois de fort bon cœur,
& ie receuray touſiours de meſme tout ce qui me
viendra de voſtre part. I'ay eſté bien-aiſe, Mademoiſelle, de trouuer ma iuſtification dans les mêmes

K iij

piecces, par lefquelles on me penfoit conuaincre. Ces
deux arcs de couleur noire, dont il eſt parlé dans les
Stances du Garçon, montrent qu'elles n'eſtoient pas
pour la Demoiſelle. Elle merite ce nom-là, auſſi bien
que Mademoiſelle de Neuf-vic; & ie vous aſſeure que
les tablettes ſont venuës en ſes mains de la meſme
ſorte. L'affaire de Mademoiſelle Mandat eſt encore
plus innocente; & ſi vous en auez ouuert des Lettres,
c'eſt vne grande meſchanceté que de m'en faire tant
la guerre. I'ay leu, neantmoins, auec honte, les Stances que vous m'auez enuoyées; & ie me trouue bien
plus coupable d'auoir fait de mauuais Vers, que de
mauuaiſes Galanteries. Cela m'a fait voir que depuis
que Monſieur de Chaudebonne m'a réengendré auec
Madame, ou Mademoiſelle de Rambouïllet, i'ay pris
d'eux vn autre eſprit, & que i'eſtois vn ſot garçon en
ce temps, où Mademoiſelle Dupleſſis dit, que i'eſtois
ſi ioly. Mais, Mademoiſelle, quand on me voudra
faire de ces affronts, ie vous ſupplie de ne vous en
point charger. On mande à voſtre *Mary*, qu'il ait
bien du ſoin de moy, & qu'il m'enueloppe dans de
la ſoye & dans du cotton; & on fait en meſme temps
tout ce qu'on peut pour me faire mourir. Ie trouue
l'auis de Mademoiſelle de Bourbon excellent, de me
conſeruer dans du ſuccre : mais il en faudroit beaucoup pour adoucir tant d'amertumes, & i'aurois aprés
cela le gouſt des petits citrons confits. Auec mille
graces tres-humbles, ie ne puis reconnoiſtre l'extréme honneur qu'elle me fait de ſe ſouuenir de moy. Ie

souhaitte de tout mon cœur que cette Aurore (car ce
nom que vous luy donnez luy vient bien) soit suiuie
d'vn aussi beau iour qu'elle le merite, & que tous ceux
de sa vie soient exempts de nuages, & aussi clairs & se-
reins que son visage & son esprit. Ie baise tres-humblement les mains, & auec toute la passion que ie dois
à Madame de Clermont, & à Mesdemoiselles ses filles.   Ie remercie tres-humblement Monsieur Godeau, des vers qu'il m'a enuoyez, ie les ay trouuez
comme le reste de ses ouurages, lesquels ie relis tous
les iours, & ie n'estudie quasi plus que dans les choses
qu'il a faites.

A LA MESME.

LETTRE XXV.

Mademoiselle,

Ie receus, il y a vn mois, vne Lettre que vous me faisiez l'honneur de m'escrire, du 20. Ianuier ; le dernier ordinaire m'en a apporté vne autre du 26. du mois passé, & i'ay eu auec toutes les deux, beaucoup de papiers qu'il vous a pleu m'enuoyer. Vous pouuez iuger qu'il n'est pas raisonnable, quoy que vous disiez, que ie reforme les loüanges que ie vous donne, ny que ie commence à dire moins de bien de vous, lors que i'en reçois le plus. Ie ne pûs pas répondre à la premiere, pource que i'estois malade au temps que le courrier partit ; & comme les ioyes des miserables ne durent guere, le lendemain que ie l'eus receuë ma colique me reprit, à laquelle ie ne songeois plus, & ie payay auec dix-sept iours de douleur, vn iour de contentement. Madame de Clermont me fait vn honneur que ie ne sçaurois meriter, & ie ressens comme ie dois, l'extrême obligation que ie luy ay. Mais ie ne croiray pas qu'elle m'aime tant qu'elle dit, ni que i'aye beaucoup de part en ses prieres, si ie continuë à auoir si peu de santé, & si peu de fortune. C'en est vne, au reste, pour moy, plus grande que ie ne sçaurois iamais

esperer,

efperer, que la Dame que vous fçauez que ie mets
toufiours au deffous de toutes les autres, veüille auoir
foin de ce qui me regarde. Il n'y a point d'Oracle que
ie tienne plus certain que fa preuoyance, & ie reçois
fes confeils & fes commandemens, comme s'ils me
venoient du Ciel. Quoy que ie ne trouue point dans
mon efprit d'affez haute place pour elle, ie la puis affeurer, que ie l'y ay tenuë toûjours prefente dans tout
ce qui m'eft arriué. Elle m'a fouuent confolé dans mes
plus fenfibles defplaifirs, & la partie de mon ame où
elle eftoit, a efté exempte des troubles & des defordres où mes miferes m'ont mis. Ie la reuere comme la
plus noble, la plus belle, & la plus parfaite chofe que
i'aye iamais veuë. Mais tout le refpect & toute la veneration que i'ay pour elle, ne peuuent empefcher
qu'auec cela ie ne l'ayme tendrement, comme la
meilleure perfonne qui foit au monde. J'aduoüe que
Mademoifelle fa fille n'eft guere moins bonne, s'il
eft vray, comme vous dites, Mademoifelle, qu'elle
fe fouuienne de moy. Ie voudrois bien payer en quelque forte cét honneur, mais il me femble que ce n'eft
pas affez d'vn cœur pour Madame fa mere, & pour
elle, & que quand l'vne y a pris fa part il en refte trop
peu pour l'autre. La faueur que me font trois fi excellentes perfonnes, me foulage de toutes mes peines,
& m'en donne quand & quand vne nouuelle de ne
pouuoir iamais m'en rendre digne, ni tefmoigner
comme ie voudrois, le reffentiment que i'en ay. Puifque cela merite des graces infinies, ie vous fupplie

L.

tres-humblement, Mademoiſelle, d'employer les voſtres, & cette eloquence qui vous eſt ſi naturelle, pour
les remercier; & aſſiſtez-moy en ce beſoin, vous qui
m'eſtes touſiours ſi ſecourable. Quand ie ſonge que
vous & elles me faites l'honneur de vous reſſouuenir
de moy, ie m'eſtonne qu'eſtant ſi heureux en cela, ie
ſois ſi mal-heureux d'ailleurs, & qu'il puiſſe arriuer
tant de mal à vn homme qui a tant d'Anges tutelaires. Ie n'ay encore pû reſoudre lequel eſt le plus grãd,
du bon-heur d'en eſtre aymé, ou du mal-heur d'en
eſtre abſent, & ie trouue qu'il n'y a perſonne que l'on
puiſſe tant enuier que moy, ny que l'on doiue tant
plaiñdre. I'ay encore plus de raiſon de dire cecy, ſi ie
ne me trompe point, en liſant voſtre Lettre; & s'il eſt
vray que la Dame, dont vous défendés tant la generoſité, ſans que l'on l'accuſe, m'a fait l'honneur de m'é-
crire, ie reçois doucement toutes les reprimandes que
vous me faites ſur ce ſuiet. Ie vous ſupplie pourtant
de croire que mon deſſein n'a pas eſté de me plaindre
particulierement d'elle; mais n'ayant receu des re-
commandatiõs que de deux ou trois perſonnes, ie me
plaignois en general de toutes les autres de qui ie n'a-
uois pas oüy vn mot depuis que ie ſuis icy. Il eſt vray
qu'elle auroit, ce me ſemble, plus de tort que pas vne,
elle qui a la plus grande memoire du monde, d'en
manquer ſeulement pour ſes amis, & ſa penſée ayant
paſſé beaucoup de fois les Pyrenées pour Alcidalis;
& pour imaginer en Eſpagne des perſonnes qui n'y
furent iamais, i'aurois ſuiet de m'eſtonner qu'elle ne

songeast pas à celles, qui y sont, & qui sont à elle. Que
si elle m'a fait l'honneur que vous dites, elle a beaucoup passé mon esperance , & fait bien dauantage
pour moy que ie n'eusse osé demander. Mais cela
ayant esté, c'est vne perte à laquelle ie ne me puis resoudre. Ie sçay, Mademoiselle, que sans que ie vous
en die rien, vous imaginerez bien auec quel regret ie
la souffre. Mais vous qui prenez la peine de m'enuoyer les Lettres de Balzac, & la copie de toutes les
belles choses, vous ne deuriez pas, ce me semble, oublier celle-là. I'ay veu auec beaucoup de plaisir ce
qu'on luy a enuoyé sur la mort du Roy de Suede , &
ie suis bien-aise de voir que les beaux esprits luy rendent toûjours l'hommage & la reconnoissance qu'ils
luy doiuent. Le Sonnet m'a semblé fort beau, & la
Lettre fort galante. I'y ay remarqué que celuy qui
l'a fait, deuoit bien connoistre l'humeur de la personne à qui il escriuoit, puis qu'ayant perdu vn Amant,
il ne luy en dit pas vn mot de consolation. De bonne
fortune pour nous, elle est plus tendre pour ses Amis,
& puis qu'elle se souuient de celuy qui est le moindre
des siens, & qui mesme ne sçauroit iamais meriter ce
nom, tous les autres sont en seureté. Pour moy, quoy
que i'aye oüi dire quelquesfois à cét homme que vous
dites qui est si seuere, & pour qui ie n'ose rien mettre
icy, i'ay creu qu'il estoit impossible qu'vne personne,
qui fait naistre de l'amitié en tous ceux qui la voyent,
n'en eust point en elle, & qu'ayant receu tant d'excellentes qualitez de Madame sa mere , elle n'eust

point vne des plus belles, d'eſtre la meilleure amie du
monde. Vous voyez, Mademoiſelle, comme ie me
ſçay corriger des fautes dont vous me reprenez. I'ay
creu les auoir reparées par ce que ie viens de dire , &
auoir ſatisfait aux reproches que vous me faiſiez de
vous loüer à ſon prejudice. I'ay mieux aymé me deſdire de ce que i'auois penſé d'elle, que de ce que i'auois
dit de vous, & il m'a eſté plus aiſé d'augmenter ſes
loüanges, que de retrancher les voſtres. I'ay receu
voſtre Iudith de fort bon cœur; ie dis de fort bon
cœur, pource qu'elle le merite, & auſſi pour l'amour
de vous. Car ie penſe que vous aymez particulierement cette hiſtoire, & que vous eſtes bien-aiſe de
voir vne action de ſang; & de meurtre, approuuée
dans l'Eſcriture. Ie n'ay pû m'empeſcher en la liſant,
de m'imaginer que ie vous voyois tenant vne eſpée
dans vne main, & la teſte de Monſieur de ſainct B. ϰ ϰ ϰ
dans l'autre. Vous me dites que celuy qui l'a faite, eſt
le meſme qui a traduit les Epiſtres de S. Paul. Vous ne
ſongez pas, Mademoiſelle, qu'vne perſonne qui a
eu tant de maladies, & de deſplaiſirs, doit auoir perdu la memoire de beaucoup de choſes, principalement occupant tout ce qui luy reſte en des ſujets où
elle eſt ſi bien employée. Vous m'auez mis en vne
pareille peine dans vne autre Lettre, en me diſant
que voſtre ſeruiteur me fait ſes recommandations;
quel moyen de deuiner cela? D'abord ie me ſuis imaginé que c'eſtoit vn Cardinal; & puis vn Docteur en
Theologie; apres i'ay penſé que ce pourroit eſtre vn

Marchand de la ruë Aubry Boucher, ou vn Commandeur de Malthe , vn Conseiller de la Cour, vn
Poëte ou vn Preuost de la Ville, & il n'y a pas vne
condition de gens, où ie n'aye trouué quelque sujet
de douter; que si d'auanture c'est vn ieune Gentil-
homme fort blond, & fort blanc, & qui a extremément de l'esprit, rien ne me pouuoit arriuer qui me
donnast plus de contentement, que le tesmoignage
qu'il me rend de se souuenir de moy , & ie tascheray
toute ma vie à meriter son affection par mes tres-
humbles seruices. Dans quelque pauureté que ie sois,
ie voudrois qu'il m'eût cousté mille escus , & pouuoir
ioüer vne partie à la paume auecque lui : cela n'eust pas
esté impossible, si on m'eust laissé la liberté de suiure
mon aduis ; car i'auois resolu asseurément de retourner par Paris , & vous m'eussiez pû voir vn de ces
iours de la religion de Monsieur d'Aumont ; mais ie
me sousmets, & i'obeys, quoy qu'auec assez de peine. Ie ne puis dire asseurément quand ie partiray d'i-
cy, si dans vn mois, dans deux, ou dans trois. I'y ay
dit à vn homme l'obligation qu'il vous auoit de vostre souuenir. Il vous remercie tres-humblement, &
m'a donné charge de vous dire, qu'il est vostre tres-
humble seruiteur. Nous tenons nostre mesnage ensemble , & viuons dans la plus grande amitié qu'il est
possible. I'en demande pardon à la Dame que vous
sçauez, & ie luy laisse à iuger, elle qui s'entend à l'aduenir, ce que cela me promet, & si ie ne pourray pas
estre quelque iour en bonne subsistance, aussi bien

L iij

que luy. Voiçy, Mademoiselle vne grande Lettre,
à laquelle vous n'auez que la moindre part, & où ie
n'ay rien dit de ce qui me touche le plus. Voila ce
que c'eſt de ne point reſpondre aux galanteries que
ie vous eſcris de m'enuoyer des lettres, où vous ne
me parlez que de vos amies, & ne me dites quaſi rien
de vous. Quelque deſſein pourtant que i'euſſe de
m'en venger, ie ne puis m'empeſcher de declarer icy,
que ie redis pour vous ſeule, toutes les paroles d'eſtime & d'affection que i'ay dites pour chacune d'elles,
& que ie ſuis tout d'vne autre ſorte,

MADEMOISELLE,

Voſtre, &c.

De Madrid.

A MONSIEVR DE
Chaudebonne.

LETTRE XXVI.

MONSIEVR,

Ie vous efcriuis il y a dix ou douze iours, & vous remerciois de deux Lettres qu'enfin i'ay receuës de vous ; si vous fçauiez le contentement qu'elles m'ont apporté, vous auriez regret de ne m'en auoir pas efcrit dauantage, & de ne m'auoir pas donné cette confolation en vn temps où i'en auois tant de befoin. Madrid, qui eft le plus agreable lieu du monde pour les fains & les débauchez, eft le plus ennuyeux pour les gens de bien, & pour les malades ; & lors que le Carefme empefche les Comedies, ie ne fçache pas qu'il y ait vn feul plaifir dont on puiffe iouyr en confcience. L'ennuy & la folitude où ie m'y fuis trouué, ont fait au moins en moy vn bon effet, car ils m'ont reconcilié auec les liures que i'auois quittez depuis quelque temps, & ne trouuant point icy d'autres plaifirs, i'ay efté contraint de goufter celuy de la lecture. Preparez-vous donc, Monfieur, à me voir quafi auffi Philofophe que vous, & imaginez-vous combien doit auoir profité vn homme qui durant fept mois n'a fait autre chofe que d'eftudier ou d'eftre malade.

Que s'il est vray qu'vne des principales fins de la Philosophie, est le mespris de la vie, il n'y a point de si
bon Maistre que la colique, & Socrate ni Platon ne
persuadent pas si puissamment. Elle m'a donné depuis peu vne leçon de dix-sept iours, dont il me sou-
uiendra long-temps , & m'a fait considerer beaucoup de fois combien nous sommes foibles, puisqu'il
ne faut que trois grains de sable pour nous abbattre.
Que si elle me fait estre de quelque Secte ; ce ne sera
pas de celle qui maintient, que la douleur n'est point
mal, & que le Sage est tousiours heureux. Mais quoy
qui m'arriue, Monsieur, ie ne sçaurois estre ni l'vn ni
l'autre, sans estre aupres de vous, & rien ne me peut
tant ayder pour tous les deux, que vostre exemple, &
vostre presence. Ie ne sçaurois pourtant dire quand
ie sortiray d'icy, & attendant de l'argent & des hommes qui viennent par la mer, i'ay peur d'y demeurer
plus que ie ne voudrois , car ce sont deux choses qui
ne viennent pas tousiours à point-nommé. Ie vous
supplie donc tres-humblement, de ne m'y pas oublier si long-temps que vous auez fait, & de me tesmoigner en me faisant l'honneur de m'escrire , que
vous reconnoissez la vraye affection auec laquelle ie
suis,

MONSIEVR,

Vostre, &c.

A MA-

A MADEMOISELLE PAVLET.
LETTRE XXVII.

MADEMOISELLE,

Puifque la faueur que vous m'auez faite de m'efcrire, ne pouuoit receuoir de prix, & qu'il n'eſtoit pas en moy de la meriter, vous ne la deuiez pas diſcontinuër, quoy que i'aye teſmoigné de manquer à la reconnoiſtre. L'eſtat où i'eſtois il y a deux mois, me contraignit de laiſſer partir l'Ordinaire ſans vous eſcrire : & ſi cela a eſté cauſe, comme il y a apparence, que celui-cy ne m'ait point apporté de vos lettres, ie vous aſſeure que c'eſt le plus grand mal que ma colique m'ait iamais fait. Puis-qu'elles me ſont ſi neceſſaires, ne refuſez pas, s'il vous plaiſt, Mademoiſelle, de me donner ſecours ; & vous qui eſtes ſi charitable pour ceux qui ſont en affliction, teſmoignez de l'eſtre pour vne perſonne qui en a de tant de ſortes. Vous y eſtes dauantage obligée, puiſque la plus grande des miennes, & à laquelle ie ſçay moins reſiſter, eſt de me voir eſloigné de vous. Que ſi auec ce regret i'en ay quelqu'autre ſenſible, c'eſt pour des perſonnes que vous n'aimez pas moins que vousmeſme. Ie vous ſupplie tres-humblement de leur dire ſouuent, que la paſſion que i'ay pour elles ne ſe

M

peut dire, & conseruez-moy tousiours quelque place dans leur esprit, vous qui y en auez vne si grande,
afin qu'au moins nous puissions estre là ensemble, si
nous ne le pouuons ailleurs. Pour vous, Mademoiselle, ie vous supplie encore vne fois, de ne me point
abandonner; l'honneur de receuoir de vos lettres, est
vn bien que ie n'eusse pû esperer, mais dont ie ne me
sçaurois plus passer, à cette heure que i'y suis accoutumé. Ne me l'ostez donc pas, aprés me l'auoir donné si genereusement , & n'allez pas en cela contre
deux Vertus qui vous sont si naturelles, la Liberalité,
& la Constance ; n'estant pas en mon pouuoir de
payer cette obligation, au moins ie feray des souhaits pour cela, & ne demanderay iamais rien de si
bon cœur à la fortune, que de vous pouuoir témoigner que ie suis beaucoup plus que ie ne le dis,

MADEMOISELLE

Vostre, &c.

A LA MESME.

LETTRE XXVIII.

MADEMOISELLE,

Rien ne peut-eſtre dans vos Lettres plus agreable que vous-meſme : i'ay trouué dés le commencement de la voſtre, ce que vous ne me vouliez faire eſperer qu'à la fin, & vous m'auez donné le contentement que vous me promettiez d'ailleurs. Il eſt à croire que vous n'auez pas leu ce qui y eſtoit adjouſté d'vne autre main, & que vous qui ne m'enuoyez que de l'or & des pierreries, ou des paroles qui valent mieux que cela, n'auriez pas voulu m'enuoyer des injures. I'auoüe pourtant, que ie merite en quelque ſorte celle que l'on m'a eſcrite, & que ie ne ſuis guere galant, puiſque ie n'ay pas la hardieſſe de l'eſtre auec vous. C'eſt vne honte extréme, que ie vous aye eſcrit dans de longues Lettres, ſans qu'il y ait rien eu de ce ſtyle, dont vne de vos amies dit, qu'il luy ſemble que c'eſt toute Poëſie ; & qu'eſtant eſloigné de vous de tant de lieuës, ie n'oſe encore vous rien dire de ce que ie penſe. Mais ie ne veux plus me deshonorer pour l'amour de vous ; & ſi vous ne me faites faire des ſatisfactions de ce reproche, ie ſuis reſolu de vous eſcrire des Lettres toutes pures d'amour, pleines de

M ij

feux, de fléches & de cœurs navrez ; & ie feray tant
de galanteries, que l'on ſe repentira de m'auoir offen-
cé. Dés cette heure meſme, i'ay toutes les peines du
monde de m'en empeſcher, & ie ne trouue point
d'autre moyen pour me retenir, que de ſonger à cette
excellente perſonne, dont i'ay appris à préuoir en
chaque choſe tous les inconueniens qu'il y a à craindre, & dont le ſeul reſſouuenir m'oblige à eſtre reſ-
pectueux & prudent. Vous, Mademoiſelle, qui ſçauez tout ce qui ſe paſſe en mon eſprit, ie vous ſupplie
tres-humblement de lui dire de quelle ſorte elle y eſt,
& auec quel reſſentiment, & quelle veritable affection
ie paye l'honneur qu'elle me fait. Vous pouuez, ce
me ſemble, eſtant auſſi bonne que vous eſtes, obliger
de la meſme ſorte Madame de Clermont, à continuer
de m'aimer, & de prier Dieu pour moy. Ie feray de
mon coſté tout ce qui me ſera poſſible pour me rendre digne des graces qu'elle me peut obtenir, & il eſt
difficile qu'vn homme que vous preſchez, & pour
qui elle prie, ne ſe conuertiſſe point. Mais qu'elle ſçache, s'il vous plaiſt, que ie demande encore plus ſon
affection que ſes prieres : & quoy que ie croye qu'elle me peut rendre ſainct, conſtant, & heureux, ie ne
deſire pas tant tout cela, que d'eſtre aimé d'elle. I'ay
leu auec des ſentimens de ioye qui ne ſe peuuent exprimer, ce que vous me dites de la diuine perſonne
deuant qui ie fis vne fois mon Epitaphe. Ie la puis aſſeurer que lors que i'auois deux éuentails dans la gorge, & que i'eſtois entre les mains de mes plus grandes

ennemies, ie n'eſtois pas plus à plaindre que ie le ſuis,
& qu'il eſt plus à ſouhaiter de mourir en ſa preſence,
que de viure loin d'elle. Aprés l'extréme honneur
qu'elle me fait, il ne me reſteroit plus rien à deſirer pour ma gloire, ſi ce n'eſt que i'euſſe eſté ſi heureux, que la Demoiſelle que l'on voulut enleuer vne
fois à Lima ſe fuſt ſouuenuë de moy. Mais le Ciel
veut que Madame ſa mere ſoit touſiours au monde
ſans pareille, & que ſi d'auenture il y a quelque choſe d'auſſi beau qu'elle, il n'y ait au moins rien d'auſſi
bon. Il me ſemble que celle pour qui ie fis vne fois
rire les Driades, Madame de C.*** (ie croy qu'il n'y
auroit pas danger de mettre ſon nom tout du long)
ne deuroit pas eſtre ſi animée contre les rebelles,
qu'elle ne me fiſt l'honneur de ſe ſouuenir quelquefois de moy. S'il eſt vray ce que l'on dit, que nous
l'ayons voulu enleuer, ç'aura eſté de la meſme ſorte
que les Grecs rauirent l image de Pallas du pouuoir de
leurs ennemis, & ſur la creance que l'on a eu, que le
bonheur & la victoire ſe trouueroient touſiours du
party où elle ſeroit. Mais enfin, ie n'ay rien ſceu de ce
deſſein. Elle ſçait que ſi i en ay eu pour elle, ç'a eſté par
la bonne voye, & elle ſe peut ſouuenir que ma recherche a eſté touſiours pleine de reſpect & d'honneur.
Tout de bon, quelque paſſion que i'aye pour nos affaires, ie ne puis m'empeſcher d'en auoir pour elle.
Toutes les fois que ie la conſidere, i arreſte mes ſouhaits, & i'ay de la peine à eſtre aſſez affectionné à
mon party. I'ay eſté plus genereux à la louër, qu'elle

ne l'eſt à ſe ſouuenir de moy. Il n'y a pas huict iours
que ie l'ay ſceu icy repreſenter ſi ſemblable à elle-
meſme, que ie la fis aimer, ou au moins eſtimer extrémement à vn homme qui ne doit pas vouloir du
bien à tous ſes parens. Ie ſuis tres-humble ſeruiteur
de voſtre ſeruiteur, & ie l'aſſeure qu'il n'a pas plus de
paſſion pour vous, que i'en ay pour luy. Vous me dites, Mademoiſelle, qu'il y en a vn des voſtres qui
ne ſe ſoucie plus de perſonne que de moy, & que cela
merite bien que ie m'en tienne extrémement obligé:
Mais cela meritoit bien auſſi que vous me fiſſiez entendre plus clairement quel il eſt. Pleuſt à Dieu que
ce fuſt celuy que ie voudrois, ie ſerois conſolé de
toutes choſes. Vous deuinerez bien pour qui ie fais
ce ſouhait. Ie ne ſçay s'il y a du hazard à luy parler
de moy : mais ie vous ſupplie tres-humblement,
Mademoiſelle, que cela ne vous arreſte pas. Quelque
mine qu'il faſſe, il ne le faut pas tant craindre, il eſt
meilleur que l'on ne penſe : au moins ie connois cela
de luy, qu'il luy eſt impoſſible de n'aimer pas ceux
qui l'aiment. I'ay eu enuie beaucoup de fois de luy
enuoyer demy douzaine d Eſpagnoles, des plus belles, & des plus brillantes. Ne vous ſcandaliſez pas,
Mademoiſelle, ce ſont des lames; & ſi en paſſant par
Grenade, ie puis trouuer quelque iolie Sarazine, ie
ne manqueray pas de la luy faire tenir. Ie croy que ie
prendray ce chemin en partant d'icy; & pour ſuiure
les conſeils, ou pluſtoſt les commandemens que i'ay
receus, ie me deſtourneray de deux cens lieuës, & en

feray cinq cens de mer. Le peril & l'incommodité
qu'il y a, ne me fafche pas tant, que le regret de ne
pas paffer par la France. Quoy que ie me fois engagé
il y a long-temps à le promettre, i'auray vne peine
extréme à le tenir, & iamais refolution ne m'a tant
coufté à prendre. Si on m'euft laiffé en ma liberté,
i'euffe pris le grand chemin, auec la mefme franchife
& la mefme feureté que toufiours, & ie fuffe allé d'icy
droit au Bourg la Reine. Au moins i'euffe eu le plaifir de paffer encore vne nuict à Paris, & i'auois refolu
de vous donner en paffant de la *Rauegarde*, & de la
Raouffette; mais ie vous dis fort fort, ma foy. Ie penfe
qu'en me diffuadant ce deffein, & en ayant peur pour
moy, on a eu peur de moy auffi, & que l'on s'eft imaginé que l'on le fçauroit au Bureau d'Adreffe, & que ie
me fourrerois eftourdiment parmy tout le monde.
Mais i'auois refolu d'en vfer plus difcrettement. Ie
me fuffe contenté de donner des ferenades à trois ou
quatre perfonnes, faire cinq ou fix hurlades, & puis
paffer; mais il faut obeïr, & croire que ce que l'on
nous commande eft le meilleur. On me doit fçauoir
gré pourtant de cette foumiffion, laquelle, ce me
femble, eft tout à la fois obeïffance & facrifice. Au
moins, on ne me doit plus reprocher que ie fois ob-
ftiné, puifque ie ne l'ay pas efté en cette occafió. Cela,
& prendre tant de plaifir à écrire, que ie ne puiffe plus
acheuer mes Lettres, font deux notables changemens
en moy. Pardonnez-moy l'vn pour l'amour de l'au-

tre, & fouuenez-vous quelquefois, ie vous fupplie, que ie fuis de tout mon cœur,

MADEMOISELLE,

Voftre, &c.

De Madrid.

Ie vous fupplie tres-humblement, Mademoifelle, de me permettre de répondre deux ou trois mots, le plus doucement que ie pourray, à la perfonne qui m'a attaqué dans voftre lettre. I'ay cherché long-temps dans mon efprit, qui pouuoit eftre ce petit homme, de qui on me dit de fi grandes chofes, & que l'on met fi fort au deffus & au deffous de moy. Ce ne peut pas eftre Monfieur du Vigean, car ie ne fuis que de deux doigts plus grand que luy, & il n'eft que dix fois plus galant que moy. Aprés y auoir bien penfé, il m'a femblé que cela fent extrémement fa fable, & qu'il n'eft pas poffible qu'il y ait au monde vn homme fi petit, ni fi galant. Ie vous fupplie tres-humblement, Mademoifelle, de m'en faire fçauoir la verité.

A MA-

A MADEMOISELLE
de Ramboüillet.

LETTRE XXIX.

MADEMOISELLE,

Si voſtre autre Lettre eſtoit de la ſorte de celle que i'ay receuë, ce n'a pas eſté pour moy vn ſi grand mal-heur de la perdre ; & il eût eſté à ſouhaitter qu'encore à cette ſeconde fois, i'euſſe ſçeu ſeulement, ſans en voir autre choſe, que vous m'auiez fait l'honneur de m'écrire. Ayant leu ce que vous me mandez, que vous auiez eu de la peine à hazarder vos complimens, i'en attendois quelques-vns, & en ſuite de cela ie n'en ay point trouué d'autres, ſinon que vous me faites ſou-uenir que ie ſuis petit, & que vous m'aſſeurez que ie ne ſuis gueres galant. Si vous n'auiez, Mademoiſel-le, que ceux-là à me faire, il n'eſtoit point beſoin de les mettre ſous la protection de la plus vaillante fille de France ; encore qu'ils euſſent eſté trouuez, on ne vous euſt pas accuſée par là de fauoriſer les rebelles, & de la façon que voſtre lettre eſtoit eſcrite, vous ne deuiez rien craindre, ſinon qu'elle me fuſt renduë. Ap es auoir eu tant d'enuie d'en auoir vne desvoſtres, qu'il eſt vray que i'employois tous mes deſirs en cela, lors qu'il me reſtoit tant d'autres choſes à ſouhaiter ;

N

vous prenez la peine d'efcrire cinq ou fix lignes où vous vous plaignez de ce que la fortune ofe s'atta- quer aux chofes qui fortent de vos mains. Et pour ce qui eft de moy ; *Il y a icy vn homme plus petit que vous d'vne coudée, & ie vous iure, mille fois plus galant.* Voilà vne belle lettre de confolation, aprés auoir efté tant attenduë, & des paroles bien choifies pour me faire oublier tant de fortes d'afflictions ! Ie penfe, Made- moifelle, vous l'auoir dit quelquesfois, vous eftes beaucoup plus propre à écrire vn cartel qu'vne lettre. Il ne vous refte plus, aprés cela, que d'ajoufter, que vous fouftiendrez en la Cour de Trebizonde, ce que vous venez d'écrire , & figner Alaftraxerée. Eft-il poffible qu'ayant tant de merueilleufes qualitez, & tant de pouuoir fur moy , vous ne vous feruiez de l'vn ni de l'autre, que pour me faire du mal, & que vous foyez de ces Fées qui ne fe plaifent qu'à nuire, & à gafter le bien que font les autres : Aprés que Ma- demoifelle Paulet m'a efcrit vne belle & obligeante lettre ; que Madame la Marquife m'affeure par elle de l'honneur de fon amitié ; que Madame de Cler- mont me promet des prieres ; & que mefme la plus rare & la plus parfaite perfonne du monde m'honore de fon fouuenir ; vous venez la derniere troubler la ioye de tout cela, & défaire ce qu'elles ont fait en ma faueur. Cela eft eftrange, que les Pyrenées, qui fer- uent de bornes à deux grands Royaumes, ne me puif- fent défendre de vous. Sans que mes malheurs vous puiffent adoucir, vous venez me perfecuter au bout

du monde, & me tourmenter mefme plus que ma
mauuaife fortune. En vn temps où mes meilleurs
amis n'oferoient auoir commerce auecque moy, &
auquel c'eft fe mettre en peril que de mefcrire; vous
paffez par deffus toutes fortes de confiderations, pour
me dire que vous ne me trouuez gueres galant, & qu'il
y a vn Nain qui vous plaift mille fois plus que moy. Il
me femble, Mademoifelle, que i'aurois fujet de gronder de cela, & de faire toutes ces plaintes : Mais pour
ne pas confirmer ce que vous dites de moy, & ne pas
montrer que ie fuis peu galant, de ne pas bien receuoir tout ce qui vient d'vne fi bonne part; ie vous diray, Mademoifelle, que

Ie croyois que mes maux ne pouuoient receuoir
de foulagement, & ils ont efté appaifez dés que i'ay
leu ce que vous m'auez fait l'honneur de m'efcrire. Ce
n'eft pas que i'euffe mal-jugé de leur grandeur ; mais
c'eft que rien ne vous eft impoffible, & que vous pouuez donner remede aux chofes qui n'en ont point. Ie
m'eftonne pourtant, qu'en ne difant que du mal de
moy, vous ayez pû me faire tant de bien : & que, fans
m'arrefter à ce que vous me mandez, i'aye efté content en voyant feulement voftre caractere. Ceux de
la magie ne font pas des effets plus merueilleux : &
cela fait voir, que vous fçauez, auffi bien qu'elle,
donner aux paroles vne vertu fecrette, & vne autre
force que celle qu'elles ont d'elles mefmes. Qu'en me
reprochant quelques defauts, vous m'ayez ofté tous

mes defplaifirs,& que i'aye eu du contentement à lire
que vous en eftimiez vn autre plus que moy, c'eft vne
merueille que ie ne puis comprendre. Mais il y a long-
temps, Mademoifelle, que ie ne cherche plus de caufe naturelle en la plufpart de ce qui eft de vous. Ie fçay
qu'vne perfonne qui eft pleine de miracles en peut
bien faire quelques-vns : mais quelques grands que
foient les voftres, le plus eftrange que vous ayez iamais fait, eft d'auoir donné de la ioye à vne perfonne qui eft en l'eftat où ie fuis,& d'auoir rendu heureux
vn homme qui eft tout enfemble, pauure, banny, &
malade. En cela, vous faites voir que la Fortune, qui
a le monde fous fes pieds, eft deffous les voftres, &
que vous pouuez donner grace à ceux qu'elle con-
damne à eftre mal-heureux. Auffi, pourueu que ie
vous aye fauorable, il ne m'importe que les eftoilles
me foient contraires; & quoy qu'elles foient toutes
conjurées à ma ruine, fi vous me voulez défendre, ie
croiray que la meilleure partie du Ciel eft pour moy.
N'abandonnez pas, s'il vous plaift, Mademoifelle,
vne perfonne qui a tant de confiance en vous. Il fuffit,
pour me rendre heureux, que vous vouliez que ie le
fois; & fi dans voftre cœur feulement vous me defirez
du bien, ie fentiray dés icy des effets de vos penfées &
de vos fouhaits. Vous eftes obligée d'en faire quelques-vns pour moy, car ie vous iure que tous les miens
font pour vous, & que les plus paffionnez que ie fais,
c'eft que vous ayez tout ce que voftre beauté & voftre
vertu meritent. Il eft vray que mon intereft fe ren-

contre auſſi là dedans: car ſi cela eſtoit, il n'y auroit plus de party different, ni de diuiſion dans le monde, tous les hommes n'auroient qu'vne volonté, & toute la terre vous obeïroit.

C'eſt pour vous apprendre, Mademoiſelle, à regarder vne autre fois comme vous parlez, & que ie ne ſuis pas ſi peu galant que vous dites. Que ſi vous voulez que ie vous croye, faites faire à voſtre petit homme vne lettre mille fois plus galante que celle-cy. Mais quand il auroit cét aduantage ſur moy, il m'en reſteroit vn autre que ie n'eſtime pas moins; c'eſt qu'aſſeurément ie ſuis mille fois plus que luy, & plus que tout autre,

MADEMOISELLE,

Voſtre, &c.

N iij

A MADEMOISELLE PAVLET.
LETTRE XXX.

MADEMOISELLE,

S'il ne m'eſt pas bien-ſeant d'auoir quelque contentement en ne vous voyant pas, ce m'eſt au moins
quelque excuſe, de ce que ie n'en ay pas vn que vous
ne me donniez. C'eſt vous qui faites icy toutes mes
ioyes, & quoy que i'aye eſté voir depuis peu l'Eſcurial,
& l'Aranjuez, & que ie me ſois trouué à des feſtes de
taureaux & de cañas, ie n'aurois rien veu d'agreable en
Eſpagne, ſi ie n'y auois receu de vos Lettres. Vos ſoins
m'oſtent la plus grande partie des miens, & i'oublie
que ie ſois mal-heureux, quand ie ſonge que vous ne
m'auez pas oublié. Cette obligation eſt ſi grande, que
ie doute qu'vn autre que moy y puſt ſatisfaire. Mais
s'il vous plaiſt d'y ſonger, vous trouuerez qu'il y a
long-temps que i'ay payé tout cela par aduance; &
dés le moment que i'ay eu l'honneur de vous connoiſtre, il ne s'eſt point paſſé de iour que ie n'aye merité
tout le bien que vous me ſçauriez iamais faire. Ie ſçay
bien, Mademoiſelle, que vous n'attribuërez pas cecy
à vanité, mais à vne eſtime extréme de la paſſion auec
laquelle ie vous honore, & à vne créance que i'ay, qu'v-
ne affection parfaite vaut mieux que toutes choſes.

Celle que i'ay à vous feruir eſt à vn ſi haut poinct, qu'il
n'y a plus que la voſtre qui la puiſſe recompenſer; &
quand vous m'auriez donné cent fois la vie, & auec
elle tous les biens du monde, vous me deurez toûjours beaucoup de reſte, tant que vous ne m'aimerez
pas. Et certes, en cela au moins, eſtes-vous bien iuſte,
que ne me pouuant donner ce qui m'eſt deu, vous taf-
chez à me contenter d'ailleurs, & à couurir vne injuſtice auec beaucoup de ciuilité. Mais toutes les belles paroles ne valent pas vn peu de volonté; & s'il y en
auoir quelques-vnes qui puſſent eſtre de ce prix-là,
ce ſeroient ſans doute les voſtres, & vous n'auriez pas
beſoin d'employer celles des autres pour cela. Ie ſuis
ſurpris toutes les fois qu'en receuant de vous vn gros
paquet, ie trouue qu'il n'y a qu'vne petite lettre, &
que ce qui eſt de voſtre main, ne fait que la moindre
partie de ce qui vient de voſtre part. Comme il me
ſouuient que ie n'ay quaſi iamais eu l'honneur de vous
voir chez vous, qu'il n'y ait eu cinq ou ſix perſonnes
dans voſtre chambre, vous auez trouué moyen d'en
mettre autant dans vos Lettres, & de ne me plus écrire qu'en public. Ne croyez pas pourtant m'obliger
par là à vous parler auec moins de hardieſſe; Ie prendray pour confidens ceux qu'il ſemble que vous me
vouliez donner pour Iuges, & i'aimerois mieux leur
declarer mon ſecret, que de vous le cacher. Mais pour
parler ſerieuſement (car ie ſçay bien, Mademoiſelle,
que vous ne voudriez pas que i'euſſe dit ainſi tout ce
que vous venez de lire) au lieu de me plaindre de ce-

la, i'ay à vous en rendre mille graces tres-humbles, &
à vous remercier de l'extréme honneur que vous me
faites receuoir de tant d'honnestes personnes, & que
ie ne pourrois iamais meriter sans vous. Ie vous aduoüe que ie ne puis souhaitter de plus grand contentement, que de voir de vos Lettres : maisie suis bien-
aise qu'en cela vous passiez mes souhaits, & que vous
me fassiez plus de bien que ie n'en sçaurois desirer. Si
ie ne me trompe, i'ay reconnu dans vostre derniere,
quelques lignes de la meilleure main du monde, & ie
les ay receuës auec la mesme veneration que l'on re-
cueilloit les fueilles où la Sybille escriuoit les oracles.
I'estime plus ces quatre vers, que toutes les Oeuures de
Malherbe, & moy qui en ay veu autresfois d'amour,
& qui estoient à ma loüange, ie vous asseure que ie
n'ay iamais leu de Poësie qui m'ait esté si agreable. Ie
ne sçay de quelle sorte est l'affection que i'ay pour
cette personne, mais ie n'entens ni ne voy rien de sa
part, qui ne me touche iusqu'au fonds de l'ame, & ie
ne puis comprendre comment il arriue, que l'estime
& le respect fassent en moy les mesmes effets qu'vne
passion bien violente. Quoy que vous ne me disiez
rien de Madame de Clermont, ie suis asseuré qu'elle
ne peut m'auoir oublié, & ie vous supplie tres-humblement, Mademoiselle, de me faire la faueur de luy
dire, que pour me rendre digne de son affection, ie
tasche tous les iours à deuenir meilleur. Les sermons
que vous me faites, & les liures que vous m'enuoyez,
ne me seruent pas peu à cela. Ie vous remercie du

Pseau-

*ils estoient de Mde
de Rambouillet*

Pſeaume; mais pourquoy m'enuoyer en l'eſtat où ie
ſuis, des choſes ſi triſtes? & quelle meilleure Paraphra-
ſe peut-on voir du *Miſerere*, que moy-meſme? I'ay
eu enfin les Epiſtres de Saint Paul. Les deux liures,
que vous m'auez enuoyé, l'vn au mois de Decembre,
& l'autre depuis ſix ſemaines, me ſont arriuez en vn
meſme iour; & à ce que ie puis iuger cette perſonne
que vous m'auez fait ſi petit, eſt vn des plus grands
hommes de France. La Preface, entr'autres choſes,
m'a ſemblé parfaitement belle, & i'ay eu vn extréme
plaiſir à la lire. I'en dirois dauantage, mais ie ne puis
rien admirer pour cette heure, que Mademoiſelle de
Ramboüillet. Ie vous l'auoüeray franchement, Mademoiſelle, ſoit que ce ſoit ſtupidité ou preſomption;
i'auois veu ſans ialouſie, toutes les belles choſes que
iuſques icy vous auiez eu ſoin de me faire voir : mais
quand i'eus acheué de lire la Réponſe de l'Infante
fortuné à Meſſire Lac, ie fus en peine qui la pouuoit
auoir faite, & eus, ſans mentir, vn extréme dépit de
ce que c'eſtoit vn autre que moy. Ie cherchay long-
temps parmy les perſonnes plus galantes, qui en
ſeroit l'autheur, ſans iamais pouuoir m'en imaginer
pas vne : Mais quand i'eus trouué dans voſtre Lettre,
qui c'eſtoit (car ie la garde touſiours pour la derniere)
ie vous confeſſe que i'eus vne des grandes ioyes que
i'aye euë il y a long-temps. I'eus vn extréme ſoulagement, & fus conſolé de ſçauoir, que cette gloire
eſtoit deuë à vne perſonne que i'honorois deſia tant,
& à qui i'ay donné vne ſi grande partie de mon

O

efprit, que ie puis douter fi c'eft du fien ou du mien, qu'elle s'eft feruie à faire vne fi iolie Lettre. Tout de bon, il femble qu'elle ait celui de tout le monde, à voir comme elle eft née à toute chofe, & outre que perfonne n'en a tant qu'elle, il n'y en a point qui ait tant de differens luftres, ni qui foit fi beau à toutes fortes de iours, comme le fien. Peut-eftre qu'elle le trouuera mauuais, mais ie ne puis m'empefcher de vous dire, que i'ay penfé demeurer dans cette mefme incredulité où ie fus vne fois pour vn autre miracle de fon efprit; & ie ne pouuois croire qu'il fuft poffible, qu'elle euft rencontré à écrire fi bien de cette forte, n'ayât iamais leu de cette maniere de liures. Mais c'eft par foy qu'il la faut connoiftre, & non pas par raifon; & comme elle compofe des hiftoires, où toutes les paffions font reprefentées, fans que iamais elle en ait éprouué pas vne: qu'elle fait la defcription de l'Italie & de l'Efpagne, fans en auoir veu la carte de fa vie: & qu'elle connoift toute la terre, n'ayant iamais efté que iufqu'à Chartres: de la mefme forte, fans auoir veu de vieux Romans, elle parle le langage de Lancelot du Lac, mieux que n'euft fceu faire la Reyne Geniéure; & ie croy qu'elle parleroit Arabe, fi elle l'auoit entrepris. Il faut auoüer que c'eft vne perfonne bien difficile à comprendre; & que fi Madame de Ramboüillet eft la plus parfaite chofe du monde, Mademoifelle fa fille eft la plus admirable. Entendez toufiours, s'il vous plaift, Mademoifelle, les loüanges que ie donne, auec la reftriction que ie dois mettre, vous

connoiſſant, comme ie fais. C'a eſté, au reſte, vn
grand bon-heur pour moy , de n'auoir veu ce teſ-
moignage de ſon eſprit, qu'en vn temps où i'en ay
vn autre de ſa ciuilité. Car ce m'euſt eſté vne extréme
peine de ne pas aimer vne perſonne qu'il m'eſt force de tant eſtimer. Les cinq ou ſix lignes qu'elle m'a
fait l'honneur de m'eſcrire , ont eſté receuës de moy
auec tout le reſpect, l'affection & la ioye qu'elle peut
penſer , & ont effacé le reſſentiment que i'auois de
l'autre Lettre. C'eſt vn des auantages que les meſchantes perſonnes ont ſur celles qui ne le ſont pas, que
toutes les bontez qu'elles font ſont beaucoup mieux
receuës, & qu'il ſemble que la rareté donne encore
quelque prix à l'action. Quoy que ie ſçache qu'elle ne
m'ait fait cette faueur que pour me faire mieux ſentir vn dépit dans quelque temps, ie ne puis pas m'empeſcher de m'y laiſſer attraper ; & ie l'aime, pour cette
heure, autant que ſi c'eſtoit la meilleure perſonne
du monde. Pour ce qui eſt des reproches qu'elle reſerue à me faire quelque iour, cette menace ne me fait
pas moins deſirer d'auoir l'honneur de la voir, & ie
me ſçauray défendre de ſorte qu'elle connoiſtra que
i'ay merité dans les choſes meſmes où elle croit que
i'aye failly. Parmy vne infinité de choſes qui m'ont
donné beaucoup de contentement dans voſtre Lettre, i'y ay veu auec vne ioye tres-particuliere, ce que
vous me mandez ; que lors que vous m'eſcriuiſtes, vn
honneſte homme ſe faſchoit de ſe retirer à vne heure
aprés minuict ſans m'auoir veu. Il y a long temps que

*le Card. de la
valete.*

ie defirois ardemment vn tefmoignage de l'honneur
de fon fouuenir. Ie ne craindray point de vous dire,
qu'il n'y a point d'homme au monde que ie refpecte
tant que luy : Mais ie n'oferois vous auoüer combien
ie l'aime , de peur que l'intereſt de voſtre *Mary* ne
vous le faſſe trouuer mauuais , & que vous ne me re-
prochiez de regler mal mes affeċtions. Vous qui tenez pour regle certaine, que toutes les perſonnes de
cette forte ne peuuent aimer, vous deuez pourtant
faire quelque exception pour luy : & comme ie vous
ay oüy dire beaucoup de fois, qu'il auoit plus de generoſité que les autres, vous pouuez croire qu'il a auſſi
plus d'amitié. Mais quand cela ne feroit point, & qu'il
m'auroit entierement oublié, il eſt vray qu'il ne feroit pas en ma puiſſance de retrancher rien de la paſſion que i'ay pour luy. Ie ne puis non plus reſiſter à
cette inclination , qu'à celle que i'ay pour vous ; &
vous ne deuriez pas trouuer eſtrange que i'aimaſſe
vn ingrat, vous qui ſçauez qu'il y a ſi long-temps que
i'aime vne ingrate. Sans mentir, au temps meſme
où ie croyois qu'il ne fe fouuenoit point du tout de
moy, ie n'ay pas paſſé vne belle nuiċt dans le Prade,
que ie ne l'y aye fouhaité. Les *gros-d'eau* feroient auſſi
beaux à faire dans Madrid que dans Paris, & ſi ie le tenois icy, ie le menerois chanter deuant des portes qui
s'ouurent plus aiſément que la voſtre, & où nous ferions mieux receus que nous ne l'eſtions chez vous. Il
y a en ce lieu certains animaux que ceux du païs
nomment *Moreniſtes*, qui ont la forme du corps fort

agreable, & la peau extrémément douce ; souples,
éueillées & plaisantes, fort aisées à appriuoiser, & naturellement amies des hommes. La fraischeur de la
nuict, dont elles aiment à iouïr, fait qu'en ce temps
on en trouue communément dans les ruës, & selon
qu'il est curieux de cette sorte de choses, ie sçay qu'il
seroit bien aise d'en voir. Ie vous supplie tres-humblement, Mademoiselle, vous qui me procurez toutes sortes de biens, d'employer tout le credit que
vous auez auprés de luy, pour faire qu'il me fasse
l'honneur de se souuenir de moy ; & si vous pouuez
faire qu'il m'aime, ie vous donne répit de six mois
pour ce que vous me deuez. Ie ne sçay si vostre Seruiteur m'a fait l'honneur de m'escrire quelque chose,
ie suis tousiours le sien tres-humble, auec autant de
passion que iamais ; & il n'y a pas trois iours que ie
m'enfermay dans vne chambre, & qu'en souuenance
de luy, ie chantay vne demie-heure, *Pere Chambaut.*
Il y a au bas de vostre Lettre trois écritures differentes, que ie n'ay pû reconnoistre, & que ie croy que ie
n'ay iamais connuës. I'auois resolu d'y faire répondre par trois Espagnols de mes amis ; mais ie n'en ay
pas eu le loisir, estant à la veille de mon partement.
I'espere sortir d'icy dans trois ou quatre iours, pour
commencer la promenade dont ie vous auois écrit,
& aller voir le Portugal & l'Andalousie. Quelques-
vns m'en vouloient dissuader, pour les chaleurs qu'il
y aura en ce temps : Mais afin de me déniaiser, ie suis
resolu de voir vn peu le monde, & pour me remettre

O iij

d'vn Hyuer que i'ay esté icy sans me chauffer, ie m'en
vay chercher les iours caniculaires en Afrique, &
passer l'Esté en vn païs où les hyrondelles passent
l'Hyuer. Les perils que i'ay à courre en ce voyage,
ne m'estonnent point, & peut-estre que i'en trouuerois de plus grands auprés de vous. Il me fasche
seulement que si i'y meurs, Mademoiselle de Ramboüillet aura du plaisir à dire, qu'il y auoit desia trois
ans qu'elle m'auoit predit que ie mourrois dans quatre. Mais, Mademoiselle, vne personne qui est dans
vos prieres, doit esperer vn meilleur succés que
cela. Ie ne sçay pas si i'ay encore beaucoup de temps
à viure, mais il me semble qu'il me reste beaucoup
d'années à vous aimer, & mon affection estant si grande & si parfaite, ie m'imagine qu'il n'est pas possible
que ie cesse si-tost d'estre,

MADEMOISELLE,

Vostre, &c.

A LA MESME.

LETTRE XXXI.

MADEMOISELLE,

Il ne manque à vos fortunes que d'auoir esté crimi-
nelle d'Estat, & voicy que ie vous en fais naistre vne
belle occasion. La fortune qui n'a pas accoustumé
d'en perdre pas vne de vous mettre en jeu, ne man-
quera pas peut estre à se seruir de celle-cy. Ie voy bien
que ie vous mets en quelque peril en vous escriuant,
sans que cette consideration m'en puisse empescher.
Par-là vous pouuez iuger qu'il n'y a rien que ie ne
hazardasse pour vous faire souuenir de moy ; puisque
ie vous hazarde vous-mesme, vous que ie tiens chere & precieuse entre toutes les choses du monde. Ie
vous dis cecy, Mademoiselle, en vn temps où ie ne
voudrois pas mentir, mesme dans vn compliment.
Car, afin que vous le sçachiez, i'ay sceu extrémément
profiter de la maladie que l'on vous aura dit que i'ay
euë. Elle m'a fait prendre de si bonnes resolutions,
que si ie ne les auois pas, ie les voudrois acheter de
toute ma santé. Ie voy bien que vous-vous rirez de
cecy, vous qui connoissez ma foiblesse, & que vous
ne croirez pas que ie garde de simples resolutions,
moy qui ay rompu tant de vœux. Il est vray pourtant

que i'ay veu iufqu'icy toutes les Efpagnoles, comme
fi c'eftoit encore les Flamandes de Bruxelles, & que
i'efpere d'eftre homme de bien, au lieu du monde,
où il y a de plus grandes tentations, & où le diable fe
met fous de plus agreables formes. Dans cette grande reformation, il ne me refte qu'vn fcrupule, c'eft
qu'il me femble que ie penfe trop fouuent en vous,
& que ie defire auec trop d'impatience d'auoir eu
l'honneur de vous reuoir. En moderant toutes mes
affections, ie n'ay pû encore reduire celle que ie
vous porte, au poinct où il nous eft permis d'aimer
noftre prochain, c'eft à dire, autant que nous-mef-
mes; & ie crains que vous n'ayez plus de part en mon
ame, qu'il ne faudroit en donner à vne creature.
Voyez, s'il vous plaift, Mademoifelle, quel remede il
y a à cela, ou pluftoft, quelle excufe il y a pour le défendre: Car de remede, ie croy qu'il n'y en a point,
& qu'il eft impoffible que ie ne fois pas toufiours
auec toute forte de paffion,

MADEMOISELLE,

Voftre, &c.

A LA

A LA MESME.

LETTRE XXXII.

MADEMOISELLE,

A vn si grand malheur que le mien, il ne falloit
pas vne moindre consolation que celle que vous m'a-
uez donnée, & i'ay receu vostre lettre comme vne
grace que le Ciel m'enuoyoit apres ma condamna-
tion. Ie ne sçaurois pas appeller d'vn autre nom que
celui-là, la nouuelle qui m'a contraint de reuenir icy;
& ie vous asseure qu'il y a beaucoup d'arrests de mort
qui sont moins rigoureux. Mais au milieu de tous
mes maux, il me sieroit mal de me plaindre, puis
que i'ay l'honneur d'estre dans vostre souuenir; & l'on
se peut, ce me semble, passer des faueurs de la fortune,
quand on est si heureux que d'auoir des vostres. Ce
sera donc par cette raison que ie me consoleray de
demeurer icy, & non par celle que vous me dites;
Qu'il vaut mieux estre exilé en païs estranger, que
d'estre captif en sa patrie. Vous ne voyez que la moitié de mon malheur, si vous ne considerez que ie
suis l'vn & l'autre tout ensemble; & si vous y songez
bien, vous trouuerez que deux choses qui semblent
incompatibles se rencontrent en moy, d'estre banny

P

& prifonnier en mefme temps. Vous aurez de la peïne, Mademoifelle, à entendre cét Enigme, fi vous ne
vous fouuenez que i'ay accouftumé de parler vn peu
d'amour en toutes mes lettres. Que fi, comme vous
dites, ie dois auoir icy quelque liberté que ie n'aurois
pas en France, ie vous fupplie très-humblement que
ce foit celle-là; & trouuez bon que ie vous affeure,
qu'il y a beaucoup de paffion dans l'affection que
i'ay de vous feruir. Ie ferois trop ingrat, fi pour vne
perfonne qui fait des chofes fi extraordinaires pour
moy, ie n'auois qu'vne amitié ordinaire, & tous au
moins ie dois eftre amoureux de voftre generofité.
L'on m'a mandé l'obligation que i'auois à vn Gentil-
homme, & à vne Dame, à qui i'en ay defia beaucoup
d'autres, & le foin qu'ils ont d'enuoyer quelquesfois
fçauoir de mes nouuelles. Pour tous les autres, ils
font demeurez dans vn fi profond filence, qu'il y a
fix mois que ie ne les ay pas feulement oüy nommer.
Ie ne fçay fi c'eft oubly, ou prudence, & pour dire
le vray, ie ne voy gueres de chofe en cela. Encore
me femble-t-il eftre plus excufable, de ne rien dire à
vne perfonne dont on ne fe fouuient point, que de
s'en fouuenir, & ne luy en donner aucun tefmoignage. Ie vous laiffe à iuger, Mademoifelle, quel luftre
cela donne à ce que vous auez fait pour moy, & combien ie vous fuis obligé de m'auoir efcrit vne grande lettre, en vn temps où les autres ne m'oferoient
pas faire vne recommendation. Auffi ie vous iure,

que si ie ne puis reconnoistre cette bonté comme ie
voudrois, ie la loüe, au moins, & l'estime comme elle merite, & que ie suis autant qu'il m'est possible,

MADEMOISELLE,

Vostre, &c.

A MONSIEVR DE PVY-LAVRENS.

LETTRE XXXIII.

MONSIEVR,

I'ay receu la Lettre que vous m'auez fait l'honneur
de m'écrire auec plus de ioye, que ie n'en esperois
iamais auoir icy, & moy, à qui il reste tant d'autres
choses à desirer, qui suis esloigné de tant de chemin
du lieu où ie me souhaitte, qui me vois icy languissant, & qui n'en puis sortir sans de grandes difficultez;
i'ay esté en repos de tout, quand i'ay veu que vous
auiez soin de moy. Que si, comme vous dites, i'ay
quelque part dans vostre amitié, ie trouue que ce
bon-heur me doit tenir lieu de tous les autres, & que
ceux à qui vous auez donné des biens & des honneurs, n'ont pas esté si bien partagez que moy. C'est,
ie vous asseure, Monsieur, la seule consolation que
i'aye receuë en ce païs, auquel le peu de santé que
i'ay tousiours euë, ne m'a pas permis d'estre capable
d'aucun diuertissement, & où ie n'ay point veu de
femmes, que sur le Prade ou sur le Theatre. Ainsi, sans
me faire de violence, ie pourray demeurer d'accord
auec vous de ce que vous dites au prejudice des Dames de Madrid, en faueur de celles de Bruxelles; &

deuant que leur préfence où la voftre femble m'y
obliger, ie foufcris dés cette heure, à tout ce que vous
fçauriez penfer à leur auantage ; l'innocence, la ieuneffe & la beauté, pour lefquelles vous dites que
vous les eftimez, font des qualitez que l'on n'a iamais
icy veuës enfemble, & qui ne font pas mefmes fi
communes où vous eftes; qu'elles ne me laiffent lieu
de deuiner lé fujet pour qui vous prenez ce party *La princeffe de
auec tant de paffion. Que fi d'auenture c'eft la mefme *chimay dont il
perfonne que i'imagine, i'irois, Monfieur, contre *eftoit amoureux
mon inclination & mon iugement, fi ie n'eftois pas
de voftre auis, & ie vous auoüe que quand Xarife, Da-
raxe, & Galiane reuiendroient encore au monde, l'Efpagne n'auroit rien qu'elle luy pûft oppofer. Les artifices dont elles vfent deçà, & les illufions auec lefquelles elles fe font paroiftre ce qu'elles ne font pas, ne
fçauroient reprefenter rien de fi beau ; & le blanc mefme d'icy n'eft pas fi blanc qu'elle. Les plus parfaites
beautez qui y foient, ne fe peuuent non plus comparer à la fienne, que la bronze, & l'ebene, à l'or & à l'y-
uoire, & entre les beaux vifages d'icy, & le fien, il y a
la mefme difference, qu'entre vne belle nuit & vn
beau iour. De forte, Monfieur, que moy, qui ay dit
beaucoup de fois qu'il n'y auoit que les Dames Efpa-
gnolles qui meritaffent d'eftre aimées ; ie confeffe
qu'vne feule de la Cour où vous eftes, fuffit pour les
vaincre toutes, & que l'vnique auantage qu'elles
ayent fur celles de delà, c'eft qu'elles fçauent eftre plus
amoureufes : encore ie doute que cecy foit bien vni-

P iij

uerſellement vray, & ſi la meſme fortune que vous
auez par tout ailleurs, vous accompagne en Flandre,
vous aurez appris à quelques-vnes à ne leur ceder pas
meſme en cela. Mais ce diſcours ſe doit reſeruer à la
confidence que vous me promettez, quand ie ſeray
auprés de vous, l'eſperance de laquelle redouble l'impatience que i'auois de mon retour. Ie vous ſupplie
donc tres-humblement, Monſieur, de vous ſouuenir
de cette promeſſe, & prenez garde, s'il vous plaiſt, que
la multitude de vos auentures ne vous en faſſe oublier
pas vne circonſtance. Pour moy, au lieu que tous
ceux qui vous approchent, ſongent à leur fortune, &
vous demandent des charges ou des penſions; ie ne
deſireray iamais aucune choſe de vous auec tant d'affection que l'honneur de voſtre entretien, & ie ne
crois pas que vous me puiſſiez rien donner qui vaille
dauantage. Ie ſçay que c'eſt vn bien dont vous eſtes
moins liberal que de tous les autres, & qu'il y a bien
peu de perſonnes à qui vous en faſſiez part volontiers;
mais la paſſion que i'ay pour toutes les voſtres, me
doit faire eſtre de ce nombre, & l'extréme fidelité
auec laquelle ie ſeray en toutes occaſions,

MONSIEVR,

Voſtre, &c.

De Madrid. Ce 13. Mars. 1633.

AV MESME.
LETTRE XXXIV.

MONSIEVR,

En cinq ou six lignes vous auez compris tout ce que
ie pouuois ouïr de plus agreable au monde, & en me
promettant en la presence de mon Maistre voftre conuersation & voftre amitié, vous auez touché tous mes
souhaits. Me proposant cette esperance, il n'y a point
de difficultez que ie ne trouue supportables, la mer
me semblera aisée à passer pour aller iouïr de tant de
biens, & tous les plus honnestes gens de la terre s'em-
barquerent autresfois pour vn moindre prix que celui-là. Mais il faut rompre premierement les enchantemens de Madrid, & surmonter le destin de cette
Cour, qui veut que chacun y soit arresté dix ou douze
mois apres le dernier iour qu'il pensoit y estre. Cela,
Monsieur, est si vray, qu'ayant fait cét hyuer vn effort
pour en échaper deuant ce terme, la force du charme me ramena de quarante lieuës loin, & ie m'y trouue aujourd'huy aussi pris que iamais. I'attens pourtant quelques effets de ce que vous dites que vous auez
escrit en ma faueur, & si cette auenture doit estre acheuée par vn des plus honnestes hommes du monde,
i'espere que ie vous deuray ma deliurance. Ie sçay,

Monſieur, que ce ne ſera pas la plus belle que vous ayez miſe à fin ; mais ce ſera, ie vous aſſeure, vne des plus difficiles & des plus iuſtes. Car ſans mentir, vous auez quelque intereſt, d'auoir ſoin d'vne perſonne qui vous honore ſi veritablement que ie fais, & tenant le lieu où vous eſtes, il n'y a rien que vous ne trouuiez plus aiſément, que des affections auſſi pures que la mienne. Ceux qui occupent des places comme la voſtre, ſont d'ordinaire traittez comme des Dieux ; pluſieurs les craignent, tous leur ſacrifient ; mais il y en a peu qui les aiment, & ils trouuent plus aiſément des adorateurs, que des amis. Pour moy, Monſieur, ie vous ay touſiours conſideré vous-meſme, ſeparé de tout ce qui n'en eſt pas ; Ie voy des choſes en vous, plus grandes & plus éclatantes que voſtre fortune, & des qualitez auec leſquelles vous ne ſçauriez iamais eſtre vn homme ordinaire. Vous iugerez que ie dis cecy auec beaucoup de connoiſſance, ſi vous vous ſouuenez de l'entretien que i'eus l'honneur d'auoir auec vous dans cette prairie de Chirac, où m'ayant ouuert voſtre cœur, i'y vis tant de reſolution, de force, & de generoſité, que vous acheuaſtes de gaigner le mien. Ie connus alors que vous auiez de ſi ſaines opinions tout ce qui a accouſtumé de tromper les hommes, que les choſes qu'ils conſideroient le plus en vous eſtoient celles que vous eſtimiez le moins, & que perſonne ne iuge d'vn tiers auec moins de paſſion, que vous iugiez de vous-meſme. Ie vous auoüe, Monſieur, qu'en ce temps-là, vous voyant tous les iours marcher

ſur

fur des precipices, auec vne contenance gaye & affeurée; & ne iugeant pas que la conftance pûft aller iufques-là, ie trouuois quelque fujet de croire que vous
ne les apperceuiez pas tous. Mais vous m'appriftes
qu'il n'y auoit rien en voftre perfonne, ni alentour,
que vous ne connuffiez auec vne clarté merueilleufe;
& que voyant à deux pas de vous la prifon & la mort,
& tant d'autres accidens qui vous menaçoient; & d'autre cofté les honneurs, la gloire, & les plus hautes re-
compenfes, vous regardiez tout cela fans agitation, &
voyez des raifons de ne pas trop enuier les vns, & de
ne point craindre les autres. Ie fus eftonné qu'vn
homme nourry toute fa vie entre les bras de la fortune, fceût tous les fecrets de la Philofophie, & que vous
euffiez appris la Sageffe en vn lieu où tous les autres la
perdent. Dés ce moment, Monfieur, ie vous mis au
nombre de trois ou quatre perfonnes que i'aime &
que i'honore fur tout le refte du monde, & adjouftay
beaucoup de refpect & d'eftime à la paffion que i'a-
uois toufiours euë pour vous. I'en formay vne autre
affection beaucoup plus grande. C'eft celle-là que
i'ay encore, & que ie conferueray toute ma vie en vn
fi haut point, qu'il eft vray que vous deuez la reconnoiftre, & témoigner que ce vous eft quelque contentement que ie fois, autant que ie le fuis,

MONSIEVR,

Voftre, &c.

De Madrid. Ce 8. Iuin 1638.

Q

A MONSIEVR DV FARGIS.

LETTRE XXXV.

MONSIEVR,

A ce que ie vois, vous estes aussi liberal de loüanges comme de toute autre chose; & ne me pouuant secourir autrement dans la necessité où ie suis, vous m'enuoyez au moins les plus belles paroles du monde. Ie ne les sçaurois mieux employer, qu'en vous les rendant à vous-mesme, & si ie ne me sers de celle-là, i'auoüe que ie n'en trouue point pour reconnoistre l'honneur que vous me faites. Aussi, Monsieur, ie crois que vous me les auez écrites, préuoyant le besoin que i'en aurois, & en me donnant tant de sujet de vous loüer, vous auez eu soin de me donner aussi dequoy le pouuoir faire. Cette faueur m'oblige à receuoir patiemment les reproches que vous me faites, & comme ie reçois de vous des honneurs qui ne me sont pas deus, il est raisonnable que i'en souffre des plaintes que ie n'ay pas meritées. Sans cela, ie vous demanderois raison de ce que vous m'accusez de l'extréme enuie de sortir de ce lieu, & pourquoy vous appellez haine, ce que vous pourriez attribuër à affection? Ie connois aussi bien que personne les delices d'Espagne; mais ie pense, Monsieur, que vous croyez qu'il

n'y en a point de si grandes pour moy, que d'estre aupres de mes amis, & si Paris mesme a pû me desplaire
par l'absence de mon Maistre, vous ne deuez pas trouuer estrange, que ie me sois ennuyé à Madrid, & que
ie n'aye point eu de plaisir en vn lieu où ie n'ay pû
auoir de santé. Mais quand cette passion seroit aussi
iniuste que vous dites, vous ne deuriez pas me reprocher vne iniustice que ie fais pour l'amour de vous, ni
trouuer mauuais que i'aye vne trop grande passion de
vous voir. Si ie rencontre au lieu où vous estes, les
mesmes incommoditez que ie fais icy, elles ne me
sembleront pas les mesmes quand ie les porteray en
vostre compagnie; & ie m'estonne que vous me dites cela dans vostre lettre, où vous me mandez qu'il y
a delà des personnes auec qui ce que l'on esprouue de
plus amer dàs la vie, vous sembleroit doux. Ie vous asseure, Monsieur, que ie suis capable aussi de cette sorte
de consolation, & quoy que vous vouliez dire, ie ne
puis craindre, où vous serez, le chagrin ni la necessité,
quand ie songe que dans les montagnes d'Auuergne,
nous auons tousiours trouué auecque vous la gayeté &
la bonne chere. Il y a des tresors en vostre personne,
dont ie sçauray ioüir en dépit de la mauuaise fortune,
& auec lesquels ie ne sçaurois iamais estre pauure, ni
triste. Voilà ce qui me donne tant d'impatience de me
voir hors de ce lieu, & si tous mes amis ne me le dé-
fendoient, ie prendrois au sortir d'icy le plus court
chemin pour vous aller trouuer, & i'eusse moy-mesme destourné en passant les tableaux que vous dites

Q ij

que l'on a mis de vous fur la frontiere. Ie crois, Monfieur, que vous n'auez pas l'imagination fi tendre,
qu'il vous faille confoler de cela; & vous, à qui la mort
mefme, de tant prés que vous l'ayez veuë, n'a iamais
pû faire peur, il eft à croire que vous n'aurez pas efté
touché de fa Peinture. Ce ne fera pas fur celle-là que
la pofterité iugera de vous. La fortune qui n'eft pas
toufiours injufte, en fera voir quelques autres plus à
voftre auantage ; & pour ces tableaux, elle vous donnera quelque iour des ftatuës. Tous les changemens
qu'elle a faits en voftre vie, me femblent comme ces
pieces de talc que l'on applique fur les portraits, qui
laiffent voir toufiours le mefme vifage, & ne changent que ce qui eft alentour de la perfonne. Elle fe
iouë ainfi auec les grands-hommes, elle fe plaift de les
voir fous diuerfes formes, & en moins de rien elle met
fous vn dais ceux qu'elle a fait voir fur vn échaffaut.
Ie fouhaite, Monfieur, que ie trouue ce changement
à mon arriuée; & pour ce qui eft de moy, ie defire
feulement d'auoir bien-toft l'honneur de vous voir,
& que toutes mes fortunes foient tellement iointes
aux voftres, que ie ne fois iamais heureux ni mal-
heureux qu'auec vous. Ie fuis,

MONSIEVR,

Voftre, &c.

De Madrid. Ce 8. Iuin 1633.

A MADAME LA MARQVISE
de Ramboüillet.

LETTRE XXXVI.

MADAME,

Quand mes liberalitez feroient, comme vous dites, plus grandes que celles d'Alexandre, elles feroient
trop bien recompenſées par les remercimens qu'il
vous a plû m'en écrire. Lui-meſme, quelque déme-
ſurée que fuſt ſon ambition, il l'auroit bornée à vne
ſi rare faueur. Il euſt plus eſtimé cet honneur que le
diadeſme des Perſes, & il n'euſt pas enuié à Achille les
loüanges d'Homére, s'il euſt pû auoir les voſtres. Auſſi, Madame, dans la gloire où ie me trouue, ſi ie porte enuie à la ſienne, ce n'eſt pas tant à celle qu'il s'eſt
acquiſe, qu'à celle que vous lui auez donnée ; & il n'a
point receu d'honneurs que ie ne tienne au deſſous
des miens, ſi ce n'eſt celui que vous lui faites en le
nommant voſtre Galant. Sa vanité ni ſes flatteurs ne
lui ont iamais rien fait accroire de ſi auantageux, &
la qualité de fils de Iuppiter Ammon n'eſtoit pas ſi
glorieuſe que celle-là. Que ſi rien ne me conſole
dans la ialouſie que i'en ay, c'eſt, Madame, que vous
connoiſſant comme ie fais, ie ſçay que ſi vous luy
faites cette faueur, ce n'eſt pas tant pource qu'il eſt le

Q iij

plus grand de tous les hommes, que pource qu'il y a deux mille ans qu'il n'eſt plus. Quoy que ce ſoit, on peut voir en cela la grandeur de la fortune, laquelle ne le pouuant encore abandonner tant d'années aprés ſa mort, adjouſte à ſes conqueſtes vne perſonne qui les releue plus que la femme & les filles de Darius, & luy a fait gagner vn eſprit beaucoup plus grand que le monde qu'il a dompté. Ie deurois craindre, par voſtre exemple, d'eſcrire d'vn ſtile trop eſleué ; mais en peut-on prendre vn trop haut, en parlant de vous & d'Alexandre ? Ie vous ſupplie tres-humble-ment de croire, Madame, que i'ay pour vous la meſ-me paſſion que vous auez pour luy, & que l'admira-tion de vos vertus me fera touſiours eſtre,

MADAME,

Voſtre, &c.

A MONSIEVR DE CHAVDE-BONNE.

LETTRE XXXVII.

Monsievr,

En me loüant de mon eloquence, vous deuriez auoir foin de ma modeftie, & craindre de me faire perdre vne bonne qualité que i'ay, en m'en voulant donner vne que ie n'ay pas. I'ay receu pourtant vos loüanges auec beaucoup de ioye, non pas que ie croye de moy ce que vous m'en dittes : mais pource que ce m'eft vne grande marque de voftre amitié, & qu'il faut que vous m'aimiez beaucoup, puis qu'en ma faueur vous vous eftes trompé en vne chofe, de laquelle d'ailleurs vous eftes fi bon iuge. Ainfi, Monfieur, ie trouue qu'il eft plus à mon auantage, de croire que ie ne fuis pas digne de l'honneur que vous me faites. Et ce qui me donne bonne opinion de voftre amitié, me rend plus glorieux que ce qui me la donneroit de moy-mefme. Auffi bien quand ie ferois auffi eloquent que vous dites, ie n'en voudrois pas tirer de plus grand fruit, que de gagner en voftre ame la place que ie connois par là que i'y ay defia, & de vous perfuader de m'aimer autant que vous faites. Que fi aprés cela ie defirois encore quelque chofe, ce feroit

de remercier auec les plus belles paroles du monde
les Dames que vous dites qui me font l'honneur de se
souuenir de moy. Mais particulierement i'employe-
rois pour l'vne d'elles toutes les fleurs & toutes les
graces de la Rhetorique, & lui écrirois dés cette heure
vne lettre d'amour si galante, qu'elle seroit disposée
de m'écouter à mon retour. Puis-qu'elles font trois,
il me semble que pas vne ne se doit offenser de cela.
Elles seroient bien rigoureuses, si elles vouloient m'o-
ster la liberté des souhaits, & m'empescher de faire des
chasteaux en Espagne, puis-que c'est le seul contentement que i'y aye. Ie commence d'auoir plus d'esperance de mon retour, que ie n'en auois eu iusqu'icy.
Le plaisir que i'auray d'en sortir, me recompensera de
l'ennuy que i'ay eu d'y demeurer; & ie iouïs desia par
auance, de la ioye que ie receuray en vous voyant.
Ainsi, Monsieur, toutes choses font meslées; le bien
& le mal se rencontrent par tout : & quand l'vn n'est
pas au commencement, il ne manque pas de se trouuer à la fin. Ie suis encore incertain du chemin que ie
prendray; Ie croy pourtant que i'iray m'embarquer à
Lisbonne. Si on eust laissé cela à mon choix, ie fusse
passé par la France, quelque danger qu'il y pûst auoir.
Ce n'est pas que i'aime fort à m'affermir l'ame, ni à
prendre, comme vous, vn chemin perilleux, quand
i'en puis tenir vn autre : mais le plus court me semble
aisément le plus seur. Et puis, pour vous dire le vray,
ie ne sçaurois m'imaginer que ie sois destiné à estre
pendu. Neantmoins, on me commande d'aller par
ailleurs.

ailleurs : & les perſonnes à qui vous auez donné toute
ſorte de pouuoir ſur moy, & qui en deuroient auoir
ſur tout le monde, me l'ordonnent ſi expreſſément,
qu'il ne m'eſt pas permis ſeulement de le mettre en
deliberation. Cependant, en me défendant de me hazarder, elles me font mettre à la mercy de la mer &
des Pyrates. Ie vous puis dire pourtant, que ie n'ay
peur ni de l'vn ni de l'autre, & ie crains dauantage les
bonaces qui me peuuent retarder le bonheur de vous
voir : Ie me paſſeray de tous les autres, pourueu que ie
puiſſe auoir bien-toſt celui-là, & le moyen de vous
témoigner quelque iour en vous ſeruant, que vous
auez rendu vn autre homme auſſi genereux que vous,
& que ie ſuis autant que ie dois,

MONSIEVR,

Pour ne point mettre icy cette longue ſuitte de
noms que vous dites eſtre ennuyeux, ie ne fais des
baiſe-mains à perſonne. Mais ie ne puis m'empeſcher de vous ſupplier tres-humblement, Monſieur,
de donner ordre, que ſi Madame la Comteſſe de
Moret, & Monſieur ſon mary, & Monſieur ſon frere
m'ont oublié, au moins ils me reconnoiſſent à mon
retour. Ie ne puis comprendre par quel malheur ie
n'ay rien oüi dire de leur part, leur ayant écrit deux
lettres. Ie ſuis pourtant aſſeuré qu'ils ne peuuent
manquer de bonté pour moy, eux qui en ont pour
tout le monde.

Voſtre, &c.

De Madrid. Ce 8. Iuin 1633.

R

A MADEMOISELLE PAVLET.

LETTRE XXXVIII.

MADEMOISELLE,

I'aurois à cette heure dequoy vous escrire vn beau poulet, & ie pourrois dire sans mentir, que ie passe les iours sans lumiere, & les nuits sans fermer les yeux. Au moins, i'ay tousiours vescu de cette sorte depuis que ie suis party de Madrid. En dix nuits i'ay fait dix iournées, & ie suis arriué à Grenade sans auoir veu le Soleil, si ce n'est aux heures qu'il se couche & qu'il se leue. Il est icy si dangereux, que les yeux que Bordier a quelquesfois comparez à luy, ne le sont pas dauantage. Aussi bien qu'eux il brûle tout ce qu'il void, & n'est gueres moins à craindre que le feu du Ciel. Ie m'en suis sauué dans les tenebres, & mettant toûjours toute la terre entre luy & moy. Ie me repose à cette heure à l'ombre d'vne montagne de neige, dont cette Ville est couuerte. Il y a trois iours que ie vis dans la *Serra Morena*, le lieu où Cardenio & Dom-Quichote se rencontrerent; & le mesme iour ie souppay dans la *Venta*, où s'acheuerent les auentures de Dorotée. Ce matin i'ay veu *el Alhambra*, la place de *Viuarambla* & le *Zaccatin*; & la ruë où ie suis logé se nomme *la calle de Abenamar, Abenamar, Abenamar Moro de la More-*

ria. I'ay beaucoup de plaifir à voir les chofes que i'a-
uois imaginées, mais i'en ay bien dauantage à imaginer celles que i'ay autresfois veuës. Quelques excellens que foient les objets qui fe prefentent à mes
yeux, mes penfées m'en font toufiours voir de plus
beaux, & ie ne donnerois pas les images que ie garde
dans ma memoire, pour tout ce que ie voy de plus
réel & de plus précieux. Hier, en confiderant les allées & les fontaines de *Generalife*, & fouhaitant d'y
voir *Galiane*, *Zaïde*, & *Daxare*, en l'eftat qu'elles y
auoient efté autrefois; i'y defiray encore dauantage
vne autre perfonne; auffi, à la verité, eft-elle mille fois
plus galante & plus aimable, *Xarife* mife aupres
d'elle, perdroit fon nom & fa beauté. Auec ces enfei-
gnes, ie penfe que ie donneray affez à entendre qui
elle eft. Mais cela eft cruel, Mademoifelle, qu'il m'en
faille parler auec tant d'artifice & de précaution, &
que i'aye peine à me réfoudre de dire que c'eft vous.
Vous deuez pourtant me permettre d'eftre galant à
cette heure, que ie me trouue à la fource de la galanterie, & au lieu d'où elle s'eft efpanduë par le monde.
Au fortir d'icy, ie me rendray, Dieu aidant, dans quatre iours à Gibraltar, delà i'ay refolu de paffer à Ceuta,
& d'aller voir *le lieu de voftre naiffance, & vos parens
qui regnent dans les deferts de ce païs-là.* Comme ie leur
diray de vos nouuelles, ie vous fupplie tres-humblement, Mademoifelle, d'en dire des miennes aux perfonnes que vous fçauez, que i'honnore & que i'ayme
le plus, & de me faire la faueur d'affeurer particuliere-

x m^{de} m^{le} de Rambouiller / es m^{le} Paules rement trois d'entr'elles, que quelque loin que me iette ma fortune, la meilleure partie de moy-mesme sera tousiours au lieu où elles seront. Pour ce qui est de vous, vous ne sçauriez douter de la passion que i'ay à vous honorer, & vous sçauez bien que ie ne suis que trop,

MADEMOISELLE,

Vostre, &c.

A MONSIEVR DE CHAVDE-BONNE.

LETTRE XXXIX.

MONSIEVR,

Ie vous écris à la veuë de la terre de Barbarie, & il n'y a entr'elle & moy qu'vn canal qui n'a au plus que trois lieuës de largeur, quoy que ce soit l'Ocean & la mer Mediteranée tout ensemble. Vous serez estonné de voir si loin vn homme qui prend si peu de plaisir à courre, & qui auoit tant de haste de se raprocher de vous. Mais l'aduis que l'on m'a donné, que cette saison n'estoit guere propre à la nauigation pour les grands calmes qu'il y a, & que difficilement ie trouuerois *embarcacion* deuant le mois de Septembre, m'a fait naistre l'enuie & le loisir de faire cette promenade, & i'ay mieux aimé souffrir le trauail du chemin, que l'oisiueté de Madrid. De sorte qu'aprés auoir veu à Grenade tout ce qui y reste de la magnificence des Rois Mores, l'*Alhambra*, le *Zacatin*, & cette celebre place de *Viuarambla*, où i'auois imaginé autrefois tant de tournois & de combats, ie suis venu iusqu'à la pointe de Gilbratar; d'où, aussi-tost que l'on m'aura equipé vne Fregate, i'espere passer le Destroit, & voir Ceuta; & au retour de là, prendre le chemin de

R iij

Calis, San-Lucar, & Seuille, & me rendre à Lisbonne.
Iusques icy, Monsieur, ie ne me suis point repenty
de cette entreprise, laquelle en cette saison a semblé
temeraire à tout le monde. L'Andalousie m'a reconcilié auec tout le reste de l'Espagne, & l'ayant passée en
tant d'autres endroits, ie serois bien fasché de ne l'a-
uoir point veuë en celuy seul par où elle peut paroistre belle. Vous ne trouuerez pas estrange que ie louë
vn païs, où il ne fait iamais froid, & où naissent les
cannes de Succre. Mais ie vous asseure qu'il y a icy tel
melon, que l'on pourroit venir manger de quatre
cens lieuës ; & cette terre, pour laquelle tout vn peuple erra si long-temps dans les deserts, ne pouuoit
estre, à mon auis, gueres plus delicieuse que celle-cy.
I'y suis seruy par des esclaues qui pourroient estre mes
maistresses, & sans peril, i'y puis par tout cueillir des
palmes. Cét arbre, pour qui toute l'ancienne Grece
a combattu, & qui ne se trouue en France, que dans
nos Poëtes, n'est pas icy plus rare que les oliuiers, & il
n'y a pas vn habitant de cette coste, qui n'en ait plus
que tous les Cesars. On y voit toute d'vne veuë les
montagnes chargées de neiges, & les campagnes
couuertes de fruits. On y a de la glace en Aoust, &
des raisins en Ianuier : l'hyuer & l'esté y sont tousiours
meslez ensemble, & quand la vieillesse de l'année
blanchit la terre par tout ailleurs, elle est icy tousiours
verte de lauriers, d'orangers & de myrthes. Ie vous
auouë, Monsieur, que ie tasche à vous la faire sembler
la plus belle qu'il me sera possible, & vous ayant exa-

geré autrefois le mal que i'ay rencontré en Espagne,
si ie ne m'en veux pas dédire, ie croy au moins estre
obligé de vous décrire auantageusement ce que i'y
trouue de bon. Cependant, il y a dequoy s'estonner
qu'vn homme aussi libertin que moy, se haste de quitter tout cela pour aller trouuer vn Maistre. Mais, à la
verité, le nostre est tel, qu'il n'y a point de delices que
l'on doiue preferer à l'honneur & au contentement
de le seruir. Et la liberté, qui est estimée la plus aimable chose du monde, ne l'est pas tant que son Altesse.
Vous sçauez que ie n'ay gueres d'inclination à la flaterie, & vne des plus remarquables singularitez qui
soient en Monseigneur, est de ne la pouuoir souffrir.
Mais il faut auouër qu'outre les hautes vertus que la
grandeur de sa naissance luy donne sont affabilité &
sa bonté, la beauté & la viuacité de son esprit, le plaisir
auec lequel il écoute les bonnes choses, & la grace
dont il les dit lui-mesme; sont des qualitez qui à peine se trouuent nulle part au point qu'elles paroissent
en luy, & si ce n'est que pour voir quelque chose de
rare que ie cours le monde, ie n'ay que faire de passer
plus loin, & ie feray mieux de me ranger auprés de sa
personne. Ie côsidere icy tout ce que ie voy auec plus
de curiosité que ie n'en ay de moy-mesme, pour satisfaire quelque iour à celle de son Altesse; & ie sçay que
quand i'auray eu l'honeur de l'en entretenir vne fois,
il le sçaura toute sa vie mieux que moy. La prodigieu-
se memoire de ce Prince, est vne des considerations
qui m'a autant consolé durant cet esloignement,

car ie suis asseuré que i'y suis encore, puis- que i'ay eu
l'honneur d'y estre autrefois ; & ie ne seray pas si mal-
heureux que d'estre la seule chose qui en soit iamais
sortie. Son Altesse, qui n'a iamais oublié vn Tribun,
ni vn Elide, ni mesme vn Soldat legionnaire , qui ait
esté vne fois nommé dans l Histoire, n'oubliera pas,
que ie croy, vn de ses seruiteurs; & tout le Globle de la
terre estant en son imagination mieux que dans nulle
carte du monde, quelque loin que i'aille ; ie ne dois
pas craindre pour cela de sortir de l'honneur de son
souuenir. Ie vous supplie pourtant tres-humblement,
Monsieur , vous qui auec tant de bonté me procurez
toutes sortes d'honneurs & d'auantages , de me faire
la faueur de trouuer occasion de témoigner à Monseigneur, l'extréme desir que i'ay d'auoir l'honneur
de me voir à ses pieds , & les vœux que ie fais tous les
iours pour vne santé si importante à tout le monde
que la sienne. Si aprés cela ie désire encore quelque
chose devous, c'est seulement que vous preniez garde, s'il vous plaist, que le temps ne m'oste rien de la
part que si liberalement vous m'auez donnée en vostre affection. Mais voyez où me porte l'excés de la
mienne , qu'elle me fait douter du plus constant &
du plus genereux de tous les hommes ; Vous qui
sçauez, Monsieur, qu'en tous ceux qui aiment beaucoup, il y a tousiours quelques mouuemens qui ne
sont pas de la raison; pardonnez-moy, s'il vous plaist,
cette crainte , & considerez que ie suis excusable,
estant auec tant de passion ,

MON-

MONSIEVR,

Ie voudrois bien que Madame la Comteſſe de Bar-
lemont, & Madame la Princeſſe de Barbançon ſceuſ-
ſent que ie me ſouuiens extrémément d'elles à vn des
bouts de l'Europe, & que ie vay paſſer la mer, pour
voir ſi l'Afrique que l'on dit produire touſiours quelque choſe de rare, a rien qui le ſoit tant qu'elles.

Voſtre, &c.

S

A MADEMOISELLE PAVLET.

LETTRE XL.

MADEMOISELLE,

Enfin ie fuis forty de l'Europe, & i'ay paffé ce deftroit qui lui fert de bornes ; mais la mer qui eft entre
vous & moy, ne peut rien efteindre de la paffion que
i'ay pour vous, & quoy que tous les efclaues de la
Chreftienté fe trouuent libres en abordant cette cofte, ie ne fuis pas moins à vous pour cela. Ne vous
eftonnez pas de m'oüir dire des galanteries fi ouuerte-
ment, l'air de ce païs m'a defia donné ie ne fçay quoy
de felon, qui fait que ie vous crains moins, & quand ie
traitteray deformais auec vous, faites eftat que c'eft de
Turc à More. Il ne vous doit pas pourtant defplaire
que l'on vous parle d'amour de fi loin, & quand ce ne
feroit que par curiofité, vous deuez eftre bien-aife de
voir des poulets de Barbarie ; il manquoit à vos auentures d'auoir vn Amant au delà de l'Ocean, & comme vous en auez dans toutes les conditions, il faut
que vous en ayez dans toutes les parties du monde. Ie
grauay hier vos chiffres fur vne montagne qui n'eft
guere plus baffe que les eftoilles, & de laquelle on
defcouure fept Royaumes ; & i'enuoye demain des
cartels au Mores de Marroc & de Fez, où ie m'offre

à souſtenir, que l'Afrique n'a iamais rien produit de
plus rare, ni de plus cruel que vous. Apres cela, Mademoiſelle, ie n'auray plus rien à faire icy, que d'aller
voir *vos parens*, à qui ie veux parler de ce mariage, qui
a fait autresfois tant de bruit, & taſcher d'auoir leur
conſentement, afin que perſonne ne s'y oppoſe plus.
A ce que i'entens, ce ſont gens peu accoſtables, i'auray de la peine à les trouuer ; on m'a dit qu'ils doiuent
eſtre au fonds de la Lybie, & que les lions de cette coſte ſont moins nobles, & moins grands. On en vend
icy de ieunes qui ſont extrémement gentis ; i'ay reſolu de vous en enuoyer vne demy-douzaine , au lieu
de gands d'Eſpagne, car ie ſçay que vous les eſtimerez dauantage, & ils ſont à meilleur marché. Tout de
bon, on en donne icy pour trois eſcus qui ſont les
plus iolis du monde ; en ſe ioüant, ils emportent vn
bras ou vne main à vne perſonne , & apres vous, ie
n'ay iamais rien veu de plus agreable. Diſpoſez, s'il
vous plaiſt, Madame Anne à s'accommoder auec
eux, & à leur donner la place de Dorinthe. Ie vous les
enuoyeray par le premier vaiſſeau qui partira, & pleuſt
à Dieu que ie pûſſe aller auec eux me mettre à vos
pieds ! Ce ſera là, Mademoiſelle, qu'ils auront ſujet
d'eſtre les plus fiers animaux de la terre, & de s'eſtimer
les Roys de tous les autres. Mais vne des plus grandes marques que ie puſſe donner que l'air d'Afrique
m'a inſpiré quelque felonnie, c'eſt que i'ay eſcrit deſia
trois pages, & que i'ay penſé acheuer cette lettre ſans
parler de M. D. R. Ie vous aſſeure pourtant, qu'en

quelque part que ie fois, elle eſt touſiours dans mon
cœur, & dans mon ſouuenir, & meſme à ce moment
Ben che di tanta lontananẓa, li fò humiliſſima riuerenẓa,
& ſuis ſon très-humble & tres-obeïſſant ſeruiteur,
Branbano. Tant que ie ſeray hors de la Chreſtienté, ie
n'oſerois rien dire à Mr de C. pour Mademoiſelle de R.
Ie crois qu'elle ne me voudra pas plus de mal pour cela; i'eſpere luy payer quelque iour le plaiſir que i'ay eu
d'ouïr les auentures d'Alcidalis, en luy racontant les
miennes. Ie luy feray entendre des choſes eſtranges
& incroyables; & pour les fables, ie luy rendray des
hiſtoires. Voſtre *Seruiteur* a touſiours dans mon eſprit
la place que ſon merite, & l'affection qu'il me fait
l'honneur d'auoir pour moy, luy doiuent donner. Il
y a vn de vos amis, Mademoiſelle, que i'aime auec tant
de paſſion, que i'en oublie mon deuoir; & qu'il ne me
ſouuient pas de dire combien ie le reſpecte & ie l'honore. L'extréme enuie que i'ay d'eſtre dans ſon ſouuenir, m'a penſé obliger à faire vne folie; car ſans
conſiderer toutes les raiſons qui me deuoient arreſter, il ne s'en eſt guere fallu que ie ne luy aye écrit;
& i'auois reſolu de commencer ainſi:

Monſeigneur, ie ne ſçaurois m'empeſcher de vous
eſcrire, quand ce ne ſeroit que pour datter ma lettre
de Ceuta. Aprés auoir veu les Palais des Rois de Grenade, & la demeure des Abencerrages, i'ay voulu voir
le païs de Rodomont & d'Agramant, & connoiſtre
la terre d'où ſortirent tous ces grands Hommes,
Che furo el tempo che paſſaro i Mori

D'Africa il Mar' e'n Francia nocquer tanto.

Ie crois, Mademoiselle, que ce commencement luy euſt donné enuie de voir le reſte que i'euſſe continué de cette ſorte :

Si vos inclinations ne ſont changées, ie ſçay, Monſeigneur, que vous ne deſaprouuerez pas cette curioſité, & que dans la felicité où vous eſtes il y aura quelques heures où vous enuierez la condition d'vn banny & d'vn miſerable. Au cas que i'obtienne vn paſſeport que i'eſpere de Tetuan, & que les Alarbes qui couurent cette campagne ne rompent pas mon deſſein, i'auray le plaiſir de voir dans quelques iours vne ville toute pleine de Turbans, vn peuple qui ne iure que par Ala, & des Africaines qui n'ont rien de barbare que le nom, & leſquelles, malgré le Soleil qui les bruſle, ſont plus belles & plus brillantes que luy. C'eſt vn païs, Monſeigneur, où il n'y a point de ſottes, de froides, ni de cruelles ; elles ſont toutes amoureuſes, pleines de feu & d'eſprit, & (ce que quelqu'vn y eſtimera dauantage) elles ne vont iamais à confeſſe. Par le contentement que i'auray de voir toutes ces choſes, vous pouuez iuger, Monſeigneur, que ce n'eſt pas toûjours la fortune qui rend les hommes heureux, & qu'il n'y en a point de ſi mauuaiſe qui n'aye quelques bons endroits, pourueu que l'on les ſçache trouuer. Tandis que voſtre bon-heur vous occupe, & qu'il vous donne au moins les ſoins de vous en ſeruir & de le bien employer, ie ioüis du loiſir & de la liberté où mon mal-heur me laiſſe. Il me ſemble qu'en m'oſtant

S iij

la France, on m'a donné le reſte de la terre, & ie ne me
dois non plus plaindre du deſtin qui m'en a chaſſé,
que les lethargiques de ceux qui les pincent, & qui les
frapent pour les reſueiller. Au lieu que ie paſſois ma
vie entre dix ou douze perſonnes, en cinq ou ſix ruës,
& deux ou trois maiſons; changeant maintenant de
lieu à toute heure, ie vois des montagnes, des deſerts,
& des precipices, des fleurs & des fruicts, que ie n'a-
uois iamais oüi nommer, des peuples differens, & des
riuieres, & des mers qui m'eſtoient inconnuës. Ie
change tous les iours de Villes, toutes les ſemaines de
Royaumes: ie paſſe en vn moment d'Europe en Afrique, & i'irois plus aiſément à la ſource du Nil, que ie
n'euſſe eſté autresfois à celle de Rongis. Si en cét eſtat
de vie, Monſeigneur, ie ne gouſte pas les delices dont
vous ioüiſſez, dans l'entretien des ſeules aymables
perſonnes du monde, au moins n'ay-je pas auſſi ces
heures de chagrin, & d'accablement qui empoiſon-
nent iuſques à l'ame, & qui peuuent tuër en vne heure le plus fort homme du monde. Dans l'innocence
où ie vis, ie prie Dieu tous les iours qu'il vous en garde, & qu'il conſerue long-temps voſtre perſonne, la
plus pure generoſité de noſtre ſiecle, & tant d'autres
belles qualitez qu'il vous a données. Si apres cela, ie
fais quelques ſouhaits particuliers pour moy, c'eſt
qu'à la fin de tant d'erreurs ie puiſſe auoir l'honneur
de vous en entretenir, & vous teſmoigner, Monſeigneur, que ie reſſens, comme ie dois, les ſolides obligations que i'ay d'eſtre.

Mais, Mademoiſelle, pour vn homme qui vouloit vous eſcrire vn poulet, il me ſemble que ie mets icy beaucoup de choſes qui n'y peuuent entrer. Voila ce que c'eſt que de n'y eſtre pas accouſtumé, & de m'a_ uoir tenu ſi long-temps en contrainte; ſi vous m'euſ_ ſiez permis dés le commencement de vous en en_ uoyer, i'en ſçaurois faire à cette heure de fort iolis, & ie ne finirois pas niaiſement comme ie fais, en diſant que ie ſuis,

MADEMOISELLE,

Ce 7. Aouſt 1633.

Voſtre tres-humble & tres obeïſſant ſeruiteur,

VOITVRE L'AFRIQVAIN.

A LA MESME.

En luy enuoyant pluſieurs Lyons de cire rouge.

LETTRE XLI.

MADEMOISELLE,

Ce Lyon ayant eſté contraint, pour quelques raiſons d'Eſtat, de ſortir de Libye auec toute ſa famille,
& quelques-vns de ſes Amis ; i'ay creu qu'il n'y auoit
point de lieu au monde où il ſe puſt retirer ſi dignement qu'auprés de vous, & que ſon mal-heur luy ſera
heureux en quelque ſorte, s'il luy donne occaſion de
cónoiſtre vne ſi rare perſonne. Il vient en droite ligne
d'vn Lyon illuſtre, qui commandoit il y a trois cens
ans ſur la Montagne de Caucaſe, & de l'vn des petits-
fils duquel on tient ici qu'eſtoit deſcendu voſtre bis-
ayeul, celui qui le premier des Lyons d'Afrique paſ-
ſa en Europe. L'honneur qu'il a de vous appartenir,
me fait eſperer que vous le receurez auec plus de douceur & de pitié que vous n'auez couſtume d'en auoir ;
& ie croy que vous ne trouuerez pas indigne de vous,
d eſtre le refuge des Lyons affligez. Cela augmentera
voſtre reputation dans toute la Barbarie, où vous
eſtes deſia eſtimée plus que tout ce qui eſt delà la mer,
& où il ne ſe paſſe iour que ie n'entende louër quelqu'vne de vos actions. Si vous leur voulez apprendre

　　　　　　　　　　　　　　　l'inuention

l'inuention de fe cacher fous vne forme humaine,
vous leur ferez vne faueur fignalée; car par ce moyen
ils pourroient faire beaucoup plus de mal, & plus im-
punément. Mais fi c'eft vn fecret que vous vouliez
referuer pour vous feule, vous leur ferez toufiours
affez de bien, de leur donner place auprés de vous, &
de les affifter de vos confeils. Ie vous affeure, Mademoifelle, qu'ils font eftimez les plus cruels & les plus
fauuages de tout le païs, & i'efpere que vous en aurez
toute forte de contentement, Il y a auec eux quelques
Lyonceaux, qui pour leur ieuneffe n'ont encore pû
eftrangler que des enfans & des moutons : mais ie
croy qu'auec le temps ils feront gens de bien, & qu'ils
pourront atteindre à la vertu de leurs peres. Au moins
fçay-je bien qu'ils ne verront rien auprés de vous, qui
leur puiffe radoucir ou rabaiffer le cœur, & qu'ils y
feront auffi bien nourris, que s'ils eftoient dans leur
plus fombre foreft d'Afrique. Sur cette efperance, &
l'affeurance que i'ay que vous ne fçauriez manquer à
tout ce qui eft de la generofité, ie vous remercie defia
du bon accueil que vous leur ferez, & vous affeure
que ie fuis,

MADEMOISELLE,

Voftre tres-humble & tres-
obeïffant Seruiteur,
LEONARD, Gouuerneur des
Lyons du Roy de Marroc.

T

A LA MESME.

LETTRE XLII.

MADEMOISELLE,

Depuis que ie suis party de Madrid, i'ay fait, deuant que de venir icy, deux cens cinquante lieuës
d'Espagne, qui n'en valent gueres moins que cinq
cens de France : ce n'est pas mal aller pour vn homme
qui auoit les iambes si roides, & à qui on reprochoit
qu'il ne pouuoit marcher. I'ay iugé tout ce chemin
bien employé, lors qu'en arriuant en ce lieu i'y ay
trouué les lettres qu'il vous a plû me faire tenir, du
troisiesme de Iuillet. Et quoy que i'aye rencontré à
Seuille toute la dépoüille de la flotte des Indes, & que
l'on m'y ait fait voir six millions d'or dans vne seule
chambre, ie puis dire que ie n'ay point veu de si
grands tresors que celuy que vous m'auez enuoyé.
Vous pouuez imaginer le contentement que i'ay eu
de receuoir tant de témoignages d'affection de tout
ce qu'il y a d'aimables personnes au monde. Et certes, cette ioye auroit esté plus grande que ne l'eust pû
supporter vn homme qui est si peu accoustumé d'en
auoir, si elle n'eust esté temperée par la nouuelle que
vous me donnez de vostre indisposition. La colique
n'auoit pû iusqu'icy venir à bout de ma patience,

mais elle a trouué moyen de la vaincre en me pre-
nant par là, & la douleur me touche en la plus sensible
partie de moy-mesme, quand elle vous attaque. I'ay
vne extréme tristesse de voir que mon ame soit diuisée
en deux corps si foibles que le vôtre & le mien, & qu'il
faille que ie sois tousiours malade de mes maux ou
des vostres. Enfin, Mademoiselle, ie voy bien qu'il
me faudra chercher des remedes plus solides que celuy de l'Ejade ; Nous serons contraints de nous sou-
mettre à l'aduis des Medecins, & nous deuons plustost
nous resoudre à perdre vne vertu, que deux vertueux.
La Charité qui est la premiere de toutes, nous oblige
à auoir pitié de nous-mesmes, & puis que la douleur
& la maladie sont des effets du peché, & vne des ma-
ledictions qu'il a causees, nous deuons faire tout ce
qui nous sera possible pour les fuïr, & pour auoir soin
de nostre santé. Vous auez encore plus d'interest que
moy de suiure ce conseil ; car la mienne est à cette
heure en meilleur estat qu'elle n'auoit accoustumé,
& le trauail & l'agitation du chemin, m'ont mis au
moins hors d'aprehension pour quelque temps. Si
vous voulez vser de ce regime, ie vous attendray en
Angleterre, & ie vous meneray par tout, par la coustume du Royaume de Logres. I'estois sorty de Madrid, contre l'opinion de tout le monde, auec ce peu
de prudence que vous sçauez que les Philosophes de
la Secte de vostre *Mary* ont en tout ce qui est de leur
plaisir; & en vne saison où les Espagnols osent à peine
sortir de leur logis, i'auois entrepris de trauerser la

plus grande partie de l'Espagne, & de venir passer le
mois d'Aoust, au lieu le plus chaud de l'Europe. Cependant ie suis venu à bout, Dieu mercy, de mon
dessein, & à cette heure que ie suis en Portugal, ie me
moque de ceux qui disoient que i'allois mourir en
Andalousie. Sans mentir, Mademoiselle, ce ne vous
est pas peu de gloire d'auoir pû allumer le cœur d'vn
homme aussi froid que ie suis. Le Soleil qui fend icy
la terre, & qui brusle les rochers, n'a pû à grande peine
que m'eschauffer ; & ie n'ay point eu d'incommodité
en ce voyage, qu'vne nuit que ie ne m'estois pas assez
couuert. Trois hommes qui estoient partis auec moy,
ont esté contrains de demeurer en chemin. La chaleur, la lassitude, ni la peine qu'il y a de voyager en ce
païs, n'ont pû m'arrester, & quoy que i'aye trouué
beaucoup de lits plus mal garnis que ceux de Villeroy, & beaucoup de chambres plus mauuaises que
celles de Panfou, & que ie n'aye point dormy (chose
de consideration) depuis trois mois; ie suis icy arriué
plus fort & plus sain que iamais. Ne pensez donc pas
que ie sois encore cette foible creature que vous auez
veuë autresfois. Ie suis tout autre que vous ne sçauriez
vous imaginer. Ie suis creu de six grands doigts dans
ce voyage; i'ay le teint extrémement bruslé, le visage
plus long que ie ne l'auois, les dents de deuant fort
serrées, les yeux noirs, la barbe noire, & selon que ie
me figure qu'est fait le Baron de Ville-neuue, ie luy
ressemble plus à cette heure qu'à Monsieur de Serisay.
Cette mine entre douce & niaise est passée en vne au-

tre toute contraire, & il ne m'eſt plus rien reſté qui ne
ſoit changé; ſinon que i'aye encore les ſourcils joints,
qui eſt la marque d'vn fort méchant homme : l'eſpere que dans trois ou quatre iours i'eſprouueray ſi ie
ſçauray auſſi bien reſiſter au trauail de la mer, qu'aux
autres, & dés qu'vn vaiſſeau Anglois qui a deſia les
deux tiers de ſa charge, l'aura toute entiere, nous partirons, Dieu aidant, au premier vent. Il faut auöüer,
Mademoiſelle, que ma fortune a quelque choſe de
bien bizarre; moy qui autrefois n'ay pû me reſoudre
d'aller iuſqu'au Pont aux Dames, en la meilleure compagnie du monde, i'ay eſté à cette heure plus loin
qu'Hercule, & il y a plus d'vn mois que i'ay paſſé ſes
colonnes: & au lieu que ie ne pouuois ſouffrir vn petit vent dans le cabinet de Madame de Ráboüillet, ie
m'envay à cette heure en deffier trente deux au milieu
de l'Ocean & de l'Hyuer. Ce n'eſt pas là pourtant le
plus grand peril, trente vaiſſeaux de Barbarie qui couurent cette coſte, donnent dauantage de peur à tous
ceux qui partent d'icy, & ſe font plus craindre que la
tempeſte. Ie voudrois bien ſçauoir s'il y a quelque A-
ſtrologue qui euſt pû dire en me voyant il y a deux
ans, dans la ruë S. Denis auec ma rotonde, que ie cour-
rois bien-toſt fortune de ramer dans les galeres d'Alger, ou d'eſtre mangé par les poiſſons de la mer Atlantique. Mais au cas que ie ſois deſtiné à eſtre pris
par les Pirates, ie ſouhaite, au moins, que ie tombe
entre les mains d'vn celebre Corſaire, que i'ay ouy
nommer autrefois à Mademoiſelle de Ramboüillet,

T iij

&dont le nom feul me fait auoir de l'inclination pour
luy. Si Mademoifelle de Ramboüillet le peut deuiner en quatre, & le dire apres fans rire, ie lui donneray
vn petit peigne, dont on me fit hier prefent, qui auoit
efté fait pour la Reyne de la Chine. Ie n'ay pourtant
pas trop de peur de payer ma rançon, & d'eftre reduit
à racheter ma liberté; car le Capitaine du nauire m'a
affeuré que ie pouuois dormir en repos pour ce qui eft
de cela, & m'a iuré qu'en tout cas, il mettroit le feu
aux poudres. Voyez le bon expedient, & s'il ne me
vaudroit pas mieux embarquer auec vn Anabatifte.
Mais ce qui eft remarquable, & qui s'eft plaifamment
rencontré; c'eft (& par ma foy ie ne ments pas) que
ie m'en vay dans vn vaiffeau qui ne porte que moy,
& huit cent caiffes de fuccre, de forte que fi ie viens
à bon port, i'arriueray confit, fi d'auenture ie fais
naufrage auec cela, ce me fera au moins quelque
confolation, de ce que ie mourray en eau douce. Iugez fi ie pouuois rencontrer vne *embarcacion* qui me
fuft plus conuenable. Apres cela, il me femble que ce
voyage ne me peut eftre qu'heureux. I'efpere que les
Zephirs qui font du nombre des efprits doux, me feront fauorables, & que deuant que cette lettre foit en
France, ie pourray eftre en Angleterre. Ie vous fupplie tres-humblement, Mademoifelle, de me faire la
faueur de tefmoigner à la premiere des deux perfonnes dont ie vous parlois à cette heure, qu'encore que ie
change de tant de lieux, elle garde toufiours celui
qu'elle a accouftumé d'auoir en ma memoire. Tous

lés objets qui fe prefentent à moy me font fouuenir
d'elle ; & toutes les fois que ie voy vn magnifique bâ-
timent, vn païs agreable, & vne belle ville, ou quelque rare ouurage de l'art ou de la nature, ie la fouhaite, & ie defirerois fçauoir le iugement qu'elle en feroit. Celui qu'elle a fait depuis peu en ma faueur, me
rend plus fatisfait de moy-mefme, que ie ne le fus de
ma vie : & le prix qu'elle m'a donné venant d'vne fi
bonne part, me femble eftre hors de prix. Il ne me
pouuoit rien arriuer tant à mon auantage, que de receuoir cet honneur d'vne perfonne qui en peut eftre
fi bon iuge, & de qui on peut dire auec verité, qu'il
n'y a iamais eu vne Dame qui ait fi bien entendu la
galanterie, ni fi mal entendu les galants. Ie trouue feulement à defirer qu'en me faifant cette grace, on me
l'euft fignifiée en d'autres termes, qu'en difant qu'elle
dónoit *el precio de mas galan al Re Chiquitto*. C'eftoit, ce
me femble, affez de dire, *Chico*; mais du ftile de la Demoifelle qui l'a écrit, ie m'eftonne encore qu'elle n'a
mis *Chiquitico*; toutefois cela peut auoir efté fait à bon
deffein, & dans vne fi gráde gloire que celle que ie re-
ceuois, il eftoit à propos de me faire fouuenir de ma
petiteffe. Ie fais ce qu'il m'eft poffible pour défendre
fa bonté; car i'auouë qu'à ce coup ie ferois trop mé-
connoiffant fi ie me plaignois d'elle, aprés l honneur
qu'elle m'a fait de m'écrire. Lors mefme qu'elle me
reproche que ie fuis petit, elle m'efleue par deffus tous
les autres; & auec vne fueille de papier, elle me rend
le plus grand homme de France. Celle que i'ay receuë,

d'elle eſt ſi excellente, & ſi pleine de gentilleſſe, qu'a-
prés cela ie ne ſçay ſi i'aurois aſſez de temps ni de
hardieſſe pour luy écrire. Ie ne me trouue iamais ſi
glorieux que quand ie reçois de ſes lettres, ni ſi humble que lorſque i'y veux répondre, & que ie conſidere combien mon eſprit eſt bas au deſſous du ſien.
Ie voudrois bien, Mademoiſelle, dire icy quelque
choſe de cette perſonne qui ſera touſiours loüée, & ne
le ſera iamais aſſez; & ie ſouhaiterois qu'il y euſt dès
paroles auſſi belles & auſſi bonnes qu'elle, pour en
parler comme ie deſirois: mais il n'y a point de langage au monde pour cela, & c'eſt tout ce que peut
faire le dernier effort de la penſéé, que de conceuoir
quelque choſe digne d'elle. Ie remercie Madame de
Clermont de ce que les extrémes chaleurs d'Anda-
louſie ne m'ont point fait malade, & de ce que i'ay
eu le temps fauorable les deux fois que i'ay paſſé le
Deſtroit. Ie la ſupplie de me continuër ſes faueurs, &
de croire que ie ne ſçaurois iamais oublier de ſi ſolides obligations. I'acheueray de connoiſtre d'icy en
Angleterre, à quel point eſt l'affection qu'elle me fait
l'honneur d'auoir pour moy. On dit qu'il y a en Noruegue des perſonnes qui vendent le vent, mais ie
croy qu'elle le peut donner, & ſi ie ne l'ay touſiours en
pouppe, ie me plaindray d'elle. Auec ſa permiſſion,
ie baiſe tres-humblement les mains à Mademoiſelle
Atalante, & quoy que ſa legereté ſoit vne des premieres choſes que i'ay loüées en elle, ie la ſupplie de n'en
point auoir pour moy. Ie luy rends mille graces, & à
Mademoiſelle

Mademoiſelle ſa ſœur, de l'honneur qu'elles me font
de ſe ſouuenir de moy. Mais, Mademoiſelle, voicy la
cinquieſme page que ie vous eſcris, ſans vous eſcrire;
& quand vous lirez tant de choſes que ie mets pour les
autres, ſans parler de vous, il me ſemble que l'on vous
pourroit demander, *Et vous, pourquoy ne mangez-vous*
point de gaſteau? Vous ſçauez que c'eſt voſtre faute plus
que la mienne. Si vous en voulez manger, il ne faut
que le dire, tout ſera pour vous, ie vous iure, & vous
aurez les parts de tous les autres. Ie ne puis pourtant
m'empeſcher de vous dire icy l'extréme ioye que l'on
m'a donnée, en me mandant que i'eſtois tout entier
dans le cœur de cét homme que vous ſçauez qui eſt ſi
fort ſelon le mien. Ie ſçay bien que ce n'eſt pas vn lieu
de repos; ie croy qu'il n'y a point d'endroit dans l'A-
frique, ſi chaud, ni de Golphe en la mer qui ſoit plus
agité. Mais cela ne m'empeſche pas que ie ne me ré-
ioüiſſe infinimét d'y eſtre, & que ie ne me tienne tres-
heureux d'auoir vne ſi grande place dans le meilleur
cœur de France. Si du reſte il n'y a que des pieds &
des mains, ie croy, au moins, que ce ſont de belles
mains & de beaux pieds; & il y en aura quelques-vns
que ie baiſerois de bon cœur. Mais puis qu'il luy a
pleu me faire vn ſi grand honneur, ie le ſupplie tres-
humblement, que pour acheuer cette bonté, il vous
permette d'y entrer plus auant que les autres, & qu'au
moins il vous y laiſſe mettre la moitié du corps : car
ſans mentir, Mademoiſelle, ie ne puis eſtre bien entier en vn lieu où vous n'eſtes pas. S'il a encore la

V

bonne inclination qu'il auoit à bien faire, ie ſçay qu'il m'accordera bien volontiers cette faueur, & qu'il ſera bien aiſe de nous mettre là à part tous deux enſemble. I'ay extrémément beſoin d'vne occaſion comme celle-là, & de vous pouuoir entretenir en particulier pour vous dire, ſans que tant de perſonnes l'entendent, ce que ie ſens pour vous, de quelle ſorte ie vous aime, & ie vous honore, combien voſtre ab-ſence m'eſt inſupportable, & voſtre memoire m'eſt douce, & auec quelle paſſion ie ſuis,

MADEMOISELLE,

Voſtre, &c.

A MONSIEVR DE CHAVDE-BONNE.

LETTRE XLIII.

MONSIEVR,

Ie croyois que ie ne pourrois iamais sortir de ce païs, & il sembloit que mon mal-heur eust bouché les ports de San-Lucar & de Lisbonne. I'estois sorty de Madrid, sur l'auis qu'on m'auoit donné, qu'vn vaisseau Anglois deuoit partir de Seuille dans six semaines; & pour ne pas attendre, & arriuer iustement en ce temps-là, i'auois pris le tour de Gilbratar, & par Grenade. Cependant, il y en a six autres que celles-là sont passées, & ie ne croy pas qu'il parte encore d'vn mois. L'impatience d'estre si long-temps en vn lieu m'auoit fait venir delà, croyant y deuoir retourner seulement pour voir celui-cy. Et quoy que l'on m'eust écrit qu'il n'y auoit point d'*embarcation*, ie m'estois resolu de faire six vingts lieuës, & de passer deux fois la Sierra Morena, pour me diuertir. Mais le bon-heur a voulu, que tandis que i'estois en chemin, il est arriué vn nauire Anglois, dans lequel, Dieu aidant, ie m'embarqueray. Il y a trois semaines que ie l'attens, dans deux iours il sera acheué de charger, & partira au premier vent. La fortune dispose bien bizarre-

V ij

ment de moy ; & apres m'auoir fait voyager en Espagne au mois d'Aouft, elle me fera nauiger en Nouembre. Le vaiffeau eft de vingt-cinq pieces, fort bon
& bien armé, ie penfe que nous aurons befoin de tout
car il y a beaucoup de Turcs à la cofte; & en ce temps-
cy ie croy que ie ne feray pas fi mal-heureux, que ie ne
voye quelque tempefte que i'aye quelque iour à vous
décrire. Cette *embarcation* eft fans doute vne des meilleures que ie pouuois efperer; Le voyage eft beaucoup
plus aifé d'icy que de Seuille, & ie ne voudrois pour
rien y eftre demeuré, & ne m'eftre pas refolu de venir
voir le Portugal. Ie vous affeure, Monfieur, que Dom
Manüel, & la Señora Ofaria ont icy de beau bien, &
que s'ils y pouuoient r'entrer, ils y feroient mieux accommodez qu'à Bruxelles. Lifbonne eft, à mon gré,
vne des plus belles villes du monde, & qui merite autant d'eftre veuë. Ce font trois montagnes couuertes
de maifons & de iardins, qui fe mirent toutes dans
vne riuiere large de trois lieuës, & la ville qui fe voit
fous le Tage, ne paroift pas moins belle, que celle qui
eft fur le bord. Ie ne laiffe pas pourtant d'y eftre auec
quelque ennuy, car ie n'ay receu pas vne lettre depuis
que i'y fuis; & ie ne fçay rien d'aucune chofe. On ne
connoift quafi point icy d'autre France, que l'Antar-
ctique. La plufpart de ceux que i'y vois, font des
hommes de l'autre monde, & on y fçait plus fouuent
des nouuelles de Cap vert, & du Brefil, que de Paris
ou de Flandres. De forte qu'encore que ce me doiue
eftre quelque contentement d'eftre au païs de la Mar-

malade, & que i'aye icy vne maiftreſſe qui eſt encore
plus douce qu'elle, tout cela ne me touche point, &
ie fais des vœux pour en ſortir, comme ſi i'eſtois en
Nouergue. C'eſt vne eſtrange choſe, Monſieur, que
des auantures d'Eſpagne : I'y ay eſté touſiours auſſi
chaſte qu'vne Demoiſelle que ie croy que vous voyez
tous les ſoirs, & auec toute ma ſeuerité, ie ne laiſſeray
pas de vous pouuoir monſtrer quelque iour des poulets en Caſtillan, en Portugais, & en Andaluz : Et ſi
vne More qui demeure deuant mes feneſtres ſçauoit
écrire, ie vous en pourrois faire voir encore en Gui-
nois : mais i'eſpere que le vent emportera bien-toſt
toutes ces affections, & me mettra en lieu où i'en ay
de plus ſolides, & de mieux fondées. Vous qui faites
tout ſeul vne grande partie de toutes les miennes,
vous pouuez-vous imaginer auec quelle impatience
ie deſire ce bon-heur. Ie vous puis au moins aſſeurer,
que ie ne laiſſeray iamais de maiſtreſſe auec tant de
plaiſir, que quand ie vous iray reuoir ; & moy qui
m'eſtois deffendu toute ma vie des triſteſſes, des langueurs, & des inquietudes de l'Amour, ie trouue à
cette heure tout cela dans l'amitié. Ie penſe, Monſieur, que vous me croirez, & que vous-vous perſua-
derez ayſément qu'vn homme auquel vous auez fait
tant de biens, & à qui vous en auez enſeigné encore
dauantage, ne peut manquer d'en auoir le reſſentiment qu'il doit. La fermeté & la reconnoiſſance ſont
deux vertus que vous m'auez appriſes, que ie ne ſçaurois mieux employer qu'en vous ; & quand, auec tou-

V iij

te forte de generofité, ie vous aurois payé au double
tout ce que ie vous dois, aprés cela ie ne ferois pas
encore quitte, & ie vous deurois cette generofité là
mefme, puifque ce feroit auprés de vous que ie l'aurois acquife. Auffi n'eft-ce pas mon intention de
m'acquitter enuers vne perfonne à qui ie prens tant
de plaifir d'eftre redeuable ; & outre que mon inclination & ma raifon me donnent à vous, ie fuis bien-
aife d'auoir encore des obligations infinies d'eftre
toufiours,

MONSIEVR,

Voftre, &c.

A Lifbonne le 22. Octobre 1653.

A MONSIEVR ***

LETTRE XLIV.

MONSIEVR,

Pour vous montrer que ie trouue voſtre excuſe
fort bonne, c'eſt que ie m'en veux ſeruir; elle me ſera
beaucoup plus neceſſaire qu'à vous, & vous ne deuez
pas trouuer eſtrange que ie l'allegue en mon beſoin
moy qui ay touſiours moins d'eſprit, & qui ay à cette heure moins de temps. Vous le croirez aiſément
quand vous ſçaurez que l'on m'a dit aujourd'hui, que
nous partirons dans cinq iours; de ſorte qu'il me faut
acheter vn lit, des matelats, des couuertures, vn petit
troupeau de moutons, vingt beſtes à corne, cinquante poules, & quelques *chats de voliere*, (car le Capitaine ne veut pas nourrir les paſſagers.) Outre cela, il faut
que i'écriue à Seuille, à Madrid, en Flandres, en France, à mes Amis, & à des Marchands, à des Miniſtres, à
mes Amies & à des Maiſtreſſes : & ce qui eſt le plus
embarraſſant, il me faut tous les iours répondre à vn
poulet Portugais, que, par ma foy, ie ne puis lire ni
entendre. Iugez ſi iamais perſonne a eu tant d'affaires,
& ſi ie puis eſperer de vous enuoyer vne lettre qui
puiſſe payer la voſtre, moy, qui dans tout mon loiſir
ne le pourrois pas. Elle m'a apporté toute la conſola-

tion que vous pouuez imaginer qu'en doit receuoir
vn homme de bon gouſt, & de bonne amitié, & a
fait, ce me ſemble, en moy vn effet merueilleux,
m'ayāt empeſché d'eſtre triſte de n'auoir point eu de
nouuelles de mon Pere, & de mes Amis de France. Ie
m'eſtonne qu'il ne me ſoit point venu de lettres par
l'Ordinaire. Quoy que ie vous die de partir dans cinq
iours, ne laiſſez pas, ie vous ſupplie, de m'eſcrire toûjours, car, comme vous ſçauez, les iours de ces païs-cy
ne ſont pas de vingt-quatre heures, & ceux d'Eſpagne ne durent guere moins que ceux de Noruegue. Ie
voudrois bien que l'enuie de venir icy euſt pris au Pa-
ladin (car ie ne le ſçaurois appeller plus magnifiquement, & il faut aduoüer que perſonne ne peut eſtre ſi
ingenieux que vous à luy trouuer de beaux tiltres) &
certainemét il ne ſçauroit trouuer de meilleure occaſion. Outre que les vaiſſeaux de San-Lucar ſont plus
loin de quatre-vingts lieuës ; ie crois qu'ils partiront
pour le moins quinze iours plus tard, & puis il faut
qu'il triomphe de pluſieurs Nations, & qu'apres auoir
bruſlé tant de Caſtillanes, il faſſe fondre quelques
Portugaiſes. Certes, ſi i'eſtois aſſez ſage pour n'aymer
perſóne, de ceux que ie ne vois point, ie n'aurois guere eu de meilleur temps en ma vie, que celuy que i'ay
paſſé depuis trois mois, eſloigné de toutes ſortes d'embarras & d'affaires, & n'entendant de nouuelles que
celles que de temps en temps il vous plaiſoit de m'apprendre. Le vray ſecret pour auoir de la ſanté, & de la
gayeté, eſt que le corps ſoit agité, & que l'eſprit ſe
repoſe,

repofe, les voyages donnent cela. Pour l'ordinaire,
il nous arriue tout au rebours, lors que nous penfons
nous repofer, nous-nous trauaillons le plus: Le trot
de la plus mefchante mule, ne laffe pas tant que d'attendre Carnero fur les bancs de la Secretairerie, & la
moindre mauuaife affaire tourmente dauantage que
le plus mauuais temps, ou le plus mauuais chemin.
Croyez donc que i'approuue extrémément le deffein
que vous faites de vous defabufer de la fortune, & de
la quitter comme vne dangereufe maitreffe; fes ca-
reffes & fes mépris font également à craindre, d'vne
façon ou d'autre, elle tuë tous fes Amans; & ceux
qui eftiment fes faueurs pour des veritables biés, font
beaucoup plus trompez que ceux qui prennent *vn
chat pour vn pigeon.* Si ie n'euffe finy par cette boufon-
nerie, il me femble que i'eftois trop ferieux pour vn
homme qui l'a fi peu accouftumé, & qui a tant de ha-
fte. Quand vous voudrez faire cette retraite, ie vous
accompagneray, & nous irons en quelque lieu, où
nous appellerons chaque befte comme il nous plaira;
auffi bien qu'Adam nous donnerons de nouueaux
noms aux chofes, & quand nous irons au contraire
de tous les autres hommes, & que nous nommerons
mal ce qu'ils nomment bien, peut-eftre que nous ren-
contrerons. Mais iufqu'à ce que cela arriue, & tant
que ie demeureray dans le monde, ie vous fupplie de
me conferuer auec toute forte de foin, l'amitié de ces
Meffieurs. Il n'y a pas vne recommandation de celles de Monfieur le Comte de Maure, que ie n'eftime

X

vn million; contez les marauedis de la flotte, & confiderez quelle richeſſe vous m'auez enuoyée. Si Monfieur le Comte Stufe auoit auec vous la fortune qu'il
a auec moy, il y a long-temps qu'il vous auroit ruiné;
car ie ne me puis défendre de luy, & il m'a gagné iufqu'à l'ame. Il eſt vray que vous auez intereſt en cette
perte, & que cela eſt gagner voſtre bien, eſtant obligé
d'eſtre tout à vous, & plus que perſonne,

MONSIEVR,

Voſtre, &c.

A Liſbonne le 15. Octobre 1633.

A MONSIEVR ***

LETTRE XLV.

Monsievr,

Ie ne fçay pas bien certainement qui vous eftes,
mais ie fuis affeuré que la lettre que i'ay receuë ne peut
eftre que d'vn extrémement honnefte homme; & ie
dois attendre quelque iour de grands fecours de vous,
s'il eft vray ce que vous dites que vous me fçaurez
mieux feruir que vous ne fçauez écrire. Que fi vous
eftes celui que i'imagine, ce bien ne me pouuoit venir d'aucune part dont il me fuft plus cher, & i'ay vne
extréme ioye de voir tant de bonté en vne perfonne
en qui i'auois defia remarqué toutes les autres excellentes qualitez. Comme en cela vous m'auez fait plus
d'honneur que ie n'en pouuois attendre, ie vous affeure, Monfieur, que ie le reconnois mieux que vous
ne fçauriez penfer, & que ie ne fuis pas moins genereux à reffentir cette faueur, que vous l'auez efté à me
la faire. Ie penfe que vous auez affez bonne opinion
de moy pour le croire; & vous, qui en vous laiffant
feulement connoiftre, gagnez le cœur de tous ceux
qui vous voyent, vous ne fçauriez douter que vous
ne foyez extrémément aimé de ceux que vous y obligez fi particulierement. Mais ie vous puis iurer,

X ij

Monſieur, qu'entre tant d'affections que vous auez
acquiſes, il n'y en a pas vne qui ſoit accompagnée de
tant de reſpect & d'eſtime, que la mienne, & que ie
ſuis, comme ie dois, plus que perſonne,

MONSIEVR,

Voſtre, &c.

A Liſbonne le 22. Octobre 1633.

A MONSIEVR LE MARQVIS
de Montausier, qui fut tué depuis
en la Valteline.

LETTRE XLVI.

MONSIEVR,

I'ay leu voſtre lettre auec tout le contentement &
la ſatisfactió que l'on doit receuoir cet honneur d'vn
des plus pareſſeux, & des plus honneſtes hommes du
monde. Il me ſemble qu'il n'y a plus rien que ie ne
doiue attendre de voſtre amitié, puiſque pour l'amour
de moy vous auez pû prendre vn peu de peine ; &
vous ne me ſçauriez faire voir de meilleure preuue
des paroles que vous me donnez, que de les auoir eſcrites. Il me déplaiſt ſeulement de penſer qu'auec
toute cette tendreſſe que vous me témoignez, il y a
quelque occaſion pour laquelle vous voudriez que ie
fuſſe pendu. A dire le vray, Monſieur, il me ſemble
que c'eſt quelque defaut, dans l'affection que vous
me portez, & ie crois que ſans eſtre trop pontilleux
ie le pourrois trouuer mauuais. Toutefois i'en cours
tant de riſque d'ailleurs, & ie deſire auſſi auec tant de
paſſion que vous ayez tout ce que vous meritez, que
s'il ne tenoit qu'à cela, que vous euſſiez vn Royaume,

X. iij

fans mentir ie crois que i'y confentirois auffi bien que
vous. Ie pardonnerois plus aifément cet outrage à la
Fortune, que celuy qu'elle vous fait de ne vous pas accorder ce qui vous eft deu, & de vous refufer vn titre
qu'elle a donné à Monfieur du Bellay. Mais puifque
la chofe ne dépend point de là, & que ie pourrois
auoir cent couronnes de Martyr, fans que cela vous
en donnaft vne de Souuerain, il en faut chercher par
vn autre chemin, & fans qu'il en coufte la vie à pas
vn de vos amis, ne deuoir cet honneur qu'à vous-mefme. Ie vous affeure qu'en courant tant de differens
Royaumes, ie fonge toufiours à vous, & ie tafche à
former quelque deffein que vous puiffiez vn iour executer. Il y a quelque temps que i'en vis fept tout d'v-
ne veuë, dont il y en auoit quatre en Afrique que ie
vous fouhaitay, & lefquels c'eft dommage que vous
laiffiez entre les mains des Mores. Que fi le fejour de
Barbarie ne vous plaift pas, l'on a eu icy auis que l'Ifle
de Madere eft fur le point de fe reuolter, & qu'elle fe
veut donner au premier qui la voudra défendre de la
domination d'Efpagne. Imaginez-vous, ie vous fupplie, le plaifir d'auoir vn Royaume de Succre, & fi
nous ne pourrions pas viure là auec toute forte de
douceur. Quelques grands que puiffent eftre les
charmes & les engagemens de Paris, felon que ie
vous connois, ie fçay qu'ils ne vous arrefteront pas
en vne occafion comme celle-là ; & fi quelque chofe
vous peut retenir, ce fera feulement l'incommodité
du chemin, & la peine de vous leuer mtain. Mais,

Monſieur, les Conquerans ne peuuent pas touſiours
dormir iuſques à onze heures; les Couronnes ne s'ac-
qüierent pas ſans trauail, meſmes celles qui ne ſont
que de lauriers ou de myrthes, s'achettent bien cherement, & la Gloire veut que ſes Amans ſouffrent pour
elle. Ie vous auoüe que ie me ſuis eſtonné que la
Renommée ne m'aye point appris de vos nouuelles
deuant que vous me fiſſiez l'honneur de m'en mander; & il me ſemble que ie ſuis plus loin que ie n'auois
iamais creu pouuoir aller, quand ie ſonge que ie ſuis
en vn païs où l'on ne vous connoiſt point. Ne ſouffrez pas qu'vne reputation ſi iuſte que la voſtre ſoit ſi
limitée, ni qu'elle demeure aux pieds des Pirenées,
par deſſus leſquels tant d'autres ont paſſé; venez vous-
meſme luy ouurir paſſage, & ſi la Gazette ne dit rien
de vous, faites que l'Hiſtoire en parle. Pour ce qui eſt
de ce que l'on vous a voulu faire trouuer mauuais, que
ie vous euſſe donné la qualité de Damoiſel; ie vous
aſſeure, Monſieur, qu'il n'y eut guére de raiſon de
vous en offenſer. Ie vous feray voir qu'Amadis de
Gaule ſous le titre de Damoiſel de la mer, mit à fin
ſes plus belles auentures; & qu'Amadis de Grece, lors
qu'il eſtoit appellé le Damoiſel de l'ardente eſpée oc-
cit vn grand Lion, & deliura le Roy Magadan: mais ce
ſont des artifices de la Damoiſelle que vous connoiſſez, laquelle ayant iuré ma ruine, eſt faſchée de voir
que ie ſuis en la protection d'vn des plus braues hommes du monde. Il luy ſera pourtant difficile de m'o-
ſter la voſtre; car ie vous iure, Monſieur (& cecy ie le

dis plus ferieufement que tout le refte) que ie tafcheray toufiours par toutes fortes de deuoirs & de tres-
humbles feruices, à meriter l'honneur de voftre affection. Il me femble que ce feroit manquer d'efprit,
de generofité, & de vertu, que de ne pas aimer parfaitement vne perfonne, en qui toutes ces chofes fe
trouuent en vn fi haut point, & moy qui eftime auec
paffion ces qualitez, quelque part où ie les trouue,
ie n'ay garde que ie ne les cheriffe tres-particuliere-
ment en vous, où elles font iointes à tant d'autres
graces, & accompagnées de tant de ciuilité. Croyez
donc, ie vous fupplie, que comme ie vous fçay mieux
connoiftre que perfonne, ie vous fçauray auffi toûjours mieux honorer, & que tant que ie vaudray quelque chofe que ie ne puis manquer d'eftre,

MONSIEVR,

Voftre, &c.

A Lifbonne le 22 Octobre 1633.

A MON-

A MONSIEVR LE MARQVIS
de Pifany.

LETTRE XLVII.

MONSIEVR,

Si i'eſtime en quelque choſe les deux lettres que vous auez loüées, c'eſt pour m'auoir procuré l'honneur d'en receuoir vne des voſtres? en la voyant i'ay confirmé le iugement que i'auois fait de vous il y a long-temps que vous nous pourriez quelque iour donner de la ialouſie, à Mademoiſelle voſtre ſœur & à moy, & nous oſter la gloire de bien écrire, à laquelle, ſans vous, nous pourrions pretendre. Mais puis qu'il vous reſte tant d'autres chemins d'en acquerir, permettez, s'il vous plaiſt, que nous ayons celle-là, & ne vous mettez pas en l'eſprit vne choſe ſi defficile que de vouloir imiter en tout Monſieur voſtre pere; lequel non content de l'eſtime d'eſtre vn des plus braues hommes de France, a voulu encore auoir celle d'écrire, & de parler mieux que perſonne. Si vous voulez, Monſieur, vous pouuez, ſans doute, eſperer d'y arriuer auſſi bien que luy ; Mais outre que cela vous couſtera de la peine, vous perdrez vne belle occaſion de nous obliger, & de nous donner vne extréme preuue de voſtre affection, en laiſſant pour noſtre

Y

confideration vne loüange à laquelle vous pourriez prendre vne fi grande part. Il y en a d'autres plus fo-lides & plus dignes de vous aufquelles vous deuez afpirer. Si toutesfois il vous femble qu'il n'y en ait point de fi petite qu'vn honnefte homme doiue mé-prifer, & que c'eft la feule chofe dont il ne doit point eftre liberal, j'auoüe que ie n'ay rien à dire contre vn fi iufte fentiment. Selon l'affection que ie fçay que Mademoifelle voftre Sœur a pour vous, ie fuis affeuré qu'elle vous pardonnera aifément le tort que vous lui pourrez faire en cela. De moy ie fouffriray volon-tiers d'eftre vaincu, puis-que ce fera de vous; pour la gloire que vous m'ofterez, ie prendray part à la vo-ftre, où ie me contenteray de celle d'eftre,

MONSIEVR,

Voftre, &c.

A Lifbonne le 22. Octobre 1633.

A MADEMOISELLE
de Ramboüillet.

LETTRE XLVIII.

MADEMOISELLE,

C'eſt dommage que vous ne prenez plaiſir plus ſouuent à faire du bien, puiſque lors que vous l'entreprenez, perſonne ne le ſçait accompagner de tant de graces que vous. I'ay receu comme ie deuois les intentions que vous auez euës de me faire des complimens, & vous ne m'auez pas ſeulement conſolé de ma mauuaiſe fortune, mais vous m'auez fait douter ſi ie la deuois appeller ainſi ; & en me diſant que la bonté que vous auez pour moy ne durera pas plus longtemps que mon mal-heur, vous m'auez mis au point de deſirer qu'il ne finiſſe iamais. Voyez, Mademoiſelle, ſi vous n'eſtes pas vne grande enchantereſſe, deux choſes qui ſont ſi oppoſées, que voſtre preſence & voſtre abſence, & dont l'vne eſt ſans doute vn des plus grands biens, & l'autre vn des plus grands maux du monde, en proferant ſeulement trois paroles, vous les auez tellement changées, que ie ne connois plus laquelle eſt la bonne ou la mauuaiſe, & qu'en verité ie ne ſçay pas bien celle qui eſt le plus à ſouhaiter pour moy. Toutefois, puiſque i'ay à eſtre tourmenté d'vne façon ou de l'autre, i'aimerois mieux encore l'eſtre auprés de vous, & quelque meſchante que vous puiſſiez eſtre, il me ſemble que vous ne me ſçauriez faire de plus grand mal, qu'eſt celuy de ne vous point voir. Ie vous auoüe, Mademoiſelle, que ie vous crains au delà de ce que vous ſçauriez imaginer, & plus que toutes les choſes du monde. Mais(ſi le reſ-pect que ie vous dois me permet de parler ainſi) ie vous aime encore plus que ie ne vous crains. Quoy. que vous me faſſiez peur quelquefois, ie prens plaiſir à vous voir ſous toutes les formes où vous-vous met-tez, & quand vous viendrez à vous changer vne fois la ſemaine en dragon, auſſi bien qu'vne de celles dont ie ſoubçonne que vous eſtes; en cét eſtat i'aymerois encore vos griffes & vos eſcailles. Selon les prodiges que ie vois en voſtre perſonne, ie crois que ce change-ment pourra quelque iour arriuer en vous, & ce que vous me dites que trois fois le mois vous n'eſtes plus conuerſable, me ſemble eſtre deſia quelque diſpoſi-tion à cela: Auſſi bien que Monſieur de C. i'ay en l'eſ-prit que vous finirez quelque iour par quelque choſe d'extraordinaire, & i'eſpere qu'enfin le temps nous apprendra ce que nous deuons croire de vous. Ce-pendant, quoy que vous ſoyez, il faut auoüer que vous eſtes vne aymable creature; & tant que vous paroi-ſtrez ſous la forme de Demoiſelle, il n'y en aura point au monde de ſi accomplie ni de ſi eſtimable que vous, ni d'homme qui ſoit tant que moy,

Mademoiselle, ie vous supplie tres-humblement
de faire que voftre Nain se contente de receuoir icy
vn compliment, au lieu d'vne responfe au défy qu'il
m'a enuoyé. Ie ne veux rien auoir à demefler auec ceux
qui vous appartiennent; & pour l'amour de sa maiftreffe & de luy-mefme, ie l'eftime extrémement, &
defire fon amitié.

Voftre, &c.

A Lifbonne le 22. Octobre 1633.

Y iij

A MONSIEVR GOVRDON,
à Londres.

LETTRE XLIX.

MONSIEVR,

l'ay eu plus de loifir que ie n'en voulois, de vous
énuoyer ce que vous m'auez demandé en partant. Et
tant s'en faut que les vents ayent emporté ma promef-
fe, qu'ils m'ont donné lieu de la tenir. Il y a defia huit
iours qu'ils m'arreftent icy, où ie ferois demeuré auec
beaucoup d'ennuy, fi ie n'auois apporté de Londres
des penfées pour plus de temps que cela. Ie vous affeure que vous y auez eu part, & que les meilleures
que i'ay eües ont efté employées en vous, ou aux
chofes que i'ay veües par voftre moyen. Vous-vous
douterez bien que par cecy ie n'entens pas parler de la
Tour, ni des Lions que vous m'auez fait montrer. En
vne feule perfonne vous m'auez fait voir plus de Trefors qu'il n'y en a là, & quand & quand plus de Lions
& de Leopars. Il ne vous fera pas mal aifé aprés cela, de
iuger que c'eft de Madame la Comteffe de Carlile que
ie parle. Car il n'y en a point d'autre de qui on puiffe
dire tout ce bien, & tout ce mal. Quelque danger
qu'il y ait à fe fouuenir d'elle, ie n'ay pû iufques icy

m'en empefcher; & fans mentir, ie ne donnerois pas
le tableau qui m'eft refté d'elle dans l'efprit, pour tout
ce que i'ay veu de plus beau dans le monde. Il faut
auoüer que c'eft vne perfonne toute pleine d'enchantement : & il n'y en auroit pas vne fous le Ciel fi digne
d'affeƈtion, fi elle connoiffoit ce que c'eft, & fi elle
auoit l'ame fenfitiue, comme elle a la raifonnable.
Mais auec l'humeur dont nous la connoiffons, l'on ne
peut rien dire d'elle, finon que c'eft la plus aimable
de toutes les chofes qui ne font pas bonnes, & le plus
agreable poifon que la Nature ait iamais fait. La
crainte que i'ay de fon efprit m'a penfé deftourner de
vous enuoyer ces vers, car ie fçay qu'elle cennoift en
toutes chofes ce qu'il y a de bon & de mauuais; &
toute la bonté qui deuroit eftre dans fa volonté, eft
dans fon iugement. Mais il ne m'importe gueres qu'elle les códamne. Ie ne voudrois pas qu'ils fuffent meilleurs, puifque ie les ay faits deuāt que d'auoir eu l'honneur de la connoiftre; & ie ferois bien marry d'auoir
iufqu'à cette heure loüé ou blâmé perfonne parfaitement; car ie referue l'vn & l'autre pour elle. Pour ce
qui eft de vous, Monfieur, ie ne vous fais point d'excufes, s'ils ne font pas bons ; au contraire ie prétens
que vous m'en eftes plus obligé, & que vous ne me
deuez pas fçauoir peu de gré, d'auoir pû me refoudre à vous en enuoyer de mauuais. De quelque forte qu'ils foient, ie vous puis affeurer que ce font les
feuls que i'aye iamais efcrits deux fois. Si vous fçauiez
à quel point ie fuis pareffeux, vous iugeriez que l'o-

beïſſance que ie vous ay renduë en cela n'eſt pas vne
petite preuue du pouuoir que vous auez ſur moy, &
de la paſſion auec laquelle ie veux eſtre,

MONSIEVR,

Voſtre, &c.

A Douures, le 4. Decembre, 1633.

A MA-

A MADEMOISELLE
de Ramboüillet.

LETTRE L.

MADEMOISELLE,

Quelque menaçante que foit voftre lettre, ie n'ay pas laiffé d'en confiderer la beauté, & d'admirer que vous puiffiez ioindre enfemble auec tant d'artifice, le beau & l'effroyable. Comme on voit l'or & l'azur fur la peau des ferpents, vous émaillez auec les plus viues couleurs de l'Eloquence, des paroles venimeufes; & ie ne puis m'empefcher en les lifant, que les mefmes chofes qui m'épouuantent ne me plaifent. Vous commencez bien-toft à tenir ce que vous m'auez dit, que vous ne me feriez bonne qu'auffi long-temps que la fortune me feroit mauuaife. A cette heure qu'il femble qu'elle me veüille donner vn peu de repos, vous me le venez troubler ; & me montrez que pour eftre échappé de la Mer & des Pirates, ie ne fuis pas encore en feureté, & que vous eftes plus à craindre que tout cela. Ie ne croyois pas pourtant, Mademoifelle, que pour auoir refufé vne querelle auec voftre Nain, i'en deuffe auoir auecque vous; ni que ie fuffe obligé de refpondre à vn deffy, pour auoir fait refponfe à des complimens. Si toutesfois il vous fem-

Z

ble que i'aye manqué en cela, vous deuriez appeller
refpe& & crainte, ce que vous appellez mefpris; & à
croire que cette mefme creature, qui a ofté l'efpée à
Monfieur de M*** pouuoit bien m'auoir fait tomber
la plume des mains : Quand mefme il auroit quelque
raifon de fe plaindre, vous n'en auiez pas pour cela de
prendre fa prote&ion contre moy, & fi vous me voulez du mal pour l'amour de lui, ie pourray dire que
vous m'auez querellé pour le plus petit fujet du monde. Mais fi vous auez refolu de me perfecuter, toutes
mes excufes ne vous en empefcheront point, & ie
m'eftonne feulement que vous en ayez voulu chercher quelque pretexte. Il ne me feruira de rien d'eftre
venu de fi loin au trauers de tant de perils. Alger fera
toufiours pour moy par tout où vous ferez; & quoy
que ie fois à Bruxelles, ie ne fus iamais plus prés de la
captiuité, ni du naufrage. Ne croyez pas pourtant,
Mademoifelle, que les flames de ces animaux, dont
vous me menacez, foit ce qui me faffe peur. Il y a
long-temps que ie me fçay garantir de cette forte de
maux, & quoy que vous puiffiez dire, ie crains bien
plus de mourir par vos mains, que par vos yeux. Entre
tous les endroits de voftre lettre, qui me femble admirable en toutes chofes, i'ay particulierement remarqué l'exclamation que vous faites en parlant du
plaifir que ce vous euft efté, que les Pirates m'euffent
pris. C'eft fans mentir vne grande bonté à vous, de
fouhaiter que i'euffe efté deux ou trois ans aux galeres
du Turc, afin qu'il y euft plus de diuerfité dans mes

voyages. La belle curiofité de defirer d'auoir peu apprendre de moy de quelle forte i'euſſe penſé les Cha-
meaux de Barbarie, & auec quelle conſtance i'euſſe
fouffert les coups de latte!De la forte que vous en parlez, ie croy auſſi que vous auriez eſté bien-aiſe que
i'euſſe eſté empalé vne demy-heure, pour ſçauoir
comme cela ſe fait, & comment l'on s'en trouue.
Mais ce qui eſt conſiderable, c'eſt que ces ſouhaits,
vous les faites apres auoir, ce dites-vous, repris la forme de Demoiſelle, & vous eſtre de beaucoup adou-
cie, & renduë plus humaine. Ie ne trouue guere plus
iuſte que tout cela la querelle que vous me voulez faire pour Alcidalis. Iugez-vous, Mademoiſelle, que me
trouuant embarqué dans les meſmes mers, & dans
les meſmes perils que lui, ie peuſſe oublier les maux
que ie ſentois, pour conter ceux qu'il auoit paſſez; &
eſtant accablé de mes infortunes, m'amuſer à eſcrire
les ſiennes? Ie n'ay pas laiſſé pourtât, au milieu de tous
mes deſplaiſirs, i'ay eſcrit plus de cent feuïlles de ſon
hiſtoire, & i'ay eu ſoin de ſa vie, en vn temps où ie
vous iure que ie n'en auois point de la mienne. Ne iugez pas pourtant par là, Mademoiſelle, de celui que
i'ay de plaire à des Amies. Quand ie vous aurois rendu tous les ſeruices imaginables, ces apparences ne
vous feroient voir que la moindre part de la paſſion
que i'ay pour ce qui eſt du voſtre. Si vous la voulez
connoiſtre, conſiderez-en la cauſe, pluſtoſt que les
effets. Mais voſtre imagination, quelque merueilleuſe qu'elle ſoit eſt trop petite pour cela, & s'il y a

quelque chofe dans le monde de plus grand que voftre efprit, & qu'il ne puiffe comprendre, c'eft le refpect, l'affection, & l'eftime qu'il a fait naiftre dans le
mien. N'eftant guere moins fenfible à reconnoiftre
les obligatiõs que i'ay aux autres excellentes perfonnes; vous croirez bien que la lettre qui m'eft venuë
auec la voftre, m'aura apporté vne ioye infinie, auffi-
bien qu'vn honneur extréme. Vous fçauez mieux
que perfonne l'inclination que i'ay toufiours euë à
reuerer le merite de celui qui l'a efcrite ; & il vous
peut fouuenir que du temps des guerres Ciuiles qui
ont efté entre vous deux, i'ay quelquefois quitté voftre party pour prendre le fien. Mais cette derniere
bonté a encore trouué de nouueau quelque chofe à
gagner dans mon cœur, & depuis que ie l'ay receuë,
(pardonnez-moy s'il vous plaift) il y a eu quelques
momens où ie l'ay aimé plus que perfonne du monde. Mais afin que vous ne croyez pas, Mademoifelle,
que c'eft vous qui me procurez toutes les faueurs qui
me viennent de lui, ie vous donne auis qu'en vne autre occafion il m'a fait depuis peu du bien, fans que
vous vous en foyez meflée. Quoy que ce ne foit pas
de ceux que ie prens plus de plaifir à receuoir, & que
cela m'ait donné vn nouueau fujet de reffentir ma
mauuaife fortune, ie tiens à grand honneur de lui
auoir des obligations que i'aurois honte d'auoir à
tout autre, & ie fuis bien-aife de receuoir toutes fortes de preuues de fa generofité. Il vous iurera, quand
vous lui en parlerez, qu'il ne fçait ce que vous lui

voulez dire, & il me semble que ie le voy; mais vous
connoissez son humeur & son esprit, qui n'oublia iamais vn bien-fait à faire, & ne s'en peut souuenir
quand il est fait. Puisque l'honneur que vous me faites de m'aimer est la premiere consideration qui m'a
donné quelque part en ses bonnes graces, ie vous supplie tres-humblement, Mademoiselle, de m'aider à
lui rendre celles que ie lui dois, & à le payer au moins
de la sorte que ie puis à cette heure. Ie baise mille fois *Mde la Princesse*
les pieds de l'incomparable personne qui a voulu es-
crire de sa main le dessus de la lettre que vous m'auez
enuoyée, & auec quatre ou cinq paroles mettre hors
de prix vn present qui estoit desia tres-precieux.
Vous auez bien raison de l'appeller la plus belle & la
meilleure du monde, puis-que de si loin elle sçait releuer ceux qui sont abbatus. Ie souhaitte que celle qui
la sçait si bien conduire, ait quelque iour tout le bon-
heur qui est deu à tant de bontez, de beautez & de
vertus ensemble, quoy que ie voye que ce souhait va
bien loin. On dit que l'Astre que i'appellois autrefois ×*Mle de Bourbon*
l'estoille du iour, est plus grand & plus admirable que
iamais, & qu'il esclaire & brusle toute la France.
Quoy que ses rayons n'arriuent pas iusqu'aux tenebres où nous sommes, sa reputation y est venuë, & à
ce que i'entens, le Soleil n'est pas si beau que luy. Ie
suis bien-aise que l'intelligence qui l'anime, n'ait rien
perdu de sa force ni de sa lumiere, & qu'il n'y ait
que l'esprit de Mademoiselle de Bourbon, qui puisse
faire douter si sa beauté est la plus parfaite chose du

monde. La forte dont i'ay veu dans vne de vos lettres, qu'elle me plaint, m'a femblé admirablement iolie : à la verité tant de trauerfes que i'ay euës ; lui doiuent faire pitié, à elle qui connoift fi bien ma foibleffe, & qui fçait que depuis le maillot, ie n'ay pas eu iufqu'à cette heure vn iour de repos.　Le mien a efté troublé par le difcours qui s'adreffe au bas de voftre lettre *au Roy Chiquito*. Dans l'Enfer d'Anaftarax, i'ay trouué le mien ; & i'y ay erré trois iours & trois nuits, fans y voir goutte. I'en ay vn extréme regret : car fur toutes les chofes du monde, ie defirerois auoir le peigne, del *Rey de Georgia*, & il y a plus de deux ans que i'en ay enuie. Ne croyez pas non plus, s'il vous plaift, auoir gagné celui que i'auois propofé ; on n'a pas comme cela les peignes de la Reine de la Chine ; il faut premierement, s'il vous plaift, que vous m'efcriuiez le nom du Pirate, & que vous difiez fincerement fi vous l'auez nommé fans rire, car en cela confifte la plus grande difficulté. Mais puis que vous-vous meflez de deuiner, imaginez-vous, s'il vous plaift, Mademoifelle, tout ce que i'adioufterois icy, fi i'ofois faire cette lettre plus longue, deuinez combien de fois ie vous ayme plus que ie ne faifois il y a deux ans, & penfez auec quelle paffion ie fuis,

MADEMOISELLE,

A Bruxelles, le 6. Ianuier, 1654.　　　Voftre, &c

A MONSEIGNEVR
le Cardinal de la Valette.

LETTRE LI.

MONSEIGNEVR,

Ie m'imagine que vous auez crû lors que vous auez
escrit la lettre dont vous auez voulu m'honorer, que
le cas qu'il m'a pleu de tout temps faire de vous, vous
auoit acquis quelque approbation dans le monde.
Qu'en toutes sortes de rencontres, ie vous auois donné vne infinité de preuues de l'honneur de mon amitié; & qu'en suite de cela, ie vous auois presté deux
mille escus dans vne occasion bien pressante, & en
vn temps, où d'ailleurs tout vostre credit vous manquoit. Au moins, de la façon que vous me remerciez,
& que vous parlez de vous & de moy, i'ay raison de
m'imaginer qu'en refuant vous auez pris l'vn pour
l'autre, & que sans y penser, vous vous estes mis en
ma place. Autrement, Monseigneur, vous n'auriez
point écrit de la sorte que vous faites, si ce n'est, peut-
estre, que n'estimant pas qu'il y ait de plus grand bien
au monde que d'en faire aux autres, vous croyez que
ceux-là vous obligent, qui vous donnent occasion
de les obliger, & pensez auoir receu les plaisirs que
vous auez faits. Certes, si cela est ainsi, i'auouë qu'il

n'y a point d'homme à qui vous ayez tant d'obligation qu'à moy, & que ie merite tous les remercimens
que vous me faites, puisque ie vous ay donné plus de
moyens que personne d'exercer vostre generosité, &
de faire des actions de bonté, qui valent mieux, sans
doute, que tout le bien que vous m'auez fait, & que
tout celuy qui vous reste. Dans le grand nombre de
ceux que i'ay receus de vous, & entre tant de graces
qu'il vous a plû me départir ; ie vous asseure, Monseigneur, qu'il n'y en a point que i'estime tant que la lettre que vous m'auez fait l'honneur de m'escrire. Que si
parmi tant de choses que i'y ay remarquées auecque
ioye, il y a quelque endroit sur lequel ie me sois arresté
auec plus de plaisir : trouuez bon, s'il vous plaist, que
ie vous die que ç'a esté celuy où il me semble que vous
parlez de ces deux personnes, qui sont aujourd'huy
la plus precieuse partie du monde, & ausquelles si l'on
ne compare l'vne à l'autre, il n'y a rien sous le Ciel que
l'on puisse comparer. En verité, lors qu'il m'arriue de
penser que ie suis dans leur souuenir, pour ce moment toutes mes peines se suspendent ; toutes les fois
que ie me represente le visage de l'vne ou de l'autre, il
m'est auis que celuy de ma fortune se change, & cette
imagination chasse de mon esprit les tenebres qui le
couurent, & le remplit de lumiere. Mais ce qui est
vn plus grand bon-heur, c'est qu'estant si loin de
meriter iamais l'honneur de leurs bonnes graces, ie
ne laisse pas de penser que i'y ay quelque part ; & ie
suis si heureux que de croire ce que vous m'en dites.

Ie

Ie connois bien quelqu'vn, Monfeigneur, qui ne feroit pas fi aifé à perfuader, s'il eftoit en ma place, &
qui, apres deux ans d'efloignement, ne viuroit pas
auec tant de tranquillité, ny dans vne fi grande confiance. Dans la fatisfaction que cette croyance me
doit donner, iugez, s'il vous plaift, fi ie fuis trop à
plaindre, & s'il n'y en a pas beaucoup de ceux que le
monde appelle heureux, qui ne le font pas tant que
moy. Sans cela, certes, ie ne me pourrois pas deffendre de l'ennuy qui fe prefente icy de tous coftez, ny
refifter au chagrin de Monfieur de C***, qu'il me
faut tous les iours combattre, & qui eft, fans mentir,
beaucoup au deffus de tout ce qu'on s'en imagine.
Outre qu'il s'eft mis en fantaifie de fe laiffer croiftre
vne barbe qui lui vient defia iufques à la ceinture; il a
prix vn ton de voix beaucoup plus feuere que iamais,
& qui a à peu prés le fon du Cor d'Aftolfe : à moins
que de traitter de l'immortalité de l'ame, ou du fou-
uerain bien, & d'agiter quelqu'vne des plus importantes queftions de la Morale, on ne luy fçauroit plus
faire ouurir la bouche. Si Democrite reuenoit, quelque Philofophe qu'il fuft, il ne le pourroit pas fouffrir, pource qu'il aymoit à rire; il a entrepris de reformer la doctrine de Zenon comme trop douce, & il
veut faire des Stoïques Recolets. De forte, Monfeigneur, que vous ne defirez rien d'auantageux pour les
Peuples, à qui vous le fouhaitez pour Gouuerneur.**
******

A a

A MONSIEVR GODEAV,
depuis Euefque de Graffe.

LETTRE LII.

Monsievr,

Vous me deuiez donner loifir d'apprendre noftre
Langue, deuant que de m'obliger à vous efcrire, &
il n'eft guere à propos, qu'apres auoir efté fi long-
temps eftranger, & ne faifant que fortir encore de la
Barbarie, ie faffe voir de mes lettres à vn des plus élo-
quens hommes de France. Cette confideration m'a-
uoit fait taire iufqu'à cette heure : Mais fi ie me fuis
gardé de faire refponfe à vos deffis, ie ne me puis pas
empefcher de refpondre à vos ciuilitez ; & malgré
toutes mes fuites, vous auez trouué vn autre moyen
de me vaincre. En l'eftat où ie fuis, il vous fera plus
auantageux de m'auoir furmonté de cette forte que
fi vous m'auiez gaigné par force. Ce vous eût efté peu
de gloire de mener à outrance vn homme defia outré,
& à qui la fortune a donné tant de coups, que les
moindres le peuuent abbattre. Dans les tenebres où
elle nous a iettez, il n'y a point d'art de fe deffendre,
ni d'efcrime dont on fe puiffe feruir ; il en arriueroit
peut-eftre autrement, & tout au contraire de ce que

vous dites, fi vous m'auiez mis deuant les yeux le Soleil dont vous me parlez; & quelque humble que vous
me voyez à cette heure, ie pourrois eftre affez hardy
pour vous combattre, fi fa lumiere eftoit partagée entre nous deux. C'eft plus de l'auoir de voftre cofté,
que fi le refte du Ciel eftoit pour vous. Toutes les
beautez qui brillent dans tout ce que vous faites, ne
viennent que de la fienne, & ce font fes rayons qui
vous font produire tant de fleurs. Sans mentir, rien
ne m'a iamais femblé fi agreable que celles qui naif-
fent de voftre efprit. I'en ay veu quelques-vnes fur les
derniers bords de l'Ocean, & en des lieux où la Nature
ne fçauroit produire vn brin d'herbe. I'en ay receu des
bouquets qui m'ont fait trouuer dans les deferts toutes les delices de l'Italie & de la Grece; Quoy qu'elles
fuffent venuës de quatre cés lieuës, le temps ni le chemin ne leur auoit rien fait perdre de leur éclat; auffi
font-elles de celles que l'on nomme immortelles, &
fi differentes de tout ce qui fe forme de la terre, que
c'eft auec beaucoup de iuftice que vous les auez offertes au Ciel, & il n'y a que les Autels qui en doiuét eftre
parez. Croyez, Monfieur, que ie vous dis mon fentiment comme il eft; lors que ma curiofité m'auoit fait
paffer, cóme vous dites, les bornes de l'ancien Monde, pour rencontrer quelque chofe de rare; ie n'ay rien
veu qui le fuft tant que vos ouurages. L'Afrique ne
m'a rien fait voir de plus nouueau, ni de plus extraordinaire: En les lifant à l'ombre de fes palmes, ie vous
les ay toutes fouhaitées, & en mefme temps que ie me

confiderois auoit efté plus auant qu'Hercule, ie me
fuis veu bien loin derriere vous. Tout cela qui pouuoit faire naiftre de l'enuie dans vn autre efprit, combla le mien d'eftime & d'affection, vous y priftes la
place que vous me demandez à cette heure, & ache-
uaftes deflors ce que vous croyez encore auoir à commencer. Auec ces connoiffances que i'ay de vous, il eft
difficile que ie m'en forme vne image comme celle
que vous m'en voulez donner, ni que ie me figure
que vous foyez cette petite creature que vous dites. Ie
ne puis comprendre que le Ciel ait pû mettre tant de
chofes dans vn fi petit efpace. Quand i'en laiffe faire
mon imagination, elle vous donne pour le moins fept
ou huit coudées, & vous reprefente de la taille de ces
hommes qui furent engendrez par les Anges. Ie feray pourtant bien-aife, qu'il foit comme vous voulez
que ie le croye ; entre les biens que ie penfe tirer de
vous, i'efpere que vous mettrez noftre taille en honneur, ce fera elle deformais qui fera eftimée la riche,
& vous nous releuerez par deffus ceux qui fe croyent
plus hauts que nous. Comme c'eft dans les plus petits
vafes que l'on enferme les effences les plus exquifes ; il
femble que la Nature fe plaife à mettre dans les plus
petits corps, les ames les plus précieufes ; & que felon
qu'elles font plus ou moins celeftes, elle y mefle plus
ou moins de terre. Elle enchaffe les efprits les plus
brillans de la mefme forte que les Orfevres mettent
en œuure les plus belles pierres, lefquels n'y em-
ployent que le moins d'or qu'il fe peut, & que ce qu'il

en faut pour les lier. Vous deſtromperez les hommes
de cette erreur groſſiere , d'eſtimer dauantage ceux
qui peſent le plus ; & ma petiteſſe qui m'a eſté repro-
chée tant de fois par Mademoiſelle de Rambouïllet,
me tiendra lieu de recommandation auprés d'elle. Ie
trouue, au reſte, bien iuſte l'affection que vous dites
qu'elle a pour vous, & qu'ont auec elle cinq ou ſix des
plus aymables perſonnes du monde. Mais ie m'eſtonne que vous vouliez me perſuader par là de vous donner la mienne, & que vous la penſiez gagner auec les
meſmes raiſons qui vous la pourroient faire perdre ; il
faut que vous ayez vne extréme confiance en ma
bonté, de croire que ie puiſſe aymer vn homme qui
iouït de tout mon bien, & qui a obtenu ma confiſca-
tion. Ie ſuis pourtant ſi iuſte que cela ne m'en empeſchera point, & ie croy auſſi que vous l'eſtes tant de
voſtre coſté, que ie ne deſeſpere pas de me pouuoir accorder de cela auecque vous ; ils peuuent bien vous
auoir donné ma place, ſans que pour cela vous m'en
mettiez dehors, & celle que i'auois dans leur eſprit
n'eſtoit pas grande, ſi nous n'y pouuons pas bien tenir
tous deux. Pour ce qui eſt de moy, ie feray tout ce qui
me ſera poſſible, pour ne vous y eſtre pas incommode,
& ie m'y rangeray de ſorte, que i'y demeureray ſans
vous choquer. Puis qu'vn ſi puiſſant intereſt n'eſt pas
capable de me ſeparer des voſtres, vous deuez croire
qu'il n'y aura iamais rien qui le puiſſe faire, & que ie
ſuis à toutes ſortes d'eſpreuues,

MONSIEVR ,   Voſtre, &c.

A Bruxelles, ce 3. Fevrier, 1654.   A a iij

A MADEMOISELLE DE
Rambouïllet.

LETTRE LIII.

MADEMOISELLE,

CAR estant d'vne si grande consideration dans
nostre Langue, i'approuue extrémement le ressentiment que vous auez du tort qu'on lui veut faire; & ie
ne puis bien esperer de l'Academie dont vous me parlez, voyant qu'elle se veut establir par vne si grande
violence. En vn temps où la Fortune iouë des Tragedies par tous les endroits de l'Europe, ie ne voy rien
si digne de pitié que quand ie voy que l'on est prest de
chasser & faire le procez à vn mot qui a si vtilement
seruy cette Monarchie, & qui dans toutes les broüil-
leries du Royaume, s'est tousiours montré bon François. Pour moy, ie ne puis comprendre quelles raisons ils pourront alleguer côtre vne diction qui marche tousiours à la teste de la Raison, & qui n'a point
d'autre charge que de l'introduire. Ie ne sçay pour
quel interest ils taschent d'oster à *Car* ce qui lui appartient, pour le donner à *Pour-ce que*, ni pourquoy
ils veulent dire auec trois mots ce qu'ils peuuent dire
auec trois lettres? Ce qui est le plus à craindre, Mademoiselle, c'est qu'apres cette iniustice, on en entre-

prendra d'autres;on ne fera point de difficulté d'attaquer *Mais*, & ie ne fçay fi *Si* demeurera en feureté.
De forte qu'aprés nous auoir ofté toutes les paroles
qui lient les autres, les beaux efprits nous voudront
reduire au langage des Anges;ou fi cela ne fe peut, ils
nous obligeront au moins à ne parler que par fignes.
Certes, i'auoüe qu'il eft vray ce que vous dites qu'on
ne peut mieux connoiftre par aucun autre exemple,
l'incertitude des chofes humaines. Qui m'euft dit il
y a quelques années que i'euffe deu viure plus long-
temps que *Car*, i'euffe creu qu'il m'euft promis vne
vie plus longue que celle des Patriarches. Cependant
il fe trouue qu'aprés auoir vefcu onze cens ans plein
de force & de credit, aprés auoir efté employé dans
les plus importans Traittez, & affifté toufiours ho-
norablement dans le Confeil de nos Rois; il tombe
tout d'vn coup en difgrace, & eft menacé d'vne fin
violente. Ie n'attens plus que l'heure d'entendre en
l'air des voix lamentables qui diront le grand *Car* eft
mort, & le trépas du grand *Cam* ni du grand *Pan*, ne
fembleroit pas fi important ni fi eftrange. Ie fçay   *Balfac*
que fi l'on confulte là-deffus vn des plus beaux efprits
de noftre fiecle, & que i'aime extrémément, il dira
qu'il faut condamner cette nouueauté, qu'il faut vfer
du *Car* de nos peres, auffi bien que de leur terre & de
leur Soleil; & que l'on ne doit point chaffer vn mot
qui a efté dans la bouche de Charlemagne, & de Saint
Louïs. Mais c'eft vous principalement, Mademoifelle, qui eftes obligée d'en prendre la protection, puis-

que la plus grande force & la plus parfaite beauté de
noſtre Langue eſt en la voſtre, vous y deuez auoir
vne ſouueraine puiſſance, & faire viure ou mourir les
paroles comme il vous plaiſt. Auſſi crois-ie que vous
auez deſia ſauué celle-cy du hazard qu'elle couroit, &
qu'en l'enfermant dans voſtre lettre, vous l'auez miſe comme dans vn azile, & dans vn lieu de gloire
où le temps ni l'enuie ne la ſçauroient toucher. Parmy tout cela ie confeſſe que i'ay eſté eſtonné de voir
combien vos bontez ſont bizarres, & que ie trouue
eſtrange que vous, Mademoiſelle, qui laiſſeriez perir cent hommes ſans en auoir pitié, ne puiſſiez voir
mourir vne Syllabe. Si vous euſſiez eu autant de ſoin
de moy que vous en auez de _Car_, i'euſſe eſté bien-
heureux malgré ma mauuaiſe fortune; la pauureté,
l'exil, & la douleur ne m'auroient qu'à peine touché.
Et ſi vous ne m'euſſiez pû oſter ces maux, vous m'en
euſſiez au moins oſté le ſentiment. Lors que i'eſperois
receuoir quelque conſolation dans voſtre lettre, i'ay
trouué qu'elle eſtoit plus pour _Car_ que pour moy, &
que ſon banniſſement vous mettoit plus en peine
que le noſtre. I'auouë, Mademoiſelle, qu'il eſt iuſte de
le défendre, mais vous deuiez auoir ſoin de moy auſſi
bien que de luy, afin que l'on ne vous reproche pas
que vous abandonnez vos amis pour vn mot. Vous
ne répondez rien à tout ce que ie vous auois écrit;
vous ne parlez point des choſes qui me regardent. En
trois ou quatre pages à peine vous ſouuient-il vne
fois de moy, & la raiſon en eſt *Car*. Conſiderez-

moy

moy dauantage vne autre fois, s'il vous plaiſt; & quand vous entreprendrez la deffenſe des affligez, ſouuenez-vous que ie ſuis du nombre. Ie me ſeruiray touſiours de lui-meſme pour vous obliger à m'accorder cette grace, & ie vous aſſeure que vous me la deuez: *Car* ie ſuis,

MADEMOISELLE,

Voſtre, &c.

A LA MESME.

LETTRE LIV.

MADEMOISELLE,

Quand ie vous aurois preſenté autant de perles
que les Poëtes en ont fait pleurer à l'Aurore, & qu'au
lieu que ie ne vous ay donné qu'vn peu de terre, ie
vous l'aurois donnée toute entiere, vous n'auriez pû
me faire vn plus magnifique remerciment. La vigne
du grand Mogor ſeroit payée de la moindre de vos
paroles, & toutes les pierreries dont elle eſt chargée
n'ont pas tant d'éclat, ni de ſi belles lumieres, que les
choſes que vous écriuez. Voilà, Mademoiſelle, vn
commencement fort brillant : & ceux qui, à quelque
prix que ce ſoit, veulent écrire de beaux mots, ſeroient
bien-aiſes de commencer par là ce qu'ils appellent
vne belle lettre. Mais le Courrier ne m'en donne pas
le loiſir, & de plus, aprés auoir bien leu celle de Madame voſtre mere & les voſtres, ie ſuis reſolu de ne m'en
plus meſler. Sans mentir, il ne ſe peut rien voir de
plus galant, ni de plus beau que celle que i'ay receuë
d'elle ; & cela eſt merueilleux qu'vne perſonne qui
n'écrit qu'en quatre ans vne fois, le faſſe de ſorte,
quand elle l'entreprend, qu'il ſemble qu'elle y ait
touſiours eſtudié, & que durant tout ce temps, elle

n'ait penſé à autre choſe. Ie deurois eſtre tantoſt accouſtumé aux miracles de voſtre maiſon; mais i'auouë
que ie ne puis pas m'empeſcher de m'en eſtonner.
I'admire de vous particulierement, Mademoiſelle,
que ſçachant ſi bien danſer, vous ſçachiez ſi bien eſcrire; & que vous emportiez le prix en meſme temps
de trois choſes, qui ne marchent gueres enſemble,
eſtant comme vous eſtes, la meilleure danſeuſe, la
meilleure dormeuſe, & la plus eloquente fille du
monde. Au reſte, vous m'auez fait vn extréme plaiſir,
de mettre Monſieur Maighne de la partie des Mattaſ-
ſins; cette penſée m'a plû autant qu'aucune des voſtres, & ie vous donne ma parole, que nous ne les
danſerons point qu'il n'en ſoit. Auſſi bien à dire le
vray, Monſieur de Chaudebonne eſt fort chagrin à
cette heure pour bien battre les ſonnettes, & ie croy
que i'aurois peine moy-meſme à bien danſer en voſtre abſence, eſtant comme ie ſuis,

MADEMOISELLE,

Voſtre, &c.

Bb ij

A LA MESME.

LETTRE LV.

Mademoiselle,

A cette heure que vos lettres sont plus admirables qu'elles ne furent iamais, i'auoüe que i'aurois beaucoup de peine à m'en passer. Ayant perdu l'esperance depuis que i'ay veu vos dernieres, d'en écrire iamais de bonnes, ie serois au moins bien-aise d'en receuoir; Et il est iuste que vous me rendiez par là l'honneur que vous me faites perdre d'ailleurs. La haute opinion que i'ay il y a si long-temps de vostre esprit, m'auoit preparé à en voir, sans estre surpris, toutes sortes de merueilles; & il me sembloit qu'il ne pouuoit plus rien faire qui me pût estonner, si ce n'est qu'il vint à produire des choses ordinaires ou mediocres. Mais certes ie confesse qu'il est arriué à vn point de perfection que ie n'auois pas conceuë, & que ie n'ay rien pû imaginer de tout ce que vous nous faites voir. Ie vous asseure, Mademoiselle, que ie vous parle sans flaterie, & mon dépit n'est pas encore si bien passé, que ie sois en humeur de vous flater. Vous vous estes haussée autant au dessus de vous-mesme, que vous auriez accoustumé d'estre au dessus de toutes les autres, & la moindre lettre que vous écriuez à cette heure, vaut mieux que Zelide & Alcidalis, oüi mefme quand on mettroit auec eux leurs deux Royaumes. Dans le fort de ma colere, ie n'ay point fait de plaintes contre vous qui ne fuffent accompagnées de löuanges : & vne des caufes qui m'obligent à cette heure à me reconcilier, c'eft la crainte que fi ie vous témoigne de la haine, on ne croye qu'elle vienne d'enuie, pluftoft que d'vn iufte reffentiment. Cependant vous fçauez en voftre cœur, fi i'en ay du fujet, & fans en parler dauantage, c'eft là que ie demande que vous m'en faffiez raifon : auffi bien apres auoir efté müet fi longtemps, ie ne veux pas rompre mon filence par des cris. Ie vous fupplieray feulement de penfer quel ie dois auoir efté, ayant perdu en mefme temps l'efperance de retourner en France, & la confolation de voftre fouuenir & de vos lettres. Vn feul de ces malheurs pouuoit m'accabler : Mais cela eft eftrange, ie m'en fuis fauué, pource qu'ils font venus enfemble, & chacun d'eux m'a aydé à fupporter l'autre. Quand apres ce témoignage de voftre mauuaife volonté, ie me fuis imaginé de combien de maux la fortune me tiroit, en m'empefchant de tomber en vos mains : Il m'a femblé qu'au prix de cela, vn exil perpetuel eftoit bien fupportable, & qu'au moins ie ne mourrois pas ici d'vne mort fi cruelle. Cependant, Mademoifelle, cette confolation n'eft pas fi bonne que ie n'en aye befoin encor de quelque autre, car ie vous iure que Monfieur de **** mefme n'eft pas fi trifte que ie le fuis, & ces fombres & noires melancolies, où vous m'auez veu

Bb iij

quelquesfois, n'eſtoient que l'ombre de celles où ie
ſuis maintenant. Diſſipés-les, ie vous ſupplie, & trouuez, ſi vous pouuez, des paroles pour conjurer ces
nuages. Mais qui doute que vous ne le puiſſiez, & qui
ne ſçait que pour voſtre eſprit il n'y a point d'impoſſible; c'eſt à luy à qui ie me recommande, & puis que
les choſes les moins imaginables & les plus extraordinaires luy ſont aiſées, qu'il faſſe que ie ſois capable
d'auoir quelque ſorte de ioye ici; & que ie viue iuſqu'à
ce que ie vous puiſſe dire combien ie ſuis au delà de
ce que vous le croyez,

MADEMOISELLE,

Voſtre, &c.

A LA MESME.

LETTRE LVI.

MADEMOISELLE,

Ie ne m'eſtonne pas que vous ayez ry tout voſtre
ſaoul, en m'écriuant l'étrange bruit qui court de moy,
que ie n'ay ni bonté ni amitié: car ſans mentir il ne s'eſt
iamais rien dit de ſi ridicule, & vous auez eu raiſon de
receuoir cela de la meſme ſorte, que ſi l'on vous diſoit
que Monſieur de Chaudebonne vole ſur les grands
chemins, ou qu'il a épouſé la fille du Gentilhomme
de Monſieur des ****. Pour moy i'admire qu'vne ſi
fauſſe opinion & vne calomnie ſi mal fondée, ait pû
s'eſtendre ſi loin, & infecter trois Prouinces, & qui
que ce ſoit qui luy ait donné cours, il faut que vous
m'auoüiez que ce doit eſtre la plus meſchante & la
plus dangereuſe perſonne du monde. I'en feray vne
exacte perquiſition, & ſi i'en puis découurir quelque
choſe, ie vous iure que ie m'en ſçauray venger, quand
bien ellle ſeroit auſſi aimable & auſſi redoutable que
vous. Certes, Madame voſtre mere fait vne action
digne de ſon ordinaire bonté, de ne vouloir pas ſouffrir que l'on profere vne ſi grande meſchanceté ſur
ſes terres, mais qu'elle empeſche ſeulemét qu'on ne la
die dans ſa chambre, & dans ſon cabinet: car ie con-

nois des perfonnes affez hardies & determinées pour
cela. La pauure Mademoifelle de Chalais, que vous
expofez comme vn mouton à ma colere, n'a point de
part à ce crime: ce n'eſt que par fimplicité qu'elle a
failli, & ie me plaindrois dauantage de fa Maitreffe,
fi ie pouuois me prendre à d'autres qu'aux autheurs
de cette impofture. Ie trouue eſtrange, fans mentir,
qu'elle qui fçait ce que c'eſt que des charmes de la pareffe, & la douceur qu'il y a à ne rié faire, m'appelle ingrat, de ce que ie la laiffe en repos, & que ie ne lui écris
point des lettres qu'elle voudroit de bon cœur n'auoir
pas receuës toutes les fois qu'il y faudroit répondre.
Quoy que ie ne me mette pas en peine d'en rien témoigner, elle a toufiours la place qu'elle doit auoir
dans mon efprit, fans qu'elle lui couſte rien à garder;
elle eſt comme elle fe demande au fond de mõ cœur,
au lieu le plus retiré, en repos & fans bruit. En verité ie
l'honore & l'aime auffi parfaitement qu'elle le merite,
& toutes les fois que ie lis quelque chofe de ioli, que
ie mange quelque chofe de bon, où que ie fais vne
digeſtion loüable, ie me fouuiens d'elle, & ie luy en
fouhaite autant. Mais à propos, Mademoifelle, vous
nous en mandaſtes vne nouuelle il y a quelque temps,
à laquelle ie ne répondis point, pource que ie gron-
dois alors, & qui aprés ce que vous m'auez écrit du
bruit qui court de moy, m'a femblé auffi étrange que
chofe que i'aye iamais oüi dire. Quoy que ie connoiffe auffi bien que perfonne du monde toutes les
graces de Madame la Marquife de ***, ie ne me puis
affez

affez eftonner, qu'en vn temps où elle ne fe foucie
d'homme viuant que de fon Medecin & de fon Cui-
finier, vétuë de cetre ratine que nous lui auons veuë,
& coiffée de trois feruiettes, elle ait pû gagner vn
cœur auffi difficile à prendre, que ie m'imagine que
doit eftre celui du Marquis de la ***, & enuoyer vn
Amant foupirer pour elle dans les deferts de la Thebaïde. Le Damoifel dont vous me parlez, auroit bien
fait d'y aller aprés lui, ou, s'il ne veut pas faire vn fi
grand voyage, au moins il fe deuoit rendre Hermite
au mont Valerien. Tout de bon, au lieu de faire les
demandes que vous me propofez de fa part, il feroit
fort bien de fe taire, & de ne parler de fept ans. Toutesfois, Mademoifelle, i'y répondray, puifque vous
le voulez. La premiere, pourquoy eftant vêtu de
bleu, il paroift toufiours veftu de verd, eft vne des plus
arduës queftions que i'aye iamais oüi faire en quelque fcience que ce foit; & pour moy, ie ne voy pas
d'où cela peut venir, fi ce n'eft que le Damoifel qui
auoit accouftumé il y a quelques années de ne fe leuer qu'à vne heure, & n'eftre habillé qu'à trois, foit
deuenu à prefent vn peu plus pareffeux, & ne fe laiffe
plus voir qu'aux flambeaux. Quoy qu'il en foit, ie
fuis d'auis qu'à tout hazard il s'habille de verd, pour
voir s'il ne paroiftra pas habillé de bleu. Pour la feconde, de fçauoir lequel il doit choifir, de prendre la Mote, ou de me deliurer d'entre les mains des Sarrazins;
Ie trouue, fans confiderer mon intereft, que cette derniere entreprife, outre qu'elle eft plus iufte, eft beau-

C c

coup plus difficile, & par confequent plus glorieufe.
Il y a vingt cinq mille hommes de pied, & fix mille
cheuaux qui ont charge de me garder auec autant de
foin que Gueldres & Anuers; cela pourtant ne le doit
point eftonner. Hector le Brun deffit vne fois lui feul
trente cinq mille hommes en Northomberland; &
ie penfe qu'il n'eftoit pas fi vaillant que luy. Qu'il ne
craigne pas au refte, que les lauriers lui manquent
icy; les plus beaux qui fe voyent dans l'Europe, fe
cueillent en ce païs. De mon cofté, ie lui promets de
fournir le foin de les agencer, & l'art d'en faire des
couronnes; mais outre les Sarrazins, il aura encore
quelques Sarazines à combattre; car il y en a qui ne
fouffriront pas aifément que l'on m'enleue d'icy: &
ce bruit que vous dites qui court de moy dans trois
Prouinces, n'eft pas encor arriué en pas vne des dix-
fept. L'on ne me tient pas fi mefchant icy, qu'on fait
au lieu où vous eftes, & l'on croit que quand mefme
ie ne fçaurois pas affez aimer, ie ne laifferois pas d'e-
ftre affez aimable. Mais, Mademoifelle, i'auoüe que
cela ne me confole point; & ie fuis bien mal-heureux,
fi dans ce nombre de perfonnes que ie reuere particulierement en France, il n'y en a quelqu'vne qui ait affez bonne opinion de moy, pour croire que i'ay le
cœur fait comme il le faut auoir; que ie fçay conftamment honorer ce qui le merite, & aimer infiniment
ce qui eft infiniment aimable. Ie ne fçay pas pour
voftre particulier, ce que vous en penfez; mais ie vous
affeure qu'il n'y a perfonne qui ait moins de fuiet d'en

douter, & que ie suis aussi parfaitement que ie le dois, & que vous le sçauriez vouloir,

MADEMOISELLE,

Vostre, &c.

Madame vostre Mere sera tousiours la meilleure & la plus galante personne du monde ; elle ne me pouuoit rien promettre qui me fit si aise que la *danse baladoire*, que vous dites qu'elle veut instituer à mon retour. Mais c'est *feste baladoire* qu'il faut dire, vous corrompez le texte ; cela m'a fait resouuenir du temps passé, & considerer combien il estoit different de celuy-cy. Alors estant couché sur la paille, ie croyois estre sur trois matelats, & à cette heure i'aurois douze matelats qu'il me sembleroit estre couché sur des espines. Voila, Mademoiselle, l'estat où se trouue le plus aise galant de Bruxelles. Mais celuy qui m'a nommé ainsi en vous escriuant, ne connoist pas tous mes maux, & ne conçoit pas quel regret i'ay tousiours dans le cœur d'estre esloigné de tout ce que i'ayme. Vous sçauez de quelle sorte cecy se doit entendre, & quel rang tiennét en cela ces deux adorables personnes, au rang desquelles personne ne doit estre. Tous ceux qui viennent icy de France, parlent d'elles auec admiration, & content des miracles de leur bonté & de leur beauté. Ie vous supplie tres-humblement,

Mademoiſelle , d'employer voſtre credit pour me
conſeruer quelque place dans l'honneur de leur ſouuenir. Cet homme à qui vous ſçauez que i'ay tant
d'obligations , en adjouſte touſiours de nouuelles
aux anciennes, & me fit l'autre iour l'honneur de ſe
ſouuenir de moy dans vne lettre à Monſieur le Comte
de Brion. Ie reconnois cela, comme i'y ſuis obligé;
& quand i'aurois auſſi peu de bonté & d'amitié que
l'on dit, ie ne manqueray iamais d'auoir tout le reſſentiment que ie dois auoir des biens & des honneurs
qu'il lui a pleu me faire ; mais i'ay peur qu'il ne deuienne trop ſerieux, empeſchez cela ie vous ſupplie.

A LA MESME.

LETTRE LVII.

MADEMOISELLE,

Quoy que vous m'asseuriez que l'Isle de France
n'a point esté des trois Prouinces rebelles, ie soup-
çonne quelques Insulaires, & il y en a quelqu'vne
que ie voudrois bien tenir pour en faire la justice
qu'elle merite. Quand elles n'auroient point fait
d'autre faute que d'auoir incliné aisément, comme
vous dites, à croire du mal de moy, ie les trouuerois
encore assez coupables, & ie serois bien fasché d'auoir
autant failly contre pas vne d'elles. I'ay eu peine à
entendre ce que vous dites *de la Corneille*, & *du fils du*
Roy d'Angleterre; mais si ie l'entens bien, c'est vne des
plus grandes malices du monde : Vous n'auez iamais rien fait contre moy qui m'aye fait tant de dépit,
& ie ne l'oublieray iamais que ie ne m'en sois vengé.
Mais à quel point est montée la persecution, & que
ne dois-je pas attendre, puisque Madame vostre
mere mesme semble s'estre declarée contre moy?
I'ay esté extrémément estonné quand i'ay reconnu
son escriture, & que i'ay veu qu'elle se mocquoit
de moy, & de ma loyale amie. Ie ne crois pas pourtant qu'elle ait fait cela de sa volonté, & il faut que

C c iij

vous lui ayez fait efcrire le poignard fur la gorge.
Tout cela, Mademoifelle, m'auoit mis en vne extréme colere, mais la douceur que vous m'auez enuoyée,
m'a rappaifé. I'ay trouué dans la lettre de Monfieur de
Chaudebonne, le fucre que vous penfiez auoir mis
dans la mienne, & ie l'ay gouflé auec tout le plaifir
que ie deuois. Ie vous auouë que nous n'en auons pas
de fi bon chez nous, enuoyez-m'en fouuent, ie vous
en fupplie, i'en feray vn fort bon fuc, & contre la ma-
xime de Medecine, que toutes les chofes douces, fe
tournent en bile, cela appaifera la mienne qui eft fort
émuë. Auffi, à dire le vray, c'eft vne extrefme mef-
chanceté de fe mocquer d'vne pauure enfant qui n'a
appris le François que pour l'amour de moy, & qui a
eu au moins l'efprit de me choifir entre tous ceux qui
font icy. Cependant, ie vous puis refpondre qu'elle
efcrira bien-toft d'vne autre forte, & que dans trois
mois elle fera en eftat de fe reuancher. Du temps que
Madame de *** difoit *gauffer*, & *pitoyable*, & qu'elle
croyoit qu'il ne falloit pas dire *trifte*, elle n'efcriuoit
guere mieux que cela; & neantmoins, auiourd'huy
on parle de fon efprit par tout, & on fait voir iufques
icy des copies de fes lettres. Mais pour fatisfaire à la
queftion à laquelle vous me coniurez de refpondre en
verité & en fincerité de confcience; ie vous dis, Mademoifelle, qu'en verité & en fincerité, ie ne crois pas
qu'il y ait eu vne perfonne qui ait crû que ç'ait efté
pour ma gloire que i'ay enuoyé le poulet que vous
auez veu; & i'aymerois encore mieux auoir fait vne

lettre de cette forte, qu'vn iugement comme celui-là.
Mais ie ne deurois plus donner fi hardiment mon aduis de rien, fans fçauoir de qui ie parle; apres auoir
efté attrappé comme ie l'ay efté, en ce que i'ay dit de
ceux qui ont memoire de ce qu'ils ont fait au berceau.
Ie confeffe que ie croyois que l'on s'en voulut mocquer, & que mefme on le deuft faire : mais puis que
c'eft vous & M. le C. de la V. qui l'auez dit, ie m'en *Valette.*
defdis volontiers, & ie n'ay garde d'offenfer des per-
fonnes qui fe fouuiennent de fi loin. ****** *ils auoient dit qu'ils fe fouue*
noient de leur plus tendre
enfance

A LA MESME.

LETTRE LVIII.

MADEMOISELLE,

Si vous n'eſtiez la plus aimable perſonne du monde, vous ſeriez la plus haïſſable, & vous auez vne fierté qui ſeroit inſupportable en tout autre qu'en vous. Vous demandez la paix de la façon que les autres la donnent, & pour terminer vne querelle vous employez des paroles auec leſquelles on pourroit commencer vne guerre. *Ie ne ſçay pas comme ie me ſuis tant abaiſſée ; ne grondez plus, eſcriuez-moy toutes les ſemaines.* Voilà, certes, vne parfaite humilité, & vne belle maniere d'exercer les vertus Chreſtiennes. Vous m'ordonnez au reſte de ne me plus dépiter que de vingt-cinq ans en vingt-cinq ans, comme ſi vos graces ne ſe donnoient que lors que celles du Ciel ſont ouuertes, & qu'il falluſt vn Iubilé pour abſoudre ceux qui ſe faſchent contre vous. Voicy, Mademoiſelle, où i'en eſtois, quand i'ay receu voſtre ſeconde lettre, qui m'a fort adoucy, en m'apprenant que vous ne deſireriez pas que ie fuſſe pendu ſans que vous y fuſſiez. Veritablement c'eſt vne grande marque de
bonne

bonne volonté , & vne preuue qu'il vous refte encore quelque tendreffe pour moy , de ce que vous ne
voudriez pas que cet accident m'arriuaft fans que
vous euffiez le plaifir de le voir. Aprés auoir tant im-
ploré le fecours de voftre efprit, afin qu'il trouuaft des
paroles qui me rendiffent moins mal-heureux, il n'en
pouuoit pas trouuer de meilleures. En effet, rien ne
me peut tant confoler de demeurer à Bruxelles, que
de fçauoir que l'on me veut faire pendre à Paris; &
ce lieu que ie tenois pour vne prifon auparauant, ie le
confidere à cette heure comme vn afyle contre vos
perfecutions. I'ay grande peine à croire ce que vous
me dittes de Madame de **** , ni qu'elle ait pris
voftre party contre moy. Si cela eft, la fortune a efté
plus iufte que vous & qu'elle, d'auoir empefché fes
lettres de tomber entre mes mains. C'eft, fans mentir, grand dommage, fi vous auez gafté vne fi bonne
perfonne, & i'auray plus de regret que vous ayez cor-
rompu fon innocence , que de voir que vous auez
condamné la mienne. Quoy qu'il en foit , ie vous
affeure que vous ne fçauriez ni l'vne ni l'autre auoir
pris des refolutions contre moy, qui ne foient injuftes, & dont ie ne vous faffe quelque iour dédire toutes deux. Cecy, Mademoifelle, n'eft pas dit par orgueil, mais par cette fierté que les gens de bien ont
accouftumé d'auoir, & que produit la bonne confcience. Que fi i'auois la moindre doute d'auoir failly
& de meriter vos menaces, ie n'aurois pas ces bons

Dd

interualles, dont vous voyez que ie iouïs quelquefois ; & au lieu que ie gueris les autres du mal de rate,
i'en mourrois moy-mefme. Si i'ay ofté ce mal à Madame voftre mere, ie fouffriray plus volontiers tous
ceux qui me reftent. En verité, l'affeurance que i'ay
d'eftre dans l'honneur de fon fouuenir, & le regret
que ie fens de ne la point voir, font la plus grande
moitié de mes biens & de mes maux ; & ie ne m'eftonne pas qu'elle fouhaite de me voir plus que perfonne,
car ie crois qu'il n'y aura point d'homme au monde fi
plaifant que moy, fi iamais ie me vois auprés d'elle.
Ce Philofophe de nos amis, duquel vous vous eftes
reffouuenuë fi à propos, qu'il fait quelquefois les petits yeux, a roüillé les yeux en la tefte, quand ie luy
ay leu cét endroit de voftre lettre. Auffi, à dire le
vray, l'ame de Zenon auroit efté efbranlée en vne pareille rencontre, & celle de Monfieur Migſon con-
triftée & affligée. La Philofophie qui a des remedes
contre tous les autres malheurs, n'a point de raifon
pour adoucir la moindre perte que l'on peut faire dás
l'efprit de M. de Rambouïllet. Quelque ennemie des
paffions que foit cette fcience, elle ne fçauroit defaprouuer que l'on en ait pour vne fi rare perfonne, ni
trouuer eftrange que l'on faffe pour fon fujet, tout ce
qu'elle ordonne de faire pour la vertu. Ie ne fçay, Mademoifelle, fi elle pourroit enfeigner plus aifément, à
ne vous aymer pas ; mais qu'elle apparence y a-t-il
qu'elle me puiffe iamais apprendre cela, puis que

c'eſt Monſieur de Chaudebonne qui me la monſtre ?
Auſſi ie vous iure que ie ne l'eſpere pas, & que ie ſuis
bien reſolu, quelque mal qui m'en puiſſe arriuer, d'e-
ſtre touſiours,

MADEMOISELLE,

Voſtre, &c.

De Bruxelles ce dernier Iuin 1634.

D d ij

A LA MESME.

LETTRE LIX.

MADEMOISELLE,

Ie fuis extrémement marri que vous ne me puiffiez donner de meilleurs fignes de Paix, & que voftre efprit ne vous manque que pour me faire du bien. Le connoiffant comme ie fais, capable de toutes chofes, ie dois penfer que le deffaut eft pluftoft en voftre volonté, & tant qu'elle ne me fera pas plus fauorable, i'auray fujet de croire que vous n'eftes pas auffi bonne que vous dites. Ie crains que le tefmoignage que Monfieur voftre Frere rend de voftre iuftice, ne foit pluftoft vne preuue de voftre tyrannie ; laquelle s'eftant accruë ne laiffe pas la liberté de s'en plaindre. Peut-eftre que s'il eftoit auffi loin de vous que moy, il en parleroit comme ie fais, & que i'en parlerois comme luy, fi i'eftois en fa place. Cependant, Mademoifelle, que ce foit tréue ou paix que vous me donniez, ie ne refufe pas d'en ioüir. I'ay defia executé vne des conditions aufquelles vous me l'accordez, M. D. m'ayant fait offrir vn autre moyen de luy efcrire, ie n'ay pû ne m'en point feruir ; quoy que i'euffe bien defiré que ma lettre euft paffé par vos mains ; car i'efperois qu'elle en fortiroit meilleure ; & i'auois

refolu de vous fupplier tres-humblement de la corriger. Il n'y a que quatre iours qu'elle eft enuoyée,
& Monfieur Frotté qui eft icy, s'en eft chargé aprés
l'auoir follicité plus d'vne fois. Pour Alcidalis, ie ne
le quitteray point iufqu'à ce que ie l'aye mis en Af-
frique, i'efpere que ce fera bien-toft, & nous voyons
defia terre. Mais, Mademoifelle, ie ne fçaurois le
rendre heureux, que premierement ie ne le deuienne moy-mefme. Ie ne puis luy faire voir Zelide,
deuant que ie voye Monfieur Mandat : & il faut vn
autre efprit que celuy que i'ay à cette heure pour efcrire fa ioye & fa bonne fortune. Sans mentir, aprés
fon hiftoire, celle que vous me racontez de Marthe,
m'a donné autant de plaifir qu'aucune que i'aye iamais oüye : Mais ce n'en eft que le commencement,
fa fortune n'en demeurera pas là; & ie ne voudrois pas
iurer que nous ne la viffions auffi quelque iour Reyne
de Mauritanie. Toutesfois auec cela ie ne defefpere
pas qu'elle ne puiffe eftre penduë, mais ce ne fera pas
fi toft. Ie fuis extrémement aife de ce qu'elle vous a
procuré auprés de Madame de Sauoye, & de ce qu'il
vous vient des honneurs de tous les coftez du monde. I'euffe bieu pû auffi vous faire auoir vne moufta-
che du Roy de Marroc, & vne poignée de la barbe & deux dents machelieres du Roy de Fez. Mais depuis la mort de celuy de Suede, i'auois crû que vous
ne vouliez plus mettre voftre amitié en cette forte de
gens, & puis ie fuis plus retenu à cette heure, car il
me fouüient que vous m'auez reproché beaucoup de

fois que ie vous engage toufiours auec des Amans,
dont vous ne voulez pas. Si ie fuis confideré pour
vous, Mademoifelle, ie ne le fuis pas moins pour ce
qui eſt de moy ; quelque belle occafion que la fortune me prefente ; ie me garderay bien de me laiſſer attraper, & ie viuray plus long-temps que ie ne penfois,
fi la prophetie de la Sage enchantereſſe eſt veritable.
Ie la fupplie tres-humblement de croire qu'elle ne
peut prendre ce titre auec perfonne; fi iuſtement qu'a-
uecque moy : Sans mentir tout ce qu'elle fait m'enchante, & i'ay paſſé vn iour entier à lire les quatre lignes qu'elles m'a eſcrites. Ie fuiuray fon confeil, & ie
me garderay de Gradafilée, comme de Scille & de Ca-
ribde. Permettez-moy, s'il vous plaiſt, de remercier
tres-humblement Monfeigneur le Cardinal de la Valette, de l'honneur qu'il m'a fait de fe fouuenir de
moy dans vne lettre qu'il a eſcrite à Monfieur le Comte de Brion, & de tefmoigner ici la peine où ie fuis du
mal de Mademoifelle Paulet. Sa fiévre que vous dites
ne deuoir durer que vingt-quatre heures, fera de plufieurs iours pour moy, & ie n'en fortiray point que ie
n'en aye eu d'autres nouuelles. M. d'Aˣ ne me par-
donneroit point cette liberté que vous me pardonnerez, fi elle voyoit que ie ne me corrige point pour
fes auis, & que ie ne m'empefche pas de parler encore
d'autres perfonnes que de vous dans vos lettres. Elle
perdroit efperance de faire iamais rien de bon de
moy, & iugeroit auec plus de raifon que iamais que
ie ne fuis pas affez galant : mais quoy qu'elle vous

mette au deſſus de toutes les choſes du monde, ſi
elle ſçauoit de quelle ſorte vous eſtes dans mon eſprit, ie vous aſſeure, Mademoiſelle, qu'elle trouueroit
que ie ſuis aſſez,

Voſtre, &c.

Le 3. de Mars.

A MONSIEVR LE MARQVIS
de Sourdeac , à Londres.

LETTRE LX.

MONSIEVR,

Quoy que ma mauuaife fortune me doiue auoir
endurcy à toutes fortes de déplaifirs, ie ne me puis ac-
coutumer à celui de ne receuoir plus de vos nouuelles : & il me femble que la perte de vos lettres eft vn
malheur qu'vn honnefte homme ne doit pas fouffrir
conftamment. l'attens auec impatience, il y a beaucoup de iours, que vous me faffiez l'honneur de faire
réponfe à la derniere que ie vous ay efcrite, & que ie
mis entre les mains de Madame voftre femme. Mais
enfin ma patience s'eft acheuée, & ie ne puis differer
plus long-temps à vous fupplier tres-humblement de
me tirer de peine, & de m'apprendre par vne des vô-
ftres, quel accident m'a iufques icy retardé ce bon-
heur. Vous voyez, Monfieur, quelle affeurance i'ay
en vos paroles, & quelle extréme confiance ie prens
en voftre bonté , puis-que i'ofe vous demander fi
hardiment vne faueur que ie ne fçaurois iamais meriter, fi vous ne me l'auiez promife, & que ie vous preffe
de me payer exactement comme vne debte bien acquife, ce qui n'eft qu'vne grace & vne pure liberalité.

té. Puisque vous auez tousiours tesmoigné d'auoir tant d'inclination à cette vertu, ie crois que vous serez bien-aise de voir qu'en dépit de la fortune vous la pouuez encore exercer, & qu'il est en vostre pouuoir de faire du bien à vne personne qui vous en demande. Au moins, ie vous asseure qu'il sera bien employé & bien reconnu, & que vous ne sçauriez en rien mieux tesmoigner vostre bonté, qu'en me faisant l'honneur de m'asseurer que vous m'aimez, & que vous voulez bien que ie me die par tout,

MONSIEVR,

Voſtre, &c.

A Bruxelles le 25. Aouſt 1634.

Ee

A MADEMOISELLE
de Ramboüillet.

LETTRE LXI.

MADEMOISELLE,

I'ay leu à toutes les heures du iour la Lettre que vous m'auez écrite à minuit, & quoy que ie n'aye pas accoutumé de trouuer fort agreables les biens que l'on me fait à ces heures-là, i'ay receu celui-cy auec plus de contentement que ie ne le puis dire. Aprés l'auoir bien confiderée, ie n'ay pas trouué qu'elle fust d'vne personne endormie, & i'ay confirmé le iugement que i'auois fait de vous autresfois, que ce temps-là est celui où vostre esprit est le plus éueillé & le plus clair, & qu'il reprend de nouuelles forces. En cherchant la cause de cela, ie ne veux pas, Mademoiselle, soupçonner de vous rien de mauuais, ni remarquer que cela est assez estrange que l'heure des Lutins soit la vostre ; i'aime mieux croire que c'est qu'il ne peut y auoir de nuit dans vostre esprit, & qu'estant comme il est, vne source de clarté, les tenebres qui appesantissent les autres, ne lui peuuent nuire ; lors qu'elles couurent toute autre chose, on le voit briller auec plus d'éclat, & l'ombre de la terre ne peut monter iusqu'aux Astres, ni iusqu'à lui. Quand

i'en parlerois auec des termes beaucoup plus magnifiques, ie vous fupplie, tres-humblement, de croire
que ie ne dirois pas encore de lui autant de bien que
i'en ay receu. Le choix qu'il vous a fait faire de trois
ou quatre paroles, auec lefquelles voftre derniere Lettre m'a femblé plus obligeante que les autres, a produit en moy des contentemens inefperez, & m'a donné vne ioye que ie fais fcrupule d'auoir, & dont ie ne
deurois eftre capable qu'en voftre prefence. Mais
voyez, s'il vous plaift, Mademoifelle, iufques où s'e-
ftend voftre pouuoir ; au moment que vous euftes efcrit que vous fouhaitiez la fin de nos malheurs, les El-
benes partirent pour y chercher du remede ; le Ciel
commença à fe defbroüiller, & nous fit voir de plus
belles apparences que iamais. Puis que cela eft ainfi,
& que c'eft en vous quafi la mefme chofe de defirer du
bien ; & d'en faire, continuez, ie vous fupplie tres-
hublement à auoir de bons defirs pour nous. Ie m'i-
magine que cela fuffira à faire naiftre quelque heureux effet ; voftre bonne fortune vaincra la malignité
de la noftre, & vous pourrez contribuer plus que perfonne à cét accommodement auquel tant de gens
trauaillent. Mais s'il vous plaift, Mademoifelle, que
ce foit bien-toft ; car en verité ie meurs d'enuie de voir
les merueilles qui font à Paris. Ie ne crois pas que ce
foit la Demoifelle dont vous parlez à Monfieur de
Chaudebonne qui monftre les plus rares, quand le
Singe à qui on a appris à ioüer de la guiterre fçauroit
encor châter auec cela. Ie fçay où il y a des chofes plus

Ee ij

extraordinaires, & où ie pourray voir de plus beaux
miracles; i'efpere auffi que de mon cofté ie vous en
feray voir vn merueilleux dans le changement de
mon humeur, qui fera, ie vous promets, finon auffi
belle, au moins auffi efgale que la voftre. Ne craignez
donc point, Mademoifelle, qu'vn chagrin que vous
diffipez de fi loin puiffe arriuer iufques à vous, &
n'ayez point de regret de perdre mes Lettres en me
retrouuant moy-mefme; ie vous feray auoüer que ie
vaux mieux qu'elles, & vous verrez que ie n'ay pas efcrit mes meilleures penfées. Enfin, ie vous affeure que
hors vne grande quantité de cheueux blancs qui me
font venus, il n'eft point arriué en moy de changement qui ne foit en mieux; encore i'efpere que ceux-
là tomberont auec les foins qui les ont fait naiftre, &
ie deuiendray, fans doute, tout autre que ie ne fuis
quand ie vous pourray dire moy-mefme auec quelle
paffion ie vous honore, & combien ie fuis,

MADEMOISELLE,

Voftre, &c.

A Bruxelles, le 15. Octobre, 1634.

A LA MESME.

LETTRE LXII.

MADEMOISELLE,

Ie ne ſçay pas qui ſont les Abencerrages que vous
me preferez, mais ie m'imagine qu'ils ne ſont point
nez dans Grenade, non plus que moy. Peut-eſtre que
le ſeul auantage qu'ils ont ſur moy, eſt d'eſtre auprés
de vous; & que tout mon crime eſt d'en eſtre eſloigné. Certes vous auez ſujet de croire que ie ſuis coupable d'vne grande faute, puiſque le Ciel me donne
vn ſi grand chaſtiment; & ie ne m'eſtonne pas que
vous me condamniez là-deſſus, ni que vous n'entendiez pas les raiſons d'vn homme qui ſe deffend de ſi
loin. Toutes les Demoiſelles, tant les Mores que les
Chreſtiennes, ont accouſtumé d'en vſer ainſi. Ie voudrois ſeulement qu'en m'oſtant voſtre amitié vous
ne vouluſſiez pas encore me deshonorer, & que vous
ne vous miſſiez pas en peine de m'accuſer pour vous
deffendre. Vous pourriez auec plus de douceur, ſuiure l'exemple de Madame ***, & de Mademoiſelle
***, dont la premiere ſans alleguer aucune cauſe,
rompit d'abord tout commerce auec moy, iugeant
qu'auſſi bien auec le temps il en faudroit touſiours
venir-là. Et l'autre m'a laiſſé depuis peu honneſte-

E e iij

ment, & fans bruit; & fe taifant de pure laffitude, ne
parle plus de moy ni en bien ni en mal. Que fi pourtant, Mademoifelle, vous auez encore ce refte de iuftice dans l'efprit de croire qu'il faille quelque pretexte pour abandonner fes amis, ie m'eftonne que vous
n'en auez trouué vn meilleur que icelui que vous prenez, vous qui inuentez fi heureufement, & qui auez
toufiours donné tant de vrai-femblance à vos Fables.
Il me femble, au refte, Mademoifelle, que vous ne iugez pas affez fauorablement des lettres que vous auez
veuës de moy, fi vous croyez que Monfieur Mandat
ait eu les plus belles. Ie fais vn autre iugement des
voftres, & fans rien fçauoir des autres que vous auez
écrites, ie iurerois que vous n'en fiftes iamais de meilleures. Il faut vne bonté comme la mienne pour en
parler de la forte, & il n'y a que moy qui peut louër
les Satyres que l'on fait contre lui. Sans mentir, vn
homme qui fouffre fi doucement le mal, merite que
l'on lui faffe du bien, & vous deuez auoir regret de
traitter auec tant de rigueur vne perfonne qui le fouffre auec tant de patience, & qui eft fi conftamment,

MADEMOISELLE,

Voftre, &c.

A LA MESME.

LETTRE LXIII.

MADEMOISELLE,

I'aurois effacé cette lettre aprés auoir receu la voſtre, ſi i'adiouſtois aſſez de foy à ce que vous me mandez : mais ie ſuis ſi accoutumé à ne receuoir de vous que du mal, que ie n'en puis plus attendre autre choſe, & la paix meſme m'eſt ſuſpecte, quand vous me la preſentez. Ie voudrois bien qu'il y euſt quelque ſigne de reconciliation entre vous & moy, comme il y en a entre le Ciel & les hommes ; & que vous euſſiez vn moyen de m'aſſeurer autant de vos promeſſes que vous me faites craindre vos menaces. Ie tiens pourtant à bon augure, de ce que Mademoiſelle * * * * *Paulet* qui m'auoit abandonné ces iours paſſez, a recommencé à m'eſcrire ; il me ſemble qu'elle eſt voſtre Iris, & que c'eſt comme vn Arc en Ciel qui paroiſt aprés l'orage. Elle ne s'eſt point montrée lors que le Ciel eſtoit courroucé contre moy, & qu'il tonnoit & eſclairoit. A la verité, dans vn temps ſi orageux il n'y auoit rien qui me pûſt ſecourir, & ie m'eſtois abandonné moy-meſme. Aprés cela, Mademoiſelle, vous pouuez iuger auec quelle ioye i'ay ouuert les yeux aux rayons que vous me faites voir parmi tant de tene-

bres, mais i'auouë que ie ne me puis encore r'aſſeurer.
Ie ſçay que ſouuent vous-vous accommodez pour
auoir le plaiſir de rompre encore vne fois. Ie crains que
le iour que vous me montrez, ne ſoit vn faux iour,
& que cette lumiere ne ſoit que celle d'vn éclair, &
que la luëur du coup qui me frappera peut-eſtre bien-
toſt. S'il en eſt autrement, & ſi c'eſt vne vraye paix
que vous me voulez donner, ie la reçois, ie vous aſſeure, auec le cœur que vous pouuez deſirer, & auec
toutes les conditions que vous y ſçauriez mettre.
Mais, Mademoiſelle, ie voudrois bien aprés cela
que vous vouluſſiez reconnoiſtre mon innocence, &
auouër que vous ne m'auez point ſoupçonné des cri-
mes dont vous auez fait ſemblant de m'accuſer. Iuſqu'à ce que cela ſoit, & que vous m'ayez bien remis,
ie ne puis pas répondre à ce que l'on me demande du
Chocolate, ni parler des Comedies, lors que ie n'ay
que des Tragedies en l'eſprit. Ie n'ay pû pourtant
m'empeſcher de rire, quand i'ay leu ce que vous dites, que M. de R*** *fiert & frapper ainſi que Monſei-*
gneur Amadis. Quelque haut que ſoit montée voſtre
Eloquence, ie n'en ay pas tant d'eſtonnement, car
ie l'auois touſiours préueuë. Ie m'eſtonne bien plus
de ce que vous eſtes deuenuë extrémément plaiſante,
& cela me ſurprend dauantage. Quoy que vous me
diſiez de Madame de S*** ie ne puis rien appréhen-
der de ſa fidelité. Ce ſont de grandes recommandations pour ſon Amant d'eſtre beau, ieune, & Gaſcon;
Mais auec tout cela, vous verrez qu'elle ſera aſſez
niaiſe

niaife pour ne me point quitter pour lui. Il y a dix ans
que ie fçay moi-mefme, comme elle traitte les beaux
& les ieunes, & pour Gafcon, c'eft vne qualité que vous
ne mettriez point entre celles qui fe peuuent faire aimer d'elle, s'il vous fouuenoit que ie vous ay conté
autrefois qu'elle m'auoit dit de quelqu'vn, qu'il eftoit
Gafcon, ou Picard. Ie ne m'eftonne point qu'il y ait
épris en fon Anagramme, mais i'y trouue auffi *prifé*, &
cela eft plus fafcheux. Au pis aller, Mademoifelle, ie
puis icy auoir quand ie voudray vne maitreffe, belle
comme l'Infante Briane, amoureufe comme Mademoifelle Arlande, & forte & membruë comme Madame Gradafilée. Tout de bon, vne des plus puiffantes
filles qui foit dans toutes les dix-fept Prouinces, a enuie de faire amitié auecque moy. Mais Monfieur de
Chaudebonne ne me confeille pas de m'y hazarder.
Cependant, ie fais cette lettre trop longue, où ie penfois ne vous dire qu'vn mot, & Mademoifelle d'A✻✻
ne la trouueroit gueres galante puifque i'y parle de
tant d'autres perfones que de vous. Mais Mademoifelle, que vous feriez bonne, fi vous me vouliez faire vne
iolie lettre pour elle! Si vous me refufez cette grace,
au moins accordez-moy l'autre que ie vous demande,
de me faire entendre de quelle forte ie fuis auecque
vous, & fi vous auez prolongé les quatre ans que vous
m'auiez donnez à viure. Vous en ordonnerez comme
il vous plaira; mais fans mentir, vous deuez eftre plus
humaine pour moy, car ie fuis infiniment,

Voftre, &c.

F f

Ce pauure Diable se portera bien, & est tantost guery. Ie remercie tres-humblement la sage Enchanteresse qui m'a fait entendre *l'Auanture d'Anastarax*; ie ne croy pas qu'il y ait iamais rien eu de si horrible, que doit estre son Enfer, & ie m'imagine d'y voir Cerbere, les trois Furies, & toutes leurs couleuures en vne seule personne : Mais quel personnage ioüe la pauure *** parmy tous ces damnez ?

A LA MESME.
LETTRE LXIV.

MADEMOISELLE,

   Ayant de si grandes obligations à Madame de *Combalet.*
C*** i'aurois grande honte de n'auoir point parlé
d'elle ; mais dans vne lettre où ie n'ay rien dit de Madame vostre Mere, il me semble qu'il m'est permis d'y
oublier tout le monde. Ie croy que c'est elle qui a mis
les quatre lignes Espagnoles *du Roy Chiquito.* Ie ne
connois pas asseurément son escriture : mais ie reconnois l'air dont elle a accoustumé d'escrire qui est si galant, & qui luy est si particulier, que l'on n'y peut estre
trompé, & que personne ne le sçauroit imiter. Pour
ce qui est de vous, Mademoiselle, ie vous dis icy tout
bas, & d'vn stile moins releué que le commencement
de cette lettre, & ainsi plus croyable ; que toutes celles que ie voy à cette heure de vous m'estonnent. Elles sont beaucoup meilleures que celles pour lesquelles ie vous admirois tant autresfois, & que ie croyois
les plus belles du monde ; & quoy que ie ne sois guere
enuieux, i'aurois beaucoup de dépit qu'il y eust vn
homme en France qui sceust escrire aussi bien que
vous. Il n'a pas plû à Mademoiselle Paulet, me faire
l'honneur de m'écrire. Ie voy bien que ces grandes

lettres que ie lui efcriuois d'Efpagne, l'ont laffée. Ie
me corrigeray facilement de cela, & il me fera bien
plus ayfé de m'empefcher de luy efcrire trop, que de
l'aymer trop. Le feul hommé dontie n'ay iamais parlé, m'a femblé le feul dont ie ne deuois iamais parler,
& qu'il eftoit plus neceffaire de luy donner des preuues de ma difcrétion, que de mon affection. Parlant
fi fouuent de tous ceux quifont à l'entour de luy, i'ay
crû qu'il iugeroit bien que ce n'eftoit pas oubly, que
le laiffer feul fans luy rien dire ; & qu'il ne fçauroit
croire de moy que ie puffe oublier vne perfonne que
ie dois refpecter & feruir fur toutes celles du monde,
pour tant de differentes raifons. Mais ie ne fçay pas
pourquoy il dit que nous aurons beaucoup de difputes fur l'Efpagnol, fi ce n'eft qu'ayant toufiours eu l'a-
uantage fur moy en toutes celles que nous auons euës
enfemble par le paffé, & fçachant quel plaifir c'eft que
de difputer & de vaincre ; il me veüille preparer ce
contentement pour mon retour, en m'attaquant fur
vn fujet où ie ne puis auoir que toute forte d'auantage. Ie croy, Mademoifelle, que vous me pardonnerez tout ce que i'ay adjoufté dans cette lettre, puis que
c'eft pour des perfonnes que vous n'aymez pas moins
que vous-mefme. Permettez-moy, s'il vous plaift de
dire encore à Monfieur voftre frere ; que ie l'aime autant, que quand ie luy dis adieu, & que ie fuis fon tres-
humble & tres-obeïffant feruiteur. Encore vne fois,
Mademoifelle, ie vous baife tres-humblement les
mains de l'honneur que vous m'auez fait de m'écrire.

Ie n'ay pas tant eu de ioye de me trouuer icy, que d'y
trouuer voftre lettre ; mais s'il vous plaift auoir encore vne fois cette bonté pour moy, i'aymerois mieux
qu'elles fuffent vn peu moins eloquentes, & qu'elles
fuffent plus amiables. Tout de bon, vous me faites
peur, & quand ie voy voftre efprit fi haut, il me femble qu'il n'eft pas poffible que i'y puiffe iamais atteindre, ni que i'y aye place. Parmy tant de belles paroles
qu'il y en ait quelques-vnes de bonnes. R'affeurez-
moy de ma crainte ; car fans mentir, i'en ay befoin, &
ie merite en quelque forte que vous ayez vn peu de
foin de moy.

A MONSEIGNEVR LE DVC
de Belle-garde.

LETTRE LXV.

Monseigneur,

C'eſt Monſieur de Chaudebonne qui me fait prendre la hardieſſe de vous eſcrire, & dans l'ennuy dont il
me voit icy accablé, il m'a voulu donner cette conſolation. Il eſt vray, Monſeigneur, qu'entre les plus
grands ſujets d'affliction que i'ay receus en ce païs, ie
mets le deſplaiſir de ne vous y auoir point trouué. Ie
m'eſtois preparé à cét exil, ſur l'eſperance de le paſſer
auprés de vous, & ie croyois que ie trouuerois toûjours la France en quelque part où vous ſeriez. Mais
c'euſt eſté vn trop grand ſoulagement pour vn homme qui eſtoit deſtiné à eſtre mal-heureux, & la fortune n'a pas accouſtumé de faire tant de grace à ceux
qu'elle perſecute. Cependant, Monſeigneur, ie prens
à bon augure, de ce qu'elle nous r'aproche de lieu où
vous eſtes, & ie croiray qu'elle ſe veut reconcilier auec
nous, ſi elle nous rend le bon-heur de voſtre preſence.
Car pour dire le vray, Monſeigneur, ie ne puis penſer
qu'elle vous ait entierement abandonné, & c'eſt aſſez
qu'elle ſoit femme, pour croire qu'elle ne vous peut
haïr, & qu'elle reuiendra bien-toſt à vous. Au moins,

à son defaut, aurez-vous tousiours cette extréme sa-
gesse, & cette grandeur de courage qui vous ont accompagné par tout; & dont vous auez depuis quelque temps donné de si bonnes preuues, que ie doute
si ces années de mal-heurs ne vous ont pas esté plus
auantageuses que les autres. Ie continuërois ici, Monseigneur, bien volontiers ce discours, mais ie crains
de n'vser pas assez discrettement de la liberté que l'on
m'a donnée. ✳✳✳

A MONSEIGNEVR LE CARDINAL
de la Vallette.

LETTRE LXVI.

Mᴼⁿˢᵉⁱᵍⁿᵉᵛʳ,

    MONSEIGNEVR,

Dites la verité, combien y a- t- il que vous n'auez
fongé fi les quatre derniers liures de l'Eneïde, font de
Virgile ou non, & fi le Phormion eſt de Terence? Ie
ne vous interrogerois pas fi librement ; mais vous
ſçauez que dans les triomphes, les foldats ont accouſtumé de railler auec leursEmpereurs,&que la ioye de
la victoire donne des libertez, que fans cela l'on n'o-
feroit iamais prendre. Auouëz-nous donc franchement,combien il y a que vous n'auez penfé à la petite
Erminie, aux vers de Catule, & à ceux de Monfieur
Godeau. Si eſt-ce, Monfeigneur, que quand vous
auriez oublié tout le reſte, vous deuez vous fouuenir
toufiours de fon *Benedicite* car perfonne n'eut iamais
plus de raifon de le dire que vous, & ne fuſt tant obligé de rendre graces auDieu des armées. A dire le vray,
la côduite, & la fortune auec laquelle vous auez fauué
la noſtre,eſt vn des plus grands miracles qui fe foient
iamais veuë dans la guerre ; & toutes les circonſtances
en font fi eſtranges,que ie les mettrois au chapitre des
menteries claires, fi nous n'en auions tant de tefmoins,

                           &

& fi ie ne fçauois qu'il n'y a point de merueille que l'on ne doiue croire de vous. La ioye que cela a donnée icy à tout ce que vous aimez, n'eft pas vne chofe qui fe puiffe reprefenter. Mais vous pouuez-vous imagi‑ ner, Monfeigneur, que les perfonnes qui eftoient au‑ trefois rauies de vous oüir chanter, ou de vous faire voir des Vers, doiuent eftre infiniment contentes, à cette heure qu'elles entendent dire que vous faites leuer des Sieges, que vous prenez des Villes, que vous battez des Armées, & que la principale efperance du bon fuccés de nos affaires eft fondée en voftre per‑ fonne. Ie vous affeure que cela eft écouté en ce lieu auec tous les fentimens que vous fçauriez defirer, & que fans que vous y penfiez, vos armes font icy des conqueftes qui font plus à defirer que toutes celles que vous pourriez faire delà le Rhin. Quelque ambi‑ tieux que vous puiffiez eftre, cela vous doit donner enuie de reuenir : car en verité, Monfeigneur, ce n'eft pas vne Bataille qui eft aujourd'huy la plus belle chofe du monde à gagner, & vous m'auoüerez vous‑ mefme qu'il y a telle rofe de foulier qui vaut mieux que neuf Cornettes Imperiales. Ie fuis,

MONSEIGNEVR,

Voftre, &c.

A Paris le 12. Octobre 1635.

Gg

AV MESME.

LETTRE LXVII.

MONSEIGNEVR,

I'ay fait voir à Monſieur de Saint H*** à Monſieur
de S. R. *** & à Monſieur de S. Q*** l'endroit de voſtre lettre, où vous parlez des domeſtiques de Monſieur : ie vous reſpons qu'ils ne l'ont trouué nullement bien , & ie ſçais que Monſieur des Ouches, à
qui ie n'en ay pas encore voulu parler,ne le trouuerois
guere meilleur. Deſorte que ſi ie me voulois preparer
contre les menaces que vous me faites, vous pouuez
iuger que ie ne manquerois pas d'amis, & que ſi ie
vous eſcris à cette heure, ce n'eſt pas tant par crainte
que par vne veritable affection , & vne inclination
naturelle que i'ay à vous obeïr. Outre ceux que ie
viens de nommer, il y a encore icy d'autres perſonnes
plus braues,& auec qui il ſeroit plus dangereux d'auoir
querelle, qui n'aprouuent pas que ie me trauaille
pour vous donner du plaiſir,& qui ne trouuent pas
raiſonnable que vous en puiſſiez receuoir quelqu'vn
en ne les voyant pas. A la verité, Monſeigneur, puiſque voſtre abſence trauerſe toutes leurs ioyes, il ſeroit

affez iufte que vous n'en fouhaittaffiez point d'autre
que celle de les reuoir,& qu'en attendant celle-là,vous
ne fuffiez point capable d'aucun diuertiffement. Ie
fuis refmoin que tous ceux que l'on reçoit icy en
cette faifon, ne les empefchent pas de fe fouuenir de
vous,& de fouhaitter continuellement voftre retour.
Le froid & les neiges des môtagnes d'Alface les tran-
fiffent,&les font trembler tous les iours dans les plus
grandes Affemblées : & la crainte des embufches des
Crauates,leur donne l'alarme à toute heure au milieu
de Paris. Mais ce qui eft le plus eftrange, & qui peut-
eftre ne vous femblera pas croyable , i'ay vû M. de
B *** & M. de R *** eftre triftes pour l'amour de vous
dans le Bal , & foûpirer en entendant des Violons.
Ie ne fçay pas, Monfeigneur, ce que vous iugerez de
là, ni quel auantage vous en tirerez : Mais pour moy
ie fuis affeuré que quoy qu'elles puiffent faire pour
vous à l'auenir, elles ne vous pourroient iamais dôner
vne plus grande preuue de leur affection. L'autre iour
que ie montrois la derniere lettre que vous m'auez
fait l'honneur de m'efcrire,comme i'eftois à l'endroit
où vous me mandiez que vous eftiez preft de partir,
au lieu de dire en Alface, ie leus en Thrace. *Bras de
fer*, qui n'a pas accouftumé, comme vous fçauez, de
s'émouuoir de rien, deuint pafle comme mon collet,
& dit d'vne voix eftonnée ; En Thrace, Monfieur ! &
vne autre perfonne qui eftoit proche, & qui fçait vn
peu mieux la Carte, ne laiffa pas d'eftre vn peu émeuë

Ie voudrois bien, Monſeigneur, vous entretenir de voſtre *Eſpouſe*, mais ie n'en ſçaurois parler, car on n'en peut dire que des choſes incroyables, & il n'y a plus rien en elle que l'on puiſſe décrire. Ce que vous y auez veu d'aimable, d'admirable, & de charmant, a toûjours augmenté d'heure en heure, & on découure tous les iours en elle de nouueaux treſors de beauté, de generoſité, & d'eſprit. Au reſte, ie vous puis iurer qu'elle a eu en voſtre abſence toute la conduite que vous ſçauriez ſouhaiter. Ie ſçay qu'il court vn certain bruit, qui ſans doute vous aura donné quelque ſoupçon d'elle, car vous autres Africains ie vous connois; & il eſt vray qu'il y a vn Galant de bonne maiſon, & qui peut auoir vn iour beaucoup de bien, qui la voit aſſez volontiers: Mais ie vous aſſeure que parmi cela elle a tous les ſentimens que doit auoir vne femme tres-ſage & tres-prudente, & que vous lui auriez inſpirez vous-meſme. Sans mentir, Monſeigneur, ſi vous ne vous eſtes bien endurci le cœur parmi les Suedois, le ſouuenir de toutes ces perſonnes vous doit donner vne extréme enuie de reuenir; & quelques charmes qu'aye la gloire, vous ne deuez pas trouuer qu'elle en aye tant qu'elle. Haſtez donc voſtre retour le plus qu'il vous ſera poſſible, & faites qu'au moins pour quelque temps voſtre ambition ſe tourne de leur coſté: Auſſi bien quand la fortune vous meneroit victorieux iuſques dedans Prague, ie ne m'imagine pas qu'elle vous puiſſe eſtre veritable-

ment fauorable, en vous esloignant d'icy. Il n'y a
point de conquestes delà le Rhin, ni delà le Danube
qui vous deust pleinement satisfaire, & toute l'Allemagne ne vaut pas vn faux-bourg de deça. Ie suis,

MONSEIGNEVR,

Vostre, &c.

AV MESME.

LETTRE LXVIII.

MONSEIGNEVR,

Il vous femble qu'il n'y a qu'à efcrire, & vous en
parlez bien à voftre aife, vous qui n'auez rien à faire
qu'à commander à douze mille hommes, & à refifter
à trente mille autres : Mais fi vous auiez à voir & à
confiderer trois ou quatre perfonnes qui font icy,
vous trouueriez que l'on a bien d'autres chofes à penfer. Si vous eftiez en ma place, ie fuis affeuré qu'il ne
vous refteroit pas plus de loifir qu'à moy ; ie meurs
d'enuie que vous y foyez, pour voir comment vous-
vous en pourriez démefler auecque cette conduite ;
dont on vous louë tant ; & cette merueilleufe prudence qui vous a defia tiré de tant d'autres perils. Car ie
vous auertis, Monfeigneur, qu'au retour de la guerre qui vous occupe maintenant, vous aurez à en faire
icy vne plus dangereufe, vous y trouuerez des ennemis beaucoup plus braues & plus fiers que les Alle-
mands : & vous, qui par voftre adreffe venez de fauuer
tant de millions d'ames, vous aurez bien de la peine à
échapper vous-mefme. Il n'y a point de retraite à faire
deuant eux, & c'eft affez de les voir pour eftre défait.
Il y a, entre les autres, vn certain *Bras de fer*, qui eft

la plus redoutable creature que le Soleil voye aujour-
d'huy. Il n'y a point d'armet qui puisse resister à ses
coups, il brise tout ce qu'il touche, & toutes les cruau-
tez des Croates ne sont point comparables aux siennes. Ie sçay, Monseigneur, que vous connoissez ceux
dont ie vous parle, & que desia en quelques occasions vous vous estes rencontré auec eux ; Mais ne
vous imaginez pas de les trouuer comme vous les
auez laissez. Leurs forces sont augmentées depuis
quelque temps, & leur puissance est venuë à vn point
qu'il n'y a plus rien qui leur resiste : il ne se passe iour
qu'ils ne fassent des prises iusques dans les portes de
Paris ; ils prennent, ils tuënt, ils saccagent tout ce
qu'ils rencontrent, & tandis que vous vous amusez à
défendre la frontiere, ils mettent en feu le cœur
du Royaume. Que ce que ie vous dis pourtant ne
vous fasse pas apprehender de reuenir ; & n'ayant pas
eu de peur en tant de rencontres, où tout autre que
vous en auroit eu, ne commencez pas à craindre en
celles-cy ; car encore qu'ils ne prennent personne à
mercy, ie crois qu'il y aura quartier pour vous, & que
si vous tombez entre leurs mains, ils vous traitteront
auec toute la douceur que l'on doit auoir pour vn prisonnier de vostre merite. Selon que ie puis iuger, ils
esperent de vous monstrer en cét estat ; & il me semble qu'ils ne pourroient pas auoir tant de ioye de vos
victoires comme ie voy qu'ils en ont, s'ils ne croyent
qu'elles doiuent honorer les leurs : Mais ils seront rauis de voir à leurs pieds le dompteur de Galas, & de

faire connoiftre que celui qui a efté le bouclier de
toute la France n'aura pû fe mettre à couuert de leurs
coups. Auffi connois-je en eux vne incroyable impatience pour voftre retour, & ie fuis affeuré qu'il n'y
a point d'homme en France qu'ils defirent tant de tenir que vous. Ie vous donne cet aduis, Monfeigneur,
afin que là-deffus vous preniez vos mefures pour
vous défendre, ou qu'au moins vous ne cherissiez
pas fi fort le titre de Victorieux, que vous ne vous re-
foluiez de le perdre icy. Pour moy, quoy qu'il vous
puiffe arriuer, ie vous auouëray que ie fouhaite fort
que vous y foyez : car ie n'auray point de ioye iufqu'à ce que i'aye l'honneur de vous voir, & de vous
dire au coin de voftre feu, les foins, les inquietudes,
& les alarmes que vous auez données à toutes les perfonnes qui vous aiment. Ie fuis,

MONSEIGNEVR,

Voftre, &c.

AV

AV MESME.

LETTRE LXIX.

MONSEIGNEVR,

Encore faut-il que vous ayez quelque mortification
dans vos triomphes, & qu'ayant à toute heure le plaifir d'entretenir des gens de guerre tout voftre faoul,
vous preniez pour vn moment, en patience l'entretien d'vn homme de lettres. Nous ne fçaurions fouffrir à Paris, que vous foyez fi aife à Mets, & ne pouuant
pas empefcher vos ioyes, nous voulons au moins les
interrompre. Ie n'aurois pourtant pas efté fi hardy
que de l'entreprendre, s'il ne m'auoit efté commandé
par vne Dame, à qui rien ne fe peut refufer, & à laquelle ceux mefmes à qui fe foufmettent les armées &
leurs Generaux, ne feroient pas de difficulté d'obeïr.
Il eft vray, Monfeigneur, que toutes les fois que ie
m'imagine de vous voir auec huit ou dix Meftres de
Comp à l'entour de vous, i'ay pitié de Terence, de
Virgile & de moy; ie plains extremement ceux qui
defirent icy que vous vous fouueniez fouuent d'eux.
Et ie fuis affeuré qu'il n'y a point de fi petit baftion en
voftre place qui ne vous foit plus confiderable, & que
vous n'aymiez beaucoup plus que moy. Toutefois, ie
n'ofois pas en murmurer; Ie confiderois qu'il y auoit

Hh

quelques perfonnes qui auoient plus de droit de s'en
plaindre; & ie ne voulois pas auoir de different auec
vn homme que l'on dit qui peut difpofer de toutes les
trouppes du Marefchal de la Force. Mais à cette heure
que l'on m'a donné la hardieffe de parler, & qu'il y a
icy des perfonnes qui m'auouëront de tout ce que i'é-
criray, ie ne craindray point de vous dire, que c'eſt vne
chofe extrémément pitoyable, que voſtre affection
qui eſtoit il y a peu de temps partagée entre les plus
aimables perfonnes du monde, foit maintenant comme donnée au pillage aux gens-d'armes. Ie ne fuis
pas bien maiſtre de moy, & tout mon efprit fe ren-
uerfe, quand ie fonge que la place qu'auoit en voſtre
cœur la plus adorable creature qui fut iamais, eſt peut-
eſtre à cette heure tenuë par le Colonel Ebron; que
Madame de C***, & Mademoifelle de Ramboüillet
ont quitté la leur à vn Ayde de Camp, ou à vn Sergent
Major; & que vous aurez donné la mienne à quelque
miferable Anfpefade. Cette penfée, Monfeigneur,
nous met tous icy dans vne triſteffe qui ne fe peut exprimer; il n'y a qu'vne perfonne qui eſt plus conſtan-
te que les autres, & qui affeure que l'on ne doit pas
croire de vous vne fi grande injuſtice. Celle dont ie
vous parle, eſt vne Demoifelle ***, blonde, blanche
& graffe, plus gaye & plus belle que les plus beaux
iours de cette faifon, & telle qu'à peine en trouueriez-
vous trois en tout le païs Meſſin, fi bien faites qu'elle.
Elle a des yeux dans lefquels il femble que toute la lumiere du monde foit renfermée, vn teint qui obfcur-

x mᵈᵉ la Princeffe.

combales.

cit toutes chofes, vne bouche que toutes celles du
monde ne fçauroient affez loüer;pleine de traits & de
charmes,& qui ne s'ouure & ne fe ferme iamais qu'a-
uecque efprit & auec iugement. Selon que ie la viens
de dépeindre, vous iugerez bien que c'eft vne beauté
fort differente de celle de la Reyne Epicharis : Mais fi
elle n'eft pas fi Egyptienne qu'elle, elle ne laiffe pas
d'eftre pour le moins auffi voleufe. Dés fa premiere
enfance,elle vola la blancheur à la neige & à l'yuoire;
& au perles, l'éclat & la netteté; elle prit la beauté &
la lumiere des aftres, & encore il ne fe paffe guere de
iours qu'elle ne dérobe quelque rayon au Soleil, &
qu'elle ne s'en pare à la veuë de tout le monde. Dernierement,en vne affemblée qui fe fit au Louure, elle
ofta la grace & le luftre à toutes les Dames , & aux
diamans qui les couuroient,elle n'épargna pas mefme
les pierreries de la Couronne fur la tefte de la Reyne,
& elle en fceut enleuer ce qui y eftoit de plus brillant
& de plus beau. Cependant,quoy que tout le monde
connoiffe fa violence , perfonne ne s'y oppofe, elle
fait auec impunité ce qui luy plaift , & bien qu'il fe
trouue à Paris des gens qui prennent les Ducs & Pairs
dés le lendemain de leurs nopces, il n'y a pas d'homme affez hardis pour entreprendre de l'arrefter. Mais
quoy qu'elle foit cruelle pour tout le monde, elle me
femble affez douce pour ce qui vous regarde : elle m'a
commandé de vous dire qu'elle n'a point les défiances
que les autres ont de vous, & qu'en reconnoiffance de
cela,elle vous prie de lui renuoyer fix arcs triomphaux

du reſte de voſtre entrée ; quatre douzaines d'excla-
mations publiques, & les œuures poëtiques du Land-
graue de Heſſe. Ie vous conſeille de faire exactement
tout ce qu'elle deſire, & d'éuiter, ſur toutes choſes,
de vous mettre mal auec elle ; car ſi elle entreprend de
vous faire du mal, voſtre compagnie de Gendarmes,
& celle de vos cheuaux legers, ne vous empeſcheront
pas d'eſtre pris. Mets n'eſt pas vne aſſez bonne place
pour vous défendre contre ſon pouuoir. Mais, Monſeigneur, ie ne conſidere pas que ie vous entretiens
trop long-temps parmy tant d'affaires que vous auez,
& ſi ie fais ma lettre plus longue, ie crains que vous
remettiez à la lire quand la paix ſera faite. Ie ſerois
pourtant bien faſché que vous n'en viſſiez pas la fin,
puis que ce qui m'importe le plus, eſt que vous n'y
leuſſiez pas les proteſtations tres-ſerieuſes que ie vous
faits, que de tant de perſonnes qui ont receu de vos
bien-faits, il n'y en a point qui ſoit auec plus de zele,
& de reſpect que moy,

Voſtre, &c.

A MADEMOISELLE DE
Ramboüillet, en luy enuoyant douze galans
de ruban d'Angleterre, pour vne
Difcretion qu'il auoit perduë
contre-elle.

LETTRE LXX.

MADEMOISELLE,

Puis que la difcretion eft vne des principales parties d'vn Galant, ie croy qu'en vous en enuoyant
douze ie vous paye bien liberalement ce que ie vous
dois. Ne craignez pas d'en prendre vn fi grand nombre, vous qui iufques icy n'en auez voulu receuoir pas
vn ; car ie vous affeure que vous pouuez vous fier en
ceux-cy, & qu'ils fe fçauront taire des faueurs que
vous leur ferez. Quelque gloire qu'il y ait à receuoir
des voftres, ce n'eft pas peu de chofe d'en auoir tant
trouué de cette humeur, en vn temps, où ils font
tous fi pleins de vanité: auffi a-t-il fallu les aller querir
bien-loin ; & les faire venir de delà la mer. Vous fçauez bien, Mademoifelle, que ce ne font pas les premiers de ce païs-là, qui ont efté bien receus en France. Mais voicy, fans doute, les plus heureux de tous
ceux qui en font venus, & fi vous les receuez, ils ne

doiuent pas enuier ceux qui ont feruy les Princeſſes & les Reynes. Car, ſans mentir, Mademoiſelle, il n'y a rien ſur la Terre au deſſus de vous, & quiconque auroit part en voſtre eſprit, ſe pourroit vanter d'eſtre en la plus haute place du monde. Ie parle beaucoup pour vn homme qui paye vne diſcretion. Mais conſiderez, s'il vous plaiſt, que ce n'eſt pas trop qu'vn poulet pour douze galans; & que ceux pour qui i'eſcris, au moins ceux de leur païs, ont vne ſi eſtrange façon de ſe faire entendre, qu'il ſemble qu'ils parlent d'amour quand ils ne font que des complimens. Ne trouuez pas eſtrange qu'eſtant leur Secretaire i'aye en quelque ſorte imité leur ſtile, & ſoyez aſſeurée que ſi ie n'euſſe eu à parler que pour moy, ie me fuſſe contenté de dire que ie ſuis, Mademoiſelle, auec toute ſorte de reſpect,

apres cette Lettre il faut lire le Romania Eſpagnol qui est page 701

Voſtre, &c.

A LA MESME.
LETTRE LXXI.

MADEMOISELLE,

Ie ne croyois pas qu'il puſt iamais arriuer que ie
fuſſe plus affligé pour auoir receu vne de vos Lettres,
ni que vous me puſſiez donner de ſi mauuaiſes nouuelles que vous ne m'en ſceuſſiez conſoler en meſme
temps. Il me ſembloit que mon mal-heur eſtoit en vn
point qu'il ne pouuoit plus croiſtre, & que puis que
vous auiez pû quelquesfois me faire endurer patiemment l'abſence de Madame voſtre Mere, & la voſtre,
il n'y auoit point de mal que vous ne puſſiez m'apprendre à ſouffrir. Mais pardonnez-moy ſi ie vous dis,
que i'ay trouué le cótraire de tout cela dans l'affliction
que i'ay eu de la mort de Madame Aubry, laquelle,
ſans mentir, a eſté aſſez grande pour acheuer de m'accabler, & a péſé conſommer les reſtes de ma patience.
Vous pouuez iuger, Mademoiſelle, quelle extréme
douleur ce me doit eſtre d'auoir perdu vne Amie ſi
bonne, ſi eſtimable, & ſi parfaite que celle-là, & qui
m'ayant touſiours donné tant de teſmoignages de
bonne volonté, m'en a encore voulu rendre dans les
dernieres heures de ſa vie. Mais quand ie ne conſide-
rerois point mes intereſts, ie ne me pourrois em-

pefcher de regretter infiniment vne perfonne de qui
vous eftiez infiniment aymée, & laquelle, entre beaucoup de dons particuliers, auoit celuy de vous fçauoir
connoiftre autant que cela eft poffible, & de vous
eftimer fur toutes les chofes du monde. I'auouë pourtant, que fi ie puis receuoir quelque foulagement
dans ce defplaifir, c'eft de confiderer la conftance
qu'ellle a tefmoignée, & auec quelle force elle a fouffert vne chofe dont le feul nom l'auoit toufiours fait
trembler. Ce m'eft vne extréme confolation d'apprendre qu'elle a eu à fa mort les feules bonnes qualitez qui luy auoient manqué durant fa vie, & qu'elle a fçeu trouuer fi à propos de la refolution & du courage. Certes, quand i'y fonge bien, ie fais confcience de la regretter, & il me femble que c'eft l'aymer
d'vne affection trop intereffée, que d'eftre trifte de ce
qu'elle nous a quittez pour eftre mieux, & qu'elle
x elle eftoit fort inquiete eft allée trouuer en l'autre monde le repos qu'elle n'a
iamais eu en celuy-cy. Ie reçois de tout mon cœur
les exhortations que vous me faites fà-deffus, d'eftudier fouuent vne leçon fi vtile, & fi neceffaire, & de
me preparer à en faire autant quelque iour. Ie fçay
profiter de vos remonftrances, & ce ne fera pas la premiere fois qu'elle m'auront fait deuenir homme de
bien. Le mal-heur qui nous a tant preffez iufques à
cette heure ne nous prepare pas peu à cela: Il n'y a rien
qui exhorte tant à fçauoir bien mourir que de n'auoir
point de plaifir à viure. Mais fi les efperances que la
fortune nous monftre, doiuent reüffir; fi apres tant
de

de mal-heureuſes années, nous deuons auoir quelques beaux iours: ſouffrez, ie vous ſupplie, Mademoiſelle, que i'aye de plus gayes penſées que celles de la
mort; & s'il eſt vray que nous deuions bien-toſt vous
reuoir, permettez-moy de ne haïr pas encore la vie.
Lors que vous dites que vous iugez que ie ſuis deſtiné
à de grandes choſes, vous me donnez de ſi bons au-
gures de la mienne, & des auentures qui me doiuent
arriuer, que ie feray bien-aiſe qu'elle ne s'acheue pas
encore ſi toſt. Pour moy, ie vous puis aſſeurer que ſi le
Deſtin me promet quelque choſe de bon, ie ne luy
manqueray pas de mon coſté. Ie feray tout ce qui me
ſera poſſible pour cooperer auec luy, & pour taſcher
à me rendre digne de vos propheties. Cependant, ie
vous ſupplie tres-humblement de croire que de toutes les faueurs que ie puis demander à la fortune, celles que ie deſire plus paſſionnément, c'eſt qu'elle faſſe
pour vous ce qu'elle doit, & que pour moy, elle me
donne le moyen de vous faire connoiſtre la paſſion
auec laquelle ie ſuis,

MADEMOISELLE,

Voſtre, &c.

Mademoiſelle, permettez-moy, s'il vous plaiſt, de
remercier icy Madame voſtre Mere de l'honneur
qu'elle me fait de ſe ſouuenir de moy; en me faiſant
dire qu'elle admire, en ſe taiſant elle me veut apprendre comme il faut que ie la reuere.

Ii

A LA MESME.

a Madame de Combalet

LETTRE LXXII.

MADAME,

Il me femble que ie vous dois pour le moins vne lettre pour vn Breuet, & quelques belles paroles que i'y puiffe mettre, elles ne feront pas fi riches que celles du parchemin que vous me venez de faire obtenir, puis qu'il y en a pour dix mille efcus. Monfieur de Puy-Laurens me l'a fait expedier auec tout le foin & l'affection qui fe pouuoit defirer. Ie me doutois bien que luy qui a fait en fa vie tant de chofes pour les Dames, ne manqueroit pas de feruir en ce rencontre-là, la plus parfaite de toutes; & que la plus belle bouche du monde n'auroit pas efté ouuerte inutilement en ma faueur. Ce bon-heur m'eftant arriué, ie m'imagine qu'il n'y en a point qui me puiffe manquer, & il me femble que le moindre bien qui me puiffe échoir eft d'eftre riche, puis que vous defirez que ie fois heureux. Cependant, quoy que ie n'aye pas accouftumé d'eftre fort fenfible aux chofes qui regardent mon eftabliffement, i'auoüe que i'ay receu celle-cy auec vne extréme ioye, & ie me ferois trouué moy-mefme trop intereffé en cette occafion, fi ie ne connoiffois

que ce que ie confidere dauantage en ce bien-fait, eft,
de ce que c'eft vous qui me l'auez procuré. Auffi, à
dire le vray, ceux qui mettent les richeffes entre les
chofes indifferentes, ne mettroient pas voftre bien-
veillance en ce rang-là, & pour moy, ie penfe que ie
ne dois pas tenir entre les biens de la fortune, vn bien
que la Vertu m'a fait auoit. Ie crois, Madame, que
fans mal parler, ie vous puis appeller ainfi, & fi ie ne
fuis pas mal informé de tous vos fuccés, vous pouuez
prendre ce nom-là à meilleur titre que celuy que vous
portez. Au moins eft-il vray, qu'elle ne s'eft iamais
montrée au monde fi aymable qu'elle le paroift en
vous, & ceux qui l'ont connuë autrefois, & qui difoient qu'elle donneroit de l'amour à tous les hommes, fi elle fe laiffoit voir nuë, l'auroient trouué plus
charmante eftant reueftuë de voftre perfonne. Et certes, quand ie confidere les merueilles qui s'y rencontrent, & tant de fortes de graces dont le Ciel vous a
remplie, il me femble que celle dont ie vous remercie à cette heure, eft la moindre que vous m'ayez faite. Ie trouue que la place que vous me laiffez prendre
quelquefois dans voftre cabinet, vaut mieux que celle que vous me venez de faire accorder, & que vous
ne me fçauriez iamais faire de bien, qui vaille celuy
de vous voir & de vous entretenir. Toutefois, Madame, il pourroit eftre que le dernier que vous m'auez
procuré eft plus eftimable qu'il ne paroift, & comme
on ne fçait pas encore à qui vous m'auez donné, &
que cela eft dans l'aduenir; poffible que la grace que

Ii ij

vous m'auez faite fe trouuera plus grande que vous ne l'auez imaginée; car peut-eftre que vous m'auez donné à vne Maiftreffe qui meritera de l'eftre de tout le monde, qui aura l'ame grande, belle & liberale, le cœur noble & genereux, la perfonne accomplie, toute pleine d'agrémens & de charmes; & qui aura pour tous les hommes ces attraits fecrets, que chacun d'eux trouue en celle qu'il ayme. Peut-eftre qu'elle aura vn efprit au deffus de tout ce qui fe peut imaginer, plein de feu & de lumiere, beau & pur comme celuy des Anges; qu'elle fera inftruite de plufieurs Belles connoiffances, qu'elle aura l'intelligence de trois ou quatre langues; qu'elle entendra la fituation de toute la terre, comme celle du petit Luxembourg; qu'elle fçaura les mouuemens des Cieux, le nom & la place de tous les Aftres, & qu'apres tout cela, elle n'en connoiftra pas vn parmy eux fi beau, fi clair, ni fi brillant qu'elle. Permettez-moy, s'il vous plaift, Madame, de fouhaiter qu'il en arriue de la forte, & trouuez bon que ie faffe des vœux pour céla, puis que i'en fçay faire de plus vtiles que vous pour le bien de la France: auffi i'efpere que les miens feront accomplis, & que quelques autres ne le feront pas. N'entreprenez pas, ie vous fupplie, de me faire iamais defirer autrement; car ie fuis,

MADAME,

Voftre, &c.

A Blois ce 5. Ianuier.

A LA MESME. *Combales*

LETTRE LXXIII.

MADAME,

Puis-que c'eſt à bon deſſein que ie vous recherche, ie croy qu'il n'y a point de galanterie que ie ne puiſſe faire, & qu'aprés auoir fait des Vers pour vous, ie puis bien vous enuoyer des Bouquets. C'eſt vn preſent que les Dieux veulent bien receuoir des hommes, & puis que les fleurs ſont le plus pur & le plus bel ouurage de la terre, ie penſe qu'il n'y a perſonne à qui elles doi-uent eſtre offertes à meilleur titre qu'à vous ; au moins ſçay-je bien que vous les deuez aimer de cela, qu'il n'y en a pas vne qui n'accompagne ſa beauté de quelque vertu, & qu'elles ne veulent pas eſtre touchées , non pas meſme des Princes ni des Rois. Mais quoy qu'el-les ſoient filles du Soleil & de l'Aurore, & qu'elles diſ-putent de l'éclat auec les perles & les diamans, ie ſuis aſſeuré qu'elles perdront leur luſtre auſſi-toſt qu'elles vous auront approchée , & que vous ferez voir que les beautez de la terre ne ſont point comparables aux celeſtes. Ie croy, Madame, que vous ſouffrirez ſans ſcrupule que i'appelle ainſi la voſtre, & que vous qui rapportez toutes choſes au Ciel, ne voudrez pas lui oſter l'honneur d'auoir fait tout ſeul vne ſi rare per-

fonne. Et certes, ce feroit donner trop d'auantage
aux chofes d'icy bas, que de vous mettre de leur nombre, & puis que l'on nous commande de les mefprifer, il y a grande apparançe de croire que vous n'en
eftes pas, vous Madame, qui eftes l'objet de l'eftime
& de l'affection de tous ceux qui vous voyent; & qui
n'auez iamais ietté les yeux fur pas vne ame raifonnable que vous n'ayez gagnée. Ie voy bien qu'elle confequence vous pouuez tirer de là, fi vous tenez la
mienne capable de raifon; Mais, Madame, ie vous
fuplie tres-humblement de croire, que le plus grand
effect que vous ayez caufé en elle, eft celuy de l'admiration, & que ie fuis, quoy que la Faune veüille dire,
auec toute forte de refpect,

*V. les poefies p. 39 a la derniere des ftances qui ont efté faites
pour Madame de Combalet*

Voftre, &c.

A MONSIEVR***

Apres que la ville de Corbie eut esté reprise sur les Espagnols par l'armée du Roy.

LETTRE LXXIV.

MONSIEVR,

Ie vous auoüe que i'ayme à me venger, & qu'apres
auoir souffert durant deux mois, que vous vous soyez
moqué de la bonne esperance que i'auois de nos affaires, vous en auoir oüi condamner la conduitte par les
euenemens, & vous auoir veu triompher des victoires de nos ennemis, ie suis bien-aise de vous mander
que nous auons repris Corbie. Cette nouuelle vous
estonnera, sans doute, aussi bien que toute l'Europe,
& vous trouuerez estrange, que ces gens que vous tenez si sages, & qui ont particulierement cét auantage
sur nous, de bien garder ce qu'ils ont gagné, ayent
laissé reprendre vne place, sur laquelle on pouuoit iuger que tomberoit tout l'effort de cette guerre, & qui
estant conseruée ou estát reprise, deuoit donner pour
cette année, le prix & l'honneur des armes, à l'vn ou
à l'autre party. Cependant, nous en sommes les maistres, ceux que l'on auoit iettez dedans, ont esté bien-
aises que le Roy leur ait permis d'en sortir, & ont

quitté auecque ioye ces baſtions qu'ils auoient eſſe-
uez, & ſous leſquels il ſembloit qu'ils ſe vouluſſent
enterrer. Conſiderez donc, ie vous prie, quelle a eſté
la fin de cette expedition qui a tant fait de bruit. Il y
auoit trois ans que nos ennemis meditoient ce deſſein, & qu'ils nous menaçoient de cét orage. L'Eſpagne & l'Allemagne auoient fait pour cela leurs derniers efforts; l'Empereur y auoit enuoyé ſes meilleurs
Chefs, & ſa meilleure Caualerie; L'Armée de Flandres auoit donné toutes ſes meilleures trouppes. Il ſe
forme de cela vne armée de vingt-cinq mille cheuaux, de quinze mille hommes de pied, & de quarante canons. Cette nuée, groſſe de foudres & d'eſ-
clairs, vient fondre ſur la Picardie, qu'elle trouue à
deſcouuert, toutes nos armes eſtant occupée ailleurs.
Il prennent d'abord la Capelle & le Caſtelet; Ils atta-
quent & prennent Corbie en neuf iours. Les voila
maiſtres de la riuiere, ils la paſſent, ils rauagent tout
ce qui eſt entre la Somme & l'Oiſe, & tant que perſonne ne leur reſiſte, ils tiennent courageuſement la
campagne, ils tuënt nos païſans, & bruſlent nos villages. Mais ſur le premier bruit qui leur vient que
Monſieur s'auance auecque vne armée, & que le Roy
le ſuit de prés; ils ſe retirent, ils ſe retranchent derriere Corbie, & quand ils apprennent que l'on ne s'arreſte point, & que l'on marche à eux teſte baiſſée, nos
Conquerans abandonnent leurs retranchemens. Ces
Peuples ſi braues & ſi belliqueux, & que vous dites
qui ſont nez pour commander à tous les autres, fuyét
deuant

deuant vne Armée qu'ils difoient eftre compofée de nos cochers & de nos laquais: & ces gens fi determinez qui deuoient percer la France iufques aux Pyrenées, qui menaçoient de piller Paris, & d'y venir reprendre iufques dans Noftre-Dame les Drappeaux de la bataille d'Aucin, nous permettent de faire la circonualation d'vne place qui leur eft fi importante, nous donnent le loifir d'y faire des Forts, & en fuitte de cela nous la laiffent attaquer & prendre par force à leur veuë. Voilà où fe font terminées les brauades de Picolomini, qui nous enuoyoit dire par fes Trompettes, tantoft qu'il fouhaittoit que nous euffions de la poudre, tantoft qu'il nous vint de la Caualerie : & quand nous auons eu l'vn & l'autre, il s'eft bien gardé de nous attendre. De forte, Monfieur, que hors la Capelle & le Caftelet, qui font de nulle confideratió, tout le fruit qu'a produit cette grande & victorieufe Armée, a efté de prendre Corbie pour la rendre, & pour la remettre entre les mains du Roy auec vne contr'efcarpe, trois baftions, & trois demy-lunes qu'elle n'auoit point. S'ils auoient pris encore dix autres de nos places auec vn pareil fuccés, noftre frontiere en feroit en meilleur eftat, & ils l'auroient mieux fortifiée que ceux qui iufques icy en ont eu la commiffion. Vous femble t-il que la reprife d'Amiens ait efté en rien plus importante ou plus glorieufe que celle cy ? Alors la puiffance du Royaume n'eftoit point diuertie ailleurs, toutes nos forces furent iointes enfemble pour cet effet, & toute la France fe trou-

K k

ua deuant vne place. Icy, au contraire, il nous a fallu
reprendre celle cy dans le fort d'vne infinité d'autres
affaires qui nous preſſoient de tous coſtez, en vn
temps où il ſembloit que cét Eſtat fuſt épuiſé de toutes choſes, & en vne ſaiſon, en laquelle outre les
hommes, nous auions encore le Ciel à combattre. Et
au lieu que deuant Amiens les Eſpagnols n'eurent
vne armée que cinq mois après le ſiege pour nous le
faire leuer, ils en auoient vne de quarante mille hommes à Corbie deuant que celuy-cy fuſt commencé. Ie m'aſſeure que ſi cét euenement ne vous fait pas
deuenir bon François, au moins il vous mettra en colere contre les Eſpagnols, & que vous aurez dépit de
vous eſtre affectionné à des gens qui ont ſi peu de vigueur, & qui ſe ſçauent ſi mal ſeruir de leur auantage.
Cependant, ceux qui en haine de celui qui gouuerne, haïſſent leur propre païs, & qui pour perdre vn
homme ſeul, voudroient que la France ſe perdiſt; ſe
moquoient de tous les preparatifs que nous faiſions
pour remedier à cette ſurpriſe. Quand les troupes
que nous auions icy leuées prirent la route de Picardie, ils diſoient que c'eſtoit des victimes, que l'on
alloit immoler à nos ennemis: que cette armée ſe fon-
droit aux premieres pluyes, & que ces ſoldats qui n'e-
ſtoient point aguerris, fuïroient au premier aſpect des
troupes Eſpagnoles. Puis, quand ces troupes dont
on nous menaçoit ſe furent retirées, & que l'on prit
deſſein de bloquer Corbie, on condamna encore cette reſolution. On diſoit qu'il eſtoit infaillible que les

Espagnols l'auroient pourueuë de toutes les choses
necessaires, ayant eu deux mois de loisir pour cela, &
que nous consommerions d   ant cette place, beaucoup de millions d'or, & beaucoup de milliers d'hommes pour l'auoir peut-estre dans trois ans.   Mais
quand on se resolut de l'attaquer par force, bien auant
dans le mois de Nouembre, alors il n'y eut personne
qui ne criast. Les mieux intentionnez auoüoient qu'il
y auoit de l'aueuglement; & les autres disoient, qu'on
auoit peur que nos soldats ne mourussent pas assez-
tost de misere & de faim, & que l'on les vouloit faire
noyer dans leurs propres tranchées. Pour moy, quoy
que ie sceusse les incommoditez qui suiuent necessai-
rement les Sieges qui se font en cette saison, i'arrestay
mon iugement. Ie pensay que ceux qui auoient pre-
sidé à ce conseil, auoient veu les mesmes choses que ie
voyois, & qu'ils en voyoient encore d'autres que ie
ne voyois pas: qu'ils ne se seroient pas engagez legerement au siege d'vne place, sur laquelle toute la
Chrestienté auoit les yeux, & dés que ie fus asseuré
qu'elle estoit attaquée, ie ne doutay quasi plus qu'elle
ne deust estre prise. Car, pour en parler sainement,
nous auons veu quelquefois Monsieur le Cardinal se
tromper dans les choses qu'il a fait faire par les autres;
mais nous ne l'auons iamais veu encore manquer
dans les entreprises qu'il a voulu executer luy-mesme
& qu'il a soustenuës de sa presence. Ie creus donc qu'il
surmonteroit toutes sortes de difficultez, & que celuy
qui auoit pris la Rochelle, malgré l'Ocean, prendroit

encore bien Corbie; en dépit des pluyes & de l'Hyuer.
Mais puis qu'il vient à propos de parler de luy, & qu'il
y a trois mois que ie ne l'ay ofé faire ; permettez-le
moy à cette heure, & trouuez bon que dans l'abba-
tement où vous met cette nouuelle, ie prenne mon
temps de dire ce que ie penfe.

Ie ne fuis pas de ceux qui ayant deffein, comme
vous dites, de conuertir des Eloges en breuets, font
des miracles de toutes les actions de Monfieur le Cardinal ; portent fes loüanges au delà de ce que peuuent
& doiuent aller celles des hommes, & à force de vouloir trop faire croire de bien de luy, n'en difent que
des chofes incroyables. Mais aufli n'ay-je pas cette
baffe malignité, de haïr vn homme à caufe qu'il eft
au deffus des autres; & ie ne me laiffe pas, non plus,
emporter aux affections ni aux haines publiques, que
ie fçay eftre quafi toufiours fort injuftes. Ie le confidere auec vn iugement que la paffion ne fait pancher
ni d'vn cofté ni d'autre, & ie le voy des mefmes yeux
dont la pofterité le verra. Mais lors que dans deux
cens ans, ceux qui viendront apres nous; liront en
noftre hiftoire, que le Cardinal de Richelieu a demo-
ly la Rochelle, abbattu l'Herefie, & que par vn feul
Traité, comme par vn coup de rets, il a pris trente
ou quarante de fes villes pour vne fois : Lors qu'ils
apprendront que du temps de fon Miniftere, les Anglois ont efté battus & chaffez, Pignerol conquis,
Cazal fecouru, toute la Lorraine iointe à cette Couronne, la plus grande partie de l'Alface mife fous no-

ftre pouuoir, les Efpagnols deffaits à Veillane & à
Auein ; & qu'ils verront que tant qu'il a prefidé à nos
affaires, la France n'a pas vn voifin fur lequel elle n'ait
gagné des places, ou des batailles; S'ils ont quelque
goutte de fang François dans les veines, & quelque
amour pour la gloire de leur païs, pourront-ils lire
ces chofes fans s'affectionner à luy, & à voftre aduis
l'aimeront-ils, ou l'eftimeront-ils moins, à caufe que
de fon temps les rentes fur l'Hoftel de Ville fe feront
payées vn peu plus tard, ou que l'on aura mis quelques nouueaux Officiers dans la Chambre des Com-
ptes? Toutes les grandes chofes couftent beaucoup,
les grands efforts abbattent, & les puiffans remedes
affoibliffent; mais fi l'on doit regarder les Eftats comme immortels, & y confiderer les commoditez à venir comme prefentes: contons combien cét homme
que l'on dit qui a ruiné la France, luy a efpargné de
millions, par la feule prife de la Rochelle, laquelle,
d'icy à deux mille ans, dans toutes les minoritez des
Rois, dans tous les mécontentemens des Grands, &
toutes les occafions de reuoltes, n'euft pas manqué de
fe rebeller, & nous euft obligez à vne eternelle def-
penfe. Ce Royaume n'auoit que deux fortes d'ennemis qu'il deuft craindre, les Huguenots & les Efpagnols. Monfieur le Cardinal entrant dans les affaires, fe mit en l'efprit de ruiner tous les deux. Pouuoit-
il former de plus glorieux ni de plus vtiles deffeins. Il
eft venu à bout de l'vn, & il n'a pas acheué l'autre;
mais s'il euft manqué au premier, ceux qui crient à

K k iij

cette heure, que ç'a esté vne resolution temeraire, hors
de temps, & au dessus de nos forces, que de vouloir
attaquer & abbattre celles d'Espagne, & que l'experience l'a bien montré, n'auroient-ils pas condamné
de mesme le dessein de perdre les Huguenots, n'auroient-ils pas dit, qu'il ne falloit pas recommencer
vne entreprise où trois de nos Rois auoient manqué,
& à laquelle le feu Roy n'auoit osé penser? Et n'eus-
sent-ils pas conclu, aussi faussement qu'ils font encore en cette autre affaire, que la chose n'estoit pas fai-
sable, à cause qu'elle n'auroit pas esté faite? Mais iu-
geons, ie vous supplie, s'il a tenu à luy ou à la Fortune,
qu'il ne soit venu à bout de ce dessein. Considerons
quel chemin il a pris pour cela, & quels ressors il a fait
ioüer. Voyons s'il s'en est fallu beaucoup qu'il n'ait
renuersé ce grand arbre de la Maison d'Austriche, &
s'il n'a pas esbranlé iusques aux racines, ce tronc qui
de deux branches couure le Septentrion & le Couchant, & qui donne de l'ombrage au reste de la Terre.
Il fut chercher iusques sous le Pole ce Heros qui sembloit estre destiné à y mettre le fer à l'abbattre. Il fut
l'esprit meslé à ce foudre, qui a remply l'Allemagne
de feu & d'éclairs, & dont le bruit a esté entendu par
tout le monde. Mais quand cét orage fut dissipé, &
que la fortune en eut destourné le coup, s'arresta-t-il
pour cela? & ne mit-il pas encore vne fois l'Empire
en plus grád hazard qu'il n'auoit esté par les pertes de
la bataille de Leipsic, & de celle de Lutzen? Son adresse
& ses pratiques nous firent auoir tout d'vn coup vne

armée de quarante milles hommes, dans le cœur de
l'Allemagne, auec vn Chef qui auoit toutes les qualitez qu'il faut pour faire vn changement dans vn
Eſtat. Que ſi le Roy de Suède s'eſt ietté dans le peril,
pl us auant que ne deuoit vn homme deſes deſſeins &
de ſa condition, & ſi le Duc de Fridlandt, pour trop
differer ſon entrepriſe; l'a laiſſé deſcourir; pouuoit-il
charmer la balle qui a tué celuy-là au milieu de ſa
victoire, ou rendre celuy-cy impenetrable aux coups
de pertuiſane? Que ſi en ſuite de tout cela, pour acheuer de perdre toutes choſes, les Chefs qui comman-
doient l'armée de nos alliez deuant Norlinghen, don-
nerent la bataille à contre-temps; eſtoit-il au pouuoir de Monſieur le Cardinal, eſtant à deux cens lieuës
de là, de changer ce conſeil, & d'arreſter la precipitation de ceux, qui pour vn Empire (car c'eſtoit le prix
de cette victoire) ne voulurent pas attendre trois
iours. Vous voyez donc que pour ſauuer la Maiſon
d'Auſtriche, & pour deſtourner ſes deſſeins, que l'on
dit à cette heure auoir eſté ſi temeraires, il a fallu que
la Fortune ait fait depuis trois miracles, c'eſt à dire
trois grands éuenemens, qui, vray-ſemblablement,
ne deuoient pas arriuer; la mort du Roy de Suède,
celle du Duc de Fridlandt, & la perte de la bataille de
Norlinghen. Vous me direz qu'il ne ſe peut pas plaindre de la fortune pour l'auoir trauerſé en cela, puis
qu'elle l'a ſeruy ſi fidellement dans toutes les autres
choſes; que c'eſt elle qui luy a fait prendre des places
ſans qu'il en euſt iamais aſſiegé auparauant, qui luy a

fait commander heureufement des Armées, fans aucune experience; qui l'a mené toufiours comme par
la main, & fauué d'entre les precipices où il eftoit ietté, & enfin, qui l'a fait fouuent paroiftre hardy, fage,
& preuoyant. Voyons le donc dans la mauuaife fortune, & examinons s'il y a eu moins de hardieffe, de
fageffe & de preuoyance. Nos affaires n'alloient pas
trop bien en Italie,& comme c'eft le deftin de la France de gagner des Batailles, & de perdre des Armées,la
noftre eftoit fort déperie depuis la derniere victoire
qu'elle auoit emportée fur les Efpagnols. Nous n'a-
uions gueres plus de bon-heur deuant Dole, où la
longueur du fiege nous en faifoit attendre vne mauuaife iffuë, quand on fceut que les Ennemis eftoient
entrez en Picardie, qu'ils auoient pris d'abord la Capelle, le Caftelet & Corbie, & que ces trois places, qui
les deuoient arrefter plufieurs mois, les auoient à peine arreftez huit iours. Tout eft en feu iufques fur les
bords de la riuiere d'Oife, nous pouuons voir de nos
faux-bourgs la fumée des villages qu'ils nous brû-
lent; Tout le monde prend l'allarme, & la Capitale
ville du Royaume eft en effroy. Sur cela, on a aduis
de Bourgogne, que le fiege de Dole eftoit leué; & de
Xaintonge, qu'il y a quinze mille païfans reuoltez
qui tiennent la campagne, & que l'on craint que le
Poictou & la Guyenne ne fuiuent cet exemple. Les
mauuaifes nouuelles viennent en foule, le Ciel eft
couuert de tous coftez, l'orage nous bat de toutes
parts; & il ne nous luit pas de quelque endroit que ce
                                                        foit

soit vn rayon de bonne fortune. Dans ces tenebres,
Monſieur le Cardinal a-t-il veu moins clair, a-t-il perdu la Tramontane durant cette tempeſte, n'a-t-il pas
touſiours tenu le gouuernail d'vne main, & la bouſſo-
le de l'autre, s'eſt-il ietté dedans l'eſquif pour ſe ſauuer; & ſi le grand vaiſſeau qu'il conduiſoit, auoit à ſe
perdre, n'a-t-il pas teſmoigné qu'il y vouloit mourir
deuant tous les autres? Eſt-ce la Fortune qui l'a tiré de
ce Labirinthe, ou ſi ç'a eſté ſa prudence, ſa conſtance,
& ſa magnanimité? Nos ennemis ſont à quinze
lieuës de Paris, & les ſiens ſont dedans. Il y a tous les
iours auis que l'on y fait des pratiques pour le perdre.
La France & l'Eſpagne, par maniere de dire, ſont con-
iurées contre luy ſeul. Quelle contenance a tenu, parmy tout cela, cét homme que l'on diſoit qui s'eſton-
neroit au moindre mauuais ſuccés, & qui auoit fait
fortifier le Havre, pour s'y ietter à la premiere mauuaiſe fortune? Il n'a pas fait vne démarche en arriere
pour cela, il a ſongé aux perils de l'Eſtat, & non pas
aux ſiens; & tout le changement que l'on a veu en
luy, durant ce temps-là, eſt, qu'au lieu qu'il n'auoit
accouſtumé de ſortir qu'accompagné de deux cens
Gardes, il ſe promena tous les iours ſuiuy ſeulement
de cinq ou ſix Gentils-hommes. Il faut aduoüer
qu'vne aduerſité ſouſtenuë de ſi bonne grace, & auec
tant de force, vaut mieux que beaucoup de proſperitez & de victoires; il ne me ſembla pas ſi grand, ni ſi
victorieux, le iour qu'il entra dans la Rochelle, qu'il

L l

me le parut alors, & les voyages qu'il fit de sa maison à
l'Arcenal, me s'éblent plus glorieux pour lui, que ceux
qu'il a fait delà les môts, & desquels il est reuenu, auec
Pignerol & Suze. Ouurez donc les yeux, ie vous supplie, à tant de lumiere, ne haïssez pas plus long-temps
vn homme qui est si heureux à se venger de ses ennemis, & cessez de vouloir du mal à celuy qui le sçait
tourner à sa gloire, & qui le porte si courageusement.
Quittez vostre party deuant qu'il vous quitte ; aussi
bien vne grande partie de ceux qui haïssoient Monsieur le Cardinal, se font conuertis par le dernier miracle qu'il vient de faire. Et si la guerre peut finir, comme il y a apparence de l'esperer, il trouuera moyen
de gagner bien tost tous les autres. Estant si sage qu'il
est, il a connu, aprés tant d'experiences, ce qui est de
meilleur ; & il tournera ses desseins à rendre cet Estat
le plus florissant de tous, aprés l'auoir rendu le plus redoutable. Il s'auisera d'vne sorte d'ambition qui est
plus belle que toutes les autres, & qui ne tombe dans
l'esprit de personne ; de se faire le meilleur & le plus
aimé d'vn Royaume, & non pas le plus grand & le
plus craint. Il connoist que les plus nobles, & les plus
anciennes conquestes sont celles des cœurs & des affections, que les lauriers sont des plantes infertiles,
qui ne donnent au plus que de l'ombre, & qui ne valent pas les moissons & les fruits dont la Paix est cou-
ronnée. Il voit qu'il n'y a pas tant de sujet de loüange
à estendre de cent lieuës les bornes d'vn Royaume,

qu'à diminuer vn fol de la taille; & qu'il y a moins de grandeur, & de veritable gloire à défaire cent mil hommes, qu'à en mettre vingt millions à leur aife & en feureté. Auffi ce grand efprit qui n'a efté occupé iufqu'à prefent, qu'à fonger aux moyens de fournir aux frais de la guerre, à leuer de l'argent & des hommes, à prendre des Villes, & à gagner des Batailles, ne s'occupera deformais qu'à reftablir le repos, la richeffe & l'abondance. Cette mefme tefte qui nous a enfanté Pallas armée, nous la rendra auecque fon oliue, paifible, douce & fçauante, & fuiuie de tous les Arts qui marchent d'ordinaire auec elle. Il ne fe fera plus de nouueaux Edits, que pour regler le luxe, & pour reftablir le commerce. Ces grands vaiffeaux qui auoient efté faits pour porter nos armes au delà du Deftroit, ne feruiront qu'à conduire nos marchandifes, & à tenir la mer libre, & nous n'aurons plus la guerre qu'auecque les Corfaires. Alors les ennemis de Monfieur le Cardinal ne fçauront plus que dire contre lui, comme ils n'ont fceu que faire iufqu'à cette heure. Alors les Bourgeois de Paris feront fes Gardes, & il connoiftra combien il eft plus doux d'entendre fes loüanges dans la bouche du peuple, que dans celle des Poëtes. Preuenez ce temps-là, ie vous conjure, & n'attendez pas à eftre de fes amis, iufques à ce que vous y foyez contraint. Que fi vous voulez demeurer dans voftre opinion, ie n'entreprens pas de vous l'arracher par force; mais auffi ne foyez pas fi in-

iufte, que de trouuer mauuais que i'aye défendu la
mienne ; & ie vous promets que ie liray volontiers
tout ce que vous m'efcrirez quand les Efpagnols auront repris Corbie. Ie fuis,

MONSIEVR,

Voftre, &c.

De Paris, ce 24. Decembre 1636.

A MADAME. ***

LETTRE LXXV.

MADAME,

Puis que le iour d'hyer m'a plus duré que les trois derniers mois que i'ay esté sans vous voir, & qu'il n'y a icy personne qui prenne mes lettres, trouuez bon que ie vous escriue, & que ie vous die que ie ne fus iamais si amoureux. Trois ou quatre choses de celles que vous dites l'autre iour, me sont tellement demeurées dans l'esprit que ie n'ay pû depuis apprendre pas vne de celles que l'on m'a dites. De plus ce que vous m'accordastes du bout des levres, & que vous fistes pour m'obliger, est tout prest de me perdre, & ie trouue par experience que vous m'emprisonnastes, lors que vous pensiez me secourir. Cela fait vn bien plus beau feu que ces bois aromatiques que vous auiez preparé pour moy, & il faut croire que la flamme en est bien agreable, puis qu'elle me plaist, lors mesme qu'elle me deuore. Aussi ie ne vous demande pas de secours en l'estat où ie suis, ie ne voudrois pas des remedes qui la pourroient esteindre; & ie me passeray bien de ceux qui la pourroient soulager. Ce dont ie vous supplie seulement, c'est que ie brusle en vostre presence, & puis que i'ay à estre consommé, que cela

L l iij

m'arriue chez vous, afin qu'au moins les cendres vous en demeurent: Celles d'vn Amant si respectueux, si raisonnable, & si peu interessé, meritent bien d'estre gardées, & vous ne deuez pas refuser cette faueur à vn homme qui prend tant de plaisir à mourir pour vous

Madame, quand i'ay pris la plume, ie pensois vous demander seulement, si vous iriez demain à la Comedie des petites Saintot: mais ie n'ay pû m'empescher de vous escrire cecy, qui ressemble, à mon auis bien-fort à vn Poulet, quoy que vous n'ayez pas accoustumé d'en receuoir de pas vn de vos quarante trois Amans. Ie vous supplie de lire celuy-cy de bon cœur, Si vous pouuez vous empescher demain de sortir, vous m'obligerez infiniment. Mais au cas que vous ne vous puissiez deffendre d'aller à la Comedie, au moins plaignez-moy, & en voyant tous les morts qui y seront, souuenez-vous de celles que ie souffray au mesme temps pour vous.

A MADAME DE SAINTOT.

LETTRE LXXVI.

MADAME,

En ne penſant faire qu'vne petite galanterie, vous auez eſcrit la plus galante lettre du monde. Tout grād Iuriſcōnſulte que ie ſois, ie me trouue bien empeſ-ché à y reſpondre, & ie vous auouë que vous en ſça-uez plus que moy. Ie m'eſtois deſia bien aperçeu que vous auez touſiours ce meſme eſprit que i'ay toute ma vie admiré, & que de toutes choſes vous n'auiez rien oublié que moy. Mais il eſt vray, que ie ne me fuſſe pas imaginé que vous euſſiez appris à eſcrire, de-puis que ie ne vous vois plus, & que ie dûſſe iamais rien voir de vous qui fût plus beau, & qui me touchât dauantage que ce que i'en ay veu autrefois. Apres cela ne doutez pas que ie ne faſſe tout ce qui me ſera poſſi-ble pour faire differer le procez dont vous me parlez, & quoy que vous m'en ayez autrefois fait vn bien bruſquement, ie vous aſſeure que ie ne taſcheray pas à m'en venger en cette occaſion. Mais n'eſtes-vous pas vne méchante femme d'eſtre venuë troubler mon repos ? l'eſtois dans le plus doux ſommeil du monde, & ie ne ſçay pas s'il m'arriuera de ma vie de ſi bien dormir. Ie ſuis au deſeſpoir de ce que vous ne viendrez pas aujourd'huy à l'Academie ; car vous pouuez iuger pour qui i'y eſtois allé. I'employeray tout mon credit pour faire que l'on aille en corps vous ſupplier d'y venir. Mais ſi vous vouliez que i'y monſtraſſe voſtre lettre, cela ſuffiroit pour vous y faire deſirer de tout le monde. Adieu, ie vous iure que ie ſuis à vous, &c.

BILLET

BILLET DE MADAME DE SAINTOT,
à Monsieur de Voiture.

IE vous ay promis pour Galant à deux belles Dames de mes amies : Ie m'assure que vous ne trouuerez pas cette entreprise-là trop grande, & ie sçay bien
que vous desgagerez ma parole, aussi-tost que vous
les aurez veuës.

avec le billet il luy envoya la lettre suivante

Responce de Monsieur de Voiture.

LETTRE LXXVII.

FAites-moy voir le plustost que vous pourrez ce
que i'ayme, car, sans mentir, i'en meurs d'impatience ; & puis que vous m'auez obligé d'aimer, faites
aussi que ie sois aymé. I'ay pensé toute la nuict aux
deux personnes que vous sçauez : I'escris ce Poulet à
l'vne d'elles; donnez-le, ie vous supplie, à celle des
deux que vous croirez que i'ayme le mieux. En reconnoissance des bons offices que vous me rendrez, ie
vous asseure que vous disposerez tousiours de mes affections, & que ie n'aymeray iamais personne autant
que vous, que lors que ie croiray que vous le voudrez
tout de bon.

Mm

A VNE MAISTRESSE INCONNVE.

LETTRE LXXVIII.

IL n'y eut iamais vne inclination si extraordinaire ni si estrange, que celle que i'ay pour vous. Ie ne sçay du tout qui vous estes, & de ma vie, que ie sçache, ie ne vous ay seulement oüy nommer : cependant ie vous asseure que ie vous ayme, & qu'il y a déja vn iour que vous me faites souffrir. Sans auoir iamais veu vostre visage, ie le trouue beau ; & vostre esprit me semble agreable, quoy que ie n'en aye iamais rien oüy dire. Toutes vos actions me rauissent, & ie m'imagine en vous ie ne sçay quoy, qui me fait aimer passionnément, ie ne sçay qui. Quelquesfois ie me figure que vous estes blonde, & d'autresfois que vous estes brune ; tantost grande, tantost petite, auec vn nez aquilin, & auec vn nez retroussé. Sous toutes ces formes, où ie vous mets, vous me paroissez tousiours la plus aymable chose du monde: & sans sçauoir quelle sorte de beauté vous auez, ie iurerois que c'est la plus aimable de toutes. Si vous me connoissez aussi peu, que vous m'aymiez autant, i'en rends graces à l'Amour & aux estoilles. Mais afin que vous ne soyez pas trompée, & qu'en cas que vous m'imaginiez vn grand homme blond, vous ne soyez pas sur-

prise en me voyant; ie vous veux dire à peu prés comme ie suis. Ma taille est deux ou trois doigts au dessous de la Mediocre, i'ay la teste assez belle, auec
beaucoup de cheueux gris, les yeux doux, mais vn
peu esgarez, & le visage assez niais. En recompense,
vne de vos amies vous dira que ie suis le meilleur garçon du monde, & que pour aimer en cinq ou six lieux
à la fois, il n'y a personne qui le fasse si fidellement
que moy. Si vous pouuez vous accommoder de tout
cela, ie vous l'offriray à la premiere veuë; en attendant ie penseray en vous, sans sçauoir en qui ie pense;
& quand on me demandera pour qui ie souspire,
n'ayez peur que ie le declare, & soyez asseurée que ie
ne diray iamais rien de vous.

Mm ij

A MADAME DE SAINTOT.

LETTRE LXXIX.

IE fuis au defefpoir de ne pouuoir me promener auec vous. Mais Madame la Princeffe, & Madame de la Trimoüille, me commanderent hier d'aller à Ruël auec elles. Puis que vous vous promenez tous les iours, faites-moy demain, ou apres demain, l'honneur que vous m'offrez à cette heure; en recompenfe ie vous laifferay difpofer de moy comme il vous plaira. Vous n'en fçauriez pas vfer plus librement que vous faites, de me donner de la forte à qui il vous plaift. Il faut que vous gardiez quelque chofe d'excellent pour vous, puis que vous faites de ces prefens à vos amies : Mais fi elles font belles, comme vous dites, laiffez-moy feul à l'vne d'elles, & ne me mettez point en deux. Si ie m'y pouuois mettre, ie le ferois à cette heure pour aller à Ruël, & pour aller auecque vous, & ie vous affeure que vous auriez la meilleure part. L'auis que vous m'auez donné, fera que ie m'ennuyeray auec Madame ***, Madame, ***, & Mademoifelle de ***. Faites, s'il vous plaift, des complimens bien paffionnez pour moy, aux Dames à qui vous m'auez donné. Ie voudrois que Madame *** en fuft vne : car fans mentir, ie la trouuay l'autre iour

bien à mon gré. Mais voyez, ie vous prie, le pouuoir
que vous auez fur moy. Quoy que ie ne les connoiffe
point, ie fens defia quelque inclination pour elles, &
bien que ie n'aye iamais aimé deux perfonnes à la
fois, ie voy bien que ie feray tout ce que vous voudrez.

A MONSIEVR ARNAVD, SOVS
le nom du fage Icas.

il s'apelloit Ilas et savoit tourner une certaine pirouette ce qui fit qu'on
servit comme Magicien dans un certain Roman qu'on mist ou sous le nom
du sage Icas.

LETTRE LXXX.

MONSIEVR,

Quand ie ne fçaurois pas que vous eftes vn grand
Magicien, & que vous auez la fcience de commander
aux Efprits, le pouuoir que vous auez fur le mien, &
les charmes que ie trouue dans ce que vous m'auez efcrit, m'auroient fait iuger qu'il y a en vous quelque
chofe de furnaturel. Auec vos caracteres i'ay veu dans
vn petit morceau de papier des Temples & des Deef-
fes, & vous m'auez fait voir dans vôtre lettre comme
dans vn miroir enchanté, toutes les perfonnes que
i'ayme. Sur tout i'ay remarqué auec beaucoup de
plaifir, le tableau où vous reprefentez parmy des ombres les plus belles lumieres de nôtre fiecle, & me mô-
trez le foin qu'à eu de moy vne perfonne qui n'a point
auiourd'huy de pareille, & à qui vous n'en connoiffez pas vous mefme, quoy que vous fçachiez le paffé
& l'auenir. Mais vous, Monfieur; qui pouuez découurir les chofes plus cachées, & qui n'auez qu'à dire;
Parlez Demons; iettez vn fort, ie vous fupplie, pour
fçauoir ce que c'eft que cette creature, & faites moy
la faueur de me dire ce que vous en aurez appris. C'eft

✻ recit de Balles

fans mentir, vne curiofité digne d'eftre fceuë, & ie
vous promets que ie ne reueleray pas le fecret ; car en
cela, comme en toute autre chofe, ie fuiuray toûjours vos commandemens, & vous témoigneray
que ie fuis,

Voftre, &c.

A MADAME LA MARQVISE
de Ramboüillet.

V:. de de Rambouilles se moquion dans sa lettre de certaine femme qui les avoit fort importuner en citant L'histoire saincte es prophane.

LETTRE LXXXI.

MADAME,

Sans alleguer l'hiſtoire ſainte ni prophane, tout ce que vous eſcriuez eſt touſiours excellent. Ie recüeille les moindres billets qui échappent de vos mains, comme les feüilles de la Sybille, & i'y eſtudie cette haute eloquence que tout le monde cherche, & qui ſeroit neceſſaire pour parler dignement de vous. Que s'il eſt vray, comme vous dites, que cela me ſoit arriué, & s'il eſt poſſible que ie vous aye bien loüée, ie me puis vanter d'auoir fait la plus difficile choſe du monde, & celle, quand & quand, que ie deſire le plus. Car ie vous aſſeure, Madame, que ie n'ay point d'enuie plus paſſionnée, que de faire voir au monde les deux plus grands exemples qui furent iamais, d'vne vertu accomplie, & d'vne affection parfaite, en donnant à connoiſtre combien vous eſtes eſtimable, & combien ie ſuis,

     MADAME,

                Voſtre, &c.

                    A MON-

A MONSEIGNEVR LE CARDINAL
de la Vallette.

LETTRE LXXXII.

MONSEIGNEVR,

Ie voyois beaucoup de raifons de ne pas efperer fi
toft de vos lettres, & ie iugeois bien qu'vne perfonne qui faifoit tant de chofes, n'en pouuoit pas beaucoup efcrire. Ie me contentois d'entendre icy toutes
les femaines crier voftre nom & vos victoires, & de
pouuoir apprendre de vos nouuelles en les achettant.
Mais il eft vray qu'il eftoit temps que vous me fiffiez
l'honneur que i'ay receu de vous, & l'infolence de
quelques gens commençoit à m'eftre infupportable,
qui difoient tout haut, que le temps de leurs propheties eftoit arriué; & que ie me verrois bien-toft auec
eux comme vne perfonne priuée. Il y en a mefme
qui ont pris cette occafion de tenter ma fidelité. Vous
ne fçauriez croire, Monfeigneur, quels auantages
l'on m'a offerts, pour me faire promettre de quitter
voftre party cét hyuer, & de préter mes griffes contre vous deux fois la femaine. Cependant, quoy que
ces offres m'ayent efté prefentées par la plus charmante bouche du monde, i'y ay refifté auec toute la conftance que ie fuis obligé d'auoir pour vn homme à qui

Nn

ie dois toutes chofes; & que ie trouue d'ailleurs fi à
mon gré, que quand il m'auroit toufiours haï, ie ne
me pourrois iamais empefcher de le refpecter, & de
le feruir. De forte qu'encore que i'aye à Paris ces at-
tachemens que ne manquent iamais d'y auoir ceux
qui ne fongent pas à commander des armées, & qui
ne font pas capables de ces hautes paffions qui tiennent à cette heure vn peu plus de la moitié de voftre
ame : ie fuis preft d'en partir toutes les fois que vous
me l'ordonnerez, & ie quitteray pour vous aller trouuer vne perfonne ieune, gaye, & brune. Ie n'attens
pour cela, que d'en auoir vne honnefte occafion & fi
les ennemis, comme ie le croy, ne vous ofent attendre que derriere leurs murailles, & vous obligent à vn
fiege, ie ne manqueray pas de me rendre aupres de
vous : auffi bien, pour dire le vray, i'ayme mieux
eftre affiegeant qu'affiegé, & les Efpagnols font fi prés
de Paris, que quand ie n'en fortirois pas pour l'amour
de vous, ie le pourrois faire pour l'amour de moy.
On rompt tous les ponts d'alentour, on eft preft à
toute heure de tendre icy les chaifnes, & lors que
nous portons la terreur iufques fur les bords du Rhin,
nous ne fommes pas bien affeurez fur ceux de la Seine. Dans le defplaifir que me donne ce defordre, ie
vous auoüe, Monfeigneur, que ie reçois quelque
confolation, de voir qu'en vn temps, où nos affaires
vont mal de tous coftez, elles profperent du voftre;
& que tandis que noftre armée de Picardie fe retire
dans les villes, que celle que nous auons en Bour-

gogne languit dans les tranchées, & que nous ne faifons gueres mieux en Italie ; vous arreſtiez Galas dans
fes retranchemens, vous preniez des places à fa veuë,
& que vous foyez le feul Conquerant, & le feul victorieux. En effet fans faire paffer les chofes pour autres
qu'elles ne font, les feuls progrez que nous auons faits
cette année nous font venus par voftre moyen ;

Te copias, te confilium, & tuos
Prabente Diuos.

Ie vous fupplie donc tres-humblement, Monfeigneur, de me commander d'aller prendre part à vos
profperitez, & d'aller voir noftre bonne fortune au
feul lieu où elle eft maintenant. Auffi bien, fans faire
le vaillant, les exploits de Monfieur de Simpleferre ne
me laiffent point dormir, & i'ay attaché au pommeau
de mon efpée, trois lettres de la petite Flamande, que
ie veux mettre dans le corps d'vn Allemand, *Sed quid*
ago? cùm mihi fit incertum tranquillo-ne fis animo, an vt
in bello, in aliqua majufcula cura negotiove verfere, labor
longiùs. Cùm igitur mihi erit exploratum te libenter effe
rifurum, fcribam ad te pluribus. Ie n'ay pas craint de mettre encore celui-cy, puis qu'il eft de Ciceron, & ie
mettray dans mes lettres le plus de latin qu'il me fera
poffible, puis que vous me dites que vous n'en lifez
plus que là ; car, en verité, ce feroit dommage, que
vous oubliaffiez le voftre. Au pis aller, fi vous l'ou-
bliez, ie m'offre de vous le raprendre cét hyuer, ie
vous montreray les plus beaux paffages de Virgile,
d'Horace & de Terence : Ie vous expliqueray les plus

Nn ij

difficiles, & ie vous feray connoiſtre les graces ſecret-
tes, & les beautez les plus cachées de ces autheurs là.
En vn mot, ie vous rendray tout ce que vous m'auez
preſté, &c.

MONSEIGNEVR,

Depuis cette lettre eſcrite, il eſt venu vn Courrier,
qui a donné l'auis que vous eſtiez dans Colmar : Ie
vous aſſeure que cette nouuelle a plus réjoüy la Cour,
que tous les bals qui s'y donnent, & que tous les balets qui s'y preparent; particulierement ſept ou huit
perſonnes en ont eu vne ioye & vne ſatisfaction infinie. A la verité, on ſe peut conſoler de l'abſence de
ſes amis quand ils font les choſes que vous faites, & il
n'y a perſonne de ceux qui vous ayment le mieux qui
pût deſirer que vous euſſiez eſté icy pluſtoſt. Sans
mentir, Monſeigneur, cela eſt bien glorieux de ſecourir les Alliez du Roy, en dépit de l'hyuer, & des
ennemis, & que vous, qui ne participez point aux ré-
joüiſſances publiques, vous ſoyez le ſeul qui les iuſti-
fiez, & qui nous donnez ſujet d'en faire.

AV MESME.

LETTRE LXXXIII.

MONSEIGNEVR,

Ie ne sçay pas pourquoy vous vous plaignez de
moy, si ce n'est qu'à cette heure que vous auez les armes à la main, vous voulez quereller tout le monde,
& que préuoyant que les Espagnols ne dureront guere deuant vous, vous cherchez desia des matieres de
nouueaux differens. Il est difficile d'estre equitable &
conquerant en mesme temps, & ie vois bien que la
vaillance & la iustice sont deux vertus qui ne marchent guere ensemble. Il n'y a pas beaucoup de iours
que ie vous escriuis vne lettre si longue, que ie crûs
que vous n'auriez pas le loisir de la lire, & ie ne me sens
pas coupable d'auoir laissé passer vne occasion de faire mon deuoir. Quand ie ne considererois pas, Monseigneur, les infinies obligations que ie vous ay, & que
ie ne me soucierois point de donner quelque satisfaction de moy, au plus honneste homme que i'aye connu de ma vie, tousiours ne laisserois-je pas de vous escrire; & ie me garderois bien de donner aucun sujet de
mécontentement à vn homme, qui est aujourd'huy le
plus redoutable de France. Mais sous ombre que vous
auez à cette heure vne infinité d'affaires, que vous fai-

tes le meftier de trauailleur, de foldat, & de General
tout enfemble; que vous foigniez à fortifier vn Camp,
& à prendre vne ville ; à mettre l'ordre & la Iuftice
dans vne armée, & à rendre difciplinable vne nation
qui ne l'auoit encore iamais efté ; il vous femble que
tous les autres ont du loifir, & qu'il n'y a que vous qui
trauaille. Cependant ie vous affeure que quand ie
n'aurois icy autre affaire, qu'à efcouter ceux qui difent de vos nouuelles, & à en dire à ceux qui en demandent, ie ne ferois guere moins occupé que vous,
& il ne me refteroit que fort peu de temps à vous efcrire. Telle perfonne qui fe contentoit les autres années de parler deux ou trois heures de vous, en parle
maintenant fix heures fans fe laffer. Ceux qui ayment
le gouuernement, & ceux qui le haïffent, s'informent
efgalement de ce que vous faites; & il n'y a plus perfonne à qui vous foyez indifferent, que ceux à qui la
France l'eft auffi. Comme i'écriuois cecy, Monfeigneur, i'ay appris que la compofition de Landrecis
eftoit faite, & que Dimanche prochain vous feriez
dedans. Ie louë Dieu, & me refioüis auec vous, de ce
que vous auez appris aux eftrangers, qu'il n'eft pas impoffible que nous prenions de leurs places, & de ce
que vous auez rompu le charme qui nous en auoit
empefchez depuis tant d'années. Louuain, Valence,
& Dole, auoient perfuadé à nos ennemis, que nous
ne gagnerions iamais rien fur eux, & que le plus que
nous pouuions faire, eftoit de reprendre ce que l'on
nous auoit ofté. Il fembloit que les plus mefchantes

villes deuenoient imprenables dés que nous les atta-
quions, nos armées qui faisoient assez bien dans toutes les autres rencontres, se ruinoient, & perdoient
courage, dés que l'on les employoit à vn siege, &
quelque grande & victorieuse que fust vostre fortune, il n'y auoit point de si petit fossé, ni de si foible
rempart qui ne l'arrestast. Enfin, Monseigneur, vous
auez changé ce mauuais destin, vous auez montré
à ceux qui vous renuoyoient à Dole, qu'ils vous pre-
noient pour vn autre. Vous auez fait oüir vostre canon, pour ainsi dire, iusques dans Bruxelles, & ce
bruit a fait reculer le Cardinal Infant iusques à Gand,
au lieu de le faire auancer au secours d'vne place, que
vous lui alliez prendre. Mais ce que ie trouue en cét
exploit de plus considerable, c'est l'ordre, la diligence, & la certitude, auec laquelle il s'est fait. Le iour
que vous ouuristes vos tranchées, on peut dire que
Landrecis estoit à nous, & quand Picolomini & tous
ces gens qui nous effrayerent tant l'an passé, y fussent
venus auec toutes les forces de l'Empire, ils n'eussent
pas pû vous l'oster des mains. Nous n'auions pas accoustumé de nous prendre de la sorte à attaquer des
places, & l'on peut dire que le premier siege que vous
auez fait, a esté le premier siege regulier que l'on aye
veu en France. ***
M. *** m'a fort pressé d'aller auec lui, & ie m'en suis
excusé sur des affaires tres-importantes, que ie lui
ay fait entendre que i'ay icy. Ces affaires tres-importantes, c'est vn siege que i'ay commencé d'vne place

aſſez iolie, & fort bien ſituée. I'en ay fait la circonuallation à la mode de Hollande, & à la voſtre ; & Picolomini ne me ſçauroit empeſcher de la prendre. Les
choſes eſtant ſi auancées, il me deſplairoit extrémement de leuer le ſiege, car entre nous autres Conquerans, cela eſt faſcheux.

Ce 3. Iuillet 1634.

A MON-

A MONSIEVR LE MARQVIS
de Pisany.

LETTRE LXXXIV.

MONSIEVR,

Ie me refioüis de ce que vous estes deuenu le plus
fort homme du monde, & que le trauail, les veilles,
les maladies, le plomb, ni le fer des Espagnols ne vous
peuuent faire de mal; ie ne croyois pas qu'vn homme
nourri de tifane & d'eau d'orge, pût auoir la peau si
dure, ni qu'il y eût des caracteres qui puffent faire cét
effet. Par quelque voye que cela arriue, ie fçay bien
qu'elle ne peut estre naturelle, & ie ne m'en fçaurois
formaliser, car i'ayme encore mieux que vous foyez
forcier, que de vous voir en l'estat du pauure Attichy,
ou de Grinuille, quelque bien embaumé que vous
puifliez estre. A vous en parler franchement, pour
quelque caufe que l'on meure, il me femble qu'il y a
toufiours quelque chofe de bas à estre mort, & cela
n'est point de *noftre Corps*. Empefchez-vous en donc,
Monfieur, le plus que vous pourrez, & haftez-vous
ie vous fupplie, de reuenir, car ie ne me fçaurois plus
paffer de vous voir : & c'est en cela principalement
que ie connois que vous vfez de charmes, que moy
qui me paffe affez aifément des abfens, ie vous defire

Oo

continuellement, & ie vous trouue à dire en toutes
rencontres. Au moins, les occasions où ie vous souhaitté sont aussi agreables, & moins perilleuses que
celles où vous vous trouuez tous les iours. Mettez-
vous donc, si vous me croyez, vn bon cheual entre
les jambes, & soyez aussi aise de reuenir à Paris, que
vous le fustes d'en sortir. Aussi-tost que ie sçauray
que vous y serez, ie vous promets que ie quitteray
Blois, Tours & Richelieu, Monsieur, Madame de
Combalet, & Mademoiselle vostre sœur, pour vous
aller voir, & pour vous dire de tout mon cœur, que
ie suis,

MONSIEVR,

Vostre, &c.

De Richelieu, le 7. Octobre 1637.

A MADEMOISELLE DE

Rambouïllet, auec cette inscription;

A L'INFANTE FORTVNE AV PALAIS

des Perisques.

LETTRE LXX.

MADEMOISELLE,

Nous sommes venus en ce lieu sans trouuer aucune auanture qui soit digne de vous estre mandée, &
l'Autheur qui écrira nostre histoire, n'aura rien à dire
iusqu'icy sinon que nous arriuasmes le cinquiesme
iour à Saumur. Il est vray qu'hyer au passage d'vne riuiere, nous aperceusmes venir droit à nous quatre
grands Taureaux qui parurent enchantez à ceux auec
qui ie cheminois; mais pour moy ie croy asseurément
qu'ils ne l'estoient pas, parce qu'ils nous laisserent
passer sans détourbier, & qu'ils ne iettoient point
de feu par les nazeaux. Le iour precedent nous vou-
lumes oster la bourse, & le cheual à vn passant par la
coustume du Royaume de Logres, toutesfois nous
n'en fismes rien; car à ce que nous iugeasmes, il creut
que c'estoit luy faire outrage, & le trouua aussi mauuais que si c'eust esté le voler. Enfin vous ne sçauriez

Oo ij

croire combien la cheualerie eſt rauilie maintenant, nous auons paſſé plus de dix ponts qui n'eſtoient gardez de perſonne; & par tout où nous auons hebergé, nos hoſtes n'ont point fait difficulté de prendre de l'argent de nous. Meſſire Lac & moy en auons beaucoup de regret. Nous ne faiſons que dire par les chemins, ha! ha! Amours, & nous faiſons tout ce qui nous eſt poſſible pour r'amener le ſiecle d'Vterpandragon; mais le reſte du monde y eſt fort peu diſpoſé, & ie ne vous puis dire combien les auentures ſont rares. Les deux meilleures que i'ay euës, c'eſt que i'ay trouué depuis deux iours la lettre de l'Infante determinée, & que i'en ay ouuert vne autre qui me ſemble la plus belle que i'aye en ma vie iamais leuë: c'eſt à mon iugement le plus parfait ouurage que la fortune aye iamais produit, & puis que vous diſpoſez d'elle en toutes choſes, nous aurons ſujet de nous plaindre de vous, ſi nous ne ſommes pas quelque iour heureux; car ſans mentir ie croy que cela eſt en vos mains, & que vous n'auez ſeulement qu'à le vouloir. Nous auons reſolu d'eſtre vos Cheualiers en toute cette guerre, & d'y faire tant d'armes, que nous pourrons donner de la ialouſie à Dom Falanges d'Aſtre. En attendant cela, nous ne laiſſerons pas de vous enuoyer les Geans que nous ſurmonterons par les chemins. Et c'eſt par ceux-là que ie veux vous faire entendre combien ie ſuis,

MADEMOISELLE,

Voſtre, &c.

A LA MESME.

LETTRE LXXXVI.

MADEMOISELLE,

l'ay tant fait par mes iournées, que ie suis arriué en
vn païs où l'on ne parle point de guerre, d'Espagnols,
ni d'Allemans; d'Edits, de subsides, ni d'emprunts sur
le peuple, & où l'on ne s'entretient que d'Amour, de
Balets, & de Comedies. Cela vous fera imaginer
qu'il faut que ie sois allé bien loin; vous croirez que
ie suis au delà de Popocampesche, ou que la fortune
m'a conduit en l'Isle inuisible d'Alcidiane. Cependant, le lieu où cela se trouue n'est pas tout à fait si
éloigné de vous; c'est vne ville assise sur les bords de
Loire, à l'endroit où le Cher se décharge dans cette
riuiere : les habitans y parlent François Tourangeau,
& sont à peu prés de la stature & du teint des hommes
de France. Mais pour vous parler serieusement, ie
vous asseure, Mademoiselle, que depuis la ruine des
Mores de Grenade il ne s'est point fait de galanteries
ni de magnificences pareilles à celles qui se voyent
icy : & Tours, que l'on appelloit le jardin de la France, se doit à cette heure nommer le Paradis de la terre.
Il ne se passe point de iours qu'il n'y ait Bals, Musiques, & festins, toutes sortes de delices y abondent,

Oo iij

les Citrons doux y viennent de tous coſtez, & les poi-
res de bon Chreſtien n'en ſont point parties. Les chemins, depuis Paris iuſques icy, ſont tous couuerts de
Violons, de Muſiciens, & de Baladins, de toiles d'argent, de broderies & de machines, qui viennent en
foule ſe rendre en cette ville. Hier ſur les ſept heures
du ſoir, il y arriua aux flambeaux ſix chariots chargez
d'Amours, de Ris, d'attraits, de charmes & d'agrée-
mens, qui s'eſtoient ioints de tous les coſtez de la
Terre, pour ſe trouuer en cette aſſemblée. On dit
mêmes qu'il en eſt venu du fonds de la Noruege, imaginez-vous, par le temps qu'il a fait : de ſorte qu'il y a
icy beaucoup de gens qui croyent qu'il n'en eſt reſté
pas vn ſeul en tout le monde, & qu'ils ſont tous en ce
lieu. Ie crois pourtant, Mademoiſelle, que ceux que
vous auez accouſtumé d'auoir, vous ſont demeurez,
car dans vn ſi grand nombre qu'il y en a icy, ie n'en
ay reconnu pas vn des voſtres, & ie n'en ay point veu
de cette maniere. Cette arriuée a fait de merueilleux
effets par toute la ville : l'air s'en eſt rendu plus ſerain
& plus doux, tous les hommes ſont deuenus amoureux, toutes les femmes ſont deuenuës belles, & Madame la Preſidente, que vous viſtes à Richelieu, eſt à
cette heure vne des plus iolies femmes de France.
Mais, Mademoiſelle, ce qui eſt de bien eſtrange, &
que vous aurez peut-eſtre peine à croire, c'eſt qu'au
milieu de tant de delices ie m'ennuye tout du long du
iour, & que depuis le matin iuſques au ſoir, ie ne ſçay
que dire ni que faire de tant d'Amours. Il ne m'en eſt

écheu pas vn, & de tant de belles, il n'y en a vne feule que ie pretende ; de forte que tandis que les galans
font icy, rauis de leur fortune, & font des vœux pour
y demeurer eternellement, ie fouhaitte dans mon
cœur d'eftre aupres de voftre feu, auec Mademoifelle
d'Inton, & de vous voir, au moins au trauers des vi-
tres, auec Madame voftre mere. Ie ne fçay pas fi ce
font les deux grains qu'elle me donna en partant, qui
font cét effet, ou fi c'eft quelque autre chofe : mais ie
n'ay de ma vie fouhaitté auec tant de paffion, d'auoir
l'honneur de vous voir toutes deux ; & il me femble
qu'il n'y a point de bien au monde, qui puiffe eftre
agreable fans celuy-là. Ie vous fupplie tres-humblement, Mademoifelle, de me le fouhaitter, & de croire qu'entre tous ceux qui le defirent il n'y a perfonne
qui foit tant que moy.

Voftre, &c.

A Tours le 8. Ianuier 1638.

A LA MESME.

LETTRE LXXXVIII.

MADEMOISELLE,

Vous ne fçauriez voir à cette heure de moy que des lettres ennuyeufes, & neantmoins ie ne me puis empefcher de vous efcrire. Mais pardonnez-moy, fi ie tafche à me defennuyer, & confiderez que ie n'en puis auoir d'autre moyen que celuy-là; car en l'humeur où ie fuis, que ie me peuffe diuertir auec Mademoifelle des Coudreaux, & auec Mademoifelle Chefneau, ie ne croy pas que vous vous l'imaginiez, ni que vous croyez qu'il y ait rien icy qui me puiffe empefcher vn moment d'eftre le plus trifte homme du monde. Parmy beaucoup de fortes de déplaifirs que i'ay, la peine où ie fuis de voftre fanté me tourmente extrémement, ce dernier malheur m'a rendu tellement timide, qu'au lieu que ie ne craignois rien, i'apprehende à cette heure toutes chofes, il me femble que ie ne dois iamais reuoir tout ce que ie perds de veuë. D'autant plus qu'vne perfonne m'eft chere, il me femble qu'il y a plus d'apparence que ie la dois perdre. Cela eftant, Mademoifelle, iugez s'il vous plaift, combien ie dois craindre pour vous, & fi ie ne dois pas penfer, que fi la fortune me veut faire quelque chofe

de

de pis, que ce qu'elle vient de faire, ce ne peut-estre
qu'à vous qu'elle se doit attaquer. I'ay vne extréme
impatience de me voir bien-tost hors de ces craintes,
& hors d'icy, & de trouuer auprés de vous quelque
sorte de ioye aprés tant d'ennuis, ou du moins quelque repos aprés tant d'inquietudes. Ie suis,

Voſtre, &c.

P p

A MADAME LA MARQVISE
de Sablé.

LETTRE LXXXVIII.

MADAME,

Ie voudrois bien n'auoir pas veu si tost les lettres que vous auez enuoyées à Mademoiselle de Rambouïllet & à ***. Car i'esperois en vous escriuant le premier, & en m'embarquant de ma franche volonté dans ce commerce, vous donner vne preuue de mon affection aussi asseurée que celle que i'ay receuë de vous. Mais ce que vous auez écrit de moy est si obligeant, que i'auoüe que ie ne puis pretendre aucun merite à y répondre, & que le plus paresseux homme du monde estant en ma place, en feroit autant que moy. Sans mentir, Madame, il faut que ceux qui taschent à vous décrier du costé de la tendresse, auoüënt que si vous n'estes la plus aimante personne du monde, vous estes au moins la plus obligeante. La vraye amitié ne sçauroit auoir plus de douceur qu'il y en a dans vos paroles ; & toutes les apparences d'affection sont si belles en vous, qu'il n'y a point d'honneste homme qui ne s'en pût contenter. Ie suis neantmoins en quelque façon obligé de croire qu'il y a quelque charme en cela pour moy, & quoy que ie sçache que vous

auez pour contrefaire les amitiez, le secret que Monfieur de **** a pour les rubis, & que quand il vous
plaift, vous fçauez donner à vn peu de pafte, l'éclat
d'vne pierre precieufe, ie fuis tout perfuadé, que celle que vous m'auez donnée eft tres-fine, & qu'il n'y a
rien de plus vray ny de plus ferme. Pour ce qui eft de
moy, ie puis dire auec verité, que ie vous ay toufiours
honorée & aymée fur toutes les perfonnes du monde, mais iamais à comparaifon de ce que ie fais à cette heure ; & ie n'oferois mettre icy tous les fentimens
que i'ay pour vous, de peur que fi cette lettre venoit à
eftre perduë, on ne la prift pour vne lettre d'Amour.
Ie ne croy pas que cette paffion aye rien de plus fenfible ny de plus tendre que ce que ie fens tous les iours
pour vous. Ie ne fçaurois pas contrefaire les agitations
des Amans, ny tirer la langue à l'Ifcaron. Mais il eft
vray que depuis que ie vous ay quitté i'ay des mélan-
colies qui me tirent hors de moy-mefme, & qui
eftonnent tout le monde, & il y a quelques heures au
iour où le Pere Tranquile, & le petit Iefuite, ne feroient point de difficulté de m'exorcifer, car fi i'ay eu
quelque forte de plaifir, ç'a efté de parler de vous
à mille perfonnes. On fçauoit que i'auois efté chez
vous à Loudun, de forte que tout le monde a eu
la curiofité de me voir, & on m'a interrogé comme vn homme qui venoit du Ciel & de l'Enfer. I'ay
dit, Madame, que vous eftiez auffi belle que vous
l'eftiez il y a quarante ans. Mais quand i'ay voulu dire
que vous auiez plus d'efprit, on a creu que ie contois
P p ij

des chofes incroyables, & en cet endroit-là i'ay perdu toute creance. Auffi eft-il vray qu'il fe fait des miracles en vous, qui ne fe firent iamais en perfonne, &
il n'y a iamais eu que vous au monde qui foit fortie
plus belle de la petite verole, & qui foit deuenuë plus
habile à la campagne. Mademoifelle de Ramboüillet a efté rauie de voftre lettre, ie l'ay trouuée vne des
meilleures que vous ayez iamais faites, & i'ay efté bien
aife de voir fi bien écrire des chofes qui me font fi
auantageufes. Quelque affeurance que i'euffe de vôtre
affection, i'ay eu grand plaifir à voir celles que vous
en donnez aux autres ; & i'auoüe que cette vanité
de femme que vous dites que i'ay, en a efté touchée.
Adieu, Madame, aprés cinq pages de papier, ie vous
quitte à regret, comme eftant,

Madame, mandez-moy s'il vous plaift, fi vous-
vous eftes apperceuë, que ce *comme eftant* dont i'ay fini
ma lettre, eft vne de ces fins dont nous auions parlé.

Voftre, &c.

A MONSEIGNEVR LE CARDINAL
de la Vallette.

LETTRE XIXC.

MONSEIGNEVR,

Estes-vous encore fâché de ce que vous n'auez pas
deuiné que ceux de Verceil manquoient de poudre,
ou de ce qu'en ayant pas, ils n'ont pû se défendre,
ou de ce qu'auec huit ou neuf mille hommes, vous
n'en auez pas forcé vingt mille dans de fort bons retranchements. Sans mentir, vous ne vous seruez
gueres vtilement de vostre raison, si ce déplaisir vous
a duré iusques à cette heure : Auiez-vous donc esperé
de faire l'impossible, que vous n'estes pas satisfait d'a-
uoir fait tout ce qui s'est pû. Pardonnez-moy, Monseigneur, si ie vous le dis; mais en verité il n'est pas
bien seant à vn homme sage d'auoir tant de regret
pour vne chose où il n'a point failly : & c'est, ce me
semble, en quelque sorte ne faire pas assez de cas de
son deuoir, que de n'estre pas content quand on le
fait. Vous estes accouru auec vne poignée de gens au
secours d'vne place, qui estoit assiegée par vne grande Armée : Vous auez trouué la circonuallation acheuée, & tous les retranchements en tel estat que chacun iugeoit que vous ne pourriez pas seulement en-

uoyer vn homme dans la Ville, pour y dire de vos
nouuelles, & contre l'auis & l'esperance de tout le
monde, vous y en auez fait entrer dix-huict cens. Se
peut-il rien faire de plus resolu, de mieux entrepris,
& de si bien executé que cela? C'est vous qui auez tra-
uaillé iusques-là ; la fortune a fait le reste, & si elle l'a
mal fait, pourquoy vous en tourmentez-vous tant ?
Ne vous accoustumez pas, ie vous supplie, à estre en
communauté auec elle, & aussi bien dans les bons
succés, que dans ceux qui ne le seront pas, distinguez
tousiours ce qui est d'elle, & ce qui sera de vous. Il arriuera de là que vous ne vous esleuerez, & que vous ne
vous r'abaisserez iamais trop. Si vous voulez vous re-
pondre des éuenemens, & si vous ne pouuez estre satisfait que lors que tout ce qui se pourroit souhaitter
vous arriue, vous faites, sans mentir, la guerre à de fâ-
cheuses conditions, & vous voulez que la Fortune
fasse autant pour vous qu'elle faisoit pour Alexandre,
& vn peu plus qu'elle n'a fait pour Cesar. Encore estes-
vous ingrat enuers la vostre, si vous vous plaignez
d'elle pour cette derniere occasion, & il y a de l'iniustice à reputer comme vn grand malheur d'auoir manqué à auoir vne grande prosperité. Cependant, vous
parlez comme si vous auiez perdu par vostre faute dix
batailles, & cent villes, & il semble que vous soyez
au desespoir, pour auoir veu perdre vne place, que
dés le commencement tout le monde a iugé que l'on
ne pourroit sauuer. Croyez-moy, l'on ne repare iamais rien en perissant, & pour ce qui vous regarde,

vous n'auez rien à reparer. La prife de Verceil a fait
tort aux affaires du Roy, mais point du tout à voftre
reputation. Si le fecours que vous y auiez ietté n'a pas
efté heureux, il ne merite pas moins de loüange pour
cela, & dans toutes vos années de profperité, vous
n'auez rien fait de fi beau, de fi hardy, ni de fi extraordinaire. Prenez donc, s'il vous plaift, des refolutions
plus moderées que celles que vous témoignez d'a-
uoir, & n'eftant pas en eftat de faire peur à vos ennemis, n'en faites point à vos amis. Vous qui m'auez appris tout ce que ie fçay, vous fçauez bien que la prudence eft vne vertu generale, qui fe mefle auec toutes
les autres, & que là où elle n'eft pas, la valeur perd fon
nom & fa nature.

I'iray demain, ou apres demain, faire vos compli-
mens à la perfonne dont vous me parlez: La derniere *la Reyne Anne d'Austriche.
fois que ie la vis, elle me parla extrémement de vous,
& me iura que pour voftre confideration elle ne s'e-
ftoit pas réjoüie de la prife de Verceil: pource qu'encore que tout le monde fçeût qu'il n'y auoit pas de
voftre faute, elle connoiffoit bien que cela vous affli-
geroit, & qu'elle vous aimoit trop pour auoir quelque ioye d'vne chofe qui vous donnoit du déplaifir.
En verité, elle vous ayme extrémement, ce me fem-
ble, & quelque autre qu'elle vous ayme encore plus *de la Princesse.
qu'extrémement.

A Paris, le 7. Aouft, 1638.

A MONSIEVR COSTART.

LETTRE XC.

MONSIEVR,

I'auray pour ce coup cette *imperatoriam breuitatem*, dont vous me parlez ; car il faut que ie parte presente-ment pour aller à sainct Germain, & cela sera cause que ie ne vous diray qu'vn mot. Ie ne seray pas pour cela ἄφωνος, selon voftre Theophrafte : dans les fe-ftins que nous faifons enfemble, ou pluftoft que vous me faites, ie ne dois parler que pour dire graces,

    Tantum laudare paratus.

De vous dire au vray quels peuples ont introduit la Polygamie, ie vous iure ma foy que ie n'en fçais rien, & ie ne m'en mets pas en peine.

    Tros, Rutuluſ-ve fuat, nullo diſcrimine habebo.

En tout cas ie vous en croiray bien pluftoft qu'Hero-dote, qui dit qu'aux Indes il y a des fourmis moin-dres certes que chiens, mais plus grandes que renards : car voila le texte, au moins du mien. Mais ie ne fçay fi l'Herodote que i'ay eft femblable au voftre.

A propos, vous m'auez efté mettre en fcrupule de Theocrite, & i'en eftois fi en repos que rien plus. Mais pour reuenir à l'autre dont nous parlions, dites- moy ce qu'il veut dire, quand il dit que Vénus enuoya la

                        maladie

maladie des femmes aux Scythes, qui auoient violé
son Temple d'Afcalon.

Voftre vers d'Athenée, que le vin eft le grand cheual des Poëtes, eft fort plaifant: Mais dites la verité,
n'auez-vous pas tafché d'en faire vn vers Alexandrin?
Ce μέγας auec ἵππος me plaift, & reuient heureusement à cette phrase Françoise, monter sur ses grands
cheuaux, comme vous l'auez ingenieusement remarqué. Mais ce grand cheual iette souuent son homme
par terre, & on peut dire de luy, qu'il mord & qu'il
ruë.

Pour l'*Edentulum* de Plante, ie ne crois pas, non
plus que vous, qu'il veüille dire qu'il ne mordift point,
car ce feroit vn defaut, mais que c'eft vne façon de
parler boufonne, pour dire qu'il eftoit bien vieux, qui
eftoit vne perfection.

Que voulez-vous que ie faffe à Vlpian qui appelle
les Chreftiens imposteurs *idem Trebatio & Papiniano
videbatur*. Nous perdrions noftre caufe dans le Dige-
fte; mais le Code nous eft plus fauorable.

Le mot de Pline me femble beau, *rerum natura nuf-
quam, &c.* Quand ie vis l'Elephant, ie dis qu'il sembloit que ce fuft vne figure qui n'eftoit qu'ébauchée
par la Nature, & qu'il y auoit plus de façon en vne
mouche.

A propos, ie crois que ie m'en vais faire vn affez
grand voyage, le Roy m'a donné celuy de Florence,
pour aller porter la nouuelle au grand Duc, de l'accou-
chement de la Reyne. Cela me doit eftre en quelque

forte auantageux & mefme agreable : mais ie fuis fafché que cela m'oftera quelque temps le moyen de
voir de vos lettres, & de vous voir vous-mefme : car
ie crois que vous ferez à Paris deuant que ie fois de retour. Ie ne fçay fi ie feray encore icy quand vous me
ferez réponfe à cette lettre : mais ne laiffez pas pourtant de m'écrire, car il peut arriuer mille chofes qui
retarderont ou qui empefcheront mon partement.
En tout cas ie vous dis adieu, & ie vous prie de croire
que ie vous aime de tout mon cœur, & que ie n'ay iamais eu de bon-heur au monde que i'eftime tant, ni
qui me donne tant de ioye que voftre amitié.

Au refte, oftez ie vous fupplie, ces Monfieur que
vous femez çà & là dans vos lettres, *ad populum phale-*
ras, ou bien ie vous en mettray à chaque ligne, &
vous diray,

Vis te Sexte coli, volebam amare,
Sed fi te colo Sexte, non amabo.

C'eft à dire, i'en feray moins,

Voftre, &c.

A Paris ce 25. d'Aouft 1639.

AV MESME.

LETTRE XCI.

Malè est Cornifici tuo Catullo,
Malè est me herculè & laboriosè.

TOut de bon, Monsieur, ie n'ay eu de ma vie l'esprit si agité qu'à cette heure; Cependant, vous
m'écriuez des folies, & vous estes aussi gay & aussi en-
ioüé que si nous estions encore tous deux dans le
Cours, & que nous n'eussions ni l'vn ni l'autre aucune
cause d'ennuy. Au lieu de me parler du sujet de mon
déplaisir, & de me dire ce que vous iugez (car il y a
lieu d'exercer ses conjectures là dessus, aussi bien que
sur le plus obscur passage de Tacite) vous m'alleguez
Lampridius & Athenée, *quàm ineptè*, & en vn temps
où ie dispute en moy-mesme, sçauoir si Madame de
*** m'aime, où si elle ne m'ayme pas, & que cela est
deuenu vne chose problematique, vous me venez
entretenir de Pharaon. Lors que nous reuenions ensemble d'Arcueil, si ie vous eusse esté discourir des
Roys d'Egypte, songez le grand plaisir que ie vous
eusse fait, & la belle attention que vous m'eussiez donnée. Neantmoins, ie vous auoüe que ie n'ay point esté
fasché de lire tout ce que vous m'escriuez. Ce que
vous me mandez que .... m'a fait rire.

Qq ij

Tityofque vultu
Rifit inuito.

Voſtre *patruiſſimè* m'a ſemblé fort plaiſant, auſſi Plaute a ſouuent de meſchantes bouffonneries ; mais, ſans
mentir, il dit auſſi quelquefois de bons mots : & voilà comme i'accorde Horace & Ciceron, dont l'vn dit
qu'il eſt meſchant bouffon, & l'autre qu'il eſt *paſſim
refertus vrbanis dictis*. L'autre iour i'y liſois d'vn vieillard, qui ayant ſurpris quelqu'vn auprés du lieu où il
auoit caché ſon threſor, le foüilla, luy fit monſtrer la
main droite, & puis la main gauche, & n'y trouuant
rien, dit *cedo tertiam*. Cela repreſente plaiſamment vn
vieillard ſoupçonneux, qui s'imagine qu'vn homme
a vne troiſieſme main pour voler. Ie ne vous puis dire
l'extréme plaiſir que vous me faites de m'écrire de la
ſorte que vous m'écriuez. I'eſtudie mieux dans vos
lettres que dans tous les liures du monde, & i'y trouue de plus belles choſes.

Pour ces Meſſieurs de *Quintus Metellus Celer*, ie ne
les connois point : vous me mandez qu'ils furent pris
pour Indiens, pour moy ie croy qu'ils furent pris pour
dupes. Au reſte, vous parlez des vents comme feroit
Chriſtofle Colomb ; vous auez bien la mine d'auoir
pris tout cela mot à mot dans vn liure ; car ie iurerois
que vous n'auez iamais ſceu qu'à cette heure ce que
c'eſt qu'vn rhomb de vent, & pour ce qui eſt du deſtroit de Vegas, ie ne voudrois pas aſſeurer que vous
le connuſſiez fort.

A ce que ie voy φιλεῖν ſignifie *bacciare & amare*,

c'eſt que baiſer & aimer, *conuertuntur.* Mais ie m'aſſeure que *** deſmentoit ce paſſage d'Ariſtenete.

Voſtre Paſteur, ſes moutons, & Hercule, m'ont
bien plû; & l'aſne meſme eſt ioly, comme vous le
faites parler. Dites-moy ſi c'eſt dans les Fables d'Eſo-
pe que vous l'auez trouué. L'application de l'Apolo-
gue me ſemble dangereuſe, & allez-vous-en vn peu
preſcher cela à Ruël. Mais reuenons à nos moutons.
Il eſt vray qu'Hercule en mangeoit volontiers, &
grande quantité : les Argonautes en allant à Colchos
le laiſſerent dans vne Iſle. On en rend pluſieurs raiſons, toutes aſſez belles; les vns diſent que c'eſt qu'il
rompoit toutes les rames en ramant; les autres, qu'il
peſoit trop; quelques-vns, que les Argonautes eurent
peur qu'il remportaſt ſeul toute la gloire; & d'autres,
que ce fut pource qu'il mangeoit trop. Il me ſouuient
d'auoir leu dans vn Poëte Grec (c'eſt à dire Grec &
Latin) qu'il remüoit les oreilles en mangeant; & pour
ce que cela m'a ſemblé plaiſant, i'en ay retenu les Vers
que voicy,

> *Illum ſi edentem videris, ſtrepunt genæ,*
> *Intus ſonat guttur, ſouat maxilla, dens*
> *Stridet caninus, ſibilant nares; mouet*
> *Aures, ſolent armenta ſicut haud minus.*

Ie ſuis faſché que ie ne pris garde à vous, quand
vous mangiez ce biſcuit de canelle à Gentilly; car ſans
doute les oreilles vous alloient.

Ie trouue au reſte voſtre verſion du Grec en Vers

François fort heureuſe: mais dite-le vray combien de fois auez-vous inuoqué Apollon pour cela?

Le mot d'Achilles Tatius, que la queuë du Paon eſt vne prairie de plumes, eſt ioly : mais peut eſtre vn peu trop hardy, & il me ſemble que Tertullien a mieux rencontré, qui dit, apres auoir dit beaucoup de choſes de la robbe du Paon, *nunquam ipſa ſemper alia, etſi ſemper ipſa quando alia, toties denique mutanda, quoties mouenda.*

Ie conſens que l'on chaſtre Vlpian, puiſque vous le voulez, & meſme Papinian; Auſſi bien n'engendrent-ils que des procez. Mais ſi vous m'en croyez, on pardonnera à Trebatius, à cauſe du mot que vous m'auez appris de luy, *conſultus à quodam, an nux pinea pomum eſſet, reſpondit, ſi in Vatinium miſſurus es, pomum erit.* Adieu, Monſieur, ie ſuis en verité.

Voſtre, &c.

AV MESME.

LETTRE XCII.

MONSIEVR,

Lors que i'auois des moutons à acheter, & à efcrire des poulets en Caftillan & en Portugais, ie n'auois gueres plus d'affaires que i'en ay à cette heure. Il faut que ie prenne congé du Roy, & de Monfieur; que ie follicite Monfieur de Bulion pour vne Ordonnance, & que ie me faffe payer à l'Efpargne: Que ie die adieu à tous mes amis, & que tout cela foit fait dans trois iours. Cependant ie laiffe tout cela, pour prendre le loifir de vous écrire: car il me femble qu'il n'y a rien qui me foit fi important, & que ce voyage ne me pourroit eftre heureux, fi ie le commençois fi mal que de partir fans vous dire adieu. Ie ne fçay pas fi cette *embarquacion* me fera heureufe : mais iamais ie ne fortis de France fi volontiers, & ie prens plaifir à aller défier fur la mer Méditeranée ces trente-deux vents que vous fçauez que ie défiay autrefois fur l'O-cean. A propos, vous en mettez trente-cinq, vous qui faites tant le grand Marinier, auec voftre *Rhomb*, & voftre *Detroit de Vegas*.

Heu quianam tanti turbarunt æthera venti.

Ceux qui ont fait le tour du monde n'en connoiffent que trente-deux; les trois de furplus font de voftre

reſte; ie ne croyois pas qu'il y en euſt tant. Mais celuy
qui me ſemble le plus inſupportable en vous, eſt le
vent Grec, & la ſuffiſance que vous prenez pour ſçauoir mieux que moy où il faut mettre vn graue, ou
vn circonflexe. Il a bien eſté dit, Tu n'adjouſteras ni
oſtera vn iota; mais il n'eſt pas parlé des accens. Et
cependant, pource que i'en ay oublié vn, vous ſouf-
flez comme ſi vous auiez gagné vne grande victoire:
ô *ventum horribilem!* Lors que vous accommodaſtes ſi
mal la pauure Philomele, qu'aprés Terée perſonne
ne l'a iamais traitée ſi mal que vous, ie n'en fis pas tant
de bruit; & cela vous eſtoit moins pardonnable qu'à
moy.

Mais mon Dieu que vous m'auez dit à propos voſtre *Duriter*............... & tout le reſte de ce paſſage!
Sans mentir, il faut que ie vous aime bien pour lire
ſans enuie tout ce que vous m'écriuez, & pour prendre tant de plaiſir à connoiſtre que vous auez plus
d'eſprit que moy. Pour vous dire le vray, ce que ie regrette le plus en partant d'icy, c'eſt que ie n'auray
plus de vos nouuelles. Il me ſemble que les figues, les
raiſins, & les melons d'Italie, & le preſent que me fera le grand Duc, ne me pourroient dédommager de
la perte que ie fais de vos lettres. Mais ie croy que vous
aimez mieux que ie vous loüe de voſtre poëſie, que
de voſtre proſe. Car Ariſtote dit, que ſur tout ouurier
le Poëte eſt amoureux de ſon ouurage. En verité, vos
œuures poëtiques ſont admirables; & ie veux mourir
ſi vous ne faites des vers comme Ciceron.

À MA-

A MADEMOISELLE DE RAMBOVILLET.

LETTRE XCIII.

MADEMOISELLE,

Ie ne puis pas dire abfolument que ie fois arriué à
Turin, car il n'y eft arriué que la moitié de moy-mefme. Vous croyez que ie veux dire que l'autre eft de-
meurée auprés de vous ; ce n'eft pas cela, c'eft que de
cent & quatre liures que ie pefois en partant de Paris,
ie n'en pefe plus que cinquante-deux. Il ne fe peut
rien voir de fi maigre & de fi décharné que ie fuis, &
felon que ie fuis changé, ie crois que Monfieur le
Marquis de Pifany & moy ne nous reconnoiftrons
plus quand nous nous verrons. La fiévre me fit arrefter vn iour à Roane ; ie croyois tout de bon eftre attrapé, & que ie ferois long-temps malade. Ce qui
me faifoit le plus de dépit, c'eft que ie m'imaginois
que vous ne croiriez pas que ce fut de regret de vous
auoir quittée, & que vous penferiez pluftoft que ce
feroit pour auoir couru la pofte. En effet, cela n'eftoit
pas hors de la vray-femblance, & ce qui fembloit
confirmer cette opinion, c'eft qu'il eft vray que les
trois derniers cheuaux que i'auois montez, m'auoient
mis en vn pitoyable eftat cét endroit que vous fçauez

Rr

queBrunel monſtroit àMarphiſe; & ce qui eſtoit plus
à craindre, i'auois vne ſi grande chaleur, que quand
i'euſſe eſté fait Gouuerneur de Monſieur le Dauphin,
ie n'euſſe pas eſté plus propre que ie le fus les quatre
premiers iours. l'en parlay à vn fort honneſte homme de Roane, que l'on m'a dit qui eſt Apoticaire, lequel me donna quelque choſe qui me ſoulagea fort.

à l'Aiguillon Ie vous ſupplie de le dire à Madame la Ducheſſe. Depuis, ie n'ay eu aucun mal que celuy de ne vous point
voir; mais à celuy-là, il n'y a point de remede, & le ſel
Mercurial n'y fait rien. Ie ſuis dés hier aprésdiſner icy;
ie n'ay encore pû voir Madame, pource qu'hier l'on
croyoit queMôſieur de Sauoye allaſt mourir, aujour-
d'huy ie la verray ; demain ie partiray pour aller à l'armée, &i'eſpere qu'apres demain à midi ie verray Monſieur le Cardinal de la Valette, &Monſieur voſtre frere.
Permettez-moy, s'il vous plaiſt, Mademoiſelle, d'eſtre
bien aiſe en cette occaſion, & ne trouuez pas mauuais
que ie ſois ſenſible à cette ioye en voſtre abſence.
Quand ie dis en voſtre abſence, i'y comprens auſſi
celle de Madame la Princeſſe , de Mademoiſelle de
Bourbon, de Madame la Ducheſſe d'Aiguillon , de
Madame la Marquiſe de Sablé, de Madame du Vigean, & de Madame voſtre Mere que ie deuois nommer la premiere, quoy qu'il y ait des Princeſſes & des
Ducheſſesparmy cela. Vous ne ſçauriez croire combien ie ſuis en peine de la maladie de Madame de
Liancourt; ſi elle ſe porte mieux, & ſi ſa...... eſt gue-
rie, ie vous ſupplie tres-humblement, Mademoiſelle,

de me faire l'honneur de me le faire sçauoir à Rome ;
car cela sera cause que i'y feray vn voyage, & que i'y
verray toutes choses auec plus de repos & de plaisir.
Mais que ce m'en seroit vn grand, si ie pouuois dire
icy combien ie suis,

MADEMOISELLE,

Voitre, &c.

A Turin le dernier Septembre 1638.

Rr ij

A LA MESME.

LETTRE XCIV.

MADEMOISELLE,

Ie voudrois que vous m'eussiez pû voir aujour-
d'huy dans vn miroir, en l'estat où i'estois; vous m'eussiez veu dans les plus effroyables montagnes du monde, au milieu de douze ou quinze hommes les plus
horribles que l'on puisse voir, dont le plus innocent
en a tué quinze ou vingt autres : qui sont tous noirs
comme des Diables, des cheueux qui leur viennent
iusques à la moitié du corps, chacun deux ou trois ba-
lafres sur le visage, vne grande harquebuse sur l'es-
paule, deux pistolets & deux poignards à la ceinture. Ce sont les Bandis qui viuent dans les montagnes des confins de Piedmont & de Genes; vous eussiez eu peur sans doute, Mademoiselle, de me voir
entre ces Messieurs-là, & vous eussiez creu qu'ils
m'alloient couper la gorge. De peur d'en estre volé,
ie m'en estois fait accompagner, i'auois escrit dés le
soir à leur Capitaine, de me venir accompagner, &
de se trouuer en mon chemin; ce qu'il a fait ; & i'en ay
esté quitte pour trois pistoles. Mais sur tout, ie voudrois que vous eussiez veu la mine de mon neueû, &
de mon valet, qui croyoient que ie les auois menez

à la boucherie. Au fortir de leurs mains, ie fuis paffé par deux lieux où il y auoit garnifon Efpagnole, & là, fans doute, i'ay couru plus de danger : on m'a interro-gé, i'ay dit que i'eftois Sauoyard, & pour paffer pour cela, i'ay parlé le plus qu'il m'a efté poffible comme M. de ***.' Sur mon mauuais accent, ils m'ont laiffé paffer. Regardez fi ie feray iamais de beaux difcours qui me vallent tant, & s'il n'euft pas efté bien-mal à propos qu'en cette occafion, fous ombre que ie fuis de l'Academie, ie me fuffe allé piquer de parler bon François. Au fortir de là, ie fuis arriué à Sauone, où i'ay trouué la mer vn peu plus efmeuë qu'il ne falloit pour le petit vaiffeau que i'auois pris ; & neantmoins, ie fuis, Dieu mercy, arriué icy à bon port. Voyez s'il vous plaift, Mademoifelle, combien de perils i'ay courus en vn iour. Enfin ie fuis efchapé des Bandis, des Efpagnols, & de la Mer ; tout cela ne m'a point fait de mal, & vous m'en faites, & c'eft pour vous que ie cours le plus grand danger que ie courray en ce voyage. Vous croyez que ie me mocque, mais ie veux mourir fi ie puis plus refifter au déplaifir de ne point voir Madame voftre Mere & vous. Ie vous auouë franchement qu'au commencement i'eftois en dou-te, & que ie ne fçauois fi c'eftoit vous, ou les cheuaux de pofte qui me tourmentiez ; mais il y fix iours que ie ne cours plus, & ie ne fuis pas moins fatigué : Cela me fait voir que mon mal eft d'eftre efloigné de vous, & que ma plus grande laffitude eft que ie fuis las de ne vous point voir ; & cela eft fi vray, que fi ie n'auois

vaugelas

point d'autres affaires que celles de Florence, ie croy
que ie m'en retournerois d'icy ; & que ie n'aurois pas
le courage de paſſer outre, ſi ie n'auois à ſolliciter voſtre procés à Rome. Sçachez-moy gré, s'il vous plaiſt,
de cela ; car ie vous aſſeure qu'il en eſt encore plus que
ie n'en dis, & que ie ſuis autant que ie dois,

*x pour la ſucceſſion
d'un Mediei contre
le jeune marquis qui
la ſaiſoit [?]
Achillee*

Voſtre, &c.

A MADAME LA MARQVISE
de Ramboüillet.

m de de Ramb. faint il toujours de guerre a voiter a qu'il ne remarquoit rien. elle luy donna charge de faire la description du Valentin aimant extremement l'architecture.

LETTRE LCV.

MADAME,

I'ay veu pour l'amour de vous le Valentin, auec plus d'attention que ie n'ay iamais fait aucune chofe, & puis que vous defirez que ie vous en faffe la defcription, ie le feray le plus exactement qu'il me fera poffible. Mais vous confidererez, s'il vous plaift, que quád ie me feray acquité de cette commiffion, & de l'autre que vous m'auez donnée à Rome, i'auray fait pour vous les deux chofes du monde qui me font les plus difficiles, de parler de baftiment & de parler d'affaires. Le Valentin, Madame, puis que Valentin y a, eft vne maifon qui eft à vn quart de lieuë de Turin, fituée dans vne prairie & fur le bord du Po. En arriuant, on trouue d'abord; ie veux mourir fi ie fçay ce qu'on trouue d'abord: ie croy que c'eft vn Perró; non non, c'eft vn Portique; ie me trompe c'eft vn Perron. Par ma foy, ie ne fçay fi c'eft vn Portique ou vn Perron. Il n'y a pas vne heure que ie fçauois tout cela admirablement, & ma memoire m'a manqué. A mon

retour, ie m'en informeray mieux; & ie ne manqueray pas de vous en faire le rapport plus ponctuelle-
ment. Ie suis,

Voſtre, &c.

De Genes, le 7. Octobre, 1638.

A MON-

A MONSIEVR COSTART.

LETTRE XCVI.

MONSIEVR,

I'eſtois hier logé dans vn des plus beaux Palais du monde, i'auois pour mon appartement vne grande ſale, deux antichambres, & vne chambre tapiſſée de tapiſſeries releuées d'or, & i'eſtois ſeruy par vingt ou trente Officiers ; & aujourd'huy ie ſuis dans vne des plus méchantes Hoſtelleries où i'aye iamais eſté de ma vie, & ie n'ay plus qu'vn valet pour me ſeruir. Pour me conſoler d'vn ſi grand changement de fortune, & faire que ie ſois aujourd'huy auſſi heureux que i'eſtois hier, i'ay demandé de l'encre & du papier, & ie me ſuis mis à vous eſcrire. Que ie meure ſi parmy les honneurs que i'ay receus dans le perſonnage que ie viens de ioüer, & les diuertiſſemens que l'on m'a fait auoir, i'ay eu tant de plaiſir que i'en ay à cette heure! Outre la ioye que i'ay de vous entretenir, ie ſuis bien-aiſe encore de vous faire voir que ce n'eſtoit pas le grand profit que ie faiſois de changer mes lettres auec les voſtres, qui me faiſoit entretenir ce commerce: puis qu'à cette heure que ie ne puis auoir de réponſe, ie ne laiſſe pas de prendre plaiſir à vous eſcrire, & à vous aſſeurer de la paſſion que i'ay de vous ſeruir.

Sſ

Elle est, ie vous iure, aussi grande que vous le meritez,
& que le merite l'affection que vous auez pour moy.
I'espere partir de Rome dans trois semaines, & si ie
trouue vn Vaisseau ie m'embarqueray pour Marseille.
Vous qui connoissez si bien les vents, si vous auez
quelque authorité sur eux, ie vous supplie de les en-
fermer tous en ce temps là *præter Iapyga*. Mais celui-
là, il n'y a pas de danger qu'il soit vn peu fort : I'aime
mieux auoir la mer vn peu grosse, & aller plus viste;
car i'ay haste de retourner à Paris, & de vous y reuoir. Ie suis,

Vostre, &c.

De Rome le 15. Nouembre 1638.

A MADEMOISELLE DE RAMBOVILLET.

LETTRE XCVII.

MADEMOISELLE,

Ie'n demande pardon à Madame vostre Mere; mais iamais ie ne me suis tant ennuyé qu'à Rome. Il ne se passe point de iour que ie n'y voye quelque chose de merueilleux, des chefs- d'œuures des plus grands ouuriers qui ayent esté, des iardins où tout le Printemps se trouue à cette heure, des bastimens qui n'en ont point de pareils au monde, & des ruines encore plus belles que ces bastimens. Mais tout ce que ie vous dis là n'empesche pas que ie n'y sois triste, & qu'au mesme temps que ie voy toutes ces choses ie ne souhaite d'en sortir. Les plus excellans ouurages de peinture, de sculpture & de *prouature*, d'Anelle, de Praxitelle, & de *Papardelle*, ne sont point à mon goust. Ie m'estonnerois de cela, si ie n'en connoissois la cause, & si ie ne sçauois qu'vne personne qui est accoustumée à vous voir ne sçauroit plus iamais estre bien aise en ne vous voyant pas. Pour vous dire le vray, Mademoiselle, il m'en arriue de vous comme de la santé. Ie ne connois iamais si bien vostre prix que lors que ie vous ay perduë, & quoy qu'en presence ie ne

S ſ ij

garde pas tousiours vn fort bon regime pour me bien tenir auecques vous, dés que ie ne vous ay plus, ie vous souhaite auec mille vœux. Ie reconnois que vous estes la plus précieuse chose du monde, & ie trouue par experience que toutes les delices de la terre sont ameres & desagreables sans vous. I'eus plus de plaisir il y a quelque temps à voir auecque vous deux ou trois allées de Ruël, que ie n'en ay eu à voir toutes les Vignes de Rome, & que ie n'en aurois à voir le Capitole, quand il seroit en l'estat où il a esté autresfois, & que mesme Iupiter Capitolin s'y trouueroit en personne. Mais afin que vous sçachiez que ce n'est pas raillerie, & que ie suis tout de bon, aussi mal que ie le dis; il y a huict iours que me promenant le matin auec le Cheualier de Iars, ie fusse tombé de mon haut s'il ne m'eust receu entre ses bras, & le lendemain au soir ie m'éuanoüis encore vne fois dans la chambre de Madame la Mareschalle d'Estrée. Les Medecins disent que ce sont des vapeurs melancoliques, & que ces accidens ne sont pas à mépriser. Pour moy voyant que cela m'auoit repris deux iours de suite, & que i'estois menacé de quelque chose de pis, ie n'ay esté ni fou ni estourdi; i'ay pris de l'Antimoine que Monsieur Nerli* m'a donné. En effet cela m'a fait du bien, i'en porteray quatre prises auecque moy, que ie veux faire prendre à Madame la Duchesse d'Aiguillon, car il n'y a point de ripopés qui fassent de si bons effets, & il se faut seruir de cela en attendant que celuy qui me l'a donné aye trouué la recepte de l'Or pota-

* gentilhomme florentin fort debauché qui ne sachant plus que faire se mit a chercher la pierre philosophale

ble, qu'il ſçaura faire ce qu'il dit au plus tard dans vn
an. I'eſpere partir d'ici d'aujourd'huy en huiĉt iours.
Vous vous eſtonnerez, Mademoiſelle, que ie demeure ſi long-temps en vn lieu où ie dis qu'il m'ennuye ſi
fort, i'y ay eſté arreſté iuſqu'à cette heure par des cau-
ſes que ie vous diray, & deſquelles ie n'ay pû me deffaire. Mais ie vous aſſeure encore vne fois que de ma
vie ie n'ay eu tant d'ennuy, ni tant d'enuie de vous
voir. Ie vous ſupplie tres-humblement de me faire
l'honneur de me croire, & d'eſtre aſſeurée que ie ſuis
beaucoup plus que ie ne le puis dire ici,

MADEMOISELLE,

Voſtre, &c.

De Rome le 25. Nouembre, 1638.

Sſ iij

A MONSEIGNEVR L'EVESQVE
de Lisieux.

LETTRE XCVIII.

MONSEIGNEVR,

I'eusse bien voulu vous porter la lettre qui est auec celle-cy, & vous aller remercier moy-mesme de la faueur que vous m'auez faite, de me recommander à celui qui vous l'enuoye. Aussi bien n'estant pas deuenu plus homme de bien à Rome, ie voudrois voir si ie ne profiterois pas dauantage à Lisieux, & si vous ne m'apprendriez pas comme il faut que ie gagne les Pardons que i'ay receus du Pape. Ie croy que ce voyage-là me feroit plus vtile que celui que ie viens de faire : car il est vray, Monseigneur, que ie ne vous voy iamais que ie n'en sois meilleur pour quelques iours; & toutes les fois que ie vous approche, ie sens que mon bon Ange reprend nouuelles forces, & qu'il me conduit auec plus d'asseurance. Il y a long-temps que i'ay dans l'esprit, que si Dieu veut iamais ma conuersion, il ne se seruira point d'autres moyens que de vos discours, & de vos exemples pour me faire cette grace : & que s'il m'enuoye vne voix du Ciel pour me r'appeller, il me la fera entendre par vostre bouche. Desia il me semble que la volonté que i'ay de vous ser-

uir, me sanctifie en quelque sorte, & que ie ne sçaurois estre tout à fait profane, ayant tant de respect &
d'affection pour vne personne si sainte. Au moins
estes-vous cause que i'ay quelque passion raisonnable,
parmi tant d'autres qui ne le sont pas, & que dans le
déreglement où ie suis, il y a vne partie de mon cœur
qui est saine. Quoy que i'aye accoustumé de l'employer bien mal, & que i'en sois fort mauuais mesnager; ie pense auoir mis à couuert pour tousiours ce
que vous y auez; & ie ne sçaurois plus perdre ni enga-
ger la place que ie vous y ay donnée. Elle est assez
grande, Monseigneur, pour sauuer quelque iour tout
le reste, & ie ne desespere pas qu'il ne soit bien-tost
tout à vous. De temps en temps vous y acquerez
quelque chose, & il ne s'en faut plus gueres que vous
n'y ayez autant de pouuoir que tout le reste du monde. Acheuez, ie vous supplie, de le gagner tout entier, & réjoüissez-vous de cette acquisition, comme
d'vne conqueste que vous auez faite dans vn païs infidelle, & duquel vous estes destiné à chasser les Ido-
les. I'ay quelque esperance que cela arriuera; & sçachant les tesmoignages que vous auez rendus en ma
faueur, & connoissant d'ailleurs que vous ne sçauriez
vous tromper, ie prens pour vne Prophetie tout le
bien que vous auez dit de moy, & ie croy que ie seray tel à l'auenir, que vous auez asseuré au Cardinal
Barberin que i'estois dés à cette heure. Ie ne puis assez
bien vous exprimer le bon accueil qu'il m'a fait à vôtre recommandation, & l'affection qu'il témoigne

auoir pour tout ce qui vous regarde. L'Italie, Monseigneur, ne vous connoiſt gueres moins que la France, & ſans mentir, ie n'ay rien veu à Rome qui m'ait
tant edifié que l'eſtime & la paſſion que l'on y a pour
vous. Mais ſur tous les autres, le Cardinal Barberin
m'a ſemblé eſtre parfaitement voſtre amy; & auoir
pour voſtre vertu, cette affection, & ce reſpect que
vous iettez dans l'ame de tous ceux qui vous prati-
quent. Il m'a commandé de vous faire entendre
quelques particularitez de ſa part, que ie reſerue à
vous dire, lors que i'auray l'honneur de vous voir,
& de vous pouuoir aſſeurer moy-meſme que ie ſuis
plus que perſonne,

MONSEIGNEVR,

Voſtre, &c.

A Paris ce 13. Ianvier 1639.

A MON-

A MONSIEVR DE LYONNE
à Rome.

LETTRE XCIX.

MONSIEVR,

Quoy que vous m'ayez donné les plus mauuaifes
heures que i'aye euës en tout mon voyage, & que perfonne ne m'ait fi mal traitté à Rome que vous, ie vous
affeure que ie n'y ay point veu d'homme que ie defi-
raffe tant de reuoir, ni que ie feruiffe fi volontiers. Il
arriue peu fouuent qu'en ruinant vne perfonne on
acquiert fon amitié: Mais vous auez eu cette fortune-
là auecque moy, & voftre Genie eft en toutes chofes
fi puiffant deffus le mien, que ie n'ay pû me défendre
de vous d'vne façon ni de l'autre, & qu'en me ga-
gnant mon argent, vous auez encore gagné mon
cœur, & vous eftes rendu maiftre de ma volonté.
Que fi i'ay efté fi heureux que de trouuer quelque place dans la voftre, ce gain-là me dépique de toutes mes
pertes; & ie penfe auoir plus profité que vous dans le
commerce que nous auons eu enfemble. Quoy que
i'aye acheté bien cher voftre connoiffance, ie ne crois
pas l'auoir payée à beaucoup prés ce qu'elle vaut; &
i'en donnerois bien volontiers encore autant, pour

T t

trouuer dans Paris vn autre homme comme vous.
Cela estant ainsi, Monsieur, vous deuez estre asseuré
que ie feray tousiours tout ce qui pourra me conseruer vn honneur que i'estime tant, & que ie ne perdray
pas legerement vn amy qui m'a tant cousté. I'ay fait
tout ce que vous auez desiré dans l'affaire dont vous
m'auez escrit, & ie vous obeïray de la mesme sorte
dans toutes les choses que vous me commanderez :
Car ie suis de tout mon cœur, & auec toute l'affection
que ie dois,

Vostre, &c.

A Paris le 7. Feurier, 1639.

A MONSEIGNEVR LE CARDINAL
de la Valette.

LETTRE C.

MONSEIGNEVR,

Si vous vous fouuenez de la paſſion que vous m'a-
uez veuë autrefois pour Renaut & pour Roger, vous
ne douterez pas de celle que i'ay à cette heure pour ce
qui vous regarde, puis que vous faites en pourpoint,
tout ce que ceux-là faiſoient auec des armes enchantées. Quand vous auriez eſté Fée, vous ne vous ſeriez
pas ietté dans le peril plus hardiment que vous auez
fait, & vous auez porté la valeur, iuſques aux dernieres bornes où elle peut aller, & au plus haut point, où
la puiſſent mettre ceux qui n'ont point d'autre vertu
que celle-là. Ie vous auoüe, Monſeigneur, que ſi la
guerre auoit eſté acheuée par ce dernier exploit, dont
vous auez eſté la principale cauſe, & qu'il ne vous re-
ſtaſt plus rien à faire, qu'à venir triompher, ie receurois vne extréme ioye de tout ce que i'entens dire
icy de vous, & ie me mettrois à eſcrire voſtre hiſtoire
auec beaucoup de repos & de plaiſir. Mais quand ie
ſonge qu'il y aura d'autres occaſions où vous pourrez
courre la meſme fortune, & que ie ne ſuis pas aſſeuré
de ce qui arriuera à la fin du liure, ie ne ſçaurois ioüir

T t ij

qu'auec inquietude de la gloire que tout le monde
vous donne, & la crainte de l'auenir ne me laisse pas
bien sentir le contentement des choses presentes. Ie
laisse donc à ceux qui n'ont pas tant d'affection que
i'en ay, & à qui vous n'estes pas si necessaires qu'à
moy, la charge de vous donner des loüanges. Pour
moy tout ce que ie puis faire à cette heure, c'est de
vous supplier tres-humblement, Monseigneur, de
mesnager mieux la plus illustre personne de nostre
siecle, & ne donner pas tant à la vaillance, que vous en
violiez la iustice. Celle-cy veut que vous ne hazar-
diez pas si librement le bien de tant de monde, & que
vous conseruiez auec plus de soin, vne vie où tous les
honnestes gens ont interest, & qui importe plus à la
France que tout le païs que vous deffendez. Ie suis,

MONSEIGNEVR,

Voftre, &c.

A MONSEIGNEVR ***

LETTRE CI.

MONSEIGNEVR,

Quand vous feriez forty de Paris pour vne occafion qui vous euft efté agreable, & qui euft importé à
vos plaifirs, ou à voftre gloire, ie crois que ie n'euffe
pas laiffé d'en eftre marry, & de m'oppofer en cela à
vos interefts; mais voftre éloignement ayant eu vne
caufe fi mal-heureufe, & fi étrange que celle qu'il a,
ie puis dire qu'il ne pouuoit rien arriuer qui m'affli-
geaft dauantage, & que la Fortune ne pouuoit rien
faire qui me paruft plus iniufte, ni plus difficile à fouffrir. Puis que cela a icy troublé les plaifirs de tout le
monde, & que ce defaftre a efté fenfible à tant de gens
qui vous font moins obligez que moy, ie penfe, Monfeigneur, que vous me faites bien l'honneur de ne
douter pas que ie n'en aye tout le reffentiment que ie
dois, & qu'il n'eftoit pas befoin que ie vous l'écriuiffe
pour vous le faire croire. Neantmoins, i'ay creu qu'il
eftoit de mon deuoir de vous en rendre ce témoignage ; & il m'a femblé que ie receurois quelque foulagement de vous affeurer, qu'il n'y a perfonne au monde qui prenne plus de part à vos plaifirs, ni qui foit
plus veritablement que moy,　　　Voftre, &c.

A MONSIEVR ***

LETTRE CII.

MONSIEVR,

    Il eût mieux valu danfer vne courante moins, &
m'enuoyer vne lettre, & vous euffiez mieux fait d'employer vne de vos boutades à m'écrire. On nous a
dit icy qu'en vn mefme bal vous l'auez recommen-
cée trente fois ; c'eft beaucoup danfé pour vn grand
Marefchal de Camp, & pour vn homme qui veut
témoigner d'auoir quelque fentiment pour ce qu'il a
laiffé à Paris. Si vous continuez de la forte, i'abandonne icy le foin de vos affaires, & ie trouue que les Dames de Lorraine feront plus obligées de vous enuoyer
des fruits, que celles de la Cour. Ie ne fçay pas, Monfieur, comme vous l'entédez, ni quel aduantage vous
voyez à cela ; mais pour moy, il me femble que ce
n'eft pas danfer en cadence que de danfer à Mets, & ie
ie iurerois qu'il n'y a pas là vingt perfonnes plus belles
& plus aymables que trois ou quatre qui parlent icy
quelquefois de vous, & qui ne trouuent pas bon, que
vous vous puiffiez fi fort réjoüir en leur abfence ; que
fi vous eftes deuenu fi grand danfeur, & que vous ne
vous en puiffiez tenir, elles vous prient, au moins, de

x Dame.

ne plus tant danfer la boutade, & de choifir quelque danfe plus graue, comme les branles, ou la pauane. I'ay creu, Monfieur, que i'eftois obligé à vous donner cét aduis, vous en ferez ce qu'il vous plaira, & pour moy, ie feray toufiours,

Voftre, &c.

A MADEMOISELLE
de Rambouïllet.

LETTRE CIII.

MADEMOISELLE,

La nouuelle de la leuée du fiege à Thurin a efté
pour moy la plus agreable que i'aye receuë de ma
vie. I'ay eu pourtant quelque déplaifir, de ce que
cela m'oftoit vne occafion de donner à Monfieur
le Cardinal de la Valette vne preuue de la veritable affection que i'ay pour lui : Car i'auois refolu
d'entrer dans la ville, & de lui porter du rafraichif-
fement en lui difant de vos nouuelles. Monfieur
le Comte de Guiche, à qui ie m'en eftois vanté,
m'auoit dit, que d'ordinaire l'on pendoit ceux que
l'on furprenoit dans ce deffein : mais cela ne m'é-
tonnoit pas, & ayant eu de Madame de la Trimoüille des raifons pour me confoler, au cas que ie
fuffe roüé en Italie, ie ne me fouciois pas trop d'y eftre
pendu. Mais cela euft efté plaifant, que Monfieur le
Cardinal de la Valette fe promenant fur la muraille,
m'eût reconnu fur l'échelle. Tout de bon, ie vous affeure que quand on ne vous voit pas, on fe feroit pendre pour vn double, & on fe fent fur l'eftomac vne fi
grande

grande pefanteur, qu'il vaudroit peut-eftre mieux
eftre eftranglé tout d'vn coup. Vous ne fçauez ce que
c'eft que de mal, Mademoifelle, vous qui n'auez iamais efté fans vous, & qui n'auez pas éprouué la douleur qu'il y a de fe feparer de la plus aimable perfonne
du monde. Mais fi vous voulez, ie vous diray comme cela fe fait. Le premier iour on eft tout endormi,
le fecond tout affoupi, le troifiefme tout eftourdi; &
puis quand on commence à fe reconnoiftre, & que le
fentiment eft reuenu, on foûpire à dire d'où venez-
vous; & foupir deçà, & foupir delà, & vous en aurez, c'eft la plus pitoyable chofe du monde. Ne craignez point que cecy foit veu, les courriers vont à
cette heure en feureté. Mais au cas que ce paquet fût
furpris, ie declare au Prince Thomas, & au Marquis
de Leganez, & à tous ceux qui ces prefentes lettres
verront, qu'il ne faut pas prendre garde à moy, que
c'eft par raillerie ce que i'en dis, & que i'ay accoutumé d'écrire comme cela d'vne façon extrauagante.
Ils en croiront ce qui leur plaira. Il eft pourtant vray,
Mademoifelle, que ie fuis au delà de tout ce qui fe
peut dire,

Voftre, &c.

A Grenoble.

Vu

A MADAME LA PRINCESSE.

LETTRE CIV.

MADAME,

A moins que d'eſtre cloüé à Paris, rien n'euſt pû m'empeſcher d'aller aujourd'huy à Poiſſy, car quelque choſe que i'aye dit d'vne autre Princeſſe, il n'y en a point au monde que ie voye ſi volontiers que vous. Mais comme vous ſçauez, Madame, qu'vn clou chaſſe l'autre, il a fallu que la paſſion que i'ay pour vous, ait cedé à vne nouuelle, qui m'eſt ſuruenuë, & qui, ſi elle n'eſt plus forte, eſt pour le moins à cette heure plus preſſante. Ie ne ſçay pas ſi vous entendrez cecy qui ſemble n'eſtre dit qu'en Enigme; mais ie vous aſſeure que i'ay vne raiſon fondamentale de ne bouger d'icy, ſur laquelle ie n'oſe appuyer, & qu'il n'eſt pas à propos de vous expliquer dauantage. I'ay deliberé long-temps en moy-meſme ſi ie deuois aller, & il y a eu vn grand combat entre mon cœur, & vne autre partie que ie ne nomme pas: mais enfin, Madame, ie vous auoüe que celle qui raiſonnablement doit eſtre deſſous, a eu le deſſus, & que i'ay mis deuant toutes choſes, ce qui naturellement doit eſtre derriere. Ie vous iure pourtant qu'en l'aſſiette où ie ſuis, ie ne pou-

uois pas faire autrement, & que vous qui estes la plus
considerée personne du monde, & qui faites tout
auec ordre, n'en eussiez pas fait moins que moy, si
vous eussiez esté en ma place. Ie prie Dieu, Madame,
que vous ne vous y voyez iamais, car en l'estat où ie
me trouue, il n'y en a point de bonne pour moy, & ie
suis par tout comme sur des espines. Ie ne puis aller à
pied, ie suis fort mal à cheual, le carrosse m'est trop
rude, & les chaises mesmes de Monsieur de Souscar-
riere me sont incommodes; ie suis,

Vostre, &c.

A Paris, le 5. d'Aoust 1639.

V u ij

A MONSIEVR CHAPELAIN.

LETTRE CV.

Monsievr,

Ie feray ce que vous defirez : Si c'eſt pour l'amour de
vous, ou pour l'amour de Monſieur de Balzac, ie ne
ſçaurois vous le dire , & ie ne démeſlerois pas cela,
quand i'y ſongerois iuſqu'à demain. Vous auez tous
deux vne ſi égale authorité ſur moy, que ſi en meſme
temps l'vn me commandoit de manger, & l'autre de
boire, ie mourrois de faim & de ſoif; au moins ſelon
les Philoſophes, car ie ne trouuerois iamais de raiſon
de me déterminer pluſtoſt à l'vn qu'à l'autre. Mais de
bonne fortune, vous vous entendez ſi bien enſemble, que vous ne me ferez iamais de commandemens
contraires; & vous eſtes tellement d'accord, que toutes les fois que ie feray ce que l'on me commandera,
i'obeïray à tous les deux. Ie ſuis faſché de voſtre clou,
& ie vous en plains : mais à ce que ie puis iuger, ce
n'eſt rien au prix de celui que i'ay ; le mien eſt *latus*
clauus ,

    Cum lato purpura clauo.

Et ſi vous en auiez vn pareil ſur le nez, vous l'auriez

fur tout le vifage: Il me fait encore grand mal. Cela me difpenfe de vous aller voir: car, afin que vous le fçachiez, il y a *jus lati claui.* Ie fuis,

MONSIEVR,

Voftre, &c.

Le 10. d'Aouft 1639.

Vu iij

A MADAME ***

LETTRE CVI.

Madame,

La lettre que vous defirez de voir, ne vaut pas vne ligne de celle auec laquelle vous l'auez demandée. Mais vous, qui fiftes tant hier de la deuote, ne faites-vous point de fcrupule d'efcrire de ces chofes-là la femaine Sainte, & n'en voyez-vous pas la confequence & l'effet qu'elles peuuent faire ? I'auois mis ma confcience en repos, & pour cela i'auois refolu de ne vous reuoir iamais: mais voftre lettre m'a remis en defordre, & auec vos perles & vos quatre mille francs, ie me fuis laiffé regagner auffi bien que l'autre. Ie ne croyois pas que vous deuffiez iamais vous feruir de ces moyens-là pour regagner vn amant, ni que cette forte de chofe pût auoir du pouuoir fur moy ; & fans mentir, c'eft la premiere fois que ie me fuis laiffé efbloüir aux richeffes, & que l'argent m'a tenté. Auffi, à dire le vray, les perles ne furent iamais fi bien mifes en œuure qu'elles le font dans voftre lettre, & vos quatre mille francs, de la forte que vous les employez, en valent plus de trois cens mille. Vous eftes vne perfonne incomprehenfible, & ie ne puis m'eftonner affez que fans auoir leu Herodote, & fans vous feruir de

Saturnales, vous puiſſiez eſcrire de ſi iolies lettres.
Pour moy, Madame, ie commence à m'imaginer que
vous nous auez trompez; ie crois que vous ſçauez la
ſource du Nil, & celle d'où vous tirez toutes les choſes
que vous dites eſt beaucoup plus cachée & plus in-
connuë. Enfin, quoy que die voſtre Portier, ce n'eſt
pas Madame la Marquiſe de Sablé qui eſt la plus charmante perſonne du monde, il y a plus de charmes
dans le coin de vos yeux, qu'il n'y en a en tout le reſte
de la terre, & toutes les paroles de la magie ne font
pas tant d'effet que celles que vous eſcriuez.

A MADAME ***.

LETTRE CVII.

MADAME,

Quelqu'vne des Fées, à qui vous dites que vous
abandonnez vos Lettres aprés les auoir écrites, a touché à celle que vous m'auez enuoyée. Encore faut-il
que ce soit vne des plus sçauantes de leur troupe, &
qui ait autant demeuré à la Cour, que dans les bois.
Ie ne croy pas qu'il y en ait beaucoup entr'elles qui
en sceussent faire autant; & ie pense que la mesme qui
vous inspire quand vous parlez, vous a pour cette fois
aidé à écrire. Outre les gentillesses que i'y ay remarquées, & les beautez visibles qui y sont, il y a encore
quelque chose qui fait que le cœur est touché autant
que l'esprit, & vne vertu secrette qui produit des effets
extraordinaires. Aussi-tost que i'ay eu acheué de la lire, ie me suis trouué guéri de tous mes maux : & comme s'il n'y eust plus eu d'absence au monde, point de
desirs, ni de craintes, mon ame a esté dans vne parfaite tranquillité. Cela, Madame, me semble n'auoir pû
se faire que par Féerie ; & vous aimer comme ie fais,
& estre content sans vous voir, n'est pas vne chose qui
puisse arriuer naturellement. Quoy qu'il en soit, ie
vous suis obligé de m'auoir mis en l'estat où ie me

trouue,

trouue; & puis que la raison ne me pouuoit consoler,
vous auez bien fait d'y employer les charmes. Ie
crains seulement qu'ils ne durent pas assez, ie me défie
d'vne ioye que ie sens, & dont ie ne voy pas la cause; &
i'ay peur qu'il n'arriue de moy, comme de ces corps
que l'on éuoque du tombeau, & qui n'estant animez
que par magie, n'agissent que pour peu de temps, &
tombent tout à coup, dés que l'enchantement est finy. Ne souffrez pas que cela soit de la sorte; & puis
que vos paroles me r'animent, & que vos Lettres sont
des caracteres auec lesquels ie ne sçaurois mourir,
ayez soin de les renouueller tousiours, & faites-moy
au moins subsister par artifice, iusqu'à ce que ie vous
retrouue, & que vostre presence me redonne vne veritable vie. Il faut croire que la description que vous
me faites de vos auentures est bien agreable, puis
qu'elle m'a fait prendre plaisir à tant d'incommoditez
que vous auez eües. Ie vous supplie continuez à me
rendre compte de toutes vos fortunes; & comme
vous me dites celles que vous auez eües dans le bois,
mandez-moy celles que vous aurez lors que vous
coucherez à la ville. Au reste, vous auez bien pris
l'occasion de faire paroistre que vous sçauez la***

A MADAME LA MARQVISE
de Sablé.

LETTRE CVIII.

MADAME,

Quelques galantes que ſoient les Lettres de Monſieur de la Meſnardiere, nous n'auons pû nous contenter Mademoiſelle de Chalais & moy, de ne receuoir que cela à ce voyage, meſmement ne nous ayant appris autre choſe, ſinon que vous eſtiez fort enrumée. Mais cela eſt eſtrange que moy qui vous ay tant fait la guerre d'eſtre trop craintiue en ce qui eſt de voſtre ſanté, ay pris à cette heure cette meſme humeur pour ce qui vous regarde, & qu'vn rume que vous auez me tourmente plus qu'vne fiévre continuë que i'aurois. Il eſt vray que i'y ay maintenant aſſez d'intereſt pour m'en mettre en peine, puiſque de là dépend voſtre voyage, & de voſtre voyage toute ma ioye. Car ie vous aſſeure, Madame, que ie ſuis reſolu à n'en auoir aucune ſi vous ne venez pas, & que ie dois eſtre le plus heureux ou le plus mal-heureux homme du monde cét hyuer, ſelon la reſolution que vous prendrez. Ie vous puis dire auſſi que vous aurez voſtre part du contentement que vous nous donnerez, & que vous ſerez ici indubitablement plus di-

uertie & plus gaye , & par confequent plus faine·
Mais en attendant que vous veniez, que vous feriez
bonne fi vous vouliez enuoyer deuant Mademoifelle ✱✱✱ & Mademoifelle ✱✱✱ afin qu'au moins durant
ce temps-là i'aye quelqu'vn à qui parler de vous, &
auec qui ie puiffe tromper mon impatience.

✱✱✱

✱✱✱

✱ ✱ ✱

✱ ✱ ✱

Cela eft bien hardi, Madame, d'effacer quatre lignes
tout de fuitte en écriuant à vne Marquife. Mais vous
fçauez mieux que perfonne combien il importe que
cela foit permis, & de quelle vtilité eft dans la focieté
humaine la liberté des effaceures. Ie n'efcris point
à ✱✱✱ car ie fuis dépité de ce qu'elle ne m'a point efcrit
ce dernier voyage. I'enuoye vne *bourriche* de Galans,
que ie vous fupplie tres-humblement de faire mettre
entre les mains de fa confidente, elle en vfera comme
elle verra plus à propos ; & les gardera pour elle, fi elle
iuge qu'elle ne les puiffe prefenter à ✱ ✱✱ fans donner
du foupçon à fa mere. Ie la prie pourtant de choifir les plus beaux , & de vous les prefenter de fa part,
ie dirois de la mienne fi i'ofois, & fi ie ne fçauois bien
que vous ne prenez gueres de plaifir quand on vous
donne. Ie leur enuoye auffi des Images, pource qu'il
m'eft fouuenu que ie leur en auois promis. Ie ne
vous mande rien de voftre amie , la pauure fille
comme ie croy eft en vn déplorable eftat. Son mary

Xx ij

ne part iamais vn moment d'aupres d'elle, il l'eſtouffe

le mal De mare à toute heure, & ſa mere ne l'eſtouffe pas moins; enfin iamais perſonne ne fut ſi peu mariée, & ne le fut
tant. Madame venez viſtement voir cela. Ie ſuis,

Voſtre, &c.

A MADAME ***

LETTRE CIX.

MADAME,

Quoy que ie n'espere pas me pouuoir iamais acquitter des obligations où me mettent vos ciuilitez, ie serois bien marry de vous estre moins obligé, & bien que ie me trouue indigne de tous les honneurs que vous me faites, ils ne laissent pas de me donner vne extreme ioye. Quand ie ne sçaurois rien de vous que voltre condition & voltre naissance, tousiours tiendrois-je à grand honneur d'auoir receu de vos lettres, & de me voir honnoré de vos commandemens. Mais la fortune ayant fait, ie ne sçay par quelles rencontres, qu'estant fort essoigné de vous, i'ay l'honneur de vous connoistre aussi particulierement que ceux qui en sont le plus prés, ie vous auoüe, Madame, que i'ay vn contentement qui ne se peut exprimer, & que ie sens mesme quelque vanité d'auoir receu tant de graces d'vne personne que ie tiens il y a desia quelque temps, la plus accomplie de son siecle, & en laquelle ie sçais que se trouuent toutes les qualitez qui peuuent donner de l'affection, & de l'estime. Si i'estois si peu du monde, que ie n'eusse iamais rien

X x iij

oüi dire de cela, encore iugerois-je par vos lettres, qu'il n'y a rien en France qui égale voſtre ciuilité
& voſtre eſprit, & de ſi belles & ſi obligeantes paroles
que celles que vous me faites l'honneur de m'écrire,
me feroient imaginer de vous quelque choſe d'extraordinaire. Elles ſont telles en verité, Madame, que
de quelque part qu'elles me vinſſent, i'en ſerois extrémement touché: mais il eſt vray que la perſonne dont
elles partent me les rend encore beaucoup plus con-
ſiderables, & que la main qui les a écrites leur donne
vne force & vne vertu, qu'elles ne pourroient auoir
d'ailleurs. Si apres cela ie ſers de tout mon cœur, &
auecque tous mes ſoins. A. *** ce ne ſera pas vne
grande merueille, vous m'y auez obligé deſorte, qu'il
ne m'eſt pas poſſible de faire autrement, & vous ne
m'auez pas laiſſé de moyen d'y acquerir aucun merite. Ie voudrois, Madame, qu'au lieu de me recommander vne perſonne que i'ayme, & que i'eſtime déja beaucoup, vous m'euſſiez commandé en trois
mots, quelque choſe de bien difficile ; & à laquelle
i'euſſe eu quelque repugnance, afin que vous euſſiez
pû connoiſtre en quelque ſorte, ce que vous pouuez
ſur moy, & que ce ne ſont point vos extrêmes bontez, ny cette façon d'écrire dont vous gagnez d'abord
le cœur de ceux qui liſent vos lettres, qui m'obligent
à vous obeïr: mais le reſpect que i'ay pour tant de merueilleuſes qualitez qui ſont en vous, & l'inclination
auec laquelle ie ſuis,

Voſtre, &c.

A MADEMOISELLE
de Rambouïllet.

LETTRE CX.

MADEMOISELLE,

Perſonne n'eſt encore mort de voſtre abſence, horſmis moy, & ie ne crains point de vous le dire ainſi cruëment, pource que ie crois que vous ne vous en ſoucierez gueres. Neantmoins, ſi vous en voulez parler franchement, à cette heure que cela ne tire plus à conſequence, i'eſtois vn aſſez ioly garçon, & hors que ie diſputois quelquefois volontiers, & que i'eſtois auſſi opiniaſtre que vous, ie n'auois pas de grands defauts. Vous ſçaurez donc, Mademoiſelle, que depuis Mercredy dernier, qui fut le iour de voſtre partement, ie ne mange plus, ie ne parle plus, & ie ne vois plus; & enfin il n'y manque rien, ſinon que ie ne ſuis pas enterré. Ie ne l'ay pas voulu eſtre ſi toſt, pource premierement que i'ay eu touſiours auerſion à cela; & puis, ie ſuis bien-aiſe que le bruit de ma mort ne coure pas ſi toſt, & ie fais la meilleure mine que ie puis afin que l'on ne s'en doute pas : car ſi on s'auiſe que cela m'eſt arriué iuſtement ſur le point que vous eſtes partie, l'on ne s'empeſchera iamais de nous mettre enſemble dans les couplets de *L'année eſt bonne,*

qui courent maintenant par tout. En verité, si i'eſtois
encore dans le monde, vne des choſes qui m'y feroit
autant de dépit, ſeroit le peu de diſcretion qu'ont certaines gens à faire courre toutes ſortes de choſes. Les
viuans ne font rien, à mon auis, de plus impertinent
que cela, & n'eſt pas iuſques à nous autres morts à qui
cela ne déplaiſe. Ie vous ſupplie, au reſte, Mademoiſelle, de ne point rire en liſant cecy ; car ſans mentir,
c'eſt fort mal fait de ſe mocquer des trépaſſez, & ſi
vous eſtiez en ma place, vous ne ſeriez pas bien-aiſe
qu'on en vſaſt de la ſorte. Ie vous conjure donc de me
plaindre, & puis que vous ne poüuez plus faire autre
choſe pour moy, d'auoir ſoin de mon ame : car ie vous
aſſeure qu'elle ſouffre extrémement. Lors qu'elle ſe
ſepara de moy, elle s'en alla ſur le grand chemin de
Chartres, & de là droit à la Mothe, & meſme à l'heure que vous liſez cecy, ie vous donne auis qu'elle eſt
auprés de vous, & elle ira cette nuit en voſtre chambre, faire cinq ou ſix grands cris, ſi cela ne vous tourne point à importunité. Ie crois que vous y aurez du
plaiſir, car elle fait vn bruit de Diable, & ſe tourmente, & fait vne tempeſte ſi eſtrange, qu'il vous ſemblera que le logis ſera preſt à ſe renuerſer. I'auois deſſein de vous enuoyer le corps par le Meſſager, auſſi
bien que celuy de la Mareſchale de Feruaque, mais il
eſt en vn ſi pitoyable eſtat, qu'il euſt eſté en pieces deuant que d'eſtre auprés de vous ; & puis i'ay eu peur
que par le chaud, il ne ſe gaſtaſt. Vous me ferez vn
extréme honneur, s'il vous plaiſt de dire aux deux
belles

belles Princeſſes aupres de qui vous eſtes, que ie les
ſupplie tres-humblement de ſe ſouuenir, que tant
que i'ay veſcu i'ay eu vne affection ſans pareille pour
leur ſeruice tres-humble, & que cette paſſion me dure encore apres ma mort ; car en l'eſtat où ie ſuis, ie
vous iure que ie les reſpecte & les honore autant que
i'ay iamais fait. Ie n'oſerois dire qu'il n'y a point de
mort qui ſoit tant leur ſeruiteur que moy ; mais i'aſ-
ſeureray bien, qu'il n'y a point de viuant qui ſoit plus
à elle que i'y ſuis, ni qui ſoit plus que moy,

MADEMOISELLE,

Voſtre, &c.

Y y

A MONSIEVR CHAPELAIN.

LETTRE CI.

MONSIEVR,

Quand ce ne feroit que pour voftre honneur, &
fans deffein de m'en faire, vous me deuriez fouuent
efcrire; car voftre efprit qui eft toufiours admirable,
ne reuffit, ce me femble, iamais fi bien que dans les
lettres que ie reçois de vous; fi vous en vouliez faire
vne pour chacun de vos iuges, comme celle que l'on
me vient de donner, il ne vous faudroit point d'autre
recommendation, & ils connoiftroient au moins que
dans ce procés il s'agit de rendre iuftice au plus honnefte homme du monde. Ie feray ce que vous m'ordonnez, auec toute la paffion que ie vous dois, & ne
craignez point que ie l'oublie ; ma volonté ne fe fie
pas en ma memoire des chofes de cette importance-
là, & elle me reprefentera à toute heure que i'ay cela à
faire, iufques à ce qu'il foit fait. Quelque affaire que
ie puiffe auoir, ie mets la voftre au premier rang dans
mon agenda , *fed tu inter acta refer, & pro certo habe, me*
in hacre, & in omnibus omne officium, ftudium, curam, &
diligentiam tibi femper preftiturum. Ie fuis,

Ie vous supplie tres-humblement de rendre graces pour moy à Monsieur de la Mote, mais auec vne
eloquence digne de vous & de luy,

MONSIEVR,

Voftre, &c.

Le 3. Aouft, 1640.

A MONSIEVR LE MARQVIS
de Montauſier.

LETTRE CVII.

MONSIEVR,

    Puiſque vous eſtes deſtiné à ranger ceux de noſtre
famille en leur deuoir, il eſt raiſonnable que vous m'y
mettiez comme les autres, & que vous me rendiez
plus honneſte homme que ie n'eſtois, auſſi bien que
mes neueux. Sans mentir, c'eſt ne l'auoir guere eſté
que d'auoir differé iuſqu'à cette heure à vous remercier des biens que vous leur auez faits & à moy. Mais
enfin, Monſieur, ſans me mettre en priſon, & ſans me
faire ieuſner, vous m'auez contraint, auſſi bien que
l'autre, à faire ce que ie dois; & vous-vous eſtes tellement opiniâtré à m'obliger, quoy que ie m'en mon-
traſſe indigne, que quelque negligent que ie ſois,
il eſt impoſſible que ie me défende de vous témoigner le reſſentiment que i'en ay, & de vous rendre les
tres-humbles graces qui vous en ſont deuës. Ie penſe
que vous me pardonnerez ma faute, puiſque ie la reconnois auec tant de franchiſe. Et en verité, Monſieur, dans la reputation que vous auez d'eſtre cruel, il
vous importe de faire vne action ſignalée de clemen-

ce comme celle-là, & de pardonner à vn homme auſſi
coulpable que ie le ſuis. Ie vous le demande au nom
de Mademoiſelle de Ramboüiller, & s'il eſt permis
d'adjouſter quelque choſe apres cela, ie vous en conjure par l'extreme paſſion auec laquelle ie ſuis,

MONSIEVR,

A Paris le 19. Iuin, 1639.

Voſtre, &c.

Y y iij

A MONSIEVR LE MARQVIS
de Pifany.

LETTRE CXIII.

MONSIEVR,

Vous m'auiez affeuré que ie n'aurois pas efté en ce
lieu trois femaines, que i'y pafferois bien le temps, &
il y en a plus de fix que i'y fuis, fans que ie voye l'effet
de voftre prediction. Ie vous fupplie tres-humblement de me tenir voftre parole, en me donnant le
contentement que vous m'auez promis, & de m'en
enuoyer de là où vous eftes, puis que ie n'en puis trouuer icy. Ie vous ay fi bien feruy à mon abord, que
vous eftes obligé de ne me pas refufer ce fecours: car
il faut que vous fçachiez que ie vous y ay reffufcité
dans l'opinion de tout le monde, & que vous n'auiez
point icy de parens, ni d'amis, qui ne vous creuffent
mort dés l'Automne paffé. S'il vous femble, Monfieur, que ce feruice foit important, & qu'il merite
d'eftre reconnû, il ne tiendra qu'à vous que vous n'en
faffiez autant pour moy, & que vous ne me rendiez
la vie, dont ie puis dire que ie ne ioüis pas icy. Il ne
faut pour faire ce miracle, qu'vne de vos lettres, &
vne affeurance que i'ay toufiours l'honneur d'eftre

aymé de vous. Si l'affection que vous me témoigna-
ftes à mon départ n'eſt pas tout à fait perdüe, vous ne
me refuſerez pas cette grace, meſmement ayant à voſtre beſoin vn ſi bon Secretaire, que celuy dont vous
auez accouſtumé de vous ſeruir. I'ay ſceu que vous
m'auez fait l'honneur de boire à ma ſanté; mais en l'e-
ſtat où elle eſt, il faut de plus forts remedes que celuy-
là pour la remettre, & il n'y a gueres que de vous que
i'en puiſſe attendre : mais ſelon que vous aymez tout
ce qui vous appartient, & qu'il me ſouuient de vous
auoir veu proteger autrefois vos ſubjets, ie croy que
vous ne m'abandonnerez point, moy qui ſuis le voſtre autant que ſi i'eſtois né dans voſtre Bourg des Eſ-
ſars, & qui fais profeſſion d'eſtre tres-particuliere-
ment,

MONSIEVR,

Voſtre, &c.

A MADEMOISELLE
de Rambouïllet.

LETTRE CXIV.

MADEMOISELLE,

Il faut auoüer que ie fuis de bonne amitié : i'ay regret de ne vous point voir, comme ſi i'y perdois quelque grande choſe, & ie m'imagine que ie ne paſſe pas ſi bien le temps icy que lors que i'auois l'honneur d'eſtre auprés de vous. Amiens en voſtre abſence me ſemble moins aimable que Paris ; & pouuant tous les iours voir des Dames qui parlent Picard admirablement, ie ne m'en tiens pas plus heureux pour cela. La conuerſation de Monſieur le Duc de C***, de Monſieur de T***, & de Monſieur de N*** que ie rencontre icy par tout, n'a rien de charmant pour moy. Il m'arriue meſme quelquefois de m'ennuyer d'eſtre trois heures de ſuite dans la chambre du Roy, & ie ne prens pas plaiſir de m'entretenir auec Monſieur Libero, Monſieur Compiegne, & vingt autres honneſtes hommes, que ie cónois point, qui m'aſſeurent que i'ay vn bel eſprit, & qu'ils ont veu de mes œuures. l'ay veu aujourd'huy ſa Majeſté ioüer au Hoc toute l'apreſdinée, & ie n'en ſuis pas plus gay ; & allant reglement trois fois la ſemaine à la chaſſe du
Renard,

Renard, ie n'y ay pas vne extréme ioye, quoy qu'il y
ait tousiours cent Chiens & cent Cors qui font vn
bruit epouuentable, & qui vous entre terriblement
dans les oreilles. Enfin, Mademoiselle, les plaisirs du
plus grand Prince du monde ne me diuertiffent pas;
& quand ie ne vous vois point, les delices de la Cour
n'ont rien qui me touche. Vous estes fans mentir,
ingrate, si vous ne me rendez la pareille : Mais, dé-
fiant comme ie suis, i'ay peur que vous ne preniez
quelquefois plaifir auec Madame la Princeffe, & Mademoifelle de Bourbon ; & peut-eftre que depuis que
vous estes à Grofbois, vous n'auez pas fouhaitté cinq
ou fix fois d'eftre à Amiens. Si cela eft, au moins
pour me recompenfer d'ailleurs, faites s'il vous plaift,
que leurs Alteffes me faffent l'honneur de fe fouuenir quelquefois de moy, & que ie ne fois pas moins
confideré d'elles, pour eftre en vn lieu où ie vois deux
fois tous les iours le Roy & Monfieur le Cardinal. Ie
vous affeure pourtant, Mademoifelle, que ie n'en
fçais pas plus de noùuelles pour cela, & c'eft la caufe
que ie ne vous en mande point. Monfieur Fabert
arriua icy hier au matin; & en partit à vne heure aprés
midy, auec ordre à nos Generaux de ce qu'ils ont à
faire. Il m'a dit que Monfieur Arnaut a fait rage des
pieds de derriere en vn combat qu'il y a eu prés de
Lille, & Monfieur le Marefchal de Brezé l'a efcrit au
Roy, à ce que m'a dit Monfieur de Chauigny. Le
bruit court icy que nos Armées reuiennent, & que

Z z

nous ne reuiendrons pas fi toſt ; ſoyez-en faſchée ie
vous ſupplie , & faites-moy l'honneur de croire que
ie ſuis de tout mon cœur autant que ie dois,

MADEMOISELLE,

Voſtre, &c.

A Amiens le 10. Septembre 1640.

A MONSEIGNEVR LE CARDINAL

Mazarin.

Martin pour cajoler le Card.ᵗ Mazarin a mis icy son nom au lieu de celuy du Cardinal de Richelieu.

LETTRE CXV.

MONSEIGNEVR,

J'ay appris par vne lettre de M. de V. la grace qu'il
a plû à voftre Eminence de me faire, & auec quelle
bonté, & quels témoignages de bien-veillance elle
m'a fait accorder......Puis que ie connois par là, Monfeigneur, que dans les plus importantes affaires, V. E.
ne laiffe pas de fe fouuenir de fes moindres feruiteurs,
& qu'en faifant de plus grandes chofes, elle ne negli-
ge pas les plus petites; ie croy qu'elle n'aura pas def-
agreable la hardieffe que ie prens, de luy rendre les
tres-humbles graces que ie luy dois, & qu'elle dai-
gnera prendre la peine de lire la proteftation que ie
luy fais icy. Qu'outre le refpect & la veneration que
nous deuons tous à vne perfonne, qui a acquis & acquiert tous les iours tant de gloire à cét Eftat, i'auray
toufiours vne paffion tres-particuliere de tefmoigner
par toutes les actions de ma vie, que ie fuis,

Voftre, &c.

Zz ij

A MADAME LA DVCHESSE
de Sauoye.

LETTRE CXVI.

Madame,

Apres tant de lettres de consolation qu'il y a eu sujet d'écrire à vostre Altesse Royale, ie n'ay garde de perdre l'occasion de luy en escrire vne de resiouïssance. Elle est si peu accoustumée d'en receuoir de cette sorte-là, que ie pense qu'elle sera bien aise d'en voir. Et quand il n'y auroit point d'autre raison, la nouueauté toute seule les luy doit rendre agreables. Il y a long-temps, Madame, que i'attendois ce que ie voy qui va commencer à cette heure, & que i'auois iugé que le mal-heur de la plus parfaite & de la plus aymable Princesse qui fut iamais, estoit vn trop grand desordre dans le monde, pour croire qu'il pût durer. Quelque malignité & quelque enuie que la fortune semblast auoir contre elle, & quelque fatalité qui parust contre le bien de ses affaires; ie m'imaginois toûjours que tant de bonté, de generosité, de constance, & de diuines qualitez qu'il y a en V. A. R. ne pourroient estre long-temps mal-heureuses, & qu'enfin, le Ciel ne manqueroit pas de faire quelque miracle pour vne personne en qui il en auoit tant mis. Il

y a beaucoup de raiſon d'eſperer, Madame, que celuy
de la priſe de Turin ſera ſuiuy de beaucoup d'autres,
& que ce grand ſuccez qui vient d'arriuer dans vos
Eſtats, eſt vne criſe qui y va changer toutes choſes, &
les remettre en l'eſtat où naturellement elles doiuent
eſtre. Mais ce qui vous doit donner plus de ioye dans
ce bon-heur, c'eſt qu'il eſt vray que la part que vous
y auez, redouble icy la ioye de tout le monde, & que
V. A. R. eſt ſi aimée que tout ce qu'il y a d'honneſtes
gens à la Cour, ſe reſioüiſſent autant pour l'intereſt
qu'elle a dans cette proſperité, que pour le bien qui
en reuient à la France, & pour la gloire que les armes du Roy y ont acquiſe. Ie croy, Madame, que
V. A. R. eſt perſuadée que dans cette reſioüiſſance
publique, i'en ay eu vne bien particuliere, & que perſonne n'en a eſté touché plus ſenſiblement que moy;
au moins ſi elle me fait l'honneur de ſe ſouuenir de
l'extréme paſſion que i'ay pour tout ce qui la regarde,
& de l'inclination & de l'obligation auec laquelle ie
ſuis, de V. A. R.

Le tres-humble, &c.

A Paris ce 4. Octobre 1640.

Zz iij

A MADEMOISELLE SERVANT,
l'vne des filles de son Alteſſe Royale.

LETTRE CXVII.

MADEMOISELLE,

Vous que i'ay touſiours trouuée ſi éloquente, ay-
dez-moy, ie vous ſupplie, à rendre les remercimens
que ie dois à la plus belle & à la plus genereuſe Princeſſe du Monde. Ie ſuis, ſans mentir, comblé de ſes
bontez, & i'auouë qu'il n'y a rien ſous le Ciel de ſi
charmant, ni de ſi aymable, que la Maiſtreſſe que
vous ſeruez: i'ay penſe dire que nous ſeruons, & en verité, il n'y a rien que ie ne donnaſſe volontiers pour
pouuoir parler ainſi. Dés la premiere fois que ie l'ouïs,
ie iugeay d'abord, que de tous les eſprits du Monde, il
n'y en auoit pas vn ſi grand que le ſien : mais le ſoin
qu'il luy a pleu auoir de moy, m'eſtonne ſur toutes
choſes ; & ie ne puis aſſez admirer, qu'en meſme
temps qu'elle a de ſi grandes penſées, elle en aye auſſi
de ſi petites, & qu'vn eſprit qui eſt d'ordinaire ſi haut,
puiſſe deſcendre ſi bas. Au reſte les paſtilles que l'on
ma données ce matin, ont fait en moy vn effet merueilleux; & ſi ce n'eſt qu'elles ayent touché la main de
ſon A. R. ie ne vois pas d'où peut venir ce miracle.

Pour auoir baifé feulement le papier où elles eftoient, ie me trouue beaucoup mieux ; ce me fera toute ma vie vn contrepoifon contre toutes fortes de maux, & hors vn, ie n'en fçache point dont vn fi agreable remede ne me puiffe guerir. De peur que vous cherchiez trop curieufement celuy que i'entens, il vaut mieux que ie m'explique, & que ie vous die que c'eft le regret de ne la voir pas affez, & d'eftre deftiné à viure loin de la feule perfonne qui merite d'eftre feruie. Si vous le voulez bien confiderer, ce mal là eft plus grand que tous les autres, & il eft bien difficile d'eftre honnefte homme, & de n'en pas mourir.

A MONSIEVR LE COMTE
de Guiche.

LETTRE CXVIII.

MONSIEVR,

Quoy que l'on deuroit eſtre accouſtumé à vous
voir faire des actions glorieuſes, & qu'il y ait plus de
quinze ans que vous faites parler de vous d'vne meſme ſorte, ie ne me puis empeſcher que ie ne ſois touché toutes les fois que i'entens que vous auez rendu
quelque nouueau témoignage de voſtre valeur; & vôtre reputation m'eſtant auſſi chere qu'elle me l'eſt,
i'ay vne extréme ioye de voir que de temps en temps
elle ſe renouuelle, & qu'elle s'augmente tous les iours.
Ceux qui deſirent le plus ardemmét d'auoir de l'honneur, ſe ſatisferoient de celui que vous auez gagné
dans ces dernieres années, & ſeroient contens de l'e-
ſtime en laquelle vous eſtes dans l'eſprit de tout le
monde. Mais à ce que ie voy, Monſieur, il n'y a point
pour vous de bornes en cela, comme ſi vous eſtiez ialoux de la gloire que vous auez acquiſe, & de ce que
vous auez fait par le paſſé, il ſemble que tous les ans
vous-vous efforciez de vous ſurpaſſer vous-meſme, &
de faire quelque choſe de plus, que tout ce que vous
auiez fait iuſques-là. Pour moy, quelque paſſion que
i'aye

i'aye pour vos actions passées, ie seray bien aise qu'elles soient effacées par celles que vous auez à faire, & que vos exploits de Flandre obscurcissent tout ce que vous auez fait en France, en Allemagne, & en Italie. Mais i'aprehende que l'ardeur de la gloire ne vous emporte plus loin qu'il ne faudroit, & ce que vous auez fait dans le dernier combat, où Monsieur le Mareschal de la Melleraye a battu ses ennemis, me donne beaucoup de sujet de me resiouïr, & en mesme temps beaucoup de sujet de craindre. Les preuues que vous y auez données de vostre conduite, & de vostre courage, sont icy admirées de tout le monde : & sans mentir, Monsieur, mesme dans les Romans on ne voit rien de plus beau, ni de plus digne d'estre loüé. Mais permettez-moy de vous dire, qu'à cette heure que l'inuention des armes enchantées est perduë, & que la coustume n'est plus, que les Heros soient invulnerables, il n'est pas permis de faire ces actions-là beaucoup de fois en sa vie, & la fortune qui vous en a tiré pour ce coup, est vn mauuais garend pour l'aduenir. Songez donc, s'il vous plaist, que la vaillance a ses bornes aussi bien que les autres vertus, & que comme toutes les autres, elle doit estre accompagnée de la prudence. Celle-cy, à parler sainement, ne peut souffrir que d'vn Mareschal de Camp, & du Mestre de Camp du Regiment des gardes, vous en fassiez vn volontaire, & vn enfant perdu; que vous exposiez si fort à toutes sortes de rencontres vne personne si vtile que la vostre, & que vous fassiez si grand marché

A A a

d'vne chofe de fi grand prix. Ie ne fçay, Monfieur, fi
vous trouuez bon que ie vous parle de la forte ; mais,
au moins, vous ne pourrez pas dire que ie me mefle
d'vne chofe où ie n'ay point d'intereft , & vous trouuerez que perfonne n'y en a plus que moy, s'il vous
plaift de vous fouuenir de la paffion, auec laquelle
i'ay toufiours efté,

MONSIEVR,

Voftre, &c.

A MONSIEVR LE MARQVIS
de Pisany.

LETTRE CXIX.

MONSIEVR,

Quand ie ferois fi ingrat que de vous pouuoir oublier, vous faites tant de bruit à cette heure qu'il feroit
difficile que ie ne me fouuinffe pas de vous, & que ie
n'employaffe pas tous mes foins à me conferuer les
bonnes graces d'vne perfonne de qui i'entens dire par
tout tant de bien. I'ay eu vne extréme ioye d'apprendre combien vous vous eftes acquis d'honneur à la
derniere occafion qui s'eft paffée deuant Arras, &
quoy que ie connoiffe, il y a long-temps, les qualitez de vôftre cœur & de voftre efprit, & que i'aye
toufiours eu l'opinion de vous que tous les autres en
ont à cette heure, ie vous auoüeray ma foibleffe ; il
me femble que l'eftime generale en laquelle vous
eftes, me donne vn peu plus d'ardeur à vous honorer,
& ie me fens touché de quelque vanité d'auoir de la
paffion pour vn hômme qui a l'approbation & les
loüanges de tout le monde. Sans mentir, Monfieur,
le contentement que i'en ay, feroit parfait, s'il n'eftoit
troublé de la crainte que i'ay de vous perdre. Mais ie
fçay combien la vaillance eft vne vertu dangereufe :

AAa ij

i'apprens par tout que vous n'eftes pas meilleur mef-
nager de voftre perfonne, que vous l'eftes de toute
autre chofe. Cela, Monfieur, me tient dans des alarmes continuelles, & le deftin que i'ay de perdre les
meilleures & les plus eftimables de mes amis, fait que
i'apprehende encore pour vous dauantage. Cependant, parmy cela, i'ay quelque fecrette confiance en
voftre bonne fortune ; Le cœur me dit qu'elle a encore beaucoup de chemin & beaucoup de chofes à
faire, & que l'amitié que vous me faites l'honneur
d'auoir pour moy, me fera plus heureufe que n'ont
efté quelques autres. Ie le fouhaite pour vous, & pour
moy, de toute mon ame, & que ie fois affez heureux
pour vous pouuoir tefmoigner quelque iour, combien ie fuis, & auec quelle paffion,

Voftre, &c.

A MONSIEVR DE SERISANTES,
Resident pour le Roy prés la Reyne
de Suede.

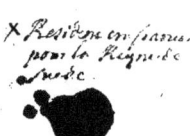

LETTRE CXX.

MONSIEVR,

Voſtre petite Ode m'a ſemblé vn grand ouurage,
& me fait iuger que quoy que vous diſiez de vos deſ-
bauches, vous eſtes quelquesfois ſobre à Stocolm. Les
fruits de la Grece & de l'Italie, ne ſont pas plus beaux
que ceux que vous produiſez ſous le Nord ; & i'admire que les Muſes vous ayent pû ſuiure iuſques là. Vous
pouuez vous vanter que vous les auez menées plus
loin que ne fit Ouide, & que iamais perſonne ne leur
a fait voir plus de pays que vous. Que ſi c'eſt le vin qui
vous donne ces entouſiaſmes, ie vous conſeille de
vous hazarder touſiours à boire de la ſorte,

Dulce periculum eſt,

O Lenæe, ſequi Deum
Cingentem viridi tempora pampino.

Et vous pouuez dire,

Bacchum in remotis carmina rupibus
Vidi docentem.

Ie ne vous ſçaurois dire, Monſieur, combien i'ay eu
de plaiſir de voir l'huile de Iaſmin, les gans de Frangi-

AAa iij

pane, & les rubans d'Angleterre dans des vers Latins.
Sans mentir, depuis le commencement iusqu'à la fin,
tout y est merueilleusement agreable,

insigne recens, adhuc
Indictum ore alio.

Mais à moy qui n'entens gueres bien le Latin, expli-
quez moy, ie vous supplie, ce que veut dire ce *mentu*
& acerbus dolor. Ie vous iure que cela me met en peine.
Ie ne veux pas prendre plus de part dans vos secrets,
qu'il ne vous plaist de m'y en donner ; mais trouuez
bon que i'en prenne dans vos interests, puis que ie
suis de tout mon cœur,

Voftre, &c.

A Paris le 15. Decembre 1640.

A MONSIEVR DE MAISON-
blanche, à Constantinople.

il estoit secretaire de l'ambassade que fist Mr de Raye vas des con.er au Parlement

LETTRE CXXI.

MONSIEVR;

Sans mentir, vous auriez tort de vous faire Turc, car ie vous asseure que vous auez beaucoup d'amis dans la Chreftienté, & vostre reputation y est si grande, que si i'eftois en voftre place, i'aymerois mieux en venir iouyr, que de commander à quarante mille Ianiffaires efpoufer la fille du Grand Seigneur, & eftre eftranglé à quelque temps de là. Ie ne fçay pas comme font faites vos beautez d'Afie, mais ie vous affeure que cinq ou fix des plus belles perfonnes de l'Europe font deuenuës amoureufes de vous ; & pourueu que vous ne vous foyez rien fait couper, au lieu que vous trouuez là des filles qdi vous prient de les acheter, vous vous vendrez icy auffi cherement qu'il vous plaira. Tout de bon, vos lettres n'ont iamais fait tant de bruit à Londres, qu'elles en font à Paris, tout le monde en parle, chacun les defire, & fi le Grand Seigneur fçauoit combien vous eftes confiderable parmy les Chreftiens, il vous mettroit pour toute voftre vie dans vne des tours de la Mer noire. Madame la Prin-ceffe me demandoit l'autre iour, s'il eftoit donc vray

que vous eussiez tant d'esprit que l'on disoit : il n'y
auoit que quatre iours, que Mademoiselle de Bourbon m'auoit fait la mesme question, & il n'y a personne qui ne s'estonne du bruit qui se fait à cette heure de vous dans le monde. Car pour vous dire le vray,
vostre physionomie ne fait pas iuger tout ce qu'il y a
de bon en vous, & c'est vne merueille, que sur vostre
mine, on vous ait pris vne fois pour vn Inginieur.
On ne iugeroit iamais à vostre nez ce que vous valez,
& pour vous estimer autant que vous le meritez, il
faut vous auoir pratiqué autant que i'ay fait, ou ne
vous auoir iamais veu, & ne vous connoistre que par
vos lettres. En verité, elles sont extremement agreables, & ie ne le suis iamais tant à tous ceux qui m'ayment, que quand ie leur en porte quelqu'vne: particulierement Monsieur & Madame de Ramboüillet,
Mademoiselle leur fille, & Monsieur le Marquis de
Pisany en sont rauis, & ont pris de là vne estime &
vne affection tres-particuliere pour vous. Songez
donc à entretenir ce que vous auez icy acquis, en m'é-
criuant le plus souuent & le plus agreablement que
vous pourrez : il ne faut point faire d'effort pour cela,
le lieu où vous estes vous fournira d'icy à dix ans dequoy dire tousiours des choses nouuelles. Ie voudrois
bien qu'il me fust aussi aisé de vous bien entretenir, &
qu'en vous descriuant nos habillemens, nos façons
de faire, de viure, de manger, les accoustremens & les
beautez de nos femmes, ie pusse faire des lettres que
vous prissiez plaisir de lire. Mais hors les ceremonies

de

de noftre Religion, ie crois que vous n'auez encore
rien oublié de ce qui fe fait icy ; de forte, Monfieur,
qu'il ne me refte rien à vous dire, finon que ie vous
honore parfaitement, & que ie vous ayme de tout
mon cœur ; & vous fçauez cela auffi bien que moy.
Car de vous raconter de quelle forte nous auons fecouru Cazale, & comment nous auons pris Arras &
Turin quel plaifir cela vous donneroit-il, vous qui
eftes accouftumé à vos armées de trois cens mille
hommes, & qui auez encore affez fraifche dans l'efprit voftre prife de Babylone ; Ie vous diray feulement vne chofe qui vous doit eftonner, Monfieur le
Prince d'Orange eft battu à cette heure tous les ans
cinq ou fix fois, & Monfieur le Comte d'Harcourt
fait des chofes que le Roy de Suede luy enuieroit s'il
eftoit au monde. Adieu, Monfieur, quoy qu'il en arriue, aymez-moy toufiours, & faites-moy l'honneur
de croire que ie fuis autant que ie dois, & auec toute
forte de paffion,

Voftre, &c.

BBb

A MONSIEVR DE CHAVIGNY.
LETTRE CXXII.

MONSIEVR,

Voyez iufqu'où va le bruit de ma faueur, & du credit que i'ay auprés de vous. Monfieur Efprit qui va à
la Cour auec vne lettre de recommandation pour
vous de M. * **, a creu auoir befoin que ie le vous
recommandaffe; & moy qui fuis vain, i'ay mieux aimé
me refoudre de l'entreprendre, que de luy dire que ie
ne l'ofois faire. C'eſt en verité, Monfieur, vn des plus
aymables hommes du monde, qui a l'ame & l'efprit
faits comme vous les aymez, fort bon, fort fage, fort
fçauant, grand Theologien & grand Philofophe. Il
n'eſt pas pourtant de ceux qui mefprifent les richeffes; & pour ce qu'il eſt affeuré qu'il en fçaura bien vfer,
il ne fera pas fafché d'obtenir vne Abbaye, pour laquelle Madame d'Aiguillon efcrit pour luy à Monfieur le Cardinal. Cela dépendra de fon Eminence:
Mais il dépendra de vous de luy faire vn bon accueil;
& c'eſt tout ce qu'il en defire. Apres les chofes que ie
vous viens de dire de luy, ie penfe qu'il eſt bien inutile
d'adioufter la tres-humble fupplication que ie vous
fais icy en fa faueur, & ie n'en vfe ainfi qu'à caufe qu'il
le defire, & que i'ay accouftumé de faire tout ce qu'il

veut. Mais, Monſieur, vous ayant parlé de ſes intereſts, ie croy que les regles de l'amitié ne me deffen-
dent pas de ſonger aux miens, & de vous ſupplier
tres-humblement de me faire l'honneur de m'aymer
touſiours, & de croire que ie ſuis,

A Paris, le 5. Iuin 1641.

Voſtre, &c.

BBb ij

A MONSIEVR LE COMTE
de Guiche.

LETTRE CXXIII.

MONSIEVR,

Apres auoir fait vn grand siege & deux petits, &
auoir esté quinze iours en Flandres sans équipage,
n'est-il pas vray que c'est vn grand rafraischissement
que d'aller assieger Bapaume, & de recommencer tout
de nouueau au mois de Septembre, comme si l'on
n'auoit rien fait. Il me semble que les Cheualiers du
temps passé, en auoient beaucoup meilleur marché
que ceux d'à cette heure, car ils en estoient quittes
pour rompre quatre ou cinq lances par semaine, &
pour faire de fois à d'autres vn combat. Le reste
du temps ils cheminoient en liberté, par de belles
forests, & de belles prairies, le plus souuent auec vne
Demoiselle ou deux:& depuis le Roy Perion de Gaule, iusqu'au dernier de la race des Amadis, ie ne
me souuiens pas d'en auoir veu pas vn, empesché
à faire vne circonuallation, ou à ordonner vne
tranchée. Sans mentir, Monsieur, la Fortune est vne
grande trompeuse ! bien souuent en donnant aux
hommes des charges & des honneurs, elle leur fait
de mauuais presens ; & pour l'ordinaire, elle nous
vend bien cherement les choses qu'il semble qu'elle
nous donne. Car, enfin, sans considerer le hazard du

fer & du plomb (ce qui ne vaut pas la peine d'en parler) & suppofant que vous combattiez toufiours fous
des armes enchantées, vous ne fçauriez empefcher
que la guerre ne vous rettanche vne grande partie de
vos plus beaux iours : elle vous ofte fix mois de cette
année, & à vous, qu'elle a laiffé viure, elle vous a ofté
depuis quinze ans, prés de la moitié de voftre vie. Et
cependant, Monfieur, il faut auoüer, que ceux qui la
font auec tant de gloire que vous, y doiuent trouuer
de grands charmes, & fans mentir, ce confentement
de tout vn Peuple auec tous les honneftes gens, à mettre vn homme au deffus de tous les autres, eft vne chofe fi douce, qu'il n'y a point d'ame bien-faite qui ne
s'en laiffe toucher, ni de trauail que cela ne rende fupportable. Pour moy, Monfieur (car auffi bien que
vous, ie pretens auoir ma part des incommoditez de
la guerre) ie vous auoüe que voftre réputation m'a
confolé de voftre abfence, & quelque plaifir qu'il y
ait de vous ouyr parler, ie ne le prefere pas à celuy
d'ouyr parler de vous. Ie fouhaite pourtant que vous
veniez bien-toft iouyr icy de la gloire que vous auez
acquife, & qu'aprestant de courfes que vous auez faites, vous ayez le plaifir d'aller tout cét hyuer, quelque temps qu'il faffe, deux ou trois fois la femaine de
Paris à Ruel, & de Ruel à Paris. Alors, ie vous diray
à loifir, les alarmes où i'ay efté pour l'amour de vous,
& l'affection auec laquelle ie fuis,

Voftre, &c.

A Paris, le 15. Octobre, 1641.

BBb iij

AV MESME.

Sur fa promotion à la charge de Marefchal de France.

Cette Lettre fut efcrite huict iours apres la precedente.

LETTRE CXXIV.

MONSEIGNEVR,

Ie me defdis de tout ce que ie vous auois dit contre la guerre, & puis qu'elle eft caufe de l'honneur que vous venez de receuoir, ie ne luy fçaurois plus vouloir de mal. Il y a long-temps que ie iugeois que tant de valeur & de feruices en vn homme de voftre condi-tion, & vne perfonne fi agreable à tout le monde, ne pouuoient n'eftre pas bien-toft recompenfez. Mais comme il y a toufiours vne grande difference entre les chofes qui ont à eftre, & celles qui font en effet, ie n'ay pas laiffé de receuoir vne extréme ioye d'apprendre que l'on auoit fait pour vous, ce que l'on ne pouuoit pas manquer de faire, & cette nouuelle m'a autant touché, & m'a efté auffi agreable que fi ie ne l'euffe pas attenduë. Il eft certain, Monfeigneur, que la principale recompenfe de vos actions, eft la re-

putation qu'elles vous ont acquise ; mais ce ne vous
doit pas estre pourtant vn mediocre contentement
de vous voir monté à l'âge où vous estes, au dernier
degré où la fortune de la guerre peut conduire les
hommes. Et si vous songez au trauers de combien de
perils vous y estes arriué, quels hazards il vous a fallu
passer, & combien vous auez veu tomber de braues
gens, qui couroient dans le mesme chemin que vous;
vous sçaurez quelque gré à la fortune de vous auoir
laissé viure iusques-là, & de ne s'estre pas opposée à
vostre vertu. Parmy tant de sujets que i'ay de me ré-
jouyr de vostre bon-heur, i'ay vne satisfaction particuliere que vous ne sçauriez auoir, & qui, en verité,
passe dans mon esprit toutes les autres : de connoistre
par les iugemens libres & non suspects de tout le
monde, que vostre gloire est sans enuie, & de voir
qu'il n'y a personne qui ne soit aussi aise de vostre
prosperité, que s'il y auoit quelque part. Cette ioye
publique de vostre bonne fortune, m'est vn augure
qu'elle sera suiuie de toutes les autres qu'elle peut produire, & i'espere que vous adiousterez bien-tost à
l'honneur que le Roy vous a fait, des honneurs qu'il
n'y a que vous qui vous puissiez faire, & qui à parler
sainement sont plus solides & plus veritables. Ie pense que vous croirez bien que ie le souhaite de bon
cœur, puisque vous sçauez combien par mille raisons
ie suis obligé d'estre auec toute sorte de respect & de
passion;

MONSEIGNEVR,

Vostre, &c.

A MONSIEVR COSTART

LETTRE CXXV.

MONSIEVR,

Toute voſtre Lettre m'a extremement plû : mais ie n'ay peu lire, ſans jalouſie, les contentemens que vous auez eus ſur les bords de la riuiere de Charente ; & moy, qui en toute autre occaſion me reſioüis de vos auantages plus que des miens propres, & qui ne vous enuie pas voſtre reputation, voſtre ſcience, ni voſtre eſprit, ie vous porte enuie d'auoir eſté huit iours auec Monſieur de Balzac. Ie ſçay que vous aurez bien ſçeu profiter de ce bon-heur-là, car ſur tous les hommes que ie connois, vous eſtes celuy qui ſçauez le mieux iouïr d'vne bonne fortune,

& Deorum

Muneribus ſapienter vti.

Vous prendrez ce *ſapienter* comme il vous plaira, en ſa propre ſignification, ou en la metaphorique ; car ſi on fait de beaux diſcours à Balzac, on fait auſſi de bons diſnez, & ie ne doute pas que vous n'ayez ſçeu gouſter admirablement l'vn & l'autre. Monſieur de Balzac n'eſt pas moins elegant dans ſes feſtins que dans ſes Liures, Il eſt *Magiſter didendi & cænandi.* Il a vn certain art de faire bonne chere, qui n'eſt gueres moins à eſtimer que ſa Rhetorique ; & entre-

autres

autres chofes, il a inuenté vne forte de potage, que i'e-
ftime plus que le Panegyrique de Pline, & que la plus
longue haranque d'Ifocrate. Tout cela a efté merueilleufement bien employé en vous, car ce n'eft pas
affez de dire que vous eftes *fapiens*, vous eftes *fapienti-
potens*, comme dit Ennius. Ie ne dis pas que vous ne le
foyez auffi de l'autre, *nec enim fequitur, & cui cor fapiat, ei non fapiat palatus*. C'eft Ciceron au moins, qui
dit cela, afin que vous ne croyez pas que ce *palatus* foit
de moy. Sans mentir, voftre goute vous eft venuë
là comme à fouhait, & ie ne fçay fi voftre fanté vous
rendra iamais vn fi grand feruice ; ce tout-là tout feul
merite que vous vous reconciliez auec elle, ou qu'au
moins, vous ne l'appelliez plus vne fluxion, & que
vous ne feigniez pas de la nommer parfon nom. Mais
auoüez-le, n'auez-vous pas fait comme ce Cœlius,
*fanas liniendo, obligatoque plantas, incidenfque gradu la-
boriofo*. Car pour vous dire le vray, vne goute qui
vous prend fi à propos, & qui vous arrefte huit iours
à manger des figues & des melons, m'eft vn peu fuf-
pecte. Au refte ie ne trouue nullement bon, que vous
ayez fait vne fi grande amitié auec le maiftre du logis,
& qu'il vous ayme tant qu'il le témoigne par toutes
les Lettres qu'il efcrit icy. C'eft tout ce que i'ay pû faire que de ceder à Monfieur Chapelain, & de fouffrir
d'eftre nommé le fecond.

*Non iam prima peto Mneftæus, neque vincere certo,
Quamquam O!*

Mais ie ne fouffriray iamais d'eftre le troifiefme.

CCc

Voyez-vous, Monſieur, ce *Quanquam*, O! eſt dit dans
mon eſprit auec plus d'indignation & d'amertume,
qu'il n'eſt dans Virgile. Prenez-y donc garde, &
vous & luy, & l'autre, & vous conduiſez bien deli-
catement. Car, enfin, ie ne ſçay ſi ie pourray ſouffrir
tout cela, & ſi ie ne perdray pas patience. Tout de
bon, il n'y a rien dont ie fuſſe ſi jaloux, que de l'amitié de Monſieur de Balzac; ſans mentir il eſt vn des
deux hommes du monde, auec qui i'aymerois le
mieux paſſer le reſte de ma vie; Vous iugez bien qui
eſt l'autre. Sans parler de ſon eſprit, qui eſt au deſſus
de tout ce qu'on en peut dire, il n'y a pas ſous le Ciel
vn meilleur amy, vn meilleur homme, plus ſociable,
plus agreable, ni plus genereux, *Vir* (car ie le diray
mieux, ce ſemble en Latin) *facillimis, iucundiſſimis,
ſuauiſſimis moribus, ſummæ integritatis, humanitatis, fidei,
liberaliſſimus, eruditiſſimus, vrbaniſſimus, in omni genere
officij ornatiſſimus*. L'amitié que nous conſeruons enſemble, ſans nous en rien eſcrire, & l'aſſeurance que
nous auons l'vn de l'autre, eſt vne choſe rare & ſin-
guliere; mais ſur tout, de tres-bon exemple dans le
monde, & ſur laquelle beaucoup d'honneſtes gens,
qui ſe tuent d'eſcrire de mauuaiſes Lettres, deuroient
apprendre à ſe tenir en repos, & à y laiſſer les autres.
  Ce que vous dites de baſtir autour de Balzac, comme autour de Chilly, m'a ſemblé fort bon, & ſeroit,
en verité, bien à propos : mais nous autres beaux eſprits, nous ne ſommes pas grands edificateurs, &
nous nous fondons ſur ces vers d'Horace,

Ædificare casas, plaustello adiungere mures,
Si quem delectet barbatum insania verset.

Au moins Monsieur de Gombaut, Monsieur de l'E-
stoille & moy, auons resolu de ne point bastir que
quand le temps reuiendra, que les pierres se mettent
d'elles-mesmes les vnes sur les autres, au son de la lyre.
Ie ne sçay si c'est qu'Apollon se soit desgousté de ce
mestier-là, depuis qu'il fut mal payé des murailles de
Troye; mais il me semble que ses fauoris ne s'y adon-
nent point, & que leur genie les porte à d'autres choses qu'à faire des grands bastimens. Ie vous remercie
donc de vostre costau, & ie serois bien fou de faire bastir en vn lieu où i'ay desia vne si belle maison toute
faite. Ie me suis imaginé que ce passage, *Nulli potest*
facilius esse loqui, quàm rerum naturæ pingere, &c. estoit
du ieune Pline, & i'ay trouué plaisant que vous ne
me l'osiez plus nommer. Mais, à vostre aduis, n'eust-
il pas mieux dit, *Nulli potest facilius esse loqui, quàm rerum*
naturæ facere? car premierement, il y a plus d'opposi-
tion entre *loqui* & *facere*, qu'entre *loqui* & *pingere*; ce
qui donne quelque grace; Et puis, c'est quelque chose
de plus grand de dire, *Nulli facilius est loqui, quàm*
rerum naturæ facere: Il n'est si aisé à personne de dire, qu'à
la nature de faire, que si l'on disoit; Il n'est si aisé à
personne de dire, qu'à la nature de peindre. Ne m'a-
uoiierez-vous pas que cela est d'vn petit esprit, de
refuser vn mot qui se presente, & qui est le meilleur,
pour en aller chercher auec soin vn moins bon &
plus esloigné? Il est de ces eloquens dont Quintilien

dit, *Illis fordent omnia quæ natura dictauit.* Et en vn autre
endroit, *Quid quod nihil iam proprium placet, dum pa-*
rum creditur difertum quod & alias dixiſſet. Il a penſé bien
rafiner auec ſon *pingere,* & n'a rien fait qui vaille, en
vous eſcriuant cecy, ie me ſuis auiſé que ie ſerois bien
attrappé, ſi ce paſſage eſtoit du vieux Pline. Mais ſi
cela eſt, à ſon dam, ie ne m'en deſdiray point,
pourquoy parle t-il comme ſon neueu? *Non ſapit pa-*
truum en cét endroit-là, luy qui à l'eſgard de l'autre a
accouſtumé d'eſtre *patruus patruiſſimus,* comme dit
Plaute, ou Terence. Lequel eſt-ce des deux? ie croy
que c'eſt le premier.

Dites-moy, ie vous ſupplie, qui eſt le roſier qui a
porté les roſes que vous m'auez enuoyées. Sans mentir, ni *Pæſtum,* ni l'Egypte, ni la Grece, ni l'Italie, n'en
ont iamais produit de ſi belles. Ce pourroit bien eſtre
vous, *Tu cinnamomum, tu roſa.* (Vous auez la mine de
croire que cela eſt du Cantique des Cantiques, &
c'eſt de Plaute.) I'ay de la peine à m'imaginer que ces
vers ſoient d'vn moderne; mais s'ils en ſont, ie ſerois
bien faſché que ce fuſt vn autre que vous, ou Monſieur de Balzac qui les euſt faits. Qui que ce ſoit, il en
doit eſtre bien glorieux, & ces roſes en verité, valent beaucoup de lauriers. Mais dites moy, ie vous
prie, de qui elles ſont, *Dic, mi anime, mea roſa, mea*
voluptas. Auec vos roſes, vous m'auez enuoyé des eſ-
pines en me propoſant les deux paſſages que vous me
donnez à expliquer. Premierement, pour celuy de
Saluſte, il faut conſiderer que la chaſſe eſtoit vn exer-

cice loüable parmy les Scythes, les Numides, les
Grecs mesmes, & particulierement les Lacedemo-
niens; Mais ie ne me souuiens pas d'auoir gueres vû de
marques que parmy les Romains, ce fut l'exercice des
honnestes gens. Pour l'agriculture, il faut distinguer
les temps. Dans la Ville de Rome, les hommes
Consulaires, & ceux qui auoient esté Dictateurs, du
maniement de la Republique retournoient à la char-
ruë; & s'estoit le mestier des Papiriens, des Manliens
& des Deciens. Mais ils le quitterent lorsqu'ils eurent
gousté les delices de l'Asie & de la Grece, & vous pouuez bien iuger que des gens qui se faisoient pincer le
poil des bras & des cuisses, qui se frisoient, & qui se
parfumoient, estoient bien esloignez de piquer des
bœufs. Il me semble que c'est dans la vie des Gracches
que i'ay leu qu'vne des causes qui poussa l'vn d'eux à
mettre en auant la loy Agraria; fut, qu'ayant voyagé
par l'Italie, il n'auoit trouué par les champs que des
esclaues qui labouroient les terres, au lieu qu'autrefois
c'estoient des Citoyens Romains. Or puis que cela
estoit ainsi dés ce temps-là, nous pouuons iuger que
du temps de Saluste, il estoit encore plus ordinaire
que les serfs fussent employez au labourage : de sorte
que la chasse & l'agriculture, qui sont *quæstuosæ artes,*
il les appelle *seruilia officia, qui aut à seruis exercebantur,*
aut exerceri poterant.

Pour l'autre, ie pense que quand Ausone dit, *ar-*
guetur rectius Seneca quàm prædicabitur, non erudiisse in-
dolem Neronis, sed armasse sæuitiam; il ne veut pas dire,

CCc iij

que Seneque ait iamais incité Neron à estre cruel,
mais qu'au lieu de le loüer d'auoir appris à son disciple
assez de Philosophie pour le rendre clement, on le re-
prendra de luy auoir appris assez de subtilité & de
Rhetorique pour défendre sa cruauté; de sorte qu'*ar-
mare* en cét endroit, ne s'entend pas des armes offen-
siues, mais deffensiues. Et de fait, ie pense que Tacite
dit, que quand cét honneste homme-là eut tué sa mere) c'estoit vne terrible Cycogne) Seneque l'aida à escrire au Senat sur ce sujet, & à trouuer des pretextes
pour pallier l'horrible action qu'il auoit faite. Ce passage m'a fait lire la harangue d'Ausone toute entiere:
Sans cela ie ne me fusse iamais aduisé d'y mettre le
nez; Et tant que ie sçache tous les bons autheurs par
cœur, ie ne lirois pas vne ligne de ces autres-là. Mon
Dieu! quel jargon ils ont, de quelle sorte ils escriuent,
& qu'vn homme qui est accoustumé à Ciceron, est
estonné quand il se trouue parmy ces gens-là!

  De toutes les Lettres que i'ay receuës de vous, il n'y
en a point qui m'ait semblé si belle, ny si agreable, que
la derniere; mais l'endroit qui m'y a plû dauantage,
c'est celuy où vous me parlez de Monsieur l'Abbé de
Lauardin. Les honnestetez qu'il veut bien que vous
me disiez de sa part, me font croire ou qu'il est extrémement ciuil, ou qu'il a assez bonne opinion de moy:
& lequel que ce soit des deux, ie m'en resiouys extrémement, ou pour son interest, ou pour le mien. Ie
vous supplie, Monsieur, de me faire la grace de luy dire de ma part, que ie reçois l'honneur qu'il me fait,

auec tout le refpect & toute la reconnoiffance qui eft
deuë à vne perfonne de fa condition,& de fon merite ; mais que ie ne me contente pas de receuoir des ciuilitez de luy, que ie pretens à bien dauantage, & que
i'ay fait vn grand deffein de gaigner quelque iour
l'honneur de fon amitié.

Ie ne fus pas plus eftonné quand i'entendis les Religieufes de Loudun parler Latin, que ie l'ay efté de
vous voir dire tant d'Italien. En verité, vous l'alleguez
comme fi vous l'entendiez ! Mais i'efpere que ie feray
vengé à vous l'entendre prononcer ; car, pour l'ordinaire l'Italien appris en Poitou, n'a pas l'accent extrémement Romain, & quelque chofe que vous y puiffiez faire *fapiet Poitauinitatem.*

Voftre *quod mirere*, dans le paffage de Tacite, parlant du ieu des Allemans ; eft bien remarqué, & bien
entendu. Mais il faut fçauoir ce que S. Ambroife dit
là deffus (ie ne fçay par quel hazard ie fçay ce que dit
S. Ambroife) *ferunt Hunos, ce dit-il, cùm fine legibus
viuant, aleæ folius legibus obedire, in procinctu ludere, teffe-
ras fimul & arma portare, in victoria fua captiuos fieri.*

Au refte i'approuue voftre *ballifmos*, & mefme la
medaille de Vigenere. Mais croiriez-vous que *Cor-
donniers*, vienne de ce qu'ils donnent des cors? ie le fis
l'autre iour croire à vn bien honnefte homme.

I'oublierois bien pluftoft mille Maiftreffes, que ie
n'oublierois Monfieur de Chiues, & Monfieur Gi-
rard, *par nobile fratrum* ; & ie vous oublierois quafi
auffi-toft, vous-mefme. Si vous auez quelque com-

merce auec eux, ie vous supplie de me faire la faueur
de les asseurer que ie suis tousiours leur tres-humble
seruiteur, auec autant de passion que iamais, & que
ie les supplie de ne vous pas aymer mieux que moy,
& de ne me pas faire l'infidelité que m'a faite Monsieur de Balzac, en me quittant pour de nouueaux
venus. Adieu, Monsieur, & soyez tousiours asseuré,
s'il vous plaist, que ie n'aymeray, & n'estimeray iamais rien plus que vous. Ie suis de tout mon cœur,

Voftre,&c.

A V

AV MESME.

LETTRE CXXVI.

MONSIEVR,

Ie voulois rompre, pour quelque temps, le commerce que i'ay auecque vous, & en vne saison où l'on doit faire penitence, ie faisois scrupule de me trouuer à ces grands festins que vous me faites : mais apres auoir beaucoup souffert, i'ay connu que ie ne m'en pouuois passer. I'ay demandé dispense de receuoir de vos Lettres, & l'on me l'a donnée. Pour vous, vous pouuez sans scrupule receuoir ce que ie vous enuoye; à peine ay-je dequoy vous faire vne legere collation. Au lieu de ces *mullos trilibres* que vous me presentez, ie n'ay que des *Tiberinos catillones* qui ne font que lécher les bords du Tybre, & se nourrissent du limon du pays Latin.

Postquam exaustum est nostrum mare.

Encore n'en auray-je pas pour ce coup pour faire vn plat, & ie ne vous seruiray que des legumes.

Impuné te pascent oliuæ,
Te cycoreæa, leuésque maluæ.

Il faut que vous vous accommodiez à cela, ie ne puis pas faire dauantage, ie n'ay pas ces grands parcs, ny ces pays que vous auez à chasser, *hortulus hic,&c. vnde*

DDd

epulum poſſis ſolis dare Pythagoreis. Il vous ſouuient bien
de ce *Cecilius Atreus cucurbitarum*, ie ſeray contraint de
faire ainſi; car, pour vous dire le vray, mon fonds eſt
eſpuiſé. Et

Mihi omne penu ex fundis amicorum hic affertur.

Vous autres Piſcinaires (Ciceron appelle ainſi ie ne
ſçay quels riches de ſon temps eſcriuant à Atticus.)
Quantùm Piſcena ij mihi inuideant aliàs ad te ſcribam. A
vous autres, diſ-je, il vous eſt bien aiſé de traitter vos
amis, vous n'auez pas beſoin pour cela de faire les efforts que nous faiſons.

Nec ſeta longo quærit in mari prædam;
Vous auez touſiours des reſeruoirs tout pleins.
Piſcina rhombum paſcit, & lupos vernas.
Vous n'auez qu'à ſiffler.
Natat ad magiſtrum delicata murena.
On ne vous ſçauroit iamais ſurprendre, vous qui eſt
varius penus, ou *varia,* ſi vous voulez, ou *varium,* ou *pe-*
num, ou *penu.* (Ce drole-là eſt plaiſant, il eſt de tous les
genres, il ſe fourre preſque dans toutes les declinai-
ſons, & eſt indeclinable quand il luy plaiſt.) Moy qui
ſuis de ceux, *quibus ſunt verba ſine penu & pecunia,* ne
trouuez pas eſtrange que ie me trouue eſtonné, ***.

LETTRE CXXVII.

MONSIEVR,

Voilà ce que c'eſt de faire de grands feſtins à vos amis, cela eſt cauſe que l'on ne vous les peut rendre; Encore pour me mettre plus en peine, vous m'amenez Monſieur de Balzac, le plus friand & le plus delicat homme du monde, *quâ munditiâ, quâ elegantiâ hominem?* Ie m'eſtois accouſtumé à vous, & peut eſtre auſſi l'eſtiez-vous à ma table; mais elle ne peut pas receuoir vn ſuruenant comme cela,

ingentem non ſuſtinet vmbram.

Sans mentir, en vous voyant tous deux, vous m'auez fait ſouuenir de Iupiter & de Mercure, quand ils furent embaraſſer le pauure Philemon) & cela ſoit dit pourtant ſans vous offenſer ni l'vn ni l'autre, car toutes comparaiſons ſont odieuſes) & en effet, ce bon homme n'auoit pas plus raiſon d'éſtre empeſché que moy. C'eſt, en verité vne cruauté à vous, de m'auoir engagé à cela: & vne cruauté de Neron, *Indicebat familiaribus cœnas quorum vni mellita quadr gies H. S. conſtiterunt; alteri pluris aliquanto roſaria.* Pour vous dire le vray, c'eſt ce qui m'a retenu ſi long-temps. I'ay dit beaucoup de fois à moy-meſme, *nunquam-ne reponam ?*

Mais voſtre conſideration & la ſienne me retenoient,

> *Cupio enim magnificè accipere ſummos viros,*
> *Vt mihi rem eſſe reantur.*

Enfin , apres auoir bien cherché, ſans rien trouuer, il
m'a ſemblé que l'on me pouuoit dire comme à cét
autre , *Nunquid adoleſcens ,melius dicere vis quàm potes ?*
Et encore ,

> *Quid mulum cupias cùm ſit tibi gobio tantum*
> *In loculis ?*

ie me ſuis donc reſolu à faire ce que ie pourray , &
contentez-vous-en , s'il vous plaiſt ,

> *rebuſque veni non aſper egenis.*

Il faut que vous vous accommodiez à ma diſette, ie
ne puis pas dauantage, ie n'ay pas ces grands parcs ni
ces pays que vous auez à chaſſer, ni ces vaſtes mers où
vous peſchez tout ce que vous dites,

> *Hortulus hic puteuſque breuis ſine teſte mouendus.*

I'ay honte, ie vous l'auoüe, de vous découurir ma pauureté, & pour eſtre pauure, ie ne laiſſe pas d'eſtre am-
bitieux,

> *hic viuimus ambitioſa*
> *Paupertate.*

Ie voudrois de bon cœur,

Ad Palatinas acipenſera mittere menſas, ou vous faire
vn ſoupper comme celuy auquel *duo millia lectiſſimo-*
rum piſcium, ſeptem auium appoſita traduntur, Mais dites-
moy, ie vous ſupplie, mangez-vous force acipen-

fers vous autres en Poitou ? I'en ay enuoyé demander
icy, mais on ne les connoist point aux halles. Il estoit
pourtant autrefois fort estimé à Rome ; *Huic tantus*
olim habebatur honos (ce dit Macrobe ; pensiez - vous
que i'eusse leu Macrobe ? *vt à coronatis ministris, &*
cum tibijs in conuiuium soleret ferri. C'estoit-là vn beau
priuilege pour vn poisson. C. Duilius en auoit à peu
prés vn pareil ; *Caium Duilium , qui primus Pœnos classe*
deuicerat, redeuntem à cœna senem sæpe videbam puer ; delecta-
batur cereo funali & tibicine, quæ sibi nullo exemplo priuatus
sumpserat ; tantum licentiæ dabat gloria. Ce n'est pas
moy, non, qui le voyois comme cela, c'est Caton le
Censeur ; & Ciceron qui nous fait ce conte-là, ren-
doit aussi, comme ie crois, grand honneur à ce poisson, & en mangeoit volontiers ; car il se souuient do
luy en ses Tusculanes , & le nomme sur tous les autres, comme vn bon morceau, *Si quem igitur tuorum af-*
flictum mœrore videris, huic acipenserem potiùs quàm aliquem
Socraticum libellum dabis ? Cependant , on n'en dit plus
pas vn mot. Iugez par là ce que c'est que de la gloire
des choses humaines , & quel cas on en doit faire
apres cela,

I demens & sæuos curre per Alpes ,
Vt pueris placeas , & declamatio fias.

Quoy qu'il en soit (ce quoy qu'il en soit vient vn peu
de loin , car il se rapporte à ce que ie disois que ie n'a-
uois rien à vous donner) ie vous traiteray de ce que
i'ay, & ie diray comme cét autre, *vide audaceam , etiam*
Hircio cœnam dedi sine pauone ; Il dit en vn autre en-

droit à quelqu'vn qui se vantoit qu'il luy feroit aussi
mauuaise chere que ie vous la feray, *si perseueras me ad*
matris tuæ cœnam vocare, feram id quoque; volo enim videre
animum, qui mihi audeat ista quæ scribis, apponere, aut etiam
polypum, Miniani Iouis similem; crede mihi, non audebis an-
te meum aduentum, fama ad te de mea lautitia veniet, eam ex-
timesces. Mandez-moy, ie vous supplie au vray quelle
beste c'est que ce *polypus Miniani Iouis.* Sans mentir, ie
ne sçais plus rien depuis que ie ne reçois plus rien de
vos Lettres; Pour la promulside, cela n'est pas trop mal
iusques icy, mais vous ne vous en contenterez pas, *non*
enim vir es qui soleas promulside confici, integram famem ad
ouum affers. Venons donc au reste.

　Pour ce qui est de ce que vous vous plaignez de
ceux qui ne font pas les graces assez grandes, ie pense
qu'ils n'ont pas tant de tort, & la raison est que les veritables graces, & qui touchent le plus, consistent
principalement en de petites choses, en certaines
actions, certains mouuemens du corps & du visage,
dans lesquels sans estre quasi apperceuës, elles font
leur effet.

　　Componit furtim, subsequiturque decor.
Ce *furtim* veut dire, ce me semble, cela, & ce que les
Espagnols appellent *el no se que,* elles sont si petites,
que mesme on ne sçait ce que c'est. Et ne vous met-
tez-pas non plus en peine de leurs maris: De quoy
vous auisez-vous de vouloir rompre des mariages,
qu'il y a si long-temps qui sont faits? Les Dieux, comme vous disiez sur vn autre suiet, en font bien d'au-

tres. Le monde est plein de ces mariages-là. N'ont-
ils pas marié la Peine au Plaisir, le Trauail à la Gloire,
le Ciel à la Terre, & Mademoiselle, *** à Monsieur
son mary.

> *Sic visum Veneri cui placet impares*
> *Formas atque animos sub iuga ahenea,*
> *Sæuo mittere cum ioco.*

Ie ne sçay si ie vous auois dit qu'il y a long-temps que
nous ne nous escriuions plus, & que l'on m'auoit dit
qu'elle se plaignoit fort de moy. Elle est en cette ville, & ie l'ay esté voir; nostre entreueuë a esté à peu prés
comme celle de Didon & d'Enée, quand ils se rencontrerent aux Enfers. I'ay fait tout ce que i'ay pû pour
l'appaiser, ie luy ay dit *verus mihi nuntius ergo,* & *per si-
dera iuro,* & *, nec credere quiui.*

> *Illa solo fixos oculos auersa tenere,*
> *Nec magis incepto vultum sermone moueri,*
> *Quàm si dura silex, aut Marpesia cautes.*

Le sommeil, au reste, n'est pas vn si mauuais mary que
vous dites, & cette Grace, ie ne sçay comme elle s'appelle, ne pouuoit pas estre mieux, pour estre en repos
& à son aise. Il est doux comme vn mouton, c'est le
plus paisible de tous les Dieux,

> *placidissime Somne Deorum,*
> *Pax animi, quem cura fugit.*

& hors qu'il n'y auoit point de portes à son logis, c'e-
stoit vn fort bon party. Voyez vn peu dans Lucien la
description de sa ville, & comme il estoit accommo-
dé. Quand il ne sçauroit autre chose, que de racom-

moder le tint, remettre les yeux battus, & embellir
les Dames, penſez-vous que ce ne ſoit pas aſſez pour
eſtre bien auec elles : C'eſt vn grand diſtillateur de pa-
uots,& de mandragores, & il ſçait faire des fards, qui
valent mieux, ſans comparaiſon, que tout le blanc &
tout le rouge d'Eſpagne, *no vſaua afeytes Dorinda, y aſſi*
deſperto con los que el ſueno le auia dado. Apprenez vn peu
l'Eſpagnol, quand ce ne ſeroit que pour ne nous rompre tant la teſte auec voſtre Italien. Il n'eſt pas non
plus ſi peſant que vous penſez.

    Tum leuis æthereis delapſus ſomnus ab aſtris,
& n'euſt pas fait tant d'enfans, s'il euſt eſté ſi foible.

    Tum pater è populo natorum mille ſuorum.
Et quand meſme il ſeroit auſſi froid que vous le
croyez, penſez-vous que ce ſoit vn petit ſecours que
tous ces ſonges qu'il manie à baguette, & dont il diſpoſe comme il luy plaiſt? Ne vous ſouuient-il plus de
celuy de Fleur-d'eſpine?

        Se ſon ſogni queſti,
    Ch' io dorma ſempre, e mai non mi deſti.
Et cét autre.
    Proh Venus & tenera volucer cum matre Cupido,
    Gaudia quanta tuli, quàm me manifeſta libido
    Contigit.

Contez-vous cela pour rien, & ne croyez-vous pas
qu'vne honneſte femme s'en pourroit contenter?
Quant à ce que vous dites, que les Graces ne doiuent
iamais dormir, allez vn peu voir nos Dames le lendemain d'vn bal, quand elles ont veillé, & dites-moy
                         apres

apres voftre auis là-deffus. Pour voftre *fomno mollior herba* , & voftre *morbida* , *Domine Magifter nofter* ; Ie crois que vous n'auez entendu, ni le Latin, ni l'Italien, car l'vn veut dire propre pour dormir deffus, & *morbido*, ne fignifie autre chofe que poly, doux, *lene*, doüillet proprement.

Voftre Empereur de Lampridius, me femble homme de fort bon gouft, & fi Heliogabale auoit fait vne vingtaine d'ordonnances comme cela, ie le mettrois à cofté de Tite, & de Trajan. Ie m'eftonne que vous ayez oublié cét autre de Tibere, *Afellio Sabino H. S. ducinta donauit pro dialogo, in quo boleti, & ficedulæ, & oftreæ, & turdi certamen induxerat.* C'eftoient des Empereurs celà? I'ay regret, fans mentir, que ce Dialogue fe foit perdu, & n'euffiez-vous pas efté bien aife auffi de voir difcourir vne huiftre auec vn champignon? Cét Afellius deuoit eftre vn galand homme, & ie luy euffe donné de bon cœur vn chappeau de caftor.

Vous auez merueilleufement bien taillé, & admirablement mis en œuure ces pierres que ie vous auois enuoyées toutes brutes; elles font deuenuës des pierres precieufes entre vos mains, & vous en auez fait vn des meilleurs plats de voftre feftin, *fecifti vt lapides illi panes fierent.* Sans auoir l'eftomach de Saturne, ny les dents de la Lune, i'en ay tres-bien mangé, & auec grand plaifir. C'eft cette viande-là, *quam nemo coquus haĉtenus in ius vocauerat:* mais vous faites des fauffes, auec lefquelles on mangeroit des cailloux. Ie ne croyois pas que de fi graues Autheurs euffent rappor-

EEe

té cette hiſtoire. Ie ne fais pas de doute, apres cela,
que les pierres n'ayent ouy autrefois le ſon de la lyre;
& de fait encore auiourd'huy nous croyons que les
murailles ont des oreilles.

Ie vous auouë que ie fais plus de cas d'Auſone que
ie n'en faiſois, vous me l'auez fait voir en ſon luſtre,
en me le monſtrant dans ſa Poëſie. C'eſtoit, ſans mentir, vn fort honneſte homme, & ie crois que ſa harangue euſt eſté fort bonne, s'il l'euſt traduite en vers.
Ceux que vous m'auez fait voir de luy, me ſemblent
merueilleuſement beaux. Ie connois des hommes
comme cela qui vont fort mal à pied, & qui font des
merueilles à cheual ; mais ie voudrois bien que ces
gens là ne fiſſent que ce qu'ils ſçauent faire, & que
Ciceron n'euſt iamais eſcrit des vers, ny Auſone de
proſe.

Si vous me demandez (pour parler à cette heure de
cét autre feſtin, dont vous m'auiez fait part.)

Vt Naſidieni iuuit me cœna beati.

C'eſt à dire, comme ie me trouue de la bonne chere
de Monſieur de Balzac? ie vous reſpondray, *vt nun-*
quam in vita fuerit melius. L'Apollon de Luculle, ny
l'Apollon meſme de Delphes, ne pourroient rien faire de ſi magnifique ; il n'y a point de ſi petits mets qui
ne vaille mieux que le Dodecathée d'Auguſte, (vous
ſçauez bien.

　Cum primum iſtorum conduxit menſa choragum,
　　Sexque Deos vidit Mallia, ſexque Deas.)

qui ne merite des loüanges admirables. C'eſt d'vn

feſtin comme cela que l'on peut dire,

I laʋri di Permeſſo, & di Parnaſo
Andorno à coronar la Gelatina.

Cét homme, ſans mentir, eſt admirable en tout ce
qu'il fait. Ie vois de temps en temps des vers de luy,
qui ſont, ſans doute, beaucoup au deſſus de ce que ie
croyois que noſtre ſiecle pût produire, & qui donne-
roient de la ialouſie, ie ne dis pas à Lucain, ni à Clau-
dian, mais à Lucrece & à Virgile. Mais demandez-
luy, ie vous prie, ſur quoy il ſe fonde de croire que
i'aye tiré de ſes entrailles, l'explication du paſſage
d'Auſone, & pourquoy il me tient de ceux, *qui plus*
ex iecore alieno ſapiunt quàm ex ſuo

Il penſe donc que ie ne ſçay rien que par reminiſ-
cence des choſes que mon ame a appriſes autrefois dans
ſa côuerſation. Son plat de vent, auſſi bien que voſtre
plat de pierres, m'a pleu extrémement, & ç'auroit eſté
vne excellente viande en l'Iſle de Ruac (Ie ne ſçay,
Monſieur, ſi vous le ſçauez.) C'eſtoit vne Iſle où les
habitans ne viuoient que de vent, & on n'y donnoit
aux malades que des vents coulis. Sans mentir vous
eſtes de merueilleux ouuriers, vous aſſaiſonnez les
choſes de ſorte qu'il n'y a rien que l'on ne mangeaſt
quand vous l'auez appreſté, & que vous ne fiſſiez aua-
ler auec plaiſir. Vous ſçauez donner

Cuerpo a los vientos y a las piedras alma.

C'eſt vn vers de Louys de Gongora que vous ne con-
noiſſez-pas. I'ay eſté bien aiſe d'apprendre l'alliance
que les Atheniens auoient auec Borée, & de ſçauoir

EEe ij

qu'il y ait eu vn Noruegien qui ait esté Citoyen d'A-
thenes: Celuy-là, ce me semble, se pouuoit dire Citoyen du Monde auec autant de droit, que cét autre
des leurs qui s'en vantoit. Les Atheniens au reste,
auoient là pris vn Bourgeois bien turbulent. Ie ne
croyois pas, ie vous l'auouë, que la mer fust vne lar-
me semblable à celle de cét autre qui mangeoit des
pierres encore mieux que moy. Il l'a ietta, sans doute, lors qu'il fut chassé & garrotté par son fils. Ne vous
semble t-ils pas (au moins si cela est vray) que l'on
peut dire de Saturne, aussi bien que du cheual du pauure Pallas,

guttis humectat grandibus ora.

A la verité, on luy fit de mauuais tours, mais bien à
pris pour le genre humain, que comme il estoit fort
melancolique, il n'estoit pas grand pleureur, car s'il
eust ietté seulement trois larmes, où en serions-nous?
omnia pontus erant, on peut dire en cette occasion qu'il
pleura amerement : mais dites-moy, ie vous prie, si
vous le sçauez, pleura-t-il la mer & les poissons?

immania Cete,

Tritonesque citos , Phorcique exercitus omnes.
I'auois oublié à vous parler de vostre passage de Séne-
que. *Valde me torsit illa podagra, adeoque impliciti mihi*
videntur hi pedes , vt ad illos vtrosque dextros explicandos
nullum dextrum pedem habeam : si ce n'est qu'il voulust
dire que la goute tourne quelquefois en dedans le
pied gauche qui doit estre en dehors, & qu'ainsi estant
tourné du mesme costé que le pied droit, il dit *vtros-*

que dextros. Mais aussi ne pourroit-elle pas tourner le
droit du costé gauche, & ce seroit *vtrosque sinistros.*
Sans mentir, cela est bien difficile : si vous y voyez
quelque chose de mieux,

 Si quid dextro pede concipis,

dites le moy.

 I'ay appris vostre maladie auec beaucoup d'alarme,
quoy que ie ne l'aye sçeuë qu'apres qu'elle estoit passée ; & i'ay esté estonné d'apprendre le peril où i'ay
esté sans en rien sçauoir. Ie vous prie, mon cher Monsieur, de croire qu'il n'y a rien au monde qui me soit
plus cher que vous, ny que i'ayme & que i'estime dauantage. Ie n'ay, que ie meure, point de ioye si sensible, que lors que ie pense (& ie le pense souuent)
que la fortune nous donnera moyen quelque iour de
passer le reste de nostre vie l'vn auec l'autre, & de vous
auoir *in serijs iocisque amicum omnium horarum.* Ie vous
iure qu'il n'y a rien que ie souhaitte tant, & que ie suis
& seray tousiours à vous auec autant de passion que
lors que ie vous voyois tous les matins. Ie vous fais
cette protestation à la veille d'vn voyage de six mois
où ie m'en vay, car ie parts auec le Roy pour aller en
Catalogne. Ne m'escriuez-donc pas, s'il vous plaist,
que lors que vous sçaurez qu'il sera retourné. l'aurois
plus d'impatience de retourner, si ie croyois vous retrouuer icy cét Esté. Ie vous exhorte à faire tout ce
que vous pourrez pour cela. *Qui benè latuit benè vixit,*
n'est pas vn precepte qui vous regarde, laissez-là

Panaque, Syluanumqae senem, Nymphasque sorores.
Vous vous deuez au public, & il faut que les hommes
comme vous soient connus de tout le monde, *omnis*
autem peregrinatio, comme vous sçauez, *est obscura.* Ha-
stez donc vostre retour, ie vous en coniure encore
vne fois, & dés que vostre terme sera expiré, reuenez
icy me reuoir; ou M.***, ou quelque *** & pre-
nez-garde, *ne quid temporis addatur ad hanc prouincialem*
molestiam. Ie vous enuoye vn Liure de Mademoiselle
de Gournay, qu'elle m'a donné pour vous le faire
tenir. Adieu, Monsieur, aymez-moy tousiours,
ie vous supplie, souuenez-vous souuent de moy, &
soyez asseuré que ie seray toute ma vie de tout mon
cœur,

Vostre *infœlix Theseus*, m'a semblé merueilleusement heureux, & Hercule, sans mentir, ne le tira pas
des Enfers plus heureusement ni plus glorieusement
que vous,

Vostre, &c.

A Paris le 24. Ianuier 1642.

A MADEMOISELLE
de Rambouïllet.

LETTRE CXXVIII.

MADEMOISELLE,

Sans mon fourgon i'euſſe eu, ſans mentir, vn extréme regret de n'auoir plus l'honneur de vous voir,
& ie croy que i'euſſe penſé en vous de meilleur cœur
que ie ne fis de ma vie; car pour vous dire le vray, ie
m'y ſentois extrémement diſpoſé, & ie n'ay iamais eu
plus de déplaiſir de me ſeparer de vous. Mais vous ne
ſçauriez croire, Mademoiſelle, combien les fourgons
ſont vne choſe diuertiſſante, & quel excellent remede c'eſt contre vne grande paſſion; tantoſt il s'y eſtro-
pie vn cheual, tantoſt il ſe rompt vne roüe, tantoſt ils
demeurent toute vne nuit embourbez au melieu d'vn
chemin; & c'eſt, ie vous iure, tout ce que l'on peut
faire auec eux, que de ſonger deux ou trois fois le iour
en la meilleure de ſes amies. A cette heure que nous
irons plus doucement, & que nous allons nous embarquer ſur le Rhoſne, ie feray mieux mon deuoir de
penſer en vous, & ie ſuis trompé ſi ie n'arriue à Auignon le plus paſſióné homme du monde. Pour vous,
Mademoiſelle, qui ne faites de voyage que de chez
vous au faux-bourg ſaint Germain, & qui n'allez

pas par de ſi mauuais chemins que nous ; vous n'eſtes pas, ſans mentir excuſable, ſi vous ne me faites l'honneur de vous ſouuenir quelquefois de moy: au moins ſçay-je bien que vous y eſtes plus obligée que jamais, & ſi ie ne ſonge pas ſouuent en vous, c'eſt de ſi bon cœur quand cela m'arriue, & auec de tels ſentimens, que ie ſuis aſſeuré que vous en ſeriez ſatisfaite. Et puis, que ſçait-on ſi ie n'y ſonge pas ſouuent, & ſi ie ne le dis pas de la ſorte, pour n'oſer dire ce qui en eſt? Dans ce doute, ie vous ſupplie, Mademoiſelle, d'en croire ce que vous en dira Monſieur Arnaud, car ie luy ay laiſſé charge de vous expliquer mes intentions, & celuy qui fait profeſſiou de faire des *oriſpianes*, qu'il vous die, s'il luy plaiſt, comme ie ſuis, & de quelle ſorte.

Il y auoit un patiſſier a rouen qui auoit voiagé il faiſoit de Certaines pieces de four aux quelles il donnoit des noms Bizarres il en apelloit une oriſpiane, quand on en mangeoit quelqu'une alhoriel de Rambouillet ce qu'elle ſembloit bonne, on diſoit c'eſt une oriſpiane, cela la

La reſolution qu'auoit priſe Monſieur le Cardinal d'aller ſur le Rhoſne, a eſté changée; ſur ce qu'il vit auant-hier, comme il ſe promenoit ſur le port, vn batteau chargé de ſoldats, qui courut tres-grand hazard de ſe perdre, & il y eut meſme quelques-vns qui ſe ietterent dans l'eau & ſe noyerent; & ſon Eminence ne ſe veut pas noyer, pource que cela nuiroit aux deſſeins qu'il a ſur le Rouſſillon.

MADEMOISELLE,

Voſtre, &c.

A Lyon, le 23. Feurier 1642.

A LA

A LA MESME.

LETTRE CXXIX.

MMADEMOISELLE,

Ie voudrois que vous m'euſſiez veu l'autre iour, de
quelle ſorte ie fus depuis Vienne iuſques à Valence.
Le iour ne commençoit qu'à poindre, & le Soleil à
rayonner ſur le ſommet des montagnes, quand nous
nous miſmes ſur le Rhoſne. Il faiſoit vne de ces belles iournées qu'Apollon prend quelquefois pour luy
ſeruir de pannache, & que l'on ne voit iamais à Paris,
que dane le plus beau temps de l'eſté. Ceux auec qui
i'eſtois, conſideroient tantoſt les montagnes de Dau-
finé, qui paroiſſoient à la main gauche, à dix ou douze lieuës de nous, toutes chargées de neiges; tantoſt
les collines du Rhoſne, que l'on voyoit couuertes de
vignes, & des vallons à perte de veuë, tous pleins d'arbres fleuris. Pour moy, dans cette reſiouyſſance de
tout le monde, ie montay ſeul ſur la cabane qui couuroit noſtre bateau, & tandis que les autres admiroiét
ce qui eſtoit à l'entour de nous; ie me mis à penſer à
ce que i'auois quitté. I'auois le coude du bras droit
appuyé ſur la couuerture de la barque, la teſte vn peu
panchée, & ſouſtenuë ſur la main du meſme bras, &
l'autre negligemment eſtendu, dans la main duquel

F F f

ie tenois vn liure qui m'auoit feruy de pretexte à ma
retraite. Ie regardois fixement la riuiere, que ie ne
voyois pas. Il me tomboit de moment en moment
de groſſes larmes des yeux, ie faiſois des ſoûpirs, auec
chacun deſquels il ſembloit que ſortiſt vne partie de
mon ame, & de temps en temps, ie diſois des paroles confuſes & mal formées, que les aſſiſtans ne peu-
rent pas bien ouyr, & que ie vous diray quand vous
voudrez. Cecy, que ie vous raconte, euſt paru dauantage, & euſt receu plus d'ornemens, ſi ie vous
l'euſſe eſcrit en vers, car ie vous iure que les Nymphes
des eaux furent touchées de ma douleur, que le Dieu
du fleuue en fut eſmeû ; mais tout cela ne ſe peut pas
dire en proſe. Tant y a que ie demeuray ſept heures
de cette forte ſans remuër ni pied ni patte. Ie voudrois Mademoiſelle, que vous m'euſſiez veu ainſi, deuant Dieu, cela vous euſt donné deuotion, & le maiſtre de noſtre batteau dit qu'il auoit mené en ſa vie
plus de dix mille hômes depuis Lyon iuſques à Beau-
caire, mais qu'il n'en auoit iamais veu vn qui paruſt
auoir l'eſprit ſi eſgaré. Apres cette belle deſcription
que ie viens de faire, il me vient de tomber dans l'eſprit, que vous vous imaginerez que tout cela eſt faux,
& que ce que i'en ay dit, n'eſtoit que pour trouuer
moyen de remplir vne Lettre. Quand cela ſeroit, Mademoiſelle, ie ſerois enverité excuſable, car pour vous
parler franchement, on eſt ſouuent bien empeſché à
trouuer que dire : & ie ne puis pas comprendre, que
ſans quelques inuentions comme cela, des perſonnes

qui n'ont ni amour ni affaires enſemble, ſe puiſſent
eſcrire ſouuent ; neantmoins, pour vous dire naïue-
ment ce qui en eſt, tout ce que ie vous ay dit de ma ré-
uerie, de mes ſouſpirs, & de ma triſteſſe, eſt vray.
Pour ce qui eſt du reſſentiment qu'en eurent les
Nymphes & le Dieu du Rhoſne, ie n'en ſuis pas aſſeuré. Ie paſſay toute vne matinée ſans quitter mes
penſées vn moment. Dans cét eſpace de temps ie ſon-
geay, ie vous l'auoüe, trois ou quatre fois en Mademoiſelle, *** ; le reſte ie l'employeray à penſer en Madame voſtre mere, & en vous. Ie vous auois bien promis que ſi nous allions ſur l'eau, ie m'acquiterois de ce
que ie vous dois, ie l'ay ſi bien fait, que ſi cela m'arriue
encore vne fois de la ſorte, ie ſeray fou, au premier
Soleil du Languedoc qui me donnera ſur la teſte. Il
eſt deſia ſi chaud en Auignon, qu'à peine le pouuons-
nous ſouffrir. Le Printemps eſt icy arriué quand &
quand nous, nous y trouuons par tout des puces, &
des violettes : ie vous les ſouhaite toutes de bon cœur ;
car ie ſeray bien aiſe, Mademoiſelle, que vous ne dor-
miez pas trop en mon abſence, & ie vous deſire tout
ce que ie vois de beau, & ſuis.

C'eſtoit, ie vous aſſeure, vne belle choſe à regarder, que de voir hier au ſoir les ruës d'Auignon pleines de chandelles, de lanternes, de flambeaux par
toutes les feneſtres, pour voir Monſieur le Cardinal
qui y arriua à ſept heures du ſoir : il y faiſoit clair
comme en plein iour, & ſi le Pape arriuoit icy, on ne

lé pourroit pas mieux receuoir. On luy donnoit
par tout mille benedictions, & à cause que c'est terre
Papale, ils en sont liberaux en ce pays-cy. Les Iüifs
d'Auignon se portent bien: Monsieur le Vice-Legat
gros & gras, Monsieur le Comte d'Alais vn peu
plus que luy.

MADEMOISELLE,

&c.

À Auignon, le Lundy gras, 1642

A MONSIEVR LE PRESIDENT.
de Maiſons.

LETTRE CXXX.

MONSIEVR,

C'eſt vne trop grande bonté à vous, de prendre la
peine de m'eſcrire, & de me traiter auſſi ciuilement
que ſi ie ne vous auois pas les infinies obligations que
ie vous ay. Ie vous ſupplie tres-humblement, & tres-
ſerieuſement, de ne vous en plus donner la peine. La
pluſpart du temps, vous n'auez rien à me mander;
pour moy, outre que mon deuoir m'oblige à vous eſcrire, les nouuelles qu'il y a icy de temps en temps, me
fourniſſent dequoy le pouuoir faire. Ie vous auouë,
pourtant, Monſieur, que i'ay vn extréme plaiſir à
lire la derniere lettre qu'il vous a plû de m'eſcrire, &
toutes les fois que vous aurez à me dire d'auſſi agreables nouuelles, ie ne refuſe pas que vous me faſſiez
l'honneur de me les faire ſçauoir. Ie ſuis rauy de la
grande amitié que ie vois que vous auez fait depuis
mon depart auec Mademoiſelle de Rambouïllet ; ie
ne le counois pas plus par vos lettres que par les ſiennes; elle ne m'eſcrit iamais ſans me parler de vous, &
auec toute l'affection & toute l'eſtime qui vous eſt
deuë. Ce m'eſt, ſans mentir, Monſieur, vne extré-

FFf iiij

me confolation de ce que vous & Madame de Ramboüillet, me plaignez de la folie que i'ay faite, & ce
me fera vne raifon pour n'en plus faire à l'auenir, outre que i'en ay fait de nouueau vne proteftation fo-
lenne entre les mains de Monfieur de Chauigny. I'ay
auffi beaucoup de ioye, que vous ayez eu le credit de
tenir quinze iours M. *** &, ce qui eft dauantage,
de faire defenfes aux autres d'y aller; il me déplaift
feulement de ce que vous n'en difpofez que quand
elle fe veut reformer, & qu'elle eft en eftat de penitence. Ie vous exhorte, neantmoins, à ne vous point
rendre, car le temps, la fortune, & l'adreffe d'vn honnefte homme, peuuent changer beaucoup de chofes.
Apres auoir parlé de ces chofes là, il me femble,
Monfieur, que vous n'aurez pas grand plaifir, que ie
vous entretienne des nouuelles de deça : Auffi
pour ne vous pas ennuyer, ie vous les diray le plus
fuccinctemet que ie pourray *****

*La fin de cette lettre eft dans la 1ᵉ impreffion ce ne fon que des
nouuelles du temps.*

Voftre, &c.

A Narbonne, le 10. May 1642,

AV MESME.

LETTRE CXXXI.

MONSIEVR,

C'eſt vn excés de voſtre bonté de me remercier de quelque choſe, moy qui ne ſçaurois iamais aſſez faire pour vous, & qui vous en deurois encore de reſte quand i'aurois cent fois hazardé ma vie pour voſtre tres-humble ſeruice. De cette bonté, Monſieur, & de l'offre qu'il vous plaiſt me faire, ie vous rends mille graces tres humbles, & i'ay vn extréme ioye de voir que dans les plus grandes, & les plus petites choſes, vous ne ceſſez de me donner des teſmoignages de l'amitié que vous me faites l'honneur d'auoir pour moy. Quoy que i'aye ioüé fort étourdiement, ie ne me ſuis pas pourtant ſi fort emporté, que ie ne me ſois reſerué aſſez d'argent pour me tirer d'icy, & ſuis ſeulement bien faſché de vous auoir mis en main vne ſi mauuaiſe aſſignation, & de vous auoir donné vn creancier qui n'eſt guere meilleur que moy. Au reſte, Monſieur, ie ne vous puis dire l'extréme ioye que i'ay de voir la grande amitié que vous auez faite auec tout l'hoſtel de Ráboüillet; Mademoiſelle de Ramboüillet ne m'écrit iamais ſans me dire quelque choſe de vous, par oùelle marque l'extréme cas qu'elle en fait,

& afin que vous cō noiſſiez mieux les ſentimens qu'a
pour vous Monſieur le Marquis de Piſany, ie vous
enuoye vn morceau de la derniere lettre qu'il m'a
eſcrite. Pour Monſieur de Chauigny, vous eſtes ſans
mentir obligé de l'aymer de tout voſtre cœur; à toutes les occaſions qui s'en preſentent, il parle de vous
auec toute l'eſtime, & toute l'affection imaginable:
il ſe vante de voſtre amitié à tous ſes amis, & la promet à ceux qui luy ſont les plus chers, & qu'il veut
obliger le plus. Il me dit l'autre iour que vous luy
auiez eſcrit vne lettre la plus jolie, & la plus obligeante du monde, mais pource qu'il eſtoit en compagnie, il n'eut pas le temps de me la monſtrer, il partit il y a trois iours pour aller à l'armée, & aſſiſter à la
ceremonie de l'ordre que le Roy donna hier au Prince de Mourgues, & reuient demain; Pour ce qui eſt
du retour du Roy, on n'en ſçait rien. I'auray en cela,
Monſieur, tout le ſoin que ie dois auoir des choſes
que vous me commandez. On commence à r'alentir
l'eſperance que l'on auoit d'auoir Perpignan ſi-toſt,
on dit à cette heure vers le quinziéme du mois qui
vient. Mōſieur de Turene m'a dit qu'il gageroit bien
deux cens piſtolles que l'on l'aura dans tout le mois
de Iuin. Toutes les fois que Monſieur de Chauigny
va à l'armée, il loge chez Monſieur des Noyers, c'eſt à
cette heure la plus grande amitié du monde, mais
vraye & ſincere tout de bon.   Ie ſuis,
MONSIEVR,

A Narbonne, le 22. May 1642.   Voſtre, &c.
                                                    A MON-

A MONSIEVR CHAPELAIN.

LETTRE CXXXII.

MONSIEVR,

Quelque hardy que ie fois, ie n'oferois retourner à Paris fans vous faire refponfe, & i'ay honte, fans mentir, d'auoir tant tardé à vous rendre ce deuoir : mais ie vous l'auoüëray franchement, préuoyant que i'aurois encore à vous écrire, pour vous faire fçauoir le iugement que l'on auroit fait des vers que vous auez enuoyez, i'ay differé tant que i'ay pû, en deffein de ménager vne lettre. Si vous eftes iufte, vous ne deuez pas trouuer eftrange que l'on aye peur en écriuant à vn Docteur comme vous eftes ; & certes, quand il me vient en la penfée que c'eft au plus iudicieux homme de noftre fiecle, à l'Ouurier de la Couronne Imperiale, au Metamorphofeur de la Lionne, au Pere de la Pucelle que i'efcris, les cheueux me dreffent en la tefte fi fort, qu'il femble d'vn heriffon; mais d'ailleurs quand ie penfe que cette lettre s'adreffe au plus indulgent de tous les hommes, à l'excufeur de toutes les fautes, au joüëur de tous les ouurages, à vne colombe, à vn agneau, à vn mouton, mes cheueux s'applatiffent tout à coup plat côme d'vne poule moüillée, & ie ne vous crains non plus que rien. Ie vous diray donc nuë-

GGg

ment,& franchement, Monfieur, comme à vn mouton que vous eftes,que les vers de Monfieur de Balzac
n'ont pas encore efté veus de Monfieur le Cardinal.

Ô Cæ'um , ô Terras , ô Maria Neptuni !
vous écrierez-vous. Eft-cela l'eftat que l'on fait des
enfans de Iupiter ? & comme on traitte le premier
homme du monde ; *frange mifer calames , vigilataque
prælia dele.* Vous auez raifon de dire tout cela ; mais
vous ne fçauriez croire combien on a eu d'autres chofes à penfer durant tout ce voyage,& fi Apollon, que
bien connoiffiez, fuft venu luy-mefme à Narbonne,
ie dis auec tous fes rayons , il n'y euft efté receu qu'en
qualité de Chirurgien. I'en ay parlé cent fois à Monfieur de Chauigny , qui m'a toufiours répondu que
pour l'amour de Monfieur de Balzac, il falloit referuer cela au temps où l'efprit de fon E. fuft plus tranquille , & plus en eftat de bien goufter cette forte de
chofes. Il m'a donné charge, au refte , de vous prier
de fa part de faire des grands remercimens à noftre
amy, pour les epigrammes qu'il a faites pour luy,def-
quelles il eft merueilleufement fatisfait ; à dire le vray
elles font les plus belles du monde.Pour ce qui eft des
vers pour Monfieur le Cardinal, ils font entierement
de Virgile, auec vn peu plus d'enthoufiafme qu'il n'a
accouftumé d'en auoir ; & pour moy , quand i'aurois
les deux bras rompus, ie prendrois plaifir à les entendre ; s'il y a de la honte que celuy pour qui ils ont efté
faits, ne les ait pas encore veus, la plus grande partie
en retombe fur Monfieur de la Victoire, qui en eftoit

principalement chargé. Pour moy, i'ay eu en cela tout
le soin & toute l'affection que ie deuois auoir, & sans
mettre en consideration le poids de vostre recommandation, & la passion que i'ay à seruir Monsieur de
Balzac, i'aurois, ie vous iure, sollicité aussi ardemment
pour vn homme du fond de la Suede, qui auroit fait
ce que vous enuoyez icy. Toute la faute que i'ay faite
est de ne vous auoir pas écrit plustost; mais vous m'en
auez bien pardonné d'autres, & m'en pardonnerez
encore, puisque ie suis,

MONSIEVR,

Vostre, &c.

A Auignon, le 11. Iuin. 1642.

GGg ij

A MADEMOISELLE
de Rambouillet.

LETTRE CXXXIII.

MADEMOISELLE,

Il faut auoüer que ie vous aymerois eftrangement,
fi ie ne vous voyois iamais; pour auoir efté feulement
deux mois fans eftre auprés de vous, mon affection en
eft augmentée de moitié, & s'accroift tellement de
iour en iour, que fi ie ne vous reuoy bien-toft, ie fens
bien qu'elle paffera toutes fortes de bornes. A dire
vray, outre la fatisfaction que i'ay d'auoir efté quelque temps fans difputer auecque vous, & d'auoir paffé vn Carefme fans que nous ayons eu querelle fur les
laits d'amende; ie vous auoüe, Mademoifelle, que vos
lettres contribuent encor beaucoup à faire que ie iuge
de vous plus fauorablement, & que ie vous trouue
plus aymable. Les deux que vous m'auez fait l'honneur de m'efcrire, m'ont eftonné de noueau, comme fi ie n'auois iamais connu voftre efprit, & quoy
que l'on ait (à parler franchement) quelque dépit de
lire des chofes que l'on pourroit efcrire, i'en ay receu,
ie vous affeure, vn extréme plaifir; elles m'ont confolé de tous mes déplaifirs; elles m'ont prefque guery de tous mes maux, & m'ont donné vne ioye que ie

ne pouuois auoir icy, que par enchantement ou par
miracle. Il y a tant de l'vn & de l'autre en tout ce que
vous écriuez, que ie ne m'eſtonne pas, Mademoiſelle,
qu'elles ayent fait cét effet en moy; Ie m'eſtonne ſeulement de ce qu'elles m'ont donné vne extréme impatience d'auoir l'honneur de vous reuoir, puis qu'il eſt
certain qu'il n'y a point d'homme qui eût le gouſt des
bonnes choſes, & qui vous connuſt auſſi méchâte que
ie vous connois, qui ne deſiraſt volontiers eſtre toûjours à deux cens lieuës de vous pour receuoir de vos
lettres. Vous deuriez encore plus ſouhaiter que ie me
contentaſſe de cét honneur, & que ie ne me r'appro-
chaſſe pas de vous; car ſans doute en eſtant eſloigné,
ie vous ſers beaucoup mieux, & vous dois eſtre ſans
comparaiſon plus agreable. Et certes, quand ie ſonge à tous les ſeruices que ie vous ay rendus depuis que
ie ſuis hors de Paris; à tout ce que ie dis de voſtre part
à M. de Rouſſillon; aux aſſeurances que ie donnay de
voſtre affection à Monſieur le Comte d'Alaix, aux
proteſtations que ie fis à Madame ſa femme, qu'elle
eſtoit vne des perſonnes du monde que vous hono-
riez, & que vous aymiez le plus; aux merueilles que
ie dis pour vous à Madame de ſaint Simon, & aux paroles auec leſquelles i'aſſeuray Meſſieurs les Deputez
de Marſeille, de la bonne volonté que vous auiez toûjours euë pour eux & pour leur ville; Il me ſemble
que ie ne vay par le monde que pour vous y acquerir
des ſeruiteurs, pour y entretenir vos amitiez, & pour
eſtendre voſtre reputation. Encore hier, Monſieur le

Preſident F. que ie trouuay dans laChambre du Roy,
me vint parler de voſtre bel eſprit : ie luy dis qu'il
eſtoit vn des hommes du monde qui eſtoit autant
à voſtre gré, & qu'il y auoit long-temps que ie con-
noſſois que vous auiez vne inclination particuliere
pour luy. Il eſt beau, & le creut : & ie vous aſſeure, Mademoiſelle, & Monſieur de Chauaroche auſſi, que ſi
vous plaidez iamais à la Cour de Parlement de Grenoble, le premier Preſident ſera pour vous. I'ay eu vn
extréme plaiſir à voir tout ce que vous me mandez
des maiſtreſſes de Monſieur le Marquis de ſaint M.
Sans mentir i'en ay vne extréme ioye, & pour eſtre
entierement honneſte homme, il luy manquoit d'a-
uoir fait vne fois cette ſorte de vie-là. A dire le vray,
pour mettre quelque choſe dans ſon eſprit qui peut
tenir la place de la perſonne qui y eſtoit, il falloit qu'il
y en miſt ſept à la fois; & encor, il aura de la peine à
trouuer en ſept autres, toutes les choſes qu'il aymoit
en vne ſeule. Cependāt, ie trouue eſtrange, pour vous
parler franchement, & ne comprens pas comme il ſe
peut faire qu'vn homme ayme ainſi ſept perſonnes à
la fois; car pour moy, ie n'en ay iamais aymé que ſix,
lors que i'en ay aymé le plus, & il faut eſtre bien infa-
me pour en aymer ſept. Mais, Mademoiſelle, ſelon
que ie voy qu'il eſt deuenu coquet, & que ie ſuis deuenu chagrin, ie croy pour moy que nos deux ames
ſe changerent quand il m'embraſſa la derniere fois,
lors que ie luy dis Adieu. Car depuis ce temps-là, i'ay
eu vne perpetuelle inquietude, i'ay touſiours ſouhaité

d'estre hors des lieux où i'estois, mesme il me semble
que i'ay mieux aymé Mademoiselle du Vigean que
de coustume. Ie ne sçay si cela vient, ou de l'honneur
qu'elle m'a fait de se souuenir de moy, ou bien de ce
qu'il faut qu'vne affection si bien fondée s'augmente
& s'accroisse à toute heure; mais ie voudrois qu'au lieu
qu'il a aymé iusqu'icy la plus douce personne du
monde, il se fut adressé à cette autre que vous sçauez,
qui veut, quand vne fois on s'est declaré estre dans son
seruice, que l'on y demeure, & que l'on y meure;
pour voir ce qui en fût arriué. Et il seroit expedient,
sans mentir; pour le bien de tout le monde, que l'on
vît vne fois vn infidele puny. Ie l'appelle infidelle,
quoy qu'il n'ait fait que ce qu'on desiroit de luy; mais
il ne deuoit pas le pouuoir faire, & pour son honneur & pour l'affection que ie luy porte, ie voudrois
qu'il en fust mort. Mais nous verrons quelque iour
ces galans-là terriblement châtiez en l'autre monde.
Pour moy qui ay esté pecheur comme les autres, ie
me suis admirablement conuerty, & ie puis dire
que i'ay mis mon ame en repos de ce costé là. Mais
Mademoiselle, qu'est-ce que vous me contez du
mariage de Mademoiselle de V.**** & du Comte
de G.***; & où est-ce que la Fortune a esté
chercher ces deux personnes pour les ioindre ensemble? Ie me resiouys de celuy de Mademoiselle
de C. & du Comte de F. il y a vne de nos amies qui
sera bien flaniere à ces nopces-là, & ie suis bien
fasché de n'y estre pas. Toutes les nouuelles sont

que ceux de Colioure capitulent; vous verrez par là
lettre que ie vous enuoye, que ie n'ay pas oublié de
faire rendre à Madame de Lefdiguieres celle que
vous luy écriuiez. Il y a, Mademoifelle, quatre heures que i'écris; n'eſt-il pas temps, à voſtre aduis, que
ie vous die, que ie fuis,

Voſtre, &c.

A MON-

A MONSIEVR ESPRIT.

LETTRE CXXXIV.

MONSIEVR,

On peut dire de voſtre lettre, auſſi bien que du chariot du Soleil (euſſiez-vous penſé que le chariot du Soleil & voſtre lettre euſſent rien de commun enſemble?)

Materiam ſupirabat opus.

Ie n'euſſe pas creu, pour vous dire le vray, qu'il peuſt arriuer que Madame la Comteſſe de T. * * * me donnaſt tant de plaiſir, que M. la V. D. me deuſt eſtre ſi agreable, ni que l'on peut rien faire de ſi bon de Madame de C.*** ; cependant, de la façon dont vous les auez miſes, i'ay pris vn extrême plaiſir de les voir toutes, & vous auez ſi bien embauſmé ces corps, que les plus ſains, & les plus ieunes ne m'auroient pû plaire dauantage. Cela fait voir, Monſieur, qu'vn grand Ouurier fait des merueilles en toutes ſortes de matieres ; & celle-cy, qui apres la matiere premiere, eſtoit la plus nuë, & la plus pauure de toutes, a receu de vous vne forme ſi excellente, que vous en auez fait vn parfait compoſé. Il n'appartient qu'à vous de faire Mercure de tous bois ; celuy-cy, dont tout autre que vous n'auroit pû faire que des cendres, a eſté ſi bien

HHh

arrangé, & employé auec tant d'induftrie, que le cedre, le calambou, & le Palo d'Aquila, ne font rien au
prix. Vous auez, entre vous autres hyrondelles, vne
proprieté merueilleufe de faire auec vn peu de terre
& de paille (car vous fçauez

Et miré luteum garrula fingit opus)

des ouurages qui font auffi admirables que les plus
beaux effets de la plus parfaite architecture. Il n'y a,
fans mentir, fi beau gratte cu, qui ne deuienne rofe
entre vos mains,

Quidquid calcaueris hic rofa fiet,

Et vne hyrondelle comme vous peut faire le printemps. Auffi, ie vous honore, ie vous iure, comme fi
vous eftiez vn Aigle, ou tout au moins vne Auftru-
che, & fuis,

Voftre, &c.

A Nifmes, le 17. Iuin, 1642.

A MONSIEVR COSTART.

LETTRE CXXXV.

MONSIEVR,

Voyez fi ie ne procede pas de bonne foy auecque
vous , puifqu'vn fi beau pretexte que celuy d'vn fi
grand voyage , qui fe fait auec tant de diligence
(car en fix iours, nous auons efté de Paris à Grenoble
en caroffe) ne m'empefche pas de vous faire refponfe. Ie receus voftre derniere lettre vn quart-d'heure
deuant que de partir ; Ie prens part à vos profperitez,
comme fi c'eftoient les miennes, & tandis que ie fuis
mal - heureux dans toutes les chofes que ie defire ,
ie me tiens heureux de voftre heur. En effet, ie ne puis
pas dire que la fortune me foit tout à fait ennemie,
puis qu'elle vous eft fauorable , & ie luy pardonne
tout le mal qu'elle me fait, en reconnoffance du bien
que vous en receuez. Vous ferez eftonné de ce que
vous allez entendre ; & , fans mentir, i'ay honte de
vous le dire. M. *** m'eft plus cruelle que iamais
plus fiere qu'elle ne l'eftoit dans fes lettres, & ce qui
eft pitoyable & honteux tout enfemble, cette refiftance me picque, & ie fuis plus amoureux d'elle que
vous ne me l'auez iamais veu.

O indignum facinus, nunc ego ☙

HHh ij

Illam ſceleſtam eſſe & me miſerum ſentio ;
Et tædet, & amore ardeo, & prudens, ſciens,
Viuus, vedenſque pereo, nec quid agam ſcio.

C'eſt vne des raiſons qui m'a fait entreprendre ce
voyage, *vt deſatiget* ; mais i'ay peur qu'il m'arriuera
comme à celuy-là. Vous qui eſtes plus ſage, & qui la
connoiſſez mieux, donnez-moy quelque conſeil là-
deſſus, & dites moy ſi vous iugez qu'elle demeurera
opiniaſtre dans la reſolution qu'elle ſemble auoir
priſe. Mais parlez-m'en franchement, & en vne rencontre comme celle-là, ne vous ſeruez point de voſtre complaiſance ordinaire, ce me ſera, peut-eſtre,
vn remede de croire qu'il n'y en a point ; Vous eſtes
plus obligé que perſonne, de me tirer de ce mal, car
outre que vous me deuez plus aymer que perſonne ne
m'ayme, c'eſt vous qui, en quelque ſorte, m'auez
cauſé tous les déplaiſirs que i'ay à cette heure, & qui
me la fiſtes voir la premiere fois,

                                             te cum tuâ

Monſtratione magnus perdat Iupiter.

Ce n'eſt pas tout de bon que ie le dis, mais c'eſt qu'il
m'a ſemblé qu'il eſtoit aſſez à propos. Ie ne vois pas
plus clair que vous dans le mot ſur lequel vous me
conſultez, quoy que i'y aye ſongé en chemin. A la verité, ce n'a pas eſté beaucoup, car ie ne ſçaurois penſer
bien fort qu'en elle. Adieu, oſtez-luy viſtement mon
cœur, afin que vous l'ayez tout entier, ou faites, au
moins, qu'elle le poſſede auec iuſtice. Ie ſuis,
MONSIEVR,   Voſtre, &c.

AV MESME.

LETTRE CXXXVI.

D O M I N E,

Sans mentir, auec tout voſtre Latin, vous eſtes vn
grand niais, & vous faites bien voir que les plus
grands Clercs ne ſont pas les plus fins. Ie fus admirablement bien auec M. *** dés le premier demy-
quart d'heure que ie la vis; A peine nous euſmes nous
fait chacun deux ou trois reproches, que nous nous
embraſſaſmes de meilleur cœur que iamais. L'Amour
eſternua plus de deux cens fois ce iour-là, tantoſt à
droit, & tantoſt à gauche, & en a eſté enrumé plus de
trois ſemaines; elle m'en donna *mille, deinde centum,
deinde mille altera, deinde ſeconda centum;* Voyez-donc où
vous en eſtes d'auoir allegué ſi mal à propos ces deux
Epigrammes; car pour vous dire le vray, ie trouue
qu'elle a le nez fort bien fait, & ie ſuis de l'auis de ſa
Prouince, *Sic meos amores?* Il ne ſe faut pas laiſſer attraper comme cela à ce que les Amans diſent dans
leur colere, & quoy que Phedria die en entrant ſur
le theatre *meretricum contumelias,* à vne ſcene de là, il
donneroit ſur les aureilles à quiconque luy diroit que
Thaïs ne fut pas vne fort honneſte femme. Ne vous
ſouuenoit-il plus de voſtre *Publius Mimus Amantium*

HHh iij

iræ, & de l'autre, qui mettant les chofes en leur ordre,
dit, *iniuriæ*, *fuſpectiones*, *inimicitiæ*, *induciæ*, *bellum*, &
puis à la fin *pax rurſum*. Selon que nous vous connoiſ-
ſons niais, & la croyance que ie ſçay que vous auez de
cét eſprit fier & reſolu, nous iugeaſmes que vous y
feriez attrapé, & que vous eſcririez vne lettre qui
nous donneroit du plaiſir, mais afin que vous luy en
ſçachiez gré, & que vous ayez regret de lui auoir voulu arracher le cœur ; Ie vous aſſeure que i'eus de la
peine à la faire reſoudre à vous faire cette trahiſon.
C'eſt cela qui a eſté cauſe que vous n'auez pas eu plus
ſouuent de ſes lettres, & elle s'en eſt empeſchée pour
ne vous mentir plus d'vne fois. Mais il faut auoüer
que ſi vous manquez de iugement, en recópenſe vous
auez bien de l'eſprit, voſtre lettre m'a pleu admirablement. Il y a des applications les plus heureuſes du
monde, & pour mieux dire les plus ingenieuſes, particulierement ce *di boni*, & ce *fundi calamitas*, mais
quod me capere oportuerat, *hæc intercipit*, de quel endroit
l'entendez vous ? pour voſtre explication de *hem alte-*
rum, ie ne l'approuue pas, car Gnaton eſtant vray-
femblablement plus vieux que Traſon, ou du moins
de meſme âge, quelle apparence qu'il vouluſt dire
qu'il femblaſt que Traſon euſt fait l'autre ; *haud ita*
iuſſi ; c'eſt vn équiuoque ſur *rectè ocularium in malum*,
viſu dignum. Ie verray Monſieur de ***, puiſque vous
me le commandez, car cela me le rend bien plus conſiderable que d'eſtre Eueſque. Le mot de Monſieur
Poquet me ſemble admirable ; ie vous ay touſiours

bien dit qu'il auoit plus d'esprit que vous. Sans mentir, ie crois que c'est luy qui vous fait vos lettres; ie
voudrois bien qu'il voulust faire mes responses. Mais,
dites-moy d'où est cét Hemistiche, ie ne l'ay iamais
leu, & il ne me semble pas qu'il puisse iamais auoir
esté dit, que pour le bled des bastions de la Rochelle.
Ie suis,

MONSIEVR,

Voftre, &c.

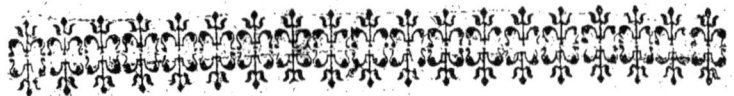

A MONSIEVR LE MARQVIS
de Roquelaure.

LETTRE CXXXVII.

MONSIEVR,

Ie ne ſçay ce que me vaudra l'honneur de voſtre amitié, mais elle me couſte defia bien cher ; il ne ſe paſſe point de campagne que ie ne voye, pour l'amour de vous beaucoup de mauuais iours, & que les hazards que vous courez ne me mettent en vne extréme peine; cependant, i'ay beaucoup de ioye de voir que par vne fortune aſſez bizarre, vous trouuez touſiours moyen d'acquerir de la gloire dás les armées qui ſont battuës, & que dans des occaſions qui ſont mal heureuſes preſque pour tous les autres, vous ne laiſſez pas de vous ſignaler. En effet, Monſieur, vous ne ſçauriez pas, ce me ſemble, vous plaindre auec iuſtice de la fortune; car ſi elle ne ſe met dans voſtre party, au moins elle vous met touſiours dans celuy duquel elle eſt, & à la fin de tous les combats, il ſe trouue que vous eſtes du coſté des victorieux. Pour moy, ie ſuis moins ialoux de voſtre liberté que de voſtre gloire, ie vous auouë que ie ne me puis affliger de voſtre priſon, & apres ce qui eſt arriué, ie vous ayme bien

mieux

mieux parmy les Efpagnols, que fi vous eftiez parmy
les noftres. Ie fouhaite, Monfieur, que vous receuiez
d'eux tout le bon traitement que vous meritez , &
ie ne doute pas que cela n'arriue, car outre ce qu'on
doit à voftre condition, il y a des qualitez en voftre
perfonne qui gagnent en trois iours le cœur de ceux
qui vous approchent, & ie ne fais pas de difficulté que
les ennemis qui vous ont pris ne foient vos amis à cette heure. I'irois volontiers, s'il m'eftoit permis, vous
tenir compagnie auec eux, car il n'y a rien, fans mentir, Monfieur, que ie ne fiffe de bon cœur, pour vous
faire voir combien ie fuis reconnoiffant de l'honneur
que vous me faites par tout , en publiant que vous
m'aymez, & Paris ni la Cour, ne me fçauroient donner plus de plaifir, que i'en aurois d'eftre aupres de
vous, & de vous tefmoigner que ie fuis auec vne extréme paffion ,

Voftre, &c.

I I i

A MONSIEVR LE MARQVIS
de S. Maigrain.

LETTRE CXXXVIII.

MONSIEVR,

T'ay esté trois iours entiers en doute si vous estiez
mort; vous pouuez vous imaginer auec quel déplaisir. Dans cette alarme où i'estois, i'ay receu, comme
vne bonne nouuelle, celle qui m'a appris que vous
estiez prisonnier; & ie n'ay pû m'affliger de la perte
de vostre liberté, apres auor esté si en peine de vostre
vie. Aussi bien, Monsieur, si vostre destinée eust esté
entre mes mains, ie vous auouë que ie ne vous en eusse pas donné vne autre que celle que vous auez euë; &
comme i'apprehendois estrangement d'apprendre
que vous fussiez demeuré entre les morts, ie n'eusse
pas esté bien aise non plus que vous fussiez entierement eschappé. La fortune a trouué le milieu que ie
desirois, & ie crois que ie me rencontre en cela dans
vos sentimens; & estant aussi braue, & aussi chagrin
que vous estes, ie m'imagine que vous n'eussiez pas
joüy auec beaucoup de ioye d'vne liberté que vous
eussiez conseruée en vous retirant. Si vous voulez,
Monsieur, lors que ie seray à Paris, m'enuoyer demander par vn tambour, comme vn de vos domesti-

ques, ie ne dénieray pas d'estre à vous, & ie vous iray trouuer de tout mon cœur, ie meurs d'enuie aussi bien d'apprendre toutes vos auentures, & ie pense que vous auriez le loisir à cette heure de me les conter. Ie souhaite auec vne extréme passion que vous en ayez tousiours de bonnes, & si ayant à regretter six ou sept Maistresses, vous auez quelque temps de reste, pour songer à moy, ie vous supplie tres-humblement de me faire l'honneur de vous souuenir quelquefois que ie suis,

Vostre, &c.

A MONSIEVR DE CHAVIGNY.

LETTRE CXXXIX.

MONSIEVR,

Ie vous iure que c'eſt par pure force d'amitié que ie vous eſcris, & pour ne pouuoir m'empeſcher de vous dire, que ie languis icy d'y eſtre ſi long-temps ſans vous. Apres auoir tant ſouhaité de ſortir de l'Italie, ie m'ennuye à Paris, plus que ie ne faiſois à Thurin, & ayant vn bel apartement dans l'Hoſtel de Crequy, il m'arriue ſouuent de ſouhaiter la chambre de la Graue & celle de la Noualaiſe, & quelquefois meſme mon lict de la Souchiere. Ce iour que le vent & la pluye me firent le nez d'vne ſi plaiſante ſorte, i'eus plus de plaiſir que ie n'en ay icy dans les plus belles iournées; & pour vous faire tout comprendre en vn mot, ie conſentirois d'entretenir quatre heures tous les ſoirs M.***, pour auoir l'honneur de vous voir vne demie heure tous les ſoirs. Tout de bon, Monſieur, il me ſemble que ie ſuis tombé dans vne creuaſſe, d'où il faudroit quarante-deux braſſes de cordes pour me tirer; il n'y a que vous qui m'en puiſſiez oſter, & iuſqu'à ce que vous ſoyez de retour, i'y demeureray touſiours craint & heurlant horriblement. Il ne ſe paſſe, ſans mentir, point de iour que ie n'adiouſte quelque

chofe à l'affection que i'ay pour vous; & foit que i'aye
eu plus de loifir de me reconnoftre, & de confiderer
les obligations que ie vous ay, ou qu'eftant meflé auec
les autres hommes, ie connoifle mieux l'extréme difference qu'il y a de vous à eux, ie vous ayme beaucoup
dauantage que ie ne faifois dans le voyage, lors que
ie vous aymois defia plus que moy-mefme. Pardonnez-moy, Monfieur, fi ie vous dis cecy auec des termes fi libres, & ne trouuez pas eftrange, que parlant
auec beaucoup de paffion, ie parle vn peu inconfidé-
rément: auec toute cette liberté, ie vous affeure que
i'ay pour vous dans l'ame tout le refpect que ie fuis
obligé d'auoir, & que vous honorant auffi veritablement que vous le meritez, ie fuis plus que ie ne le
puis dire, & autant que ie le dois,

Voftre, &c.

III iij

A MONSIEVR LE PRESIDENT
de Maisons.

LETTRE CXL.

MONSIEVR,

Madame de Marfilly s'eſt imaginée que i'auois quelque credit aupres de vous, & moy qui ſuis vain, ie ne luy ay pas voulu dire le contraire. C'eſt vne perſonne qui eſt aymée & eſtimée de toute la Cour, & qui diſpoſe de tout le Parlement. Si elle a bon ſuccez d'vn affaire, dont elle vous a choiſi pour Iuge, & qu'elle croye que i'y aye contribué quelque choſe, vous ne ſçauriez croire l'honneur que cela me fera dans le monde, & combien i'en feray plus agreable à tous les honneſtes gens. Ie ne vous propoſe que mes intereſts pour vous gagner ; car ie ſçay bien, Monſieur, que vous ne pouuez eſtre touché des voſtres, ſans cela ie me promettrois ſon amitié. C'eſt vn bien par lequel les plus ſeueres Iuges ſe pourroient laiſſer corrompre, & dont vn auſſi honneſte homme que vous doit eſtre tenté : vous le pouuez acquerir iuſtement, car elle ne demande de vous que la iuſtice. Vous m'en ferez vne que vous me deuez, ſi vous me faites l'honneur de m'aymer touſiours autant que vous auez fait autrefois, ſi vous croyez que ie ſuis,

Voſtre, &c.

A MONSEIGNEVR LE DVC

d'Anguien, fur le fuccez de la bataille de
Rocroy, M. DC. XLIII.

LETTRE CXLI

MONSEIGNEVR,

A cette heure que ie fuis loin de VOSTRE ALTESSE, & qu'elle ne me peut pas faire de charge, ie fuis refolu de luy dire tout ce que ie penfe d'elle il y a long-temps, que ie n'auois ofe luy declarer pour ne pas tomber dans les inconueniens où i'auois veu ceux qui auoient pris auecque vous de pareilles libertez. Mais, Monfeigneur, vous en faites trop pour le pouuoir fouffrir en filence, & vous feriez iniufte fi vous penfiez faire les actions que vous faites fans qu'il en fût autre chofe, ni que l'on prit la liberté de vous en parler. Si vous fçauiez de qu'elle forte tout le monde eft déchaifné dans Paris à difcourir de vous, ie fuis affeuré que vous en auriez honte, & que vous feriez eftonné de voir, auec combien peu de refpect & peu de crainte de vous déplaire, tout le monde s'entretient de ce que vous auez fait. A dire la verité, Monfeigneur, ie ne fçay à quoy vous auez penfé, & ç'a efté, fans mentir, trop de hardieffe, & vne extréme vio-

lence à vous , d'auoir à voftre âge, choqué deux ou
trois vieux Capitaines que vous deuiez refpecter ,
quand ce n'eût efté que pour leur ançienneté ; fait
tuer le pauure Comte de Fontaine qui eftoit vn des
meilleurs hommes de Flandres, & à qui le Prince d'O-
range n'auoit iamais ofé toucher ; pris feize pieces de
canon , qui appartenoient à vn Prince qui eft oncle
du Roy, & frere de la Reyne, auec qui vous n'auiez iamais eu de differend ; & mis en defordre les meilleures trouppes des Efpagnols, qui vous auoient laiffé
paffer auec tant de bonté. Ie ne fçay pas ce qu'en dit
le Pere Mufnier , mais tout cela eft contre les bonnes
mœurs, & il y a , ce me femble, grande matiere de
confeffion. l'auois bien ouy dire que vous eftiez opi-
niaftre comme vn diable , & qu'il ne faifoit pas bon
vous rien difputer, mais i'auouë que ie n'euffe pas creû
que vous-vous fuffiez emporté à ce point là, & fi vous
continués , vous-vous rendrez infuportable à toute
l'Europe, l'Empereur ni le Roy d'Efpagne ne pourront durer auecque vous. Cependant, Monfeigneur,
laiffant la confcience à part, & politiquement parlant, ie me refiouys auec V. A. de ce que i'entends dire
qu'elle a gagné la plus belle victoire, & de la plus grande importance que nous ayons veuë de noftre fiecle,
& de ce que fans eftre *Important*, elle fçait faire des
actions qui le foient fi fort. La France que vous venez
de mettre à couuert de tous les orages qu'elle crai-
gnoit, s'eftonne qu'à l'entrée de voftre vie vous ayez
fait vne action dont Cefar eût voulu couronner tou-

ics

tes les fiennes, & qui redonne aux Roys vos Ance-
ftres autant de luftre que vous en auez receu d'eux.
Vous verifiez bien, Monfeigneur, ce qui a efté dit autrefois, que la vertu vient aux Cefars deuant le temps;
car vous qui eftes vn vray Cefar en efprit & en fcience, Cefar en diligence, en vigilance, en courage Cefar,
& per omnes cafus Cæfar, vous auez trompé le iugement, & paffé l'efperance des hommes, vous auez
fait voir que l'experience n'eft neceffaire qu'aux ames
ordinaires, que la Vertu des Heros vient par d'autres
chemins, qu'elle ne monte pas par degrez, & que les
ouurages du Ciel font en leur perfection dés leurs
commencemens. Apres cela, vous pouuez vous imaginer comme vous ferez bien receu & careffé des Seigneurs de la Cour: Et quelle ioye les Dames ont euë
d'apprendre que celuy qu'elles ont veu triompher
dans les Bals, faffe la mefme chofe dans les Armées,
que la plus belle tefte de France foit auffi la meilleure
& la plus ferme. Il n'y a pas iufqu'à Monfieur de Beau-
mont qui ne parle en voftre faueur; tous ceux qui
eftoient reuoltez contre vous, & qui fe plaignoient
que vous-vous mocquiez toufiours, auouënt que
pour cette fois-cy, vous ne vous eftes pas mocqué, &
voyant le grand nombre d'ennemis que vous auez
défaits, il n'y a plus perfonne qui n'appréhende d'e-
ftre des voftres. Trouuez bon, ô Cefar! que ie vous
parle auec cette liberté, receuez les loüanges qui vous
font deuës, & fouffrez que l'on rende à Cefar ce qui
appartient à Cefar.

KKk

A MONSIEVR LE MARQVIS
de Montaufier , prifonnier en
Allemagne.

LETTRE CXLII.

MONSIEVR,

Vous ne feriez pas fafché d'eftre pris , fi vous fçauiez combien vous eftes plaint. Il y a , fans mentir,
moins de plaifir d'eftre à Paris, que d'y eftre regretté
comme vous eftes , & les plaintes que font pour vous
tant d'honneftes gens, valent mieux que la plus belle
liberté du monde. Si vous ne pouuez à cette heure
demeurer d'accord de cela (car en l'eftat où vous eftes,
vous auez bien la mine de ne pouuoir entendre raifon) ie vous le feray comprendre icy quelque iour, &
auouër que vous ne deuez pas mettre entre vos mal-
heurs vn accident qui vous a fait receuoir des témoignages de l'affection de tout ce qu'il y a d'aymables
perfonnes en France. Dans ce fentiment general de
tout le monde, il n'eft pas ce me femble à propos,
Monfieur, que ie vous die à cette heure les miens; car
quelle apparence y a-t-il que vous me deuffiez confiderer parmy des Princeffes, des Princes, des Miniftres,
des Dames , & parmy des Demoifelles qui valent
mieux que les Dames, les Miniftres, les Princes & les

Princefses? Quand vous aurez fongé affez long-temps
à toutes ces perfonnes, ie vous fupplieray tres-humblement de croire, qu'il n'y a qui que ce foit au monde, qui prenne plus de part à toutes vos bonnes &
mauuaifes fortunes que moy, ni qui foit auec plus de
paffion,

Voftre, &c.

AV MESME.

LETTRE CXLIII.

MONSIEVR,

   Quoy que ie fois tres affeuré de voftre amitié, &
que la franchife auec laquelle vous auez accouftumé
de proceder en toutes chofes, ne laiffe pas lieu de douter de voftre affection à ceux à qui vous l'auez promife : ie ne laiffe pas, neantmoins, d'auoir vne extréme
ioye toutes les fois que vous me dites que vous m'aymez, & ie ne fçaurois receuoir trop d'affeurances d'vne
chofe qui m'eft fi auantageufe & fi agreable. Le plaifir que i'ay eu à lire voftre lettre, eft vn des plus grands
que i'aye receus depuis que ie fuis hors de Paris, &
hors les remercimens que vous m'y faites, ie n'y ay
rien veu qui ne m'ait touché fenfiblement le cœur.
Sans mentir, Monfieur, ie reçois de iour en iour de
nouuelles fatisfactions de m'eftre enfin laiffé vaincre
à vos bien-faits, & d'auoir quitté la dureté de cœur qui
m'a trop long-temps feparé de vous. Quoy que ie
faffe quelque fcrupule de tourner ma penfée vers ce
temps-là, ie vous auoüe pourtant que ie prens quelque plaifir de m'en fouuenir, pour auoir plus de ioye,
en le comparant à celuy-cy : & (fi ce n'eft pas trop dire) il y a mefme des fois que ie ne voudrois pas qu'il

fut arriué autrement. Car outre que l'on iouït auec plus de contentement d'vn bien que l'on croyoit auoir perdu, & que les amitiez, qui apres auoir esté interrompuës viennent à se renoüer, ont quelque ardeur que les constates & les vieilles amitiez n'ont pas: cette mauuaise intelligence m'a donné occasion de receuoir vn signalé tesmoignage de vostre bonté, en me faisant voir auec quelle douceur & quelle affection vous m'auez receu désque ie me suis r'approché de vous. Au moins, Monsieur, ie sçay certainement que i'en tireray ce bon effect, qu'ayant veu vne fois quelle faute i'auois faite de mal ménager l'honneur de vos bonnes graces, & connu par experience, combien difficilement ie m'en puis passer, ie ne seray plus capable, à l'aduenir, de faillir de la sorte, & que rien ne me sçauroit iamais empescher d'estre tousiours,

MONSIEVR.

Vostre, &c.

KKk iij

A MONSEIGNEVR LE D.VC D'AN-
guien, lors qu'il fit paſſer le Rhin aux troupes qui
deuoient ioindre celles de Monſieur le Mareſchal
de Guebriant, M. DC. X LI II.

Pour l'intelligence de cette lettre, il faut ſçauoir, qu'auant que
Monſieur le Duc partiſt de Paris, eſtant en vne compa-
gnie de Dames, auec leſquelles il viuoit tres-familierement,
il ſe mit à joüer auec elles à de petits ieux, & particuliere-
ment à celuy des Poiſſons, où il eſtoit le Brochet. Ce qui
donna ſuiet à l'Autheur, qui eſtoit auſſi du ieu ſous le nom
de la Carpe, de luy eſcrire cette raillerie ingenieuſe.

LETTRE CXLIV.

HE bon iour, mon compere le Brochet, bon iour
mon compere le Brochet. Ie m'eſtois touſiours
bien douté que les eaux du Rhin ne vous arreſteroient
pas, & connoiſſant voſtre force, & combien vous aymez à nager en grande eau, i'auois bien creu que celles-là ne vous feroient point de peur, & que vous les
paſſeriez auſſi glorieuſement que vous auez acheué
tant d'autres auentures ; Ie me réjouïs pourtant de ce
que cela s'eſt fait plus heureuſement encore que nous
ne l'auions eſperé, & que ſans que vous ni les voſtres
y ayent perdu vne ſeule écaille ; le ſeul bruit de voſtre
nom ait diſſipé tout ce qui ſe deuoit oppoſer à vous.

Quoy que vous ayez esté excellent, iusques icy, à
toutes les sauffes où l'on vous a mis, il faut auoüer que
la sauffe d'Allemagne vous donne vn grand goust, &
que les lauriers qui y entrent, vous releuent merueilleufement. Les gens de l'Empereur qui vous pen-
foient frire, & vous manger auec vn grain de fel, en
font venus à bout comme i'ay le dos, & il y a du plaifir de voir que ceux qui fe vantoient de défendre les
bords du Rhin, ne font pas à cette heure affeurez de
ceux du Danube. Tefte d'vn poiffon comme vous y
allez ! il n'y a point d'eau fi trouble, fi creufe, ni fi rapide, où vous ne vous iettiez à corps perdu. En verité, mon Compere, vous faites bien mentir le prouerbe qui dit, Ieune chair & vieux poiffon ; car n'e-
ftant qu'vn ieune Brochet comme vous eftes, vous
auez vne fermeté que les vieux Efturgeons n'ont pas,
& vous acheuez des chofes qu'ils n'oferoient auoir
commencées. Auffi vous ne fçauriez vous imaginer
iufques où s'eftend voftre reputation, il n'y a point
d'eftangs, de fontaines, de ruiffeaux, de riuieres, ni
de mers, où vos victoires ne foient celebrées ; point
d'eau dormante où l'on ne fonge à vous, point d'eau
bruyante où il ne foit bruit de vous, voftre nom pe-
netre iufques au centre des mers, & vole fur la furface
des eaux ; & l'Ocean qui borne le monde, ne borne
pas voftre gloire. L'autre iour que mon compere le
Turbot, & mon compere le Grenaut, auec quelques
autres poiffons d'eau douce, fouppions enfemble
chez mon compere l'Eperlan, on nous prefenta, au fe-

cond vn vieux Saumon qui auoit fait deux fois le
tour du monde, qui venoit fraifchement des Indes
Occidentales, & auoit efté pris comme efpion en
France, en fuiuant vn batteau de fel. Il nous dit, qu'il
n'y auoit point d'abyfmes fi profonds fous les eaux,
où vous ne fuffiez connû & redouté, & que les Balei-
nes de la mer Atlantique, fuoient à groffe goutte, &
eftoient toutes en eau dés qu'elles vous entendoient
feulement nommer. Il nous en euft dit dauantage,
mais il eftoit au cour-boüillon, & cela eftoit caufe
qu'il ne parloit qu'auec beaucoup de difficulté. Pareilles chofes à peu prés, nous furent dites par vne
troupe de harans frais qui venoient de vers les parties
de Noruege. Ceux-là nous affeurerent que la mer de
ces pays-là s'eftoit glacée cette année deux mois
pluftoft que de couftume, par la peur que l'on y auoit
euë, fur les nouuelles que quelques Macreufes y
auoient apportées que vous dreffiez vos pas vers le
Nord, & nous dirent, que les gros poiffons, lefquels,
comme vous fçauez, mangent les petits, auoient peur
que vous fiffiez d'eux comme ils font des autres; que
la plufpart d'entre eux s'eftoient retirez iufques fous
l'Ourfe, iugeans que vous n'iriez pas là ; que les forts
& les foibles font en allarme, & en trouble, & particulierement certaines anguilles de mer qui crient
defia comme fi vous les efcorchiez, & font vn bruit
qui fait retentir tout le riuage. A dire le vray, mon
Compere, vous eftes vn terrible Brochet, & n'en
déplaife aux Hippotames, aux Loups marins, ni aux
Daufins

Dauſins meſmes, les plus grands & les plus conſide-
rables hoſtes de l'Ocean, ne ſont que de pauures Can-
cres au prix de vous, & ſi vous continuez comme
vous auez commencé, vous auallerez la mer & les
poiſſons. Cependant voſtre gloire ſe trouuant à vn
point qu'il eſt aſſeuré qu'elle ne peut aller plus loin,
ni plus haut; il eſt, ce me ſemble, bien à propos, qu'a-
pres tant de fatigues, vous veniez vous rafraichir
dans l'eau de la Seine; & vous recréer ioyeuſement
auec beaucoup de iolies Tanches, de belles Perches,
& d'honneſtes Truittes, qui vous attendent icy auec
impatience. Quelque grande pourtant que ſoit la
paſſion qu'elles ont de vous voir, elle n'eſgale pas la
mienne, ni le deſir que i'ay de vous pouuoir témoigner combien ie ſuis,

Voſtre tres-humble & tres-obeiſſante
ſeruante, & commere, LA CARPE.

LL l

A MONSIEVR LE MARQVIS DE
Pifany, qui auoit perdu au ieu tout fon ar-
gent & fon équipage, au Siege de
Thionuille.

LETTRE CXLV.

MONSIEVR,

A ce que i'ay appris, on auroit grand tort, fi on
vous reprochoit que vous auez gardé le mulet au
camp de Thionuille; au Diable le mulet que vous y
auez gardé. On m'a dit aufsi, que confiderant que
plufieurs armées fe font autrefois perduës par leur
bagage, vous-vous eftes défait de tout le voftre, &
qu'ayant leu fouuent dans les Hiftoires Romaines,
(voila ce que c'eft que de tant lire) que les plus grands
exploits que leur Caualerie ait faits autrefois, elle les
a faits ayant mis pied à terre, & s'eftant démontée volontairement dans le fort des combats les plus douteux; Vous-vous eftes refolu d'éloigner tous vos cheuaux, & que vous auez fi bien fait, qu'il ne vous en eft
demeuré pas vn feul.

Il va de fon pied l'Eminent perfonnage.

Peut-eftre que vous en recenrez quelque incommodité : mais aufsi, cela eft, fans mentir, bien honnora-

ble, qu'auffi bien que Bias (Bias, vous le connoiffez tant!) vous puiffiez dire que vous auez auec vous tout ce qui eft à vous. Non pas à dire le vray, vne quantité de hardes inutiles, ni vn grand accompagnement de cheuaux, ny vne extréme abondance d'or & d'argent monnoyé : mais probité, generofité, magnanimité, fermeté dans les perils, opiniaftreté dans les difputes, mépris des langues eftrangeres, ignorance des faux dez, & vne tranquillité inouïe dans la perte des biens faux & periffables. Qualitez, Monfieur, qui vous font propres & effencielles, & lefquelles ni le Temps ni la Fortune ne fçauroient feparer de vous. Or, comme ainfi foit qu'Euripide, qui eftoit, comme vous fçauez, ou comme vous ne fçauez pas, vn des plus graues Autheurs de la Grece, écriue en l'vne de fes Tragedies, que l'argent fut vn des maux qui fortit de la boifte de Pandore, & peut-eftre le plus pernicieux : l'admire, comme vne qualité diuine, en vous l'incompatibilité que vous auez auec luy ; & il me femble que c'eft vne excellente marque d'vne ame grande & extraordinaire, de ne pouuoir durer auec le corrupteur de la raifon, l'empoifonneur des ames, & l'autheur de tant de defordres, d'iniuftices, & de violences. Mais ie voudrois, Monfieur, que voftre vertu ne fuft pas tout à fait à vn fi haut point ; que vous-vous puiffiez accommoder en quelque forte auec cét ennemy du genre humain, & que vous fiffiez quelque paix auecque luy, comme nous en faifons auecque le Grand Turc, pour des confiderations politi-

ques, & pour la raison du commerce. Considerant
donc qu'il est tres-difficile de se passer de luy, & m'i-
maginant que comme ie iouay pour vous à Narbonne, vous auez peut-estre ioüé pour moy à Thionuille, & que c'est en mon nom que vous auez massé les
mulets? Ie vous enuoye cent pistolles sur estant
moins de la perte que vous pouuez auoir faite pour
moy, & afin qu'il n'en arriue pas de celles cy comme
des autres, ie vous supplie de n'en pas foüillér vos
son valet de chambre mains, & de les mettre entre celles dés François, pour
la consolation duquel ie les enuoye principalement.

A MONSEIGNEVR D'AVAVX,
Surintendant des Finances, & Plenipotentiaire pour la Paix.

LETTRE CXLVI.

MONSEIGNEVR,

Vous feriez rauy d'eſtre party d'icy, ſi vous ſçauiez
combien vous y eſtes regretté. Il y a, ſans mentir,
moins de plaiſir d'eſtre à Paris, que d'y eſtre deſiré
comme vous eſtes; & quand vous l'aymeriez autant
que vous auez fait autrefois, les plaintes que tant
d'honneſtes gens y font pour vous, deuroient faire
que vous fuſſiez bien aiſe de n'y eſtre pas. Quand ie
iette les yeux ſur voſtre vie, Monſeigneur, il me ſemble que cét homme du temps paſſé, que ſon bon-
heur fit ſurnommer *Preneur de villes*, ne meritoit pas
ce tiltre auec plus de raiſon que vous le meritez: car
s'il eſt vray qu'il n'y a pas de meilleur moyen de s'en
faire maiſtre, que de prendre le cœur des Citoyens, il
n'y eut iamais au monde vn Poliorcetes comme vous;
& l'on peut mettre Hambourg, Coppenhagen, Stocolm, Paris, Veniſe, & Rome au nombre de vos
conqueſtes. Vous ne ſçaureiz croire le déplaiſir qu'a
icy cauſé voſtre eſloignement. Pour moy, Monſeigneur, ie vous iure que i'en ſuis au deſeſpoir, & que

rien ne m'en peut confoler. A dire le vray, en quelle
autre perfonne fçaurois-je rencontrer tant d'efprit,
tant de fçauoir, & tant de vertu? où pourrois-je trouuer au monde des entretiens fi doux, des conuerfa-
tions fi vtiles, & des potages fi bien conditionnez?
Depuis que vous eftes hors d'icy, ie n'ay point trouué
de viande qui ne fuft trop falée, ni d'homme qui ne
le fuft trop peu. *Omnia aut infulfa, aut falfa nimis.* Il
n'y a plus rien à mon gouft, *nec conuiuium vllum, nec
conuiua vllus placet.* De ce fel d'Attique, dont i'ay mangé plus d'vn minot auecque vous, & qui comme dit
Quintilien, *Quandam facit audiendi fitim,* il n'y en a pas
vn grain dans Paris.

   Non eft in tanto corpore mica falis.

Sans mentir, Monfeigneur, ce fut vn grand mal-heur
pour moy, lors que ie vous rencontray icy plus habile, plus fçauant & plus honnefte homme que iamais;
& en puiffance & en volonté de me faire du bien &
l'honneur. I'achette maintenant bien cher les quatre
mille liures de rente que vous m'auez donnez: & fi
vous eftes long-temps dehors, voftre abfence me fera
plus de mal, que voftre prefence ne m'a fait de bien.

   *Vah quenquam ne hominem in animo inftituere, aut parare
   quod fit charius, quàm ipfe eft fibi.*

Mais i'abufe vn peu trop de voftre bonté, de vous entretenir fi long-temps. Il faut pourtant que ie vous
die, deuant que de finir, que la Reyne receut admirablement bien voftre cabinet, & le trouua comme il
eft, & me commanda de vous en remercier de fa part.

Les quatre ou cinq iours d'apres, pas vne Princesse ny
Duchesse ne fut chez elle, à qui elle ne le fist voir. Particulierement, elle le montra à Madame la Princesse, à
qui elle dit mille biens de vous. Il est bien iuste, Monseigneur, que ie vous die, à vous qui auez commencé
ma fortune, & qui m'auez mis en bonheur, qu'il a plû
à la Reyne me donner la pension de mille escus qu'-
elle m'auoit promise dés que vous estiez icy ; &
qu'elle l'a fait mettre sur l'Abbaye de Conches, dont
elle a admis la resignation, que l'Abbé en a faite en
faueur d'vn des enfans de Monsieur de Maisons. Ie
suis,

MONSEIGNEVR,

De Paris, le 13. Decembr. 1643.

Vostre, &c.

A MONSIEVR COSTART.

LETTRE CXLVII.

Monsievr,

Ce n'eſt pas que ie trouue mauuais que vous ſoyez auſſi pareſſeux que moy; mais pource que vous ne l'auez pas accouſtumé, & qu'il y a long-temps que ie n'ay receu de vos lettres, i'ay peur que vous n'ayez pas eu la derniere que ie vous ay eſcrite, dans laquelle ie vous répondois à tous vos mots de Poitou, & vous diſois mon auis ſur les paſſages de Saluſte & d'Auſo-ne. Si vous voulez doreſnauant autant de temps pour faire vos reſponſes que i'ay accouſtumé d'en prendre, ie n'ay rien à dire contre cela; neantmoins, il me ſemble qu'il n'eſt pas iuſte qu'il y ait vne meſme regle pour vous & pour moy, & nous ne ſommes,

Nec cantare pares, nec reſpondere parati.

L'autre iour ie dis à Monſieur de Chauigny le paſſage de Terence, *hem alterum*, & que vous me l'auiez pro-poſé, & l'explication que vous y donniez, & que pour moy ie n'y en trouuois pas. Le lendemain il me dit qu'il croyoit qu'il y falloit mettre vn interrogant, *ex homine hunc natum dicas?* croiriez-vous que celuy-là ſoit né d'vn homme, ne prendriez-vous pas ce bru-tal-là pour vne beſte? Pour moy, cela ne me déplaiſt

pas,

pas, & ie doute feulement fi vn homme qui parle
tout feul peut vfer d'interrogant, comme s'il parloit
à vne troifiefme perfonne. Mandez-moy, s'il vous
plaift, voftre aduis là deffus, car ie luy ay dit que ie
vous efcrirois le fien, & nous attendons voftre refponfe. Confultez auffi Monfieur de Balzac fur cela;
ie monftreray à Monfieur de Chauigny voftre refponfe, & la fienne, fi vous me l'enuoyez. Ie luy dis
l'autre iour les Vers que Monfieur de Balzac a faits
pour Monfieur Guyet, il les trouua admirablement
beaux, & me parla de luy auec vne eftime tres-haute,
& vne affection-extréme, me loüant fon efprit, fon
humeur, fes ouurages, fes potages (car il dit auffi qu'il
en a mangé) comme i'ay accouftumé de les loüer
moy-mefme, & d'auffi bon cœur. C'eft en verité, vn
homme de tres-rare efprit, & qui ayme paffionnément tous ceux qui en ont, & peut-eftre qu'il témoi-
gnera à noftre amy qu'il fe fouuient de luy, lors qu'il
s y attend le moins. Adieu, Monfieur, ie fuis,

Voftre, &c.

A Paris, le 22. Nouembre.

MMm

A MONSIEVR
de Chaueroche.

LETTRE CXLVIII.

MONSIEVR,

Sçachant combien vous aymez les procez, & combien vous m'aymez aussi, ie crois que ie vous feray vne priere qui ne vous sera pas desagreable, en vous suppliant de tout mon cœur de vouloir prendre la peine de nous instruire de l'affaire de ma sœur, de l'aider de vostre conseil, & de l'assister de vostre credit; Ie vous l'addresse comme à vn des hommes du monde en qui ie me confie le plus, & qui la peut le mieux conseiller en cette occasion. Ie crois que Mademoselle de Ramboüillet ne vous refusera pas de solliciter pour vous & pour elle (car ie fais desia vostre affaire de la sienne)& si vous la prenez à cœur comme ie l'espere, ie ne doute pas qu'elle n'en ait toute l'issuë qu'elle peut desirer. En recompense, ie vous promets que de ma vie ie ne vous appelleray *Pourceau*, & que ie vous donneray la premiere Chapelle qui sera à ma nomination. Car de vous dire que cette obligation augmentera la passion que i'ay de vous seruir, ce seroit vous tromper, puis qu'il eſt vray qu'il y a deſia long temps que ie ſuis autant qu'il ſe peut,

Encore vne fois, Monſieur, ie vous ſupplie tres-humblement de faire rage.

MONSIEVR,

Voſtre, &c.

MMm ij

A MADAME LA MARQVISE
de Vardes.

*C'est Madᵉ de Moret que Mʀ de Vardes espousa aprez que Henry IV &
plusieurs autres y eurent passé aimant plus le mariage que les autres*

LETTRE CXLIX.

MADAME,

En verité l'on est bien empesché , comme vous
pouuez voir icy , & l'on ne sçait pas où commencer
à se remettre à son deuoir, quand on a failly si long-
temps , & mesmement contre vne personne à qui
on a si estroites obligations que ie vous en ay , & à
laquelle on doit tant de respect, de soin & d'affection. Il y a beaucoup de mois que ie trauaille pour
trouuer vne excuse à ma faute, & que ie tasche à vous
faire vne belle lettre , dans laquelle ie vous prouue
par vingt ou trente raisons que ie n'ay point failly.
Mais ie vous auouë, que ie n'en ay encore pû trouuer
pas vne: Ie crois mesme que toute l'eloquence & tous
les esprits de nostre Academie n'en pourroient venir
à bout, & c'est tout ce que pourroit faire le vostre, &
celuy de Monsieur le Marquis ensemble. Aussi, Madame, c'est à vous deux que ie m'addresse, pour vous
supplier de me mander franchement ce que peut dire
vn homme qui est en ma place. Ma foy , ie croy que
vous y seriez empeschez, aussi bien que moy. Mais si
vous n'auez pas assez d'inuention pour couurir ma

faute, ayez au moins affez de bonté pour me la pardonner. Vous ne fçauriez l'vn & l'autre mieux veri-
fier par aucune autre chofe ce que ie dis icy de vous
tous les iours, qu'il n'y a point fous le Ciel deux autres
perfonnes, fi bonnes, fi fociables, fi genereufes. Ie
vous fupplie, pourtant, de croire, qu'il y a fort long-
temps que le repentir de mon crime me preffe, & que
ie ne cherche que les moyens d'en fortir. De forte
qu'à le bien prendre, ie ne fuis veritablement coupable que du premier mois; car tout le refte du temps
c'eft la honte qui m'a retenu, & la confufion où doit
eftre tout homme d'honneur, d'auoir fi vilainement
failly. Que fi tout cecy ne vous adoucit point, ie fçay,
Madame, vn autre moyen de vous fatisfaire, c'eft que
dans trois iours ie m'iray mettre entre vos mains,
pieds & poings liez, afin que vous me le faffiez com-
paroir auffi cherement que ie l'ay deferuy, & que vous
donniez en moy vn exemple qui faffe à l'aduenir
trembler tous les ingrats; car enfin, Madame, ie ne
veux pas viure plus long-temps dans voftre mauuaife
grace, & il n'y a point de peril, où ie ne me iette pour
vous monftrer que ie fuis,

Voftre, &c.

A MADAME LA MARQVISE
de Rambouillet,

LETTRE CL.

MADAME,

I'auois raison de m'opiniaſtrer à mon chemin de Valenton ; cét autre ſi droit par lequel on m'aſſeuroit que ie ne me pourrois perdre quand ie le voudrois, ie m'y perdis hier trois fois en ne le voulant pas. Comme ie fus aux murailles de Breuane, au lieu de prendre à droit ie pris à gauche, & ie m'en allay droit comme vn jonc à vn village qui eſtoit à deux grandes lieuës hors de mon chemin. Ie ne ſçaurois pas dire comme cela ſe fit ; mais i'auois eſtrangement dans l'imagination Mademoiſelle d'Angennes, & Mademoiſelle de ſainct Megrin, & ie les voyois comme deux Ardens qui marchoient touſiours deuant moy ; & qui m'éclairoient en me perdant. Ie vous ſupplie pourtant, Madame, de ne leur en point faire de reprimandes : car i'aurois peur qu'elles ne me fiſſent pis vne autrefois, & mon deſſein eſt de n'auoir rien à démêler auec cette ſorte de perſonnes-là, & de ſouffrir toutes choſes, plûtoſt que d'eſtre mal auec elles. Tant y-a que ie ſuis icy arriué auſſi ſeurement que ſi i'euſſe eu voſtre laquais auec moy. Ie n'ay point trouué de

aujourdhuy fils de Ramb̃ qui croit alors vn penſion a verſe voſtre qui n'a jamais parceuois vn chemin ſegain de la a Paris

loups en chemin ny aucun des hazards que vous craignez pour moy: & ie n'ay couru de fortune que par
les perſonnes que i'ay laiſſées aupres de vous. Ie vous
aſſeure, Madame, que ce iour-cy ne ſe paſſera pas,
ſans que ie ſouhaite beaucoup de fois de voir le
cheual Griffon & vous, d'eſtre & de la promenade
que vous ferez. Ie ſuis,

[marginal note in hand:] il y a une certaine / vigne couuerte d'arbres / a Rambouillet qu'on / appelle le cheual / griffon.

Voſtre, &c.

A MADEMOISELLE
de Ramboüillet.

LETTRE CLI.

MADEMOISELLE,

Sans mentir on n'eſt iamais en repos quand on ayme quelque choſe autant que ie vous ayme; i'auois
touſiours fort apprehendé voſtre voyage, mais ie
croyois qu'il ne m'en arriueroit point d'autre mal que
le plus grand ennuy du monde, & comme i'eſtois déja aſſez affligé de n'auoir pas l'honneur de vous voir,
la nouuelle qui nous eſt venuë icy de Merlou, m'a mis
en vne bien plus grande peine. Quand cét accident
ne feroit point d'autre mal que d'auoir ſeparé vne ſi
belle compagnie, c'en feroit deſia vn aſſez grand, &
duquel i'aurois aſſez de peine à me conſoler. Il me
ſemble qu'il y a long-temps que la petite verolle n'a
rien fait de ſi inſolent que cela, & que comme elle n'a
oſé faire de mal au viſage de Madame, elle ne deuoit
pas non plus toucher à ſes plaiſirs ny à ſes diuertiſſemens. Ie me conſolois des ennuis que i'auois icy, par
les ioyes que ie ſçauois que vous auiez de delà, & ie
n'oſois eſtre tout à fait triſte, en vn temps où l'on me
diſoit que vous danſiez tous les iours. A cette heure,
　　　　　　　　　　　　　　　　　　　　　il ne

il ne me reste pas vne pensée qui me puisse plaire, & ie
vous asseure que Mesdemoiselles du Vigean ne se sont
iamais tant ennuyées dans leur grenier, ni ailleurs que
ie m'ennuye dans Paris. Mais voyez, ie vous supplie,
Mademoiselle, iusques où me porte mon desespoir,
ie me resolus de m'en aller à cheual en trois iours à
Blois, & cela c'est presque comme si ie m'allois ietter
la teste la premiere dans la riuiere. Ie ne sçay si i'en
reuiendray ; en tout cas, faites-moy tousiours l'honneur de m'aymer, mort ou vif, & souuenez-vous que
ie fus, ou que ie suis,

Voftre, &c.

NNa

A LA MESME.

LETTRE CLII.

MADEMOISELLE,

Vous estes admirable de vous plaindre de la solitude, apres auoir emmené auecque vous tout ce qu'il
y auoit de plus beau & de meilleur dans Paris; & de
vouloir que nous vous confolions quand vous nous
auez ofté toute forte de confolation. Si i'eftois aupres de la belle Princeffe auec qui vous eftes, ie vous
enuoyerois les lettres que vous me demandez, & de
fes moindres paroles, ou de fes plus petites actions ie
diffiperois les plus grandes melancolies. Si vous-vous
diuertiffez auec elle auffi mal que vous dites, il faut
que l'accident qui eft arriué à Merlou, l'ait renduë
toute vne autre perfonne qu'elle n'eftoit, & qu'elle
foit bien plus changée de la petite verole de Madame
fa belle-fœur, qu'elle ne l'a efté de la fienne. Cependant, Mademoifelle, ie vous donne aduis que toutes
les maifons de Paris font à cette heure des maifons
des champs, auffi bien que la voftre; & en verité, il y
en a beaucoup où il n'y a pas fi bonne compagnie.
Toutesfois, fi vne perfonne qui s'ennuye auec Mademoifelle de Bourbon, fe peut diuertir de fçauoir
des nouuelles de M. de la G. ie vous en diray tant

m^e de la Princeffe la
jeune qui eut la petite
verole a Merlou

que vous voudrez, car il n'y a plus quafi qu'elle que
ie connoiffe icy, & ie vous rempliray deux grandes feüilles de papier des bonnes chofes que ie
luy ay ouy dire. C'eft, fans mentir, vne iolie Dame, & en verité vne des plus charmantes & des
plus agreables qui foit à cette heure icy. Iugez, Mademoifelle, fi ie puis eftre fort diuertiffant, en vn
temps où ie fuis fi mal diuerty, & fi vous ne deuez
pas trouuer bon que ie m'en aille à Blois; le plus vifte
que ie pourray, & que ie ne vous die autre chofe,
finon que ie fuis,

Voftre, &c.

A M. de B. M. de B. & M. C.

LETTRE CLIII.

MADAME, & MESDEMOISELLES,
Sans mentir, vous eftes bien cruelles d'eftre venuës
troubler mon repos fi à contre temps, & il faut que
vous foyez bien deftinées à me tourmenter, puifque
les graces mefmes que vous me voulez faire, me nui-
fent, & qu'il ne me vient iamais de bien de vous, qu'a-
fin que i'en aye apres plus de mal. Il n'y a pas fort
long-temps que i'euffe donné toutes chofes pour receuoir vne lettre comme celle que l'on me vient d'apporter, & elle eft venuë en vne faifon, qu'il n'y a rien
que ie ne donnaffe pour ne l'auoir point receuë. I'ay
regret, Madame, d'eftre contraint de refpondre ainfi à
l'honneur qu'il vous a pleu de me faire : mais les Demoifelles qui font auecque vous, font fi prefom-
ptueufes, que ie fçay que fi ie mets icy des douceurs, elles les prendront toutes pour elles ; & la compagnie à
laquelle vous vous eftes iointe, m'oblige à vous parler
plus rudement que ie ne voudrois. Trouuez donc
bon, s'il vous plaift, & elles auffi, que ie vous die, que
les mécontentemens que vous me laiffaftes en partant, auoient fait vn fi bon effet dans mon efprit,
que, fans mentir, vous n'y eftiez plus ; au moins

vous n'y faisiez plus les desordres que vous auiez
accoustumé d'y faire. Ie souffrois vostre esloignement, auec beaucoup de patience, & i'attendois
vostre retour dans vne parfaite tranquillité ; ie commençois à croire qu'il y auoit dans le monde quelques autres choses que vous, qui fussent aymables :
il me sembloit que quand vous seriez reuenuës, ie
ferois bien trois ou quatre mois sans vous voir &
sans en mourir, & pour vous dire le vray, ie vous
haïssois vn peu plus que ie ne vous aymois. Comme
ie me resioüyssois d'vn si grand amendement, vostre
lettre est venuë renuerser en vn moment tout ce que
ma raison auoit fait en beaucoup de temps, & auec
beaucoup de peine. Vous auez, comme par vn effet
de magie, changé mon esprit auec vn certain nombre de paroles, & le caractere tout seul des choses que
vous auez escrites, m'a rendu tout autre que ie n'e-
stois. Ie m'estonnerois dauantage de cette merueille,
si ie ne sçauois que des personnes où il y en a tant, en
peuuent bien faire quelques vnes : & si ie n'auois connu par d'autres experiences que dans tout ce qui vient
de vostre part, il y a certains poisons, & ie ne sçay
quels enchantemens secrets dont on ne peut se garder. Cependant, il est vray qu'il ne me pouuoit rien
arriuer de plus dangereux que cette demie faueur que
vous m'auez faite, qui a assez de force pour m'oster de
colere, & qui n'en a pas assez pour me rendre content.
De sorte qu'en l'estat où ie suis, ie ne vois pas quel party ie dois prendre, & ne puis auoir ni la satisfaction de

vous hayr comme ie deurois, ni le plaifir de vous aymer comme ie voudrois. Dans cét embarras où fe
trouue mon efprit, ie ne vous puis pas bien démêler
fes fentimens, ni iuger de quel cofté il fe tournera; ce
que ie vous puis dire, c'eft qu'il me femble que i'ay
affez d'enuie de vous reuoir, & que ie crains que ie ne
fois affez foible pour retomber entre vos mains. Si
cela arriue, traittez-moy mieux que vous n'auez fait;
car, enfin, tant de dépits font vn mauuais effet à la longue; & fans mentir, ce feroit dommage que ie ne
fuffe pas auec la mefme paffion, & le mefme refpeȼt
que par le paffé,

MADAME, & MES DEMOISELLES,

Voftre, &c.

A MADAME L'ABBESSE ***ierre
pour la remercier d'vn Chat qu'elle
luy auoit enuoyé.

LETTRE CLIV.

MADAME,

I'eftois defia fi fort à vous que ie penfois que vous
deuiez croire qu'il n'eftoit pas befoin que vous me
gagnaffiez par des prefens, ni que vous fiffiez deffein
de me prendre comme vn Rat, auec vn Chat. Neantmoins, i'auouë que voftre liberalité n'a pas laiffé de
produire en moy quelque nouuelle affection, & s'il
y auoit encore quelque chofe dans mon efprit qui ne
fut pas à vous, le Chat que vous m'auez enuoyé a
acheué de le prendre, & vous l'a gagné entierement.
C'eft, fans mentir, le plus beau & le plus agreable qui
fut iamais: Les plus beaux Chats d'Efpagne ne font
que des Chats brûlez au prix de luy; & Rominagro-
bis mefme (vous fçauez bien, Madame, que Romi-
nagrobis eft Prince des Chats) ne fçauroit auoir meilleure mine, & ne fentiroit pas mieux fon bien. I'y
trouue feulement à dire, qu'il eft de tres-difficile garde, & que pour vn Chat nourry en religion, il eft fort
mal difpofé à garder la cloſture. Il ne voit point de

feneſtre ouuerte, qu'il ne s'y veüille ietter ; il auroit
deſia vingt fois ſauté les murailles ſi on l'auoit laiſſé
faire, & il n'y a point de Chat ſeculier qui ſoit plus
libertin ni plus volontaire que luy. I'eſpere pourtant
que ie l'arreſteray par le bon traittement que ie luy
fais ; ie ne le nourris que de fromages & de biſcuits.
Peut-eſtre, Madame, qu'il n'eſtoit pas ſi bien traitté
chez-vous, car ie penſe que les Dames de * * * ne laiſſent pas aller les Chats aux fromages, & que l'auſterité
du Conuent ne permet pas qu'on leur faſſe ſi bonne
chere. Il commence deſia à s'appriuoiſer ; il me penſa
hier emporter vne main en ſe joüant. C'eſt, ſans mentir, la plus iolie beſte du monde ; il n'y a perſonne en
mon logis qui ne porte de ſes marques. Mais quelque
aymable qu'il ſoit de ſa perſonne, ce ſera touſiours
en voſtre conſideration que i'en feray cas, & ie l'aymeray tant, pour l'amour de vous, que i'eſpere que
ie feray changer le prouerbe, & que l'on dira doreſnauant, qui m'ayme, ayme mon Chat. Si apres ce
preſent, vous me donnez encore le Corbeau que vous
m'auez promis, & ſi vous voulez m'enuoyer vn de
ces iours Poncette dans vn panier, vous vous pourrez vanter de m'auoir donné toutes les beſtes que
i'ayme, & de m'auoir obligé de tout point, d'eſtre
toute ma vie,

Voſtre, &c.

A MON-

A MONSIEVR DE MAVVOY,
pour le remercier de la terre Sigelée qu'il
luy auoit enuoyée.

LETTRE CLV.

MONSIEVR,

Voicy le premier hommage que ie vous rends de la
terre que ie tiens de vous, & ie voudrois bien, en vous
le rendant, vous pouuoir témoigner combien ie me
fens redeuable aux foins, & à l'affection auec laquelle
il vous a pleu de m'obliger. Sans mentir, vous verifiez bien ce que l'on a accouftumé de dire, que tant
vaut l'homme tant vaut fa terre. Vous auez fi bien
fait valloir celle que vous m'auez donnée, & vous
me l'auez enuoyée auec tant de fleurs, & des paroles fi
obligeantes, que vous l'auez renduë précieufe : &
que vous auez trouué moyen de me faire vn grand
prefent, en me donnant peu de chofe. Cependant,
Monfieur, moy qui n'auois pû de ma vie auoir vn
pouce de terre, ie ne vous fuis pas peu obligé de ce
que par voftre moyen i'ay commencé à en auoir quelqu'vne, & que vous auez rompu le premier, le mauuais deftin qui fembloit vouloir que ie n'en euffe iamais. Ce que ie vous puis dire, c'eft que celle que

OOo

vous auez mife entre mes mains, ne fera pas ingrate;
elle a defia produit en moy toute la reconnoiffance
qui eft deuë à vne ciuilité fi accomplie que la voftre,
& cette obligation a adioufté quelque chofe à la paffion auec laquelle. i'eftois defia;

Voftre, &c.

A MADAME LA MARQVISE
de Ramboüillet.

LETTRE CLVI.

Madame,

C'eſt vne choſe merueilleuſe , qu'ayant tant de
qualitez qui vous deuroient faire-mépriſer tout le
monde, vous ſoyez la plus ciuile perſonne qui y ſoit,
& que vous ayez autant de bonté pour moy , que ſi
vous voyez dans mon cœur toutes les penſées que
i'ay de vous honorer, & de vous ſeruir. Ie vous aſſeure, Madame, que voſtre nom y eſt eſcrit d'vne ſorte
qu'il ne s'effacera iamais, & quelque eſloignée que
vous ſoyez du monde, rien n'eſt à preſent en ma memoire que vous. Ie ſerois au deſeſpoir, Madame, de ne
vous pouuoir repreſenter auec quelle ioye & quel
reſpect i'ay receu l'honneur qu'il vous a pleu de me
faire, ſi ie ne croyois qu'vn eſprit auſſi extraordinaire
que le voſtre, peut deüiner ce que ie penſe. Figurez-
vous donc, s'il vous plaiſt, Madame, tout le reſſentiment que peut auoir le plus reconnoiſſant homme du
monde, & qui a le plus d'inclination à vous honorer.
Ce ſera à peu prés ce que ie ſens , & vne partie de la
paſſion, auecque laquelle ie ſuis,   Voſtre, &c.

OOo ij

A MONSEIGNEVR LE COMTE
d'Alais.

LETTRE CLVII.

MONSEIGNEVR,

Si voſtre affliction eſt vne affliction publique, & ſi elle touche generalement tout ce qu'il y a d'honneſtes gens en France, ie penſe que vous ne doutez pas que ie ne le reſſente extrémement; moy que vos bontez ont obligé plus que perſonne, à prendre part à tout ce qui vous regarde. Ie ſçay, Monſeigneur, combien conſtamment vous la ſouffrirez: mais cela ne diminuë en rien mon déplaiſir, & ce qui m'en deuroit conſoler, m'afflige dauantage. Plus ie conſidete auec quelle force, quelle conſtance, & quelle grandeur d'ame, vous porterez ce coup de la fortune, plus i'ay de regret que nous ayons perdu vn Prince, en qui vray-ſemblablement toutes ces qualitez-là deuoient reuiure, & en la perſonne duquel i'eſperois que nous reuerrions vn iour les vertus que ie crains que nous ne trouuerons plus deſormais qu'en vous. Ie ſouhaite, Monſeigneur, que nous les y puiſſions voir long-temps; que la fortune, qui a ſi cruellement couppé cette branche, eſpargne au moins le tronc,

& qu'elle respecte vne teste aussi chere & aussi précieuse que la vostre. C'est, ie vous asseure, autant pour la France que ie fais ce souhait-là, que pour moy, qui suis auec toute sorte de respect & de passion,

MONSEIGNEVR,

Vostre, &c.

OOo iij

A MONSEIGNEVR LE
Marefchal de Grammont, fur la mort de
Monfieur fon Pere.

LETTRE CLVIII.

MONSEIGNEVR,

Il eſt arriué vne choſe eſtrange ſur le ſuiet de voſtre
affliction ; qu'eſtant l'homme du monde qui auez
d'auſſi veritables amis, ie n'en ay veu pas vn qui vous
ait plaint, & que tout ce qu'il y a d'honneſtes gens en
France, ayent pris tant de part dans la gloire que vous
venez d'acquerir, il n'y ait perſonne qui en ait pris
dans voſtre mauuaiſe fortune. Ie ne ſçay pas quelle
raiſon ils donneront pour cela, ni quelle excuſe ils
pourront alleguer de ne vous pas plaindre. Pour moi,
Monſeigneur, qui vous connois iuſques dans l'ame, &
qui ſçay combien exactement vous vous acquittez de
tous les deuoirs de toutes ſortes d'amitiez; Ie ſuis aſſeuré que vous auez receu vn extréme déplaiſir, &
ſçachant combien vous eſtes bon frere, bon parent,
& bon amy, ie ne doute point que vous ne ſoyez auſſi bon fils ; & qu'ayant perdu vn pere qui a eſté regretté, meſme de tous ceux qui ne le connoiſſoient
pas, vous n'ayez eſté touché d'vne tres-ſenſible affli-

étion. Cela eſt d'autant plus à loüer en vous que les
hommes d'auiourd'huy ſont tres-eſloignez d'auoir
de pareils reſſentimens. Cette tendreſſe d'ame n'eſt
pas moins eſtimable, que la fermeté que vous venez
de monſtrer dans les plus extrémes perils, & qu'en vn
ſiecle où les exemples de bon natutel ſont ſi rares,
vous ſoyez affligé d'vne perte qui vous rend vn des
plus riches hommes de France. Cela, ſans mentir, eſt
admirable, & au deſſus de tous vos exploits. Mais comme il peut y auoir de l'excez dans les meilleures choſes, voſtre douleur qui a eſté iuſte iuſques à cette
heure, ne le ſeroit plus, ſi elle duroit dauantage. Il y
auroit de la meſſéance qu'vn homme que la France
tient pour vn de ſes Heros, s'affligeaſt comme les autres hommes, & vous témoigneriez de ne pas faire aſſez de cas de la vertu & de la gloire, ſi vous pouuiez
auoir vne longue triſteſſe, en vn temps où vous faites
de ſi glorieuſes actions, & où vous receuez des ap-
plaudiſſemens de tout le monde. Ie vous ay ouy
loüer tout haut auecque beaucoup d'affection par la
Reine; i'ay veu faire la meſme choſe à vn homme qui
a quelque credit aupres d'elle; voſtre reputation augmente tous les iours, & voſtre bien ne diminuë pas.
Car on dit qu'en argent & poulaille, vous aurez doreſnauant quelque choſe d'aſſez conſiderable. Si parmy tout cela, vous ne pouuiez vous conſoler, ie connois vn de mes amis qui auroit plus de raiſon que iamais de s'eſcrier, quelle .... A dire le vray,
Monſeigneur, il y auroit du trop, & i'y trouuerois

quelque chofe à redire, moy, qui d'ailleurs, ne fçaurois rien defaprouuer de ce que vous faites, & qui
fuis paffionnément, & aueuglement,

Voftre, &c.

A

A MADEMOISELLE
de Ramboüillet.

LETTRE CLIX.

MADEMOISELLE,

Ie ne fçauois gueres ce que ie faifois, quand apres auoir eu la force de gronder fi long-temps, ie m'accommoday auec vous la veille de voftre départ : & cela me fait bien voir ce que vous m'auez dit beaucoup de fois que ie n'ay gueres de iugement. Vous ne fçauriez croire combien cette paix là me coufte de trouble & de defordre, & quel bien me feroit, que d'eftre encore mal auecque vous. Iamais abfence ne m'a paru fi longue que celle-cy qui ne fait que commencer. Ie fens à cette heure toutes les chofes que ie vous efcriuois autrefois, & il me femble que Paris & la France, & tout le monde, font allez à Roüen auec *pour un procez* vous. Confiderez, ie vous fupplie, Mademoifelle, vous qui vous eftes mocquée de moy toutes les fois que ie vous ay dit que rien ne m'eftoit fi contraire que de veiller, combien d'inquietudes, de déplaifirs & de peines i'aurois euiteés, fi le Vendredy feptiefme d'Auril, ie me fuffe couché à minuit, & combien ie deurois fouhaitter d'auoir efté bien endormy les deux dernieres heures que i'ay paffées auecque vous. C'eft,

Ppp

fans mentir, vne bizarre deftinée, que celle qui veut,
que ni loin ni prés de vous, ie ne fois iamais en repos,

Ni finti, ni contigo,
Puede viuir el Mundo.

Ayant pourtant eſſayé beaucoup de fois de l'vn & de
l'autre ie trouue que la douleur de ne vous point
voir, eſt la plus ſenſible de toutes, & que vous ne me
faites iamais tant de mal, que lors que vous n'y eſtes
pas.

Ce 16. May, 1644.

A LA MESME.

LETTRE CLX.

MADEMOISELLE,

Quand bien ce que vous dites feroit vray, que vous auriez acquis quelque bonté dans ce voyage ; ce feroit toufiours vne méchanceté à vous, de me le faire fçauoir, & d'augmenter par là le déplaifir que i'ay d'eftre fi loin de vous : car fi ie vous regrette méchante, quel ennuy aurois-je de ne vous point voir fi ie vous croyois deuenuë bonne ? puifque c'eft la feule qualité que i'aye iamais trouuée à defirer en vous. Auffi me garderay-je bien de me laiffer perfuader, & la chofe n'eft pas fi vray-femblable, que l'on la doiue croire d'abord fur voftre parole. Le coup de griffe que vous me donnez en paffant, me fait bien voir que vous n'auez pas perdu toute vôtre fierté à Roüen & qu'il vous refte encore quelqu'vne de vos humeurs, puifque vous prenez plaifir à me tourmenter. A propos de cela, Mademoifelle, i'ay bien du regret, fans mentir, que ie n'ay efté à voftre entreueuë de vous & de la mer, pour voir quelle mine vous fiftes, ce que vous iugeaftes l'vn de l'autre, & ce qui arriua le iour que les deux plus fieres chofes du monde fe trouue-

PPp ij

rent en femble. Si la conformité doit faire naiftre l'affection, vous deuez eftre en grande amitié toutes
deux : car quand ie confidere fes calmes, fes bonaces, fes tempeftes, & fes courroux ; fes bancs, fes ef-
cueils, & fes rochers ; les dommages & les vtilitez
qu'elle apporte au monde ; combien elle eft admirable & incomprehenfible ; belle à ceux qui la voyent,
& terrible à ceux qui fe mettent à fa mercy ; opinia-
ftre, indomptable, amere, fiere & dépite : il me femble que vous-vous reffemblez comme deux gouttes
d'eau, & que tout le bien & le mal que l'on peut dire
d'elle, on le peut auffi dire de vous. Il y a cette difference, Mademoifelle, que toute vafte & grande qu'elle eft, elle a fes bornes, & vous n'en auez point, & tous
ceux qui connoiffent voftre efprit, auoüent, qu'il n'y
a en vous ni fond ni riue. Et ie vous fupplie, de quel
abyfme auez-vous tiré ce deluge de lettres que vous
auez enuoyées icy ; toutes belles, toutes admirables!
& telles que chacune d'elles meriteroit pour la faire,
autant de temps qu'il y en a que vous eftes abfente.
Quel autre efprit ne tariroit pas, & pourroit fuffire à
gagner tant de gens, à folliciter tant de Iuges, & efcrire à tant de perfonnes ? La mer, en verité, vous a
fait vn bon tour, & c'eft vne marque de voftre bonne
intelligence, de vous auoir enuoyé fi à point nommé
Madame de Guife à Roüen : pour rendre ce Roman
plus celebre, la Fortune a bien fait d'y faire interuenir
vne perfonne auffi confiderable que vous Ne fem-

ble-t il pas que toutes les auentures d'vn païs attendent à y arriuer au temps que vous y eftes? Il y a bien
en cela quelque chofe d'extraordinaire.

El dia que tu nacifte ,
Grandes fenales auia.

Et ie ne doute pas à cette heure, que quand vous
mourrez, on ne mette voftre mort dans la Gazete.
Pour la Gargoüille, Mademoifelle, ie vous auoue
que ie ne fçay ce que c'eft. I'ay leu les Relations de
Fernand Mendez Pinto, & celles des Efpagnols , &
des Portugais, des indes Occidentales & Orientales;
mais il ne me fouuient pas d'y auoir iamais veu ce mot-
là : Ie vous fupplie tres humblement de m'en informer. C'eft dommage, fans mentir, que vous ne courez
le monde, vous nous inftruiriez tout autrement que
ne font les autres voyageurs. Ie voudrois bien auoir à
vous mander des chofes aufli agreables que celles que
vous-nous efcriuiez : Mais depuis que vous eftes hors
d'icy, Paris ne nous fournit plus tant de nouuelles que
Roüen. Cela fait bien voir que tant vaut l'homme
tant vaut fa terre. Madame voftre Mere fe porte bien,
Monfieur A. fait rage des pieds de derriere, à cette
heure qu'il a fes coudées franches auec Monfieur de
Saint Maigrin, du iour du départ de Monfieur le Duc.
Il eft deuenu fi beau, fi brillant que c'eft vne merueille. Ie vis hier Monfieur voftre frere. Monfieur de
Chaftenay eft icy depuis deux iours. Voila, ce me fem-

ble tout ce que i'ay à vous dire. Ie vous baise tres-
humblement les mains, & suis auec plus de passion
que vous ne sçauriez croire,

MADEMOISELLE,

Voftre, &c.

A Paris, le 30 May, 1644.

A MONSIEVR DE
Chantelou.

LETTRE CLXI.

MONSIEVR,

Ie ne me puis refoudre d'enuoyer ce laquais à Paris, fans vous remercier tres-humblement de l'honneur qu'il vous a pleu de me faire, quoy que ie n'aye ni affez de temps, ni affez d'efprit pour refpondre à vne fi agreable lettre que la voftre. Elle eft fi belle qu'elle m'auroit donné beaucoup de ialoufie fi elle auoit efté efcrite par vne autre. Mais vous aymant autant que moy-mefme, ou pour dire quelque chofe de plus, autant que i'ayme Mademoifelle *** & autant que Mademoifelle *** vous ayme. Ie fuis bien aife de voir que vous efcriuiez comme vous parlez, comme vous chantez, comme vous dan-fez, comme vous voltigez, & comme vous faites toutes chofes. Ie trouue feulemeut à redire que vous ne m'ayez rien mandé de Mademoifelle de Chantelou, ni Mademoifelle de Mommor. Pour vn homme auffi iudicieux que vous, c'eft fans men-

tir vne faute affez groffiere : trouuez bon, Monfieur
que ie vous en parle ainfi franchement, fouffrez, s'il
vous plaift, cette liberté d'vne perfonne qui vous admire en tout le refte de ce que vous faites, & qui eft
paffionnément,

MONSEIGNEVR,

Voftre, &c.

A MON-

A MONSEIGNEVR D'AVAVX

LETTRE CLXII.

MONSEIGNEVR,

Quoy que ie ne reçoiue point de vos lettres, c'est assez que ie reçoiue de vos bienfaits, pour estre obligé à vous escrire: & il me semble que le moins que ie puisse faire est de vous rendre des paroles pour de l'argent. S'il estoit à mon choix, ie connois si bien le prix des choses, que i'aymerois mieux vous donner de l'argent pour auoir de vos paroles; mais puis-que vous voulez qu'il soit autrement, ie croy qu'il est mieux, pour vous & pour moy, qu'il soit ainsi,

Permittoque ipsis expendere Numinibus, quid
Conueniat nobis, rebusque sit vtile nostris.

Quand ie vous auray rendu les tres-humbles graces que ie vous dois, ie crois, Monseigneur, qu'il me restera peu de choses à vous dire: *Neque enim te credo in stomacho ridere posse*, & dans les soins & les chagrins où vous estes, ie ne croy pas qu'il y ait lieu à cette sorte de lettres que i'auois accoustumé de vous escrire. Or de vous parler de vostre diuision, il me semble qu'il n'est pas non plus à propos. *Quid enim aut me ostentem, qui si vitam pro tua dignitate profundam, nullam partem videar meritorum tuorum assecutus? aut de aliorum*

QQq

injurijs quærar? quod, sine summa dolore facere non possum.
Quand ie sçauray que vous aurez plus de gayeté, que
vous m'aurez mandé que l'orage est passé, que le temps
est plus serein, & qu'il ne pleut pla, ple, pli, plo, plus,
alors ie retourneray à cette façon d'escrire que Ciceron appelle *genus litterarum jocosum.* Cependant, ie vous
diray vne chose qui ne doit pas estre de mediocre
consolation peur vous. C'est que dans les differens

que vous auez eus auec ***** hors quelques personnes qui ont attachement à luy, le reste du monde
est de vostre party, & que cette estoille de bien-veillance qui vous a tousiours fait aymer par tout, vous
donne encore en cette rencontre toute la cour & toute la ville. I'espere que la presence de Monsieur de
Longueuille, toutes choses changeront en mieux à
Munster. Au moins, la Scene va changer, & il y va
monter de nouueaux personnages, & assez beaux,

Alter ab integro Seclorum nascitur ordo,
Iam venit & Virgo.

N'estoit que vous m'auez asseuré que ie n'entens
rien en Astrologie, & que ie ne connois point les
Astres, ie vous ferois des predictions : car ie voy vne
estoile cheuëluë, qui promet beaucoup de choses, &
qui doit causer de grands euenemens. Au moins,
Monseigneur, vous ne vous plaindrez plus de la Vest-
phalie, comme d'vn pays barbare, & où les Graces &
les Muses ne peuuent aller. N'est ce pas à cette heure
qu'il faut dire,

quo quo vestigia figis,

Componit furtim, subsequiturque Venus.

que ce *furtim* est beau, si vous le considerez bien !
Mais comment vous accommodez-vous du Pere de
Chauaroche, n'est-ce pas vn vray bon homme & bon
Religieux, de bonnes mœurs, de bon esprit, & de bon
sens ? Il escrit icy des merueilles de vous auec des passions estranges, & le Curé de sainct Nicolas ne vous
ayme pas plus qu'il fait. Cependant, ie louë Dieu,
que parmy tant de suiets de déplaisir, vostre santé ne
vous ait pas abandonné, ni mesme (à ce que i'entens
dire) tout à fait vostre bonne humeur. Ie souhaite
de tout mon cœur que l'vne & l'autre augmente tous
les iours, & que ie puisse vous témoigner combien ie
suis,

MONSEIGNEVR,

Vostre, &c.

A Paris, le 1. Avril, 1645.

QQq ij

A MONSEIGNEVR LE
Mareſchal de Schomberg,

LETTRE CLXIII.

MONSEIGNEVR,

Eſt-ce que vous auiez peur que ce que vous m'é-
cririez ſentiſt l'huyle, que vous m'auiez enuoyé la
voſtre ſans me faire l'honneur de m'écrire. Voſtre
lettre pourtant, qui m'eſt venuë depuis, a fait, ie
vous aſſeure, la meilleure partie de voſtre preſent.
Sans elle, *operam & oleum perdideras*, & vous m'euſſiez
pû enuoyer tous les oliuiers de Languedoc, que vous
n'euſſiez pas fait voſtre paix auecque moy. S'il vous
ſemble, Monſeigneur, que ie ſois trop intereſſé, au
moins, vous ne trouuerez pas que ce ſoit pour de petits intereſts, & ſi vous iugez bien de quel prix ſont
les choſes que vous eſcriuez, il ne vous ſemblera pas
eſtrange que ie deſire paſſionnément vos lettres, &
que ie ne m'en puiſſe paſſer. La derniere que i'ay receuë, m'a donné du repos, de la ioye & de la ſanté.
Tout cela m'auoit manqué depuis que vous eſtiez
party d'icy. I'eſpere que voſtre retour acheuera de
me remettre, & me rendra mon eſprit & mes forces
qui ne ſçauroient reuenir qu'auecque vous. En attendant que ce bon-heur m'arriue, ie me deſennuye en

parlant en tous lieux, en tout temps, & en toutes occafions de vous. En quels termes, Monfeigneur, ie
vous le laiffe imaginer ; mais c'eft toufiours deuant
des perfonnes qui font rauies de m'entendre ; & qui
vous pourront témoigner, fi vous en doutiez, que
dans ce grand nombre de gens qui prennent plaifir à
dire du bien de vous, il n'y en a point qui le faffe de
meilleur cœur que moy, ni qui foit plus paffionné-
mént,

MONSEIGNEVR,

Voftre, &c.

A Paris, le 7. Auril, 1645.

Qqq iij

AV MESME.

LETTRE CLXIV.

MONSEIGNEVR,

Si vous euſſiez eſté icy, vous auriez retranché vne
partie de ces vers, & vous m'auriez fait corriger l'autre : auſſi ie ne vous les enuoye , que pour vous faire
voir combien ie ſuis deſtitué de tout bon conſeil, &
meſme de tout bon eſprit, quand ie n'ay pas l'honneur d'eſtre aupres de vous. Iugez ſur cela, ie vous
ſupplie, Monſeigneur, combien ie ſouhaite voſtre
retour, moy qui ne prens pas trop de plaiſir à eſtre
ſot, ni à le paroiſtre, & ſi ie n'ay pas grand intereſt de
deſirer que vous ne demeuriez pas plus long-temps
en Languedoc. Celles dont vous auez emporté le
cœur, ne perdent pas tant que moy à voſtre abſence,
& ne vous attendent pas auec plus d'impatience que
ie fais. Ie connois pourtant vne perſonne , qui en
tous lieux, & en toutes rencontres, me fait voir des
preuues merueilleuſes d'vne extréme amour pour
vous. Mais, Monſeigneur, vous m'auez ſi bien dé-
niaiſé, & m'auez rendu ſi deffiant, que nonobſtant

toutes ces belles apparences, ie crois que ie suis la personne du monde qui vous ayme le mieux, & (pour
corriger cette liberté de parler) qui suis auec plus de
respect & de zele,

MONSEIGNEVR,

Voftre, &c.

A Paris, le 27. Avril, 1645.

A MONSIEVR COSTART.

LETTRE CLXV.

QVID igitur faciam? eam-ne, infectâ pace vltrò ad eam veniens? me conseilleriez-vous cela? an potius ita me comparent. Ie ne vêux pas dire le reste pour l'amour de vous. Sans mentir Monsieur, i'aurois bien besoin de vostre secours à cette heure, & que vous fussiez icy pour me dire de temps en temps, *hei noster*, mais vous n'estes pas assez courageux pour me donner vn conseil hardy, & il faut que ie le prenne de moy-mesme. Pour vous en parler franchement, cette Dame est trop colere,

> *Non est sana puella, nec rogare qualis sit solet hæc imago nasum.*

Peut-estre ne sera-t-elle pas si cruelle à Paris qu'à ✱✱✱ elle est la plus considerable qu'icy, selon que ie vous ay ouy dire.

> *Hanc Prouincia narrat esse bellam.*

Au reste, iamais vous ne fistes mieux que de m'escrire au temps que vous auez fait, car si vous eussiez tardé seulement encore deux iours, i'allois estre tout aussi en colere contre vous que i'ay esté contre elle, & ie me preparois à vous escrire des lettres de ce stile que vous sçauez. Encore, pour vous dire le vray, ne suis-ie p at rop satisfait de celles que vous m'auez escrites,

il ne

il ne s'en peut pas voir de plus courtes, ni de plus froides. Hors que vous m'auez asseuré que vous vous por-
tiez bien, qu'y auez-vous mis qui me pust estre agreable;

Qua solatus es allocutione ?

Ce qui m'en plaist, c'est que ie iuge que vous passez
fort bien vostre temps, puis-qu'il vous en reste si peu
pour moy : mais n'estes-vous pas le plus heureux
homme du monde, que lors que vous l'esperiez le
moins, la fortune vous ait esté donne trois semaines
ou vn mois ******

Adeóne hominem venustum esse aut felicem quàm tu
vt sies ?

Que vous semble de ce *venustum* ? ie crois qu'il veut
dire là, *qui habet Venerem propitiam,* car l'autre signification n'y vient pas. Adieu, Monsieur, ie vous asseure
que ie suis de tout mon cœur, & autant que vous le
sçauriez desirer,

Vostre, &c.

A Paris le 3. Avril

Rr

A MONSEIGNEVR D'AVAVX,

LETTRE CLXVI.

MONSIEVR,

Vous ne ſçauriez croire combien c'eſt vne choſe embarraſſante, que d'auoir à écrire de temps en temps à vne perſonne qui ne vous fait point de réponſe: i'ay-merois autant parler à vn ſourd, ou à vne muraille; encore, ce dit-on, les murailles ont des oreilles, & quand on ne me reſpond rien, il me ſemble qu'on ne m'a point entendu. Il y a plus de ſix ſemaines que ie taſche à vous faire vne lettre, ſans en pouuoir venir à bout, & que ie ſonge à vous eſcrire,

Mais ie ne ſçay bonnement que vous dire,

Qui eſt aſſez pour ſe taire tout coy.

On me pourroit bien dire, peut eſtre, ce que Vibius Criſpus *vir ingenij iucundi & elegantis,* dit à vn ieune homme, qui ſe plaignoit à luy de ne pouuoir trouuer d'exorde à vne harangue qu'il auoit faite, *Nunquid, inquit, adoleſcens melius dicere vis quàm potes?* Car pour vous auoüer le vray, ie voudrois bien ne vous rien eſ-crire *niſi perfectum ingenio, elaboratum induſtria, nihil ni-ſi ex intimo artificio depromptum.* Ciceron, pourtant, qui eſtoit vn grand artiſan de paroles, & de qui i'ay pris ces dernieres, ſe trouuoit empeſché, auſſi bien que moy, dans de pareilles occasions, *& me scripto aliquo lacesses* (dit-il à quelqu'vn de ses amis) *Ego enim melius respondere scio quàm prouocare.* Toutesfois, Monseigneur comme on dit que qui répond paye, ie croy aussi que qui paye répond, & que c'est à moy, de quelque façon que ce soit, à trouuer moyen de vous entretenir, puisque ie suis payé pour cela. Vous feriez pourtant vne grande liberalité, vous qui aymez à en faire, si, au bien que vous m'auez desia fait, vous vouliez adjouster celuy de m'écrire quelquefois. Car ie vous auöue qu'il n'y a que vous qui me puissiez donner de l'esprit, & il me semble que i'en manque plus que iamais depuis que ie n'ay plus l'honneur de vous voir, & de vous entendre. Que si vous pretendez que la dignité de Plenipotentiaire vous dispense de répondre, Papinian auoit à sa charge toutes les affaires de l'Empire Romain, & ie vous montreray en cent lieux dans de gros liures, *Papinianus respondit, & respondit Papinianus.* Les plus sages & les plus prudens estoient ceux qui auoient accoustumé de répondre: & de là, *responsa sapientum, & prudentum responsa.* Les Oracles mesmes, quand vous en feriez vn, répondoient, & il n'est pas iusqu'aux choses inanimées, qui ne se mettent quelquefois en deuoir de répondre,

Les Eaux, *&* les Rochers, *&* les Bois luy répondent

Trois paroles que vous me direz, me donneront matiere de vous escrire plusieurs pages.

Nardi paruus onix eliciet cadum.

Il ne vous faut point de temps pour cela, ou s'il en faut

quelqu'vn, il ne faut que ce temps, & cet esprit, que
vous employez les soirs à vous ioüer auec vos gens.
Pardonnez, Monseigneur, à mon importunité ; car,
pour vous dire le vray, i'ay vn desir incroyable de sçauoir de vos nouuelles, & si vos lettres se pouuoient
acheter à prix d'argent, il y auroit long-temps qu'il ne
me resteroit plus rien de vos quatre mille francs, &
que ie vous aurois rédu tout ce que vous m'auez donné. Nous auons eu cette année vne grande difficulté
à estre payez, neantmoins, ie l'ay esté. Selon que Monsieur de Bailleul me parle de temps en temps, il me
semble qu'il attend quelque remerciment de vous.
Ie vous supplie tres-humblement, quand vous luy es-
crirez (aussi bien peut-estre, vous ne sçauez quelquefois que luy dire) de luy en toucher quelque chose &
de luy témoigner qu'il vous a fait plaisir. Monsieur
de * * * sera bien tost aupres de vous ; sa femme, qui
est fort iolie & fort aymable, est extraordinairement
aymée de la Reine. Faites, ie vous supplie, qu'il die
du bien de vous à son retour. Ie suis en quartier de
Maistre d'Hostel chez le Roy, & pas trop mal chez
la Reine. Mais ie vous entretiens trop long-temps, &
c'est vn hazard, si vous auez le loisir d'en tant écouter. Ie vous baise tres-humblement les mains, & suis,

MONSEIGNEVR,

Vostre, &c.

A MONSIEVR D'EMERY
Controlleur general des Finances.

LETTRE CLXVII.

MONSIEVR,

Quand vous ne voudriez pas que ie parlaſſe de vos
autres lettres, vous me permettrez au moins de loüer
celle que vous auez écrite à Monſieur d'Arſes ſur mon
ſujet, & de vous dire, qu'il n'y a guere que vous en
France qui en puiſſiez écrire vne pareille. Particulierement l'endroit où vous dites, que pour accourcir
mon affaire, vous voulez auancer voſtre argent, me
ſemble vne des plus belles choſes que i'aye iamais
leuë, & quelque modeſte que vous ſoyez, vous m'a-
uoüerez que c'eſt vne noble façon de parler que d'offrir vingt-huit mille francs pour vn de ſes amis, &
qu'il y a bien peu de gens qui ſçachent ſe ſeruir de ce
ſtile-là, & qui ſe puiſſent exprimer de la ſorte. Du
moins, Monſieur, ie vous aſſeure qu'entre tant que
nous ſommes de beaux eſprits dans l'Academie, nous
ne nous ferions iamais auiſez d'écrire ainſi, & que parmy tant de belles penſées que nous trouuons, il ne
nous en vient point de pareilles à celle-là. C'en eſt à
parler ſerieuſement, vne tres-belle & tres-haute **
* * * * * * * * * * *

A MONSEIGNEVR LE
Duc d'Anguien.

LETTRE CLXVIII.

MONSEIGNEVR,

Si ie n'ay pas esté si prompt à me resiouïr auecque
vous d'vn succez, qui vous a cousté Monsieur le Marquis de Pisany, ie pense que vous ne le trouuerez pas
estrange, & que vostre Altesse me pardonnera, si en
cette occasion i'ay esté plustost sensible au déplaisir
qu'à la ioye. Ie ne crois pas, Monseigneur, moy qui
mettrois volontiers ma vie pour vostre seruice, que
ceux qui l'ont perduë en vous seruant, l'ayent mal
employée : mais ie voudrois de bon cœur estre en leur
place, pour ne me voir pas si mal-heureux, que d'estre
obligé de pleurer dans vne de vos victoires. Cependant, Monseigneur, ayant receu vne des plus rudes
afflictions dont ie pouuois estre touché, ce ne m'est
pas vne petite consolation, que vous soyez sorty si
heureusement & si glorieusement de tant de perils;
& que le Ciel ait conserué vne personne, en laquelle
ie puis mettre tout le respect & tout le zéle, que ie
pourrois auoir voüé à toutes celles que ie sçaurois ia-

mais perdre. Ie prie Dieu, Monſeigneur, qu'il garde
voſtre vie plus ſoigneuſement que vous ne ferez, &
qu'il me donne le moyen de teſmoigner à V. A. combien, & auec quelle paſſion ie ſuis,

Voſtre, &c.

A MONSEIGNEVR LE
Mareſchal de Grammont.

LETTRE CLXIX.

MONSIEVR,

Dans l'afflictión de la mort de Monſieur le Marquis
de Piſany, qui eſt la plus grande que i'aye euë de ma
vie, ie ne laiſſay pas de ſentir celle de voſtre priſon, &
depuis, en vn temps où ie ne me croyois pas capable
de ioye, i'en ay receu de la nouuelle de voſtre liberté.
Encore, dans les deſplaiſirs où ie ſuis, eſt-ce quelque
conſolation pour moy, de voir que toutes mes paſſions ne ſoient pas infortunées, & que la fortune ne
m'oſte pas generalement toutes les perſonnes qui me
ſont les plus cheres. Ie ne connoiſtrois pas, Monſeigneur, vne des meilleures qualitez qui ſoient en vous
& combien, ſur tous les hommes du monde, vous
eſtes capable de la vraye & parfaite amitié, ſi ie croyois
que ce mal heur-là ne vous euſt pas touché autant
que moy. Et quoy que vous deuiez eſtre endurcy,
il y a long temps, à cette ſorte d'accidens, & accouſtumé à perdre les amis que vous eſtimez le plus ; ie
ſuis aſſeuré que la perte de celuy cy, vous a eſté extraordinairement ſenſible, & que vous iugez bien
que vous n'en auez iamais fait, que vous deuſſiez re-
greter

gretter dauantage. Pour moy qui connoissois les plus
secrets sentimens de son cœur, & qui sçais qu'il n'a iamais au monde rien tant aimé ny tant estimé que
vous, ie manquerois à ce que ie dois à sa memoire; &
à l'intention que i'ay de suiure tousiours toutes les
inclinations, & les volontez qu'il a eües; si, en sa consideration, ie ne m'efforçois de me donner à vous encore plus que iamais, & d'adiouster quelque chose à
l'affection dont ie vous ay honoré toute ma vie, Ie
ne croy pas, Monseigneur, que ce soit vne chose
possible, mais il est de mon deuoir de faire tout ce
que ie pourray pour cela, & de vous protester, que si
la passion que i'ay pour vous, ne peut augmenter, au
moins elle ne diminuëra iamais, & que ie seray tous-
jours également,

MONSEIGNEVR,

Voftre, &c.

S ff

﷯

A MONSIEVR DE CHANTELOV.

LETTRE CLXX.

Monsievr,

C'eſt en effet beaucoup d'affaires à la fois qu'vne maiſtreſſe & vn procés; Mais s'il vous eut pleu prendre le ſoin du procés, & me laiſſer la maiſtreſſe à ſeruir, quoyque tous vos commandemens me ſoient infiniement agreables, ie vous auouë que i'euſſe receu celuy-là plus volontiers. I'ay fait parler à voſtre rapporteur, & il a promis qu'il ne rapporteroit point voſtre affaire de ce parlement. Ie pretens, Monſieur, vous auoir donné en cela la plus grande marque que ie vous ſçaurois iamais rendre de mon obeïſſance ; car deſirant paſſionnément d'auoir l'honneur de vous reuoir, & eſtant extrémement ialoux de la Dame qui vous retient, vous ne pouuiez rien deſirer de moy où i'euſſe tant de repugnance que d'ordonner que ie vous procuraſſe moy-meſme les moyens d'eſtre plus long-temps eſloigné d'icy, & de demeurer encore deux mois auprés d'elle. Vous ayant obeï en cela vous ne ſçauriez iamais douter que ie ne ſois en toutes rencontres,
MONSIEVR,

Voſtre, &c.

Le 6. de Iuillet.

AV MESME.
LETTRE CLXXI.

MONSIEVR,

Si i'ay tant differé à vous faire refponfe, i'en ay vne meilleure excufe que ie ne voudrois; la fiévre & la goutte m'ont tenu long-temps chacune à leur tour, & ie n'en fuis pas encore tout à fait dehors. Par là, Monfieur, vous pouuez iuger que vous choififfez les emplois qu'il me faut, bien mieux que ie ne ferois moy-mefme; Car n'eftant plus bon à rien, encore fuis-je plus propre à folliciter vn procez, qu'à folliciter vne maiftreffe. Ie fouhaite que vous gagniez bien-toft l'vn, & que vous ne perdiez iamais l'autre. Et fuis de tout mon cœur,

MONSIEVR,

Voftre, &c.

A Paris, le 21. Aouft.

S ff ij

AV MESME.

LETTRE CLXXII.

MONSIEVR,

Moy qui vous donnerois ma vie, vous pouuez iuger si ie vous presterois volontiers mon nom. Et si ie ne seroit pas bien aisé de faire croire à Monsieur *** que i'ay vne terre. Mais Monsieur *** m'a dit que vous luy auiez mandé vostre resolution trop tard, & que la maison que vous desiriez acheter est venduë. Ie suis bien fasché, Monsieur, que vos affaires vous arrestent-là, plus que vous ne pensiez, car en verité nous ne sçaurions nous passer plus long-temps de vous. Vne de nos plus belles voisines en est malade, & moy ie ne m'en porte pas trop bien. Vous deuez ce me semble pour l'amour d'elle haster vostre retour, & pour l'amour de moy aussi qui suis,

MONSIEVR,

Vostre, &c.

A Paris, le 15. Octobre, 1645.

A MONSEIGNEVR LE
Marefchal de Schomberg.

LETTRE CLXXIII.

MONSEIGNEVR,

Vous m'auez fait l'honneur de m'écrire de fi obligeantes, & de fi belles paroles, que ie n'ay pû iufques à
cette heure me refoudre à y refpondre, de peur de
me faire voir indigne de vos loüanges, ou de vous en
donner qui ne fuffent pas dignes de vous. Tout ce
que ie vous puis dire de voftre derniere lettre, c'eft
que fi i'auois tant foit peu moins de paffió pour vous,
vous feriez l'homme du monde qui me feriez le plus
de defpit: mais ie prens tant de part à tout ce qui vous
regarde, que la vanité que vous m'oftez de mes lettres, ie la reprens des voftres, & ie me glorifie des
chofes que vous efcriuez comme fi c'eftoit moy qui
les auois faites. Au refte, Monfeigneur, quand vous
doutez, fi ie ne me fouuiendray de *cricore*, ou fi i'ap-
prouueray vos *rouës*, vous-vous deffiez trop de ma memoire, & de mon iugement. Sans mentir, le Prouerbe que toutes comparaifons font odieufes, eft
bien faux en vous, il n'y a rien de fi ingenieux ni de fi
agreable, que toutes celles que vous imaginez , &

SSf iiij

vous qui en rencontrez fur toutes fortes de fujets, vous ne fçauriez rien trouuer que vous puiffiez comparer aux voftres. Mais comme les belles chofes vous couftent peu, vous ne les fçauriez eftimer ce qu'elles valent. Nous qui les faifons venir de loin, & qui ne les trouuons qu'auec beaucoup de trauail, nous les fçaurions prifer bien dauantage, & nous-nous tiendrons riches des biens, dont vous ne faites pas de conte, & que vous eftes preft de defauoüer. En verité, ç'a efté vne bonne fortune pour nous autres, qui faifons des beaux efprits, que le voftre ait efté employé iufqu'à cette heure à commander des armées, & à conduire des prouinces; & que voftre naiffance vous deftine à vne plus haute gloire, qu'à celle de bien efcrire : vous nous auriez bien embarraffez, nous qui ne fçauós faire autre chofe, & qui ne pouuons auoir de plus hautes vifées. I'ay écouté auec eftonnement, auec peur, & auec ioye, ce que vous auez fait dans Montpellier; il me fembloit que ie voyois Rodomont au milieu de Paris : car il vous fouuient bien, Monfeigneur, qu'il refifta feul à tant de peuple,

Non faffo, merlo, traue, arco, o baleftra,
Nè ciò che fopra il Sarracin percote,
Ponno allentar la valorofa deftra.

Pour vous dire la verité, hors qu'il n'auoit pas les pieds fi bien-faits que vous, ie vous trouue affez de fon air; & quand vous auez l'efpée à la main; ie crois que vous

luy reſſemblez encore dauantage. Mais, Monſeigneur, peut-eſtre qu'à l'heure que vous liſez cecy,
vous auez encore quelque autre choſe auſſi importante à faire, & ie vous arreſte icy par vne trop longue lettre. Ie vous ſupplie tres-humblement de me
faire l'honneur de me mander, ſi, enfin, l'affaire du
Pont Saint Eſprit, eſt acheuée, ce qu'il faut que mon
neueu faſſe, quand il partira, où il ira, à qui il s'adreſ-
ſera. Doralice me cherche par tout, & m'enuoye
querir tous les iours pour me parler de vous. Ie la
nomme Doralice ſans mauuais augure, & ſans imaginer aucun Mandricard. Ie ſuis,

MONSEIGNEVR,

Voſtre, &c.

A Paris, le 5. Aouſt, 1645.

A MONSEIGNEVR LE DVC
d'Anguien.

LETTRE CLXXIV.

Monseignevr,

Lors que ie croyois auoir la plus grande affliction du monde, & toute celle dont vn esprit est capable, l'apprehension que i'ay euë pour vostre Altesse, m'a fait voir que ie pouuois estre plus malheureux que ie ne le suis, & que quoy que i'eusse extrémement perdu, il me restoit encore infiniement à perdre. Ie ne vous puis dire, Monseigneur, quel trouble ce fut en mon ame, de penser le hazard où vous estiez, ny quel desordre & quelles tenebres ie m'imaginois qui estoient prestes d'arriuer dans le monde. I'auois bien tousiours quelque esperance que le Ciel, qui donne beaucoup de signes de vouloir la prosperité de cét Estat, ne vous osteroit pas si tost à la France; & qu'il conseruuroit vne personne par qui il semble auoir destiné de faire encore beaucoup de miracles. Mais, Monseigneur, cette malignité du Destin, qui en veut aux hommes qui s'éleuent au dessus de leur nature, & la necessité des choses humaines, de tomber quand elles sont en leur plus haut point, me donerent beaucoup de suiet de crainte. Les courtes & precipitées

prosperitez

profperitez de Gaſton de Foix ; la mort du Duc de Veimar au milieu de ſes triomphes ; & celle du Roy de Suede, qui fut tué comme entre les bras de la gloire & de la fortune ; me reuenoient à toute heure dans l'eſprit, & ne preſentoient à mon imagination que de funeſtes preſages. Enfin, Dieu s'eſt contenté de menacer les hommes, & il ne ſemble leur auoir donné cette alarme, que pour leur faire mieux conſiderer quel preſent il leur a fait en vous, & combien vous eſtes important à la Terre. La plus belle de vos victoires, ne vous a pas donné tant de ioye, que vous en auriez de ſçauoir l'eſtonnement où ont eſté icy tous les eſprits, à la nouuelle du peril où vous eſtiez, & auec combien de larmes, & de quels yeux vous auez eſté pleuré. Ie ſeray bien ayſe, Monſeigneur, que vous le ſçachiez, afin que ſi vous ne pouuez rien apprehender pour vous, vous appreniez au moins à craindre pour la conſideration des perſonnes qui vous ayment, & que vous deueniez meilleur ménager d'vne vie qui eſt la vie de tant d'autres. Parmy tant de vœux qui ont eſté faits pour elle, ie vous ſupplie tres-humblement de croire qu'il n'y en a point eu de plus ardens que les miens, & que de tant d'hommes qui reuerent Voſtre Alteſſe, il n'y en a point qui ſoit plus que moy,

MONSEIGNEVR,
Voſtre, &c.

Ttt

A MONSEIGNEVR LE
Duc de la Trimoüille.

LETTRE CLXXV.

Monseigneur,

Vous ne vous contentez pas de me faire toufiours
de nouueaux bien-faits, c'eſt toufiours auec de nouuelles graces, & vous les accompagnez de circonſtances ſi obligeantes, qu'il faut auouër qu'il n'y a que
vous au monde qui le ſçache faire de la ſorte. Ie vous
rends, Monſeigneur, mille tres-humbles remercimens de toutes les bontez qu'il vous plaiſt auoir pour
moy : ie voudrois bien auecque la demiſſion de mon
neueu que ie vous enuoye, vous pouuoir enuoyer vn
acte public de ma reconnoiſſance, par lequel ie puſſe teſmoigner à tout le monde & la grace que vous
m'auez faite, & le reſſentiment auec lequel ie l'ay receuë. Mais cela ne ſe pouuant pas, ie vous ſupplie
tres-humblement, Monſeigneur, de vous contenter
de l'aſſeurance que ie vous donne icy que ie ſeray toute ma vie à vous auecque toute la fidelité que ie dois,
& que rien ne ſera iamais ſi auant dans mon cœur ni
dans mon eſprit, que la memoire de vos bien-faits.
Quoy que ie ſçache, au reſte, que le iugement que
vous faites des vers que ie vous ay enuoyez eſt trop fa-

ꝿorable pour moy : Ie vous auoüe que ie ne me puis
empefcher d'en auoir beaucoup de vanité. Ce que
vous me faites l'honneur de m'en mander, & ce qu'il
vous a pleu efcrire de moy à Madame voftre femme,
me touche plus fenfiblement que ie ne le vous fçaurois expliquer. A dire la verité, il n'y a rien de plus obligeant : Ie fuis fi peu intereffé, que ie prefere l'honneur
de voftre approbation à tout le bien que vous m'a-
uez fait, & à tout celuy que vous me fçauriez iamais
faire. Cependant, vous me permettrez de vous dire,
Monfeigneur, que les loüanges que vous me donnez
font telles, & efcrites en tels termes, que i'aymerois
mieux fçauoir loüer ainfi, que d'eftre loüé de la forte ;
& que ie ferois plus glorieux de les auoir données que
de les auoir receuës. Ie tafcheray à m'en rendre digne
le plus qu'il me fera poffible, & fi ie ne le puis d'autre
forte, ie m'efforceray, au moins, de meriter l'honneur de voftre bien-veillance, par la fidelité parfaite,
& le refpect extréme auec lequel ie feray toute ma vie,

MONSEIGNEVR,

Voftre, &c.

TTt ij

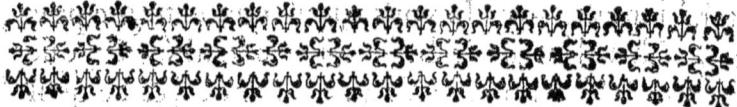

A MONSEIGNEVR D'AVAVX.

LETTRE CLXXVI.

MONSEIGNEVR,

Y a-t-il rien de plus beau ni de plus grand que le commencement de voſtre lettre? En verité, il n'y a pas tant d'honneur à ne point faillir, qu'il y en a à s'accuſer de la ſorte; Et cette franchiſe d'auouër en vous des deffauts que vous pourriez excuſer, ne peut partir que d'vn admirablement bon fonds, & d'vne ame riche, liberale, & iuſtement confiante. Ie ne ſçay ſi c'eſt qu'vn ſi honneſte exorde m'ait entierement gagné, mais ie ſuis demeuré perſuadé de tout ce que vous dites en ſuite, & i'ay releu voſtre lettre trois fois auec grand plaiſir. I'y ay remarqué vne beauté, vne netteté, & vn agrément qui m'a fait reſſouuenir de ce que dit Quintilien, *Meſſala, nitidus, & candidus, & quodammodo præ ſe ferens in dicendo nobilitatem ſuam.* Mais, auec voſtre permiſſion, vous ne vous eſtes pas ſeruy du meſme eſprit pour m'accuſer; la derniere partie de voſtre lettre eſt bien plus foible que l'autre, & au contraire de ce que dit Ciceron *de Cælio melius obeiiciente crimina quàm deffendente, bonam ſiniſtram habes, malam dextram.* Premierement, ſi c'eſt ſans cauſe, &

fans mécontentement , que vous auez efté tant de
mois fans me rien répondre , & que vous m'auez refufé vn billet de trois lignes ; fans mentir, Monfeigneur, vous n'auez pas vfé en cela de voftre bonté ordinaire, principalement en vn temps où les chofes
que vous auiez faites pour moy vous obligeoient, ce
me femble , à me traitter plus ciuilement ; de peur
qu'il femblaft que vous vous repofaffiez trop fur le
bien que vous m'auiez fait. Car, enfin, quoy que i'e-
ftime vos bien-faits, i'ayme encore mieux vos caref-
fes, & fi l'on ne pouuoit eftre de vos Commis & de
vos Amis en mefme temps ; ie penfe que vous me faites bien l'honneur de croire que ie ne delibererois
guere fur ce choix.   Que fi c'eft à caufe de quelque
mauuaife fatisfaction que vous auiez de moy , que
vous eftes demeuré dans vn fi long filence, i'ay encore plus de fujet de m'eftonner que vous ayez gardé cela fi long-temps fur voftre cœur contre moy, qui depuis mon enfance ie vous ay toufiours aymé, honoré,
eftimé fi conftamment , fi parfaitement , fi hautement, que nonobftant beaucoup de grandes & importantes amitiez que i'ay faites depuis, il n'y a eu pas
vn de mes amis qui n'ayt iugé , & qui n'ayt veu que
de tous les hommes du monde , vous eftiez celuy
pour qui i'auois plus d'inclination , & aupres duquel
i'aymerois mieux paffer le refte de ma vie. Cependant,
apres tout cela, & apres vne amitié de vingt cinq ans,
s'il court vn bruit qui vous déplaife , vous iugez que

c'eſt moy qui en ſuis l'autheur, parce qu'il s'eſt trouué conforme à l'interpretation que i'auois faite de voſtre enigme. Et cela vous paroiſt plus vray-ſemblable, que non pas que tant de gens qui ſont de delà, ou qui ſont icy, & qui inuentent tous les iours tant d'autres contes, ayent donné credit à celuy-là. Voſtre lettre me ſembloit extrémement iolie, ce zele que i'ay en toutes choſes pour vous, fit que ie la leus à deux de mes amis, & que ie leur dis le ſens que ie donnois à la ligne que vous auiez laiſſée en blanc. Ni eux ni moy ne creuſmes pas que cette explication vous fuſt deſauantageuſe, & ne le croyons pas encore. Mais il ne faut point vous le diſputer dauantage; vous auez voſtre honneur à garder, & ie loüe cette modeſtie, pourueu que vous ne me teniez pas capable d'vne extrauagance. Si vous ne faites cas de moy, Monſeigneur, qu'à cauſe que l'on dit que i'ay quelque ſorte d'eſprit, & que ie ſçay faire quelquefois vne belle lettre, vous ne m'eſtimez que par la qualité que i'eſtime le moins. Ceux qui me connoiſſent icy me loüent d'auoir beaucoup d'amitié, de foy, de diſcretion, & de probité. Toutes leſquelles choſes, ſi vous n'auez connuës en moy, vous y en deuez au moins auoir veu les ſemences dés ma premiere ieuneſſe. Enfin, i'ay beaucoup de raiſons de me plaindre de ce que vous m'auez creu aſſez inconſideré pour auoir donné lieu à vne médiſance (puiſque vous la nommez ainſi) &

de ce qu'ayant creu que ie l'auois fait, vous ne me l'auez pas pluftoft pardonné. Car, fans mentir, vous ne m'aymez pas la moitié de ce que vous deuez, fi vous n'eftes capable de m'en pardonner bien d'autres. Ie vous fupplie de me défendre mieux vne autre fois deuant vous mefme, & de me regarder comme vne perfonne qui a pour vous vne paffion fans exemple, & qui eft parfaitement,

MONSEIGNEVR,

Voftre, &c.

A V   M E S M E.

LETTRE CLXXVII.

Monseignevr,

Quand i'aurois eu quelque colere contre vous, les premieres lignes de voſtre lettre m'auroient appaiſé, & m'auroient remis à la raiſon. Ie ſuis ſi amoureux de tout ce que vous faites, & les choſes que vous m'écriuez ont de ſi grands charmes pour moy, que quand ie me plaindrois de voſtre humeur, ou de voſtre amitié, dés que ie verrois quelque choſe de vous, voſtre eſprit me regagneroit, & ie ſerois contraint de reuenir à vous, comme on l'eſt quelquefois d'aymer vne maiſtreſſe cruelle. Il eſt vray, Monſeigneur, que lors que ie vous fis toutes ces reproches, & que i'écriuis *rabioſulas illas ſatis fatuas* (comme dit Ciceron en quelque lieu) i'eſtois extrémement irrité contre vous; &, ſans mentir, quelque obligation que ie vous aye, i'auois quelque droit de le faire, au moins

Si quid longa fides, canaque iura valent.

Et n'auois-ie pas raiſon de trouuer eſtrange, que vous, le meilleur, & le mieux faiſant de tous les hommes,

Qui largiris opes veteri fidoque ſodali,

me refuſaſſiez cinq ou ſix lignes? & qu'eſtant liberal de toutes autres choſes, vous fuſſiez ſeulement auare

de

de vos paroles? Cependant, apres y auoir bien penſé, i'auouë que vous eſtes excuſable d'en eſtre bon ménager, ſi vous ſçauez, auſſi bien que moy, ce qu'elles valent. Car, à qui s'y cónoiſt bien, & qui ſçait le vray prix des choſes, y a t il rien de ſi beau, de ſi riche, & de ſi precieux ? & voſtre derniere lettre ſeule ne vaut-elle pas tout ce que voſtre Surintendance me ſçauroit iamais donner ? L'elegance Attique dont vous me parlez, fut-elle iamais plus pure à Athenes, ni l'vrbanité plus agreable & mieux entenduë à Rome? Que vous m'auez fait de plaiſir, de m'alleguer cét endroit de l'Arioſte, dont ie ne m'eſtois pas ſouuenu il y auoit plus de vingt-ans. Et ce trait, *Si ie tiens la plume auec Monſieur * * * il me querelle; ſi ie la laiſſe à Monſieur Voiture; il ſe dépite,* ne vaut - il pas tout ſeul vn liure de belles lettres? Auec quelle vigueur, au reſte, quelle force, & quel eſprit, ſouſtenez - vous voſtre paradoxe, & tous ceux de Ciceron enſemble, valent-ils le voſtre? Ie ne laiſſe pas de demeurer dans ma premiere opinion, & de croire qu'vn homme qui ſçait eſcrire de ſi belles choſes, a grand tort de ne point eſcrire à vn autre qui les ſçait ſi bien connoiſtre. Panurge dit en vne pareille rencontre à Epiſtemon, qui auec de belles raiſons, luy vouloit prouuer vne choſe peu croyable, *l'entens, & me ſemblez bon Topiqueur, & affecté à voſtre cauſe, vous m'vſez icy de belles graſides & diatipoſés, & me plaiſent très-bien. Mais preſchez & patrocinez d'icy à la Pentecoſte, enfin, vous ſerez ébaby, comment rien ne m'aurez perſuadé.* I'auouë pour-

V v u

tant que vos raiſons m'ont esbranlé en quelque ſorte;
Mais, plus ce que vous eſcriuez eſt fort, & perſuadant,
& ingenieux, plus ie trouue que ie ſuis excuſable, de
vous auóir preſſé de me faire l'honneur de m'eſcrire.
Ie ſçay, Monſeigneur, que ce deſir-là, quoy qu'accompagné peut-eſtre de trop d'ardeur, ne vous ſçauroit déplaire; & il eſt difficile que vous ayez mauuaiſe
opinion d'vn homme, que vous ne ſçauriez contenter en luy donnant quatre mil liures de rente, & qui
eſt tout preſt de rompre auec vous, ſi vous ne luy enuoyez de vos lettres. Il n'y a rien pour vous dire le
vray, dont ie me paſſaſſe plus volontiers, rien que ie
n'aymaſſe mieux qui me fuſt retranché,

Quid vis facilius paſſus ſim quàm in hac re me deludier.
I'en auois veu ces iours paſſez d'autres de vous: vne à
Monſieur ***, vne à Madame la Princeſſe, & vne à
Monſieur. Auec quelle force, quelle gentilleſſe, &
quelle beauté! Ie ſuis au deſeſpoir, de n'eſtre point à
la ſource de toutes ces belles choſes, de ne pouuoir
eſtre aupres de vous, & de ne pouuoir ramaſſer ce que
vous dites tous les iours. Vous en croirez ce qu'il vous
plaira ; mais quelque bien qui me puiſſe arriuer de
voſtre bonne fortune, ie vous iure que ie vous aymerois mieux cent fois Marguillier à Sainct Nicolas, que
Surintendant & Plenipotentiaire. Combien de fois
m'arriue-t-il dans ces ruëlles dont vous me parlez, de
dire en moy-meſme;

O vbi campi

Veſtphaliæ!

Car enfin quoy que vous difiez de la Barbarie de ce pays là, il n'y a point de pays barbare quand vous y estes.

omitte mirari beatæ,
Fumum & opes, strepitumque Romæ.

Les plus beaux, les plus agreables, les plus delicieux fruits de la Grece & de l'Italie, vous les faites naistre

Veruecum in patria, crassoque sub aëre.

Neque miror Cœlum & Terras vim suam si ita tibi conueniat dimittere. Mon Dieu, que cét homme *qui tecum decertare voluit contentione scribendi* a choisi des armes desauantageuses.

Verbosa & grandis Epistola venit?

Mais pour parler de chose plus agreable, vostre lettre a mis de la diuisió entre deux Dames, sur l'explication de cét endroit, où vous me parlez des inspirations qui me viennent dans la ruëlle de Madame la Marquise. Madame de Rambouïllet, pretend que c'est pour elle, & Madame de Sablé luy dispute; que vous auez d'obligation à cette derniere de ce qu'elle vous ayme, & de ce qu'elle vous hayt; car l'vn n'est pas moins obligeant que l'autre. C'est vne chose merueilleuse de l'impression que vous faites dans l'esprit de toutes les personnes à qui vous voulez plaire,

Adeò-ne hominem tam venustum & fœlicem.

Celle-cy est entierement irritée & reuoltée contre vous, du peu de soin que vous auez eu d'elle, & ne se peut empescher de s'en plaindre en toute rencontre, ni de vous loüer en mesme temps, mais de quelle sorte loüer?

Mieux, sans mentir, que ie ne sçaurois faire.

Ie ne suis pas pourtant d'auis que vous luy escriuiez pour vous racommoder; car aussi bien vous retomberiez, sans doute, dans le silence qui vous est si cher; mais mandez-moy, s'il vous plaist, quelque chose pour elle. Ie vous demande aussi vn mot de compliment pour Monsieur Tubeuf, si vous voulez vous passer de l'vn & de l'autre, ie le veux bien. Ie suis content de vostre derniere lettre, & ne vous demanderay rien de six mois, conseruez moy seulement l'honneur de vostre souuenir, & me croyez tousiours,

MONSEIGNEVR,

Vostre, &c.

✠✠✠✠✠✠✠✠✠✠✠✠✠✠✠✠✠✠✠✠✠✠
✠✠✠✠✠✠✠✠✠✠✠✠✠✠✠✠✠✠✠✠✠✠

A MONSEIGNEVR LE DVC
d'Anguien.

LETTRE CLXXVIII.

Monseignevr,

Voftre Alteffe n'a rien fait en toute cette campagne de fi hardy que ce que ie fais à cette heure; car fçachant à quel point vous eftes delicat, & combien il y
a peu de lettres qui vous plaifent, i'entreprens de vous
en faire vne fans auoir rien de bon, ni de plaifant à
vous dire. Que ie meure fi ie n'aymerois mieux eftre
obligé à tuër fix hommes de ma main, ou à me tenir
aupres de vous à repouffer vne fortie des ennemis: cette action, pourtant, Monfeigneur, où il paroift tant
de hardieffe, ce n'eft que la peur qui me la fait faire.
I'ay tafché tant que i'ay pû à m'en exempter, & plûtoft
que de vous écrire vne lettre ordinaire, i'auois refolu
de ne vous efcrire point du tout, ce qui euft efté fans
doute le plus court, & le meilleur: Mais Madame de
Montaufier, que i'ay confultée là deffus, m'a intimidé,
& m'a dit que ie ne m'y iouaffe point, que vous n'eftiés
pas vn homme à qui il faloit manquer, & que quelque
mine que vous en fiffiez, vous m'en voudriez mal dans
voftre cœur. Or, Monfeigneur, d'eftre mal dans ce
cœur, dont toute la terre parle, ie vous auouë que ie

n'ay ofé m'y hazarder. Cette crainte a furmonté l'autre
qui me retenoit, & i'ayme mieux vous laiffer voir que
i'ay moins d'efprit que vous n'auez penfé, que de vous
donner lieu de douter que ie manque de zele, & de
refpect pour vous. Et certes, il feroit bien eftrange,
que moy qui ay toufiours aymé Achille & Alexandre,
que ie n'ay iamais veus ni connus, & pour les chofes
feulement que i'en ay leuës, manquaffe de paffion
pour voftre Alteffe, de qui nous voyons tous les iours
tant de merueilles, & dont i'ay receu tant d'honneur
& tant de graces. Ie vous affeure, Monfeigneur, que
les fentimens que i'ay pour elle, font au point où ils
doiuent eftre. & que ie ne puis exprimer ni le plaifir
ni la peine ******.

A LA REYNE DE POLOGNE.

LETTRE CLXXIX.

Madame,

Ce que ie confidere le plus du prefent que m'a enuoyé Madame la Marquife de Sablé, & de l'adreffe a-
uec laquelle Voftre Majefté me l'a fait prendre, & m'a
fait defobeïr à la Reyne, fans me rendre coupable:
c'eft le pretexte qu'il me donne de prendre la hardieffe
de vous efcrire, & le moyen que i'ay par là de vous faire fouuenir de moy, fous ombre de rendre à Voftre
Majefté les tres-humbles remercimens que ie luy dois.
Ie vous diray donc, Madame, que le plus auare homme du monde ne fut iamais fi ayfe que l'on luy fift du
bien, que ie l'ay efté de celuy que ie viens de receuoir
de V. M. & que ie me fuis trouué en cette occafion
beaucoup plus intereffé que ie n'euffe creu de le pouuoir eftre. A dire le vray, l'honneur de receuoir des
marques de la bien-veillance d'vne des plus grandes
Reynes du monde, & (ce que i'eftime dauantage)
de la plus accomplie perfonne que i'aye iamais veuë,
eft vn intereft dont les ames les mieux faites peuuent
eftre gagnées, & tous les Roys de la Terre n'ont rien
à donner qui foit de ce prix-là. Ie fouhaitte, Madame,
que toutes les liberalitez que vous ferez, foient tou-

ſiours auſſi bien employées, ie veux dire auſſi-bien re-
connuës, & qu'entre tant de millions d'hommes qui
obeïſſent à V.M. il s'en trouue quelques-vns qui prennent autant de plaiſir que moy à publier ſes loüanges,
& à la bien faire connoiſtre à tous les autres. Cela
eſtant, V.M. aura bien toſt ſur tous ſes ſubjets le meſme empire qu'elle a eu iuſqu'à cette heure ſur toutes
les ames raiſonnables qui l'ont aprochée. C'eſt cét empire, Madame, qui eſt né auec vous, que vous auiez
deuant que vous euſſiez de Sceptre, ni de Couronne;
& qui, ſi vous me permettez de le dire, eſt beaucoup
plus eſtimable, & plus abſolu, que celuy que la fortune vous a donné. Ie prie Dieu que V.M. jouïſſe long-
temps de l'vn & de l'autre, auec toutes les proſperitez
qu'elle merite, & que ie ſois aſſez heureux, vne fois en
ma vie, pour vous voir dans voſtre gloire, & pour vous
pouuoir dire moy-meſme, auec combien de reſpect,
de paſſion & de zele, ie ſuis,

MADAME, de Voſtre Majeſté,

Le tres-humble, &c.

A MON-

A MONSEIGNEVR LE
Duc de la Trimoüille.

LETTRE CLXXX.

MONSEIGNEVR,

I'ay trouué moyen de multiplier vos bien-faits, & de faire que vous me pourrez donner encore vne Chanoinie. Madame la Ducheſſe d'Aiguillon, touchée peut-eſtre par voſtre exemple, a voulu m'obliger comme vous, & mon Neueu que vous auez fait Chanoine de Laual, a eſté fait par elle grand Vicaire de Noſtre-Dame : moyennant quoy, il s'eſt reſolu de reſigner ſon benefice de Laual à vn autre de mes Neueux, s'il apprend que vous l'ayez agreable. I'eſpere, Monſeigneur, qu'auec la meſme bonté que vous m'auez fait la premiere grace, vous m'accorderez cette ſeconde, & il vous a pleu m'obliger ſi genereuſement que i'eſpere que vous me témoignerez en ce rencontre, la continuation de voſtre bonne volonté. Ce dernier neueu, en faueur duquel ie vous faits cette ſupplication tres-humble, eſt Bachelier de Sorbonne, aſſez ſçauant & fort ſtudieux. De ſorte que, ſelon que ie connois voſtre gouſt, & que ie ſçay que vous faites cas des gens de lettres, ie croy que dans la ſolitude de la campagne, celuy-cy pourra ſeruir quelquefois à

XXx

voſtre entretien, quand vous voudrez relaſcher voſtre eſprit. Pour moy, Monſeigneur, il n'y a rien que ie deſire tant que d'auoir de nouuelles obligations à vne perſonne que i'honore & que ie reſpecte autant que vous. Et ie ſouhaitterois de bon cœur, que tous les biens que la fortune me voudra faire, ne me vinſſent iamais que par vos mains. Si ie ſuis reconnoiſſant ou non, de ceux que i'ay deſia receus de vous, ie ne le diray pas, toute la Cour vous le pourra dire, n'y ayant plus perſonne qui ne ſçache la bonté & la liberalité auec laquelle il vous a plû de m'obliger, & la profeſſion publique que ie fais en toutes ſortes d'occaſions d'eſtre,

MONSEIGNEVR,

Voſtre, &c.

AV MESME.

LETTRE CLXXXI.

MONSEIGNEVR,

Ie n'ay pas peur que vous vous laſſiez iamais de me bien-faire, mais i'ay peur que vous vous laſſiez de mes remercimens. I'en ay tant eu à vous faire depuis quelque temps, qu'à moins que d'vſer de redites, ie ne vois pas qu'il me reſte plus rien à dire ſur vn ſuiet où vos bontez m'ont deſia obligé de m'épuiſer. Ie me contenteray donc de vous ſupplier tres-humblement de vous ſouuenir des graces que vous m'auez faites, de la facilité auec laquelle ie les ay obtenuës, des lettres obligeantes, dont il vous a pleu les accompagner, & de la ciuilité auecque laquelle, en me faiſant du bien, vous n'auez pas voulu perdre l'occaſion de me faire encore tout l'honneur que ie pouuois receuoir. Vous reſſouuenant, Monſeigneur, de toutes ces choſes, imaginez vous, s'il vous plaiſt, ma reconnoiſſance là deſſus, & iugez, ſi ioignant tant d'obligations à la paſſion extreme que i'ay touſiours euë de vous honorer, ie puis iamais manquer d'eſtre, auec toute ſorte de fidelité & de reſpect,

MONSEIGNEVR,

Voſtre, &c.

X x x ij

A MONSEIGNEVR LE DVC
d'Anguien, fur la prife de Dunkerke.

LETTRE CLXXXII.

Monseignevr,

Ie croy que vous prendriez la Lune auec les dents,
fi vous l'auiez entrepris. Ie n'ay garde de m'eftonner
que vous ayez pris Dunkerke ; rien ne vous eft impoffible. Ie fuis feulement en peine de ce que ie diray
à voftre Alteffe là deffus, & par quels termes extraordinaires, ie luy pourray faire entendre ce que ie con-
çois d'elle. Sans doute, Monfeigneur, dans l'eftat glorieux où vous eftes, c'eft vne chofe tres-auantageufe,
que d'auoir l'honneur d'eftre aymé de vous ; mais à
nous autres beaux efprits, qui fommes obligez de
vous efcrire fur les bons fuccés qui vous arriuent, c'en
eft vne auffi bien embaraffante, que d'auoir à trouuer
des paroles qui répondent à vos actions, & de temps
en temps de nouuelles loüanges à vous donner. S'il
vous plaifoit vous laiffer battre quelquefois, ou leuer feulement le fiege de deuant quelque place,
nous pourrions nous fauuer par la diuerfité, & nous
trouuerions quelque chofe de beau à vous dire, fur
l'inconftance de la fortune, & fur l'honneur qu'il y a à
fouffrir courageufement fes difgraces. Mais dés vos

premiers exploits, vous ayant mis auec raifon du pair
auec Alexandre, & voyant que de iour en iour, vous
vous efleuez dauantage; En verité, Monfeigneur,
nous ne fçaurions où vous mettre, ni nous aufli, &
nous ne trouuons plus rien à dire, qui ne foit au deffous de vous. L'éloquence, qui des plus petites chofes en fçait faire de grandes, ne peut, auec tous fes en-
cheriffemens, égaler la hauteur de celles que vous faites. Et ce que dans les autres fuiets, elle appelle Hyperboles, n'eft qu'vne façon de parler bien froide,
pour exprimer ce que l'on penfe de vous. Et certes,
cela eft incomprehenfible que V. A. trouue moyen
tous les iftez d'accroiftre de quelque chofe, cette gloire à laquelle tous les hyuers precedens, il fembloit
qu'il n'y euft rien à adjoufter: & qu'ayant débuté de
fi grands commencemens, & en fuite de plus grands
progrés, les dernieres chofes que vous faites, fe trouuent toufiours les plus glorieufes. Pour moy, Monfeigneur, ie me réjouïs de vos profperitez, comme ie
dois; mais ie préuoy que ce qui augmente voftre reputation prefente, nuira à celle que vous deuez attendre des autres Siecles, & que dans vn fi petit efpace de
temps, tant de grandes & importantes actions, les
vnes fur les autres, rendront à l'auenir voftre vie incroyable, & feront que voftre hiftoire paffera pour
vn Romant à la Pofterité. Mettez donc, s'il vous
plaift, Monfeigneur, quelques bornes à vos victoires, quand ce ne feroit que pour vous accommoder à la capacité de l'efprit des hommes, & pour ne

pas paſſer plus auant que leur creance ne peut aller.
Tenez vous, au moins, pour quelque temps en repos & en ſeureté, & permettez que la France, qui
dans ſes triomphes eſt touſiours en alarme pour voſtre vie, puiſſe iouïr quelques mois tranquillement
de la gloire que vous luy auez acquiſe. Cependant,
ie vous ſupplie tres-humblement de croire que parmy tant de millions d'hommes qui vous admirent,
& qui vous beniſſent, il n'y en a point qui le faſſe
auec tant de ioye, de zele, & de veneration, que moy,
qui ſuis de V. A.

MONSEIGNEVR,

Letres, &c.

※※※※·※※※※※※※※※ ※※※※※※※

A MONSEIGNEVR D'AVAVX.

LETTRE CLXXXIII.

M ONSEIGNEVR,

Si i'eſtois ſi honneſte homme que l'on puſt dire
de vous & de moy *& cantare pares*; au moins on ne
dira pas & *reſpondere parati*. Ie receus hier voſtre lettre, & i'y fais reſponſe auiourd'huy ; les voſtres ne
vont pas ſi viſte que cela, & comme ſi vous eſtiez au
bout des Indes Orientales, il ſe paſſe des années deuant que i'en reçoiue, Pour moy, ie vous admire

vtv num
        Scilicet egregij mortalem, altique ſilenti.

Et ie ne puis comprendre qu'vne perſonne qui a tant
d'auantage à parler, ayt tant de plaiſir à ſe taire. Les
trois premieres lignes de voſtre lettre, & ce que vous
dites de ce mois extrémement paſſé, valent mieux que
tout ce que noſtre Academie ſçauroit faire. Mais de
quel ſel auez vous aſſaiſonné voſtre fin du repas ? que
ie meure ſi iamais rien m'a tant plû ? Le pauure Monſieur le Lieure, qui n'auoit eſté dans mon eſprit il y a
plus de vingt-ans, y à repaſſé, luy, tous ſes conuiues,
& toute ſa maiſon auec vne ioye incroyable, & y à
ramené toutes les eſpeces de ce temps là. C'eſt, en verité, vn grand bon-heur pour les beaux eſprits, de ce
que vous auez eu de meilleures affaires que nous, &

que *Claudium Memmium ab institutis studiis deflexerit cu-*
ra terrarum. Quel regret i'ay, Monseigneur, quand ie
lis les choses, que vous escriuez, de n'estre pas auprés
de vous, & quel mauuais tour ie connois que la fortune m'a fait de m'auoir destiné à passer ma vie loin
d'vne personne si précieuse, & qui a vne sorte d'esprit si agreable! Nonobstant tout l'éclat & la pompe
& les esperances de deça, celuy-là seul me semble
heureux.

> *Ille (si fas est) superare Diuos,*
>   *Qui sedens aduersus identidem te*
>   *Spectat & audit.*

Madame la Marquise de Montausier m'a fait luy lire
plus d'vne fois ce que vous m'auez escrit pour elle, &
de tant de lettres qui luy sont venuës de tous costez,
elle a dit qu'on ne luy a rien escrit de si galant. Elle m'a
commandé de vous dire qu'elle est extrémement aysé
que vous approuuiez son mariage, qu'elle ne l'eust
pas tenu bien fait si vous n'y eussiez adiousté vostre
consentement, & qu'elle vous l'eust demandé si vous
eussiez esté icy: Mais que dans vostre absence, elle
auoit iugé sur beaucoup de témoignages d'affection
qu'elle sçauoit que Monsieur le Marquis de Montausier auoit receus de vous, que vous ne seriez pas contraire à vne chose qu'il desiroit. Elle, & Monsieur son
Mary, m'ont chargé de vous faire mille remercimens
de leur part, & de vous asseurer de leur tres-humble
seruice. Au reste, Monseigneur, ie suis bien aise que
vous auez vn Commis qui fasse parler de luy dans le
                                                    monde,

monde, & que l'on me connoisse vn peu plus dans les
païs estrangers que Monsieur Filandre & Monsieur
Coiffier. Ie vous aurois enuoyé ces fo lies que l'on
vous a leuës,

Namque tu solebas,
Nostras esse aliquid putare nugas.

Et quelle approbation aurois-ie plus desiré que la vostre? Mais *Verebar ne te hæc deprehenderent incura aliqua
maiuscula*, comme dit Ciceron. Et puis ie considerois
ce que dit cet autre,

Multa quidem nobis facimus mala sæpè Poëtæ,
vt cum tibi librum
Sollicito damus aut fesso.

On n'aura guere plus de ioye de la Paix generale, que
les honnestes gens en ont euë de la paix de vous & de
Monsieur Seruien. Ie croy que c'est tout de bon comme vous me l'escriuez, *& si quis est qui neminem bona
fide in gratiam putet redire posse, non vestram hic perfidiam ar-
guit, sed indicat suam.* Si vous pouuez faire que cela dure il ne se peut rien de mieux,

Si quidem herclè possis nihil priùs neque fortiùs,

Ie vous rends mille graces tres-humbles du soin qu'il
vous plaist auoir de mes affaires, & ie suis comme ie
dois,

MONSEIGNEVR,

Vostre, &c.

Yyy

AV MESME

LETTRE CLXXXIV.

MONSEIGNEVR,

Si ie voulois receuoir tous les ans vos quatre mille liures, sans faire iamais vne panse d'A, ni œuure quelconque de mes mains pour voftre seruice, vous feriez l'homme du monde le plus propre à me laiffer faire, & peut-eftre mefme que vous y prendriez plaifir, pource que cela vous difpenferoit de quelques billets que voftre bonté vous oblige de m'écrire de temps en temps. De mon cofté, ie le trouuerois auffi fort commode, s'il eftoit vn peu moins deshonnefte, & ce feroit pour moy vn extréme foulagement. Vous ne fçaur ez croire, Monfeigneur, quelle fatigue c'eft que d'efcrire à vne perfonne qui ne refpond point. Il y a trois mois que ie fonge à vous faire vne lettre, fans en pouuoir venir à bout, & quand apres beaucoup de peine, i'ay tant fait que de continuër deux periodes, tout à l'heure ie me trouble, & ie dis en moymefme, ha! par la vertu bieu, me voyla demeuré, comme cét Aduocat dont vous m'auez autrefois fait le conte. Si faut-il pourtant, à quelque prix que ce foit, que ie vous efcriue; car i'ay honte, fans mentir de meriter fi mal voftre argent, & fais mefme quel-

que fcrupule de m'enrihir d'vn bien fi mal acquis.
Cependant, ie vous fupplie tres-humblement de
croire, qu'auec tout le filence que ie garde fi hardiment, & fi confidamment, ie conferue toufiours
pour vous, dans mon cœur, toute forte de refpect, de
paffion & d'eftime, & que de iour en iour ie me con-
firme dans le iugement que i'ay fait de vous dés ma
premiere ieuneffe, qu'il y a peu de perfonnes au monde
qui vous vaillent, ni en qui la nature ayt ioint vne fi
grande ame à vn fi grand efprit. Auec cette opinion
là, imaginez-vous, s'il vous plaift, auec quelle impatience ie fouhaite voftre retour, & fi ie ne fuis pas auffi intereffé que perfonne en cette paix que toute l'Europe defire. Dans les plus belles affemblées, les plus
grands feftins, & les plus agreables promenades, il
m'arriue tous les iours de defirer voftre entretien, vos
fouppers fur la feruiette, & ces tours d'allée que i'auois
l'honneur de faire auec vous dans voftre iardin. Mais
à propos, par quel enchantement, Monfeigneur, ou
par quelle machine auez-vous fait faire cette grande
maifon, qui a paru en vn matin dans la ruë fainte
Auoye? car vne chofe fi prompte, femble pluftoft
auoir efté faite *pegmate aliquo, quàm ædificatione.*

    Et crefcunt mediâ pegmata celfa viâ.

L'ouurage des murailles de Thebes n'alloit pas fi vifte, & fi i'ay ouï dire que les pierres de Citheron alloient courant & fautant s'y rendre d'elles mefmes, &
fe ranger chacune en fa place; c'eftoit vne grande

commodité En verité, il en faut tousiours reuenir à
ce que disoit vostre postillon, vous estes vn homme
estrange, en trois iours vous faites abbatre vne maison, *& triduo ræædificas illam* : Mais, mon Dieu ! auec
quelle beauté & quelle magnificence ! Tous les bastis-
seurs (& il n'y a point au monde de nation plus ialou-
se ni plus enuieuse) auoüent qu'il ne se peut rien voir
de mieux, mais ce qui m'en plaist, c'est que vous faites
faire cela à deux cens lieuës de vous, & par vos Commis. Au lieu que tous les autres qui bastissent voudroient assoir eux-mesmes chaque pierre qui entre
dans leur bastiment, & l'on les voit à toute heure pes-
le-mesle parmy leurs maçons, arpentant, mesurant
criant, ordonnant, sales & mal propres.

Atque indecoro puluere sordidos

Il n'appartient qu'à vous de faire ces choses-là par
Procureur, & vous faites bien paroistre, sans mentir,
que le dessein de pacifier la Chrestienté, est le seul aujourd'huy qui merite toute vostre attention, puis-que
la construction d'vn Palais ne peut pas seulement
vous amuser, & que les choses qui remplissent toute
l'ame des autres hommes ne trouuent pas de place
dans la vostre. Cependant, ie me resiouïs auecque
vous, au nom des Penates de Iean Iacques de Mesines,
& de tant de grands hommes vos ayeuls ; au nom de
ces Penates qui ont esté les Dieux tutelaires de Passe-
rat, & de tous les sçauans de ce siecle-là, & de celuy-cy
de ce que vous auez renouuellé & embelly leur ancienne demeure, & que

Non finis ingentem confenuiffe domum.

Ie fouhaite de tout mon cœur que vous ayez le plaifir
d'en iouïr bien toft, & de venir voir vous mefme

Quàm difpari domui dominaris.

Mais, Monfeigneur, voicy la neufuiefme page que
i'écris, & i'ay tant tiré le Diable par la queüe, qu'enfin
i'ay fait vne lettre d'vne affez bonne longueur. Vous
ne fçauriez vous imaginer quel foulagement c'eft
pour moy, mais fi ferez, vous vous l'imaginerez bien,
me voila au moins en repos pour trois ou quatre
mois. Ie vous baife tres-humblement les mains, ie
m'en vais à la Foire; & fuis,

MONSEIGNEVR,

Voftre, &c

A MONSIEVR COSTART.

LETTRE CLXXXV.

MONSIEVR,

Vous ferez bien eftonné que ie vous follicite de
m'ayder dans vne affaire que i'ay delà les monts, &
que i'implore voftre fecours contre les Romains. Ce
n'eft pas la premiere fois, comme vous fçauez, qu'ils
ont troublé le repos de ceux qui ne leur demandoient
rien; mais il me femble qu'ils n'ont iamais efté fi iniu-
ftes auec perfonne, qu'ils le font auecque moy; & ils
n'ont pas donné plus de peine à Annibal, qu'ils m'en
vont donner, fi vous ne me fecourez; *quorſum hæc?* Ie
m'en vay vous le dire. Il y a parmy eux vne Academie
de certaines gens qui s'appellent *les Humoriftes*, qui eft,
à peu prés, comme qui diroit bizarres, & en effet, ils
le font tant, qu'il leur a pris fantaifie de me receuoir
dans leur corps, & de m'en faire donner auis par vne
lettre que m'a écrite vn de leur compagnie. Il faut
que ie leur en faffe vne autre en latin, pour les remercier, & voila ce qui me met en peine. I'en fuis forty
pourtant dés le moment que vous m'eftes venu dans
l'efprit, car il me féble que voilà voftre vray fait, & vn
homme qui eft en Poitou, & qui efcrit des lettres lati-
nes de gayeté de cœur, ne me fçauroit pas refufer cela.

Ils ont pour deuife, vn Soleil qui tire des vapeurs de
la mer qui retóbent en pluye, auec ce mot de Lucrece
fluit agmine dulci. Voyez ie vous fupplie, fi vous trouuerez quelque chofe à leur dire fur cela, & fur l'honneur qu'ils m'ont fait, & fur le peu que ie le merite;
enfin, faites du mieux que vous pourrez. En tout cas,
Monfieur Pauquet ne nous fçauroit manquer, qui en
fçait plus que vous, & que moy, ie m'en remets entierement à vous deux; car ie ne fuis point du tout capable de cela, & vous le ferez s'il vous plaift,

> *Me dulcis dominæ Mufa Lycimniæ*
> *Cantus, me voluit dicere lucidum*
> *Fulgentes oculos, & bene mutuis*
> *Fidum pectus amoribus.*

Elle s'en eft allée depuis huit iours, la pauure Lycimnia. Ie l'ayme fans mentir plus que moy-mefme, & ie
ne l'ayme pas plus que vous. Ie fuis,

MONSIEVR,

                              Voftre, &c.

A Paris le 14. d'Aouft.

AV MESME.

LETTRE CLXXXVI.

MONSIEVR,

l'ay enuie d'aller demeurer auec vous en Poitou,
car ie trouue que vous & Monſieur Pauquet, auez
beaucoup plus d'eſprit depuis que vous y eſtes. Pour
moy ie viens au contraire, d'vn païs où le mien s'eſt
enroüillé pour auoir eſté quinze iours ſans voir de
bons liures, de vos lettres, & n'auoir veu que des
Dames qui ne ſçauent pas vn mot de Ciceron, de Virgile, ny de Terence. Sans mentir, tout ce que vous
m'écriuez me rauit, & hors voſtre abſence, il n'y a
point de prix, auquel ie ne vouluſſe acheter vos let-
tre.s Toutes les fois qu'il m'arriue de rencontrer par
hazard quelque choſe à vous mander, qui ne me déplaiſt pas, ie ne me reſiouïs pas tant de ce que ie vou-
eſcris, que de ce qu e ſçy que vous m'y reſpondrez,
& ie dis en moy-meſme.

Nardi paruus onix eliciet cadum.

Tout de bon, ſi ie ne prenois autant de part à voſtre
gloire qu'à la mienne, ie ſerois extrémement jaloux
de vous; mais ie ne vois pas qu'il m'importe que ce
ſoit vous ou moy qui ſoyez ſçauant, & qui ayez de
l'eſprit,

AV MESME.

LETTRE CLXXXVIII.

VIS ergo inter nos quid possit vterque viciffim
Experiamur?

Ie m'en garderay bien, Monseigneur, la partie est
trop mal-faite, ie n'y trouuerois pas mon conte.
Comme ie voulois faire vn effort pour cela,

Cynthius aurem
Vellit, & admonuit.

Ie suiuray son aduis; & ne me feray pas tirer l'oreille;
c'est vn Dieu de bon conseil. Et de fait, quand i'ay
bien consideré les dernieres choses que vous m'auez
fait l'honneur de m'escrire, ie vous ay veu plus grand
& plus fort qu'à l'ordinaire, & ie n'ay pas regret que
vous m'ayez surmonté, puis que ç'a esté en vous sur-
montant vous mesme. Ma lettre, & les deux que i'ay
receuës de vous, me font souuenir de ces trois lignes
que Protogenes & Apelles firent à l'enuy l'vn de l'autre. La premiere que vous m'auez enuoyée, estoit admirable & digne d'vn grand ouurier, celle que i'ay
faite dessus n'estoit pas, non plus, de mauuaise main:
mais cette derniere que vous venez de tirer,

Vltima linea rerum est;

Elle est au delà de toutes choses, & pour moy, ie n'o-

ferois plus iamais faire vn trait apres cela. Que fi ie
prens la plume à cette heure, ce n'eft que pour vous
donner par efcrit la confeffion que ie vous fais, que
ie ne fuis que voftreCommis en matiere d'éloquence,
non plus qu'en matiere de Finance, & pour vous faire voir encore vne fois l'auantage que vous auez fur
moy. Ie fuis touché, ie vous l'auoüe, des loüanges
qu'il vous plaift de me donner.

    Nec enim mihi cornea fibra eft.

Mais elles font telles,& fi belles,& fi ingenieufes,que,
fans mentir,ie ferois bien plus glorieux de les auoir
données,que de les auoir receuës,& les mefmes paroles auec lefquellesvous me mettez au deffus de tous les
autres,me font voir que ie fuis infiniment au deffous
de vous. Ie voudrois bien auoir icy vn efcrieur auffi
confident & auffi iudicieux que Monfieur de S. Romain, car chaque ligne de voftrelettre merite *pulchrè*
*& bellè.*Particulieremét,Monfeigneur,le tableau que
vous faites de noftre Princeffe eft fi beau & fi riche,
qu'en verité i'ay eu plus de plaifir à le voir, que ie n'en
aurois eu de la voir elle-mefme, & vous auez fceu adjouſter des graces aux graces infinies qui font en elle,
tali opere dum laudatur haud victo, fed illuftrato. C'eft ce
que ditPline des versGrecs qui furent faitspour laVe-
nus d'Apellés,dont l'ouurage,fans doute eftoit moins
beau que voftre peinture, comme fa Deeffe eftoit
moins belle que la voftre. Vous l'auez reprefentée
auec tous fes attraits & tous fes charmes, *pinxifti &*
auæ pingi non poffunt, tonitrua, fulgetra, fulguraque. Mais,

pardonnez-moy si ie vous le dis, il est difficile que
cette personne-là ne soit pas la maistresse d'vne ame
où elle est si bien representée, & si vous n'estes point
amoureux d'elle, au moins le deuez-vous estre du
portrait que vous en auez fait,

Vn Imager tira l'image d'vn visage,
Et le tira si bien en sa perfection,
Que l'Imager deuint amoureux de l'image.

Vous me montrez par les plus belles raisons du monde que cela n'est pas, & vous faites merueilles qui
vous voudroit croire. *Tant de beautez & tant de graces*
remplissent & ne gastent pas vostre imagination, & il y a
long-temps que vous auez accoustumé vos yeux à ne faire
passer dans vostre esprit que l'agrément pour les beaux objets.
Voilà qui est le plus beau du monde: mais, voulez-
vous que ie vous parle franchement, i'ay peur que
vous me trompiez, ou que vous vous trompiez vous-
mesme.

Cæcum vulnus habes, sed lato baltheus auro
Protegit.

Ce Soleil de Suede, à qui vous la comparez, ne laisse
pas, à ce que ie vous ay ouï dire, d'estre bien chaud,
& qui in sole ambulant, etiam si non in id venerint, colo-
rantur. Ie crains qu'il ne vous en arriue autant,

Et figas in cute Solem.

Il seroit estrange (ce dites-vous) *que dans vne Assemblée*
de paix ie n'eusse pas assez de la foy publique pour ma con-
seruation, & qu'auec les passeports de l'Empereur & du
Roy d'Espagne, Munster ne fût pas vn lieu de seureté

A A aa ij

pour moy. Cela, Monseigneur, est fort bien dit , &
cette periode est peut-estre vne des plus belles qui se
puissent iamais faire, & bien digne que l'on s'y escrie,
Munster est vn lieu de seureté, mais Madame de Longueuille y est,

Portus ab accessu ventorum immotus , & ingens
Ipse , sed horrificis iuxtà tonat Ætna ruinis.

Les feux & les neiges que iette cette Princesse, si vous
y prenez garde, font l'application d'Etna à elle assez
bonne. Vous auez donc beau faire l'asseuré & dire,

Cantabit vacuus coram latrone viator.

La plufpart de ces chanteurs-là meurent de peur.
Vous voulez passer pour vn arbrisseau, vous qui estes
vn Cedre du Liban : mais fussiez vous vne plus petite
plante, vous n'échapperiez pas pour cela. Les yeux
dont vous auez à vous garder bruslent tout, depuis le
Cedre iufqu'à l'Yfope. Cependant, pour parler de
chose plus serieuse, ie suis asseuré que vous trauaillez
diligemment à la conduite de ce grand dessein que
vous auez entre les mains, & qui regarde le repos de
tant de millions d'hommes. I'espere que vous mettrez
la derniere pierre à cét edifice, comme vous y auez
mis la premiere : Vous, Monseigneur,

                                          doctus
Saxa mouere sono testudinis , & prece blanda
Ducere quò velis.

Au reste, ie suis entierement de vostre aduis, touchant ce que vous dites de Monsieur d'Ossat. Il n'y a
rien de si iudieux, ni de si parfait que ses dépesches

Mais ie voulu dire, que fi vous ne vous contentiez pas
d'en faire comme les fiennes, & que vous euffiez l'ambition d'en efcrire de fleuries & d'eloquentes, vous-
vous contentaffiez d'imiter le Cardinal du Perron qui
en a fait de ce genre-là, & qui, à mon auis, n'y a pas
extrémement reüffi. Ie ne fuis pas fi bien d'accord
auec vous du iugement que vous faites de nos deux
Poëtes. Vous auez bien deuiné que i'aurois peu leu le
Iefuite. Ie n'en ay guere veu que les lieux où il parle de
vous. L'Ode 26. du 8. m'a femblé fort belle, la 5. & 3.
du 9. m'ont plû auffi : mais dans ce vers,

   Me fuper ipfa nihil Niobe fi docta moueris,
ce *Niobe-*là, & cette façon de parler, ne vous femble-
t'elle pas plus dure que la Niobe mefme petrifiée? ap-
prouuez-vous ce *puluereum cahos*? & ce *comatus olor*,
n'eft-il pas trop hardy? ie le trouue auffi vn peu plus
obfcur qu'il ne faut pour nous autres gens de Finances, qui ne fçauons guere de Latin, & ie n'ay iamais pû
entendre *manantia vita flumina præmoneo.* Ie croy que
c'eft en la 3. du 9. Ie l'ay demandé à Monfieur de
Bailleul, & à Monfieur d'Emery, par ma foy, ils ne
l'entendent pas eux-mefmes. Apres tout, Monfeigneur, de ce que ie dois iuger de cét Autheur, & de
tous les autres, ie m'en rapporte à vous qui ne pouuez errer, & au iugement de qui ie regle toutes mes
opinions. I'ay auffi la mefme foufmiffion à vous croire touchant la faute que vous dites que ie fais de n'efcrire point à Madame de Longueuille. Le refpect
m'en a empefché iufqu'icy; Mais vous me faites bien

plus de peur de cette Princeſſe, en me la repreſentant
ſi ſerieuſe & ſi politique. Nous auons icy du plaiſir à
nous l'imaginer entretenant Monſieur Lampadius,
(on m'a dit que d'ordinaire il eſt veſtu de ſatin violet)
Monſieur Vulteius & Monſieur Saluius, & ſur tout
ce gros Hollandois

> *dulcia barbarè*
> *Lædentem oſcula quæ Venus*
> *Quinta parte ſui nectaris imbuit.*

Ie ne ſçay pas de quoy elle peut entretenir ces Meſ-
ſieurs-là, ni ſi elle leur parle à propos : mais ie l'ay
veuë icy ſouuent en beaucoup de compagnies, qu'elle ne ſçauoit pas dire trois mots, & qu'elle ne deſſer-
roit pas les dents en vne apreſdinée. Celuy qui luy
conſeille d'apprendre l'Allemand, pour ſe diuertir, a
bien fait rire Madame de Sablé, & Madame de Montauſier : Si ce fut Monſieur Vulteius qui luy fiſt cette
propoſition-là, ne vous ſemble-t-il pas que ce Vers
d'Horace venoit bien en cette occaſion,

> *Durus enim Vultei nimis attentuſque videris*
> *Eſſe mihi ?*

Quant à ce que vous vous plaignez que vous n'auez
que deux fois l'an de mes lettres, & que ie n'ay pas la
force de vous eſcrire deux fois de ſuite, ie vous en remercie tres-humblement ; ces plaintes là ne me ſemblent pas moins obligeantes que vos loüanges, *nec
tam moleſtum eſt accuſari abs te officium meum, quàm iu-
cundum requiri.* Mais vous ſçauez mon défaut, & vous
m'auez pris ſur ce pied-là,

Dixi me pigrum proficiscenti tibi, dixi,
Talibus officiis prope mancum.

Et puis, vous connoiſſez mieux que perſonne quel
embarras c'eſt que ces lettres qui n'ont aucun ſujet
réel, & où il faut diſcourir ſur la pointe d'vne aiguille.
Il reſte à répondre à la fin de voſtre lettre, qui eſtant
fort belle, & meſme flatteuſe au commencement &
au milieu, a vne fort vilaine queuë,

        atrum
  Deſinit in piſcem.

I'ay ry pourtant du rabaiſſement de Guillon, & il reſte
vray que vous vous en eſtes ſouuenu bien à propos.
Sans mentir, Monſeigneur, vous eſtes touſiours admirable,

  Seu tu querelas, ſiue geris iocos.

Il n'y a rien de plus ſerieux, ni de plus graue, ni de plus
auſtere, que les reprimendes que vous me faites,

  Tertius è Cælo cecidit Cato.

Vous me repreſentez la meſſeance qu'il y a d'eſtre
vieux & amoureux. Vous me mettez dix luſtres ſur
la teſte, & par deſſus le marché vne Olympiade cou-
rante (car vous confondez les nombres Latins &
Grecs pour faire paroiſtre la ſomme plus grande, &
vous ne faites pas meſme de conſcience d'adjouſter
quelque choſe à la rapidité du temps) vous m'alleguez mes lunettes, & il eſt vray que ie m'en ſers depuis ſix mois, & que i'en ay en vous eſcriuant cecy;
Vous me reprochez ma barbe & mes cheueux gris, &
là deſſus,

Tandem nequitiæ fige modum tuæ
Quand donc, me dittes-vous, sera-t'il temps de faire
retraite,

    Nonne pudet capiti non posse pericula cano
    Pellere.

Voulez-vous loger l'amour auec les rumes, la goute
& la grauelle, & mettre enfemble toutes les maladies
de la vieilleffe & de la jeuneffe? quel defordre, quelle
honte!

    Iamdudum aufculto, & cupiens tibi cere feruus
    Pauca reformido.

Premierement, Monfeigneur,

    Vltra Sauromatas fugere hinc libet,

Lors que ie vous entens faire des reprimendes fi feue-
res; quand vous auriez paffé voftre vie fur le haut d'v-
ne colomne, ou dans les deferts de la Thebaïde, re-
nonçant au monde & à fes pompes, vous ne parleriez
pas d'vne autre forte: mais vous que i'ay veu galant,
comment, à moins que d'auoir fait deuant des miracles, auez-vous le courage de déclamer fi hautement
& fi feuerement? I'auouë qu'vne partie de ce que vous
dites contre moy eft veritable,

    Parcius ifta viris tamen objicienda memento.

Peu s'en eft fallu que ie n'aye adioufté *nouimus & qui*
te. Mais quand bien vous feriez auffi reformé que le
Pere de Gondy, que voftre ame ne feroit plus capable
d'aucune forte de paffion, & que l'effet de vos yeux
s'arrefteroit comme vous dites à voftre imagination,
fans paffer iufqu'à voftre iugement; vous ne feriez

                     que

que ce que vous estes obligé de faire, & cela ne tire-
roit pas de consequence pour moy. Vous autres
grands hommes que la fortune a mis sur le theatre,
qui ioüez vn roolle exemplaire,

Vos ô patritius sanguis, quos viuere par est
Occipiti cæco.

Vous particulierement, Monseigneur, que la France,
l'Espagne, l'Italie, & l'Allemagne regardent; il est iuste que vous viuiez ainsi,

Nos numerus sumus & fruges consumere nati,
Sponsi Penelopæ, nebulones.

Cependant, pour vn mot qui m'est eschappé, de dire
que i'auois icy quelque engagement, vous vous es-
criez,

O Cælum! ô Terras! ô maria Neptuni!

Et on diroit à vous entendre que *Minxi in patrios ci-*
neres: ou que i'ay commis quelque autre crime extraordinaire,

Patrue mi, patruissime, nihil feci quod succenseas.

Et certes, si vous estiez en ma place, aussi peu en veuë
que ie suis, & qu'il y eust aupres de vous vne personne
bien faite qui vous fist bonne chere; auec toute vostre
austerité, ma foy, Monseigneur, vous ne la querelle-
riez point. Aussi ne m'effrayay-je pas de tout ce que
vous sçauriez dire,

Miserorum est neque Amori dare ludum,
                          aut ex-
animari metuentes patriæ verbera linguæ,

Et ce *Nec turpem senectam degere, nec cythara carentem,*

BBbb

que vous m'auez appris, comment l'entendez-vous?
qu'il faut que ie ioüe de la guittarre à foixante ans?
C'eſt bien à propos : Lambin l'explique, qu'il faut
eſtre amoureux auſſi long-temps que l'on peut; & il
eſt homme de bon ſens. Mais voicy vne lettre bien
longue,

Tibi ingentem epiſtolam impegi.

Il faut pourtant, deuant que de la finir, que ie vous
faſſe mille complimens de la part de Madame de Sablé, & de Madame de Montauſier : ie ne leur ay fait
voir que les endroits de vôtre lettre où vous parlez de
Madame de Longueuille. Pour le reſte, qui que ce ſoit
ne le verra ; quand il n'y auroit que l'endroit des dix
luſtres, n'ayez peur que ie la monſtre; ie n'ay icy que
quarente-ſept ans, ie vous ſupplie que ie n'en aye pas
dauantage à Munſter, & meſme ſi vous voulez, *deme*
vnum, deme etiam duos. l'oubliois à vous dire que ces
Dames m'ont commandé de vous mâder, que ſi vous
parlez comme vous eſcriuez, elles ne plaignent pas
Madame de Longueuille, & que l'on peut eſtre en
quelque lieu que ce ſoit agreablement auecque vous.
Ie voudrois que vous entendiſſiez combien elle vous
eſtiment, elles iurent qu'il n'y a que vous au monde
qui ait aſſez d'eſprit, & ie leur dis qu'il y a vingt-cinq
ans que ie le croy. Mais c'eſt trop vous arreſter,

ne me Criſpini ſcrinia lippi
Compilaſſe putes, verbum non amplius addam.

A Paris le 9. Ianuier, 1647.

A MADAME LA DVCHESSE
de Longueuille, eſtant à Munſter.

LETTRE CLXXXIX.

MADAME,

N'ayant oſé, par reſpect, eſcrire iuſqu'icy à Voſtre Alteſſe, i'ay vn extréme regret d'y eſtre contraint par vne ſi funeſte occaſion que celle qui m'y oblige à cette heure. Ie ne doute pas, Madame, qu'ayant perdu Monſeigneur voſtre pere dans le temps que vous receuiez le plus de preuues de ſon affection, cette perte ne vous ſoit infiniment ſenſible, & que n'eſtant pas accouſtumée à receuoir de pareils coups de la fortune, celuy-cy ne vous ait extrémement touchée. Mais i'eſpere que cette iuſteſſe d'eſprit qui ne vous a iamais permis de rien faire, ni de rien dire que dans la vraye meſure qu'il le falloit, vous ſeruira en ce rencontre, & que vous reglerez voſtre douleur & vos larmes, comme vous auez ſçeu regler toutes les actions de voſtre vie. A dire le vray, Madame, il eſt bien iuſte qu'vne perſonne auſſi celeſte que vous, s'accommode aux volontez du Ciel, & qu'ayant tant receu de luy, vous ſouffriez qu'il vous oſte quelque choſe. Encore ſemble-t'il qu'il ait voulu prendre le temps de voſtre abſence pour cela, & qu'il ait permis que ce mal-heur ſoit arriué pendant que vous eſtiez eſloignée, pour ne faire pas voir à vos yeux le deüil qu'il vouloit mettre dans voſtre maiſon. Ie prie Dieu qu'il y remette bien-toſt la ioye par voſtre retour, & qu'il nous rende la Paix, & V. A. ſans qui perſonne ne ſçauroit plus viure, qui ſont les deux choſes du monde les plus deſi-rées, particulierement de moy, qui ſuis,

MADAME,

Voſtre, &c.

A MONSEIGNEVR LE PRINCE.

LETTRE CXC.

MONSEIGNEVR,

Ce n'eſt que pour m'acquiter de mon deuoir, &
non pas pour vous conſoler, que i'entreprens de vous
eſcrire : ie connois trop bien l'eſtenduë & les lumieres
de voſtre eſprit, pour m'imaginer que l'on vous puiſſe dire aucune raiſon pour cela, que vous ne voyez
pas mieux que tout autre. Et puis, Monſeigneur, ie
crois qu'vn eſprit qui eſt occupé à donner le repos à
toute l'Europe, ne ſe laiſſera pas mettre en deſordre
pour la mort d'vne perſonne, quelque importante
qu'elle puiſſe eſtre ; & que la fermeté de voſtre ame,
éprouuée en toutes ſortes d'occaſions, ne vous man-
quera pas en celle-cy. Mais la bien-veillance que vous
m'auez touſiours fait l'honneur d'auoir pour moy,
m'obligeant de m'intereſſer dans tout ce qui vous regarde, i'ay creu, Monſeigneur, qu'il eſtoit de mon
deuoir de vous teſmoigner la part que ie prens dans
voſtre déplaiſir, & de vous renouueler la proteſtation
que ie vous ay faite beaucoup de fois, d'eſtre auec
toute ſorte de reſpect,

MONSEIGNEVR,

Voſtre, &c.
BBbb iij

A MONSIEVR COSTARD,

Qui s'eſtoit mocqué de quelques fautes que
l'Autheur auoit faites en parlant Latin à
vn Ambaſſadeur ; trois iours apres il
luy enuoya ce billet.

LETTRE CXCI.

SI vales benè eſt, ego autem vereor vt valeas ; heri enim,
ſi non ægro, at certè anxio animo domum te recepiſti,
neque ego me herculè ſine moleſtia eram, quando te felicita-
tis meæ & conſcium & authorem in his ærumnis videbam
verſari. Scio quàm moroſi ſint qui amant, & quàm omnibus vel minimis offenſis obnoxij : ſed ſi te noui, is es qui
citiſſime ſanari potes ; fortaſſis quidem iam hæc nox, & Ca-
tullus tuus tibi dedit conſilium, & vt deſtinatus obdures, ſua-
ſit. Quomodo igitur te habeas, quâ mente ſis tranquillâ aut
ſollicitâ, vigilaris-ne laſſus, an naſo tantùm vigilaris ? fac
me certiorem. Ego, mi Coſtarde, tibi perſuadeas velim
me à nullo plus velle amari, quàm à te, & ſi ita placet, mandaturum huic inimicæ noſtræ (quidem enim mea eſt
ſi tua ?) vt res ſuas ſibi habeat. Tu quid velis vide, & me
ama.

Ie vous supplie de corriger ce theme , & de me
dire franchement, si de la sixiesme où vous m'auez
veu ces iours passez , ie puis monter à vne plus haute
classe. Ie suis,

Voftre, &c.

AV MESME.

LETTRE CXCII.

BENE' exoluifti, mi Coſtarde, quod mihi de te promi-
ſeram, te pro onyce, cadum redditurum, & cadum qui-
dem ſimilem illi Sulpitiano, ſpes donare nouas largum, ama-
raque curarum eluere efficacem. Illa enim tua epiſtola, quam
tu ponderoſam, ego magni ponderis nomino: neſcio quomodo
me inuitum, & renitentem in tanta dolendi cauſa, gaudere
compulit, & quod non tempus, non litteræ, non ipſa quæ pote-
rat eſſe luctus ſatietas, fecerant; tua lepida, faceta, lepidiſſi-
ma, facetiſſima omnibus Atcicis, Romanes, noſtris ſalibus
condita fecit allocutio. Me voila deſia au bout de mon latin: Auſſi, Monſieur, à dire le vray, ie ne ſçay pas meſme aſſez de François pour vous bien expliquer, & vous
faire entendre comme ie voudrois les veritables reſſentimens que i'ay du ſoin que vous prenez de moy,
& de l'affection que vous me témoignez. Ie n'ay rien
veu dans voſtre lettre, qui ne m'ait touché le cœur,
& tout m'y plaiſt extrémement, hors les loüanges
que vous m'y donnez: car, pour en parler franchement, vous faites vn peu trop valoir

　　Et craſſum vnguentum, & Sardo cum melle papauer.
Quand meſme mon *nardus* vous auroit plû (c'eſt vne
belle

belle queſtion s'il faut dire mon *nardus*, ou ma *nardus*)
quand, dis-je, il vous auroit plû, le reſte de la lettre,
s'il m'en ſouuient bien, ne valoit gueres, & elle auoit
eſté écrite à la haſte.

Quid quod olet grauius miſtum diapaſmate virus.
Pour le paſſage de Terence que vous me reprochez
d'auoir paſſé, ſans en rien dire, ie penſe que ie l'ay fait
parce que ie n'y voyois point de difficulté. Caton
veut faire entendre à Thraſon, qu'ayant ouï dire pluſieurs fois cette bonne repartie, ſans que l'on en diſt
l'Autheur, il auoit crû alors que c'eſtoit vn de ces
bons mots qu'on choiſit ſur pluſieurs qui ſe ſont dits
dans la ſuite des temps, & dont on ſe ſouuient pour
eſtre excellens : & ne veut pas dire que lui entendant
raconter que c'eſtoit lui qui l'auoit dit, il ne le crût
pas ; mais qu'auparauant cela il l'auoit crû vn dit Ancien, *audieras?* Gn. *ſæpè & fertur in primis.* Ie ne vois
pas ce qui vous a là embarraſſé. Pour moy, i'ay peur
que vous ne l'entendiez pas, puiſque vous y faites
tant de fineſſes, & que vous ne ſoyez de ceux

Qui faciunt ne intelligendo, vt nihil intelligant.
Mais ſans mentir, c'eſt vne grande hardieſſe, & meſme vne ingratitude, de parler ainſi à vn homme qui
m'écrit tant de belles choſes. En verité, i'apprens plus
dans vos lettres, que ie n'ay appris dans tous les liures
que i'ay iamais leus : & ſi ie ſuis *Magiſter cœnæ*, vous
eſtes *Magiſter ſcholæ* ; & pour dire en meilleur Latin,
Ludi Magiſter. Et c'eſt comme ce que diſoit Ciceron
d'Hircius & de Panſa, *Hircium & Panſam habeo, di-*
CCcc

cendi diſcipulos, cœnandi magiſtros. Mais ie vous prie, continuez à me donner de grandes leçons, c'eſt à dire, faites touſiours de grandes lettres,

Parcentes ego dexteras
Odi.

Mais il n'en faut pas demeurer-là ; car *ſparge roſas* vient
encore bien, & ne penſez pas vous en excuſer ſur la
pouſſiere & la ſterilité de la Philoſophie & de la
Theologie. Ces Sciences-là deuiendront fleuries entre vos mains, *pro carduo, & pro paliuro foliis acutis,*
ſurget mollis viola & purpureus hyacinthus.

Quidquid calcaueris hic roſa fiet.

Vous faites florés par tout : mais ne croyez pas me
contenter, en m'enuoyant de celles de Seneque, il me
ſemble que c'eſt comme ſi on m'en enuoyoit des halles, ie les veux cueillies plus à l'eſcart, *per deuia rura,*
& vn peu plus naturelle,

Et flores terræ quos ferunt ſolutæ.

Pour vous dire le vray, ie n'ay pas grand gouſt pour
cet Autheur-là. Voſtre Latin m'a plû dauantage que
le ſien, & i'ay pris plus de plaiſir aux choſes que vous
m'auez dites de vous-meſme, qu'à celles que vous
m'auez alleguées de lui. Mais dans le contentement
d'auoir de vos lettres, il arriue bien ſouuent que le
plaiſir que i'ay à les lire, augmente le regret que i'ay
de ne vous point voir, & me fait mieux ſentir quelle
perte c'eſt pour moy, que d'eſtre loin d'vn homme
qui eſcrit de ces choſes-là, & qui m'en diroit de pareilles tous les matins s'il eſtoit icy,

medio de fonte leporum,
Surgit amari aliquid, quod in ipsis floribus angat.

Pour ce qui est de Pline, ie m'estonne de ce qu'il fait tant de cas du bon mot de son Senateur, & m'estonne aussi de ce que vous loüez tant celui de Montagne,

nimium patienter vtrumque.

Pour l'amour de vous, ie ne veux pas dire le reste; Monsieur Pauquet dit de meilleurs mots que ces Messieurs-là. Celui que vous m'auez mandé de lui, m'a fait rire de bon cœur. I'ay veu toutes les lettres que vous auez escrites ici, & à Angoulesme; elles m'ont semblé admirables. Ie ne puis m'empescher de vous dire, que la demi page où vous me parlez de Monsieur de P*** m'a semblé tout comme si Petrone l'auoit escrite. Adieu, Monsieur.

Ie vous auois desia escrit cette lettre; mais ayant veu par celle que vous auez escrite à Madame la Marquise de Sablé, que vous ne l'auiez pas receuë, ie m'en suis ressouuenu du mieux qu'il m'a esté possible : si vous la receuez deux fois, au moins, ie suis asseuré que vous ne la lirez qu'vne. Ie suis,

Vostre, &c.

CCcc ij

AV MESME.

LETTRE CLXCIII.

M ONSIEVR,

Quò me Bacche rapis tui
Plenum, quæ in nemora, aut quos agor in specus,
Velox mente noua?

Que vous me faites voir de païs, & que vous me montrez de terres qui m'estoient inconnuës, & lesquelles ie n'eusse iamais découuertes !

vt mihi deuio,
Ripas, & vacuum nemus mirari libet!

Vostre grand Facteur m'éueilla pour me donner vostre lettre : & ie ne vous puis dire l'estonnement que
i'eus de trouuer tant de thresors à mon réueil, & de
voir tant de choses qui m'estoient nouuelles :

non secus in iugis
Ex somnis stupet Euias,
Hebrum prospiciens, & niue candidam
Thracem.

A dire le vray, cela est beau, aprés auoir ioüé vne partie de la nuit, & dormi l'autre, de se réueiller sçauant :

Me fabulosæ Vulture in Appulo,
Ludo fatigatúmque somno,
Fronde noua puerum palumbes

Texere.

Vous remarquerez, s'il vous plaiſt, en paſſant, ce *fati-gatum ſomno*, & vous m'en direz voſtre auis. Conti-nuez donc, s'il vous plaiſt, à auoir ſoin de moy, & ne ſoyez plus ménager que la dérniere fois.

Nec parce cadis mihi deſtinatis.

Traitez-moy touſiours auſſi bien:

Et Chia vina, aut Leſbia,
Vel quod fluentem nauſeam coërceat,
Metire nobis Cæcubum.

Mais parmi ces vins Grecs, meſlez-y auſſi quelque choſe du voſtre. J'aimerai bien autant vos penſées, que celles d'Eſchile & de Sophocle; & ne croyez pas en eſtre quitte pour me faire tranſcrire par Monſieur Pauquet trois ou quatre fueillets de vos recueils. Il me ſemble que vous auez fait comme ce *caupò* de Rauen-ne: Vous me l'auez enuoyé *merum*, & ie le deman-dois *mixtum*. Au reſte, vous auez admirablement bien trouué ces *deuia rura* que ie demandois, & vous m'a-uez ſerui à mon gouſt. Le vin d'Eſpagne eſt trop fort pour moy,

Generoſum & molle requiro
Quod curas abigat, quod cum ſpe diuite manet
In venas, animúmque meum, quod verba miniſtret,
Quod me Lucanæ iuuenem commendet amicæ.

J'ay honte, aprés cela, de vous rendre *villum pro vino.* Mais que voulez-vous?

Nos alicam, mulſum poterit tibi mittere diues.

Mais parmi la bonne chere que vous me faites, les

difficultez que vous me propofez me furprennent, &
il me femble que c'eft,

Jnter pateras & leuia pocula ferpens.

A pres m'auoir bien traitté, vous me donnez la queftion:

Tu lene tormentum ingenio admoues
Plerúmque duro.

Ne fçauez-vous pas bien que c'eft à vous à m'inftruire,
& à m'eclaircir de mes doutes, au lieu de m'en propofer? Que vous eftes le Maiftre, & que *Dauus fum, non*
O Edipus? Mais ie m'en tireray fort bien en n'y répon-
dant rien : & ie vous montreray que ie fuis de ceux
de qui on difoit *in conuiuiis loquebantur , in tormentis*
tacebant. Ie vous diray feulement que dans mon Terence, pour *rem fi videas cenfeas,* i'ay trouué *rerum.* Au
lieu donc de fatisfaire à vos queftions , ie vous en
feray d'autres ; & vous demande en demandant, comment vous entendez ce mot de Quinte Curfe, qui
dit, qu'Alexandre en la feconde bataille, comme ie
crois, qu'il donna contre Darius, attaqua le frere de
Darius dans la meflée ; lequel, ce dit-il, *armis, & robore*
corporis multùm fupra cæteros eminebat. Les vns difent,
que *armis* veut là dire *humeris* ; les autres, qu'il fignifie
armes, & qu'il veut dire que par la richeffe de fes armes, & la taille & force de fon corps, il fe faifoit remarquer fur tous les autres. Ceux qui fouftiennent la
premiere opinion, difent que l'Autheur a eu vifée à
cet hemiftiche de Virgile, *quàm forti pectore & armis* ;
que *eminere* ne reuient pas à l'autre fens ; que s'il euft

voulu dire qu'il eſtoit remarquable par ſes armès, il
n'euſt pas mis ſimplement *armis,* mais *fulgore armorum.*
Les autres répondent, que quoy que *eminere* veuïlle
dire proprement ſurpaſſer de hauteur, il ſignifie auſſi
fort ſouuent eſtre remarquable ; que ſi *armis* ſigni-
fioit les eſpaules, il faudroit que ce mot *eminebat* ſe
priſt là en deux differentes ſignificatiõs : car en la premiere, il ne reuient pas bien à *robore corporis ;* & on ne
peut pas dire, qu'il eſtoit par deſſus les autres de toutes
les eſpaules, & de la force de ſon corps : mais qu'au reſte *armis* eſt vn mot qui ne ſe dit proprement que de
brutis, & ne ſe donne aux hommes que par les Poëtes;
& qu'il n'eſt pas raiſonnable que Q. Curſe pouuant
mettre *humeris,* euſt eſté faire vne equiuoque ſi faſ-
cheuſe que celle-là en mettant *armis.* Songez-y, s'il
vous plaiſt, & en dittes voſtre opinion : car cela a eſté
fort conteſté icy, & on en attend voſtre auis.

 l'ay trouué parfaitement beau tout ce que vous me
mandez de Bacon. Mais ne vous ſemble-t-il pas
qu'Horace, qui diſoit

  Viſam Britannos hoſpitibus feros,
feroit bien eſtonné d'entendre vn Barbare diſcourir
comme cela ?

 Voſtre *aureæ dieipalpebræ,* m'a extrémement pleu, &
il me ſemble qu'entre vn grand nombre de parrains
qu'a eu l'Aurore, il n'y en a point qui l'ait nommée
ſi agreablement qu'Euripide. Au reſte, la loy du bor-
gne Locrien, à mon auis eſtoit extrémement iuſte;
& il auoit grand intereſt de la propoſer : & pour moy,

quand ie n'eusse esté que bigle, ie m'y fusse hazardé. Ne croyez-vous pas que bigle vient de *binus oculus*, comme vn œil double, qui regarde en deux endroits?

Pour *Lucius Neratius*, s'il eust donné ses soufflets auec vn peu plus de choix, il me semble que son argent n'eust pas esté mal employé, & que ce seroit vne des plus agreables dépenses que l'on pourroit faire.

Ce fut, sans doute, vne grande & remarquable sai-gnée, que celle qui guérit de la fiévre Fabius Maxi-mus. Croyez-vous qu'aprés cela les Allobroges lui souhaittassent encore vne fois ses fiévres quartes. Ie vous veux enuoyer pour la fiévre qu'ils appellent *semi-tertiana*, ou si i'ose parler Grec deuant vous *Emitritæus*. (Monsieur Pauquet, ie vous prie ne dittes pas à vostre maistre, que i'ay écrit *Emitritæus* sans *h*.) Ie vous veux, dis-je, apprendre pour cette fiévre-là, vne recette cent fois plus aisée.

Inscribas chartæ quod dicitur Abracadabra,
Sæpiùs & subter repetas (mirabile dictu !)
Donec in angustum redigantur littera conum.

C'est à dire, Abracadabra, & dessous Abracadabr, & à la troisiesme ligne Abracab, &c. Vous fussiez-vous iamais auisé de cela? & ne faut-il pas bien sçauoir la Medecine, & la vertu des choses pour auoir décou-uert la proprieté de ce mot-là ?

Sans mentir, les Vers d'Alexandre Seuére m'ont fait rire extrémement de bon cœur. Vous qui sçauez le Grec, n'auez-vous pas bien du regret que l'original en soit perdu? Peut-estre que l'Iter de Iules Cesar, & la

Sicile

Sicile d'Augufte, eftoient de cette forte-là. La fortune n'eft-elle pas bizarre d'auoir fait perir les œuures de
Cinna & de Varius, & d'auoir conferué iufqu'à nous
cette Epigramme, dont fon autheur, apres l'auoir faite, pouuoit dire auffi bien qu'Horace,

Exegi monimentum ære perennius ,
Quod nec iber edax , aut Aquilo impotens , &c.

L'équiuoque d'Aurelian me plaift. Mais encore ne
laiffay-je pas d'auoir pitié des pauures chiens. l'euffe
mieux aimé qu'il euft iuré de n'y laiffer pas vn chat.

Pour ce qui eft de vos Eftoilles de la terre, vous n'e-
ftes pas le premier qui auez traduit cela en François, &
qui vous eftes auifé que l'on pouuoit nommer les Ef-
toiles les fleurs du Ciel. Car le Romant de la Rofe dit,

Qu'il vous fuft auis que la Terre ,
Voufift emprendre eftrif & guerre
Au Ciel , eftre mieux eftellée
Tant eft par fes fleurs rebellée.

Et le Marin,

Il Ciel fior ito , e'l Terren ftellato.

C'eft peut-eftre là du Grec pour vous; Le petit igno-
rant. A propos de cela, Monfieur, Lycimnius eft icy.
Mais il n'y a pas amené fa femme. Elle me mande
qu'elle en eft bien fafchée, qu'il eft en tres-mauuaife
humeur, & qu'il ne l'a pas voulu. Ie ne fçay qu'en
croire; car afin que vous le fçachiez, Mademoifelle
Lycimnia eft plus coquette, & plus trompeufe que
nous. Si vous auez trouué en Poitou quelque belle &
fidele maiftreffe,

DDdd

Gaude sorte tua, me libertina, neque vno
Contenta Phryne macerat.

Sçachez, s'il vous plaist, que *libertina* veut là dire, ce
que nous disons en François *libertine*, & ne vous y
trompez pas. ✳✳✳

Que le petit conte Latin du bas de voſtre lettre
m'a pleu, & m'a semblé admirablement eſcrit, ſi voſtre hiſtoire, ou la mienne, eſtoient eſcrites comme
cela, on ne liroit plus Petrone. Adieu, Monſieur, ie
vous iure ma foy, que ie meurs d'enuie de vous reuoir,
& que nous nous promenions au Cours enſemble.
Ie ſuis de tout mon cœur,

Voſtre, &c.

AV MESME.

LETTRE CXCIV.

MONSIEVR,

Vous euſſiez mieux fait de laiſſer paſſer Hebrus, &
vous verrez ce que c'eſt que d'arreſter les riuieres, &
de s'oppoſer à leur cours. Celle-cy eſt douce & tranquille, & coule paiſiblement, ſans faire tort à perſonne : Cependant, vous déclamez contr'elle, comme ſi
elle auoit emporté *ſata læta, boumque labores*, vous
dites mille choſes contre ſon honneur,

              & fera diluuie quietum
    Irritas amnem.

Mais vous qui ne l'auez pû ſouffrir *cum pace labantem*,
vous l'allez voir,

           Nunc lapides adeſos,
    Stirpeſque raptas, & pecus, & domos,
    Voluentem vnà, non ſine montium
    Clamore, vicinæque ſyluæ.

Vous iugerez bien à peu prés, Monſieur, ſi dans mon
allegorie vous eſtes deſigné par le beſtial, ou par les
montagnes. Mais pour reuenir à ce que nous diſions,
Hebrus eſt vn fleuue delicieux, mais peu hanté, & peu
connu du vulgaire, *ignotus pecori*, & aux habitans de
Poitou : & vous ne ſçauiez pas, ſans doute,

                    DDdd ij

Atque auro turbidus Hebrus ;

Ni ce que Pline dit que l'on trouue de l'or dans son grauier. Mais, dites le vray, vous n'auiez pas ouy dire, non plus, que la teste & la lyre d'Orphée furent iettées dedans cette riuiere,

> *caput, Hæbre, lyramque*
> *Excipis.*

A vostre auis, vous deuiez vous plaindre que ie vous misse sur son riuage, veu principalement ce que l'on en dit,

> *Flebile nescio quid queritur lyra.*

Et puis,

> *Respondent flebilè ripæ.*

Regardez le grand tort que ie vous faisois, vous eussiez peut-estre ouy tout cela ; & s'il est vray ce que dit Pausanias, que les rossignols qui estoient vers le tombeau d'Orphée, chantoient plus melodieusement que les autres ; imaginez-vous s'il fait bon où ie vous auois placé, & quelle Musique il doit y auoir. La plainte que vous faites de mes neiges, ne me semble guere plus raisonnable, & vous n'estes pas, à ce que ie vois, de ces delicieux, dont Pline dit, i'entens le vieux (car pour l'autre ie ne le daignerois alleguer) *niues petunt, pœnasque montium in voluptatem vertunt,* & vous ne les appelleriez pas vos maistresses comme cét autre,

> *Setinum dominasque niues, densique trientes.*

Mais quand vous ne seriez pas de ce goust-là ? au moins ne vous en deuiez vous pas tant fascher.

> *Aspice quàm densum tacitarum vellus aquarum,*

Defluat in vultus Cæsaris, inque sinus;
Indulget tamen ille Ioui.

Vous ne deuriez pas, ce me semble, estre de plus
mauuaise humeur que Domitian ; & vostre Catulle
vous deuoit apprendre que ie ne vous auois pas si mal
logé, quand il il dit ;

Ego viridis algida Idæ
Niue amicta loca colam.

Ne sçauez-vous pas, *dedit niuem sicut lanam*, & que
c'est elle qui conserue les plus tendres fleurs contre la
rigueur de l'hyuer ? Sans mentir (car il ne vous faut
pas trop effaroucher, ni vous faire tousiours la guerre) vous m'en auez enuoyé les plus belles du monde,
& de toutes les sortes,

Et quas Ossa tulit, quasque altus Pelion herbas
Othrisque & Pindus, & Pindo major Olympus.

Ie n'ay pas assez de nez pour tout cela, vn nez de Ri-
nocerot, celuy de Papilus, & celuy de Monsieur***

Et omnis copia narium

n'y suffiroient pas. Vn homme qui enuoye tout cela,
ne deuroit pas soupçonner que l'on peut mettre *pede*
barbaro pour luy, ni que cela vinst bien à son pied. Vn
barbare auroit-il toute la dépoüille de la Grece & de
l'Italie ?

barbarus has segetes ?

Mais quand ie vous aurois appellé ainsi, ie veux bien
que vous sçachiez (car ie ne me sçaurois tenir de vous
apprendre tousiours quelque chose)que cela n'est pas
si offensant que vous croiriez bien, & sans vous alle-

DDdd iij

guer que *barbarico postes auro*, est interpreté par Seruius, pour *multo auro*. Ie vous diray, que *barbarica lege jus meum persequar*, dans Plaute, est expliqué par les Interprétes, *Romana lege*, & dans le mesme Autheur, *quid vrbes barbaras iuras*, c'est à dire *Italas*.

Selon que vous alleguez le Furius d'Horace, entre ces discours de neige dont vous parlez, ie crois que vous ne l'entendez pas: car Horace ne veut pas dire par là qu'il dit des choses froides, mais il se veut moquer de ce Vers qu'il auoit fait,

Iupiter hibernas cana niue conspuit Alpes.

Ie suis trompé si Quintilien n'allegue aussi ce mesme Vers en vn endroit, où il blasme les mauuaises metaphores; & Horace, pour dire quand il fait froid, dit ingenieusement & satyriquement

& cùm

Furius hibernas cana niue conspuit Alpes.

Ie ne suis pas de vostre auis, sur l'explication que vous donnez à *ludo fatigatumque somno*, en expliquant *fatigatus*, *lassatus* pour *ludo*, & *oppressus* pour *somno*: car ie croy qu'vn mot qui se rapporte à deux autres, doit auoir vne mesme signification pour tous les deux; & pour moy, ie prendrois là *fatigatum somno*, pour *fatigatum somni inopia*, comme sommeil se prend en François pour le *somne* en effet, & pour l'enuie de dormir. Ie n'en puis plus de lassitude & de sommeil. Prenez garde au reste, que tous les passages que vous alleguez de *fatigatus*, où vous lui donnez vne autre signification que son ordinaire, ont vn plus beau sens, en

le laiffant en fa fignification propre, & i'ayme mieux,
fatiguoit les Dieux d'vn autre Empire, que importu-
noit; & ainfi des autres.

I'ay trouué, auffi bien qu'Ariftote, que la beati-
tude n'eftoit pas dans le ieu, & de fait ie ne iouë plus,
il y a fept mois que ie n'ay ioüé, qui eftoit vne nouuelle affez importante, que i'auois oublié à vous
dire,

Nec lufiſſe pudet, ſed non incidere ludum.
Ie fuis de voftre auis en ce que vous reprenez de Quintilien; fa raifon eft bonne pour les cheutes des enfans, mais non pas pour leurs ieux, & les courfes.

La rigueur dont les Theffaliens puniffoient les Ci-
conicides, me femble affez raifonnable ; mais ie ne
fçay fi c'eftoit à caufe que les Cigognes mangent les
ferpens, ou pource qu'elles nourriffent leurs peres en
vieilleffe, ou pour auoir efté les inuentrices des clifte-
res, qui eft vne loüable & vtile inuention. Veritablement, hors qu'elles font mocqueufes, comme vous
fçauez,

O Iane à tergo, &c.
ce font des oifeaux de fort bonnes mœurs, & qui ont
d'excellentes qualitez. Ie ne m'eftonne pas, non plus,
de ce que dit Pline de l'eftime en laquelle les Romains
auoient le bœuf, & encore aujourd'huy parmy beaucoup de peuples, le bœuf falé eft en veneration ; mais
fçauez-vous ce que dit Suetone de cét honnefte homme de Domitian, *inter initia vſque adeò ab omni cæde
abhorrebat, vt abſente adhuc patre, recordatus Virgilij*

verſum.

> *Impia quæ cæſis gens eſt epulata iuuencis,*
> *edicere deſtinauerit, ne boues immolarentur.* Voyez le bon
Prince, qu'il auoit l'ame douce, & vous y fiez.

Ie crois que vous ne connoiſſez pas trop bien Syl-
la, de dire qu'il n'eſtoit pas coquet, & ie gagerois que
vous ne l'auez iamais veu, *animo ingenti cupidus volupta-*
tum, ſed gloriæ cupidior otio luxurioſo eſſe, tamen ab negotiis,
nunquam voluptas remorata, regardez ſi là deſſus on
peut iuger qu'il n'eſtoit ni coquet ni galant.

Ie vous ſupplie de dire à Monſieur l'Abbé de Lauardin, que ie le remercie tres-humblement du iugement qu'il a donné en ma faueur, ſur le paſſage de
Quinte-Curſe, & que ie ne me reſioüis pas plus de ce
qu'il a iugé pour moy, que de ce qu'il a bien iugé ; car
ie prens deſormais aſſez d'intereſt en luy, pour eſtre
fort aiſe de ce qu'il eſt bon iuge de ces choſes-là.

Ie me reſioüis de ce que vous taſchez à rencontrer
aux etymologies, vous auez quaſi trouué celle de be-
ſicles, & cela n'eſt pas mal pour vn commencement :
mais il vient de *bini circuli,* ou *bis circuli.* Celle de Monſieur Craſſot, dont vous vous moquez, ne me déplaiſt
pas, & ie ne me recule pas trop, non plus, de celle de
Vigenere, mais ie vous rendray des mules pour ſes
pantoufles, & vous demeurerez bien d'accord que ce
mot-là vient de *mulæi,* qui eſtoient *calcei Regum Alba-*
norum, rubri coloris.

Voila, Monſieur, ce que ie deuois vous auoir eſcrit il y a long-temps, mais i'ay eu tant d'affaires & telles

les que ie fçay bien que vous me pardonnerez quand
ie vous les diray,

Res mifera eft pulchrum effe hominem nimis.

Au refte, foyez vn peu plus hazardeux, & que Pegafe
& Bellerophon ne vous faffent point de peur; ie vous
affeure que ce ne font que fables que tout cela.

Aude hofpes contemnere opes, & tè quoque dignum
Finge Dea.

Au premier voyage, ie vous enuoyeray la decifion fur
les mots de voftre nobleffe; ie n'ay pas de temps à cette heure.

Ie fuis,

l'oubliois à vous expliquer le paffage de Q. Curce, au
moins comme ie l'entens, & veritablement il eft tres-
difficile. Il n'y auoit pas (ce dit-il) de terre fous la muraille pour appliquer des efchelles, & Alexandre n'a-
uoit pas de vaiffeaux; & puis, quand il en eut eu, lors
que l'on euft voulu planter des échelles deffus les vaiffeaux, eftant branflans & flottans, cela n'euft pas pû
fe faire affez diligemment, & ceux de la muraille euffent eu le temps de repouffer à coups de trait ceux qui
euffent voulu monter, & ceux qui eftoient dedans les
nauires.

MONSIEVR,

Voftre, &c.

EEee

A MONSEIGNEVR D'AVAVX.

LETTRE CXCV.

C'Eſt vn extréme plaiſir à ceux qui vous ayment, d'auoir veu reuenir la maiſon de Madame de Longueuille ſi pleine & ſi chargée de vos loüanges, qu'il ſemble qu'ils n'ayent veu que vous en Allemagne, & qu'ils ne ſoient reuenus à Paris que pour parler de vous. Ie trouue à tous propos des gens que ie ne connois pas, qui me viennent faire des complimens & des offres de feruice en voſtre conſideration: des femmes & des filles qui me viennent ſauter au cou pour l'amour de vous. Mais, ſur toutes, leur maiſtreſſe vous loüe comme il vous faut loüer, & d'vne ſorte qu'il n'y a poſſible qu'elle au monde qui le puiſſe faire. Il y a long-temps, Monſeigneur, que vous m'auez ouy dire que chacune a ſon gouſt, mais il n'y en a point qui en ayt vn ſi exquis que celle-là, & ie ſuis rauy qu'il ſoit entierement conforme au mien en ce qui vous regarde. Tout le monde ſçait que vous eſtes vn grand Ambaſſadeur, vn grand Miniſtre, vn grand Homme,

Et pueri dicunt:

mais ce que l'on appelle vn honneſte-homme, & vn galant-homme, ſi ie m'y connois vn peu, perſonne ne le fut iamais à plus haut point que vous l'eſtes; Et

cette verité-là n'eſt ſi bien connuë de perſonne, que
de Madame de Longueuille & de moy. Elle fait grande eſtime de voſtre probité, de voſtre prudence, de
voſtre magnificence, & magnanimité; elle dit cette
reputation admirable, & cette creance que vous auez
dans toute l'Allemagne : mais ſur toutes choſes, elle
parle auec plaiſir de la delicateſſe & de la beauté de vô-
ſtre eſprit, du gouſt que vous auez à iuger des belles
choſes, de la facilité à les produire, & de toutes les
agreables qualitez qui ſont rares aux Plenipotentiaires, & qu'elle dit n'auoir iamais veuës en perſonne
comme en vous. Enfin, elle vous connoiſt comme ſi
elle vous auoit veu iuſques dans le cœur, ie ne ſçay ſi
elle y a eſté. Elle ne m'a dit pas vn mot des lettres que
ie vous ay eſcrites, quoy qu'elle me faſſe l'honneur de
me parler auec beaucoup de confiance, & que ie l'aye
miſe ſouuent ſur ce ſuiet-là. Tout ce que vous liſez
icy, Monſeigneur, eſt vn peu trop doux, & auroit
beſoin d'vn correctif, mais ces luſtres & ces Olympiades que vous m'auez autrefois ſi bien miſes deuant
les yeux, ne vous reuiendront-elles pas dans l'eſprit
en cette occaſion? auoüez qu'il y a des rencontres, où
les plus grandes ames, & les plus parfaites ſageſſes s'é-
chappent.

De Paris ce 16. May 1647.

EEee ij

AV MESME.

LETTRE CXCVI.

DVpliciter delectatus sum tuis litteris, & quod ipse risi & te ridere posse intellexi. A ce que ie voy, *iucun-dissime Domine* (car pourquoy ne vous puis-je pas donner ce titre que Pline dans sa Preface donne à Trajan?) vous autres Plenipotentiaires vous vous diuertissez admirablement à Munster, il vous y prend enuie de rire en six mois vne fois. Vous faites bien de prendre le temps tandis que vous l'auez, & de iouyr de la douceur de la vie que la fortune vous donne. Vous estes-là comme rats en paille, dans les papiers iusques aux oreilles, tousiours lisant, escriuant, corrigeant, proposant, conferant, harangant, consultant dix ou douze heures chaque iour, dans de bonnes chaises à bras, bien à vostre aise ; pendant que nous autres pauures Diables sommes icy, marchant, courant, tracassant, ioüant, causant, veillant, & tourmentant nostre miserable vie. Mais, auec tout vostre bon temps, dites le vray, Monseigneur, ne fait-il pas plus sombre à Munster depuis que Madame de Longueuille n'y est plus? Au moins fait-il plus clair & plus beau à Paris depuis qu'elle y est,

Purior hîc campos Æther & lumine vestit
Purpureo.

Le Monde & la Fortune vont ainsi,

hic apicem rapax
Fortuna cum stridore acuto
Sustulit, hic posuisse gaudet.

Vous nous l'auez renuoyée plus belle, plus aymable
& plus habile que nous ne vous l'auions donnée, &
toute grosse qu'elle est, elle met icy en feu plus de la
moitié du Monde. *Arcanus hinc terror, sanctaque reue-*
rentia, quid sit illud quod tantum perituri vident. Ie voudrois que vous pussiez ouïr tout ce qu'elle dit de vous,
& auec quelle estime & quelle amitié elle en parle;
quoy que vous ne soyez point suiet aux passions
(n'est-ce pas Monsieur Cornifice Vlfelt qui soustient
cette opinion-là?) en verité, vous seriez en quelque
hazard; Elle vous remercie de l'auis du mariage, elle
n'en sçauoit encore rien d'asseuré, & m'a commandé
de vous faire de sa part mille complimens du meilleur
cœur du monde. Vostre Italien, au reste, & son éle-
gance, m'ont surprise: Tout de bon, Monseigneur,
vous m'effrayez,

Tot lingua, totidem ora sonant.

Il y a quelque chose de monstrueux en cela; cette
bouche de douze fontaines que l'on donnoit à Pinda-
re, ne vous la peut-on pas donner à plus iuste titre?
mais dans quel abysme auez-vous esté chercher *se non*
vi piace prestarmie quella fede; & par quel art *ex rebus*
damnatis & iam nullis sçauez-vous tirer des beautez &
des graces toutes fraîches, & toutes nouuelles? cela,
auec *Iulio Bertolini, & Bartolomeo Dini,* estoit enseuely

EEee iij

dans ma memoire, fous le débris de mille autres chofes que le temps y a démolies: Vous l'y auez fait reuenir *quafi iure poftliminij*, & ie ne vous puis dire auec
combien de plaifir. I'eus honte, en verité, de ce que
mon valet me vit efclater de rire en lifant vne lettre
qu'il auoit entenduë que l'on me donnoit de la part
de Monfieur d'Auaux, ce Monfieur d'Auaux fi graue, fi ferieux, fi important dans l'efprit de tout le
monde. *Res ardua vetuftis nouitatem dare, obfoletis nito-*
rem, faftiditis gratiam : mais pour vous, cela vous eft
ayfé, & vous en fçauez bien d'autres.

AV MESME.

LETTRE CXCVII.

IL faut auoüer, Monseigneur, que vous auez en moy
vne estrange espece de Commis; il n'entend pas
vn mot de Finances, il ne va iamais à la Direction, &
à peine mesme s'auise-t il en six mois vne fois d'escrire à son Maistre : mais, en recompense, il ioüe beau
jeu, il fait des vers, il escrit de belles lettres, & fait
quelquefois des combats aux flambeaux à minuit. Ie
me haste de m'accuser moy-mesme, pour arrester vos
reprimendes; car il me semble que ie vous voy, auec
vostre visage de Plenipotentiaire, me reprocher encore mes Olympiades, & dire

Sperabam iam deseruisse adolescentiam,
Gaudebam : ecce autem de integro.

Mais ie croy qu'il n'y a pas de honte à moy de n'estre
pas plus sage dans mes vieux iours, que d'autres ne le
font dans leur jeunesse, *Saleij Bassi vehemens, & poë-
ticum ingenium fuit, nec adhuc senectute maturum.* Ie vous
auoüe, pourtant, que ie n'ay pas laissé d'en estre vn
peu honteux, & cela m'a arresté long-temps de vous
escrire; outre que dans le chagrin où ie m'imagine
que vous estes de voir que vostre ouurage ne s'auance
point, i'ay creu que des lettres aussi peu serieuses que

les miennes, ne feroient pas de faiſon. Moy qui connois, Monſeigneur, combien vous aimez voſtre païs,
ie ne doute pas que vous ne ſoyez affligé de voir les
difficultez qui naiſſent de iour en iour, & qui s'oppo-
ſent au ſuccés de la negociation qui eſt entre vos
mains.　Ce que ie vous puis dire là deſſus, c'eſt que
vous n'en deuez eſtre touché que pour l'intereſt public, & que le voſtre particulier eſt entierement à couuert.　On eſt ſi bien perſuadé de vos bonnes intentions, que toutes les fois que l'on ſe plaint icy du re-
tardement de la Paix, & de ceux que l'on s'imagine (à
tort peut-eſtre) qui n'y ſont pas tout ce qu'ils pourroient, cela donne occaſion de parler de vous, & en
fait dire tout ce que vous ſeriez bien-aiſe d'entendre.
C'eſt vne choſe merueilleuſe que cette eſtoile qui
vous a donné de tout temps l'amour des peuples: Il n'y
a icy pas vn bourgeois qui ne vous nomme, qui ne
vous connoiſſe, qui ne vous loüe.　La France a mis en
vous ſeul ce peu d'eſperance qui lui reſte: voyant bien
que la Paix ne ſe peut plus faire que par miracle, on
croit que c'eſt vous qui fera ce miracle-là; & dans la
conſternation publique, vous eſtes le reconfort de
tout le monde. Au reſte, tout eſt icy tellement changé, les cœurs y ſont ſi abbatus, les plaiſirs ſi reſſerrez,
que ie ne voy plus guere de choix entre le ſejour de
Munſter & celui de Paris: On n'y voit plus que des
gens qui ſe plaignent, les vns que l'on leur oſte leurs
gages, les autres que l'on retranche leurs penſions, &
ils s'y trouue meſme des Commis de Surintendans, qui
　　　　　　　　　　　　　　　　　　diſent,

difent, qu'ils ne font guére mieux traittez que les autres.

On y voit auffi Saclé,
Où bien que tout foit baclé, &c.

C'eft, ce me femble, vn fragment d'vne piece de noftre ieuneffe. Afin que vous iugiez, Monfeigneur, fi
i'ay profité depuis ce temps-là, je vous enuoye des
vers que ie fis il y a trois ans, fur la maladie que Monfeigneur le Prince eut en Allemagne. Quelques confiderations m'empefcherent alors de les monftrer, ie
ne les ay fait voir que depuis quelques iours. Ils ont
efté affez bien receus icy; mais ie ne croiray rien de ce
que l'on m'en dit iufqu'à ce que ie fçache le iugement
que vous en ferez. Faites-moy l'honneur, s'il vous
plaift, de me mander fi c'eft rien qui vaille, afin que fi
ie n'y reüffis pas, ie ceffe d'eftre Poëte, & que ie me
mette tout à fait à eftre Financier. Ie ne puis finir cette
lettre, fans vous dire que Madame de Longueuille en
receut dernierement vne des voftres dont elle fit vn
cas merueilleux, & qui a efté extrémement loüée de
tous ceux qui l'ont veuë. A dire le vray, elle le méri-
toit, & il ne fe peut rien voir de plus beau,

Nofti, Antipho, quàm elegans fpectator forma-
rum fiem.

Vous fçauez fi ie me connois en ces fortes de beautez. Il n'y a que vous en France qui puiffe efcrire
de la forte.

FFff

AV MESME.

LETTRE CXCVIII.

VOvs ne me pouuiez pas mieux témoigner la bonne affiette où eft voftre ame, qu'en m'efcriuant vne lettre comme celle que ie viens de receuoir; elle femble puifée *medio de fonte leporum*, tant elle eft agreable, & il eft ayfé de voir que cela part d'vn efprit ferein & d'vne fource tranquille. En verité, Monfeigneur, rien ne vous pouuoit faire tant d'honneur dans mon efprit que de voir qu'en l'eftat où font vos affaires, vous fçachiez rire de la forte. Cela s'appelle, *frui Dijs iratis & Fortunæ minaci mandare laqueum.* Vous fouuient-il du temps que vous luy baftiffiez vn temple en fi beaux vers? Vous eftes bien reuenu de cette idolatrie, & vous-vous fçauez bien mocquer d'elle à cette heure. Ie croy pourtant que pour ce coup elle ne vous fera que des menaces. Ceux qui connoiffent la Cour difent, que l'on ne voudra pas s'expofer à l'enuie que l'on encourroit en traittant mal vn homme, qui, au iugement de tout le monde, a bien merité de la France. Monfeigneur de Longueuille m'a fait l'honneur de me monftrer la lettre que vous luy auez efcrite, ie l'ay trouuée belle, belle parfaitement. Sans mentir, Monfeigneur, de tous les beaux efprits, de tous ceux

qui artem tractant muficam, il n'y en a point qui l'entende fi bien que vous. Ie fuis rauy que mes vers ne vous
ayent pas dépleu ; * * * * * *

Ie reçois, au refte, voftre *deferbuiffe*, mon Terence
n'eft pas fi correct que le voftre, ni moy fi correct que
vous. Mais pourquoy voulez-vous que ie vous efcriue deformais vne fois le mois ? ne vous fuffit-il pas d'e-
ftre feruy par quartier ? Employez-moy donc à quelque chofe pour vos affaires, & me donnez matiere de
vous entretenir. Autrement, mes lettres n'auront que
la peau & les os, elles feront feiches & courtes. Ie vous
obeïray neantmoins, & quand ie ne le ferois pas pour
tant d'obligations que ie vous ay, ie le ferois pour voftre parenthefe de Monfieur Voiture d'Amiens ; *ego*
enim (*exiftimes licet quod lubet*). *mirificè capior facetiis ; mo-*
riar fi præter te quemquam habeo in quo poßim imaginem an-
tiquæ feftiuitatis agnofcere. Si ie m'y connois bien, vous
eftes le meilleur & le plus fage homme du monde,
& chacun en demeure d'accord : mais vous eftes le
plus plaifant homme du monde auffi, & l'on ne s'en
douteroit pas.

FFff ij

BVTILLERIO
CHAVIENIO,
V. VICTVRVS.
S. P. D.

LETTRE CXCIX.

DVPLICITER *delectatus sum tuis litteris, & quod ipse risi, & quod te ridere posse intellexi* (cecy est de Ciceron, vous vous apperceurez bien que le reste n'en est pas) *verebar enim ne te hominem vrbanissimum tam longa extra vrbem commoratio tædio & langore afficeret. Verùm illæ tuæ iucundæ, suaues, salibus vndique aspersæ, satis ostendunt solitum in te vigere Genium, illamque ingeny tui aciem nulla ratione retundi posse. Nec miror sanè quod rure nihil ruris contraxeris, & te vbique tam elegantem præstes, quippè qui omnium elegantiarum fontem tam prope habeas, & à latere viri supra omnes eloquentissimi non discedas*

                   & te hæc

Scire, Deos quoniam propiùs contingis oportet. *Vt enim videbantur Athenæ migrare quocunque se Alcibiades contulisset, sic quicquid in vrbe est vrbanitatis politiorisque doctrinæ, lepôres, venustates, Veneres ipsæ Richelium quoquo se vertat comitantur. Quàm lubenti animo epistolam tuam le-*

gerim , quamque capiar illis ingenij tui deliciis, illoque tibi pe-
culiari genere scribendi, peream si satis dicere possum. Tu-te
reputa quæ in ignotissimo diligerem quàm mihi chara esse de-
beant in te homine amicissimo, omniumque mearum fortuna-
rum ac rationum patrono. Quod mihi succenses, & sub-irasci
videris quod me parum diligentem præbeam in rebus domesti-
cis curandis, inque illo negotio conficiendo quod me hic detinet;
iure quidem , sed & perhumanè facis qui tantis implicitus ne-
gotiis mea curas. Cæterum tibi persuadeas quæso me omni ob-
seruantiâ, fide, amore erga te , omni denique studio omnibus-
que officiis præstiturum , vt me hac tua humanitate ac beneuo-
lentia dignum aliquando iudices. Emin. tuus , imò noster,
quàm me deuictum habeat, & in posterum sit habiturus ipse
iudicare potes, qui & beneficium ab illo in me collatum , &
me quàm gratus sim nosti. Certè vir alioquin summo ingenio,
acerrimo iudicio præditus , liberalissimus , & vt omnia dicam,
amicitia tua dignus, vel ob id vnum facinus ab omnibus lau-
dari, à te amari, à me coli semper debet. Roxanam his die-
bus diligentissimè legi. Quid de ea sentiam quæris ? nihil me
hercule vsquàm elegantiùs ,nihil ornatiùs, nihil sublimiùs, di-
gnam denique Alexandro & Armando. Quò propiùs inflexi,
eo mihi pulchrior visa est, tamque absoluta, vt nihil in ea præ-
ter aliquem næuum desideres. Sed quid eius tibi nunc venu-
statem

> prædicem aut laudem Antipho,
> Cùm ipsum me noris quàm elegans formarum
> spectator siem,
> In hac commotus sum.

Mihi pergratum feceris si tuum de illa iudicium ad me perscri-

bas; percupio enim scire, an tibi tàm lecta , quàm audita pla-
cuerit. Si quid in hac vrbis solitudine faciam quæris ? deambu-
lo, lego, scribo, satis iucundè hæc omnia, nisi anxius essem de
publicis rebus, deque tua salute. Viue & vale.

IN OBITVM N.

Prima manu Troüm quæ missa est cuspis in hostem,
    Eximio iuueni funus acerba tulit.
At nobis meliorem animam facta inuida tollunt,
    Et rapuit fortem mors properata virum.
Pro facinus! qui vel laudes æquasset Achillis ,
    Ille habuit fatum Protesilaë tuum.

LETTRES
AMOVREVSES
DE MONSIEVR
DE VOITVRE.

LETTRE I.

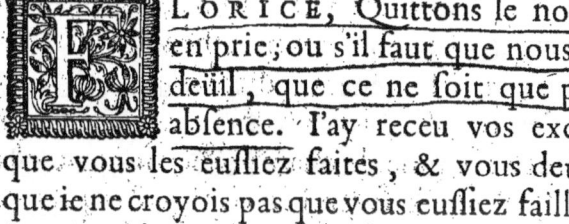

LORICE, Quittons le noir, ie vous en prie, ou s'il faut que nous foyons en deüil, que ce ne foit que pour noftre abfence. I'ay receu vos excufes auant que vous les euffiez faites, & vous deuez penfer, que ie ne croyois pas que vous euffiez failly, puifque i'auois eu le courage de vous accufer. I'ay cherché mieux que vous tout ce qui faifoit à voftre defcharge, & pour dire le vray, ma caufe eftoit trop meflée auec la voftre, & i'auois trop d'intereft en voftre innocence, pour ne la pas bien défendre. Car fi vous euffiez efté trouuée coulpable, i'en euffe eu la peine le pre-

mier, & perſonne n'en euſt eſté puny ſi cruellement
que moy. Mais de plus, i'ay vne trop haute opinion
de ma fortune, & de voſtre courage, pour douter que
l'vn ou l'autre puiſſe tomber ſi bas. Il eſt indigne de
vous & de moy, de craindre qu'vne affection ſi bien
iointe, ſe démente en quelque ſorte : & c'eſt vn crime
entre nous deux, d'imaginer ſeulement qu'il ſoit poſſible. Si l'vn de ces deux, dont ie vous ay fait des reproches, auoit attendu le iour en voſtre chambre, ie
croirois que vous euſſiez voulu prendre vne nuict
toute entiere pour le quereller ; & quand ie l'aurois
veu entre vos bras, ie penſerois que ie vous aurois priſe pour vne autre, ou que vous l'auriez pris pour moy.
Enfin, ie me défierois pluſtoſt de la fidelité de mes
yeux, que de la voſtre, & ie me perſuaderois plus aiſément d'auoir eſté trompé d'eux, que de vous. Non,
l'entretien de ces deux hommes ne me fera iamais reſ-
uer ; & quand ils auroient eſté vn ſiecle entier auec
vous, ie ne croirois pas que vous euſſiez eſté vn quart
d'heure auec eux. Mais encore, dites-moy, apres que
le premier s'en fut allé, demeuraſtes-vous ſeule auec
l'autre, & voſtre femme de chambre ne monta-t-elle
pas auſſi-toſt ? Sont-ils ſortis à ce voyage d'aupres de
vous, auſſi ſatisfaits que les autresfois ? Et leur auez-
vous encore laiſſé toutes ces belles eſperances, auec
leſquelles ſeules ie les tiens plus riches, que s'ils poſſe-
doient tous les autres biens du monde ? Ie m'informe
curieuſement de ces particularitez, car ie ſçay bien
qu'elles ne me peuuent eſtre que bien agreables ; &
ſans

fans doute cette entreveuë me donneroit plus de fujet
de contentement que de plainte, fi i'en auois vne parfaite connoiffance. Mais cependant ils vous virent,
tandis que i'eftois à trente lieuës de vous, & au mefme
temps que ie me trouuois feul en ma chambre à plaindre cette abfence, ils eftoient dans la voftre, & vous
entendoient parler: Peut-eftre mefme qu'ils vous ont
veu rire, & que vous donnaftes fujet à l'vn d'eux d'a-
uoir cette nuit-là quelque agreable fonge. Ha! Flo-
rice, que c'eft vne traiftreffe paffion que la ialoufie,
& qu'elle fe gliffe aifément en nous, au defceu de noftre raifon! Ie fçay bien que vos erreurs paffées vous
obligent à de fafcheufes confequences, & que vous
eftes contrainte de faire beaucoup d'actions contre
voftre cœur & le mien, fi vous ne voulez faire courre
fortune à vne chofe que vous tenez bien chere. Mais
fi vous fçauiez quel coup cela me donne, & combien
ces penfées me touchent, peut eftre qu'vne autre fois
vous mettriez toute autre chofe au hazard, pluftoft
que ma vie: & apres cela, vous me reprochez que ie
n'ay pas efté affez diligent à vous enuoyer mon portrait. En verité, voudriez-vous que ie fuffe arriué
pour faire vn tiers auec ces deux? & que i'euffe efté
prefent, pour eftre tefmoin des contentemens qu'ils
reçoiuent aupres de vous? fans mentir, ie ne croy pas
mefme que ma peiture l'euft pû fouffrir, & c'euft efté
me faire mourir en effigie. Encore ie penfe que i'en
euffe fenty quelque chofe d'icy, & fans doute i'en fuffe tombé en longueur, comme ceux que l'on tuë de

GGgg

cent lieuës loin, en ne piquant que leur image. Mais quand cette confideration-là n'y feroit point, vous ne deuriez pas fouhaitter de voir mon portrait, en l'eftat où les premiers iours de cette abfence m'auoient mis. Il n'y auoit pas d'affez mauuaifes couleurs dans toute la peinture, pour reprefenter celle que la triftef-fem'auoit donnée : Et ie ne voy pas qu'il y euft appa-rence de peindre au vif vn homme qui eftoit plus que demy mort. Vous en euffiez trouué vn autre que celuy que vous auiez veu fi content aupres de vous. Et fi l'on m'euft bien peint, vous ne m'euffiez pas reconnu; car à moy mefme, ie n'eftois pas reconnoiffable, & à peine pouuois-ie paffer pour vne mauuaife copie de celuy que i'eftois il y a quelque temps. Mais i'efpere que bien-toft vous me verrez plus riant & plus gay, car ie commence à me r'afferener le vifage, & fi le Peintre n'y oublie rien, vous y verrez vne efperance de vous aller trouuer bien toft apres mon portrait. Difpofez-vous auffi de me receuoir plus gayement, & que les recommandations de la Demoifelle au bon efprit, ne veus en empefchent pas, fi vous iouiffez encore du voftre. Ie ne luy enuoyay pas mes baife-mains, mais ie luy renuoyay ceux qu'elle m'auoit faits par trois differentes perfonnes, & ie ne l'euffe pas entrepris fi ie n'euffe craint de vous offenfer en retenant quelque chofe d'elle. Encore en euffiez-vous efté aduertie, fi ien'euffe eu peur de vous ennuyer vn quart d'heure, par vn fafcheux reffouuenir comme celuy-là. Et la mefme confideration qui vous a empefché de me di-

re cette autre noüuelle que i'ay fceuë d'ailleurs, m'a
fait taire de celle-cy, Mais puifque nous fçauons tout
l'vn de l'autre, & que le mauuais Demon qui nous fepare veut encore nous rendre prefentes toutes celles
de nos actions qui nous peuuent offencer; ie vous prie
trompons fa malice, & le preuenons en cela, les chofes auront tout vn autre vifage, quand nous le fçau-
rons par nous mefme; & pour moy, ie vous iure qu'il
ne m'efchappera iamais rien, qui en apparence vous
puiffe fafcher, dont auffi toft ie ne me confeffe à vous.
Promettez-moy le mefme, ie vous prie, & me dites
comment vous auez pû fçauoir que i'euffe fait des recommandations à perfonne, & par quel chemin vous
auez trouué celuy qui m'auoit appris les nouuelles
dont ie me fuis plaint à vous: car fans mentir i'en fuis
en peine, & pour moy, ie croy que vous auez quelque Génie auprès de moy, qui vous donne aduis de ce
qui s'y paffe. Mais puis qu'il vous dit tout, demandez-
luy fi ie vous ayme, & qu'il vous die combien de fois
ie foufpire tous les iours pour vous.

A MADAME ***

LETTRE II.

C'Est fans doute vne menace, qui eftonneroit vn plus refolu que moy. Mais tant que vous me menacerez de la forte, i'aduoüe que ie ne fçaurois vous craindre, & ie feray affez hardy pour me trouuer apres difner où vous me commandez quelque malheur qui m'en puiffe arriuer. Ie fçay bien que voftre logis n'eft pas vn lieu de feureté pour moy, & que fous l'ombre de l'amitié que vous me faites l'honneur de me promettre, il n'y a perfonne auiourd'huy, de qui ie doiue craindre tant de mal, que de vous. Mais au moins, fouuenez vous, s'il vous plaift, de ne me laiffer pas fouffrir trop long temps: Si vous voulez deuenir bonne, comme vous dites, commencez à l'eftre en cette occafion. Et fans mentir, l'obeïffance aueugle que ie vous rends, vous y oblige en quelque forte; & la franchife, auec laquelle vous voyez que ie me remets entre vos mains. Quoy que ie connoiffe bien à quoy vous me deftinez, ie veux neantmoins, rendre contente, tant qu'il me fera poffible, la perfonne que vous defirez qui le foit à mes defpens; & ie vous promets que ie tiendray fon affection fecrette, fans en tirer aucune vanité: Mais ie ne fçay fi ie me pourray taire de voftre confidence.

A LA MESME.
LETTRE III.

CEST le vray moyen de redoubler mes peines, que de me faire entendre, que vous en auez ; & moy, qui iufqu'icy ay fupporté les miennes auec tant de patience, ie doute fi ie pourray fouffrir les voftres. Mais de quelque forte que ce foit, ie ne puis trop endurer, puifque c'eft pour l'amour de vous ; & les deux mots, que dans voftre billet vous auez adiouftez hors du rang des autres, me doiuent tout rendre fupportable ; & me feroient courir gayement au martyre. Ie croy que vous mefme n'en doutez pas, & que vous eftes affez affeurée de ma refolution ; puis qu'apres m'auoir aduerty du mal que vous me voulez faire, vous attendez que de moy-mefme i'aille le receuoir: & qu'apres difner ie me rende volontairement en vn lieu, où mes peines doiuent eftre redoublées. Cette menace pourroit donner de la crainte à vn autre, & feroit fonger vn plus fage que moy à fe mettre en faueté. Mais quelque peril que i'y voye, il n'y a pas de moyen de ne vous point obeïr, ni qu'ayant l'honneur de vous connoiftre fi bien que ie fais , ie me puiffe empefcher d'eftre

Voftre, &c.

GGgg iij

A LA MESME.
LETTRE IV.

I'AY oublié tout ce que ie deuois dire à la ＊＊＊＊ auec qui vous me vouliez accorder ; & ſi ie vous aſſeure, que ce n'eſt pas pour auoir dormy depuis. Ie ſuis faſché de n'auoir pas eu plus de ſoin d'vne perſonne qui m'auoit eſté recommandée de ſi bonne part: & que ne luy pouuant donner aucune place en ma volonté, elle n'en ait pas eu dauantage en ma memoire. C'eſt la partie de mon ame, dont ie luy pouuois le plus iuſtement faire part ; car c'eſt celle qui eſt la plus contraire au iugement, & qui a le ſoin des choſes paſ-ſées. Mais ſi ie luy dis quelque choſe d'obligeant apres diſner, elle ne ſe pourra pas plaindre, que ie ne luy parle que par cœur : & ie ſens le mien ſi eſloigné de tout ce que i'ay à luy dire, que ſi vous ne me ſecou-rez tantoſt, vous verrez que ie ne ſçauray pas, non plus que vous, ni les mots, ni les temps. Mais pleuſt à Dieu que vous ne ſceuſſiez pas celuy de voſtre parte-ment, & que vous ne m'en peuſſiez encore auiour-d'huy rien apprendre. Car ſans mentir, ie n'ay pas l'eſprit aſſez fort pour en ſouffrir ſeulemét l'imagina-tion, & cette penſée eſtouffe en moy toutes les autres. Quand ie ſonge que demain vous ne ſerez plus icy, ie trouue eſtrange qu'auiourd'huy ie ſois au monde : Et

ie suis prest d'auouër auec vous, qu'il y a de la fiction
en cette amour que ie fais paroistre, quand ie pense
que ie respire encore, & que ce déplaisir n'acheue pas
de me tuër. D'autres ont perdu la parole, & se sont
confinez aux solitudes de la Thebaïde, pour de moindres mal-heurs que le mien. Mais si i'auoüe que ie ne
pourrois pas m'aller plaindre de mon mal si loin de
vous : ie suis, ce me semble, excusable de n'aller pas
chercher vn hermitage aux deserts d'Egypte, puisque
i'espere trouuer place en celuy que vous allez bastir!
Il n'y a que cette esperance qui me puisse arrester au
monde, & ma vie ne tient plus qu'à cette pensée. Ie
ne sçay pas si tout ce que ie dis icy, est dans les bornes
de l'amitié passionnée, mais vous ne pouuez dire que
ie parle à vous trop clairement, veu que vous pouuez
tousiours donner deux sens à toutes mes paroles : ny
vous plaindre, si ie ne vous escris pas dans les termes
que vous desirez ; puisque ie n'ay pas veu encore celuy qui me le doit apprendre. Tandis qu'il m'est permis de faillir, & que ie puis dire quelque chose de mes
sentimens, ie vous iure auec la mesme affection que ie
fis hier, que la seule folie que ie feray au monde, ce sera d'aymer tousiours la plus aymable qui fut iamais,
& que ie veux bien auoir vostre haine, dés le iour que
vous aurez mon amitié.

AV MESME.

LETTRE V.

IE ſens bien que la fin de mes iours approche, &
que ie ſuis à la veille du plus grand mal-heur qui
m'arriuera iamais. Cependant ie trouue mon eſprit
en vn eſtat plus tranquille, que ie n'euſſe oſé l'eſperer;
& au milieu de mille penſées qui m'affligent, i'en trouue encore quelqu'vne qui me conſole. Dans l'eſtonnement où ie ſuis, ie ne puis voir la cauſe d'vn euenement ſi extraordinaire : Mais ie connois bien que
vous produiſez en mon ame, ie ne ſçay par quels
moyens, des effets dont ie ne voy pas la cauſe, & que
vous faites que mon cœur ſe reſioüiſſe, ſans que mon
eſprit ſçache pourquoy. Tant y a, que ie ſuis auſſi reſolu de mourir, que s'il me reſtoit quelque choſe à eſperer apres cela ; & quelque cruelle que ſoit la mort
que me va donner voſtre abſence, ie ſuis preparé à la
ſouffrir, comme ſi c'eſtoit vn paſſage à vne meilleure
vie. Il me deſplaiſt ſeulement, que cette perſonne à
qui vous me preſtez quelquefois, ne me permette
pas d'acheuer mes iours en repos : & que ie ſois contraint de partager entre vous & elle, les dernieres heures qui me reſtent. Cela me perſuade, ce que ie n'a-
uois pû encore bien croire que nous voyons tous, à
l'heure de la mort, noſtre bon & mauuais Ange, &
que

que nous auons en ce moment, de bonnes & de faſcheuſes viſions. Mais ie vous ſupplie tres-humblement, ſi vous ne me haiſſez pas encore, de ne me pas
delaiſſer en cette extremité, & de prendre ſoin d'vne
ame, qui ne peut eſtre ſauuée que par vous, & qui ſeroit tourmentée à jamais, ſi vous l'auiez abandonnée.

HHhh

A LA MESME.

LETTRE VI.

IL eſtoit temps que ie ſongeaſſe à ma conſcience, &
ce fut heureuſement pour moy, que ie fis hier vne
partie de ma confeſſion: Car ie n'auois point encore
eſté ſi malade qu'aujourd'huy, & mon mal augmente
de ſorte, que ſi i'euſſe differé dauantage, ie croy que
ie fuſſe mort en mauuais eſtat. Au moins, dans l'accés
où ſe trouue mon eſprit, & dans les inquiétudes qui
l'affligent, ie voy bien que les reſueries le vont prendre; & ie n'eſpere pas que ie puiſſe iouïr encore vne
heure de mon bon ſens. Ce qui me le perſuade le plus,
c'eſt que parmy les deſplaiſirs & les ennuis qui me deuroient accabler, ie ne puis eſtre extrêmement triſte;
& que ie me trouue moins affligé que de couſtume,
quoy que ie ſois au pire eſtat, où ie me vis iamais. Ie
perdis l'autre iour ainſi vn de més amis, à qui l'excés
de ſon mal en oſta le ſentiment. Les ſonges le faiſoient rire dans les angoiſſes de la mort, & ſes imaginations luy donnoient du repos, pendant que ſa fiévre
le tuoit. Ie vous ſupplie de ne me point enuier vne fin
pareille à celle-là; & puis qu'il ne me reſte pas encore
huict iours à viure, ſouffrez que ie les acheue en cette
ſorte. Cela eſtant, i'aduouë que vous eſtes plus pitoyable que ie ne croyois, & moy plus heureux que ie

n'auois esperé. Car vne si folle entreprise que la mienne, ne deuoit pas auoir vn succés si bon, & apres auoir
fait vne si grande faute, ie n'esperois pas d'en mourir
si tost, ni si doucement. Ie vous demande pardon ;
Ie pensois ne vous escrire, que ce qui touchoit vostre
amie, & ie viens de m'apperceuoir que ie ne vous en
ay pas dit vn mot. Ie vous supplie tres-humblement
d'ordonner d'elle & de moy, ce qu'il vous plaist, &
que ie sçache quand vous voulez que i'en aille ouïr
l'Arrest. Ie vous supplierois que ce fust dés ce soir,
mais i'ay crainte de vous estre importun, & ie ne sçay
pas où ie vous trouuerois apres disner.

HHhh ij

A LA MESME.
LETTRE VII.

SI c'eſt aujourd'huy que ie dois donner du contentement à la perſonne que vous me recommanda-
ſtes hier, ie vous ſupplie de m'enuoyer ce que vous
voulez que ie luy donne : ou de ne trouuer pas mauuais, que ie ne faſſe point de largeſſe aux autres, d'vn
bien, dont les plus pauures ſont plus riches que moy.
Ie n'auois pas eu encore de ſi mauuaiſes heures, que
les douze dernieres que i'ay paſſees ; & depuis que ie
n'ay eu l'honneur de vous voir, i'ay eu ſi peu de repos,
que ie vous aſſeure qu'il y a eu des Feüillans qui ont
eſté mieux couchez que moy. Cét homme à qui vous
laiſſaſtes hier le poignard dans le cœur, a eu vne meilleure nuict, La crainte, le regret, le deſplaiſir, & tout
ce qu'il y a de poiſons froids dans l'amour, n'ont ceſſé
de me deſchirer l'eſprit : & le ſommeil, qui pour quelque temps m'en a voulu diuertir, a eſté proprement
pour moy l'image de la mort, puis qu'il m'a touſiours
fait voir celle de voſtre abſence. En cét eſtat où ie
ſuis ie ne croy pas que voſtre amie puiſſe eſtre fort
contente de mon entretien : ſi ce n'eſt que ſon amour
ſe ſoit tournée en haine, & qu'il ne luy reſte plus de
paſſion, que celle de la vengeance. Si cela eſt, elle
trouuera en moy vne ſatisfaction toute entiere, & ſera

bien-aife de voir, qu'elle n'eft pas encore la plus miferable du monde. Ie vous prie, pourtant, en quelque humeur que vous la voyez, de ne me laiffer pas fi feul auec
elle, que quelqu'vn ne nous puiffe feparer; & de confiderer, qu'il n'y a point de feureté pour moy, foit qu'elle
m'ayme ou qu'elle me haïffe. Ie vous fupplie tres-hum-
blemét, de ne me point refufer cette faueur, afin qu'au
moins, fi ie l'ay * * * * que ce ne foit pas vne autre que
vous, qui me dône la mort, & qu'il n'y ait que mes foû-
pirs, & l'ennuy de voftre abfence, qui m'eftouffent Ie
ne fçay pas fi vous commencerez par celle-cy, à luy
monftrer les Lettres que ie vous efcris. Mais ie ne m'en
plaindray pas, pourueu que vous me permettiez apres
cela, de partir à l'heure mefme, & de me fauuer en Efpagne. Car c'eft vn remede que ie penfe qui eft propre à toutes fortes de maux : & fi vous auez permis à
quelqu'vn de s'y retirer pour fuïr la fiévre, vous me
deuriez excufer, fi i'y allois pour éuiter la mort. Mais
dans la mifere où ie fuis, ie m'eftonne que ie puiffe
auoir cette penfée; & cette imagination, ce me femble, eft trop gaye pour tomber en vn efprit fi affligé
que le mien. Toutesfois, puifque vous fauuez tous
les ans la vie à vn homme, & que vous m'affeuriez
hier, que vous faifiez toutes les bontez qui ne vous
couftent rien; pourquoy ne puis-je pas efperer, que
ie feray peut-eftre celuy à qui vous ferez cette grace, &
que vous ne me laifferez pas mourir; puifque vous le
pouuez empefcher fi aifément.

HHhh iij

A LA MESME
LETTRE VIII.

IE croyois qu'il n'y euſt que vous qui me pûſſiez donner de mauuaiſes nuicts, mais ie trouuay hier vne Dame, qui m'a fait paſſer celle-cy ſans dormir, & qui me perça le cœur ſi ſenſiblement, que ie n'ay point eu de repos depuis que ie l'ay veuë. Sans deſſein, comme ie croy, de m'aſſaſſiner, elle me dit, que vous deuiez partir demain, & qu'elle auoit appris cette nouuelle de voſtre bouche. S'il eſt ainſi, i'ay, ce me ſemble, quelque raiſon de me plaindre de vous (m'ayant retranché la moitié de ma vie) que ſans l'auoir merité, vous abregiez mes iours deuant le temps. Vous treuuerez, peut-eſtre, eſtrange, qu'vn homme ſi malheureux que moy, ſe plaigne qu'on ne le laiſſe pas aſſez viure : & que ie me tourmente, de ce que l'on me veut deliurer trop toſt de tous mes maux. Mais ie voy bien, qu'encore les plus miſerables aiment la vie, & puiſque ie ne dois perdre la mienne qu'en me ſeparant de vous, ie croy que ce n'eſt que la ſorte de mourir qui m'eſtonne, & que ie ſuis excuſable d'auoir peur d'vne ſi cruelle mort. Cette penſee ne m'a pas laiſſé fermer l'œil depuis hier : & ſi ce iour me dure autant que la nuict que ie viens de paſſer, ie ne deurois apprehender voſtre abſence, que comme vn mal-

heur, qui ne me peut venir que d'icy à cent ans. Mais
vn si fascheux accident, se doit préuoir d'aussi loin
que cela : & s'il n'auoit à m'arriuer qu'à la fin du monde, ie commencerois dés cette heure à le craindre.
Neantmoins, ie vous supplie de ne laisser pas de me
dire ce qui en est : & puisque c'est toute la grace que
vous me pouuez faire, aduertissez-moy de l'heure
& du iour de ma mort, afin qu'au moins ie me puisse
reconnoistre auparauant, & que i'aye loisir de m'y
préparer.

A LA MESME.

LETTRE IX.

IE penſois que la Lettre que ie vous enuoye auec celle-cy, arriueroit auſſi toſt que vous, & qu'elle at-
tendroit long-temps chez M.*** deuant qu'il vous
ſouuint d'elle. Mais i'ay eſté contraint de la garder
iuſques à cette heure : & ie n'ay pû trouuer le logis de
celuy à qui ie la deuois donner, que deux heures apres
qu'il fut party. Ie croy que vous aurez ſçeu les nouueaux ſujets d'affliction qui me ſont arriuez depuis, &
qu'il n'eſt pas beſoin que ce ſoit moy qui vous donne
toutes les mauuaiſes nouuelles. Ie vous diray ſeulement, que ie ne ſuis gueres plus heureux en mes amitiez, qu'en mes paſſions, & que la fortune me frappe
par tous les endroits, où elle me peut bleſſer. Néant-
moins, pour me toucher viuement de ce malheur, il
ne falloit pas qu'elle me l'enuoyaſt apres voſtre partement : & ſi elle vouloit que ce dernier coup me fuſt
ſenſible, elle me le deuoit donner deuant que de m'a-
uoir aſſommé. Et en cela, vous pouuez voir combien
peu de choſe c'eſt que l'amitié, quand elle n'eſt pas
paſſionnée. Car cét accident, qui en vn autre temps
m'auroit percé le cœur, & que ie voudrois encore
auoir racheté de tout ce qui me reſte de bien au monde, n'a pû me rendre plus triſte que ie l'eſtois : & de
tant

tant de larmes que i'ay refpanduë depuis, ie ne fçay fi
mon amy en a eu pour lui vne toute entiere. Auffi, à
dire le vray, puis qu'il deuoit demeurer icy, & qu'il
n'auoit pas d'efperance d'aller où vous eftes, ie ne puis
m'imaginer que l'on lui ait fait grand tort de lui
auoir ofté la liberté, & de lui défendre la conuerfation du refte du monde, quand il ne pouuoit plus
auoir la voftre. Il me femble bien plus injufte, que l'on
me retienne ici prifonnier comme les autres, & que
ie fois arrefté fans que perfonne m'accufe. Toutesfois,
i'aduouë que les plus criminels ne le font pas tant que
moy : & quand ceux-cy auroient confpiré contre l'E-
ftat, & l'authorité du Roy, i'ay fait encore vne entreprife plus hardie que celle-là, pour laquelle ie voy
bien qu'il faut que ie meure.

A LA MESME.

LETTRE X.

VOvs pouuez eſtre aſſeurée, que la triſteſſe, ni l'a-
mour, ne feront iamais mourir perſonne, puiſque l'vn ou l'autre ne m'ont pas encore tué; & qu'ayāt
eſté deux iours ſans l'honneur de vous voir, il me reſte
quelque apparence de vie. Si quelque choſe m'auoit
fait reſoudre à voſtre eſloignement, c'eſtoit la creance
que i'auois que i'en ſerois quitte pour en mourir, &
qu'vne ſi forte douleur que celle-là, ne me laiſſeroit
pas languir long-temps. Cependant ie trouué, contre mon eſperance, que ie dure beaucoup plus que ie
ne l'auois imaginé : & quelques coups mortels que
i'aye, ie croy que mon ame ne ſe peut deſtacher de
mon cœur pource qu'elle y void voſtre image. C'eſt le
ſeul pretexte que ie trouue pour la garentir de laſche-
té; & ie ne voy que cette raiſon qui la doiue retenir ſi
long-temps en vn lieu, où elle ſouffre tant de peines.
Depuis l'heure que vous me viſtes tirer à quatre cheuaux, & deſchirer en pieces en me ſeparant de vous,
ie vous iure, que ie n'ay pas eu encore le moyen d'eſ-
ſuyer mes yeux : & bien qu'ils ne connoiſſent plus les
couleurs, ni la lumiere, ils ne me ſeruiront pourtant
iamais ſi fidellement qu'ils font, puis qu'ils m'aydent
a pleurer voſtre abſence. Dans les tourmens & la lan-

gueur où ie fuis, il me femble que ie fois refté tout
feul fur la Terre, ou que l'on m'ait tranfporté en ce
coin du Monde, où l'on ne void gueres plus fouuent
le Soleil, que nous ne vóyons ici les Cométes, & où
la plus courte nuiѐt dure trois mois. Encore le mal-
heur ne feroit pas tout ce qu'il peut de pis contre
moy , fi cellè où ie fuis maintenant ne duroit pas
dauantage: & ie doute, fi aprés ce temps-là ie pourrois efperer de reuoir le iour. Mais iugez, ie vous
fupplie, *** à quel poinѐt ie fuis reduit, que n'eftant
encore qu'à l'entrée d'vne fi longue & fi fafcheufe
nuiѐt, ie commence defia à compter les heures , & ie
fens paffer chaque moment auec impatience. Que fi
dans les tenebres qui me couurent il y auoit au moins
quelques interualles de repos, & que ie pûffe quelquefois faire de beaux fonges. Mais tant extraua-
gantes que foient mes refueries , elles ne le font iamais affez pour me rien propofer d'agreable; & mes
penfées ne font raifonnables qu'en cela, qu'elles ne
me promettent iamais de bien. En cet eftat, ie penfe
que ie vous puis iurer que le plus malheureux homme du monde eft aujourd'hui celui qui vous honore
le plus : & fans mentir , il feroit impoffible que ie
pûffe tant viure, fi ie n'efperois bien-toft d'en mourir. Mais ie voy bien qu'il ne me refte pas encore
quinze iours à plaindre voftre abfence, & que ma vie
& mes maux ne peuuent durer que iufques-là. Cette
efperance me fait fouffrir plus patiemment l'vn &
l'autre, & ie croy que vous n'eftes pas fafchée que ie

l'aye, puifque vous voulez bien que i'efpere tout ce
que ie dois efperer. Au moins ie ne puis expliquer
plus aduantageufement pour moy, les dernieres paroles que vous m'auez dites : & de quelque cofté que
ie tourne la veuë, ie ne voy pas que ie puiffe iamais attendre mieux. Neantmoins, vous qui voyez bien
plus clair, & beaucoup plus loin que ie ne fais ; ie vous
iupplie, dites-moy fi ma folie deuoit auoir vne fin
plus heureufe que celle-là, & ce qu'il fut arriué de
moy, fi i'euffe vefcu dauantage?

A LA MESME.

LETTRE XI.

I'Ay bien de la honte à vous le dire ; mais ce mal-
heureux qui deuroit estre mort il y a si long-temps,
est encore au monde. Et apres auoir esté quinze iours
sans oüir de vos nouuelles, ie suis en estat de vous
mander des miennes. Il est vray qu'elles sont si mauuaises, & les desplaisirs qui me pressent si insupportables, que si ie ne m'en tire par quelque sorte que ce
soit, vous iugerez bien que ce n'est pas manque de
sentiment & de resolution ; & que dans les tourmens
où ie suis, il faudroit beaucoup moins de courage
pour endurer la mort, que pour souffrir la vie. Et certes, celle que ie meine est si mal-heureuse, que desia
mille fois ie me serois resolu de la perdre, si i'osois me
donner quelque contentement lors que ie ne vous
voy pas ; & si vous ne m'auiez appris que ce n'est pas
estre tout à fait mal-heureux, que d'auoir le plaisir
d'vne mort volontaire. Il faut donc que ce soient mes
douleurs toutes seules, qui acheuent de me la donner ;
& ie veux aller à ma fin pas à pas, sans la haster d'vn
demy-jour. Aussi bien, quoy que le regret de ne vous
plus voir me couste desia plus de cent mille larmes, ie
n'ay pas encore assez pleuré vostre absence ; & ayant
tant de mal-heurs à plaindre, ie ne dois pas estre si tost
prest de ietter le dernier soûpir.

A LA MESME.
LETTRE XII.

DEpuis que vous nous auez laiſſez, il n'a point coulé de moment qui n'aye ajouſté quelques nouueaux déplaiſirs au miens ; & ie n'ay point paſſé d'heure, que ie n'eſtimaſſe celle de ma mort. Mais ie voy bien que mon ame, ſous la triſteſſe qui l'accable, n'a pas ſeulement la force de ſortir : & que ſi elle ſe tient encore dans mon corps, c'eſt comme ces Pareſ-ſes des Indes, dont l'on vous parloit il y a, ce me ſem-ble, plus de cent ans, qui ne ſe peuuent reſoudre de quitter l'arbre où il n'y a plus dequoy les nourrir, & qui aiment mieux mourir en langueur, que d'auoir la peine de changer de demeure. Ie vous aſſeure que ie n'encheris rien deſſus la verité : & ce grand eſprit qui vous fait imaginer ſi facilement toutes choſes, ne vous ſçauroit faire comprendre la moitié de mes en-nuis. Ie paſſe les iours entiers ſans ouurir les yeux, & la plus grande part de la nuit ſans les fermer. Et ce qui vous doit eſtonner dauantage, ces mauuaiſes heures d'impatience & de deſeſpoir, & ces nuits que la crain-te de vous auoir déplû me faiſoient veiller auec tant de mortelles inquietudes : ie les regrette à cette heu-re, comme des ioyes perduës, & des douceurs de ma vie paſſée. Voilà le chaſtiment que meritoit la

plus grande folie qui fut iamais, & les peines qu'il
faut que ie souffre pour vous auoir sceu trop bien connoistre. Mais au milieu de toutes ces afflictions, quoy
que ie voye bien qu'il n'y a autre issuë, que celle de ma
vie, & que toutes les faueurs du ciel, & de la fortune,
sont trop foibles pour m'en tirer; ie croy encore, sans
que ie me puisse imaginer comment, qu'il ne vous seroit pas impossible de me faire mourir bien-heureux,
& que tout ce que le reste du monde ne pourroit pas,
vous le pourriez toute seule.

A LA MESME.
LETTRE XIII.

I'Esperois tirer cét aduantage de la solitude où vous
m'auiez laissé, que ie n'y serois diuerty de personne;
& qu'estant en vn lieu, où ie n'ay point du tout de
connoissance, i'aurois loisir de vous mander quelqu'vne de mes pensées. Mais voila qu'à peine me don-
ne-t-on le temps de vous rien dire, pour m'emmener
à Fontainebleau, & la fortune me presente vne occasion importante d'y aller, exprés comme ie croy,
pour m'oster le contentement de vous escrire. Au
moins quelque beau-semblant qu'elle me puisse faire, i'ay trop de sujet de me défier d'elle apres en auoir
receu de si mauuais offices: & ie ne pense pas qu'elle
voulust plus se remettre bien auec vn homme, à qui
elle a fait tant de mal. Toutesfois, m'ayant conserué
iusques icy au milieu de tant de maux, ie pourrois esperer, si ie n'auois perdu tout courage, qu'elle me re-
serue à quelque chose de grand ; & que peut-estre elle
veut faire voir en moy quelques-vns de ses miracles,
puisque desia elle y en a fait vn si estrange, en me sau-
uant la vie. Mais la derniere faueur qu'elle m'a faite,
est beaucoup plus grande que celle-là, & ie luy suis
plus redeuable, de m'auoir fait retrouuer par le plus
grand

grand bonheur du monde, la premiere Lettre qu'il
vous a pleu m'écrire, aprés auoir esté deux iours éga-
rée. Ie ne sçay si ie vous le deuois auoir mandé; mais
dés l'heure qu'elle fut entre mes mains, ie reconnus
que ie puis encore receuoir quelque ioye lors que ie
ne vous vois point; & tant que i'ay esté à la lire, ie doute si i'ay esté affligé de vostre absence. Ne croyez
pas que cela soit peu de temps; car c'est presque tout
celui qui a passé depuis que ie l'ay receuë: & c'est la
seule occasion où mes yeux m'ayent serui auec plaisir,
depuis que ie ne vous vois plus. Ie vous iure que ie
vous dis cecy auec verité, quoy que i'aye veu plus
d'vne fois vos deux bonnes amies, & que ie n'ay rien
trouué d'agreable dans le ton de la voix de l'vne, ni
dans l'action de l'autre. Toutes les fois que i'ay esté
chez celle auec qui ie vous laissay, les Vers du Tasse
que ie la priay de lire, ont fait la moitié de só discours,
& ses gestes l'autre. Et quoy que ce soient deux choses excellentes en leurs especes, cela pourtant n'a pû
empescher, que ie n'aye esté aussi triste que la premiere fois que vous m'y auez veu: & ie n'ay rien trouué en
elle qui ne me doiue consoler de l'aduis que vous me
donnez, que ie n'en sçaurois iamais estre aimé. Toutesfois, son amitié me pourroit estre plus vtile que
vous ne pensez, & ie la deurois rechercher auec plus
de peine que ie ne fais pas, puis-qu'elle est assez resoluë
pour tuer ceux qu'elle aime, quand ils sont aussi mal-
heureux que moy. Mais ie voy bien qu'elle ne m'ac-
corderoit pas cette faueur, sans cónoissance de cause,

& que deuant que de me faire mourir, elle me voudroit mettre à la queſtion. Au moins, elle commença à me la donner le dernier iour que ie l'ay veuë, &
me fit beaucoup de demandes touchant la cauſe de
mon tranſiſſement, qui dure encore. Mais vn homme qui ſçait ſupporter voſtre abſence, ſçaura bien endurer la geſne ; & il n'eſt pas à croire que les tourmens
me faſſent rien dire, puiſque ie ſuis tant accouſtumé à
ſouffrir, & qu'ayant deſia confeſſé vne fois, ie n'ay pas
veu que pour cela on ait en rien diminué les miens.
C'eſt à vous, *** à qui ie fais ce reproche, & de qui,
ce me ſemble, ie me dois plaindre, que vous ayant
auoüé mon crime, vous ne ſoyez pas aſſez iuſte pour
me faire mourir, ni aſſez bonne pour me laiſſer viure.
Ie vous demande l'vn ou l'autre de toute mon affection ; & ſi ie ne puis eſperer de vous faueur, au moins
faites-moy iuſtice. Mais quoy que vous ordonniez,
ie vous ſupplie que ie l'entende de voſtre bouche ; &
il m'importe peu que ce ſoit la vie ou la mort, pourueu que i'aye l'vn des deux en voſtre preſence. Il n'y a
point d'entrepriſe hazardeuſe dont ie ne vienne à
bout, ni de Chaſteaux enchantez où ie n'entre ſous
voſtre conduite. Que ſi les enchantemens qui em-
peſchent qu'on ne vous voye, doiuent eſtre acheuez
par le plus fidelle ou le plus amoureux homme du
monde, ie vous aſſeure que ie les dois mettre à fin, &
que cette auanture ne peut eſtre deuë à vn autre qu'à
moy. Mais voila que M. de B. auec qui ie m'en vay,
m'enuoye dire qu'il eſt preſt de partir ; & ie n'oſerois

le faire attendre, car ie l'honore beaucoup. Il a vne
maiſon au M. où il doit aller dans quinze iours : Il me
faut plus de loiſir que ie n'en ay, pour reſpondre à des
Lettres qui ont beſoin de commentaire. Vous me
donnerez donc, s'il vous plaiſt, du temps pour cela.
Car iuſques icy, à peine en ay-je eu aſſez pour les
bien entendre.

A DIANE.

LETTRE XIV.

SI le déplaiſir de ne point voir ce que vous aymez, vous eſt auſſi ſenſible qu'à moy, & ſi vous ſouffrez durant cette abſence quelque choſe approchant de ce que i'endure, quelles conſiderations y a-t'il, belle Diane, qui vous puiſſent obliger d'eſtre deux iours ſans me voir, & pourquoy ne nous iettons nous pas pluſtoſt à toute autre extremité qu'à celle où ce malheur nous reduit? Pour empeſcher que quatre ou cinq perſonnes ne parlent, & quelles ne remarquent nos contentemens; eſt-il raiſonnable que nous n'en ayons plus, & pour éuiter vn peu de bruit; faut-il que nous endurions tant de mal? Non, non, ma chere Diane, le plus grand mal qui nous puiſſe arriuer, c'eſt d'eſtre ſeparez l'vn de l'autre, & ie n'en ſçache point que nous deuions tant craindre que celuy-là. Auſſi bien pour tant de peine que nous nous donnons, ne croyez pas que noſtre affection en ſoit plus ſecrette. La triſteſſe qui eſt ſur mon viſage toutes les fois que ie ne vous vois point, la découure à tout le monde, & parle plus haut que perſonne ne ſçauroit faire. Quittons donc deſormais vne diſcretion qui nous couſte ſi cher, & donnez-moy dés apreſdiner quelque moyen de vous voir, au moins ſi vous voulez que ie viue.

A LA MESME.

LETTRE XV.

APres vous auoir laiſſé paſſer le temps hier iuſques
à minuit, il n'y a pas de danger, ce me ſemble,
belle Diane, que ie vous faſſe ſouuenir auiourd'huy,
que vous auez vn ſeruiteur qui ne vous a point veüil
y a preſque deux iours ; & à qui on ne ceſſa hier de reprocher ſes reſueries, cependant peut-eſtre que l'on
vous loüoit où vous eſtiez, de voſtre belle humeur.
I'ay creu qu'il eſtoit à propos de vous faire ſonger à
luy ce matin, car poſſible vous n'y penſaſtes point
hier ; & ie n'eſpere pas qu'en ſi bonne compagnie,
quelqu'vne de vos penſéesvous eût oſé parler de moy.
Au moins i'en eus tant hier de toutes les ſortes, que
i'ay raiſon de croire qu'il ne vous en pouuoit reſter ; &
ie m'imagine que vous trouuant aſſez bien accompagnée, & iugeant que ie ſerois trop ſeul, vous m'en-
uoyaſtes toutes les vôtres pour m'entretenir. Auſſi elles vindrent en foule par tout où ie fus, & furent meſme ſi hardies, qu'elles entrerent auec moy en vne maiſon où elles ne doiuent pas eſtre trop bien receuës.
C'eſt chez vne Dame, pour qui vous m'auez reproché
quelquesfois que ie n'auois point de pitié, auec laquelle trouuant vn de vos Couſins, qui ne vous en fait
point non plus,ie ne pûs m'empeſcher que ie ne trou-

KKkk iij

uaſſe occaſion de parler de vous; cela fut cauſe que i'y
demeuray deux heures plus que d'ordinaire, durant
leſquelles voſtre nom fut repeté plus de vingt fois. Ie
vis le feu, & la ialouſie en l'eſprit de l'vn & de l'autre;
& nous fuſmes vengez tous deux; moy de celuy qui
auoit eſté ſi hardy que d'aymer Diane; & vous de celle qui auoit oſé entreprendre d'aymer ce qui luy appartient. Ie ne ſçay ſi en cela i'ay eſté trop peu diſcret,
ou trop malicieux; mais ie vous aſſeure, que c'eſt le
ſeul plaiſir que i'eus hier, & le premier que ie receus
iamais en ce lieu-là. Ie vous prie de me le pardonner,
à la charge que ie vous pardonneray auſſi, ſi d'auenture vous receuſtes hier quelque contentement ſans
moy.

A CLIMENE.
LETTRE XVI.

PVifque ie ne vous puis parler, non plus que fi i'eſtois abfent, permettez-mòy de vous écrire, & de me feruir du feul moyen qui me reſte pour me faire entendre. Ie croyois, belle Climene, que le plus grand mal que i'auois à craindre, eſtoit celui d'eſtre feparé de vous : mais l'abfence a-t-elle rien de plus cruel, ni de peine plus infupportable, que celle de me trouuer auprés de vous, comme i'y fuis à cette heure ? Eſtre prés de toutes les graces, de toutes les ioyes, & de toutes les beautez du monde, fans ofer y tourner la veuë ; auoir fon cœur d'vn coſté, & regarder toufiours de l'autre ; parler de toute autre chofe que de ce que l'on penfe ; & tandis que l'on eſt dans les feux & dans les gehennes, eſtre obligé de conter des hiſtoires & des fables : Ce font des tourmens qui paſſent toute imagination, & que nul homme ne pourroit fouffrir, s'il ne les fouffroit pour l'amour de vous. Ie fuis bien vangé maintenant des maux que ie difois que mes yeux m'auoient faits : Ils ne font pas plus libres que moy, ils fouffrent à leur tour toutes les peines qu'ils m'ont caufées, & font punis à cette heure qu'ils n'o-fent plus fe tourner vers vous, & qu'ils ont perdu cet-te ioye pour laquelle ils vous ont vendu ma liberté.

Voilà, Climene, l'eſtat où ie ſuis pour vous, & les déplaiſirs que ie ſouffre, pour auoir connu mieux que
perſonne combien vous eſtes aimable. Ie ne voy pas
qu'ils puiſſent diminuer. I'en preuoy d'autres qui me
menacent, & ie ſçay que ie ſeray plus malheureux
dans trois iours, lors que ie ne pourray ni vous voir,
ni vous entendre, ni vous eſcrire. Cependant, au milieu de ces maux ie benis à tous momens le iour que ie
vous rencontray la premiere fois; & i'aime mieux toutes ces peines, que la tranquillité où i'eſtois deuant
que de vous auoir veuë. Ie vous demande ſeulement
que vous me plaigniez vn peu, & que vous me ſouhaitiez quelquesfois en vous-meſme vne meilleure
fortune, puiſque pour l'amour de vous i'en ſçay ſi
bien ſupporter vne mauuaiſe.

A MA-

A MADEMOISELLE
de M***.

LETTRE XVII.

MADEMOISELLE,

Ie ne dors qu'auec beaucoup de peine, i'ay perdu le gouft de toutes chofes, l'vfage mefme de l'air ne m'eft pas libre, & ie ne refpire pas tant que ie foûpire: Voilà l'eftat où ie fuis depuis que ie ne vous ay veuë. Il eft vray que ie ne fuis pas affeuré d'où cela me vient, & que ie ne fçay fi c'eft vn effet de mon rhume ou de mon amour: toutesfois, il y a apparence que c'eft vous qui faites mon plus grand mal, puifque le plus grand foulagement que i'y trouue eft de vous efcrire. Sans mentir, ie ne vous vis iamais fi aimable que vous l'eftiez l'autre iour. Nonobftant ce que vous fçauez, qui euft pû faire peur à vn autre, ie vous trouuay la plus iolie chofe du monde; & quoy que vous me chaffaffiez de temps en temps, & que vous euffiez changé voftre humeur en celle de Mademoifelle de S. Martin, voftre entretien me fembla tres-agreable. Cela me fait voir qu'outre les chofes qui paroiffent en vous, il y a encore quelque enchantement fecret qui fait que l'on vous aime, & que vous ne fçauriez iamais, quoy qu'il vous arriue, n'eftre pas belle & n'eftre pas

LLll

douce. Au milieu de tous vos mépris, ie ne vous fçaurois trouuer cruelle : Lors que vous me déchirez le
cœur, & que vous le mettez en mille pieces, il n'y en
a pas vne qui ne foit à vous ; & vn de vos foûris confit
toutes les plus ameres douleurs que vous me faites
fouffrir. Aimant toutes les chofes douces, ie ne puis
trouuer mauuaifes celles que vous faites, & la mort
mefme me femblera bonne de la façon que vous l'ap-
preftez. Puis que ie trouue tant de gouft en vos défa-
ueurs, iugez combien vos faueurs me toucheroient, &
ayez le plaifir, au moins vne fois, de voir l'effect qu'elles feroient en moy. Vous fçauez qu'il ne m'en faut
pas tant pour me contenter, & que fans qu'il vous en
coufte beaucoup vous me pouuez accorder tout ce
que ie defire.

A. M. D.

LETTRE XVIII.

VOicy la quatriefme lettre que ie vous efcris fans
auoir de vos nouuelles : fi c'eft la faute de la
Fortune, c'eft le plus grand malheur du monde: fi c'eft
voftre faute, c'eft la plus grand cruauté que vous fiftes
iamais. Cependant, ie ne me puis empefcher de vous
faire fouuenir de moy, & fans voir que cela puiffe
eftre bon à rien, ie vous efcris des lettres, fans y attendre de réponfe, & des plaintes aufquelles ie n'efpere
pas de fatisfaction. La derniere fois que ie vous efcriuis, ie croyois m'eftre mis en repos: mais, à ce que ie
vois, il n'en faut plus attendre, depuis qu'vne fois en fa
vie on vous a veuë. Cette image, que ie croyois à demi
effacee dans mon efprit, y eft reuenuë auec toutes fes
couleurs, & auec plus de lumiere que iamais; elle remplit tellement mon ame, qu'il n'y a plus de place pour
toutes les autres chofes, & celles qui font icy, font plus
loin de moy, que vous qui en eftes à plus de cét lieuës.
C'eft dommage, fans mentir, que la plus belle perfonne du monde foit auffi la plus ingrate, & la plus
cruelle, & qu'auec tant de raifons de ne vous aymer
pas, il fe trouue tant de fujets, & mefme tant de necef-
fité de vous aymer. Voyant que vous ne me teniez
pas ce que vous m'auiez promis, i'auois fait tout ce

que i'auois pû pour me remettre en liberté, & pour
me tirer de vos mains. Aprés tout, m'y voila retom-
bé mieux que iamais, & tous mes efforts ne m'ont de
rien seruy, qu'à m'apprendre de ne plus tenter vne autrefois vne chose impossible, & de ne pas adiouster à
tant d'autres peines, celle de chercher des remedes où
il n'y en a point. Vous pouuez donc me faire tel traitement qu'il vous plaira, sans que ie m'en puisse res-
sentir; ie n'ay plus de cœur, ni de force, ni de resolution contre vous. Mais il est, ce me semble, de vostre
generosité, de ne pas faire de mal à vn homme qui
s'abandonne entierement à vostre mercy, & de ne
pas rendre mal-heureuse, la plus soûmise, la plus
des-interessée, & la plus parfaite passion qui fut iamais.

LETTRE XIX.

IL fait vn des plus beaux iours que l'on ait veus de l'Esté; ie suis à Liancourt, qui est vn des agreables lieux du monde; ie suis auec trois des plus aimables personnes de France, & ie m'enferme tout seul pour vous écrire. Par là, vous iugerez bien que ie ne suis pas en si mauuaise humeur que la derniere fois, & que cette lettre sera plus douce que l'autre. Vne heure aprés vous l'auoir enuoyée ie m'en repantis, & le mesme soir ie receus la vostre qui acheuä entierement de m'appaiser; non pas que ie changeasse d'opinion, & que ie ne iugeasse que mon ressentiment estoit iuste. Mais ie ne sçaurois plus auoir contre vous de colere qui dure, & ie vois bien que vous ne me sçauriez faire de si grand déplaisir que vous ne me fassiez oublier auec trois paroles. Car, enfin, mon affection est à cette heure au point où vous disiez vne fois à S. Clou qu'elle deuoit estre; & quand ie vous aurois conuaincuë d'vne infidelité, non pas d'vne negligence, ie ne pourrois pas m'empescher de vous aimer. Puisque i'auois à estre si absolument sous le pouuoir de quelqu'vn; au moins c'est vn grand bonheur pour moy de ce que ie suis tombé entre les mains d'vne personne si bonne, si iuste & si raisonnable, & qui dispose de moy auecque plus de soin, de bonté & de raison que ie n'eusse pû faire moy-mesme. Ie pourrois pour-

LLll iij

tant vous reprocher à cette heure que vous n'auez pas
esté assez soigneuse de mon repos : Car dites le vray,
à quoy auez-vous songé de me mander que la Fortune vous a fait d'estranges tours, sans me dire ce que
c'est, & me laisser le reste à deuiner. C'est la plus belle
inuention du monde pour me faire imaginer, & res-
sentir tous les mal-heurs qui peuuent vous estre arriuez ; au lieu que i'en serois quitte pour quelques-vns,
si vous m'auiez mandé ce qui en est. Ostez-moy viste-
ment de cette peine : qui est, ie vous iure, vne des plus
grandes que i'aye euë de ma vie. Ie vous écris auecque
beaucoup de haste & d'interruption : car voila que
l'on m'appelle & que l'on heurte à la porte de ma
chambre. Mais ie ne me puis pas resoudre à vous
écrire vne courte lettre, & vous la trouueriez peut-
estre plus méchante que l'autre si elle n'estoit pas assez longue. I'ay baisé la vostre mille fois, & ie ne l'ay
guere moins leuë, elle est la plus iolie & la plus obligeante du monde. Mais, au nom de Dieu, écriuez-
moy sans soin, afin que vous m'écriuiez auecque plaisir, & parlez-moy dans vos lettres auecque la mesme
naïfueté que vous me parliez dans vostre chambre. Ie
ne connois que trop vostre esprit, ne vous en mettez
pas en peine, & faites-moy connoistre vostre affection comme ie souhaite. I'ay vne extréme ioye de
ce que vous estes auec la personne que vous me mandez : Car sçachant combien vous l'aymez, & combien
elle est aymable, ie sçay que ce vous est vn extréme
soulagement que de l'auoir. Vous me mandez qu'elle

me connoiſt à cette heure auſſi bien que vous. Quoy!
luy auez vous dit toutes mes mauuaiſes humeurs, luy
auez-vous conté combien ie ſuis méchant, & quelles
peines ie vous ay données? Sans mentir, vous eſtes vne
méchante femme, ſi cela eſt, & ie ſçay bien ce que ie
lui diray de vous, pour me vanger, quand ie la verray.
Il n'eſtoit pas neceſſaire de me dépeindre ſi bien, &
il valloit mieux me faire vn peu moins reſſemblant,
& me faire plus aimable; car elle qui aime tant voſtre repos, qui n'a point de ialouſie pour vous, & qui
aime tant ce que vous aimez ; i'ay peur qu'elle me
veüille mal de ce que ie vous ay tant tourmentée, &
qu'elle croye que ie ne ſuis guere honneſte homme,
quand elle ſçaura que i'ay eſté ſi ialoux. Mais ie vous
prie, de quelque ſorte que ce ſoit, donnez-lui bonne opinion de moy, car ſur toutes choſes, ie deſire
eſtre bien auec elle, & à cette heure que ie croy eſtre
aymé de vous, il n'y a rien au monde que ie deſire tant
que ſon amitié. I'ay perdu depuis quatre iours Monſieur C***, & ſans mentir auec beaucoup de regret :
car ie l'ayme & l'eſtime extrémement. Ie lui ay dit
que ie vous eſcrirois par la voye de ***. Vous m'auez
fait beaucoup de plaiſir de me mander que vous prenez plaiſir à lire les liures que ie vous ay donnez; mais
mandez-moy lequel vous plaiſt le plus, & dans celui-
là, ce que vous aimez dauantage. I'auois reſolu de
vous prier de m'en mander quelque choſe; mais ne me
dites pas ſeulement cela, rendez-moy compte de tout
ce que vous faites ; car ie ſeray extrémement aiſe de

fçauoir les moins importantes de vos penſées & de vos actions. Ie m'en retourne à Paris, i'y trouueray vne de vos lettres, cela me donne vne extréme impatience d'y aller. Ie croy que i'y feray dans deux iours. Mais pource que le Meſſager part demain à midy, i'enuoye cette lettre deuant par vn laquais. Adieu, aimez-moy, ie vous en conjure ; pour moy, ie ne puis pas dire combien ie vous aime, le temps vous le fera voir.

A MA-

A MADAME,

LETTRE XX.

MADAME,

Enfin, ie suis icy arriué en vie, & i'ay honte de vous
le dire; car il me semble qu'vn honneste homme ne
deuroit pas viure apres auoir esté dix iours sans vous
voir. Ie m'estonnerois dauantage de l'auoir pû faire,
si ie ne sçauois qu'il y a desia quelque temps qu'il ne
m'arriue que des choses extraordinaires, & ausquelles
ie ne me suis point attendu , & que depuis que ie vous
ay veuë , il ne se fait plus rien en moy que par miracle.
En verité, c'en est vn effet estrãge, que i'aye pû resister
iusques icy à tant de déplaisirs , & qu'vn homme percé de tant de coups , puisse durer si long-temps ! il n'y
a point d'accablement, de tristesse ny de langueur pareille à celle où ie me trouue; l'amour & la crainte, le
regret & l'impatience m'agitent diuersement à toutes
heures : & ce cœur que ie vous auois donné entier , est
maintenant déchiré en mille pieces. Mais vous estes
dans chacune d'elles , & ie ne voudrois pas auoir
donné la plus petite à tout ce que ie vois icy. Cependant, au milieu de tant & de si mortels ennuis , ie
vous asseure que ie ne suis pas à plaindre, car ce n'est

que dans la baſſe region de mon eſprit, que les orages
ſe forment, & tandis que les nuages vont & viennent,
la plus haute partie de mon ame demeure claire & ſe-
reine, & vous y eſtes touſiours belle, gaye & éclatante,
telle que vous eſtiez dans les plus beaux iours où ie
vous ay veuë, & auec ces rayons de lumiere & de beautez que l'on voit quelquefois à l'entour de vous. Ie
vous auouë qu'à toutes les fois que mon imagination
ſe tourne de ce coſté-là, ie perds le ſentiment de toutes mes peines. De ſorte qu'il arriue ſouuent que lors
que mon cœur ſouffre des tourmens extrêmes, mon
ame gouſte des felicitez infinies, & au meſme temps
que ie pleure, & que ie m'afflige, que ie me conſidere
eſloigné de voſtre preſence, & peut-eſtre de voſtre
penſée; ie ne voudrois pas changer ma fortune auec
ceux qui voyent, qui ſont aimez, & qui iouïſſent. Ie
ne ſçay ſi vous pouuez conceuoir ces contrarietez,
vous, Madame, qui auez l'ame ſi tranquille : c'eſt tout
ce que ie puis faire que de les comprendre, moy qui
les reſſens; & ie m'eſtonne ſouuent de me trouuer ſi
heureux & ſi mal-heureux tout enſemble. Mais ie
vous ſupplie que ce que ie vous conte de mon bon-
heur, ne vous empeſche pas d'auoir ſoin de ſoulager
mes maux, car ils ſont tels qu'ils ne laiſſent pas de me
miner, lors meſme que ie ne les ſens pas, & la ſeule
agitation de deux ſentimens ſi differens, eſt capable
de m'abattre. Si donc vous auez quelques raiſons pour
me conſoler, qui ne ſoient point tirées de Seneque, ie

vous coniure de me les écrire; & de m'enuoyer en cette occafion, quelques-vnes de ces paroles miraculeu-
fes que vous fçauez dire, qui rendent en vn inftant la
force & la gayeté aux efprits les plus malades, & qui
m'ont defia deux autresfois fauué la vie. Sans mentir,
vous eftes obligée de conferuer la mienne, puis qu'elle eft à vous, & que ie vous l'ay donnée de fi bon cœur.
Pour moy ie confeffe qu'elle m'eft plus chere depuis
qu'elle vous appartient, & que ie ferois fafché de fortir du monde, fi toft apres y auoir connu ce qui y eft
de plus parfait, & de plus beau.

※※※※※※※※※※※※※※※※※※※※
※※※※※※※※※※※※※※※※※※※※

LETTRE XXI.

M A M.

Ie vous demande pardon, & vous confeſſe qu'il me
ſemble que ie ne vous ay pas aymée ces iours paſſez, &
que ce n'eſt que d'auant hier que ie vous ayme. Au
moins, mon affection s'eſt tellement accreuë depuis
ce iour-là, & s'eſt eſleuée, & a monté ſi haut, que
quand ie regarde delà, celle que i'auois auparauant, ie
la vois ſi baſſe qu'elle ne paroiſt preſque point, & cette
amour que ie croyois il y a huit iours la plus grande du
monde, me paſſe à peine à cette heure pour quelque
choſe. Comme ie ſuis bien aiſe de me voir en cét eſtat,
il me déplaiſt qu'il ne ſoit pas arriué plûtôt, & ie veux
mal à mon cœur de vous auoir caché ſi long-temps
vne ſi grande place. Eſtant auſſi aymable que vous
eſtes, il me ſemble que ie vous ay fait tort de ne vous
auoir pas aimée autant que ie fais, dés le premier moment que ie vous ay veuë, & ie ne deuois pas permettre aux obligations que ie vous ay, de contribuer
quelque choſe à cela. Mais, ſans doute, c'eſt que ie
ne vous ay pû connoiſtre du premier coup, & à dire le
vray tant de differentes beautez que vous auez, tant
de graces & de charmes, tant d'eſprit, de iugement, de
courage, de force & de generoſité, ne ſe peuuent pas
voir d'vne veuë, il faut du temps pour cela, & il y a

tant de chofes en vous, qu'il eft befoin de plufieurs
iours feulement pour vous bien voir. Ie ne ſçay ſi ie
me trompe, mais il me femble qu'à cette heure i'en
fuis venu à bout, & mon efprit en eft ſi remply, qu'il
n'y a plus de place pour aucune autre chofe: mon ame
eft toute employée à vous confiderer & à vous comprendre, & cela, ie le fais auec tant de plaifir & tant
d'attention, qu'eftant fur le bord du plus affreux pre-
cipice du monde, ie ne m'en apperçois quaſi pas, & me
voyant à la veille de vous perdre, ie ne fais que me ré-
ioüir de vous auoir trouuée. Ie vous iure, ma chere M.
que ie ne vous efcris que ce que ie penfe, & que la
moindre partie de ce que ie penfe, eft ce que ie vous
efcris. Il ne fe trouue plus de paroles pour exprimer
l'affection que i'ay pour vous, elle eft au delà de ce qui
fe peut dire, & de ce qui fe peut penfer. Il n'y a que
vous feule au monde qui la puiſſiez imaginer, & voſtre, &c.

LETTRE XXII.

IE ne ſçay pas bien, ce voyage, comment ie vous dois eſcrire, car ie ſuis extremément mal ſatisfait de vous, & de ce que vous ne m'auez pas encore fait ſçauoir de vos nouuelles, en ayant eu tous les iours occaſion. Ce qui m'empeſche, c'eſt ce que ie ne vous veux rien dire qui vous pûſt affliger, ou qui pûſt troubler voſtre repos ; car ſans mentir, il m'eſt plus cher que le mien propre. Mais auſſi ie ne veux pas vous déguiſer mon reſſentiment, & il n'eſt pas en ma puiſſance d'vſer d'artifice auec vous, ny de vous eſcrire comme ie ferois ſi i'eſtois content. Pour vous dire le vray, ie ne puis comprendre comment vne perſonne qui a tant fait de choſes pour conſeruer mon repos, n'a pû faire en ſix ſemaines vne lettre pour m'obliger; & que vous qui trouuez l'abſence vne choſe ſi dangereuſe, & qui teſmoignez de craindre ſi fort qu'elle fiſt quelque mauuais effet en moy : vous vous y ſoyez tellement abandonnée, & que vous ayez negligé durant vn ſi long-temps de vous ſeruir du ſeul remede qu'il y a contr'elle. Il y a tantoſt deux mois que vous eſtes partie, vous auiez vne addreſſe ſeure pour m'eſcrire, il y auoit des meſſagers par tous les lieux où vous auez paſſé, & ie n'ay pas eu encore vne lettre de vous. A voſtre auis, que puiſ-je penſer de cela, voulez-vous que

ie croye qu'à Orleans, à Blois, à Tours, à Angers, &
depuis durant tout le temps que vous auez esté à ***
& à ***, vous n'auez pas eu le temps de me faire vne
lettre? Est-ce que vous n'auez pas fort desiré de voir
des miennes, & qu'ainsi vous auez iugé que ie n'aurois
pas beaucoup de haste de voir des vostres? il est vray
que vous n'y estiez pas obligée, & que ie vous auois
tesmoigné en partant, que ie ne m'attendois pas d'a-
uoir de vos lettres qu'apres que vous auriez eu le loisir
de receuoir des miennes. Mais en deuiez-vous moins
faire pour cela; & deuiez-vous pas prendre plaisir à
me procurer vn bien à quoy ie ne m'attendois pas? Ie
vous auois laissé la liberté de ne me point obliger,
vous en auez vsé, & vous ne m'auez point escrit à cause que vous auez pû vous en dispenser. Quoy donc!
si vous eussiez veu que ie ne me fusse point attendu à
receuoir de vos lettres que dans quatre mois, vous
eussiez esté tout ce temps sans m'escrire; car qui s'en
peut passer cinq semaines, s'en peut bien passer vingt.
Pour vous en parler franchement, ie ne sçay ce que ie
dois croire de cela; si ie pouuois soupçonner de legereté le meilleur esprit & le meilleur cœur du monde,
ie croirois que vous auriez changé. Mais toutes autres
choses me paroissent plus vray-semblables que cela.
Quoy qu'il en soit, ie vous asseure, ma M. & ie vous
appelle encore ainsi de bon cœur, que mon affection
n'en est point diminuée. Cela n'a diminué que la secrette ioye qui me restoit dans tous mes déplaisirs, &
la satisfaction que i'auois de penser que depuis que ie

vous connois, vous auiez toufiours eu pour moy tout
le foin, la bonté, & la tendreffe que ie pouuois fouhaiter, & que vous n'auiez iamais laiffé paffer vne occafion de me donner tous les témoignages que l'on doit
attendre d'vne vraye & parfaite amitié. Quoy qu'il ne
foit pas ainfi à cette heure, ie ne vous en ayme pas
moins, & vous m'eftes auffi chere que vous l'eftiez
lors que vous-vous faifiez feigner tous les iours pour
l'amour de moy, & que vous ne craigniez pas de diminuer voftre vie, pour prolonger le temps que vous
auiez à me voir. Ie fouffre tous mes ennuis conftamment; & ce qui me fafche le plus, c'eft que vous m'a-
uez donné fuiet d'imaginer vne fois en ma vie, que ie
ne ferois pas le plus ingrat homme du monde, quand
ie ne vous aymerois que mediocrement.

LETTRE

LETTRE XXIII.

M. C. M.

Dans quelles tenebres m'auez-vous laiſſé, & dans quel abiſme ſuis-je tombé depuis que ie ne vous voy plus ? I'ayme trop voſtre repos pour oſer vous dire toute la peine que vous me cauſez ; & mes ennuis ſont en vn point, que ie ſouhaite quelquefois que vous ne m'aimiez pas comme ie vous aime, de peur que vous ſouffriez comme ie ſouffre. Vous ne trouuerez pas eſtrange que mon eſprit ſoit dans vn ſi grand deſordre, ſi vous conſiderez le ſujet que i'en ay, & vous ne vous eſtonnerez pas que i'aye de la peine à me releuer apres eſtre tombé de ſi haut. Mais, ie vous prie, ma M. repreſentez-vous tout ce qui m'eſt arriué en fort peu de iours ; la fortune m'a fait trouuer la plus aimable perſonne du monde, ie l'ay veuë, ie l'ay aimée, elle m'a teſmoigné beaucoup de bonne volonté, ie l'ay perduë, & tout cela a paſſé ſi viſte, & s'eſt fait auec tant de precipitation, que ie doute ſouuent ſi i'ay eſté auſſi heureux que ie me l'imagine, & ſi ie n'ay pas ſongé tout ce que ie crois qui m'eſt arriué. Auſſi, à en parler ſainement, tant d'amitié en vne perſonne dont ie n'eſtois pas preſque connu, tant de force & de reſolution en vne femme, tant d'aimables qualitez en vn

NNnn

fujet, & tant de trefors découuerts à la fois: & d'ailleurs, vn fi grand nombre d'accidens les vns fur les autres, vne telle foule d'auentures bonnes & mauuaifes,
font des chofes qui paroiffent pluftoft auoir efté fon-
gées, qu'auoir efté veritablement: Et il n'y a point de
Fable bien faite, qui n'ait vn peu plus de vray-femblance. Enfin, ma M. vn fi beau fonge a finy: Ie ne
fçay ce que font deuenus tant de biens, mon repos a
efté troublé, & ie me trouue à mon réveil dans la plus
noire & la plus effroyable nuit qui fut iamais. Cependant, ie tafche à la paffer le plus patiemment qu'il
m'eft poffible, & en attendant que le iour vienne, ie
m'entretiens des plus agreables imaginations que ie
puis. Ie confidere que ce m'eft affez de ioye pour tout
le refte de ma vie, que d'auoir feulement efté vn moment aimé de vous, & que le fouuenir de ce bon-
heur me doit faire fouffrir gayement toutes fortes de
tourmens. Il n'eftoit pas raifonnable que la plus precieufe chofe du monde ne me couftaft rien. La fortune
a efté iufte de me faire acheter le cœur que vous m'a-
uez donné; & ie lui fçay bon gré de ce qu'au moins elle
ne m'a fait payer voftre affection, qu'aprés que vous
me l'auiez gratuitement accordée en vn temps où
vous ne me deuiez rien, & que ie ne la pouuois tenir
que de voftre pure inclination. Ie ferois bien ingrat
fi ie plaignois à cette heure quelques larmes à vñe perfonne qui a tant verfé de fang pour moy. Il eft temps
que ie fouffre à mon tour, & que ie vous donne des
preuues de mon affection, apres en auoir tant receu

de la voſtre. Mais vous m'eſtes ſi bonne, qu'il eſtoit
impoſſible que i'enduraſſe iamais aucun mal en voſtre preſence: Et il a eſté neceſſaire que vous fuſſiez
eſloignée, afin que i'euſſe lieu de meriter & de ſouffrir.
Enfin, voila, ma M. les penſées auec leſquelles ie taſche d'adoucir les plus amers ennuis du monde, & de
ſupporter l'abſence de la plus accomplie & de la
plus charmante perſonne qui ait iamais eſté. Mais
quoy que ie puiſſe faire, ie vous auoüe que ſouuent
mon courage & ma raiſon m'abandonnent, & ie voy
bien que ſi vous ne me ſecourez, ie ne pourray pas reſiſter long-temps. Haſtez-vous donc de me faire ſçauoir de vos nouuelles: Aſſeurez-moy que vous vous
portez bien, & commandez-moy de m'affliger moins.

A. M. D. B.

LETTRE XXIV.

MADAME,

La nuict eſt paſſée pour tous les autres hommes, mais elle ne l'eſt pas encore pour moy ; puiſque ie ne vois goute dans la choſe du monde que ie deſire le plus de connoiſtre. Il y a long-temps que mon eſprit eſt couuert de nuages ſi épais, que le iour n'y ſçauroit entrer; & dans l'obſcurité qui y eſt, ie n'y ſçaurois rien voir que des images confuſes & mal formées, qui me plaiſent quelquefois, & qui le plus ſouuent m'épouuantent. Diſſipez ces tenebres, vous en qui toutes les clartez du Ciel ſemblent eſtre renfermées, & ne ſouffrez pas plus long-temps que ie ſois en doute, ſi ie ſuis le plus heureux ou le plus mal-heureux homme de la terre. Tout ce qu'il y a de plus cruels déplaiſirs & de plus parfaites ioyes, ſont tellement meſlées enſemble, que l'vn n'y va iamais ſans l'autre, & il arriue ſouuent qu'en vn meſme moment ie ſens des peines incroyables & des gloires infinies. Separez cela, ie vous en conjure, ne permettez pas qu'il y ait tans de deſordre en vn lieu où vous cõmandez : aprés tant d'Enygmes, dites-moy vne parole intelligible, & apprenez-moy mon bon ou mauuais ſort. Pour toute mon ame, que

ie vous ay donnée, ie vous demande feulement que
vous laiffiez voir dans la voftre, & que le plus clair efprit du monde, ne foit pas toufiours le plus obfcur
pour moy. Penfez quelle peine ce m'eft de ne vous
parler que deuant vne perfonne qui feroit ennemie
mortelle de mon affection fi elle venoit à la connoiftre, & quel tourment de mettre toufiours en Comedie vne chofe fi ferieufe, & de fe feruir perpetuelle-
ment de menfonges, pour dire de fi pures veritez.
Donnez-moy de la force pour tout cela; ayez la bonté de me rendre toufiours heureux en difant vn mot
feulement; ne permettez pas que la plus iufte paffion
du monde foit la plus mal-heureufe; ni que ie meure
d'ennuy pour aimer parfaitement la plus aimable
perfonne qui fut iamais.

A LA MESME.
LETTRE XXV.

IL faut bien croire que vous m'enchantaftes hier, quand vous me fiftes dire que i'eftois content de vous: car à moins que d'vn effet de magie, il feroit impoffible que par trois paroles qui fignifioient fi peu, vous m'euffiez fait oublier le plus cruel outrage que vous me pouuiez faire. Cependant, il eft vray que vous trompaftes ma douleur : & vous me renuerfaftes fi bien le iugement, que dans le plus fenfible déplaifir que i'aye iamais receu, ie fentis la plus grande ioye que i'ay iamais euë. Mais le charme finit bien-toft, & pour mon mal-heur, la connoiffance me reuint auffi-toft que ie vous eus laiffée : & apres auoir eu de la peine à retenir deuant vous les larmes de ioye, i'en ay répandu toute cette nuict les plus ameres du monde. Quoy que ie faffe pour me tromper, ie connois que vous m'auez fait vne trahifon qui ne peut eftre oubliée, qu'il ne peut plus y auoir de commerce entre vous & moy: que la confiance ne peut iamais reuenir : & ce qui eft de plus cruel, voyant par toutes fortes de raifons que ie ne vous dois point aimer, ie ne vois aucune apparence de le pouuoir faire. Tous les déplaifirs que vous arreftaftes hier, font reuenus en foule dans mon efprit, & ont mis tellement toutes chofes en defordre,

que hors que ie connois mon mal, & qu'il me souuient encore que vous estes la plus aimable chose du
monde, il n'y a plus de raison, ni de connoissance, ni
aucun rayon de bonne lumiere. Voila l'estat où ie suis?
& en verité, il ne semble pas qu'il puisse y auoir du remede. Mais voyez quelle foy i'ay en vous! si ie puis
aujourd'huy oüir de vostre bouche vne parole obligeante, si vous me faites voir vne action, ou vn regard
fauorable, ou si vous dites seulement en vous-mesme
que vous voulez que ie sois guery, ie suis asseuré que
tous mes maux cesseront, & que i'oubliray tous les
déplaisirs que vous m'auez faits.

A LA MESME.

LETTRE XXVI.

IE vous en demande tres-humblement pardon, mais ie vous auoüe qu'il y a douze heures que ie suis content de vous : ie sçay bien qu'à vostre égard, c'est le plus grand crime que ie pouuois commettre, & qu'il n'y a rien qui vous offense tant de moy, que lors que vous croyez que i'ay quelque ioye secrette. Iugez par là de ma reconnoissance, sçachant que vous m'en ferez repentir, ie ne puis m'empescher de vous en rendre grace, & de vous dire qu'apres cela, il n'y a point d'ennuis que ie ne souffre volontiers pour vous. Détruisez donc tantost si vous voulez toutes mes imaginations, & mes confiances : Apprenez-moy que i'ay mal entendu tout ce que i'ay expliqué en ma faueur; faites-moy voir que mon affection vous est indifférente, ou mesme ennuyeuse. Ce m'est assez de bonheur pour toute ma vie, que d'auoir pû croire vn demi-iour que vous ne me haïssiez pas, & ce contentement m'a donné de la force pour souffrir toutes sortes de déplaisirs.

A LA

A LA MESME.

LETTRE XXVII.

N'Eftes-vous pas la plus fiere perfonne qui naf-quit iamais? Vous ne vous contentez pas de ne me point faire de bien, vous ne voulez pas mefme que i'en imagine; & comme il y alloit de voftre honneur que ie fuffe toufiours trifte, vous vous offenfez dés que vous trouuez vn peu de ioye dans quelque coin de mon efprit. Que vous coufte-t-il, ie vous fupplie, que ie me perfuade en moy-mefme d'eftre heureux, & que ie me forge des contentemens aufquels vous ne contribuez rien, puifque i'ay eu tant d'aueugle-ment, que de mettre mon affection en la plus ingrate perfonne du monde? N'eftes-vous pas bien injufte, aprés cela, de trouuer mauuais que ie manque de iu-gement en quelqu'autre chofe, & qu'vn homme qui a fceu fi mal fe conduire, ne fçache pas fort bien iu-ger? Trouuez bon, qu'au moins en cela, ie iouïffe du déréglement de ma raifon, & que ie profite en quel-que forte du defordre que vous auez mis en mon ef-prit. Si i'eftois en mon bon fens, ie ne iugerois pas que vous m'aimez: mais aùffi fi i'y eftois, ie ne vous aimerois pas: & en l'eftat où ie fuis, ie ne puis plus rien penfer qui vous offenfe.

A LA MESME.

LETTRE XXVIII.

PVifque vous auez tant de peur que ie fois trop
heureux, & que vous vous mettez en peine de
tout ce que i'imagine, comme fi vous eftiez refponfa-
ble de mes penfées, encore faut-il que ie vous les ouure, & que ie vous explique vne fois ce que c'eft que
ces confiances dont vous me faites tant la guerre. Que
ie meure, ie vous en diray la verité, & fçachant combien voftre efprit eft penetrant, & comme vous eftes
toute dans mon ame, ie n'oferois pretendre de vous
y cacher quelque chofe. Ie vous iure que ie n'ay iamais
efperé, ni defiré, ni imaginé mefme par fouhait d'eftre
aimé de vous, comme ie vous aime : vous trouuant fi
fort au deffus de tout ce qui eft icy bas, ie n'ay point
creu que vous fuffiez capable de cette forte de paffion
qui lie deux ames de mefme nature, *** Mais de la forte que les efprits de là haut s'affectionnent quelquefois aux hommes, & prennent foin de leur conduite,
i'ay creu que vous me pouuiez vouloir du bien; & qu'il
eftoit impoffible que l'ame la plus genereufe du monde, ne fût pas touchée de la plus pure affection qui fût
iamais. Cela eftant ainfi, ie vous auoüe qu'il eft arriué fouuent qu'vne de vos actions, vn foufris, vn regard, vne rougeur dans vne fauorable rencontre,

m'ont fait quelquefois imaginer que vous ne me haïſ-
ſiez pas : mais imaginer ſi facilement, que cela ne
ſe peut pas appeller croyance, mais quelque choſe
moindre que l'opinion, vn ſoupçon, vn doute, qui
nageant legerement deſſus mon eſprit, y laiſſoit vne
trace de lumiere, & rempliſſoit le reſte de mon ame
de contentement & de ioye. Voilà d'où viennent
ces gayetez & ces ſatisfactions qui vous offenſent ſi
fort. Si aprés vous les auoir expliquées, vous les trouuez encore injuſtes, ie ſuis preſt de les laiſſer : car
quand ie le pourrois, ie ferois, ſans mentir, conſcience d'eſtre heureux, ſi vous ne le vouliez pas : & vous
ayant donné mon ame toute entiere, ie vous en laiſſe
la conduite ; c'eſt à vous à en diſpoſer, & voir ce que
vous aimez mieux qu'elle ſoit, heureuſe ou mal-
heureuſe.

OOoo ij

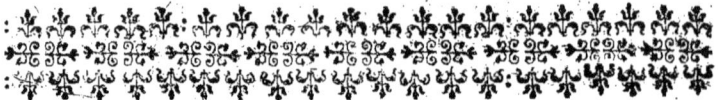

A LA MESME.

LETTRE XXIX.

SI tout ce qu'il y a de beau, de charmant, & d'a-greable dans le monde, eſtoit mis enſemble, ſe-roit-il rien de ſi aimable que vous l'eſtiez hier au ſoir? Et tout ce que les Poëtes diſent des Ris, des Graces, des Amours, ne ſe voyoit-il pas viſiblement à l'en-tour de voſtre perſonne? Aprés auoir eu tant de bon-heur, que d'auoir veu tout cela de mes yeux, ie fais vne reſolution de ne plus me plaindre iamais de rien, * * * * *.

Ie ſçay bien qu'il m'en couſtera le reſte de mon ame: mais que ie meure ſi i'y ay regret! & ſi i'auois toutes celles du monde, ie les donnerois de bon cœur pour vn plaiſir comme celui que i'eus de voir.

A LA MESME.
LETTRE XXX.

IE voy bien que ie ne fortirai iamais de vos mains, & que tous les deffeins que ie fais de m'en tirer font inutiles, comme vous me faites tous les iours quelque nouueau dépit qui me donne enuie de me reuolter, ie découure en vous de iour en iour quelque nouuelle grace qui me retient : & à mesure que mes déplaisirs s'accroissent, vos charmes s'augmentent, & mes chaisnes se redoublent. Aprés auoir fait d'extrémes efforts pour resister à tout ce que ie connois de beau dans vôtre personne & dans voftre esprit, il arriue que quand ie vous voy, i'y trouue quelque beauté que ie n'y auois point connuë, & contre laquelle ie ne m'estois pas preparé : & il y a en vous vne si grande diuersité de choses aimables, qu'il s'en rencontre tousiours quelqu'vne contre laquelle ie ne me puis défendre.

A. M. de V.

LETTRE XXXI.

APrés quatorze Vers, vous me permettrez bien
de mettre quatorze lignes de Profe ; & de vous
dire en vn langage qui a accouftumé d'eftre plus veritable que celui-là, que ie meurs pour vous. Cette
beauté dont ie viens de parler, eft beaucoup mieux
écrite dans mon ame qu'elle n'eft icy ; & l'image que
i'en ay conceuë eft telle, qu'en vous mettant au deffus de l'Aurore & du Soleil, ie ne dis rien qui ne me
femble trop bas , & que ie ne croye au deffous de
vous. Iugez, ie vous fupplie, en quel repos doit eftre
vn efprit où vous eftes fi bien reprefentée, qui confiderant à toute heure la plus belle chofe du monde,
parmi tant de raifons de defirer, n'en voit aucune
d'efperer de quelque cofté qu'il regarde. En cet eftat,
neantmoins le mien ne laiffe pas d'eftre content: Il
eft tellement occupé à voir tant de merueilleufes
qualitez qui font en vous, & à penfer combien vous
eftes aimable , qu'il ne me refte pas de temps pour
fonger que ie ne fuis pas aimé, ni pour fentir que ie
me meurs. L'idée que ie me fuis formée de vous, &
que ie contemple fans ceffe, m'attache de forte, que
ie ne m'apperçois pas de ce qui me manque, ni de ce
que ie fouffre : & tandis que mon cœur brufle & qu'il

fe confume, qu'il craint, qu'il defire, & qu'il s'agite;
mes penfées font tranquilles, & me donnent des
ioyes qui paffent celles des hommes. Cependant, ie
iuge par raifon, que ma vie ne peut long-temps durer
ainfi, & puis qu'elle vous appartient & que vous en
eftes la maiftreffe, ie crois qu'il eft de mon deuoir de
vous auertir du peril où elle eft. C'eft à vous à en ordonner comme il vous plaira: car pour ce qui eft de
moy, ie n'ay rien à vous demander là deffus, & ma volonté eft tellement foûmife à la voftre, que ie ne lui
permets pas de fouhaiter le bien que vous ne voulez
pas que i'aye, ni de fuir le mal à quoy vous me defti-
nerez. Ce que ie vous puis dire feulement, c'eft que
toute mon ame eftant également à vous, il n'eft pas
raifonnable que tous mes biens ne foient que dans
mon imagination; & qu'il eft iufte, peut- eftre, que
vous donniez des contentemens plus veritables &
plus folides, à la plus folide & la plus veritable paffion
qui fut iamais.

A MADEMOISELLE ***.

LETTRE XXXII.

MADEMOISELLE,

La plus grande ioye que i'aye euë de ma vie eſt celle de vous auoir veuë ; & le plus grand déplaiſir, celui de ne vous voir plus. Que ie meure, ſi mes yeux ont pû rien trouuer d'agreable depuis que ie vous ay quittée! I'ay laiſſé à Blois tous les plaiſirs que i'auois accouſtumé de trouuer icy, & i'ay à Paris plus d'ennuy que ie n'en ay iamais eu en lieu du monde. Ie ſerois pourtant bien marry d'eſtre moins affligé, & i'aime ma triſteſſe quand ie ſonge qu'elle vous plairoit ſi vous la voyez. Il eſt iuſte, ſans mentir, qu'vne ſi bonne fortune que celle de vous auoir trouuée, me coûte quelque choſe, & quand i'en deurois perdre le repos de toute ma vie, ie ne croirois pas l'auoir achetée à trop haut prix. Le moindre ſouuenir, ou le ſouuenir d'vne de vos moindres actions, ou de quelqu'vne de vos paroles, me donne plus de ſatisfaction, que toutes les ſortes de malheurs du monde ne me peuuent dôner de peine; & au meſme temps que ie ſouffre, que ie ne vous vois point, & que ie ſuis en doute ſi vous m'aimez, ie ne voudrois pas auoir changé de place auec ceux qui ſont les plus heureux, & qui voyent, &

qui

qui voyent & qui ioüiſſent. Vne ſi grande reſolution dans vn ſi grand ſujet de m'affliger, fait que ie
commence à croire tout de bon que vous ne mentiez
pas lors que vous me diſiez que vous m'auiez donné
voſtre cœur ; car ſi ie n'auois que le mien, ie ne pourrois reſiſter à tant de déplaiſirs, & ie ſens bien qu'vne
force ſi extraordinaire ne vient pas de moy, & qu'il
faut que ce ſoit de vous qu'elle me vienne. A dire le
vray, c'eſt vne eſtrange auenture que celle qui m'eſt
arriuée, d'auoir trouué en vne ſeule perſonne tout
ce qu'il y a d'aymable au monde, l'auoir aymée auſſi-
toſt que ie l'ay veuë, & l'auoir perduë auſſi-toſt que
ie l'ay aymée : que mon bon-heur ſe ſoit fait, & ſe
ſoit éuanoüi en vn inſtant, & qu'en ſi peu de temps,
i'aye eu tant de ſujet de me reſioüir & de me plaindre. Quoy qu'il en ſoit, ie ne puis que tenir bien-heu-
reuſe l'heure en laquelle ie vous ay veuë, & ie ne donnerois pas l'image ſeule qui me reſte de vous dans
l'eſprit, pour tout ce qu'il y a de plus ſolides biens ſur
la terre. Ie me confirmeray dauantage dans cette opinion, par la reſponſe que vous me ferez, & ſi elle
m'eſt auſſi fauorable que les paroles que vous m'auez
dites, ie tiendray pour bien employées toutes les peines que ie ſouffriray pour vous. Ne craignez donc
point, ie vous ſupplie, le peril que vous me diſiez
qu'il y auoit à eſcrire, & mettez-vous en quelque hazard, pour me tirer de celuy où ie ſeray ; ſi vous n'a-
uez pas ſoin de moy. Conſiderez donc, ie vous ſup-

PP pp

plie, en m'écriuant qu'il n'y a rien qui oblige tant
vne ame bien faite, qu'vne confiance entiere ; & qu'il
eſt raiſonnable que vous donniez quelque conſolation à vn homme qui n'en veut plus, & qui n'en peut
plus auoir que de vous.

LETTRE XXXIII.

APres auoir eu vne des plus fafcheufes nuits du monde, ie ne me puis refoudre à paffer vne iournée de mefme, & ie voy bien que celle-cy ne me fera pas meilleure, fi vous, qui faites mes bons & mauuais iours, n'en ordonnez autrement. Ie creus hier, en vous difant adieu, que i'eftois content, & il me fembla que trois ou quatre paroles que ie vous auois arrachées, m'auoient entierement appaifé: mais ie ne fus pas à dix pas de chez vous, que tous mes maux recommencerent ; ce dépit, ces craintes, ces foupçons, & ces défiances qui me venoient de quitter, m'affallirent à la fois, rentrerent dans mon efprit, & n'en font point fortis depuis. Soit que i'aye veillé, où que i'aye dormy, ils ont fait toutes mes penfées & tous mes fonges: Ils m'ont reprefenté tout ce qui me peut le plus fafcher, & que ie dois le plus craindre, & ont remply mon imagination de chimeres, & de vifions eftranges. I'efperois que le iour feroit difparoiftre tout cela; mais il eft defia bien auancé, & ie voy toufiours les mefmes chofes. Vous qui eftes maiftreffe abfoluë de mon ame, ne fouffrez pas qu'il y ait tant de defordre en vn lieu où vous commandez; chaffez ces funeftes images d'vn efprit où il ne doit auoir que la voftre, & ne permettez pas qu'aupres de la plus belle chofe du monde, il y en

ait de ſi effroyables. I'ay tant de foy en vous, que ſi
vous dittes ſeulement trois paroles aprés auoir leu
cette lettre, ie croy que i'en receuray du ſoulagement tout à l'heure: Ie ſentirai d'ici ce que vous direz tout bas dans voſtre chambre, & i'aurai du repos
dés le moment que vous m'en ſouhaiterez. Si ce ne
fut que l'eſtonnement qui vous rendit hier muette,
ie vous ſupplie ne la ſoyez pas aüjourd'hui ; & ſi vous
ne pouuez dire des choſes bien obligeantes que lors
que vous le voulez de vous-meſme , faites-le donc à
cette heure que ie ne ſuis pas auprés de vous pour vous
en preſſer, que ie ne vous en prie que de loin, & auec
ſoumiſſion, & que ie vous aſſeure que ſi vous voulez
meſme que ie ſois malheureux, i'aime mieux le vouloir auec vous, que d'auoir vne volonté contraire à
la voſtre.

LETTRE XXXIV.

Ors que ie ne penſois point du tout à vous, &
que i'eſtois en repos, quel beſoin eſtoit-il de
m'eſcrire que vous deſiriez que i'y fuſſe? Ie iouïſſois
de la plus grande tranquillité du monde, & ie l'ay
perduë dés que i'ay ſceu que vous me la ſouhaitiez.
C'eſt vne choſe eſtrange que la fatalité que vous auez
à troubler le repos de ma vie, ie ne me ſçaurois accommoder de voſtre indifference, ni de voſtre haine:
& ie ne ſçaurois dire lequel eſt plus à craindre pour
moy, que vous me vouliez du mal, ou que vous me
vouliez du bien. Quand vous m'aimez, ie ne puis
auoir de repos; quand ie ſçai que vous ne m'aimez
pas, ie ne ſçaurois auoir de ioye : & de quelque ſorte
que ie vous conſidere, vous iettez touſiours du deſordre dans mon eſprit. Le ſeul moyen que i'aye pour
me garentir de vous, eſt de ne point penſer en vous,
& d'effacer entierement de ma memoire tout ce qui
m'y reſte d'vne perſonne ſi aimable & ſi dangereuſe.
I'eſtois à peu prés en cet eſtat, quand i'ay receu voſtre
lettre, & vous eſtes venuë troubler tout cela en me
ſouhaitant la paix & la liberté. Puiſque le mal eſt fait,
il le faut ſouffrir, & attendre auec patience ce qui en
reüſſira : mais s'il peut arriuer encore vne autre fois en

PPpp iij

ma vie que ie ne me fouuienne plus de vous, au nom
de Dieu, Madame, difpenfez-vous du compliment
de vous en refioüir auec moy, & fi vous eftes bien-
aife de mon bon-heur, que ce foit fecretement, &
fans que i'en puiffe rien connoiftre.

LETTRE XXXV.

IE ne manqueray pas d'aller faire collation auec
vous, quoy que ie fçache que i'y feray empoifon-
né; & i'ay defra trouué vn poifon dans voftre lettre
qui me difpofe à receuoir tous les voftres, & mefme à
les defirer. Il n'eft pas befoin que vous m'appreniez à
quel point la deuotion peut changer les efprits, ie le
fçay affez par moy-mefme, puis que c'eft elle qui auoit
fait en moy le changement de pouuoir viure fans
vous voir. Vous venez d'y en faire vn autre auec trois
lignes que vous m'auez efcrites. Vous deuiez, ce me
femble, auoir plus de confideration à ne pas hazarder
voftre prochain : &, à ce que ie puis voir, fi vous eftes
deuote, au moins, vous n'eftes pas fcrupuleufe. Pour
vous en parler ferieufement, c'eft vne horrible méchanceté à vous, d'auoir réueillé en moy tous les fentimens que i'auois endormis auec tant de peine; & ie
m'en plaindray aux Carmes déchauffez fi ce n'eft que
vous me traittiez fi bien, que ie n'aye pas fujet de m'en
plaindre.

❧❧❧❧❧❧❧❧❧❧❧❧❧❧❧❧❧❧❧❧

A MADAME ***
LETTRE XXXVI.

MADAME,

Ie n'esperois pas qu'il me resteroit encore vn bon iour en toute ma vie ; & peut-estre en fut-il ainsi arriué, si l'on ne me l'eust donné ce matin de vostre part. S'il vous restoit encore quelque chose à acquerir sur moy, vous auez acheué de tout gagner par cette derniere faueur ; & ie vous aduertis, que si desormais vous m'en faites quelques autres, ie n'auray plus rien dequoy les reconnoistre. Ie vous le dis de tout mon cœur ; & s'il n'y a pas icy de danger de parler haut, puis que ie ne suis écouté de personne, iamais rien ne me toucha si sensiblement, & ie ne sçaurois vous rendre assez de graces pour celle que vous me venez de faire. Ie la puis bien appeller ainsi, puis qu'elle me fait respirer nonobstant l'arrest que vous prononçastes l'autre iour ; & que parmy de si mortels déplaisirs elle m'a redonné la vie. Il est vray que celle que ie traine est si mal-heureuse, que ie ne voy pas que ce soit vn present que ie deusse beaucoup estimer, s'il ne me venoit de vous. Et ayant encore à passer quinze iours sans vous voir, ie ne sçay si ce n'est pas vne cruauté que de me faire viure. Ie le veux bien pourtant, puis que vous me le commandez, & que vous m'aymez encore.* **

A MADE-

A MADEMOISELLE ***.

LETTRE XXXVII.

MADEMOISELLE,

A moins que de vous enuoyer des fleurs de lys, il n'y a point de fleurs au monde qui meritent de vous estre presentées, & ie vous enuoye celles-ci seulement pour estre iettées sous vos pieds: Encore ie vous asseure que ie leur enuie bien cette place; & ie tiens qu'elles seront là plus glorieusement, que si elles estoient sur la teste des Reynes. Vous-vous estonnerez qu'vn homme qui vous connoist si bien, ait osé prendre la liberté de vous escrire : & par là vous deuez iuger si ma passion est violente, puis qu'à mon âge, & auec mon visage elle m'a donné la hardiesse de vous la declarer, & qu'vn si grand hazard comme est celui de vous déplaire ne m'en a pû retenir. Ie sçay bien, Mademoiselle, qu'il n'y a point de fautes qui soient moins pardonnées que celles qui se font contre vous, & que ie suis destiné à ne mourir par d'autres mains que par les vostres. Mais ie me laisse emporter à mon Destin, & quelque mal qui m'en arriue, il est impossible que ie m'empesche de me laisser attraper. A l'heure que vous lisez ceci, vous rougissez de dépit,

QQqq

& vous grincez les dents. Vous ne ſçauriez pourtant me faire repentir de rien; car ie ſuis maintenant à l'épreuue de tous les plus grands accidens, & au peril de ma vie, i'ay reſolu d'eſtre touſiours,

MADEMOISELLE,

Voſtre, &c.

LETTRE XXXVIII.

MADAME,

Ie n'oserois vous dire l'estat où ie suis, & apres vous auoir tant vanté ce cœur que ie vous ay donné, i'ay honte de vous faire voir sa foiblesse. I'auois creu que l'asseurance que i'ay de vostre affection, me deffendroit contre toute sorte de déplaisirs, &qu'il estoit impossible que ie fusse aimé de vous & mal-heureux tout ensemble. Cependant, ie me trouue en vn aussi grand desordre que si i'auois perdu toutes choses en vous perdant de veuë, & ie me tourmente comme s'il n'y auoit point d'autre bien ni d'autre mal au monde que de vous voir ou de ne vous voir pas. Cela me fait iuger que nos deux ames ne font encore guere bien meslées, & ie connois bien que vous ne m'auez donné qu'vne fort petite part de la vostre, puis que ie manque de courage à souffrir vne affliction. Il est vray, à le bien considerer, que celle que i'ay n'est pas de cette sorte de mal-heurs que la constance apprend à supporter doucement, la raison la plus seuere, ne sçauroit desapprouuer vn aussi iuste déplaisir que le mien; & si elle ne me permet pas de regretter la plus agreable, la plus charmante, & la plus belle personne du monde; elle ne sçauroit au moins trouuer mauuais que ie regrette la plus habille, la plus genereufe & la plus fage. Quand ie ne deurois pas eftre affligé de ne vous plus voir, ie le deurois toufiours eftre de ne vous plus oüir, & reffentir extremement d'auoir perdu vne conuerfation qui m'éclairoit l'ame de mefme qu'elle me l'embrafoit, & de laquelle ie ne fortois iamais que plus honnefte homme, auffi bien que plus amoureux. Que fi parmy tant de caufes d'ennuis, ie puis receuoir quelque confolation, il faut qu'elle m'arriue fans que ie l'efpere, & il fera bien plus feant que vous me la donniez, que fi ie la trouuois de moy-mefme. Vous donc, Madame, qui voyez plus clair que moy en toutes chofes, & particulierement dans mon cœur & dans ma fortune, apprenez-moy s'il n'eft pas raifonnable que ie m'afflige infinitment de ne vous pas voir; ou fi vous ne me pouuez montrer que cela ne doit pas eftre, dites-moy du moins que vous ne le voulez pas, & que vous m'ordonnez de me conferuer iufques à ce que ie vous reuoye.

LETTRE XXXIX.

MADAME,

l'auois commencé à me mutiner de ce que vous ne m'auiez point fait de réponse, mais vn bruit qui court icy que vous y deuez arriuer bien-tost, m'a remis en meilleure humeur, & a fait que ce despit n'a pas duré plus long-temps que les autres que i'ay tasché autrefois d'auoir contre vous. A la verité, moy qui fais profession de me ressouuenir de toutes les excelletes qualitez que vous auez, aussi bien que si ie les voyois encore, i'aurois bien oublié vostre douceur & vostre ciuilité, si ie croyois que vous en peûssiez auoir manqué pour moy en cette occasion, & que vous eussiez refusé cette consolation à vn homme que vous deuiez penser en auoir tant de besoin. Sans mentir, ie ne crois pas qu'il y ait iamais eu de déplaisirs pareils aux miens, & quoy que ie creusse asseurément, deuant que de vous laisser, que ie mourrois de vostre absence, ie ne croyois pas qu'elle me deust faire la moitié tant de mal qu'elle m'en a fait. Bibille, Gambille, & Fanfan, n'ont de leur vie tant pleuré de ne vous point voir, & Biquet n'en a pas esté si affligé que moy, quoy que vous ne m'ayez pas traitté de roses. Tout de bon, Madame, ie me trouue dans Paris de la mesme sorte que vous-vous estes

QQqq iij

autrefois trouuée à la Basme, horsmis que ie n'ay pas
le plaisir d'y acheter des moutons, & selon que ie connois voftre humeur, ie iurerois que voftre folitude de
dix ans, ne vous a pas fembléfi longue que me l'a efté
celle où ie fuis depuis trois femaines. Ie vois bien
quelquefois des Dames affez aimables, mais croyez-
vous que ces perfonnes-là me pourroient faire parler?
toutes les femmes me le font à cette heure comme
vous l'eftoit cét homme que vous fçauez, & quand
elles auroient les Ris & les Graces prés d'elles, elle ne
pourroient pas arrefter mon efprit vn moment. Ie fais
à cette heure la petite fouris dans les compagnies, &
apres auoir legerement tout confideré, ie me retire en
moy-mefme, & ie me mets à part pour vn autre
temps. Faites, s'il vous plaift, Madame, que celui que
i'efpere arriue bien-toft, & qu'apres tant de peine, ie
me retrouue aupres de vous, comme vous me l'auez
predit autrefois.

LETTRE XL.

LE Canon d'Arras n'a pas fait tant d'effets que les paroles que vous m'auez escrites; puis qu'en vn moment elles ont chassé les ennemis qui me tenoient & qui estoient prests de m'oster la vie. Hier au sortir de chez vous, ie fus attrappé par vne trouppe de soupçons, de craintes, d'ennuis & de ialousies, & vostre lettre a défait tout cela. Ils me poursuiuirent iusques dans mon logis, & ne m'ont pas laissé cette nuict vn moment de repos: Sans mentir, vous punissez ceux qui vous faschent, bien mieux que ne feroit Madame la Marquise *** & en me mettant dans la teste tout ce que vous m'y mettez, vous vous vengez bien plus que si vous me la fendiez en deux. Imaginez-vous que tout ce qu'il y a de ioye & de desplaisirs au monde, est à cette heure ensemble dans la mienne, toutes sortes de satisfactions & de mescontentemens, & la plus grande Amour qui fut iamais auec la plus extreme deffiance. Desbroüillez, s'il vous plaist, tout cela, Madame, & puis que ie n'ay plus que trois iours à viure, faites au moins que ie les passe en repos.

＊＊＊＊＊＊＊＊＊＊＊＊＊＊＊＊＊＊＊＊＊＊

LETTRE XLI.

Voyez, ie vous supplie, quelle est la force de vos enchantemens, puis qu'en l'estat où ie suis ils font que ie ne sens pas mon mal, & qu'estant sur le point de receuoir le plus grand déplaisir qui me puisse arriuer, ie ne laisse pas d'estre le plus heureux homme du monde. Tout ce qu'il y a sous le Ciel de beauté, de grace, d'esprit, & de gentillesse, me doit laisser dans trois iours, & mesme tout ce qu'il y a de bonté, de douceur, & de generosité. Ie sçais que tout mon bien, & toute ma ioye, mon cœur & mon ame, s'en doiuent aller en mesme temps : & parmi cela, ie ne laisse pas d'auoir de bonnes heures, & si ie n'ay bien dormy cette nuict, ie puis dire au moins que ie l'ay bien passée. A dire le vray, il suffit d'auoir eu vn moment en sa vie, comme i'eus hier toute vne apresdinée. Le seul resouuenir de la felicité où ie me suis veu, me doit consoler en toutes choses ; & quand ie ne l'aurois que songée, ce seroit assez pour me rendre toûjours heureux. Voilà la seule pensée à laquelle ma vie tint à cette heure, & qui la deffend de tant de sortes de déplaisirs qui la menacent, puisque tout ce qui me reste de bonheur, n'est fondé que sur la creance que vous m'aimez vn peu. Faites, ie vous conjure, qu'elle me dure quelque temps, & n'enuiez pas ce contentement à vne personne qui doit auoir bien-tost tant de maux.

LETTRE

LETTRE XLII.

VOvs verrez par la lettre que ie vous auois eſcrite dés ce matin, que ie m'accomode à tout
ce que vous voulez: & ie vous donne dés cette heure,
la plus grande marque que ie vous puis iamais rendre
de mon obeïſſance ; en vous renuoyant ce que vous
m'auiez enuoyé. Ie les trouue toutes deux ſi belles, que
ie ne me puis reſoudre au choix, & ie m'en remets à
vous. La plus petite pourtant me plaiſt bien autant
que l'autre, & en ce qu'elle eſt plus éueillée & plus af-
fettée, elle vous reſſemble dauantage. Que ie meure,
ſi ie ne les ayme deſia l'vne & l'autre plus que ma vie,
mais pas encore tant que vous. Voyez ſi vous eſtes
meſchante pour auoir quelque iour vne excuſe d'aimer deux perſonnes, vous trouuez moyen de m'en
faire aymer trois. Il n'eſt pas beſoin pourtant de ces
inuentions, & dans l'innocence où ie ſuis depuis aujourd'huy, vous ferez de moy tout ce qu'il vous plaira. Mais vous ne me ferez pas croire pourtant apres
la lettre que ie viens de receuoir de vous, que vous ne
ſoyez pas la plus iolie, la plus aimable, & la plus galante perſonne du monde.

RRrr

LETTRE XLIII.

I'Ay eu depuis hier beaucoup de fois les yeux comme vous me les viftes ; mais auffi-toft que ie fonge
aux voftres , les miens fe remettent, & ne fçauroient
eftre troublez. Ie ne me puis imaginer qu'il y a ait
rien de caché dans vne perfonne, qui eft fi pleine de
lumiere, ny croire que le Ciel ait fait vne fi belle chofe feulement pour tromper les hommes. Cette peinture que ie remportay hier de chez vous, me guerit
de tous mes maux, & dés que ie porte la veuë deffus,
mes mauuaifes humeurs s'en vont, toutes mes def-
fiances s'éuanoüiffent, & mon efprit eft remply de
contentement & de gloire; C'eft en cét eftat que ie
vous efcris, & que ie vous affeure qu'il n'y a point
d'homme au monde fi content , fi heureux , ny fi
amoureux que ie fuis.

LETTRE XLIV.

Onfieur de Caftelnaut fe porte bien, Monfieur de Mercure a efté legerement bleßé, & le Marquis de Faure l'eft extremément.

Ie vous loüe de la bonté que vous auez d'auoir foin des morts & des bleffez, & ie vous en remercie pour la part que i'y puis auoir. Ie le fus de nouueau la derniere fois que ie vous ay veuë, mais en vn point que ie voy bien que ie n'en pourray iamais guerir, & qu'à moins de ne bouger plus de voftre ruelle, & d'eftre toûjours à deux pas de vous, ie ne croy pas que ie puiffe viure. Sans mentir, Madame, c'eft vne grande imprudence à vous, de vous faire connoiftre auffi aimable que vous eftes à ceux à qui vous ne voulez pas de mal ; lors que ie ne voyois que la moitié de vos charmes & de voftre efprit, vous en auiez defia plus que ie n'en pouuois fupporter. Imaginez - vous en quel eftat ie dois eftre à cette heure : Ie n'ay pas eu ie vous iure vn moment de repos depuis que ie vous ay laiffée. Mais auec cela i'ay tant de fatisfaction & tant de ioye, que quand i'en deurois mourir dans vne heure, ie ne voudrois pas me plaindre de vous, auffi bien puis que vous deuez vous en aller bien-toft, & que ma vie eft menacée d'eftre fi mal-heureufe, ie ne dois pas craindre de la perdre, & ie feray bien aife que vous me l'oftiez deuant que de partir d'icy.

RRrr ij

LETTRE XLV.

Il vous sied fort bien de rire,
Vous estes en belle humeur ;
Mais quoy que vous puissiez dire,
Voiture a bien du bon-heur.
Qu'il ne sçait pas
Tous vos esbas,
Guillemette, la la la !
Qu'il en auroit de mal.

SANs mentir, vous faites des merueilles & en Vers & en Profe, perfonne ne vous efgale : Pour moy, i'en fuis dans vn eftonnement le plus grand du monde, & quand ie fonge quelle innocente vous eftiez cét hyuer, que vous n'ofiez dire les chofes les plus communes, & que vous penfiez que Sophifte fuft vne injure : Ie ne puis comprendre comment vous pouuez faire, tout ce que vous faites à cette heure, & qu'vne perfonne qui n'a iamais leu qu'vne Comedie puiffe eftre deuenuë fi fçauante. C'eft vn miracle que ie n'entends point, & quand i'ay ouy les Religieufes de Loudun parler Latin & Grec, ie n'ay pas efté fi eftonné que ie le fuis de vous voir efcrire. Ie vous fupplie au moins, Madame, de ne vous pas feruir à me tromper de cét efprit qui vous eft venu : Car

ie voy bien que si vous l'entreprenez, ie ne l'empes-
cheray pas. Ie vous remets donc sur vostre foy, & vous
demande seulement que vous me soyez fidelle, iusqu'à ce que vous en trouuiez vn autre qui vous aime,
qui vous estime, qui vous admire autant que ie fais.

LETTRE XLVI.

Pres auoir bien fongé à tout ce qui fe paffa hier, ie vous promets dauantage que vous ne defiriés de moy : Car ie vous affeure que ie ne vous demanderay iamais rien, & même que ie ne vous verray iamais. I'en viens de faire des fermens & des refolutions fi eftranges, que fi i'y manque iamais apres cela, ie ne vous pourray plus donner qu'vn cœur tres-lafche, & vne ame la plus parjure du monde. A la verité il faudra qu'il y ait vne extréme foibleffe en l'vn & en l'autre, s'ils retombent entre vos mains, apres tant de mauuais traittemens qu'ils y ont receus, ie meriteray bien tous les maux que vous me fçauriez faire, fi le fouuenir de ceux que vous m'auez faits, ne me deliure pas de vous. Vn rayon de lumiere qui m'eft comme venu des Cieux, m'a efclairé dans mon aueuglement, m'a fait voir la tromperie de vos charmes, & connoiftre que ce que ie tenois hier, la plus defirable perfonne de la terre, eft celle qui eft la plus à craindre, & la plus à fuïr. Trouuez donc bon que ie cherche du repos ailleurs, voyant que ie n'en puis auoir aupres de vous, & puis qu'il n'y a point de peine que vous ne m'ayez fait fouffrir, & qu'il ne vous refte plus de nouueaux tourmens a exercer fur moy, n'ayez pas de regret que ie vous efchappe, auffi bien n'eft-il plus en voftre pouuoir de l'empefcher, & à l heure que vous lifez cecy, ie fuis party de Paris, auec refolutiou de n'y r'entrer iamais que vous n'en foyez fortie.

LETTRE XLVII.

IL faut bien que vous soyez destinée à troubler ma vie, puis que le bien & le mal que vous me faites, m'oste esgalement le repos. La lettre que vous m'écriuistes hier, l'affection que vous me fistes paroistre, & le soin que vous eustes de parler à moy, m'ont empesché de dormir cette nuict. Ie l'ay passée toute entiere à me resouuenir combien vous eustes de grace, d'esprit, & de gentillesse, en tout ce que vous disiez, & à considerer que ce qu'il y a de plus agreable, de plus beau, & de plus charmant dans le monde, n'esgale pas les moindre choses que vous dites ou que vous faites. Ie ne sçay pas ce qui arriuera de moy, mais ie crains sans mentir que ie ne puisse éuiter de tomber dans cét accident, dont ie disois hier que vous seriez rauie. Quand ie pense que vous m'aymez, ie ne dors pas; quand ie croy que vous en aymez vn autre, ie me defespere; quand ie suis esloigné de vous, ie ne sçay ce que ie fais; & quand ie vous voy, toutes vos actions, toutes vos façons, & toutes vos paroles m'empoisonnent. Voyez, s'il vous plaist, quelle vie doit estre la mienne & ce que i'en dois attendre : Il n'y en eut iamais en verité vne si trauersée, & toute l'esperance que i'ay, c'est que vostre absence la va finir bien-tost, & me va deliurer de tous mes maux.

LETTRE XLVIII.

VOvs auez bien raiſon de vous moquer de moy,
& ie vous auoüe que ie ſuis bien-honteux qu'a-
pres auoir tant fait le braue, il faille que ie montre tant
de foibleſſe. A ce que ie voy, Madame, quelque part
que i'aille, ie ne ſuis iamais loin de vous. Ie vous porte touſiours dans le cœur, & vous me tenez auſſi bien
quand ie ſuis dans mon logis, que quand ie ſuis dans
voſtre carroſſe. Mais à le bien conſiderer, vous n'en
deuez pas auoir de gloire, ni moy de honte, & puis
que tout cela ſe fait par charmes, & par ſorceleries, il
n'y a rien dont vous deuiez vous vanter, ni que vous
me puiſſiez reprocher auec raiſon. Il faut bien que cela ſe faſſe ainſi, car s'il n'y auoit quelque choſe de ſur-
naturel, il ne pourroit pas arriuer, que connoiſſant ſi
bien vos artifices, ie m'en defendiſſe ſi mal, & que la
plus meſchante perſonne qui fut iamais, me parût
touſiours la plus aymable du monde. Contentez-
vous, ie vous ſupplie, Madame, des maux que vous
m'auez faits, rompez le ſort que vous auez ietté ſur
moy; ou ſi vous ne voulez pas que ie gueriſſe, faites au
moins, puis que rien ne vous eſt impoſſible, que ie
croye que vous m'aymez, & ie ſouffriray gayement
tous les maux que vous me voudrez faire.

LETTRE

LETTRE XLIX.

IE ne me puis refoudre à laiffer partir voftre laquais fans vn poulet, & il me femble que c'eft de la forte qu'il faut payer vne gantiere comme vous. I'aurois dequoy vous en faire vn le plus amoureux du monde, fi ie voulois vous efcrire la moindre partie de ce que i'ay pour vous dans le cœur. Mais fçachant combien vous eftes auantageufe, ie n'oferois vous faire fçauoir de quelle forte vous y eftes, ni monftrer tant de facilité, que pour vne paire de gants on me faffe dire comme cela ce que ie penfe. Ie vous affeureray feulement que i'ay receu les voftres, comme ie receurois vn Royaume. Il n'y en eut iamais de fi beaux, ie les ay baifé plus de cent fois, & ie vous affeurerois que ç'a efté de meilleur cœur, que ie ne baiferois les plus belles mains du monde, n'eftoit que ce font les voftres qui le font.

SSff

LETTRES
EN VIEVX LANGAGE.

LETTRE DE MONSIEVR LE COMTE
DE SAINT AIGNAN ESTANT PRISONNIER,
à Monsieur le Comte de Guiche.

Mr. de St Aignan fut mis dans la Bastille pour n'avoir pas mené assez tôt son regiment à l'armée de Mr. de Feuquieres qui fut défait à Thionville avant qu'il y arrivât ce peut être.

AV TRES-HAVLT, TRES-PREVX, ET TRES- ce qui n'est pas
renommé Cheualier Guicheus ; Guilan le penſif,
Seigneur de l'Iſle Inuiſible, deſire honneur,
lieſſe, & mande humbles ſaluts.

ce regiment qui
l'arché le pié comme
ce regiment de la cavalerie

× La Bastille.

RES-CHER Sire ; Or ſuis en priſon
fermée, & ia pour nulles riens n'en
pourroye iſſir : ſe ne fuſt par art de Faë-
rie & de Negromance. Or s'en vont à
randon ſoulas & déduit, & peruerſe fortune m'a
moult laidement atourné: En telle achoiſon il n'eſt
gentilleſſe de cœur, ne fermeté d'engin, qui patiemment portaſt telle meſauenture, & ſi plours & lamen-

S S ſſ ij

tations n'eſtoient plus duiſantes à Dame qu'à guerroyeur, moult grand plaid & hutin feroye : car, par
mon chef, moult déconforté ſuis & mis en deſarroy.
Helas ! cher Sire, où ſont maintenant allez Ieux,
Mommeries, Danſes & Chanſons? Où ſont muſſez
loin de moy Iongleurs, Meneſtriers, Farceurs, Her-
peurs, & Apointeurs de vielles? Que ſont deuenus
Tournois, Behours, & tels autres eſbanoyemens? Où
l'on voyoit pieça heaumes enfondrer, haubers dé-
mailler, glaiues froiſſer, deſtriers affoler, Cheualiers
geſir, & eſcus deſrompre. Où ſont feſtins, bomban-
ces, ris, & banquets, cointes Pucelles, friſques Da-
moiſels, gorgias Eſcuyers? tout eſt mis à neant, & à
moy dolent & chetif, rien n'en eſt demouré, fors
douloureuſe remembrance, qui d'autant plus me fiert
& navre durement. En tel party ie n'écriroye mie, ſans
l'eſpoir, qui par viſion ou ſonge au cœur m'eſt reuenu.
Iceluy vint iſnellement ma grand'douleur combattre, & ſi cuidois pour vray que ce fuſt de ma liberté
la vraye ſigniſiance, comme i'en ay par droit la ſuſ-
picion ; au lieu que ie ſuis aterré & giſant en detreſſe,
tant leger & à deliure me ſentiroye, que ſur palefroy
pourroye bien ſaillir, ſans toucher le pommel. Or en
auienne ce qu'eſchoir en pourra ; touſiours, cher Sire,
vous veüil conter mon ſonge. Dormant par nuit, il
me ſembloit voir fermement (& ainſi à certes le cuidoye) vn felon Geant outrageux, glouton & fier pautonnier, qui le chef auoit plus aigu que fer de lance,
les yeux auoit rouges & flambans comme feurre allu-

mé, nez tors, grosses balievres, & barbe fleurie, & de
tout point hideux & plein de barat & de maltalent. Si
tenoit en son poing branc d'acier luisant, dont au
chief durement me navroit, puis faisoit signe à deux
truhans & ribaux, qui en hideuse chartre me por-
toient, & me laissoient illec au greigneur tourment
que iamais sentisse. Et adonc s'apparoissoit à moy
vn grand preud'homme, qui d'vn moult noble veste-
ment estoit affublé, & autour de luy estoient maints
Cheualiers, qui de me voir à deliurance auoient moult
grand voulenté. Et vous, beau Sire, y estiez des premiers : prés de vous estoient pareillement le bon Cheualier Arnaldus, & le gentil Cheualier Voiturio, &
maints autres renommez. Or me faisoit signe de la
main iceluy noble preud'homme, & à soy m'appel-
lant hors de la noire chartre il me faisoit issir, & lors
il me montroit en moult belle escriture vn tel dicton
en maniere de Prophetie;

Quand Aigles & Lyons assemblez à foison,
Feront, par grand hazards, des Coqs déconfiture;
Plusieurs bons Cheualiers par mortelle achoison,
Ferus de fers tranchans iront en sepulture.
Paresseux, d'autre part, absens de l'auenture,
Pour vn temps detenus seront, non sans raison;
Mais ils seront enfin boutez hors de prison,
Par cil qui porte escu de vermeille teinture.

Adonc par grand liesse me sentis esueillé, & quand
apertement connus que ce n'estoit que fable & mensonge, si cuiday entrer en desespoir : ce neaumoins,

mon cœur s'éuertua, & en foy pourpenfa que tel fonge pourroit venir à effet, & en cét efpace ie n'eus onc
talent de me guermenter ne plaindre, mais bien de
vous efcrire tout ce qui m'eftoit aduenu. Or puiffiez-
vous, cher Sire, loin de méchief & d'encombrier,
toufiours noblement & frifquement vous contenir,
ainfi qu'à tel homme affiert : vous & toute voftre noble mefgnie. Et à tant me tiens ; à Dieu vous command, & me clame voftre immuable feruant à toufiours mais,

　　　　　　　　　　　　Dom Guilan le penfif
　　　　　　　　　　　　Sire de l'Ifle Inuifible.

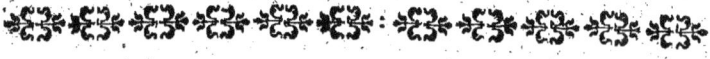

LETTRE DE L'AVTHEVR,
sur le sujet de la precedente.

AV TRES-GENTIL, TRES-PREVX,
& tres-noble Cheualier de l'Isle inuisible, le Cheualier
Jnconnu mande salut sans nombre,
& amours sans fin.

SIRE Cheualier, pas n'eusse cuidé que de si obscur manoir comme cil où vous estes, peussent
issir dits si illuminez ; ne de si dure prison, paroles si
gracieuses. Ie me suis embattu à voir la lettre qu'escrite auez, au tres-gentil, & tres-renommé Comte Guicheus ; vous débourdant auec luy, & vous iure que
oncques-mais ne vis escrit qui tant me plust, ne qui
plus me parust de preud'homme : & en ce appert vostre grand hardement, & le hault cœur qui en vous
repaire, quand de cette vostre mécheance en nulles
riens ne vous esbahissez, & ne laissez pour ce de dire
gabs & ioyeusetez. Or est-il vray que pieça ie haïssois sur toutes riens le Geant Picolofuron, pour estre
de trop orgueilleuse nature, & trop bonbancier en
ses faits. Mais ores d'autant plus ie le maudis, & l'heure que oncques de mere fut nay : car par luy, & pour
son pourchas, trop sont de maux auenus, & si combat
par tel art, que ceux qui encontre lui osent se presenter, sont par lui laidement naurez, affolez, ou occis ;

& ceux qui ne s'y trouuent, font en noires chartes detenus. Ce m'aid Dieux, beau Sire, cettuy eft le plus fier
enchantement dont ioüis oncques parler, & qui plus
fait à douter. Planté de preud'hommes y a, qui moult
ont grand talent de vous ayder en cette voftre befo-
gne ; & pour moy, il n'y a chofe au fiecle que tant de-
firaffe : car plus cher aurois à deliurer vn fi fait Cheualier, que de conquefter le Royaume de Logres. Mais
de cettuy fait nous déportons, pour fçauoir que nous
n'y pouuons comme riens, & que cette emprinfe eft
referuée à vn puiffant Cheualier qui porte vermeilles
connoiffances. De cettuy eft ores grand bruit par le
monde, & dit-on qu'il fait d'armes comme à fa voulenté, & que depuis le temps du noble Roy Artus, il
ne s'eft trouué fi rude ioufteur, comme iceluy eft : car
nul ne s'eft encontre luy efprouué, qu'il n'ait ietté ius
des arçons, & fouuentefois renuerfé Cheualier & cheual tout en vn mont. Cettuy mainte haute auenture a
finée, & cette autre encore finera, fi que deuez efperer qu'à chef de piece & en brief, vous tirera du Chaftel enchanté : car pas n'auez deferuy d'y eftre trop
longuement, & fe en riens par le paffé auez méfait,
ce n'eft en chofe qui vous doiue ahontir, & petite penitence y affiert. Ce neaumoins, fi par méchef, ou
aucun deftourbier, plus long-temps eftiez detenu,
que ne cuidons, de ce en riens ne vous efmayez ; car il
ne vous en peut chaloir. Bien vous peut fouuenir que
le gentil Roy Amadis, le noble Empereur Efplan-
dian, & maints autres, après auoir efté detenus plufieurs

fieurs fiecles és prifons de l'Ifle d'Argenes,en fortirent
fains & haitiez, auffi ieunes, & les viaires auffi frais
qu'entrez y eftoient ; car le bon Alquif, qui moult
fçauoit d'experimens, fit par fes coniurations que le
temps qui tant eft ifnel pour toutes creatures, n'auoit
comme point eu de cours en leur endroit, & en riens
ne les auoit endommagiez. Or il ne peut-eftre qu'e-
ftant noble & cheualureux comme vous eftes, bien
parlant, & loyal en bien aimer, bien auenant, coint
& faitis Cheualier,il vous manquaft quelque bon enchanteur en cette achoifon, qui le mefme fecours
vous donnaft, & en auriez vn ou deux fans faille, en
maniere que quand ne pourriez iffir du Chaftel que
d'huy en cinquante ans, vous en iftriez iouuencel,
comme l'eftes maintenant, & fans aucun feul poil de
barbe, non plus qu'ores en auez, qui feroit chofe
moult rare & plaifante à voir. Endementiers,tout le
temps que demourerez illec, loifible vous fera les
vnes fois de iouer aux tables, les autres de harper &
chanter lais plaintifs,& vne fois le iour de parler tout
haut à par vous,vous douloufant & lamentant de Dame Fortune, qui de tous hommes temporels fe ioue,
& en cét encombrier vous a ietté, vous éloignant de
voftre amie. Car c'eft ainfi, fi bien m'en fouuient,
qu'en fouloient vfer tous les preud'hommes, qui en
tel cas fe font trouuez. A tant, beau Sire, à Dieu vous
commande, & fuis,

Le tout voftre,
Le Cheualier inconnu.
T T tt

RESPONSE DE MONSIEVR LE
Comte de sainct Agnan à la lettre
de l'Autheur.

AV TRES-COVRTOIS, TRES-EXCELLENT,
& tres - renommé Cheualier Voiturio , qui du
nom d'Inconnu se clame ; Guilan le pensif
desire honneur & ioye , & mande
humble mercis.

DEA, Cheualier inconnu! auois-je pieça vers
vous rien comparé, qui de tant gorgiase faueur
fust digne? Certes, pas n'eusse cuidé qu'en tel encombrier si doux confort me fust auenu, par lequel est
ma greuance moult amendée. Or appert-il bien
maintenant que pas n'estes apprentif de bonnes œuures faire , quand à si dolent Cheualier par deuis
proufitables & duisans reboutez le cœur en la fouël-
le. Pour certain, tres-cher Sire, moult estes à priser, &
greigneur homme deuez estre que pas ne voulez ap-
paroir, quand vostre nom mussez apres courtoisie
tant especial. En cette maniere ouura iadis le Da-
moisel de la Mer, fleur de toute Cheualerie, quand
apres auoir rué ius le plus fier ribaud de la contrée; &

fa mégenie déconfite, il fe retrahit vers fon tref moult
vifte tenant la chiere baffe, & le vis fur cofté, ne voulant pour riens à nulli fe manifefter. Ce m'aid Dieux,
Sire, ie ne me deporteray d'acertener à tous qu'encore furpaffé l'auez, & de ce n'ayez doutance. Cettuy ne fit que mettre à mort vn outrageux paillard,
& vous auez redonné la vie à iouuencel afflict & mat,
comme n'agueres effroyé; Or bon Cheualier, puifque tout de mon fait voulez connoiftre, ja n'en ferez
defdit, & moult voulentiers de mon eftat vous deui-
feray, & vous diray. Qu'vn iour fur le vefpre, ayant
harpé & chanté vn lay moult douloureux & plaintif,
comme pouuoit eftre cil du pauure Triftan de Leon-
nois, voguant en fa barque apres la playe enuenimée
par lui receuë par le Morhoult d'Irlande; ie m'endormis moult fort, & cheus à bouchons fur le pauement,
où longue efpace on me laiffa gefir. Si cuidoye eftre
en vn vergier entre cointes pucelles & gentils varlets,
ayant les aucuns furcots de tiretaines, & les autres rob-
bes de fandal. Si eftions feans fur poifles à or battu, en
foulas & ébatemens, deuifans & bruyans moult fort.
Mais endementiers, vint entrer au vergier vn grand
vilain mal façonné & rebarbatif, qui en fon poing tenoit bafton noüeux à guife de maffuë, & bien fembloit eftre mal pautonnier & felon. Si fe cria fur moy
le glouton, comme forcené, difant : Et cuides tu paillard iffir ainfi fans moy de la chartre où tu es detenu ?
Lors il me ferut parmy le pis, tant outrageufement
qu'agenoüiller me fit, & rechignant moult laide-

ment s'en alla difant : Or fuis-je par mon droiċt nom
le Temps appellé , n'efpere fans mon ayde iffir du
Chaftel ; & ainfi que me guermentoye, ie vis prés dé
moy vn noble prud'homme luifant comme vn efcar-
boucle. Moult beau Clerc eftoit iceluy & de plaifant
regard. Si eftoit en haut fiege affis & Villes, Chaftels,
Tours, Cheualiers, armes , bannieres , & efcus de
moult de couleurs gifoient à fes pieds, & vn merueil
fandal faifoit fon couure- chef & fa robbe. Iceluy me
cria tout fouëfuement, Or as entendu , amy , ce que
le Temps t'a dit : mais qu'il s'accorde à ta faillie, moult
toft te deliureray. A tant , mon fomme fina, & trouuay prés de moy voftre miffiue , & de l'autre part vn
liuret moult ancien , où eftoit icelle prophetie ;

Quand ieune Cheualier de fuaue nature,
Prendra du hardement en l'obfcure maifon ,
Affez pour enuoyer miffiue au grand Voiture :
Cil qui porte ˣ *vermeil , en armes & vefture,*
Et dont par tout le los bruit fans comparaifon ;
Connoiffant qu'il eft ja de pardonner faifon ,
Auec trois doigts fera de fept huis ouuerture.

X /e card. de Richelieu

Adonc cuiday qu'en brief pourroye de la chartre iffir, quand par deux fois pieça auoye eu dormant quafi
le mefme fonge. Car encores moult bien du premier
me remembroit , dont au preux Comte Guicheus
auois narré toute la vraye hiftoire. Donc ay-je noté,
Sire Cheualier, par moult d'enfeignemens, comme
à icelui Guerroyeur qui porte vermeilles connoiffances, & qui tant d'apertifes d'armes a faites, eftoit ma

deliurance reseruée, & par voftre efprit tout remply
de doctrine, & clarté d'engin y fuis derechef confirmé. Dieu ait part à icelle emprinfe, & veüille labeu-
rer auec lui, afin qu'en bref enfemblement allions vi-
fiter en fon hebergement le bon Comte Guicheus,
que i'honore moult & prife. Iefuis, à foy de Cheualier,

Tres-cher Sire,

Le tout voftre, Dom Guilan
le penfif, Sire de l'Ifle
inuifible.

TTtt iij

AVX TRES-EXCELLENS, BELLIQVEVX,
inuictiffimes & infuperales Cheualiers,
le Comte Guicheus, le Cheualier
de l'Ifle inuifible, & Don
Arnaldus.

Salut, honneur, victoire & triomphe.

CE m'aid Dieux, beaux Seigneurs, moult eftes
gracieux & courtois, quand eftant dans de fi
groffes befognes, comme ores vous trouuez, de cettuy voftre Cheualier auez daigné vous reffouuenir,
& me donner preuues fi notoires de voftre benigni-
té & bon vouloir, que onques ne fera en ma puiffance de le pouuoir defferuir. Or iaçoit que de moult
grand temps vous aye toufiours honorez & feruis,
moult outrageux feroye, fi ie, par cette feule voftre
lettre, ne m'en tenoye à moult bien payé ; grand
niceté feroit à moy, fi ie cuidoye vous en pouuoir
rendre remercimens condignes. Or voudrois-je,
beaux Sires, qu'il m'euft couflé le meilleur Chaftel
que onques ie conquis, & que loifible me fuft de
moy bouger de ceftuy lieu, pour vous aller dire moy-
mefme mon penfement fur ce, & le reffentiment que
i'ay de l'honneur que à moy voftre homme-lige auez

voulu faire. Par mon chief, rien ne me retiendroit,
que ie ne priſſe huy les galops, & irois vers vous de tel
randon, qu'ainçois qu'il fuſt heure de nonne, aurois
cheminé plus de cinquante lieuës Angleſches, & me
rendrois auant le veſpre dans voſtre tref. Auſſi bien
quand ie me ramentois comme eſtes ſur le point de
ferir ſur ennemis, & de vous parmy eux meſler, ſi
qu'à toute heure il m'eſt auis que d'icy i'oy la noiſe de
la bataille, le hannir des cheuaux, le froiſſis des lances, le chapelis des armes, & le martelis des eſpées, ie
me hontoye moult durement à par moy, & me tiens
à honny & recreant Cheualier, quand ie ne puis en
celle achoiſon eſtre prés de vous, & là en voyant vos
actes cheualureux, & vos beaux faits d'armes, me
parforcer à les imiter, & moy rendre digne de l'acoin-
tance de tels preud'hommes. Ores que le ioly mois
de May renouuelle toute choſe creée, & que tout noble cœur ſe ſent eſpoindre du deſir d'armes & proüeſſes faire, vous cheminez par monts & par vaux gor-
giaſement armez iuſqu'aux dents, tenant vos glaiues
és poings, & ores les pannoyant en tous vos chiefs,
ores vous poliſſant en vos armes, ores vous affichant
és eſtriers, ne ſongez qu'à lances briſer, percér eſcus,
& deſmailler hauberts; cheminez par nieules & par
bruines à l'ardeur du Soleil, & au ray de la Lune, man-
gez moult petitement, & mauuaiſement dormez,
vous leuant ſouuentesfois, ains qu'il ſoit bien adiour-
né: pour mettre vos corps à peine & à trauail, à danger
d'eſtre détranchez à mains de gloutons, & d'eſtre fe-

lonneusement occis. Là où ie, las & chetif, en cette
cité par enchantemens mauuaisement detenu, passe
les iours entiers à moy sollacier & déduire auecque
gentes pucelles, plus blanches que fin albaftre mis à
point de fin vermeil, ores nous ombroyant sous ver-
tes feüillées, ores en plaisans vergers nous ébattant,
& tantoft nous ébanoyant en riches festins, où toutes guifes de mets nous font seruis, & toutes fortes
d'efpiceries. Et les vnes fois, quand de tels bobans suis
recreu, & qu'abondance de foulas me fait desirant de
folitude, ie me retrais l'oriere d'vn bois, où fur le clait
rieu d'vne fontaine, & là affis fur l'herbe tendre & me-
nuë, ie me delecte à voir en ioyeufes Chroniques, les
faits & geftes des anciens Cheualiers, les hautes auentures qu'ils ont mises à chief, & les perilleufes que-
ftes qu'ils ont emprifes, pour los & Amour de leurs
Amies aquerre. En cette maniere, ie vis fans mef-
aife, deftourbier, ne diftraite de quelconque chofe,
me couchant alors que meilleur me femble, & me leuant à l'heure que plus me plaift : fans eftres oncques
éueillé de bruit de bucines, trompettes & cors Sara-
zinois. Or Seigneurs Cheualiers, combien cét eftat
de vie eft angoiffeux, ie ne doute mie que bien ne le
iugiez ; car trop mieux que moy fçauez, que riens
tant ne pefe à gentil cœur, comme oyfiueté & moins
greue trauail que mufardie : & de ce aduiendra fans
faille, qu'apres que de ce fiecle feray forty, onc nulle mention de moy ne fera faite, non plus que fi ie
fuffe efté vn Cheualier de Cornoüaille. Et de vous

au

au rebours, quand de cette vie terrienne iſſirez, en trouuerez vne autre imperiſſable, és regiſtres & memoires des hommes ; liures infinis en toutes langues reſonneront vos hauts faits & proüeſſes, & aurez nom à iamais perpetuel. Laquelle choſe, & de ce ne doutez, eſt de prix infiny, & que trop cherement ne la pouuez vous acheter, quand meſme, pour ce de bras & de jambes ſeriez mehaigniez, & qu'en auriez les teſtes fenduës iuſques aux yeux. Partant beaux Seigneurs, ie vous allouë que vous regraciez fortune, qui en point vous a mis, que tout haut bruit & exaltation pouuez acquerre, & pourtant ne me tourniez à blaſme, ſi en ceſtuy lieu plus long-temps ie demoure, où force d'enchantement & neceſſité de deſtin me retient.

Pour nouuelles, ie vous demande que meſſagiers ſont icy venus de maintes parts, qui apporté nous ont que depuis peu, és marches d'Italie s'eſt fait le plus beau fait d'armes qui onques arriua, depuis que Cheualiers ceignent eſpée. Or deuez-vous ſçauoir, beaux Seigneurs, que en icelle terre, du long du fleuue que les Gregeois appelloient Eridan, qui moult eſt roide & parfond ; eſtoit deſcendu vn Geant deſpiteux & felon. Cettuy accompagné d'vne gent moult noire, & de couleur de ſuye, mais aſpre, fiere & outrageuſe, pilloit, dégaſtoit & deſertoit le païs, ſi que c'eſtoit vne hydeur ; & apres maints outrages auoit iuré qu'il prendroit à force vne Damoiſelle, qui Cazalie eſt nommée, moult priſée & cherie de ceux du païs, & de

VVuu

maints grands Seigneurs d'estranges terres desirée, comme celle qui est du moult beau viaire, & bien adressée de tous ses membres, auenante & de si plaisant regard que c'est vn desduit à regarder. Or l'auoit le felon promise à son seigneur le Soudan des Iberiens, qui pieça de long-temps la conuoitoit, pour la mettre en seruage & lui tollir son honneur, ainsi comme il a fait de mainte autre que le Geant a mises en sa ballie : dont il a pris les vnes à viue force, & plusieurs autres par barrat & mal engin. Car de telles Damoiselles conuoiteux est le Soudan à demesure, si que l'en dit que toutes les desire, & oncques n'en pourroit estre assouuy. Or l'auoit le Geant à tout son ost en telle guise assiegée, que pas ne sembloit qu'il fût au pouuoit humain de luy en quelque maniere porter ayde. Moult tendrement ploroit la Pucelle, moult fort se demenoit, se détordant & guermentant durement, comme celle qui à grand meschief estoit; mais de ce riens ne lui valloit, & de nulli n'estoit secouruë : car les Seigneurs du païs pas n'auoient la force ne le hardement de durer contre le Geant. Tant qu'à chief de piece, le Cheualier faé aux vermeilles connoissances, qui tout oit, tout sçait & tout peut, a ouy de loin les piteux cris de la chetiue : dont fut fort dolent & coursé en son cœur, car il ayme la Pucelle par bon amour & sans vilenie, seulement pour la franchise d'elle garder, & d'autresfois de tels méchiefs l'a deliurée. Icelui en donna tantost auis à l'inuincible Cheualier qui porte d'Azur à trois fleurs d'Or, qui de long-temps à

pris la Damoiselle en sa garde. Ces deux ne purent pas
tirer celle part, pour estre cettui point embesognez en
vne grosse guerre qu'ils menoient dans le païs qui autrefois appellé estoit la Sylue Carbonnier, & maintenant communément est dit le païs de Flandre; si qu'ils
auiserent entr'eux par bon conseil, de mander à ce secours vn preux & belliqueux Cheualier, qui de tel hardement est, que onques chose, tant dangereuse pût
estre, ne luy sembla difficile à mener à fin. Cestuy de
tous est nommé Harcuriel des Isles perilleuses, & a esté
ainsi appellé pour vn moult grand fait d'armes, qu'il
fit en vn païs de mer, si perilleux & si estrange, qu'à
tousiours mais en sera faite mention. Iceluy à tout la
Caualerie que pour lors put trouuer, alla donner sur
l'ost du Geant qui mie ne s'en doutoit : là y eut moult
caueuse & cruelle bataille, si que l'en dit que depuis
l'assemblée qui se fit entre Sidrac & Tantalon, au cou-
ronnement du Roy Gadiffer, onc on ne vit si hautes
proüesses exploiter, si grands coups d'espée ruer, ne si
beaux coups de lances ferir. Au definement, la de-
confiture tourna sur les gloutons, & contrarieté ad-
uint au Geant, qui combatit à tel méchief, que toute
sa mégnie fut mise à occision, & lui tellement atourné, que les maistres qui l'ont veu, dient que d'huy en
vn an ne sera en estat de porter armes, & que de moult
grand temps n'aura talent de Damoiselles vilener, ne
leur faire outrage. Or beaux Seigneurs, à Dieu vous
command, qui vous doint pareille fortune, & suis,

Le tout vostre, VOITVRIO.

VVuu ij

LETTRE ESPAGNOLE A VNE
Dame en luy enuoyant le verbe

J'ayme , tu aymes.

LE deue parecer estraño à *V. S.* que en las dos prime-
ras palabras aya dicho tan gran verdad y tan grande
mentira. Pero en esso puede ver quan razonable es Amor
à quien ama. Pues los que hizieron las reglas de las palabras segun la razon de las cosas , en diziendo Yo amo ,
luego dixeron tu amas , como se fuesse necessario amando
el vno , que el otro le ame. Assi sacra iusto que de buena
gana diga *V. S.* Yo amo , pues ay tanto tiempo que lo digo.
Y sin cansarse la memoria , en sabiendo essa palabra , luego
sabrà vne lengua que es la de Amor , mas linda que la Es-
pañola , y mucho mas estendida , porque essa se habla por
todo el Mundo , y no ay rincon en las Indias donde no se
entienda. *V. S.* que huye de las reglas , y que no quiere
aprender sino lo que se enseña en vn dia , mas gusto deve
tener de esta que de ninguna otra , pues se sabe en vn in-
stante , y en las cosas de Amor no solamente no ay regla ,
mas aun seria defeto tener alguna. Hablela por su vida
V. S. y no sea verdad que en tres años no le aya podido
aprender vna lengua que hasta las niñas saben.

ROMANCE

FVERA, *fuera, aparta, aparta,*
Que Amor entra por la plaça,
Quadrillero de galanes;
Doze lleua en su quadrilla
De diferennes libreas.

Los vnos de argenteria,
Y de oro fino los otros,
Que pudieran en el Cielo
Competir con las estrellas.

Varias y lustrosas sedas
Los demas van adornando
Tardas, azules, moradas,
Paijças y carmesies.

Con nacaradas marlotas
Y con verdes albornozes,
Van desfiando rubies,
Y luzientes esmeraldas.

Los vnos de amor y zelos
Lleuan la color quebrada,
Los otros en viuo fuego
Van muriendo por su dama.
Passan con mucho donayre
Con orden y bizarria,
Cada qual por si vistoso,
Mostrando gran gallardia.

VVuu iij

Paſſan los doze galanes
No las calles de Granada,
Viuarambla o Zacatin,
Mas por la ſala de Julia.

Vienne ella con tales brios
Con tal ayre y gentileza
Que de quien tienne alma y ojos
Lleua los ojos y el alma.

Tan bien no parece el Alua
Quando entre doradas nubes
Vertiendo flores y perlas
Viene a deſpertar el dia.

Poca grana y mucha nieue
Uan compitiendo en ſu cara,
Y entre lirios y jaZmines,
Aſſomanſe algunas roſas.

Buelan mil tiernos Amores
Alumbrando ſu belleza,
Sus ojos graues y bellos,
Unos matan y otros crian.

Matan los mas atreuidos,
Y los niños van criando,
Haſta que ſepan hablar,
Y puedan llamarla madre.

Cercada de luz y rayos
Se encuentra con la quadrilla,
Y los diſcretos galanes
Han llegado a ſu preſencia.

Pierden ellos fus collores,
En viendo las de fu cara,
Y admirandos fe quedaron
Sin vozes almas y lenguas.
  Atentos la eſtan mirando
Sin poder dezir palabra,
Que delante de tal dama
No ay galan que no enmudezca.
  En ora buena llegueys
(Dixo la hermofa Chriaſtiana)
Que galanes tan callados
Lo pueden fer de Diana.
  Toman fu aſſiento con ella
Los vnos en los cabellos,
Los otros cerca del pecho
Que afrenta las azucenas.
  Parece que toman vida
Los que aciertan à tocarla
Que muy bien puede dar vidas
Quien tantas almas poſſée.
  O Julia diſcreta y bella
Entre quantas han nacido,
El dia que tu naciſte
Grandes feñales auia.

F I N.

POESIES

La mesme lettre en françois

Vous trouverez peuletre estrange qu'en ces deux premiers paroles j'aie
dit une si grande verité et un si grand mensonge: mais en cela vous pouvez
voir combien il est raisonnable d'aimer ceux de qui on est aimé, puisque ceux
qui firent les regles des Paroles selon la raison des choses en disant, j'aime
dirent aussi, tu aimes, comme s'il estoit necessaire que l'on aimant l'autre
aimast aussi: aimi il est; j'une que vous dit ter sans repugnance j'aime puis
qu'il y a si longtems que je le dis estant qu'il n'est besoin de vous charger
davantage la memoire en apprenant teur seule parole vous aurez appris la
langue de l'amour qui est beaucoup plus belle que l'espagnole et qui a
outre cela beaucoup plus d'estendue parce qu'on la parle par tout le monde
et qu'il n'y a point de lieu si reculé dans les Indes ou elle ne soit entendue
et pour vous qui suiv tousur les regles et qui ne voulez estudier que ce qui se
peut enseigner en un jour vous devez prendre plus de plaisir à celle cy que à
toute autre puis qu'elle se peut apprendre en un instant et que dans les choses
d'amour non seulement il n'y a point de regles mais ce serait un defaut
s'il y en avoit quelqu'unes: parlez la donc je vous en conjure affin qu'il
ne soit pas vray que vous n'ayez pu apprendre en trois ans un langage que
les enfans mesme n'ignorent pas

POESIES

DE
MONSIEVR
DE
VOITVRE.

POESIES

DE MONSIEVR

DE VOITVRE.

ELEGIE.

ELISE, ie ſçay bien que le Ciel fauo-
rable,
A joint à vos beautez vn eſprit adorable,
Qui ne ſçauroit loger au monde dignement,
Que dans vn ſi beau corps, ou dans le Firmament.
Ie ſçay que la Nature, & les Dieux auec elle,
Ne font plus rien de beau que ſur voſtre modelle,
Et qu'ils ſe priſent moins d'auoir baſty les Cieux,
Que d'auoir acheué l'ouurage de vos yeux.
Car, enfin, ie l'auoüe, & dedans ma colere,
Malgré-moy ie le dis, ſans deſſein de vous plaire,

Le Soleil qui voit tout, deſſus & deſſous l'air,
Ne voit point de beauté qui vous puiſſe égaler,
Et n'en verra iamais, quoy qu'il tourne le Monde,
Et que ſouuent ſoy-meſme il ſe mire dans l'onde.
L'Amour n'a rien de beau, d'attrayant, ni de doux,
Point de traits, ni de feux, qu'il n'emprunte de vous.
Vos charmes dompteroient l'ame la plus farouche,
Les Gaces, & les Ris parlent par voſtre bouche;
Et quoy que vous faſſieZ, les Ieux, & les Appas,
Marchent à voſtre ſuite, & naiſſent ſous vos pas.
Toutes vos actions meritent qu'on vous ayme,
Et mille fois le iour, ſans y penſer vous meſme,
Vos geſtes, vos regars, vos ris, & vos diſcours,
Font mourir mille Amans, & naiſtre mille Amours.
Mais dans ce bel amas de graces ſans pareilles,
Ce tableau racourcy de toutes les merueilles,
Ie voy beaucoup de manque & d'inégaliteZ,
Et d'auſſi grands defauts, que de grandes beautez:
La Nature amoureuſe, en vous mettant au monde,
S'efforça de vous faire icy bas ſans ſeconde,
Et prodigue, employa ſes plus riches treſors,
A vous former les traits de l'eſprit; & du corps.
Mais laſſe ſur la fin d'vn ſi penible ouurage,
Elle vous a mal fait l'humeur & le courage.
Ces deux manquent en vous, & terniſſent le teint
Des plus viues couleurs dont elle vous a peint.
Ils en oſtent l'éclat, & laiſſent vne tare
Au plus riche ornement dont la terre ſe pare;

DE VOITVRE.

5

Car auec vn defaut si digne de mespris,
Vostre beauté s'efface, & rauale de prix ;
Vos yeux, ni vos attraits, n'ont plus rien d'estimable,
Et parmy tant d'amours, vous n'estes point aymable.
Pardonnez-moy, Belise, & souffrez doucement,
Que libre desormais ie parle franchement ;
Cette vnique beauté dont vous estes ornée,
N'aura iamais pouuoir sur vne ame bien née,
Vostre Empire est trop rude, & ne sçauroit durer,
Ou s'il s'en trouue encor qui puissent l'endurer,
Auec tant de mespris, & tant d'ingratitude,
Ce sont des cœurs mal faits, nez à la seruitude,
Ou de mauuais esprits, qui des Cieux en courroux
Ont eu pour chastiment d'estre amoureux de vous.
De loüange, & d'honneur, vainement affamée,
Vous ne pouuez aymer, & voulez estre aymée,
Et vostre cœur altier croit mettre entre les Dieux
Ceux qu'il souffre mourir en adorant vos yeux.
Que si quelqu'vn, poussé de son mauuais genie,
Tombe dessous le joug de vostre tyrannie,
Il faut qu'il se haïsse, & que dés ce moment,
Il deuienne ennemy de son contentement.
Car vous ne croiriez pas, (tant vous est inhumaine)
Qu'il ait beaucoup d'amour, s'il n'a beaucoup de peine.
Vous voulez qu'il soit pasle, & que plein de langueur,
Il s'afflige sans cesse, & se ronge le cœur ;
Que l'ombre d'vn soubçon luy donne cent allarmes,
Que vos moindres despits le fassent fondre en larmes,

A iij

Qu'il soit hors de propos, defiant & jaloux,
Iamais content de luy, iamais content de vous,
Qu'il souspire tousiours, & vous nomme cruelle;
Lors vous estes contente, & croyez estre belle,
Et vostre cruauté parmy tant de tourmens,
Se baigne dans les pleurs, que versent vos Amans,
Que si parfois d'amour vostre ame est allumée,
C'est vn feu passager qui se tourne en fumée,
Pareil à ces brandons qui bruslent vne nuit,
Errans à la faueur du vent qui les conduit,
Qui luisent pour nous perdre, & si l'on ne s'en garde,
Conduisent à la mort quiconque les regarde.
Vous bruslez de la sorte, & sans sçauoir comment,
Vos plus chaudes amours ne durent qu'vn moment.
Vous ne sçauez que c'est d'vne flamme constante,
Toute chose vous plaist, & rien ne vous contente,
Et vostre esprit flottant entre cent passions,
A beaucoup de desseins, & peu d'affections,
Plus leger que le vent qui porte les tempestes,
Il change tous les iours de nouuelles conquestes,
Et n'estimant iamais ce qu'il peut posseder,
Il gagne toute chose, & ne peut rien garder.
Car vostre vaine humeur, apres vne victoire,
En méprise le fruit, & n'en veut que la gloire,
Et de tant d'amitiez faites diuersement,
N'en ayme que la fin, & le commencement.
D'vn amant qui vous vient, vous aymez les aproches,
D'vn autre qui s'en va, les cris, & les reproches,

La nouueauté vous plaiſt, & ne ſe paſſe iour,
Que vous ne faßiez naiſtre ou mourir quelqu' Amour,
Vous eſtes ſans arreſt, foible, vaine, & legere,
Inconſtante, bizarre, ingratte, & menſongere,
Pleine de trahiſons, ſans ame, & ſans pitié,
Capable de tout faire, horſmis vne amitié.
Celle que vous m'auiez par tant de fois iurée,
Qui deuoit ſurpaſſer les ſiecles en durée,
Et ne ſe démentir qu'auec le Firmament,
Si belle, & ſi parfaite en ſon commencement,
Et dont la belle flamme icy bas ſans ſeconde,
Deuoit durer encor aprés celle du monde,
A la fin s'eſt eſteinte, & contre voſtre foy,
Vous en fauoriſez vn moins digne que moy.
Regardez-vous, Beliſe, & parmy tant de graces,
Ne ſouffrez plus en vous des qualitez ſi baſſes,
Et ſur tant de vertus, & de perfections,
Releuez voſtre cœur, & vos affections.
Ne laiſſez rien en vous capable de deſplaire,
Faites-vous toute belle, & taſchez de parfaire
L'ouurage que les Dieux ont ſi fort auancé,
Et vous ſeule, acheuez ce qu'ils ont commencé.

ELEGIE.

BELLE Philis, adorable merueille,
Puisque mon cœur, malgré-moy, me conseille
De me remettre encor dans les tourmens,
Dont vos rigueurs affligent vos Amans,
Ie le veux croire, & suiure le genie
Qui me r'engage en vostre tyrannie,
Et m'embarquer dessus la mesme mer,
Où i'ay pensé tant de fois abysmer.
Le mesme iour que vostre cœur de roche,
Blessa le mien d'vn iniuste reproche,
Et qu'vn soupçon par vous vainement pris,
Me fit connoistre à plein vostre mespris;
Ie fis dessein d'estouffer en mon ame
Tous les pensers qui nourrissoient ma flame,
Et d'arracher, au fort de mon courroux,
Ce que i'auois de passion pour vous;
Et si ie puis le redire sans crime,
Auec l'amour oster encor l'estime,
Vous n'eustes plus pour moy, dans ce moment,
Tous les attraits qui m'alloient enflamant,
De vos beaux yeux les rayons s'éclipserent,
Et tout à coup vos graces vous laisserent,
Ie ne vis plus vostre extréme beauté,
Et ne vis rien que vostre cruauté.

Teus

J'eus honte alors de voſtre ingratitude,
De ma foibleſſe, & de ma ſeruitude,
Et des ennuis indignement ſouffers,
Depuis qu' Amour me tenoit dans vos fers.
Dans cêt inſtant ie vis dans ma pensée
Tous les meſpris que mon ame offensée,
Humble, captiue, & ſans reſſentiment,
Auoit reçeus de vous trop laſchement.
Il me ſouuint de toutes vos rudeſſes,
De tous mes maux, de toutes mes triſteſſes,
De tant de pleurs vainement eſpandus,
Tant de ſouſpirs de vous mal-entendus,
Tant de dépits, & de mortelles craintes,
Tant de regrets, & d'amoureuſes plaintes,
De deſeſpoirs, de langueurs, & d'ennuis,
De triſtes iours, & de faſcheuſes nuits;
Sans que iamais i'euſſe pû dans voſtre ame,
Voir ſeulement vn rayon de ma flame;
Ni vous reduire à montrer par pitié
Vn trait d'amour, ni meſme d'amitié.
Lors ma raiſon promptement r'appellée,
(Qui loin de moy ſe tenoit exilée
Depuis qu' Amour m'auoit mis ſous ſa loy,)
Oſa paroiſtre, & ſe montrer à moy.
En arriuant elle eſteignit la flame
D'ire & d'amour, qui bruſloit dans mon ame,
Rendit la veuë à mon entendement,
Et luy permit de iuger ſainement,

B

En la voyant tous mes defirs s'enfuirent,
Mes fentimens à fes loix n'obeirent,
Et dés long-temps mon courage irrité,
S'arma pour elle, & cria Liberté.
Tout fut reduit en fon obeïffance,
Et mon amour redoutant fa puiffance,
Et perdant lors le tiltre de vainqueur,
Se retira dans le fond de mon cœur.
Plein d'vne ioye, & d'vn repos extrefme,
Il me fembla n'eftre plus qu'à moy-mefme,
Maiftre abfolu de mes affections,
Ie crûs auoir dompté mes paffions,
Et fus vn temps (vaine & foible victoire)
Sans vous aimer, ou du moins fans le croire:
N'afpirant plus qu'aux folides plaifirs,
I'auois reglé ma crainte, & mes defirs,
Ie n'auois plus de fafcheufes pensées,
Ie me riois de mes erreurs paffées,
Et m'eftonnant de mon aueuglement,
Ne penfois plus qu'à viure heureufement.
Ainfi, Philis, mon ame reuoltée,
Crût pour iamais eftre defenchantée,
Et mon courage aueque ma raifon,
Rompit ma chaifne, & força ma prifon.
Mais ie fis pis, & commis vne offenfe,
Digne qu'Amour en ait pris la vangeance,
Et qu'à iamais vn trifte fouuenir
Me la reproche, & m'en fçache punir.

M'estant sauué du plus rude seruage,
Qui tint iamais vn genereux courage,
Ie m'estimois le premier des humains,
D'auoir remis ma franchise en mes mains;
Quand la frayeur de retomber aux vostres,
Me fit resoudre à me ietter en d'autres,
Et me ranger sous l'empire plus doux,
D'vne qui sçeust me garder contre vous.
Mon ame estant dans le choix balancée,
La belle Iris me vint en la pensée,
La belle Iris, dont la grace & les yeux
Ont sçeu charmer les hommes & le Dieux;
Iris, l'amour de la terre & de l'onde,
Si vos beautez ne luisoient point au monde,
Et qui sembloit m'asseurer doucement,
Par ses regards, d'vn meilleur traitement.
Ie me fis donc esclaue volontaire,
Et pris deslors plus de soin de luy plaire,
I'ay souspiré, i'ay prié, i'ay pressé,
Ie me feignis languissant & blessé;
Ie luy iuray que ie mourois pour elle,
Et que iamais vn Amant plus fidelle,
Plus enflammé, ni plus constant que moy,
Ne se verroit souspirer sous sa loy.
Puis, ie loüois en elle toutes choses,
Son teint de lys, & sa bouche de roses,
Son cœur de Reyne, & sa grande bonté;
Mais dessus tout, ie loüois sa beauté,

B ij

Et la faisois si brillante & si belle,
Qu'elle effaçoit toute chose auprés d'elle,
Les diamans, les perles, & les fleurs,
Les plus beaux iours, les plus viues couleurs,
Le teint du Ciel au leuer de l'Aurore,
L'Aurore mesme, & le Soleil encore,
Lors que plus clair il paroist dans les Cieux,
Mais ie me teus de vous & de vos yeux,
Et retenu par vn respect extreme,
Ma bouche, au moins, ne fit point de blaspeme.
Enfin, ie fus escouté doucement,
Et sans dispute auoüé pour Amant.
Quittant pour moy sa fierté naturelle,
La belle Iris ne me fut point cruelle,
Elle approuua mes desirs & mes feux,
Elle receut mon amour & mes vœux,
Et me fit voir toutes les apparences
Dont les Amans forment leurs esperances.
I'auoüe aussi qu'vn si doux traitement,
Fit naistre en moy quelque ressentiment,
Non pas d'amour; car mon ame parjure,
Ne pût iamais vous faire cette injure,
Mais d'amitié si sensible, qu'vn iour
Ie pensois bien la changer en amour.
Ie m'efforçois de découurir en elle
Les mesmes traits qui vous rendent si belle,
Cette douceur, & ces diuins appas,
Dont vous donnez la vie & le trespas.

De vos beautez la grace incomparable,
De voſtre eſprit la grandeur admirable,
Cét entretien ſi charmant & ſi doux ;
Mais tout cela ne ſe trouue qu'en vous.
Ie voyois bien qu'elle eſtoit animée
D'vne beauté capable d'eſtre aymée ;
Ie remarquois en elle cent attraits,
Mais nullement ces flames & ces traits,
Ces traits mortels, & ces diuines flames
Dont vos beaux yeux frappent toutes les ames.
Combien de fois, admirant vos beautez,
Ou voſtre grace, ou les viues clartez
De voſtre eſprit, ay-je dit en moy-meſme,
Ha ! que Philis eſt digne que l'on l'ayme,
Et que le ſort me traite rudement,
De m'empeſcher de mourir en l'aymant !
Mais cependant, ie ſentois en mon ame
L'effet caché d'vne ſecrette flamme,
Qui ſe gliſſoit iuſques dedans mes os,
Troubloit ma vie, & m'oſtoit le repos ;
I'eſtois par tout reſueur, & ſolitaire,
Et quoy qu'Iris pitoyable pût faire,
Pour adoucir ma peine, & mon tourment,
Ie n'en ſentois aucun ſoulagement.
Ie n'eſtois plus ſi content aupres d'elle,
Ie commençois à la trouuer moins belle,
Et ſouſpirant ſans connoiſtre pourquoy,
N'eſtois content ni d'elle, ni de moy,

Souffrois toufiours, & mon ame inquiette,
N'e trouuoit rien pour eftre fatisfaite;
Mais, à la fin, ma douleur s'augmentant,
Ie vis le mal qui m'alloit tourmentant,
Ie reconnus, apres beaucoup de peines,
Le feu vainqueur qui brufloit en mes veines,
L'Amour caché dés long-temps en mon cœur,
Auoit repris fa premiere vigueur;
Dans vos beaux yeux il fe forgea des armes,
Sur voftre bouche il prit de noueaux charmes,
Sur voftre bouche où fe trouuent toufiours
Les Ris, les Ieux, les Graces, les Amours,
Et fe formant des traits à fon vfage;
De tous les traits de voftre beau vifage,
Armé d'efclairs, & de foudres puiffans,
Il r'engagea premierement mes fens,
Et pourfuiuant plus outre fa victoire,
Auec mes fens, il me prit ma memoire,
Et furmontant ma foible volonté,
Vit mon efprit entierement dompté.
Lors tout à coup ie reuis en moy-mefme,
Le Repentir, & la Peur au teint blefme,
Les prompts Souhaits, les violens Defirs,
La fauffe Ioye, & les vains Defplaifirs,
Les triftes Soins, & les Inquietudes,
Les longs Regrets, amis des folitudes,
Les doux Efpoirs, les bizarres Penfers,
Les courts Dépits, & les foufpirs legers,

Les Defespoirs, les vaines Défiances,
Et les Langueurs, & les Impatiunces,
Et tous les biens & les maux que l'Amour
Tient d'ordinaire attachez à sa Cour.
Ainsi, Philis, mon ame fut reprise,
Ainsi deux fois ie perdis ma franchise,
Et, par malheur, tous les soins que i'ay pris,
Pour me soufmettre à l'Empire d'Iris,
Et l'asseurer de mon amour fidelle,
N'ont rien seruy qu'à me faire aimer d'elle,
Et ie me vis par vn sort rigoureux,
En mesme temps ingrat & malheureux.
Ayant à part mes douleurs & mes peines,
Il faut encore que ie sente les siennes,
Et que mon cœur sensible à la pitié,
Ait tous les maux d'amour & d'amitié.
Mais vous, pour qui ie suis en ces allarmes,
Vous, qui pouuez tout faire par vos charmes,
Apres m'auoir cause tant de malheurs,
Et fait verser tant d'inutiles pleurs;
Rendez, enfin, mes plaintes terminées,
Belle Philis, changez mes destinées,
Et permettez qu'apres tant de tourment.
Ie puisse viure heureux en vous aimant.
Que si pourtant il vous plaist que ie meure,
Sans iamais voir ma fortune meilleure,
Ie vous l'accorde, & ne demande pas
Que vos b ntez different mon trespas.

Mais seulement qu'vne mort plus humaine
Tranche mes iours & finisse ma peine;
Que ce ne soient vos iniustes mespris,
Ni le regret d'auoir trop entrepris,
Ni le dépit de vous auoir seruie,
Ni vos rigueurs qui m'arrachent la vie;
Mais qu'en repos, i'abandonne le iour,
Reduit en cendre, & consumé d'amour.

STANCES

STANCES,

ESCRITES SVR DES TABLETTES.

VOICI mon amour sur la touche,
Iugez s'il marque nettement,
Et si sa pointe se rebouche,
Dans la peine *et* dans le tourment;
Mais en l'estat où ie me treuue,
Qu'est-il besoin de cette preuue,
Pour vous montrer que ma langueur
Et que ma constance est extréme?
Ne le sçauez-vous pas, vous-mesme
Si vous m'auez touché le cœur?

Ie croirois auoir trop d'amour,
Et de vous estre trop fidelle,
Si vous n'estiez qu'vn peu plus belle,
Que l'Astre qui donne le iour;
Mais puisque le reste du monde,
N'a rien de beau qui vous seconde;
Et que tout cede au Dieu vainqueur
Que vostre bel œil emprisonne,
Il ne faut pas que ie m'estonne
Si vous m'auez touché le cœur.

C

Vous ne sçauriez douter de moy,
Ni de la peine que i'endure,
Pour seruir vne ame trop dure,
Car la touche vous en fait foy ;
Sans estre donc plus recherchée,
Souffrez aussi d'estre touchée,
Et despoüillez cette rigueur,
Qui rend vostre beauté farouche
Ie vous puis bien toucher la bouche,
Si vous m'auez touché le cœur.

STANCES.

ESCRITES DE LA MAIN GAVCHE,
sur vn feüillet des mesmes Tablettes, qui
regardoit vn miroir mis au dedans
de la couuerture.

QV AND ie me plaindrois nuit & iour
De la cruauté de mes peines,
Et quand du pur sang de mes veines
Ie vous escrirois mon amour,

Si vous ne voyez à l'instant,
Le bel objet qui l'a fait naistre,
Vous ne le pourrez reconnoistre,
Ni croire que ie souffre tant.

En vos yeux, mieux qu'en mes escris,
Vous verrez l'ardeur de mon ame,
Et les rayons de cette flame
Dont pour vous ie me trouue espris.

C ij

❁

Vos beautez vous le feront voir,
Bien mieux que ie ne le puis dire ;
Et vous ne le sçauriez bien lire,
Que dans la glace d'vn miroir.

STANCES.

E soir, que vous ayant seulette rencontrée,
Pour guerir mõ esprit & le remettre en paix:
I'eus de vous, sans effort, belle & diuine
    Astrée,
La premiere faueur que i'en reçeus iamais.

Que d'attraits, que d'appas vous rendoient adorable!
Que de traits, que de feux me vinrent enflamer!
Ie ne verray iamais rien qui soit tant aymable,
Ni vous rien desormais qui puisse tant aymer.

Les charmes que l'Amour en vos beautez recelle,
Estoient plus que iamais puissans & dangereux;
O Dieux! qu'en ce moment mes yeux vous virent belle,
Et que vos yeux aussi me virent amoureux!

La rose ne luit point d'vne grace pareille,
Lors que pleine d'amour elle rit au Soleil,
Et l'Orient n'a pas, quand l'Aube se réueille,
La face si brillante, & le teint si vermeil.

C iij

Cét objet qui pouuoit esmouuoir vne souche,
Iettant par tant d'appas le feu dans mon esprit,
Me fit prendre vn baiser sur vostre belle bouche,
Mais las ! ce fut plustost le baiser qui me prit.

❊

Car il brusle en mes os, & va de veine en veine,
Portant le feu vengeur qui me va consumant,
Iamais rien ne m'a fait endurer tant de peine,
Ni causé dans mon cœur tant de contentement.

❊

Mon ame sur ma lévre estoit lors toute entiere,
Pour sauourer le miel qui sur la vostre estoit;
Mais en me retirant, elle resta derriere,
Tant de ce doux plaisir l'amorce l'arrestoit.

❊

S'esgarant de ma bouche, elle entra dans la vostre,
Yvre de ce Nectar qui charmoit ma raison,
Et sans doute, elle prit vne porte pour l'autre,
Et ne luy souuint plus quelle estoit sa maison.

❊

Mes pleurs n'ont pû depuis fléchir cette infidelle,
A quitter vn sejour qu'elle trouua si doux :
Et ie suis en langueur sans repos, & sans elle,
Et sans moy-mesme aussi, lors que ie suis sans vous.

Elle ne peut laiſſer ce lieu tant deſirable,
Ce beau Temple où l'Amour eſt de nous adoré,
Pour entrer derechef en l'Enfer miſerable,
Où le Ciel a voulu qu'elle ait tant enduré.

Mais vous, de ſes deſirs vnique & belle Reyne,
Où cette ame ſe plaiſt comme en ſon Paradis,
Faites qu'elle retourne, & que ie la reprenne
Sur ces meſmes œillets, où lors ie la perdis.

Ie confeſſe ma faute, au lieu de la défendre,
Et triſte & repentant d'auoir trop entrepris,
Le baiſer que ie pris, ie ſuis preſt de le rendre,
Et me rendeZ auſſi ce que vous m'auez pris.

Mais non, puis-que ce Dieu dont l'amorce m'enflame,
Veut bien que vous l'ayez, ne me la rendeZ point;
Mais ſouffreZ que mon corps ſe reioigne à mon ame,
Et ne ſeparez pas ce que Nature a joint.

STANCES.

SVR LE MESME SVIET

DES PRECEDENTES.

LORS qu'aueque deux mots que vous dai-
gnaſtes dire,
Vous ſçeuſtes arreſter mes peines pour ia-
mais,
Et qu'apres m'auoir fait endurer le martyre,
Vous m'ouuriſtes les Cieux , & me miſtes en paix.

Mille attraits , dont encore le ſouuenir me touche,
Couurirent à mes yeux voſtre extrème rigueur,
Tous les charmes d'Amour furent ſur voſtre bouche,
Et tous ſes traits auſſi paſſerent en mon cœur.

Vous priſtes tout à coup vne beauté nouuelle,
Toute pleine d'éclat , de rayons , & de feux ;
Bons Dieux ! hà que ce ſoir mes yeux vous virent belle,
Et que vos yeux ce ſoir me virent amoureux.

Le

Le Pasteur qui iugea les trois Deesses nuës,
Ne vit point à la fois tant de charmes secrets,
De diuines beautez, de graces inconnuës,
Que i'en vis éclatter en vos moindres attraits.

⁂

Ie croy qu'en ce moment la Reyne de Cythere,
Sans pas vn de ses fils se trouua dans les Cieux,
Et que tous les Amours abandonnant leur Mere,
Estoient dedans mon ame, ou bien dedans vos yeux.

⁂

Ils brilloient dans vos yeux, & brusloient dans mon ame,
Perçant d'vn si beau feu les ombres d'alentour,
Que ie viuois heureux au milieu de la flame!
Et que i'auois de ioye aussi bien que d'amour!

⁂

Depuis, ils ont tousiours gardé la mesme place,
Admirant vos beautez & mon extréme foy;
Et quoy que vous fassiez, Aminte, ou que ie fasse,
Ie les voy tous en vous, & ie les sens en moy.

⁂

Eux qui faisoient brusler le Ciel, la Terre & l'Onde
Aueque tous leurs feux embrasent mon desir,
Et laissent en repos tout le reste du monde,
Pour me faire la guerre auec plus de loisir.

D

Tandis qu'ils vont doublant mes peines rigoureuses,
Tous les autres captifs ont du soulagement,
Et l'air n'est plus troublé de plaintes amoureuses,
De pleurs, ni de regrets, que par moy seulement.

Echo ne languit plus d'vne flame inutile,
Dafné ne bruſle plus le bel Aſtre du iour;
Et ſi le cours d'Alphée eſt encore en Sicile,
Ce n'eſt que par couſtume, & non pas par amour.

Diane aux yeux de Pan n'a plus rien d'eſtimable,
Neptune n'ayme plus les Nymphes de la mer;
Et comme en l'Vniuers vous eſtes ſeule aymable,
Ie ſuis le ſeul auſſi qui ſçache bien aymer.

STANCES

SVR SA MAISTRESSE
rencontrée en habit de garçon, vn
soir du Carnaual.

I E sens au profond de mon ame,
Brusler vne nouuelle flame,
Et laissant les autres Amours,
Qui tenoient mon ame en altere,
I'ayme vn garçon depuis trois iours,
Plus beau que celuy de Cythere.

Si le but de cette pensée,
A ma conscience offensée,
I'en ay desia le chastiment;
Car le feu qui brusla Gomore,
Ne fut iamais si vehement,
Que celuy-là qui me deuore.

D ij

Mais ie ne croy pas que l'on blasme
L'amoureuse ardeur dont m'enflame
Le bel œil de ce jouuenceau,
Ni qu'aymer d'vn amour extréme
Ce que Nature a fait de beau,
Soit vn peché contre elle-mesme.

Vn soir que i'attendois la Belle,
Qui depuis deux ans m'ensorcelle,
Ie vis comme tombé des Cieux,
Ce Narcisse obiet de ma flame,
Et dés qu'il fut deuant mes yeux,
Ie le sentis dedans mon ame.

Sa face riante & naïue,
Iettoit vne flame si viue,
Et tant de rayons alentour,
Qu'à l'esclat de cette lumiere
Ie doutay que ce fust l'Amour,
Aueque les yeux de sa mere.

Mille fleurs fraichement écloses,
Les lys, les œillets & les roses
Couuroient la neige de son teint;
Mais dessous ces fleurs entaßées,
Le serpent dont ie fus atteint,
Auoit ses embusches dreßées.

Sur vn front blanc comme l'yuoire,
Deux petits arcs de couleur noire,
Eſtoient mignardement voûtez,
D'où ce Dieu qui me fait la guerre,
Foulant aux pieds nos libertez,
Triomphoit de toute la terre.

Ses yeux, le Paradis des ames,
Pleins de ris, d'attraits, & de flames,
Faiſoient de la nuit vn beau iour :
Aſtres de diuines puiſſances,
De qui l'Empire de l'Amour
Prend ſes meilleures influences.

Sur tout, il auoit vne grace,
Vn ie ne ſçay quoy qui ſurpaſſe
De l'amour les plus doux appas,
Vn ris qui ne ſe peut deſcrire,
Vn air que les autres n'ont pas,
Que l'on voit, & qu'on ne peut dire.

Parmy tant d'ennemis renduë,
Ma liberté mal defenduë,
Fut ſous le joug d'vn Eſtranger,
Mon Cœur ſe rendit à ſa ſuite,
Et dans le fort de ce danger
Ma Raiſon ſe mit à la fuite.

D iij

Sans le connoiſtre dauantage,
Ma volonté luy fit hommage
De tout ce qu'elle auoit en main;
Mais du meſchant l'ame inconſtante,
Me trompa dés le lendemain,
Et me fruſtra de mon attente.

Plein de dépit & de colere,
Soudain ie m'en deuois défaire,
Apprenant par cette leçon,
Qu'il n'auoit point d'arreſt en l'ame,
Et que ſous l'habit d'vn garçon,
Il portoit le cœur d'vne femme.

Toutefois, malgré cette iniure,
I'en pris vn plus heureux augure,
Et ie n'euſſe pû croire alors,
Que le Ciel, dont il fut l'ouurage,
Sous le voile d'vn ſi beau corps,
Euſt mis vn ſi mauuais courage.

Mais ſa malie découuerte,
S'eſt reconnuë auec ma perte;
Car depuis on ne l'a pû voir,
Le perfide a gagné la fuite,
Tenant mon cœur en ſon pouuoir,
Auec ma liberté ſeduite.

Gagné d'vne forciere flame,
I'auois mis les clefs de mon ame
En la garde de ce voleur :
Mais d'vne malice funefte,
M'en ayant rauy le meilleur,
Il mit le feu dedans le refte.

Mais ie l'ayme, & quoy qu'il me face,
Ie voudrois reuoir cette face,
Ce chef-d'œuure tant eftimé,
Où le Ciel tout fon mieux affemble;
Et depuis i'ay toufiours aymé
Vne fille qui luy reffemble.

Auec les traits de fon vifage,
Elle a fa taille & fon corfage,
Sa voix, fon port, & fa façon,
Son doux ris; fon adreffe extréme;
Enfin, fous l'habit d'vn garçon,
Ie l'aurois prife pour luy-mefme.

Ses yeux fçauent les mefmes charmes,
Elle vfe de pareilles armes,
Auec tous les mefmes attraits,
Et croy, tant elle luy reffemble,
Qu'elle luy touche de bien prés,
Et qu'ils font alliez enfemble.

Elle connoist bien, la meschante,
La cause du mal qui m'enchante,
Et qui me retient en langueur:
Et, sans doute, elle pourroit dire
Quelque nouuelle de mon cœur,
Et de celuy qui le retire.

Car, sans en voir d'autre apparence,
Ie iurerois en asseurance,
A voir son visage assassin,
Et son œillade cauteleuse,
Qu'elle a sa part à ce larcin
Et qu'elle en est la receleuse.

Amour, petit Dieu qui disposes
Du reglement de toutes choses,
Et qui fais entendre tes loix
Par toute la machine ronde,
Fais-moy iustice à cette fois,
Toy qui fais droit à tout le monde.

Fais-moy raison de l'inhumaine,
Qui retient mon cœur à la gesne,
Sans esperance d'auoir mieux:
Mais, sur tout, ne voy pas la belle,
Car si tu regardes ses yeux,
Ie sçay que tu seras pour elle.

La

La mauuaiſe me tient rauie
Mon ame, mon cœur, & ma vie,
Car chez elle ſe vient ſauuer
Le voleur de cette dépoüille;
Mais i'eſpere tout retrouuer,
Si tu permets que ie la foüille.

E

POVR MINERVE
Madame de Saincton
EN VN BALET.

VOVS qui chaſſiez de voſtre Cour
Toutes les molleſſes d'Amour,
Et les feux dont il ſe conſerue,
D'où vous ſont ces attraits venus?
Et depuis quand, belle Minerue,
Auez-vous les yeux de Venus?

Les Graces qui ſuiuent touſiours
La douce Mere des Amours,
Vont à vous comme à la plus belle;
Meſme ce Dieu qui ſçait voler,
S'il vous voyoit miſe auprés d'elle,
Ne ſçauroit à laquelle aller.

Si vous euſſiez eu ces appas,
Lors que vous vinſtes icy bas,
Vous faire voir aux yeux d'vn homme;
Sans quitter le ſejour des Cieux,
Vous euſſiez remporté la pomme,
Au iugement de tous les Dieux.

Vos charmes ont plus de pouuoir,
Que ceux que nous venons de voir
Dans l'enchantement d'vne couppe :
Ils sont bien plus forts & plus doux,
Et ie ne sçache en cette trouppe,
D'autre enchanteresse que vous.

Cette Circé, dont les Demons
Applaudissent l'orgueil des monts,
Qui remplit la Terre d'allarmes,
Et renuerse l'ordre des Cieux,
A dans ses liures moins de charmes,
Que vous n'en auez dans vos yeux.

Elle peut le monde troubler,
Elle fait les Astres trembler,
Et bride le cours de la Lune:
Mais vous, d'vn pouuoir sans pareil,
Dans le milieu de la nuit brune,
Vous nous faites voir vn Soleil.

Mille rayons ensorcelez,
Sortent de vos yeux estoillez,
Qui percent sans faire ouuerture :
Et redoutée en toutes pars,
Vous faites bransler la Nature,
Par le moyen de vos regars.

E ij

Aussi faudra-t'il desormais
Qu'elle vous cede pour iamais;
Car plus docte Magicienne,
Vous meritez le maniment
D'vne autre verge que la sienne,
Et qui charme plus puissamment.

STANCES.

IE me meurs tous les iours en adorant
  Syluie,
Mais dans les maux dont ie me sens perir,
  Ie suis si content de mourir,
  Que ce plaisir me redonne la vie.

Quand ie songe aux beautez, par qui ie suis la proye
De tant d'ennuis qui me vont tourmentant,
  Ma tristesse me rend contant,
  Et fait en moy les effets de la ioye.

Les plus beaux yeux du monde ont ietté dans mon ame,
Le feu diuin qui me rend bien-heureux,
  Que ie viue ou meure pour eux,
  I'ayme à brusler d'vne si belle flame.

Que si dans cét estat quelque doute m'agite,
C'est de penser que dans tous mes tourmens,
  I'ay de si grands contentemens,
  Que cela seul m'en oste le merite.

                                  E iij

Ceux qui font en aymant des pleintes eternelles,
Ne doiuent pas eftre bien amoureux,
  Amour rend tous les fiens heureux,
  Et dans les maux couronne fes fidelles.

Tandis qu'vn feu fecret me brufle & me deuore,
I'ay des plaifirs à qui rien n'eft égal,
  Et ie vois au fort de mon mal,
  Les Cieux ouuerts dans les yeux que i'adore.

Vne diuinité de mille attraits pourueuë,
Depuis long-temps tient mon cœur en fes fers ;
  Mais tous les maux que i'ay fouffers,
  N'efgalent point le bien de l'auoir veuë.

STANCES.

pour madame d'Aiguillon

A terre brillante de fleurs,
Fait éclater mille couleurs,
D'auiourd'huy seulement connuës ;
L'astre du iour, en soûriant,
Iette sur la face des nuës,
L'or & l'aZur dont il peint l'Orient.

Le Ciel est couuert de saphirs,
Les doux & gracieux Zephirs
Souspirent mieux que de coustume ;
L'Aurore a le teint plus vermeil,
Et semble que le iour s'allume
D'vn plus beau feu que celuy du Soleil.

Les oyseaux aux charmantes voix,
Mieux que iamais dedans ces bois,
Se font vne amoureuse guerre ;
Sans doute la troupe des Dieux,
A quitté le Ciel pour la Terre,
Ou la diuine Oronte est en ces lieux.

Oronte, dont les yeux vainqueurs,
Ont assuietti mille cœurs,
Dont elle refuse l'hommage ;
Qui naissant a reçeu des Cieux
Toutes les graces en partage,
Et les faueurs des hommes & des Dieux.

Par la force de ses attraits,
Ces vieux troncs, ces noires forests,
Ressentent l'amoureuse flame ;
Tout cede à des charmes si chers,
Et ses yeux qui nous ostent l'ame,
D'vn seul regard la donnent aux rochers.

Ainsi sortant de Fontenay,
Dedans le chemin de Gournay,
Faisant des vers à l'auenture,
Suiuant l'humeur qui l'emportoit,
L'insensible & le froid Voiture,
Parloit d'amour comme s'il en sentoit.

Les Nymphes des eaux & des bois,
Escoutant sa dolente voix,
Ne purent s'empescher de rire :
Mais vn Faune qui l'entendit,
Aux Driades se prit à dire,
Possible est-il plus vray qu'il ne le dit.

STANCES.

STANCES.

ELLE Deeſſe que i'adore,
Ne pleurez pas ſi longuement ;
Si les perles ſe font des larmes de l'Aurore,
Vous perdrez vn treſor bien inutilement.

Ces larmes me rendroient trop heureux & trop riche,
Si vous les reſpandiez pour moy ;
Vous perdrez pour vne babiche,
Des pleurs qui ſuffiroient pour racheter vn Roy.

Celle qui vous reſſemble, horſmis qu'elle eſt moins belle,
Et qui dedans le Ciel s'appelle
Du nom qui vous conuient ſi bien,
Iette quelques souſpirs de ſa diuine bouche :
Et pleure les matins en ſortant de ſa couche,
Mais c'eſt pour vn Amant, & non pas pour vn chien.

F

Si vous voulez pleurer comme elle,
Il faut deuenir moins cruelle,
Employer mieux voftre amitié:
Et pleurer fur tant que nous fommes;
Mais d'vne bizarre pitié
Ne pleurez pas les chiens, vous qui tuez les hommes!

STANCES

A LA LOVANGE DV SOVLIER
d'vne Dame. *Mᵈᶜ D'aiguillon*

M O Y qui fus pris ce Carefme,
Et qui me vis au pouuoir
D'vn beau Soulier iaune & noir
Que i'aymois plus que moy-mefme,
Ie fuis maintenant en feu,
Pour vn Soulier noir & bleu.

Comme vn criminel qu'on mene
O ù fon Deftin l'a reduit,
A la Baftille eft conduit,
Sortant du bois de Vincenne;
Ainfi mon cœur prifonnier
Va de foulier en foulier.

Le pied qui caufe ma peine,
Et qui me tient fous fa loy,
Ce n'eft pas vn pied de Roy;
Mais pluftoft vn pied de Reyne;
Car ie voy dans l'auenir,
Qu'il le pourra deuenir.

F ij

Sur ce beau pied la Nature
Admirable en ses effects,
A sceu bastir vn Palais
De diuine Architecture;
Où se trouuent tous les Dieux
Mieux logez que dans les Cieux.

C'est vn grand Temple d'yuoire,
Plein de grace & de beauté,
En quelques lieux marqueté
D'vne Ebene douce & noire,
Qui sert en ce lieu si beau,
Comme d'ombre en vn tableau.

Deux flambeaux incomparables,
Plus brillans que le Soleil,
Par vn éclat sans pareil,
Et des rayons fauorables,
Rendent les lieux d'alentour
Pleins de lumiere (t) d'Amour.

La nef de cét edifice
Est pleine d'vn iour tres-pur;
Mais le cœur en est obscur,
Et fait par tel artifice,
Que les yeux les plus perçans
Ne penetrent point dedans.

Tout ce que la Terre & l'Onde
Produisent de precieux ;
Tout ce qu'on voit dans les Cieux,
Et qui paroist dans le monde,
Est fait imparfaitement,
Au prix de ce bastiment.

Mais vn personnage antique,
Parent de Nostradamus,
M'a dit en termes confus ;
Que ce Temple magnifique,
Pour estre plus exaucé,
Sera bien-tost renuersé.

F iij

STANCES.

A VNE DEMOISELLE QVI AVOIT
les manches de sa chemise retroussées
& sales.

vn iour qu'vn lieure
estoit a table au
chord de Rambouillet
il se les veit pour vne
demoiselle du logis qui estoit vis avis de luy

VOVS qui tenez incessamment
Cent Amans dedans vostre manche,
Tenez-les au moins proprement,
Et faites qu'elle soit plus blanche.

Vous pouuez auecque raison,
Vsant des droits de la victoire,
Mettre vos galans en prison;
Mais qu'elle ne soit pas si noire.

Mon cœur qui vous est si deuot,
Et que vous reduisez en cendre,
Vous le tenez dans vn cachot,
Comme vn prisonnier qu'on va pendre.

Est-ce que bruslant nuit & iour,
Ie remplis ce lieu de fumée,
Et que le feu de mon amour
En a fait vne cheminée?

STANCES.

SVR VNE DAME, DONT LA IVPPE
fut retrouſſée en verſant dans vn
carroſſe, à la campagne.

mle de Marolles qui epouſa depuis le fils ainé du Duc de Villars c'eſt le boſſua l'ainé dcy Brancas.

PHILIS, ie ſuis deſſous vos loix,
Et ſans remede à cette fois
Mon ame eſt voſtre priſonniere:
Mais ſans iuſtice & ſans raiſon,
Vous m'aueʒ pris par le derriere,
N'eſt-ce pas vne trahiſon?

Ie m'eſtois gardé de vos yeux;
Et ce viſage gracieux,
Qui peut faire paſlir le noſtre,
Contre moy n'ayant point d'appas,
Vous m'en auez fait voir vn autre,
Dequoy ie ne me gardois pas.

D'abord il ſe fit mon vainqueur;
Ses attraits percerent mon cœur,
Ma liberté ſe vit rauie;
Et le méchant, en cét eſtat,
S'eſtoit caché toute ſa vie,
Pour faire cét aſſaſſinat.

Il est vray que ie fus surpris,
Le feu passa dans mes esprits:
Et mon cœur autresfois superbe,
Humble se rendit à l'Amour,
Quand il vit vostre cu sur l'herbe
Faire honte aux rayons du iour.

Le Soleil confus dans les Cieux,
En le voyant si radieux,
Pensa retourner en arriere,
Son feu ne seruant plus de rien;
Mais ayant veû vostre derriere,
Il n'osa plus montrer le sien.

En découurant tant de beautez,
Les Syluains furent enchantez,
Et Zephyre voyant encore
D'autres appas que vous auez;
Mesme en la presence de Flore,
Vous baisa ce que vous sçauez.

La Rose la Reyne des fleurs,
Perdit ses plus viues couleurs,
De crainte l'œillet deuint blesme:
Et Narcisse alors conuaincu,
Oublia l'amour de soy-mesme,
Pour se mirer en vostre cu.

Auß

Aussi rien n'est si precieux,
Et la clarté de vos beaux yeux,
Vostre teint qui iamais ne change;
Et le reste de vos appas,
Ne meritent point de loüange
Qu'alors qu'il ne se montre pas.

On m'a dit qu'il a des defaux
Qui me causeront mille maux;
Car il est farouche à merueilles:
Il est dur comme vn diamant,
Il est sans yeux & sans oreilles,
Et ne parle que rarement.

Mais ie l'ayme, & veux que mes vers
Par tous les coins de l'Vniuers
En fassent viure la memoire;
Et ne veux penser desormais
Qu'à chanter dignement la gloire
Du plus beau cu qui fut iamais.

Philis, cachez bien ses appas,
Les mortels ne dureroient pas,
Si ces beautez estoient sans voiles;
Les Dieux qui regnent dessus nous,
Assis là-haut sur les Estoilles,
Ont vn moins beau siege que vous.

G

FRAGMENT.

pour Mr de Du vigean

A plus adorable perſonne
Qui ſe trouue dans l'Vniuers ;
Et pour qui le fils de Latone
Ne feroit pas d'aſſez beaux Vers !
Aminte la gloire du monde,
L'amour de la terre & de l'onde ;
De cét agreable ſejour
Occupe la place premiere ,
Et le remplit d'vne lumiere
Plus belle que celle du iour.

Les Amours ſont à ſes coſteZ ,
Sages, retenus , & modeſtes ,
Auecque les deſirs celeſtes
Qui meſpriſent les voluptez ;
Deuant cette beauté ſeuere ,
Que le vice meſme reuere ,
Ils n'oſeroient paroiſtre nus ;
Et n'ayant plus rien de profane ,
Ils la craignent comme Diane,
Et la ſeruent comme Venus.

SONNET.

SOVS vn habit de fleurs la Nymphe que
    i'adore,
L'autre soir apparut si brillante en ces lieux,
Qu'à l'eclat de son teint & celuy de ses yeux,
Tout le monde la prit pour la naissante Aurore.

La Terre, en la voyant, fit mille fleurs éclore,
L'air fut par tout remply de chants melodieux;
Et les feux de la nuit pâlirent dans les Cieux,
Et creurent que le iour recommençoit encore.

Le Soleil qui tomboit dans le sein de Thetis,
R'allumant tout à coup ses rayons amortis,
Fit tourner ses cheuaux pour aller apres elle.

Et l'Empire des flots ne l'eust sceu retenir;
Mais la regardant mieux, & la voyant si belle,
Il se cacha sous l'onde, & n'osa reuenir.

G ij

AVTRE.

IL faut finir mes iours en l'amour d'Vranie,
L'absence ni le temps ne m'en sçauroient
    guerir,
Et ie ne voy plus rien qui me pût secourir,
Ni qui sceust r'appeller ma liberté bannie.

Dés long-temps ie connois sa rigueur infinie,
Mais pensant aux beautez pour qui ie dois perir,
Ie benis mon martyre, & content de mourir,
Ie n'ose murmurer contre sa tyrannie.

Quelquefois ma raison, par de foibles discours,
M'incite à la reuolte, & me promet secours;
Mais lors qu'à mon besoin ie me veux seruir d'elle;

Apres beaucoup de peine & d'efforts impuissans,
Elle dit qu'Vranie est seule aymable & belle,
Et m'y rengage plus que ne font tous mes sens.

AVTRE

BELLES *fleurs dont ie voy ces iardins embellis,*
Chaftes Nymphes, l'Amour & le foin de
l'Aurore,
Innocentes beautez que le Soleil adore,
Dont l'éclat rend la Terre & les Cieux embellis.

Allez rendre l'hommage au beau teint de Philis,
Nommez-la voftre Reyne, & confeffez encore
Qu'elle eft plus éclatante & plus belle que Flore,
Lors qu'elle a plus d'œillets, de rofes, & de lis.

Quittez donc fans regret ces lieux & vos racines,
Pour voir vne beauté, dont les graces diuines
Bleffent les cœurs des Dieux d'inéuitables coups;

Et ne vous faichez point fi vous mourez pour elle,
Auffi-bien la cruelle
Fera bien-toft mourir tout le monde apres vous.

G iij

AVTRE.

'AVTRE iour au Palais des Cieux,
En vne feste solennelle,
Où la triomphante Cybelle,
Traittoit ensemble tous les Dieux,

Apres maints discours serieux
Sur la Regence vniuerselle,
Tout en rond la troupe immortelle
Prit du Nectar delicieux.

Lors on proposa par la table,
Laquelle estoit plus souhaitable
Ou d'Angelique, ou de Cypris,

mle Sauln

Les Dieux furent pour la Pucelle,
Et Venus la mere des Ris,
N'eut que Mome & Vulcain pour elle.

AVTRE.

ES portes du matin l'*Amante* de *Cephale*,
Ses roses espandoit dans le milieu des airs,
Et iettoit sur les Cieux nouuellement ouuers,
Ces traits d'or, & d'azur, qu'en naissant
elle estale.

Quand la Nymphe diuine, à mon repos fatale
Apparut, & brilla de tant d'attraits diuers,
Qu'il sembloit qu'elle seule esclairoit l'Vniuers,
Et remplissoit de feux la riue Orientale.

Le Soleil se hastant pour la gloire des Cieux,
Vint opposer sa flame à l'eclat de ses yeux,
Et prit tous les rayons dont l'Olympe se dore;

L'onde, la terre, & l'air s'allumoient à l'entour:
Mais aupres de Philis on le prit pour l'Aurore,
Et l'on creut que Philis estoit l'Astre du iour.

AVTRE.

A MONSEIGNEVR LE CARDINAL
Mazarin, fur la Comedie des Machines.

 *VELLE docte Circé, quelle nouuelle*
Armide
Fait paroiſtre à nos yeux ces miracles diuers,
Et depuis quand les corps par le vague des
airs
Sçauent-ils s'eſleuer d'vn mouuement rapide?

Où l'on voyoit l'aZur de la campagne humide,
Naiſſent des fleurs ſans nombre, & des ombrages vers,
Des globes eſtoïlez les Palais ſont ouuers,
Et les gouffres profonds de l'empire liquide.

Dedans vn meſme temps nous voyons mille lieux,
Des ports, des ponts, des tours, des iardins ſpacieux,
Et dans vn meſme lieu, cent ſcenes differentes.

Quels honneurs te ſont deus, grand & diuin Prelat,
Qui fais que deſormais tant de faces changeantes
Sont deſſus le Theatre, & non pas dans l'Eſtat?

CHAN-

CHANSON
SVR VNE BELLE VOIX.

ORS que Belise veut chanter,
Et que le bruit, pour l'escouter,
Est d'accord auec le silence ;
L'esprit plein de contentement,
S'abandonne au rauissement,
Et suit de ce transport la douce violence.

L'ame qui se veut esmouuoir,
Cede à l'agreable pouuoir
De sa voix pleine de merueilles,
Et pour mieux oüir ses accens,
Elle quitte les autres sens,
Et se vient toute rendre à celuy des oreilles.

Chere peine des matelots,
Escueil agreable des flots,
Mort ensemble & douce & cruelle !
Sirenes, filles d'Achelois,
Cessez de nous vanter vos voix ;
Car celle de Belise est plus douce & plus belle.

H

Voſtre chant autrefois perdoit
Le Nocher qui vous entendoit,
Son plaiſir eſtoit ſon naufrage ;
Mais la voix de cette beauté,
Dont tout le monde eſt enchanté,
Eſt bien moins perilleuſe, & plaiſt bien dauantage.

※

Elle peut charmer les douleurs,
Et des plus ſenſibles mal-heurs
Oſter la funeſte penſee ;
Elle donne vn plaiſir parfait ;
Et n'en eſtre point ſatisfait,
Eſt manquer de raiſon, ou bien l'auoir bleſſée.

※

Le plaiſant murmure des eaux,
L'agreable chant des oyſeaux,
Les luths d'Amphion & d'Orphée,
Vn roſſignol & ſes appas,
Vn cygne proche du treſpas,
Dreſſent à cette voix vn ſuperbe trophée.

※

La belle muſique des Cieux,
Et ce qu'à la table des Dieux
Apollon chante ſur la lyre ;
Les diuins concerts des Neuf Sœurs,
Cedent à ſes moindres douceurs,
Et ma Muſe ſe taiſt ne pouuant bien les dire.

AVTRE.

de christoual Espagnol

MES yeux, quel crime ay-ie commis,
Qui vous rende mes ennemis,
Et qui vous oblige à me nuire?
Pourquoy cherchez-vous en tous lieux,
Vous par qui ie me dois conduire,
L'obiet qui seul me peut destruire?
Quel mal vous ay-je fait, mes yeux?

Vous sçauez bien que vos plaisirs
M'ont cousté cent mille desirs,
Et qu'ils sont autheurs de ma peine;
Et contre moy seditieux,
Charmez de l'éclat qui vous meine,
Vous ne voulez voir que Climene;
Quel mal vous ay-je fait, mes yeux?

Loin d'elle vous mourez d'ennuy;
Et moy ie ne meurs auiourd'huy,
Qu'à cause que vous l'auez veuë;
Les fers vous semblent glorieux,
Sous qui mon ame est abbatuë,
Vous aymez celle qui me tuë;
Quel mal vous ay-je fait, mes yeux?

H ij

Vous m'apprenez que ses beautez
Passent les celestes clartez,
Que des nuicts la blanche Courriere
Luit d'vn éclat moins radieux,
Et qu'au milieu de sa carriere
Le Soleil a moins de lumiere,
Quel mal vous ay-je fait mes yeux ?

C'est vous qui donnez le poison
Qui chasse ma foible raison,
Qu'en vain maintenant ie reclame ;
Et vous, qui trop audacieux,
Iettez le desordre en mon ame,
La perdez, la mettez en flame ;
Quel mal vous ay-ie fait mes yeux ?

AVTRE.

'AMOVR *sous sa loy*
N'a iamais eu d'Amant plus heureux que
   moy ;
Benit soit son flambeau ,
Son carquois , son bandeau,
Ie suis amoureux ,
Et le Ciel ne voit point d'Amant plus heureux.

Mes iours & mes nuits
Ont bien peu de repos & beaucoup d'ennuis ;
Ie me meurs de langueur,
I'ay le feu dans le cœur,
Ie suis amoureux ,
Et le Ciel ne voit point d'Amant plus heureux.

Mortels déplaisirs
Qui venez trauerser mes iustes desirs !
Ie ne crains point vos coups ;
Car , enfin , malgré vous,
Ie suis amoureux , &c.

A tous ses martyrs,
L'Amour donne en leurs maux de secrets plaisirs,
Ie cheris ma douleur,
Et dedans mon mal-heur,
Ie suis amoureux, &c,

❧

Les yeux qui m'ont pris,
Payeroient tous mes maux auec vn souris,
Tous leurs traits me font doux,
Mesme dans leur couroux,
Ie suis amoureux, &c.

❧

Cloris eut des Cieux,
En naissant, la faueur & l'amour des Dieux,
Ie la veux adorer,
Et sans rien esperer,
I'en suis amoureux, &c.

❧

Souuent le dépit
Peut bien, pour quelque temps, changer mon esprit,
Ie maudis sa rigueur,
Mais au fond de mon cœur,
I'en suis amoureux, &c.

Eſtant dans les fers
De la belle Cloris, ie chantay ces vers,
Maintenant d'vn ſuiet,
Mille fois plus parfait,
Ie ſuis amoureux, &c.

La ſeule beauté,
Qui ſoit digne d'amour, tient ma liberté,
Et ie puis deſormais
Dire mieux que iamais,
Ie ſuis amoureux,
Et le Ciel ne voit point d'Amant plus heureux.

AVTRE.

IE me tais, & me sens brusler,
Car l'obiet qu'adore mon ame,
Est si parfait que ie n'en puis parler,
Sans faire voir à tous le suiet de ma flame.
    Si ie dis que dans l'Vniuers
Celle pour qui ie meurs, n'eut iamais de pareille,
Qu'elle est de tous les yeux, l'amour & la merueille,
Qui ne deuinera la beauté que ie sers?

Si ie dis que dans ses beaux yeux
Cét archer qui m'y fait la guerre,
Forge des traits qu'il garde pour les Dieux,
Mesprisant desormais tous les cœurs de la terre;
    Et que dans le fort des Hyuers,
Quand la rigueur du froid efface toutes choses,
Son teint paroist tousiours plein de lys & de roses,
Qui ne deuinera la beauté que ie sers?

Que

Que si ie parle dignement
De son esprit incomparable,
Dont la grandeur partage esgalement
Auecque sa beauté le titre d'adorable.
　Si ie puis dépeindre en mes vers
Combien son ame est grande, & genereuse, & belle,
De tant de qualitez qu'on ne trouue qu'en elle,
Qui ne deuinera la beauté que ie sers?

Mais sans parler de sa beauté,
De son esprit, ni de ses charmes;
Si ie descris comme sa cruauté
Mesprise desormais les soûpirs, & les larmes;
　Et que ceux qui sont dans ses fers
N'en receurent iamais vn regard fauorable,
Que le Ciel n'en voit point de plus inexorable?
Qui ne deuinera la beauté que ie sers?

I

AVTRE.

ES trois plus grandes Deeſſes,
Dont Paris ſçeut les debas,
Ont diſputé des appas
Contre vne de nos Princeſſes ;
Mais en voyant ſa beauté,
Venus meſme l'a quitté.

Les Graces ont eu querelle
Sur qui tient le premier rang,
Et qui vient de meilleur ſang
D'elles ou Mademoiſelle :
Tout le Ciel ſollicita,
Mais la belle l'emporta.

Les plus ſçauans en la Sphere,
Doutent depuis quelques ans,
Où l'Aſtre qui fait les temps
Tient ſa demeure ordinaire ;
Si le Ciel eſt ſon ſeiour,
Ou le petit Luxembourg.

Au Cours du bois de Vincennes
Le Soleil a disputé
De lumiere & de beauté,
Auec la belle d'Angennes ;
Mais le Soleil le perdit,
Aux rayons qu'elle épandit.

Au milieu de sa carriere
Voyant l'éclat de ses yeux,
En vain le flambeau des Cieux
Fit redoubler sa lumiere :
Car auecque tous ses feux,
Qu'eust-il fait seul contre deux ?

Dans le fond d'vn bois antique
Vn rossignol disputa
Sur vt, re, mi, fa, sol, la,
Auec la belle Angelique ;
Mais le rossignol perdit,
Au doux son qu'elle épandit.

Sur le chemin de Charonne,
Amour tout chargé de traits,
A disputé des attraits
Auec la belle Baronne :
Mais le pauure enfant perdit,
Aux charmes qu'elle épandit.

I ij

AVTRE.

OSTRE *Aurore vermeille*
Sommeille,
Qu'on se taise à l'entour,
Et qu'on ne la reueille
Que pour donner le iour.

Vostre beauté diuine
Assassine
Nos cœurs par ses beaux yeux;
C'est la belle Lucine,
Le chef-d'œuure des Cieux.

En vous, belle Iulie,
S'allie
La grace & la bonté;
Et la vertu remplie
D'attraits & de beauté.

Vous estes accomplie
Iulie,
Plus belle que le iour;
Et chacun vous publie
L'ornement de la Cour.

La beauté d'Angelique
Est vnique,
Et ses yeux nos vainqueurs,
Ont vn secret magique
Pour gagner tous les cœurs.

I iij

AVTRE.

E n'eſt pas ſans raiſon
Qu'on dit que ie vous admire,
Et pour moy ie n'en puis dédire
Monſieur de S. B.
Coralte vos beaux yeux forcent toutes les ames
A bruſler, à bruſler de leurs flammes.

Tout ce qui part de vous,
A des graces ſi charmantes,
Que les ames les moins aymantes
En reſſentent les coups,
Coralte, &c.

Voſtre teint en tous lieux
A touſiours des fleurs écloſes,
Et l'Amour couché dans des roſes
Y fait la guerre aux Dieux,
Coralte, &c.

Puis que si puissamment,
Vos attraits que rien n'efface,
Ont touché mon Ame de glace,
On peut dire hardiment,
Coralte, &c.

Les enfans au berceau,
Rient à vous comme aux Anges,
Les vieillars chantent vos loüanges
Iusques dans le tombeau,
Coralte, &c.

Il ne reste sinon
Qu'icy l'on vous dresse vn Temple,
Desia des Prestres ie contemple,
Qui chantent vostre nom,
Coralte, &c.

Pour moy, ie ne croy pas,
Quoy que vous me puißiez dire,
Que rien m'oste de vostre Empire,
Si ce n'est le trespas;
Coralte, &c.

Quand vous m'auriez chaßé;
Dans l'Amour qui me transporte;
I'irois chanter à vostre porte,
D'vn ton triste & caßé,
Coralte vos beaux yeux forcent toutes les ames
A brusler, à brusler de leurs flammes.

AVTRE.

AVTRE

I'AVOIS de l'Amour pour vous,
Charmante Syluie!
Mais vos iniustes courroux
Ont refroidy mon enuie.
Ie sçais aymer constamment,
Mais si l'on n'ayme également,
Ma foy ie m'en ennuye.

Vostre bouche, & vos beaux yeux,
Les Roys de ma vie,
Et vostre ris gracieux
Auoient mon ame asseruie,
Vous m'auiez gagné le cœur;
Mais quand on a trop de rigueur,
Ma foy ie m'en ennuye.

K

I'approuue vn feu bien-heureux
Qui deux Ames lie,
Et tient deux cœurs amoureux
Sans peine & melancolie,
I'ayme les douces Amours,
Mais pour souspirer tous les iours,
Ma foy ie m'en ennuye.

L'Amour sur vn autre Amour
Volontiers s'appuye,
I'ayme sans aucun destour;
Mais si ie voy qu'on me fuye,
Et qu'on se plaise à m'ouïr
Pleurer, tourmenter & gemir,
Ma foy ie m'en ennuye.

I'approuue vn cœur enflammé,
Qui se glorifie
D'aymer, sans qu'il soit aymé,
Et son plaisir sacrifie;
Ie le fais bien quelquefois;
Mais quand cela passe trois mois,
Ma foy ie m'en ennuye.

Vous exercez ſur mon cœur
Trop de tyrannie,
Ie ne vis plus qu'en langueur,
C'eſt vne peine infinie,
Que de viure en vous aymant,
Et pour vous parler franchement,
Ma foy ie m'en ennuye.

* * *

Si vous penſez honnorer
Vne Ame tranſie,
Qui meurt pour vous adorer,
Pour moy ie vous remercie,
Ie ne veux point tant d'honneur,
Gardez-le à quelque grand Seigneur;
Ma foy ie m'en ennuye.

* * *

Faire des vers en batteau,
Ce ſeroit folie,
Car par la fraiſcheur de l'eau
Ie ſens ma teſte aſſaillie;
Vous n'aurez donc que cecy,
Il fait mauuais eſcrire icy;
Ma foy ie m'en ennuye.

K ij

A V T R E.

SVR L'AIR DV BRANLE DE METS.

ELLES l'honneur de noſtre âge,
Et le but de nos ſouhaits
Sur l'air du branle de Mets,
Apprenez noſtre voyage ;
Mais pleurez en le chantant,
Car nous en faiſons autant.

Nous n'eſtions qu'au Bourg la Reyne,
Et ie creus eſtre à Goa,
Ou cent milles par delà,
Tant mon cœur eſtoit en peine,
S'éloignant de la beauté,
Qui retient ſa liberté.

Nous viſmes dedans la nuë
La Tour de Mont-le-heris,
Qui pour regarder Paris
Allongeoit ſon col de gruë ;
Et pour y voir vos beaux yeux,
S'éleuoit iuſques aux Cieux.

Quand nous fusmes dans Estampe
Nous parlasmes fort de vous;
I'en souspiray quatre coups,
Et i'en eus la goutte-crampe :
Estampe & crampe vrayment,
Riment admirablement.

Dans le milieu d'Angeruille,
Monsieur nostre Chancelier,
En me parlant d'vn soulier,
Me fit deuenir debile,
Me souuenant de celuy
Qui m'a causé tant d'ennuy.

Vne heure estoit bien passée,
Quand nous vinsmes à Toury,
Alors Monsieur Griboury
Me reuint en la pensée,
Vn certain noir & frisé,
Fort bien fait & composé.

Nous trouuasmes prés Sercote,
(Cas estrange & vray pourtant)
Des bœufs qu'on voyoit broutant,
Dessus le haut d'vne motte;
Et plus bas quelques cochons,
Et bon nombre de moutons.

Nous vifmes deux Demoifelles,
Lors que nous fufmes dedans,
Qui paroiffoient à leurs d. nts,
D'affez gentilles femelles ;
Frere Claude qui les vit,
De fort bon cœur leur foufrit.

Dans Orleans cent harangues,
Se firent au Chancelier ;
Et l'on le vint fupplier,
En dix-huiƈt fortes de largues :
Les trois Mores furent pl eins
De Maires & d'Echeuins.

Voyant cela, ie m'écoule,
Et defirant eftre à part,
Ie me fçeus mettre à l'écart
Dans vn coin ; hors de la foule,
Où refuant iufqu'à la nuit,
I'efcriuis ce qui s'enfuit,

Noftre Aurore de la Barre,
Eft maintenant vn Soleil :
Le Ciel n'a rien de pareil,
La Terre rien de fi rare ;
Mais en cas de Merlenbeau,
Son efprit n'eft pas fort beau.

Cette beauté souueraine
A r'allumé mes vieux ans :
Ses attraits sont si charmans,
Que pour sortir de la peine
Où m'a conduit son bel œil,
Ie n'attens que le cercüeil.

Quel éclat & quelles flammes,
Quels rayons vois-je dans l'air ?
A voir tant de feux briller,
C'est la Princesse des Ames,
La Reyne des volontez,
La Deesse des beautez.

Cachez vos beautez mortelles,
Ie voy paroistre Cloris ;
Tous vos attraits sont peris ,
Voicy la belle des belles ;
Son soulier a plus d'attraits,
Que vos yeux & tous vos traits.

Ce que le Ciel a de flamme
Il l'a mis dedans ses yeux ;
Ce qu'il eut de precieux ,
Il le mit dedans son Ame,
Rien du tout ne luy deffaut ,
Que d'auoir le sang plus chaud.

La belle Baronne darde
De ses yeux mille trespas,
Mais dites, n'a-t'elle pas
La mine vn peu bien gaillarde?
Ie pense que sa vertu
A bien souuent combattu.

***

Quelle est celle qui m'éclaire
Et brille de tant d'appas?
Est-ce Diane ou Pallas?
Ou la Reyne de Cythere?
Car en elle i'apperçois
Quelque air de toutes les trois.

***

A voir sa grace embellie
Auec tant de Majesté,
C'est l'attrayante beauté
De la charmante Iulie,
Dont mon cœur seroit épris,
S'il n'estoit pas à Cloris.

***

Il seroit temps de me taire,
Et ma plume n'en peut plus;
Mais que diront les Vertus,
Si ie me tais de sa Mere?
Qui ioint à tant de beautez
Tant de rares qualitez.

Artenice.

Artenice où ie contemple
Tant de miracles diuers!
Les autres ont eu des vers,
Mais à vous il faut vn Temple;
Il sera fait dans vn an,
Et i'en ay desia le plan.

Frere Claude l'Heroïque m^r de Chaudebonne se nommoie Claude
En sera le Sacristain,
Chapelain le Chapelain;
Et l'Angelique Angelique
Nuit & iour y chantera,
Les Hymnes qu'il vous fera.

L

AVTRE

A MADAME LA PRINCESSE.
Sur l'air des Landriry.

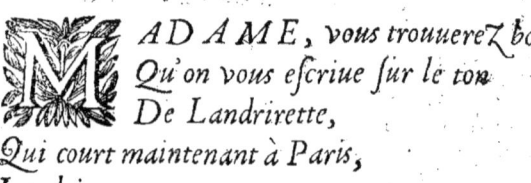*ADAME, vous trouuereᴢ bon*
Qu'on vous escriue sur le ton
De Landrirette,
Qui court maintenant à Paris,
Landriry.

Vostre absence nous abbat tous,
Quelques-uns en sont demy-fous,
Landrirette,
Les Autres n'en sont qu'estourdis,
Landriry.

Du point de vostre éloignement,
L'Hyuer s'approche à tout moment,
Landrirette,
Et les beaux iours sont accourcis,
Landriry.

Pour nouuelles chacun dit fort
Que le Duc Charles est d'accort,
Landrirette,
La Neutralité fait grand bruit,
Landriry.

L'on tient icy pour arresté
Que Madame a fait le traitté,
Landrirette,
Le Roy son frere en est marri,
Landriry.

L'Espagnol rend ce qu'il tenoit
Elle aura tout ce qu'elle auoit,
Landrirette,
Particulierement ....
Landriry.

T'ay reçeu deux coups de ciseau,
En vn lieu bien loin du museau,
Landrirette,
Ie m'en porte mieux Dieu mercy,
Landriry.

L ij

L'on est icy fort tristement,
Tout nostre diuertissement,
Landrirette,
Est de chanter ce qui s'ensuit,
Landriry,

❧❧❧

En grace, en beautez, en attraits,
Nulle n'égalera iamais,
Landrirette,
La diuine Mommorency,
Landriry.

❧❧❧

L'on iugeroit par la blancheur
De Bourbon, & par sa fraischeur,
Landrirette,
Qu'elle a pris naissance des Lys,
Landriry.

❧❧❧

Iulie a l'esprit & les yeux,
Plus brillans & plus radieux,
Landrirette,
Que l'Astre du iour à Midy,
Landriry.

Pour faire son Ame & son Corps
Le Ciel espuisa ses tresors,
Landrirette,

....
Landriry.

❊❊❊

Elle a tout en perfection,
Hors qu'elle a trop d'auersion,
Landrirette,
Pour les Amans & les soußris,
Landriry.

❊❊❊

Mesdemoiselles de Clermont,
Ont plus de charmes qu'Aigremont,
Landrirette,
Par Aigremont i'entens Maugis,
Landriry.

❊❊❊

Mesdemoiselles du Vigean,
Ont le cœur noble, & le corps gent,
Landrirette,
Tout homme qui les voit, est fri,
Landriry.

Lors que *Venus* aymoit *Adon*,
Elle auoit les yeux, ce dit-on,
Landrirette,
Comme Mademoiselle *Aubry*,
Landriry.

✲❈✲

D'où vient que depuis quelques iours,
On voit la trouppe des *Amours*,
Landrirette,
Dessus la route de *Poissi* ?
Landriry.

✲❈✲

C'est que la *Reyne* des beautez,
Des *Ames* & des libertez,
Landrirette,
Fait sa demeure dans *Vigni*,
Landriry.

✲❈✲

Vostre balet comme i'entens,
Passe les plus beaux de ce temps,
Landrirette,
Monsieur de *Gauffecourt* le dit,
Landriry.

*valet de chambre depuis secretaire de m.*ᴸᴱ *de Longueville*

Vn seul violon de Meulan
Fait bien plus de bruit maintenant,
Landrirette,
Que les vingt & quatre d'icy,
Landriry.

Vn certain faiseur d'Almanac,
M'a dit que Monsieur de Meymac,
Landrirette,
Dans ce mois deuoit estre pris,
Landriry.

Mais si vous ne me croyez pas,
Considerez, & lisez bas,
Landrirette,
La Centurie que voicy,
Landriry.

Trois mois apres celuy de May,
L'on prendra Monsieur de Macmey,
Landrirette,
Et Monsieur de Noichane aussi,
Landriry.

Ie ſçay pour certain que l'Amour
En veut à ceux de Vantadour,
Landrirette,
Dieu garde Monſieur de Leui,
Landriry.

Se ieſuite

‡

I'en mettrois encore plus de ſix,
Mais ie ne puis plus eſtre aſsis,
Landrirette,
Ie m'en vay trouuer Monſieur Iuif,
Landriry.

AVTRE.

AVTRE.

VN meurt qu'à sa fantaisie,
Il ne s'auance à la Cour:
L'autre meurt de ialousie,
Et moy ie me meurs d'Amour.

Promethée est à la chaisne,
Et becqueté d'vn Vautour;
Il ne meurt de cette peine,
Et moy, ie me meurs d'Amour.

D'vne plainte desolée,
Ainsi Thirsis l'autre iour
Disoit dans cette valée,
Et moy ie me meurs d'Amour.

Il fendoit le cœur des marbres,
Et l'Echo mesme à son tour,
Faisoit redire à ses arbres,
Et moy ie me meurs d'Amour.

M

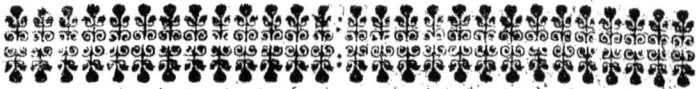

AVTRE.

ES Demoiselles de ce temps
Ont depuis peu beaucoup d'Amans,
On dit qu'il n'en manque à personne,
L'année est bonne.

Nous auons veû les ans passez,
Que les Galans estoient glacez;
Mais maintenant tout en foisonne,
L'année est bonne.

Le temps n'est pas bien loin encor
Qu'ils se vendoient au poids de l'or,
Et pour le present on les donne,
L'année est bonne.

Le Soleil de nous r'approché,
Rend le monde plus échauffé;
L'Amour regne, le sang boüillonne,
L'année est bonne.

La belle Princeſſe n'eſt pas
Du rang des beautez d'icy bas;
Car vne fraiſcheur immortelle
    Se voit en elle.

Dans ſon viſage & dans ſes traits
Brillent quelques diuins attraits,
Et dans ſa mine & dans ſon geſte
    Vn air celeſte.

De perles, d'aſtres, & de fleurs,
Bourbon, le Ciel fit tes couleurs,
Et mit dedans tout ce mélange
    L'eſprit d'vn Ange.

Que de cœurs l'amour bleſſeroit,
Que de maux au monde il feroit,
Si cette belle moins contraire
    Le laiſſoit faire!

La Ducheſſe a pris à l'amour
Ses traits; & ce Dieu tout le iour,
Pour les r'auoir de cette belle,
    Vole autour d'elle.

M ij

Elle les monſtre en ſes appas ;
Mais elle ne les lance pas,
Et craint trop d'en bleſſer perſonne,
　　　Tant elle eſt bonne.

❧❧❧❧

Mais ſes coups ſeroient bien-heureux,
Et n'eſt point de cœur genereux,
Qui ne vouluſt mourir pour elle ;
　　　Tant elle eſt belle.

❧❧❧❧

Le Soleil cede à ſes beaux yeux,
Et ne voit du plus haut des Cieux,
Que luy-meſme dedans le Monde,
　　　Qui les ſeconde.

❧❧❧❧

Baronne pleine de douceur,
Eſtes-vous Mere, eſtes-vous Sœur,
De ces deux Belles ſi gentilles,
　　　Qu'on dit vos filles ?

❧❧❧❧

Vous aueZ l'humeur, ce dit-on,
D'vn doux & paiſible mouton ;
Mais voſtre peau blanche & tres-fine
　　　Eſt d'vne Hermine.

Que vois-ie si plein de clarté,
D'attraits, de grace & de beauté,
Si ce n'est Diane, ou l'Aurore,
    Ou Flore, ou Fore?

Les oyseaux vont en toutes parts,
Suiuant sa voix, ou ses regards;
Zephire la suit & l'adore,
    C'est Flore, ou Fore.

Sur son visage & sous ses pas
Naissent des fleurs & des appas,
Qu'ailleurs on ne voit point éclore;
    C'est Flore ou Fore.

Vigean est vn Soleil naissant,
Vn bouton s'épanouïssant,
Ou Venus, qui sortant de l'Onde,
    Brusle le Monde.

Sans sçauoir ce que c'est qu'Amour,
Ses beaux yeux le mettent au iour,
Et par tout elle le fait naistre,
    Sans le connoistre.

M iij

Rambouillet auec sa fierté,
A certain air dans sa beauté,
Qui fait qu'autant que l'on l'admire,
On la desire.

Dessus sa bouche sont tousiours
Les Graces auec les Amours,
Ou pour le plaisir de l'entendre,
Ou pour apprendre.

AVTRE.

QVAND *Iris aux beaux yeux*
Paroist en quelques lieux,
Il n'est cœur qui ne tremble :
C'est l'honneur de la Cour,
C'est la gloire d'Amour,
Et des vertus ensemble.

On ne peut pas si-tost
Bien loüer comme il faut,
De la grande Duchesse
La grace & la bonté ;
Sa moindre qualité
Est celle de Princesse.

Quand des bords d'Orient,
L'Aurore en sousriant,
Sa lumiere rappelle,
Elle n'egale pas,
Auec tous ses appas,
Ceux de Mademoiselle.

La belle...........
A la bouche d'œillet,
Les yeux de viue flame;
Le courage d'vn Roy,
Et l'esprit comme moy,
Quand Apollon m'enflamme.

Sa generosité
Egale sa bonté
Elle est commerce habile
Et de plus n'y pas mal
auec le cardinal,
Comme on dit par la ville

Le Ciel, sans changement,
En feroit aisément
Vne Reyne parfaite;
Quelque iour tous les Rois
Viuront dessous ses lois,

L'ile pure de Romani
de Roßane fari par
m. Desmareaz.

Dans l'Isle qu'elle a faite.

Iamais l'œil du Soleil
Ne vit rien de pareil,
Ni si plein de delices;
Rien si digne d'amour,
Si ce ne fut le iour,
Que nasquit Artenice.

Quand les Dieux eurent fait
Le chef-d'œuure parfait,
Que Iulie on appelle;
Minerue qui la vit,
En pleura de dépit,
Et se trouua moins belle.

L'Amour

L'*Amour armé de traits,*
Auec tous ses attraits,
N'en a point qui me picque,
Et ie crains plus cent fois
Les charmes & la voix
De la belle Angelique.

N

AVTRE.

SVR L'AIR DES LANTVRLV.

 E Roy noſtre Sire,
Pour bonnes raiſons
Que l'on n'oſe dire,
Et que nous taiſons:
Nous a fait défenſe
De plus chanter Lanturlu,
Lanturlu, lanturlu, lanturlu, lanture.

La Reyne ſa Mere
Reuiendra bien-toſt,
Et Monſieur ſon Frere
Ne dira plus mot;
Il ſera paiſible,
Pourueu qu'on ne chante plus,
Lanturlu, &c.

De la Grand Bretagne
Les Ambaſſadeurs,
Ceux du Roy d'Eſpagne,
Et des Electeurs,
Se ſont venus plaindre
D'auoir par tout entendu,
Lanturlu, &c.

Ils ont fait leur plainte
Fort éloquemment,
Et parlé ſans crainte
Du Gouuernement,
Pour les ſatisfaire,
Le Roy leur a reſpondu,
Lanturlu, &c.

Deſſus cette affaire
Le Nonce parla,
Dit que le Saint Pere
N'entend point cela,
Qu'vn François dans Rome,
A crié comme vn perdu,
Lanturlu, &c. ✗

✗ oyant ces nouuelles
Le bon cardinal
Dont l'ame fidele
ne songe a nul mal
promis des merueilles
puis s'en va dire a Bautru
Lanturlu.

N ij

Pour finir en France
Ces troubles nouueaux,
Auec grand' prudence,
Le Garde des Sceaux
A scellé des lettres
Dont voicy le contenu,
Lanturlu, lanturlu, lanturlu, lanture.

RONDEAV.

De lope de vega

Ma foy, c'est fait de moy, car Isabeau
M'a conjuré de luy faire vn Rondeau,
Cela me met en vne peïne extréme.
Quoy treize vers, huit en eau, cinq en eme,
Ie luy ferois außi-tost vn bateau!

En voila cinq pourtant en vn monceau :
Faisons en huict, en inuoquant Brodeau,   *il y auoit Gadeau*
Et puis mettons, par quelque stratageme,
        Ma foy c'est fait.

Si ie pouuois encor de mon cerueau
Tirer cinq vers, l'ouurage seroit beau ;
Mais cependant, ie suis dedans l'onzieme,
Et si ie croy que ie fais le douzieme ;
En voila treize ajustez au niueau.
        Ma foy, c'est fait.

N iij

AVTRE.

A foy, que d'vn fin diamant
Pris au trésor du Firmament,
Ce Dieu qui tant de mal me dreſſe,
Fit d'vne main pleine d'adreſſe,
Pour durer eternellement.

Par vos rigueurs ſe va limant,
Car vous paſſez infiniment,
En dureté, ie le confeſſe,
Ma foy.

Ie ſuis las de tant de tourment,
Et ie veux bien eſtre voſtre Amant,
Si vous m'eſtes bonne Maiſtreſſe ;
Mais ſi voulez que ie vous laiſſe,
Ie le feray fort librement,
Ma foy.

AVTRE.

DVN beuueur d'eau, comme auez debatu,
Le sang n'est pas de glace reuestu,
Mais si boüillant & si chaud au contraire ;
Que chaque veine en eux est vne artere
Pleine de sang, de force & de vertu.

Le feu par l'eau foiblement combattu,
Croissant sa force, au lieu d'estre abbattu,
Va redoublant la chaleur ordinaire.
　　D'vn beuueur d'eau.

Tousiours de preux le renom ils ont eu,
Ils ont l'estoc bien ferme & bien pointu,
Chauds en amour, & plus chauds en colere.
Si que ferez fort bien de vous en taire,
Qu'vn de ces iours vous ne soyez battu
　　D'vn beuueur d'eau.

AVTRE.

V N beuueur d'eau, pour aux Dames com-
　　plaire
Suiuant l'Amour dont le seul feu l'éclaire,
Se voit tousiours sobre, courtois & doux ;
Et ne sçauriez si tost boire dix coups
Qu'encor plustost il ne le puisse faire,

　Venus d'amour la gracieuse mere
Nasquit de l'eau sur les bords de Cythere,
Aussi son fils fauorise sur tous,
　　Vn beuueur d'eau.

　Il entend mieux ses loix & son mistere,
Il sçait iouïr, & discret sçait se taire,
A le rein ferme, & fermes les genoux.
Et trente six yurognes comme vous,
Ne valent pas en l'amoureuse affaire,
　　Vn beuueur d'eau.

　　　　　　　　　　　　　　　AVTRE.

AVTRE.

OVS l'entendez mieux que ie ne pensois,
Si quelque Amant bien disant & mattois,
Vous croit payer, en vous nommant son ame,
C'est du Latin qui passe vostre game;
Vous n'entendez des termes si courtois.

    Mais s'il en vient qui dise à haute voix,
Qu'il veut prouuer, fust-il Turc ou Anglois,
Par beaux effets la grandeur de sa flame,
      Vous l'entendez.

    Ie donneray telle somme par mois,
Outre cela, ioyaux perles de choix,
Satin, velours, à souhait à Madame;
Cet entretien vous charme & vous enflame
C'est dire d'or & parler bon François;
      Vous l'entendez.

O

AVTRE.

Mᵈᵉ la Marquise d'Effiat

CHEZ la Coiffier vne demy-douzaine
Des nourriçons de l'enfant de Silene,
Se trouueront ce soir assurément.
N'y manquez pas, diable emporte qui ment,
L'affaire est faite, & la chose certaine.

Vous y verrez vne table bien pleine,
Tous les poissons iusques à la Baleine
Iront ce soir, voguant horriblement
Chez la Coiffier.

Nous chanterons iusqu'à perte d'haleine,
Nous y dirons mille bons mots sans peine;
Car là Phœbus est en son element;
Et si ces vers ne coulent doucement,
Nous en ferons d'vne meilleure veine
Chez la Coiffier.

AVTRE.

 EDANS ces prez herbus & spacieux,
Où mille fleurs semblent soûrire aux Cieux,
Ie viens blessé d'vne atteinte mortelle,
Pour soulager le mal qui me martelle,
Et diuertir mon esprit par mes yeux.

Mais contre moy mon cœur seditieux
Me donne plus de pensers soucieux,
Que l'on ne voit de brins d'herbe nouuelle
Dedans ces prez.

De ces tapis le pourpre precieux,
De ces ruisseaux le bruit delicieux,
De ces vallons la grace naturelle
Blesse mes sens, me gêne & me bourelle,
Ne voyant pas ce que i'ayme le mieux,
Dedans ces prez.

O ij

AVTRE.

ON ame, à Dieu, quoy que le cœur m'en
fende,
Et que l'Amour de partir me defende,
Ce traistre honneur veut pour me martyrer,
Par vn départ nos deux cœurs déchirer,
Et de laisser ton bel œil me commande.

Ie ne veux pas qu'en larmes tu t'épande,
Et sans qu'en rien ton amour apprehende,
Dy-moy gay'ment, sans plaindre & soûpirer,
Mon ame, à Dieu.

Car ie te laisse, & ie te recommande
De mon esprit la partie plus grande,
Sans plus vouloir iamais la retirer;
Car rien que toy ie ne puis desirer,
Et veux t'aymer iusqu'à ce que ie rende
Mon ame, à Dieu.

AVTRE.

ROIS *iours entiers, & trois entieres nuits,*
Bien lentement se sont passez depuis
Que i'ay perdu la clarté souueraine
De deux Soleils, les beaux yeux de ma
    Reyne,
Par qui les miens souloient estre conduis.

  Sans leur object le pleure, & ie ne puis
Trouuer remede au tourment où ie suis,
Et chaque instant me dure, en cette peine,
    Trois iours entiers.

  Triste & rêueur, du penser ie la suis,
Pour la chercher, moy-mesme ie me fuis,
Et si le sort bien-tost ne me rameine
Les doux appas de ma belle inhumaine,
Ie ne sçaurois plus viure en ces ennuis
    Trois iours entiers.

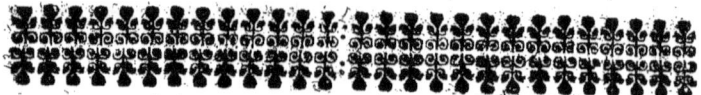

AVTRE.

 V vous ſçauez tromper bien finement,
Ou vous m'aymez aſſez fidelement,
Lequel des deux ie ne le ſçaurois dire;
Mais cependant ie pleure & ie ſouſpire,
Et ne reçois aucun ſoulagement.

Pour voſtre amour i'ay quitté franchement,
Ce que i'auois acquis bien ſeurement;
Car on m'aymoit, & i'auois quelque empire
Où vous ſçauez.

Ie n'attens pas tout le contentement
Qu'on peut donner aux peines d'vn Amant,
Et qui pourroit me tirer de martyre.
A ſi grand bien mon courage n'aſpire;
Mais laiſſez-moy vous toucher ſeulement
Où vous ſçauez.

AVTRE

E Soleil ne voit icy bas
Rien qui se compare aux appas,
Dont Philis nos sens ensorcelle;
Son air n'est pas d'vne mortelle,
Sa bouche, ses mains, ny ses bras.

Ses beaux yeux causent cent trespas,
Ils éclairent tous ces climas,
Et portent en chaque prunelle
    Le Soleil.

Tout son corps est fait par compas,
La grace accompagne ses pas;
Enfin, Venus n'est pas si belle,
Et n'a pas si bien faites qu'elle,
Les beautez qui ne voyent pas
    Le Soleil.

AVTRE.

OVT beau corps, toute belle image,
Sont groſſiers aupres du viſage
Que Philis a reçeu des Cieux;
Sa bouche; ſon ris, & ſes yeux,
Mettent tous les cœurs au pillage.

Sa gorge eſt vn diuin ouurage,
Rien n'eſt ſi droit que ſon corſage,
Enfin elle a, pour dire mieux,
    Tout beau.

Parmy tout ce qui plus m'engage,
Eſt vn certain petit paſſage,
Qui vermeil & delicieux;
Mais ce ſecret eſt pour les Dieux,
Ma plume changeons de langage,
    Tout beau.

AVTRE.

AVTRE.

CINQ ou six fois cette nuit en dormant,
Ie vous ay veuë en vn accouſtrement,
Au prix duquel rien ne me ſçauroit plaire;
La juppe eſtoit d'vne opale tres-claire,
Et voſtre robe eſtoit vn diamant.

Rien n'eſt ſi beau deſſous le firmament,
L'Aſtre du iour brille moins clairement,
Et vous paſsiez ſa lumiere ordinaire
    Cinq ou ſix fois.

Que le ſommeil nous trompe vainement:
Par auenture en ce meſme moment,
Vous-vous trouuiez en eſtat bien contraire:
Mais à propos, comment va cette affaire?
Auez-vous bien eſté tout doucement,
    Cinq ou ſix fois?

pour m.le de Bourbon
qui auoit pris medecine

P

AVTRE

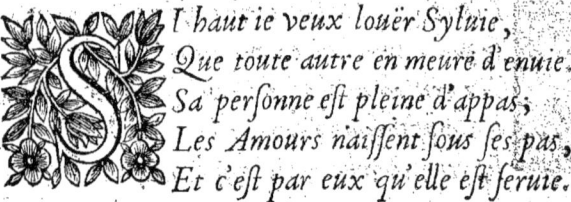

S I haut ie veux louër Syluie,
Que toute autre en meure d'enuie:
Sa personne est pleine d'appas;
Les Amours naissent sous ses pas,
Et c'est par eux qu'elle est seruie.

De cent vertus elle est suiuie,
Son cœur tient mon ame rauie,
Et les Conquerans ne l'ont pas
Si haut.

Quoy que mon amour m'y conuie,
Ma langue au secret asseruie
N'ose parler d'vn certain cas,
Ie diray seulement tout bas,
Que ie n'en vis vn de ma vie
Si haut.

AVTRE.

POVR le moins voſtre compliment
M'a ſoulagé dans ce moment;
Et dés qu'on me l'eſt venu faire,
I'ay chaſſé mon Apoticaire,
Et renuoyé mon lauement.

Vous m'auez guery promptement;
Vos mots coulent ſi doucement,
Que chacun d'eux vaut vn cliſtere;
Pour le moins.

Vous me deuiez ce traittement,
Car ie vous ayme vniquement,
Et meſme depuis cette affaire;
C'eſt vn peu plus qu'à l'ordinaire,
Cela veut dire infiniment,
Pour le moins.

P ij

AVTRE.

N le m'a dit, Mademoiſelle!
Que tous nos cœurs vous retenez,
Penſez-vous pour voſtre beau nez,
Mettre ſur nous vne gabelle?

Vous eſtes fort bonne & fort belle,
Et croy que vous eſtes pucelle,
      On le m'a dit.

Mais il faut eſtre moins rebelle,
Et ne point faire de querelle
Aux Amans que vous ſurprenez,
Vous en tenez d'empriſonnez,
Et vous leur eſtes trop cruelle,
      On le m'a dit.

AVTRE.

E N cas d'Amour, il ne faut iamais estre
Foible ni lent ; mais faut tousiours parestre
Prompt, vigoureux, sousmis entierement,
Pleurer, gemir, seruir fidelement,
Donner beaucoup, & de peu se repaistre.

Quant est de moy, si ie me sçay connestre,
N'estant auare, audacieux, ni traistre ;
Ie deurois bien reüssir aisement,
　　En cas d'Amour.

I'ay quelque esprit, & l'on me tient grand Maistre
En ces poulets que les Amans font naistre,
Ie fais des vers assez passablement,
Et quelquefois ie parle galamment ;
Mais apres tout, ie suis vn pauure Prestre,
　　En cas d'Amour.

AVTRE.

I vous vouliez qu'on vous parlaſt d'A-
    mour ;
Ie vous ferois cent Rondeaux chaque iour,
Car ie vous ayme , & mon Ame dolen-
    te
Toutes les nuiɛts eſt pour vous miaulante ,
Et l'on l'entend en chaque carrefour.

Vous pouuez tout ſur Monſieur de Tricour,
Et l'on m'a dit que Monſieur de Beaujour
Pour voſtre Amour auroit l'ame brulante,
    Si vous vouliez.

Les deux beautez qui regnent au Faux-bourg,
Et celle-là du petit Luxembourg,
N'échauffent point mon humeur froide & lente,
Mais de vos yeux l'ardeur étincelante
M'embraſeroit, cela s'entend touſiours,
    Si vous vouliez.

AVTRE.

Reponse a un Rondeau de Mr de Montaulier qui commençoit ie ne sçaurois. ces 4 vers estoiem au bas

IE ne sçaurois faire cas d'vn Amant

ne prononçoit le mot d'amour

Qu'autre que moy gouuerne absolument,

Belle Rambouillet a la laour

Car chacun sçait que i'ayme trop l'empire,

Il ne veau dire que galam

Ce n'est ainsi qu'il me falloit escrire,

C'est la rime qui l'assaunoit

Vous n'y sçauez que le haut Allemand.

Ie veux qu'on soit à moy parfaitement,
Et quand ie fais quelque commandement,
Ie n'entends pas que l'on me vienne dire :
    Ie ne sçaurois.

Ie vous rendray le mesme compliment,
Et quelque iour quand voudrez longuement
Veiller icy, ie vous diray sans rire :
Ma mere entend que chacun se retire,
Ne pensez pas m'arrester vn moment,
    Ie ne sçaurois.

AVTRE.

'AMOVR, qui de tous sens me priue,
Fit ma raison vostre captiue,
Quand vn soubçon pris par mal-heur,
Me combla l'esprit de douleur,
Et d'vne tristesse excessiue;

Vne humeur jalouse & craintiue
Se mit dans vostre ame plaintiue,
Et pensa chasser de mon cœur
   L'Amour.

Mais si iamais cela m'arriue,
Ie consens que l'on me poursuiue
Par toute sorte de rigueur;
Ie ne veux plus viure en langueur;
Meure la jalousie, & viue
   L'Amour.

AVTRE.

AVTRE.

PENSER que pour ne vous déplaire,
Ie me veüille iamais distraire
D'vn dessein où i'ay tant de droit,
C'est estre injuste en mon endroit,
Et de plus, vn peu temeraire.

Philis depuis deux ans m'éclaire,
Elle est mon Ange tutelaire,
Ie l'ayme plus qu'on ne sçauroit
Penser.

Ie vous demande, en cette affaire,
Pardon de vous estre contraire,
Vn autre s'en contenteroit ;
Cependant, vous faites le froit,
Ma foy, c'est trop : allez vous faire
Penser.

AVTRE.

POVR vos beaux yeux qui me vont con-
    sumant,
L'Amour n'a point de peine & de tourment,
De feu cuisant, ni de cruel martyre
Que de bon cœur ie ne voulusse élire,
Et qu'on ne doiue endurer doucement.

    Tout l'Vniuers n'a rien de si charmant,
Et s'il estoit sous mon commandement,
Ie quitterois volontiers son empire,
      Pour vos beaux yeux.

    Toute la Cour vous sert également,
Mais quant à moy si ie vay vous aymant,
Ne croyez pas que par là ie desire
Cette faueur où tout le monde aspire;
Car ie vous ayme, & vous sers seulement,
      Pour vos beaux yeux.

AVTRE.

POVR vous seruir i'ay pû me dégager
D'vne autre amour, & desiré changer
Vn logement qui pourroit me suffire,
Et sans preuoir si mon sort seroit pire,
Ie n'ay point eu regret de déloger.

En quatre iours i'ay sçeu démenager,
Dessous vos loix i'ay voulu me ranger,
Et quitterois derechef vn Empire,
    Pour vous seruir.

Mais si cela ne vous peut obliger,
Ie changeray sans beaucoup m'affliger;
Car i'ay le cœur tout fait comme de cire,
Doux & traittable, & s'il faut vous le dire,
Ie suis volage, inconstant & leger,
    Pour vous seruir.

Q ij

AVTRE.

C'est pour le gros franciou Coquet qui avoit dit, je n'irois pas pour six Rois

IX Rois prièrent l'autre iour
Tyrcis de leur faire la cour :
Mais il souffloit vn vent de Bise
Qui perçoit iusqu'à la chemise,
Cela le fit demeurer court.

Il a le ventre d'vn tambour,
Ce qui le rend tant soit peu lourd,
Et fait que par fois il méprise
　　Six Rois.

Il ne fait point cas de l'Amour,
Quand on l'appelle il fait le sourd;
Mais pour prester son entremise
En quelque fascheuse entreprise,
Il ne le feroit iamais pour
　　Six Rois,

AVTRE.

*V*ous ouïr Chapelain, Chapeler,
I'ay bien iugé que vouliez quereller,
Et que de plus, vous estes temeraire,
Quand vous osez vn si grand aduersaire
Sans plus de force au combat appeller.

Lors que sa plume au Ciel le fait voler,
Qu'auec les Dieux il ose se mêler,
Penseriez-vous qu'il se voulust distraire
            A vous ouïr?

Ne pretendeZ ainsi vous signaler,
Vous ne sçauriez ses efforts égaler :
Croyez-moy donc, laisseZ-le dire & faire,
Et quand il parle, apprenez à vous taire ;
Car par iustice à luy conuient parler,
            A vous ouïr.

❊❦❊

AVTRE.

A MONSEIGNEVR LE
Mareschal de Baſſompierre.

V N petit mot qu'on m'a porté
De voſtre part, m'a conforté ;
Et m'a fait reprendre la lime,
Pour faire encore quelque rime,
En eſtant par vous exhorté.

Ie ne comprens voſtre bonté,
Et crois auec difficulté,
Qu'vn ſi grand eſprit en eſtime
Vn petit.

Ie vous le dis ſans vanité,
Le mien eſt bien fort limité ;
Mais le cœur eſt net & ſans crime,
Et poſſible aſſez magnanime ;
Aymez-moy donc par charité,
Vn petit.

AVTRE

A LVY-MESME.

DANS la prison qui vous va renfermant,
Voftre grande ame agit inceffamment,
Et ce diuin efprit que rien n'enferre,
Vole par tout, fans erreur toufiours erre,
S'eftend, s'eleue, & va plus aifement :

Vous parcourez l'vn & l'autre élement,
Vous penetrez iufques au firmament,
Et vifitez le Ciel, l'Onde & la Terre,
    Dans la prifon.

Vous ne gefnez voftre cœur vainement,
Vous connoiffez & voyez fainement
Tout ce qui brille & qui n'eft que de verre :
Vous poffedez la paix durant la guerre,
C'eft eftre heureux, & libre entierement
    Dans la prifon.

AVTRE.

RESPONSE A VN DEFFY.

a Mr Godeau

OMME vn galant & braue Cheualier,
Vous m'appellez en combat singulier
D'amour, de vers & de prose polie :
Mais à si peu mon cœur ne s'humilie,
Ie ne vous tiens que pour vn escolier.

Et fussiez-vous braue, docte & guerrier,
En cas d'amour n'aspirez au laurier,
Rien ne déplaist à la belle Iulie,
    Comme vn galant.

Quittez l'Amour, ce n'est vostre mestier,
Faites des vers, traduisez le Psautier,
Vostre façon d'écrire est fort iolie ;
Mais gardez-vous de faire de folie,
Ou ie sçauray, ma foy, vous chastier
    Comme vn galant.

AVTRE.

AVTRE,
AV MESME.

*V*OVS *parlez comme vn Scipion,*
Et si vous n'estes qu'vn Pion;
D'vn mot ie vous pourrois deffaire:
Mais vne palme si vulgaire
N'est pas pour vn tel champion.

Ie vous le dis sans passion,
N'ayez point de presomption,
Et songez de quelle maniere
  Vous parlez.

Eussiez-vous le corps d'Orion,
Auecque la voix d'Arion,
Deuant-moy vous vous deuez taire,
Ne craignez-vous point ma colere?
Qu'est-ce-là, petit embrion,
  Vous parlez!

R

AVTRE.

N bon François politique & deuot,
Vous discourez plus graue qu'vn Magot,
Voſtre chagrin de tout ſe formaliſe,
Et l'on diroit que la France & l'Egliſe
Tournent ſur vous comme ſur leur piuot.

A tous propos vous faites le bigot,
Pleurant nos maux auecque maint ſanglot,
Et voſtre cœur Eſpagnol ſe déguiſe
    En bon François.

Laiſſez l'Eſtat, & n'en dites plus mot,
Il eſt pourueu d'vn tres-bon matelot;
Car s'il vous faut parler auec franchiſe,
Quoy que ſur tout voſtre eſprit ſubtiliſe,
On vous connoiſt, & vous n'eſtes qu'vn ſot,
    En bon François.

BALLADE

EN FAVEVR DES OEVVRES
de Neuf-Germain.

neuf germain est un pauure diable qui incommodoit tout le monde de ses vers M.r de Karab. pour en estre moins importuné luy proposa de faire des vers qui rimassent sur chaque sillabe du

PAR tous les coins de l'Vniuers
Le Cygne Mantoüan resonne,
L'aueugle Thebain de ses vers
Encor toute la Terre estonne:
Mais ie n'accorde la couronne,
Pour le Grec, ni pour le Romain,
Et l'employant mieux ie la donne
Au beau Monsieur de Neuf-Germain.

nom de ceux pour qui il les feroit comme pour Bulhon il rimoit a Bueralion. cela reüssit. on en rioit souuent. ce miserable fut si fol que de se marier a une jeune fille luy qui estoit tout blanc et qui a la plus grande barbe du royaume. il me souuient qu'on me contoit dans la maison ou cette fille serioit alors qu'en se regardans dans le miroir elle disoit faut il qu'un vieillard marie ces tetons la. c'est la plus mechante teste du monde cependant il auroit eu quelque chose car ceux pour qui il faisoit des vers ou a qui il presente un exemplaire de son liure luy donnent fort honestement mais sa femme qui bat tous les jours quelqu'un le ruine en procès criminels. il est fort repentant de s'estre marié si poetiquement et tache de la faire aller en Canada et selon que cela va bien ou mal il est gay ou melancholique.

❧

L'autre iour le grand Apollon
Pere du iour & de la gloire,
Tenoit au Ciel vn violon
Marqueté d'ébene & d'yuoire,
Et dit aux filles de Memoire,
Ie le veux mettre en bonne main;
Car ie le garde pour la foire
Au beau Monsieur de Neuf-Germain.

R ij

Mercure luy dit, c'est vn fou,
Que de trop bon œil tu regardes,
✗ Il fit des vers fur Trilbardou,
Auec des paroles Lombardes :
Mais fes ritmes font trop hagardes,
Et Mars iura par faint Firmin,
Qu'il vouloit donner des nazardes
Au beau Monfieur de Neuf-Germain.

❦

Les Mufes lors firent vn cry
Qui paffa la dixiéme Sphere,
Et défendant leur fauory,
Pleines d'vne iufte colere,
Iurerent à Iupin leur pere,
Qu'elles partiroient dès demain,
Si pas vn d'eux ofoit déplaire
Au beau Monfieur de Neuf-Germain.

❦

Iupiter dit à haute voix,
Mes cheres filles ie me fie
Entierement à voftre choix,
Quel qu'il foit, ie le deïfie ;
Et veux, ie vous le certifie,
Que fur Parnaffe ou en chemin,
Cinquante veaux on facrifie
Au beau Monfieur de Neuf-Germain.

✗ Trilbardou est un paſſage de la Marne entre Paris et le Pont aux
Dames. Mme de Ramb. avoit alors ſes filles dans cette abaye et comme
elle avoit trouvé en y allant le paſſage de Trilbardou fort agréable
elle fut 2 ou 3 jours a ne parler d'autre choſe Neufgermain s'aviſa
de faire ce vers ſur ce voiage.

PLAINTE.

DES CONSONES QVI N'ONT

pas l'honneur d'entrer au nom de

Neuf - Germain.

PAR MONSIEVR PATRIS.

ONQVES sans l'auoir merité,
Le sort contre nous irrité
A le courage de permettre
Que par vn mépris inhumain,
On ayt formé, sans nous y mettre,
Le nom du grand de Neuf-Germain.

Encor pour F, patience,
C'est par elle que se commence
France, climat heureux & doux ;
Son merite est recommandable ;
Et qu'elle ayt cela dessus nous ,
Il estoit plus que raisonnable.

R iij

Mais que les autres , sans raison,
Comme de meilleure maison,
Possedent le mesme auantage,
Aurions-nous le cœur d'endurer
Qu'on nous fist ce cruel outrage ,
A tout le moins sans murmurer?

Non , nos conditions sont telles
Que nous sommes lettres comme elles,
Et d'vn poids tellement égal ,
Qu'estant toutes comme de cire,
D'elles & de nous on peut dire ,
Laval Rohan, Rohan Laval.

Encor que cette verité
Soit plus claire que la clarté,
Neantmoins , à nostre vergogne
Demeurans toutes au filet,
Tandis qu'elles sont en besogne,
Il nous faut garder le mulet.

Nous ne voulons blasmer personne,
Mais que fit D. pour qu'on luy donne
Ces excés de grace inoüis ?
Et toutes sont-elles tirées
De la coste de Saint Loüis,
Pour nous estre ainsi preferées?

L'Aſtre qui nous fait voir le iour,
Paſſe bien-toſt, & ſans retour,
La bas ſe coucher & s'eſteindre ;
Et meure en l'infernal gibet,
Qui premier eut l'art de nous peindre,
Et nous mettre dans l'Alphabet.

Compagnes, mes cheres amies,
Souffrirons-nous ces infamies ?
Non, non, il les faut éuiter;
Loin de ces lieux melancoliques,
Allons en Egypte habiter,
Et nous rendons Hieroglyphiques.

RESPONSE FAITE
PAR L'AVTHEVR A LA

precedente plainte, fous le

nom de Iupiter.

VOVS fçauez bien Troupe immortelle,
Race genereufe & fidelle,
Qui m'auez mis le fceptre en main!
Combien de iours nous confultafmes,
Quand nous fifmes pour Neuf-Germain,
Ce beau nom que nous inuentafmes.

Par vne diuine prudence,
Dans ce grand mot, dont la cadence
Frappe fi doucement les fens,
Nous mifmes toutes les Voyelles;
Mais auiourd'huy, comme i'entens,
Les Confones font les rebelles.

B.C.S.

B. C. S. armez auec L,
Et P. T. ioint à leur querelle,
Esperant se mettre en credit,
Dans ce beau nòm veulent parestre;
Et n'est pas mesme à ce qu'on dit,
Iusques au Q. qui n'en veüille estre.

B. qui fait tous les biens du monde,
Sans qui sur la Terre & sur l'Onde
Rien ne seroit ni bon, ni beau;
Et C. qui le Ciel sçeut produire,
Se veut cacher dans le tombeau,
Si nous pensons les écoduire.

L. par qui Venus est belle,
Qui rend nostre essence immortelle,
Glorieuse veut éclater
Dans le nom de cét homme habile;
Et ne se veut pas contenter,
D'estre dans celuy de Virgile.

Mesme en ce moment i'entens S,
Qui fait là bas de la diablesse,
Et dans vn dépit nompareil
Menace, pleine de colere,
De mettre en pieces le Soleil,
Et les essieux de nostre Sphere.

S

Mais le P. qui marche en Satrape,
Et qui fait la moitié d'vn Pape,
Se veut tirer de pieté;
Et s'eſt mis dans la phantaiſie
De n'eſtre plus qu'en pauureté,
En pareſſe & paralyſie.

Luy qui fait les pauures en Terre,
Et T. qui forme mon tonnerre,
Parlent tous deux de me quitter;
Et quoy que les deſtins ordonnent,
Ie ne puis eſtre Iupiter,
Si ces deux lettres m'abandonnent.

Mais vous en auez tous affaire :
B. pour Bacchus eſt neceſſaire,
Et ſans C. Cerés eſt à bas :
Si L. S. & P. ſe rebelle,
Que fera la pauure Pallas,
Qui n'aura plus qu'A A. pour elle ?

Il faut donc les rendre contentes;
Mais ie ne vois à leurs attentes
Aucun remede aſſez puiſſant;
Si ce n'eſt que cét homme rare
Ait nom Bdelneufgermicopſant;
Mais ce mot eſt vn peu biZarre.

Pourtant, pour le mieux, il me semble
Qu'ainsi nous les mettions ensemble,
Iointes d'vn éternel amour,
Et renuoyons à Palamede,
Qui le premier les mit au iour,
Le Q. auec X. Y. Z.

S ij

REQVESTE

A MONSIEVR DE PVY-LAVRENS,
au nom de Neuf-Germain.

E que dans vos vers i'entens lire,
Des Neuf Preux & du bon Roger,
Me semble digne qu'on l'admire;
Et le grand Gomain m'y fait rire,
Quand il en deuroit enrager.
Mais lors que pour rimer en euf,
Vous me parlez d'vn habit neuf,
De plaisir mon ame est bercée;
Et certes ie vais auoüant,
Que c'est la meilleure pensée
Qu'on peut auoir en me loüant.
　　Tout ce que vous auez écrit
De ma Muse & de mon adresse,
De ma force & de ma proüesse,
Me semble de fort bon esprit.
　　Mais les vers de l'habillement,
Sont, ma foy, d'vne grace extréme,
Et ie croy qu'Apollon luy-mesme
Vous les mit dans l'entendement.

Du siecle les plus beaux esprits,
Brion, Chaudebonne, Patris,
Et celuy dont l'architecture
A sçeu bastir le Pont d'Esturé,
Ont à l'enuy chanté mon prix.

Cela s'un dit simplement pour rimes en ture. dans le portraie de voiture.

    Vous mesme auez fait douze vers
Qui seront dans tout l'Vniuers,
Plus estimez que cent harangues;
Et dans la gloire où ie me voy,
Rien ne me manque, que ie croy,
Sinon que Beaury & Barangues
Facent quelque chose pour moy.

Tailleurs de Mr d'orleans, ce Barangues estoit Bearnois et disoit ordinairement qu'il n'y avoit jamais eu que deux hommes qui eussent fait fortune. Henry IIIe & luy.

S iij

VERS A LA MODE
DE NEVF-GERMAIN,
A MONSIEVR D'AVAVX.

Les lettres du nom finiffans les vers.

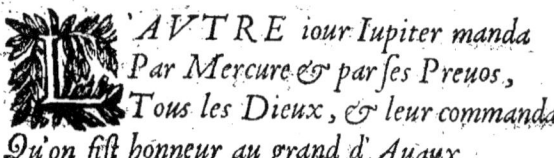

'AVTRE iour Iupiter manda
Par Mercure & par fes Preuos,
Tous les Dieux, & leur commanda
Qu'on fift honneur au grand d'Auaux.

❊❦❊

En deux parts le Ciel fe banda,
Auec noifes & grands trauaux,
Et maint Dieu ialoux clabauda
Contre l'honneur du grand d'Auaux.

❊❦❊

Entre autres, vn grand halbreda,
Nommé Mars, Mauors, ou Mauos,
Les dents grinça, iura, gronda,
Et dit rage contre d'Auaux.

Vn iour, dit-il, il débrida
Sur mon char mes quatre cheuaux,
Et la Pologne accommoda
Auec Suéde ce d'Auaux.

En vain l'ire en moy presida,
Si bien-tost ie ne luy reuaux,
En cent lieux il me dégrada
Ce pacificateur d'Auaux.

La Paix dessus luy s'accouda,
Comme sur l'vn de ses piuos;
Son Temple à ma barbe il fonda,
Et le veut acheuer d'Auaux.

Alors Iupiter se rida,
Comme vn vieux moine de Cleruaux;
Et dit en courroux, Mananda,
Quelqu'vn veut-il fascher d'Auaux?

Mon Astre en naissant regarda
Eius Auos & Proauos,
Et tousiours ma faueur garda,
Et gardera le grand d'Auaux.

Minerue dit, ouy da, ouy da,
Ie l'eſtime ſicut & vos;
De Paris iuſqu'à Canada,
Rien n'eſt égal au grand d'Auaux.

*

Les peuples d'audelà Breda,
Il rendit contrits & deuos,
Et l'Empereur apprehenda
Touſiours l'eſprit du grand d'Auaux.

*

En Dannemarc il decida
Qu'il ne ſouffroit point de riuaux;
Car l'Eſpagnol il nazarda,
Tant il eſt fier ce grand d'Auaux!

*

Le Comte-Duc mourir cuida,
L'oyant nommer dans Carauos,
Et dit tremblant, Por mi vida,
Es vn Diablo aquel d'Auaux?

*

Par ſon langage il reſſouda,
Plus doux que n'eſt ius de pauos;
Saint Pierre, & ſaint Marc, & vuida
Leurs differens ce grand d'Auaux.

Le

Le Pape alors se panada,
Le colloquant inter Diuos,
Et le Doge le seconda.
Tous deux contens du grand d'Auaux.

Le deliureur d'Andromeda,
Vit moins de mers, de monts, de vaux,
Monté sur son aisté-dada;
Que n'en courut ce grand d'Auaux.

En ces mots Minerue plaida,
On l'entendit dans Ronceuaux;
A ses dits le Ciel s'accorda,
Et chacun dit, Viue d'Auaux.

T

LETTRE

A MADAME LA PRINCESSE.

 *IEV garde en ioye & en liesse,*
La plus estimable Princesse
Qui iamais au monde ayt esté:
Dieu garde la plus grand' bonté,
La vertu la plus agreable,
Et l'ame la plus adorable,
Le cœur le plus ferme & loyal,
L'esprit le plus grand & Royal,
Et la beauté la plus parfaite
Que iamais la Nature ayt faite.
Dieu garde, enfin, pour dire mieux,
Le plus beau chef-d'œuure des Cieux,
La grace & la gloire du Monde,
Celle qui n'a point de seconde,
Que les jeux, les ris, les Amours,
Les vertus qui plaisent tousiours,
Et les graces au teint de rôses,
Accompagnent en toutes choses.
A lire ce commencement,
Vous pourrez iuger aysément,

Quand ma lettre iroit sans adresse,
O grande & diuine Princesse!
Que ce discours n'est point party
Pour la Princesse de Conty;
Mais qu'à vous seule on peut l'écrire:
Car tout ce que ie viens de dire,
Selon le iugement de tous,
Ne se peut dire que de vous.

   Aussi depuis la triste absence,
Dont tous nos maux ont pris naissance,
Au milieu de nostre tourment,
Nous vous loüons incessamment;
Et c'est en ce mal-heur funeste,
Le seul entretien qui nous reste;
Car en toute autre occasion,
Nostre Ame est en confusion;
Toute nostre joye est perduë,
Et nostre raison confonduë:
Toutes choses vont de trauers,
Et nous paroissent à l'enuers.
L'air est par tout remply d'orages,
Le Ciel n'est iamais sans nuages:
Tous les Astres sont obscurcis;
Les iours de moitié r'accourcis;
Et ce qui plus d'ennuy me donne,
L'Hyuer arriue auant l'Automne,
Le mauuais temps dure tousiours;
L'on ne trouue plus dans le Cours.

                                                 T ij

Pas vne perſonne agreable,
Pas vn viſage raiſonnable;
Enfin, l'on ne voit plus icy
Qu'obiets de crainte & de ſoucy;
La ville, depuis voſtre perte,
Eſt melancolique & deſerte;
Paris eſt à moitié pery,
Et tout le Monde eſt en Berry.

    Au milieu de tant de trauerſes
Et tant d'infortunes diuerſes,
Nos courages ſont accablez,
Et nos contentemens troublez.
Nous auons perdu la parole,
Meſme pour les Curez de Mole;
Nous n'aymons plus les Ponbretons:
Et ſi quelquesfois nous chantons,
Nos voix dolentes & caſſées
Chantent, Que n'eſtes-vous laſſées!
Mais d'vn accord tant inégal,
Qu'on diroit que nous chantons mal.
L'autre iour, venant de Surêne,
Nous diſmes au bord de la Seine,
Tant que le beau chemin dura,
Pues quiſo mi ſuerte dura;
Et n'euſmes iamais le courage,
Seulement d'y faire vn paſſage;
Nos Guitarres, & noſtre voix,
Ne charment plus comme autresfois;

Nous n'aymons plus les promenades,
Les Musiques, les Serenades ;
Et vostre seul éloignement
Nous a changez entierement.
Desia Monsieur de Chaudebonne
N'a plus l'ame belle ni bonne,
Et dedans ses afflictions
Il méprise ses compagnons ;
Il n'ayme plus d'estre bien aise,
Et ne dit rien qui ne déplaise.
Madame Aubry, tout à la fois
A perdu l'esprit & la voix,
Elle est tousiours tremblante & palle,
Ne parle que du linge sale,
Ayme les champs plus que Paris,
Et se couche entre cinq & six.
La grande Fée en qui rayonne
L'honneur de Savelle & Vivonne,
N'a plus guere de maiesté,
De iugement, ni de beauté ;
Et la rauissante Lucine
N'est belle ni de bonne mine ;
N'a plus tous les cœurs de la Cour,
Ni tous les attraits de l'Amour.
Enfin, la fille ni la Mere
N'ont plus cét éclat ordinaire,
Qui les alloit enuironnant ;
Et sont toutes deux maintenant,

T iij

Tant cét ennuy les rend moins belles,
Comme deux perſonnes mortelles;
Bref toutes choſes en ces lieux,
Depuis le iour que vos beaux yeux
En ont emporté la lumiere,
Ont perdu leur forme premiere;
Mais ſi la parfaite bonté
Qui ſuit touſiours voſtre beauté,
Et ſi la iuſtice, Madame,
Eſt encore en voſtre belle Ame,
Venez diſſiper nos mal-heurs,
Chaſſez les mortelles douleurs
Dont nos ames furent bleſſées,
Dés que vous les euſtes laiſſées;
Et par un bien-heureux retour
Rendez la ſplendeur à la Cour,
L'ornant de ſes beautez extrémes,
Et venez vous rendre à nous-meſmes.
Soyez ſenſible à l'amitié,
Et, s'il vous plaiſt, ayez pitié
De noſtre funeſte auanture,
Et du pitoyable VOITVRE.

PLACET

A VNE DAME. Mᵉ d'aiguillon.

 LAISE à la Ducheſſe tres-bonne,
Aux yeux tres-clairs, aux bruns cheueux,
Reyne des flots de la Garonne,
Dame du Loth & de tous ceux
Qui virent iamais ſa perſonne.

De laiſſer entrer franchement,
Sans peine & ſans empeſchement,
Vn homme au lieu de ſa demeure;
Qui, s'il ne la voit promptement,
Enragera dedans vne heure.

On a pour luy trop de rigueur
Chez-vous, & tout haut il proteſte,
Que par vn larcin manifeſte,
On retient ſon ame & ſon cœur,
Et que l'on ne veut pas le reſte.

L'vn est dedans, l'autre dehors,
Et l'vn & l'autre est tout en flame ;
Il est raisonnable, Madame,
Ou que l'on reçoiue son corps,
Ou que l'on luy rende son ame.

Il se voit pris comme au lacet,
Et souffre vn estrange supplice ;
Mais le pauure est sans malice,
Ne refusez-pas son Placet ;
Car sans doute il est de iustice.

Il a trop souffert de moitié ;
Au nom de sa ferme amitié,
Consolez son ame abbatuë,
Ou dites, au moins, par pitié
A vostre Suisse, qu'on le tuë.

AVTRE.

AVTRE.

A MONSEIGNEVR LE
Cardinal Mazarin.
au voiage de Perpignan.

LAISE, *Seigneur, plaise à vostre Eminence*
Faire la paix de l'affligé Cocher,
Qui par mal-heur, ou bien par imprudence,
Dessous les flots vous a fait trébucher.
On ne luy doit ce crime reprocher,
Le trop hardy meneur ne sçauoit pas
De Phaëton l'histoire & piteux cas ;
Il ne lisoit Metamorphose aucune,
Et ne croyoit qu'on deust craindre aucun pas,
En conduisant Cesar & sa fortune.

T

AVTRE.

SVR LE MESME SVIET.

*P*RELAT, paſſant tous les Prelats paſſez,
(Car les preſens ſeroit vn peu trop dire)
Pour Dieu rendez les pechez effacez,
De ce cocher qui vous ſçeut mal conduire,
S'il fut peu caut à ſon chemin élire,
Voſtre renom le rendit temeraire ;
Il ne crut pas verſant pouuoir mal-faire,
Car chacun dit que quoy que vous faſſiez,
En guerre, en paix, en voyage, en affaire,
Vous vous trouuez touſiours deſſus vos piés.

ESPITRE.

A MONSIEVR DE COLLIGNY.

 *ANS les plaisirs qui vous entourent,*
Et qui de tous costez accourent,
Pour vous rendre icy bas heureux,
O Cheualier auentureux!
Trouuez-bon que l'on vous écriue,
Et ne vous faschez s'il arriue
Que ie trouble vostre repos,
Maintenant par quelque propos.
Tous les biens & toute la iôye,
Que donne Amour, quand il octroye
Sa grace aux cœurs qu'il a greuez,
Ores Seigneur, vous les auez:
Vostre fortune est sans seconde,
Et vous estes l'homme du monde
Qui prenez le mieux vos esbas,
Si ce n'est que vous soyez las.
Mais si vous estes las, beau Sire,
Au moins ce n'est pas de trop lire.
Or ie pense que dans Stené,
Si ie l'ay bien imaginé,

V ij

Comme c'eſt lieu de peu d'affaire,
Souuent vous ne pouuez rien faire;
Ainſi ie croy que vous pourrez
Lire ces vers, où vous verrez
De voſtre derniere auenture
Vne aſſez paſſable peinture,
Et ſur ce ſujet les auis
De quelques-vns de vos amis.

    Que cette nuit fut claire & belle,
Quand la triomphante Pucelle,
En qui la Nature & les Dieux
Ont mis tout ce qu'ils ont de mieux,
Fut par voſtre adreſſe arreſtée,
Et par vos armes conqueſtée.
L'Olympe ſon front déuoila,
Et tout ce ſoir étincela,
Mal-gré l'obſcurité des nuës
D'eſtoilles au monde inconnuës,
Parut ſerein, tranquille & pur,
Et ſe couurit d'or & d'azur,
De cét azur dont il ſe pare,
Quand vn beau iour il nous prepare.
Le Ciel vous vit de tous ſes yeux,
Et vous ſeruit de tous ſes Dieux;
Iupiter & Mars & Mercure,
Prirent part à voſtre auenture:
Iupiter & Mercure, & Mars,
En craignirent tous les haZars:

m.^{le} de Bouteville

Et vous éclairant de leurs Spheres,
Ils furent tous trois vos Terceres :
Sur tous, Mercure volontiers,
Car c'est vn de ses cent mestiers.
Mars enuieux de la Tolere,
Ce qu'il y fit eust voulu faire :
Et Iupiter qui s'échauffoit,
Tout ce que vous fistes, eust fait.
Il s'échauffoit deuant la Belle,
Et vous ayda pour l'amour d'elle.
Saturne aussi ; mesme l'on dit
Que ce soir-là Saturne rit,
Luy que iamais on n'a veû rire,
Depuis qu'il perdit son Empire ;
Car, comme vous sçauez tres-bien,
Saturne est fort Saturnien ;
Il sentit pourtant quelque ioye,
Vous voyant, vous & vostre proye,
Et l'ordre & l'accompagnement
Du memorable enleuement,
Lors que, non contre son enuie,
La rauissante fut rauie.
Les Graces, qui suiuent tousiours
Le Dieu qui preside aux Amours,
Les ieunes Ris, & l'Amour mesme,
Et tout ce qui fait que l'on ayme,
Les doux Appas ensorceleurs,
Les Attraits qui gaignent les cœurs,

V iij

Les Plaisirs, les douces Tendresses,
Et les amoureuses Caresses,
Portez sur les aisles du vent,
Chantant Hymen, alloient deuant,
Semant mainte rose nouuelle,
Sur tout le chemin de la Belle;
Et mille œillets, qui paslisoient
Dés que ses beautez paroissoient.
Le ieune Hymen marchoit en suite,
Qui seruoit comme de conduite
A vostre char qu'il éclairoit,
Et qui derriere luy couroit :
L'or de sa blonde cheuelure,
Son port celeste & sa parure,
Assez entre tous les marquoit,
Ie l'ay sçeu d'vn Archer du Guet,
Qui cette nuit, non sans allarmes,
Vit vous & tous vos gens en armes,
Et me le contoit auiourd'huy.
Mais peut-estre il vous prit pour luy :
S'il vous prit pour luy, ie vous iure,
Seigneur, qu'il vous a fait iniure,
Car il valoit mieux, en ce lieu,
Estre l'Espoux, qu'estre le Dieu.
Mais il n'importe qu'il se trompe ;
Hymen assistoit à la pompe,
Et monta ce soir à cheual,
(Car ie le sçay d'original)

Il animoit toute la trouppe,
Et portoit cette nuit en crouppe
Les vrais & solides plaisirs
Qui naissent des iustes desirs :
Au lieu qu'il porte d'ordinaire ,
Le repentir & la misere ,
La ialousie & les ennuis
Des longues & fascheuses nuits :
Sa torche nopciere ondoyante,
Dans les tenebres flamboyante ,
Lançoit mille diuins éclairs
Dessous la terre , & dans les airs.
Marchant deuant vous de la sorte,
Il vous conduisit à la porte,
D'où vous sortistes de Paris :
(Ce fut , ie croy , de saint Denis)
De là , passant buissons & hayes ,
Il vous mena iusques vers Clayes,
En deça peut-estre, ou delà ,
Car ie ne sçay pas bien cela :
Mais ce Dieu , comme il est fort tendre,
Fut las, & contraint de se rendre
Dans le carrosse , & cela fit
Que le carrosse se rompit.
Car, Monsieur, tous ces Dieux des fables,
Sont pesans comme tous les diables.
Ainsi trauersant l'Acheron ,
Hercule fit peur à Caron,

Quand ſa peſanteur immortelle
Fait trop enfoncer ſa nacelle.
Il ſe mit doncques entre vous,
Admirant l'eſpouſé & l'eſpoux :
Le voile d'vn ſubtil nuage
Couuroit ſa taille & ſon viſage,
Et fit qu'on ne le connut point :
Bref, tout ſe fit ſi bien à point,
Qu'ayant trauersé mainte plaine,
Et ſouffert auſſi mainte peine,
Il vous mit tous deux à l'abry,
Dans les murs de Chaſteau-Thierry.

 Au bruit du celebre Hymenée,
Pour eſtre à la grande iournée ;
Là ſe rendent à grand concours,
Tout ce que le monde a d'Amours,
De tous les endroits de la Terre :
D'Irlande, d'Eſcoſſe, Angleterre,
Du païs des Italiens,
De celuy des Siciliens,
De Corſegue, & de la Sardagne,
Et grande quantité d'Eſpagne.
De delà la mer il en vint
De gros eſcadrons plus de vingt,
Des bruſlans deſerts de l'Afrique,
Des derniers bouts de l'Amerique,
Du Iapon, de Manicongo,
Quoy qu'ils y viuent à gogo ;

Des

Des folitudes de Libie ;
Mefme il en vint d'Ethiopie,
Noirs comme petits ramonneurs,
Et ces noirs-là font les meilleurs.
Il en arriua trois volées,
Des Marches les plus reculées,
Du Cap-vert ; ceux là font petis,
Gaillards, éueillez & gentis :
Ils ont par tout mefme ramage,
Et cent couleurs en leur plumage;
Comme on en voit aux perroquets,
Et font ceux qui font les coquets.
Iadis n'en eftoit remembrance ;
Cent ans a qu'il en vint en France :
Maintenant en eft grand rapport,
Car ces oyfeaux prouignent fort :
Il en eft beaucoup de femelles,
Et vont plus vifte qu'hyrondelles;
D'autres meilleurs viennent encor,
Deuers les terres de Mogor,
Des monts Rypheans & des Scythes,
Et des farouches Mofcouites :
Bref, de tous coftez accourans,
Les plus petits & les plus grands
Se venoient percher fur la Ville,
Où pour lors eftoit Bouteville.
Il en vint du plus haut des airs,
Il en vint du plus creux des mers,

X

Car de ce que le Ciel enferre,
Sous l'Onde, dans l'Air, fous la Terre,
Dans ce grand & vafte contour,
Il n'eft rien qui foit fans amour;
Rien qui par amour ne fubfifte,
Et rien viuant qui luy refifte.
On les voyoit comme moyneaux,
Ou comme trouppe d'eftourneaux,
Ombrager toute la campagne,
Et couurir toute la Champagne.
L'air par tant d'amour allumé
Fut de telle forte enflamé,
Qu'on en dit chofes admirables,
Et dans l'auenir memorables.
Auffi-toft que l'on refpiroit,
L'amour dans les cœurs fouspiroit;
La Vierge la plus moderée,
La veufue la plus retirée,
Le plus faint & le plus deuot,
Le plus habile & le plus fot,
Les vieillards les plus honorables,
Les vieilles les plus deteftables,
Reffentans l'amoureux flambeau,
Ne pouuoient durer dans leur peau,
Les plus chaftes & les plus prudes,
Les plus fauuages, les plus rudes,
Le plus dur cœur fut attendry,
Tout ayma dans Chafteau-Thierry;

Mesme dans les prochains villages
Il se fit d'estranges mesnages ;
Les bergeres & les bergers,
Dans les prez & dans les vergers,
Les vachers auec les vacheres,
Dans les bois & dans les fougeres ;
Les plus farouches païsans
Pour ce iour n'en furent exens.
Chacun rencontra sa chacune,
Nul ne fut sans bonne fortune :
Tout le monde mouroit de chaud,
Et l'on se baisa comme il faut ;
Personne d'aymer n'auoit honte :
Mais pour reuenir à mon conte,
L'heure vint & l'heureux moment,
L'heure que l'vn & l'autre Amant
Deuoient voir par leur hymenée,
Toute leur peine terminée,
Et cueillir les fruits amoureux
Que le Ciel auoit faits pour eux.
Ils arriuent tous deux au Temple,
Chacun les admire & contemple,
Et pour leurs celestes beautez,
Les cœurs brulent de tous costez.
Ainsi vit-on, au temps antique,
Medor ioint auec Angelique,
Ou, pour en parler comme il faut,
Angelique auecque Renaut.

X ij

Apres le bruit on fait silence.
L'espoux & l'espouse s'auance,
Les mots solennels furent dits,
Les deux Amans furent benits;
Et la troupe assistante enuoye
Vers le Ciel mille cris de ioye,
Benissant leurs chastes amours,
Et priant qu'ils durent tousiours.
La Ville est pleine d'allegresse,
Le peuple les voit & les presse,
Tousiours les entoure & les suit,
Et sur le milieu de la nuit
Mit dans la couche nuptiale
La belle couple sans égale.
Lors Venus le rideau tira,
Et le monde se retira:
Car l'Amour tout seul & sa Mere
Virent le reste du mystere.
En ce lieu l'histoire finit,
Car de dire ce qui se fit,
On n'en sçait aucune nouuelle,
Ni ce que deuint la pucelle;
Qui disparut depuis ce soir,
Et nul depuis ne l'a pû voir.
Du bout de l'Inde Orientale
La belle Amante de Cephale,
En son habit incarnadin,
Se leua matin, ce matin;

Pour voir la diuine pucelle
Que les hommes vantoient plus qu'elle,
Mais ses soins furent superflus,
L'Aurore ne la trouua plus;
Il n'en restoit aucune trace,
Et le monde vit en sa place
Vne Dame de Colligny,
Qui dans vn éclat infiny
Parut, ie ne dis pas plus qu'elle,
Mais à tout le moins aussi belle.
Elle auoit le mesme agrément,
Le mesme visage charmant,
Cét œil qui toutes ames touche,
Ce teint & cette belle bouche,
Cette bouche qui n'eut iamais
Sa pareille en diuins attraits;
Sa taille & son port adorable,
Et par vn rapport admirable,
Tous les dons que l'autre auoit eus,
Hors qu'elle auoit les yeux battus,
Et qu'elle sembloit abbatuë,
Pour (cette rime icy me tuë,
Et vient s'offrir mal à propos)
Pour auoir perdu le repos.
Que ce soit elle, ou soit vne autre,
En fin, Cheualier, elle est vostre!
Et deuez en estre content,
Car celle-cy vaut bien autant.

Ioüiſſez-en longues années,
Que touſiours vos belles iournées,
Et que vos plus heureuſes nuits
Se puiſſent paſſer ſans ennuis.
Mais comme il n'eſt nul bien ſans peine,
Et nul amour ſans quelque haine,
Sçachez qu'il ſe trouue en ces lieux
Des ialoux & des enuieux.

******
******
****
****

Preparez donc toutes vos armes,
Et vous ſeruez de tous vos charmes;
Pour vous rendre tant d'Ennemis
Par force ou par amour ſouſmis.
Sur tout, quelque ardeur qui vous preſſe,
Ne faites point trop de prouëſſe,
Ores que le temps n'en eſt pas,
Et gardez-vous bien d'eſtre las :
Mais ſi vous eſtes las, beau Sire,
Ce pourroit eſtre de trop lire,
Et ie le ſuis d'écrire auſſi,
C'eſt pourquoy ie finis icy.

ESTRENNES
DE QVATRE ANIMAVX,
ENVOYEZ PAR VNE DAME,
à Monfieur Efprit.

POVR LE GRILLON.

mle da vertas envoia a m.r Esprin pour estrennes, un grillon, un hibou,
une tortue et une taupe et voiture fit la vers

IE demeurois dans vn four chaud,
Où ie paſſois fort bien ma vie,
Quand hier voyant le feu des beaux yeux
de Syluie,
Ie penſay tomber de mon haut.
Si voſtre ſalut vous eſt cher,
Eloignez-vous de l'inhumaine,
Gardez-vous bien de l'approcher,
Et prenez cét auis pour vne bonne eſtrenne,
Moy, qui comme Midrac, Sidrac, Abdenago,
(La rime en ſera difficile)
Chantois dans la fournaiſe, & viuois à gogo
Dans les lieux les plus chauds dont i'ay fait mon aſyle;
Ie meurs & languis dés le iour
Que ie m'approchay de la belle,

Comment , *Diable !* à trente pas d'elle ,
Il fait chaud comme dans vn four.
Depuis que ie la vis , ma langue est seiche & noire ,
Ie souffre des douleurs que vous ne sçauriez croire ;
Il ne fut iamais rien de tel.
Que si ie n'en meurs pas , ie merite en l'Histoire ,
Et le nom & la gloire ,
De Grillon l'immortel.

il joue sur feu mr de grillon du tems d'Henry IV

POVR

POVR LE HIBOV.

ES hommes, tous tant que vous estes,
Iugez bien mal des pauures bestes,
Particulierement de nous autres Hiboux;
Que l'on chasse de toutes festes,
Et qu'on traitte par tout comme des loups-garous.
Ne prenez à mauuais augure
De voir auiourd'huy ma figure.
Bon iour, bon an, Monsieur Esprit;
Quoy! vous-vous refroignez, voyant cette auenture,
Et vous rougissez de dépit,
Comme si ie donnois de mauuaises estrennes,
Vos fievres quartaines.

Y

POVR LA TORTVE.

POVR vous venir baiser la main,
Ie partis au mois de Septembre,
Du bout du Faux-bourg saint Germain,
Et nuit & iour faisant chemin,
I'arriuay hier ceans à la fin de Decembre ;
Quelques-fois Salladin va plus diligemment,
Mais il n'est rien de tel que d'aller seurement.
Voulant doncques vous estrenner,
Pour vous faire heureusement viure,
Ie n'ay rien de meilleur que ie puisse donner,
Si ce n'est mon exemple à suiure.
Vous autres beaux esprits battez trop de païs,
Croyez-moy, suiuez mon auis,
Soit que vous poursuiuiez Euesché, Femme, ou Fille :
Faites tous comme moy, hastez-vous lentement,
Ne formez qu'vn dessein, suiuez-le constamment.
Mais c'est trop discourir, ie r'entre en ma coquille.

POVR LA TAVPE.

 ON iour, Monſieur, & bonne année,
Si vous voulez que le Deſtin
Vous rende celle-cy tranquille & fortunée,
Eſcoutez ces cinq vers, qu'on ma dits, ce
matin :

Quand le ſort guidera vos pas,
Dans la chambre, où les Ieux, les Ris & les Appas
Enferment toutes leurs merueilles,
Soyez comme vne Taupe, & fermez-y les yeux,
Ouurez ſeulement vos oreilles,
C'eſt ce qu'on m'a chargée auiourd'huy de vous dire :
Mais moy, ie vous conſeille mieux,
Si vous-voulez ſauuer voſtre ame de martyre,
De fermer voſtre oreille auſsi bien que vos yeux ;
Car vne Nymphe redoutable
Y tend vn piege inéuitable,
Et ceux que de ſes yeux le foudre ne frappa,
Le feu de ſon eſprit leur fait rendre les armes,
Par moy vous en voyez exemplum vt Talpa,
Qui pour eſtre ſans yeux, n'éuite pas ſes charmes,
Si vous voulez ſçauoir comment,

Y ij

Et d'où me vient cette auenture,
Ie vous le diray promptement,
Sans feintise & sans couuerture.
Vous sçaurez donc, Monsieur, pourueû
Que vous vouliez prester vne oreille attentiue,
A la narration naïue,
D'vn petit animal qui n'a iamais rien veû ;
Qu'estant en l'Hostel de Soissons,
Comme i'allois ronger l'oignon d'vne Anemone,
I'oüis les accens & les sons
De l'agreable voix de certaine personne,
Qui discouroit dessus Platon,
Parlant à Madame Marie;
Qui l'entendoit, sans flatterie,
Comme i'entens le bas Breton.

Moy, bien-ayse d'oüir toutes ces belles choses,
Perçay viste la terre à dessein d'arriuer
A ses pieds, qui par tout faisoient naistre les roses,
Malgré la rigueur de l'Hyuer.
Me voyant, sans trop s'esbahir :
Vous estes Taupe? (me dit-elle)
Ouy, luy-dis-ie, Mademoiselle;
Ie suis Taupe, pour vous seruir.
D'où venez-vous presentement ?
Commença-t'elle de s'enquerre :
I'arriue de cent pieds sous terre,
Pour vous oüir tant seulement.
Ie cherchois vne Taupe icy;

(Me respond-elle auec vne bouche riante)
Et si vous estes ma seruante ,
Ie suis bien vostre amie aussi :
Vous estes Taupe d'esprit doux ,
Et fort belle , sans estre blonde ;
I'ay bien veû des Taupes au monde ;
Mais iamais vne comme vous.
Ie sentis que la terre & l'air
S'embellirent à sa parole ,
Et que tous les enfans d'Eole
Se teurent pour l'oüir parler.
Dieux ! que me trouuant aupres d'elle
I'eus de regret d'estre sans yeux ,
Et que ie l'imaginay belle ,
A son parler si gracieux !
Ie voudrois bien vous suplier ,
(Continua-t'elle sur l'heure)
D'aller soudain , & sans demeure ,
Au logis où se tient Monsieur le Chancelier.
Là , demander Monsieur Esprit,
C'est vn de ces Messieurs qui dans l'Academie
Foudroyent tous les iours l'ignorance ennemie ;
Et qui iugent de tout escrit.
N'entrez pas dans sa chambre , attendez-le en la Cour,
Allez-y sans estre attifée ,
Car il est fort coquet , & plus charmant qu'Orfée ;
Et s'il vous auoit veû coiffée ,
Il ne manqueroit pas de vous parler d'Amour.

Y iij

C'estoit alors le
chancelier Seguier.

Le voyant, inclinez la teste,
Comme vne Taupe bien honneste,
Et sans luy faire compliment,
Dites-luy ces mots seulement.

   Bon iour, Monsieur & bonne année,
Si vous voulez que le destin
Vous rende celle-cy tranquille & fortunée,
Escoutez ces cinq vers qu'on m'a dits, ce matin.
Quand le sort guidera vos pas
Dans la chambre, où les Ris, les Ieux & les Appas,
Enferment toutes leurs merueilles,
Soyez comme vne Taupe, & fermez-y les yeux,
Ouurez seulement vos oreilles.

RESPONSE

POVR MADEMOISELLE
DE RAMBOVILLET

A Monſieur le Marquis de Montauſier.

OVR vn Cheualier Allemand,
Ma foy vous parlez galamment:
Et dans le milieu de l'Alſace,
Vous auez porté le Parnaſſe.
Quoy que vous ſoyez grand & fort,
Ce n'eſt pas vn petit effort:
Car, comme i'ay veû dans la carte,
Parnaſſe eſt plus grand que Montmarte.
Mais ce que i'y voy de plus beau,
C'eſt qu'ayant porté ce fardeau,
Vous ne puiſſiez auec conſtance,
Porter le faix de moñ abſence.
De là ie tire vn argument,
Que mon abſence aſſurément,
Suiuant l'art de Monſieur Décarte,
Eſt plus peſante que Montmarte.
Ie vous plains d'eſtre ſi chargé,
Et voudrois vous voir ſoulagé:

Car ie vous ayme auec tendreſſe
Et de bon cœur ie m'intereſſe
Dans tous vos maux & tous vos biens,
Ainſi que ſi c'eſtoient les miens,
Et deſire plus que perſonne,
Que voſtre fortune ſoit bonne;
Vous croirez bien cela de moy,
Car vous ne manquez pas de foy,
Vous qui tranſportez les montagnes.
Soit que nous allions aux campagnes
De ce beau Parc, où Iean de Vert
Eſt pour quelque temps à couuert;
Ou que ſur le bord de la Seine,
Noſtre brigade ſe promeine;
Ou que nous demeurions chez-nous,
A toute heure on parle de vous.
A propos la grande Artenice
Vous aſſeure de ſon ſeruice,
Vos deſplaiſirs luy font pitié,
Et d'vn cœur remply d'amitié,
A vous elle ſe recommande:
Ne croyez pas ce qu'on vous mande,
Que l'Amour fuyant de ces lieux,
S'eſt allé loger dans ſes yeux.
Qui l'a dit, l'a dit par bon zele,
Mais on ne loge point chez elle.
Il faut qu'il ſoit en autre endroit:
Mais pour vous dire ce qu'on croit,

Selon

Selon que voftre ame eft galante,
Voftre humeur gentille & brillante,
Et voftre efprit en bon eftat,
L'on tient qu'il eft à Scheleftat.

 Adieu, Monfieur, & pour nouuelles,
Les Tuilleries font fort belles,
Monfieur prend le chemin de Tours,
Nous aurons tantoft les cours iours,
Iamais on ne vit tant d'aueines,
De foin les granges feront pleines,
Les pois vers font bien-toft paffez,
Les artichaux fort auancez,
Le mauuais temps nous importune,
Demain fera nouuelle Lune,
L'on prendra bien-toft faint-Omer,
L'on met trente vaiffeaux en mer.
Nos Cannes on fait fept Cannettes.
Dieu les preferue des Bellettes.
Veymar demande du renfort.
Le Corbeau de Voiture eft mort.
Monfieur voftre Oncle eft tout en flammes,
Il ne bouge d'auec les Dames,
On ne voit que luy dans le Cours,
Il y cajolle tous les iours
Les plus belles & les meilleures,
Il ne foupe plus qu'à fept heures.
Le Comte de Fiefque eft deuot,
Et fainct-Cyran eft Huguenot.

Z

RESPONSE A VNE
LETTRE DE MONSIEVR
Arnaud.

ERTES, *c'est vn grãd cas*, *Icas*,
Que tousiours tracas ou fracas
Vous faites d'vne ou d'autre sorte:
C'est le Diable qui vous emporte;
Et vous fait faire incessamment
Vostre mestier de Negromant!
CroyeZ-moy, laissez la Magie,
Suiuez plustost l'Astrologie,
C'est mal fait que d'estre Sorcier,
Et cela n'est pas Caualier.

I'estois en repos à Narbonne,
Tristement autant que personne,
(S'il faut dire la verité)
Mais mon esprit moins agité,
Loin d'esperances & de craintes,
Auoit de moins rudes atteintes;
Que quand ie voyois les froideurs,
Les insupportables rigueurs,
Ou l'indifference, ou la hayne,
Ou le fier courroux de Climene.

Au prix duquel eſt calme & doux
De la mer l'horrible courroux,
Et que ie redoute en mon ame,
Plus que le fer ni que la flamme;
Plus que mes brulantes ardeurs,
Plus que les tourmens dont ie meurs,
Plus que toute autre violence,
Et meſme plus que ſon abſence.
    Ainſi, loin de ces déplaiſirs,
Si ie iettois quelques ſouſpirs,
C'eſtoit d'eſtre loin de la Belle,
Et non pas pour me pleindre d'elle;
Et ſi ie viuois triſtement,
Au moins ie viuois doucement.
Mais voſtre mal-heureuſe lettre,
Que vous m'auez eſcrite en metre,
Et certes ſi diſertement,
Et ſi malicieuſement,
Qu'on voit bien, tant elle eſt complette,
Que c'eſt le Diable qui l'a faitte,
Eſt venuë auec ces propos,
Troubler icy tout mon repos;
M'a fait connoiſtre en ſa peinture,
Ma triſte & funeſte auenture;
Et dans cét Enfer où ie ſuis,
Me faiſant voir le Paradis,
A fait que depuis, ma miſere
M'a paru cent fois plus amere.

I'ay mieux reſſenty mes tourmens,
En voyant vos contentemens,
Si bien que vos vers & vos charmes
M'ont deſia couſté maintes larmes.
I'auouë icy que de dépit,
Cent fois ie vous en ay maudit:
Mais écoutez, i'entens maudire,
Pas autrement, ſinon de dire,
La peſte eſtouffe le rimeur,
Le Diable emporte l'enchanteur,
Et iamais ne le rapporte,
Et menus propos de la ſorte,
Qui du Ciel ne furent oüis,
Et ma foy ie m'en reioüis.
Mais, gens heureux & raiſonnables,
Laiſſent dire les miſerables:
Et certes ſi vous y penſez,
I'auois alors du mal aſſez;
Vous, aſſez de bonne auenture,
Pour excuſer quelque murmure,
Tandis qu'en vn temps de plaiſir,
Vous conſiderieℤ à loiſir
Tout ce que la Terre a d'aymable,
De beau, de rare & d'eſtimable,
Que vous admiriez la beauté,
L'attirante ſeuerité,
Le cinabre, l'or & l'yuoire,
L'éclat, le triomphe & la gloire

De l'incomparable Bourbon,
Ie voyois les Iuifs d'Auignon.
Or bien qu'eux & leurs Iuifues eussent
Quelques agrémens qui me pleussent,
Pour vous le faire au vray sçauoir,
La Chrestienne est plus belle à voir.
Son teint, sans mentir, & sa grace,
Sa brillante fraischeur efface
Toutes les Iuifues de deça,
Et mesmes celles de delà;
Car de quelque sens qu'on la prenne,
C'est vne fort belle Chrestienne;
Et l'on ne voit rien sous les Cieux,
De plus rare ou plus precieux.
Mais pour venir à nostre affaire,
Ce qui me mit plus en colere,
Et me plut moins en ce païs,
C'est que ie perdis cent Louys ;
I'en sortis donc de bon courage,
Chantant, Adieu Sarazinage.
De là, passant force rochers,
Et des champs couuers d'oliuiers,
(Ayant trauersé la Durance)
Nous arriuasmes en Prouence,
Où nous vismes, dans son Palais,
Le genereux Comte d'Alais ;
Mais bien qu'il soit vaillant & sage,
Et qu'il ait, ma foy, bon visage;

Z iij

Pourtant, quoy qu'il puisse valoir,
La Chrestienne est plus belle à voir;
Et plus belle, en ma conscience,
Que tout ce qu'on voit en Prouence;
Que les plus nobles citronniers,
Que les plus fleuris grenadiers,
Que leurs figuiers beaux à merueille,
Mesme que le port de Marseille;
Que toutes leurs fleurs de iasmin,
Que le Commandeur de Fourbin,

D'aiguebonne.

Plus que Madame ****
Plus que la belle Maguelonne,
Et que Madame Laure aussi
Quand toutes deux seroient icy.
I'entens là, car passant le Rosne,
Qu'Arles voit plus doux que la Saone,
Laissant derriere nous maint roc,
Nous passasmes en Languedoc,
Où, pour suiure nos destinées,
Nous fismes tant par nos iournées,
Que laissant Lunel, Mompelliers,
Agde, Pezenas & Besiers,
Nous arriuasmes à Narbonne;
Laquelle, Dieu me le pardonne,
Apres l'Enfer, est vn des lieux,
Hors duquel ie m'aymerois mieux;
Car le Limbe & le Purgatoire,
Prés d'elle sont des lieux de gloire,

Monsieur, on est dans ce seiour,
Iustement comme dans vn four;
Si bien que moy, qui sens la flamme
Et de Narbonne & de Madame,
Et qui de deux feux inuesty
M'accomode tout de rosty,
Me voyant comme vne allumette,
Et le corps fait comme vn squelette,
Ne sçais si ie suis cuit d'Amour,
Ou bien si ie suis cuit au four.
De chaudes vapeurs consumée,
Toute la terre est allumée,
Zephire mesme l'est aussi;
Et l'air que ie respire icy,
Est chaud, par maniere de dire,
Comme celuy que i'y souspire,
Quoy que ie porte dans le sein
Des brasiers qui n'ont point de fin,
L'Amour, & Climene, & ses flammes,
Dont les moindres bruslent tant d'Ames.
Cependant, malgré mon mal-heur,
Ie me trouue en quelque faueur,
Deux ou trois fois son Eminence
M'a fait iouïr de sa presence:
Ie parle à Monsieur des Noyers,
Ie suis fort connu des Huissiers:
Et mesmement, depuis n'agueres,
I'ay veû le Roy dans ses affaires.

Mais pour ne vous pas deceuoir,
La Chreſtienne eſt plus belle à voir.
Enfin, quoy que l'on puiſſe faire,
Ce païs ne me ſçauroit plaire,
Et rien ne me peut diuertir,
Que l'eſperance d'en ſortir.
Quelquefois, pour tromper ma peine,
Ie m'en vay réver dans la plaine;
Là, me promenant le matin,
Sur la Marjolaine & le Thin,
Ie voy l'Aurore auec ſes perles;
Qui reueille le chant des Merles.
(J'aurois nommé le Ruiſegnor,
Mais il n'y rimoit pas, Segnor)
Et vois les changeantes opales,
Les jacynthes Orientales,
Que le iour ſeme à ſon réueil,
Sur la Carriere du Soleil,
Qui fait en ces lieux ſon entrée,
Plus belle qu'en nulle contrée;
Mais quoy qu'il y dore les Cieux
De ſon or le plus precieux,
Qu'il y paroiſſe ſans nuage,
Et qu'il y brille dauantage,
Quelques rayons qu'il puiſſe auoir,
La Chreſtienne eſt plus belle à voir.
Plus belle, & de couleurs plus viues,
Que luy, ni que Iuifs, ni que Iuifues;

Roſſignol

Plus

Plus que le bon Comte d'Alais,
Comme on le voit dans son Palais,
Plus que ni Roy, ni Roc, ni Reine,
Et plus que tout, horsmis Climene.

Au reste, ne soyez en peine,
Cherchant qui i'entens par Climene,
Car vous n'y perdrez que vos pas,
Et le Diable ne le sçait pas.

A a

EPISTRE.

A MONSEIGNEVR LE PRINCE,
fur fon retour d'Allemagne, l'an 1645.

SOYEZ, *Seigneur, bien reuenu*
De tous vos combats d'Allemagne,
Et du mal qui vous a tenu
Sur la fin de cette campagne,
Et qui fit penfer à l'Efpagne,
Qu'enfin, le Ciel, pour fon fecours,
Eſtoit preſt de borner vos iours,
Et cette valeur accomplie,
Dont elle redoute le cours.
Mais dittes nous, ie vous fupplie,

La mort, qui dans le champ de Mars,
Parmy les cris & les allarmes,
Les feux, les glaiues, & les dards,
Le bruit & la fureur des armes,
Vous parut auoir quelques charmes,
Et vous fembla belle autresfois,
A cheual, & fous le harnois;

N'a-t'elle pas vne autre mine,
Lors qu'à pas lents elle chemine
Vers vn malade qui languit?
Et semble-t'elle pas bien laide,
Quand elle vient tremblante & froide,
Prendre vn homme dedans son lict?

❦

Lors que l'on se voit assaillir
Par vn secret venin qui tuë,
Et que l'on se sent defaillir
Les forces, l'esprit & la veuë;
Quand on voit que les Medecins
Se trompent dans tous leurs desseins,
Et qu'auec vn visage blesme,
On oit quelqu'vn qui dit tout bas,
Mourra t'il? ne mourra t'il pas?
Ira-t'il iusqu'au quatorzieme?
Monseigneur, en ce triste estat,
Confessez que le cœur vous bat,
Comme il fait à tant que nous sommes,
Et que vous autres demy-Dieux,
Quand la mort ferme ainsi vos yeux,
Auez peur comme d'autres hommes.

❦

Tout cét appareil des mourans,
Vn Confesseur qui vous exhorte,

Aa ij

Vn Amy qui se déconforte ,
Des Valets tristes & pleurans ,
Nous font voir la mort plus horrible,
Et croy qu'elle estoit moins terrible,
Et marchoit auec moins d'effroy,
Quand vous la vistes aux montagnes
De Fribourg , & dans les campagnes
Ou de Norlingue , ou de Rocroy.

Vous sembloit-il pas bien iniuste ,
Que sous l'ombrage des lauriers,
Qui mettent vostre front auguste
Sur celuy de tant de guerriers :
Sous cette feüille verdoyante,
Que l'ire du Ciel foudroyante ,
Respecte & n'oseroit toucher;
La fiévre chagrine & peureuse ,
Triste, défaite & langoureuse ;
Eust le cœur de vous approcher,
Qu'elle arrestast vostre courage,
Qu'elle changeast vostre visage,
Qu'elle fist trembler vos genoux ?
Ce que Bellone destruisante,
Dans le fer, les feux & les coups,
Ni Mars au fort de son courroux,
Ni la Mort tant de fois presente,
N'auoit iamais pû dessus vous.

✸❧✸

Voyant qu'vn trépas ennuyeux
Vous alloit mener en ces lieux
Que nous appellons l'onde noire,
Autrement manoir Stygieux,
Vous confoliez-vous fur la gloire,
De viure long-temps dans l'Hiftoire?
Ou fur cette immortalité,
Que nous auons, malgré les âges,
La Sucie, & moy, proietté
De vous donner dans nos ouurages?

✸❧✸

De vos faits il euft fait vn liure,
Bien plus durable que le cuiure;
Et moy, fi i'ofe m'en vanter,
Ie merite affez de le fuiure;
Mais nous euffions eu beau chanter,
Auant que vous faire reuiure:
Les neuf filles de Iupiter,
Qui fçauent tant d'autres merueilles,
Auecque leurs voix nompareilles,
N'ont pas l'art de reffufciter.
La mort ne les peut écouter,
Car la cruelle eft fans oreilles,
Dés le vieux temps qu'Orfee harpa,

Si doucement qu'il l'attrapa,
Et qu'il luy fit rendre Euridice;
Le noir Pluton les luy couppa,
Et les conduits en estoupa
(Ce fut vne grande iniustice.)
Depuis on a beau la prier,
Beau se pleindre, heurler, & crier,
Blasmer la rigueur de ses armes;
Tout ce bruit n'est point entendu,
Pour nos plaintes, & pour nos larmes,
Pour nos cris, & pour nos vacarmes,
On ne voit rien qu'elle ait rendu.

Nous autres faiseurs de chansons,
De Phebus sacrez nourrissons,
(Peu prisez au Siecle où nous sommes)
Sçaurions bien mieux vendre nos sons,
S'ils faisoient reuiure les hommes,
Comme ils font reuiure les noms.
Nous eussions appris vostre gloire
A toute la posterité,
Et consacré vostre memoire
Au Temple de l'Eternité.
Mais de nos œuures magnifiques,
De nos airs, & de nos cantiques,
Seigneur, vous n'eussiez rien ouï,
L'Air, & le Ciel, la Terre & l'Onde,

Et tout ce qui se fait au monde,
Estoit pour vous éuanoüy.

❊❧❊

Commencez doncques à songer,
Qu'il importe d'estre & de viure,
Pensez mieux à vous ménager.
Quel charme a pour vous le danger,
Que vous aymiez tant à le suiure?
Si vous auiez dans les combas,
D'Amadis l'armure enchantée,
Comme vous en auez le bras,
Et la vaillance tant vantée :
De vostre ardeur precipitée,
Seigneur, ie ne me plaindrois pas.
Mais en nos Siecles, où les charmes
Ne font pas de pareilles armes,
Qu'on voit que le plus noble sang,
Fust-il d'Hector, ou d'Alexandre,
Est aussi facile à répandre,
Que l'est celuy de plus bas rang.
Que d'vne force sans seconde,
La Mort sçait ses traits élancer,
Et qu'vn peu de plomb peut casser
La plus belle teste du monde
Qui l'a bonne, y doit regarder;
Mais vne telle que la vostre,
Ne se doit iamais hazarder :

Pour vostre bien, & pour le nostre,
Seigneur, il vous la faut garder.

❊❧❊

C'est iniustement que la vie
Fait le plus petit de vos soins,
Dés qu'elle vous sera rauie,
Vous en vaudrez de moitié moins.
Soit Roy, soit Prince, ou Conquerant,
On déchet bien fort en mourant;
Ce respect, cette déference,
Cette foule qui suit vos pas,
Tout cette vaine apparence,
Au tombeau ne vous suiuront pas.
Quoy que vostre esprit se propose,
Quand vostre course sera close,
On vous abandonnera fort,
Et, Seigneur, c'est fort peu de chose,
Qu'vn demy-Dieu, quand il est mort.

❊❧❊

Du moment que la fiere Parque
Nous a fait entrer dans la barque
Où l'on ne reçoit point les corps,
Et la gloire & la renommée,
Ne sont que songe & que fumée,
Et ne vont point iusques aux morts;
Au delà des bords du Cocyte,

Il

Il n'eſt plus parlé de merite,
Ni de vaillance , ni de ſang,
L'Ombre d'Achille ou de Therſite,
La plus grande & la plus petite,
Vont tous en vn meſme rang.

Ces deux ſyllabes precieuſes,
Qui font enſemble voſtre nom,
Seront de tout voſtre renom
Les heritieres glorieuſes ;
Ces trois faits d'armes triomphans,
Ces trois victoires immortelles,
Les plus grandes & les plus belles,
Qu'on trouue en la ſuite des ans,
Tant d'exploits, & tant de combas,
Tant de murs renuerſez à bas,
Dont parlera toute la Terre,
Seront pour elles ſeulement,
Et pour les figures de pierre,
Qui feront voſtre monument.

Ce Prince qui dans le cercueil,
Fait viure encore Ceriſoles,
Où ſon bras abbatit l'orgueil
De tant de troupes Eſpagnoles,
Qu'il combla de honte & de deüil.

Bb

Qui poußé d'vne belle enuie,
De releuer le nom François,
Mit ses ennemis aux abbois,
Et fit vne fois en sa vie,
Ce que vous auez fait trois fois.

Ce Heros de race immortelle,
Eut ce beau nom que vous auez,
Et que maintenant vous sçauez
Orner d'vne gloire nouuelle.
Mais vous qui viuez auiourd'huy,
Quand vous verrez par les années,
Estant fait Ombre comme luy,
Vos auantures terminées:
Que vostre nom se chantera,
Que vostre los se portera
Dans les terres les plus estranges,
Qui de vous deux en iouira,
Et quel ressort attachera
A vous plus qu'à luy ces loüanges?

Quoy que la gloire nous promette,
Auec ces titres eternels
Qu'on gagne en seruant ses Autels:
La Renommée & sa trompette
N'ont que des sons vains & mortels,

L'aueugle Fortune difpofe
De ces noms pour qui l'on s'expofe ;
Les plus grands, les plus eftimez,
Quand fon caprice luy propofe ;
Vieilliffent comme toute chofe,
Ou dans l'oubly font abyfmez.

En vain l'Olympe fauorable,
(Honneur de Nauarre & de Foix)
T'auoit promis que tes exploits,
Auroient vn bruit toufiours durable ;
Malgré ta victoire admirable,
Et ces faits d'armes glorieux,
Qui parmy tous nos demy-Dieux
Te donnent vn rang honorable ;
Gafton de France obfcurcira
Celuy de Foix , & ternira
Ce renom dont la Terre eft pleine ;
Et Graueline eftouffera
Toute la gloire de Rauenne.

La Flandre, qui tous les Printemps,
Le voit auec la mefme foudre
Dont fon Pere fçeut mettre en poudre
Les monts qui conuroient nos Titans,
Sur les exploits de tous les temps,

Bb ij

Rend ses conquestes éleuées:
Mais tant de succés éclatans,
Tant de Prouinces captiuées,
Tant d'auentures acheuées,
Que luy feront-ils dans cent ans?

Quelque iour ce nom redouté,
Sous qui la fiere Espagne plie,
Ce bruit dont la terre est remplie,
Par tant de trauaux acheté,
Sera par le temps arresté,
Et sa gloire en tous lieux ouïe,
Dans les Siecles éuanouïe,
Perdra sa plus grande clarté.
Vn iour cette valeur extrème,
Par qui refleurissent nos Lys,
Ne sera plus qu'vn Ombre blesme,
Et les restes enseuelis
Des murs par Gaston démolis,
Seront long temps apres luy mesme.

L'âge qui toute chose efface,
Confond les titres & les noms,
Et ne laisse que quelque trace
De tous ces inutiles sons,
Pour qui si fort nous nous pressons;

Les Achiles & les Thesées,
Là bas sous les tristes lauriers
Qui parent les champs Elisées,
Ne font ni plus grands ni plus fiers,
Ni leurs Ombres plus courtisées,
Par toutes ces Odes prisées,
Où l'on chante leurs faits guerriers.

※

Ce gaigneur de tant de batailles,
Ce domteur de tant d'Ennemis,
Ce vainqueur de tant de murailles,
Qui vit tous les Peuples soufmis,
Ce grand Iule dont les exploits,
Et la fortune sans seconde,
Sçeurent domter la Terre & l'onde,
Et qui mit Rome sous ses loix,
Qui fut plus que vaincre le monde.
Ce Prince par ses faits diuers,
Creut qu'il laissoit, malgré les Parques,
Son nom graué dans l'Vniuers,
Auecque d'immortelles marques.
Mais vn autre Iule en ces lieux,
Venu par le secours des Cieux,
Obscurcit la gloire ancienne,
En la meslant auec la sienne;
Et le monde sur son appuy,
Voit de si grandes auentures,

Que le nom qu'il porte auiourd'huy,
Sera dans les races futures,
Douteux entre Cesar *&* luy.

❦

Quand le grand Iule on nommera,
Et que tout l'exemple des hommes
Qui suiuront le Siecle où nous sommes,
Ce nom par tout resonnera,
La posterité doutera,
Pesant de ces deux les merueilles,
Et pareilles *&* nompareilles,
Qui des Heros on *v*antera,
Ou le Iule qui sa *v*aillance
Par tant d'exploits sçeut témoigner ;
Ou le Iule dont sa prudence
Tant de palmes nous sçeut gagner ;
Celuy qui sçeut vaincre la France,
Ou celuy qui la fit regner.

❦

Mais ie sens que Phœbus m'emporte
Plus loin que ie n'auois pensé,
Et me preste vne voix plus forte,
Que celle dont i'ay commencé :
Mon chant s'est bien fort auancé :
Prince que l'Vniuers admire,
Il est temps que ie me retire !

Des sons si hauts , & si hardis,
Sont mal accordans à la lyre,
Ie m'arreste donc , & vous dis,

Aimez, Seigneur, aimez à viure,
Et faites que de vos beaux iours
Le long & le fortuné cours,
De toutes craintes nous deliure :
Conseruez vous pour l'Vniuers,
Parmy tant de perils diuers,
De vos faits allongez l'histoire :
Et voyant qu'vn destin puissant
Doit à vostre bras agissant,
Tous les Estez vne Victoire,
Pour la France, & pour vostre gloire,
Taschez d'en viure iusqu'à cent.

PLACET

A MONSEIGNEVR LE
Cardinal Mazarin, pour entrer
chez luy.

*P*RELAT *paſſant tous les Prelats paſſez,*
Et les preſens, car ce n'eſt plus trop dire;
Pour Dieu rendez les ſouhaits exaucez
D'vn cœur dolent, qui de vous voir deſire.
    Mais M*** de tous Huiſſiers le pire

Maylayer

Expert pourtant, & qui diſcerne bien
Les gens d'eſprit, ceux qu'il faut introduire,
Et ceux auſsi qui ne ſont bons à rien;
Apres m'auoir tenu long-temps à l'huis,
Enfin, demande où ie vay, qui ie ſuis;
Pourquoy ie viens en ce lieu me morfondre,
Et me montrer, ſans qu'on m'en ſoit tenu?
A tout cela ie ne ſçay que reſpondre,
Et m'en reuay comme i'eſtois venu.

A MON··

A MONSEIGNEVR
LE CARDINAL MAZARIN,
sur la prise de la Bassée, l'an 1647.

BALLADE.

VO VS vous trouuez tousiours dessus vos
       pieds,
Long temps y a que ie l'ay dit en rime;
Et quoy, Seigneur, que disiez ou fassiez,
Vous faites voir vostre esprit magnanime,
Digne tousiours de loüange & d'estime.
L'Archiduc fier & plus graue qu'vn roc,
Nous pensoit bien donner vn rude choc,
Mais sa fierté par vous est repoussée;
Cét Allemand ne s'entend pas en troc,
Pour Landrecy de changer la Bassée.

Les Espagnols & Flamans r'alliez
Sous ce grand Chef qui leur courage anime,
                Ce

Penſoient deſia nous voir humiliez,
Et du bon-heur ſe croyoient à la cime ;
Quand leur auez fait voir vn tour d'eſcrime,
Qui dans le cœur leur donne vn coup d'eſtoc;
Ores voudroient voir tous mouſquets au croc;
Tant vous rendez leur audace abbaiſſee,
Et diſent tous que c'eſt vn mauuais troc,
Pour Landrecy de changer la Baſſée.

⁂

Puiſſant eſprit qui nous fortifiez,
Et dont le ſoin nos ennemis reprime,
Que vos ſuccés par tout ſoient publiez,
Que voſtre los en tous endroits s'imprime;
Et que le chant dont mon ame s'exprime,
Se faſſe ouïr de Paris à Maroc.
Quand ie viurois auſſi long temps qu'Enoc,
Touſiours diray, du fonds de ma penſée,
Seigneurs Flamans, ce fut vn mauuais troc,
Pour Landrecy de changer la Baſſée.

⁂

Et vous, matins, qui ſi mal auguriez,
Et que l'Enuie à grand tort enuenime ;
Force vous eſt, qu'ores vous admiriez
Du grand Prelat le iugement ſublime.

Repentez vous , connoiſſez voſtre crime,
Car le Lion s'enfuit deuant le Coq ,
Et Leopold le va coiffer d'vn froc ,
Voyant ſi toſt ſa victoire effacée ;
Et iuge bien qu'il fit vn mauuais troc,
Pour Landrecy de changer la Baſſée.

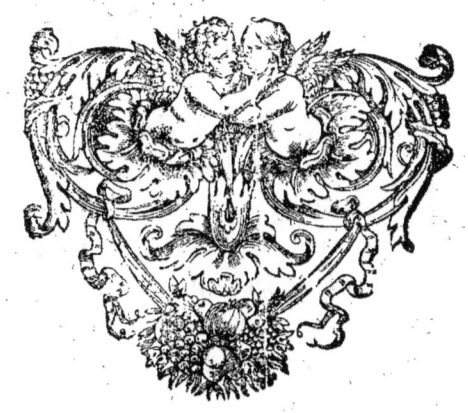

RESPONSE

A L'EPISTRE ESCRITE A
Madame la Marquise de Montaufier,
fur fon nouuel accouchement.

 *EIGNEVRS Cheualiers Catalans,*
Vous eftes courtois & galans,
Et montrez bien par voftre lettre,
Que nous auez efcrite en métte,
Que trois peres peuuent fouuent,
Faire enfemble vn fort bel enfant:
Le voftre en arriuant au monde,
D'vne eloquence fans feconde,
Parle, raifonne, raille, & rit,
Et de fes peres a l'efprit.
L'efprit de chacun de fes peres,
Tous trois de diuerfes manieres,
Le noftre encore ne dit mot,
C'eft vn fort dépiteux marmot:
Tout du long de la nuit il crie,
Et tout le iour eft en furie,

DE VOITVRE. 195

Fier, opiniastre & mutin,
Aussi farouche qu'vn Lutin.
S'il se fasche, onc il ne s'appaise;
On luy déplaist quand on le baise,
Il pince, il égratigne, il mort,
Et gronde mesme quand il dort.
Du reste belle creature,
Et d'vne tres bonne nature,
Et qui le voit bien en effet,
Dit que c'est le pere tout fait.
Sa belle & son aimable mere,
M'a donné charge de vous faire
Mille & mille remercimens,
Cent & cent mille complimens :
Ce sont en tout deux cens deux mille ;
Mais c'est que la Dame est ciuile,
Tres sensible à tous vos bien-faits,
Et vos vers luy semblent bien faits.
Vostre lettre l'a réjouie,
Plus qu'autre qu'elle ait onc ouïe ;
Et lisant Louis de Bourbon,
Elle tressaillit tout de bon,
Ce nom tout seul la rendit gaye.
Mais quand elle leut la Moussaye,
Elle tomba tout de son haut,
Et ne reuint que pour Arnaut.
Artenice la bonne & belle,
Ou de Viuonne, ou de Sauelle,

Vous pouuez choisir de ces noms,
Car l'vn & l'autre sont tres bons ;
Vous rend, Seigneurs bien-humble grace,
De vostre souuenir qui passe
Les honneurs qu'eurent ses Ayeux,
Triomphans & victorieux,
Quand le Tybre dessus ses riues
Voyoit les dépoüilles captiues,
Qu'apres cent belles actions,
Ils remportoient des Nations.
Il reste à vous parler du pere,
Qui ne vaut pas moins que la mere,
Le fier & braue Montausier,
Dont le cœur est franc comme osier.
Il trouue vostre Poësie
Tout à fait à sa fantaisie,
Par tout pleine d'art & d'esprit,
Et ie croy, selon qu'il le dit,
Qu'il faut que la piece soit bonne,
Car onc il ne flatta personne,
Et pour le Pape il ne diroit
Vne chose qu'il ne croiroit.
Nous n'auons sur vostre escriture
Pû tirer vn mot de Voiture ;
Car il est en méchante humeur,
Et deuenu mauuais rimeur,
Il ne se mesle plus d'écrire,
Ou s'il écrit, c'est pour médire ;

Il est de fascheux entretien,
Saturne est moins Saturnien :
Et selon qu'il est en mal-ayse,
Le meilleur sera qu'il se taise ;
Car Maistres-d'hostel sans quartier,
Sont pires que Bombe ou Mortier,
Rien n'est egal à leur manie,
Ce sont vrais Tygres d'Hyrcanie,
Et iettent dessus toutes gens,
Des grenades auec les dens :
Comme ces animaux sauuages
Qu'Arnaud décrit en ses ouurages.
On a beau leur crier, hola ;
Deça grenades, & dela,
Grenades dessus la Moussaye,
Dont il est force qu'il s'effraye :
Grenades sur le pauure Arnaut,
Il en vient d'embas & d'enhaut.
Prenez garde qu'on ne vous blesse,
Ils n'espargnent pas son Altesse,
Son Altesse, que le Dieu Mars
Espargna dans tant de hazars,
Et que Pallas sa seure guide,
Couure par tout de son Egide.
Mais, pour dire la verité,
Il est iustement irrité,
Et i'ose vous dire, sans craindre,
Qu'il a quelque droit de se plaindre.

Le mot est bien vray, Messeigneurs,
Que les honneurs changent les mœurs,
(Comme on dit en cette Prouince,)
Du temps que Monseigneur le Prince
Ne tenoit pas vn si haut rang,
Qu'il n'estoit que Prince du Sang,
Que vainqueur de trois cens murailles,
Et que gagneur de trois batailles ;
Voiture estoit aimé de luy,
Comme d'autres sont auiourd'huy.
Mais du iour qu'il fut fait Grand Maistre,
Il fit sa faueur disparestre,
Et laissa dans vn grand déchet
Feu son Compere le Brochet.
Le Brochet jadis son Compere,
Et qui quelquefois luy sçeut plaire.
Tous les Estangs de ces païs,
Tous Fleuues en sont ébaïs,
La Tanche par tout en caquette,
La Carpe n'en est pas muëtte,
Et de mille estranges façons
Cela fait parler les poissons.
Il n'est Goujon qui ne murmure,
Considerant cette auanture,
Et qui ne dise entre ses dents,
Les Princes sont d'estranges gens :
Heureux qui ne les connoist guere,
Plus heureux qui n'en a que faire :

Ces

Ces goujons font hardis pourtant,
Ie n'en voudrois pas dire autant :
Mais le menu peuple s'expose
A difcourir de toute chofe.
Or laiffons ce fafcheux difcours,
Reprenons noftre premier cours,
S'il vous plaift de me le permettre.
I'admire dedans voftre lettre,
Celuy qui dit que fon dada
Demeura court à Lerida,
Et dis de plus en affeurance,
Que ie ne fçay qu'vn homme en France,
Qui de la forte ofaft rimer,
Et l'ofant, ofaft fe nommer.
Quiconque trouua cette rime,
Doit auoir le cœur magnanime,
Et montre que les accidens
Ne le troublent point au dedans :
Il reconnoift bien que la gloire
Eft quelquefois fans la victoire,
Et qu'en celle-cy le hazard
Souuent a la meilleure part.
Mais il n'eft cheual fi fuperbe,
Qui ne bronche, dit le prouerbe,
Ou par fois ne demeure court,
Mefmement quand bien fort il court.
Tous ceux qui font dans les Annales,
Les Cyllares, les Bucephales,

Dd

Paſſebrun cheual de Morgant,
Bridedor celuy de Roland,
Broncherent tous , & parfois cheurent,
Toutefois bons cheuaux ils furent.
Vn iour Pegaſe auſſi broncha,
Et peu s'en fallut trébucha ;
Quoy qu'il fuſt dans vne carriere,
Où pierre n'auoit , ni pouſſiere,
Pourtant comme Ouide le met,
Pegaſe fut vn bon bidet.
Meſme le grand cheual de Troye,
(L'Hiſtoire veut que l'on le croye)
Penſa demeurer en chemin,
Quoy que l'on le menaſt en main,
Et qu'il euſt les jambes ſi fortes,
Que ſeul il portoit dix cohortes.
Son Alteſſe donc feroit mal,
S'il en priſoit moins ſon cheual,
Qui l'a ſeruy par tant d'années,
Et dans tant de grandes iournées,
Sans iamais faire vn mauuais pas,
Et ce ſeul coup s'eſt trouué las.
Mais ſi iamais il y remonte,
(Comme ie ſçay qu'il fait ſon conte)
Il refera trembler de peur
Le Roy d'Eſpagne & l'Empereur.
Dieu veüille q'icy l'on le voye
Bien-toſt , plein d'honneur & de ioye.

Mais sans aller à saint Dizier,
Comme il écrit pour Montausier,
Elle desire qu'il reprenne
Le droit chemin du Bourg-la-Reine.
A Paris nous le souhaittons,
Et tous les iours le regrettons;
Car nous l'aimons d'amour extreme,
Ie ne sçay s'il en fait de mesme;
Mais pour moy, ie penserois bien
Que ces Grands hommes n'aiment rien,
Pour le Seigneur de *** *La moussaye.*
La chose est bien seure, **** *et bien vraye.*
Que qui ne verroit que ses vers,
Et ne sçauroit point ses reuers,
On l'aimeroit d'amour trop forte;
Il escrit d'vne belle sorte,
Il a fort bon entendement,
Parle de tout capablement.
Iuge tres-bien de toutes choses;
Mais il est bon, sont lettres closes,
Et le croire seroit abus;
Quand tels ribauds seroient pendus,
Ce ne seroit ja grand dommage,
Ie n'en diray pas dauantage.
Adieu vous dis, Monsieur Arnaut,
Le Ciel vous preserue du chaut;
Car le sejour de Catalogne,
Vous peut donner de la besogne.

Sur tous ſuiets faire des vers,
Eſcrire en cent endroits diuers,
Paſſer les nuits à la campagne,
Et les iours au Soleil d'Eſpagne,
Ne dormir qu'à baſtons rompus,
Songer à faire des rébus,
Suiure touſiours quelque penſée,
Auoir eu la teſte caſſée ;
C'en eſt plus qu'il ne vous en faut ;
Adieu vous dis, Monſieur Arnaut.

VERS
EN VIEVX LANGAGE.

RESPONSE A MONSIEVR LE
Comte de faint-Agnan, fous le nom du
Cheualier de l'Ifle Inuifible.

IRE Compains, en voftre écrit
Moult clair fe fait voir voftre efprit,
Plus ioyeux & plus prompt à rire,
Qu'onc ne fut celuy de Zéphire, *Dans Perceforeft*
Qui diable fut, comme fçauez,
Mais doux & des moins deprauez,
Amy des Cheualiers antiques,
Remede des melancoliques,
Et felon que chacun le croit,
Dommage fut que Diable eftoit.
Or en voyant voftre écriture,
L'on vous croiroit de fa nature;
Et pour dire mon penfement,
Ie croy qu'en eftes droitement;

Dd iij

Car pour escrire au tel langage,
Il faut estre de leur legnage,
Encor faut-il estre des vieux
Et de ceux qui parlent le mieux.
Onc ne vis eloquence graindre,
Nul viuant n'y sçauroit attaindre;
Et depuis que Merlin mourut,
Si sage Clerc que vous ne fut,
Si doux faiseur de chansonnettes,
Ne si beau diseur de sornettes,
Si coint, gracieux & courtois :
Et quand Diable seriez cent fois,
Et que griffes ie vous verroye,
Par mon chef, ie vous aimeroye.
Allez, beau sire, & nul dangier
Onc ne vous puisse laidangier.
Que Fortune la semilleuse,
A tout sa roüe perilleuse,
Tousiours au point de batailler,
Vous garde de trop periller;
Vous sauue de toute affoleure,
Tout mesaise, & toute laideure,
D'encombriers petits & grans,
Où tombent Cheualiers errans,
D'emprinses qui n'ont point d'issuës,
De fines amours mal reçeuës,
De faux Cheualiers enchanteurs,
De lisongers, & baratteurs,

De venin de langue enuieuse,
Et de garde en nuit pluuieuse :
D'aller armé long temps au trot,
Des Damoiselles suiuant l'ost,
De plomb volant (c'est chose dure,
Et qui se fait contre Nature.)
Et quand dormirez volontiers,
De tous enleueurs de quartiers.
Mais, sur tout, loin de vous exile
Les guerroyeurs de Thionuille,
Que le Diantre fait approcher
Par fois pour le pot épancher :
Dieu vous en garde, & qu'au contraire,
Tant que de cheuaux pourrez traire,
Alliez fondre sur ennemis,
Si que par vous soient à mort mis,
Ou mis à mort, si mieux vous semble ;
Que la fiere Mort qui tout emble,
Tousiours accompagne vos coups,
Sans oncques se tourner à vous.
Qu'ayez l'heur comme la prouësse
D'Amadis de Gaule, ou de Grece,
De Lancelot, de Perceual ;
Ou des secoureurs de Cazal.
Que toute chose à gré vous vienne,
Que vostre renom se maintienne :
Que dans combats & dans estours,
Dans les tournois & les behours

apres la ... de Thionville

M.r le Comte d'Harcourt venoit de faire lever le siege de Casal

Qui se font deuant les pucelles,
Vous ayez le cœur des plus belles,
Et soyez clamé des Herauts,
Pour des plus pieux & plus loyaux,
Que l'on vante vostre largesse,
Vostre cointise & gentillesse,
Par dessus les plus renommez
Et se par amour vous aimez,
Vostre Amie à vous adonnée,
Vous aime sur toute riens née,
Tousiours vous parle doucement,
Et vous accueille baudement.
Si quelque Riual en approche,
Qu'elle ait pour luy le cœur de roche,
Et que chacun ait à-part soy,
Luy l'éconduit, & vous l'octroy,
En peu de mots, voila, beau sire,
Ce qu'en mon cœur ie vous desire;
Ce sont moult de biens amassez,
Mais pour vous ce n'est pas assez.

RES-

RESPONSE

AV COMTE GVICHEVS, SVR
son Quatrin, qui dit,

Point ne voudrois de greigneur auenture
Que de seruir le beau sire Voiture,
Force & engin en ce cas emploirois,
Plus qu'oncne fit Perceual le Galois.

RESPONSE.

V RAY parangon de vaillans & courtois,
Qui m'enuoyez delectable escriture,
Ie vous saluë, & les deux francs Gaulois:
Pui plust à Dieu que fusse auec vous trois,
Point ne voudrois de greigneur auenture.

En vous voyant, beau Comte, en maints endrois,
De faux gloutons faire déconfiture,
Ie croy forment que ie m'y meslerois;
Et bien que sois de petite stature,
Force & engin en ces cas emploirois.

Ee

Que puiſſiez vous, acheuant vos exploits,
De murs Flamans faire mainte ouuerture;
Et quand iou'rez au piquet quelquesfois
Auoir touſiours quatre as, ou quatre Rois,
Point ne voudrois de greigneur auenture.

En mon endroit, loin d'eſtours & tournois,
Ie ſers dépite & folle creature,
Pour l'adoucir, i'employe écrits & vers;
Voulſit Amour qu'elle me fuſt moins dure,
Force & engin en ce cas emploirois.

RESPONSE

AV QVATRIN POVR
Arnaldus, qui dit.

Ce failly glouton d'Arnaldus,
Eft moult échars de fon langage ;
Quand tels ribauds froient pendus,
Ce ne feroit ja grand dommage.

AV CHEVALIER DE L'ISLE INVISIBLE.

GLOSE

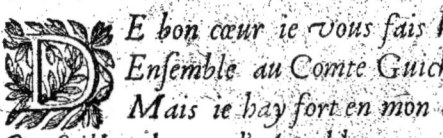

E bon cœur ie vous fais hommage,
Enfemble au Comte Guicheus ;
Mais ie hay fort en mon courage,
Ce failly glouton d'Arnaldus.

Ie croy qu'il a les fens perdus,
Ni bien ni fang il ne ménage ;
Et luy qui fçait tant de rébus
Eft moult échars de fon langage.

Ee ij

Le glout ,pourtant, par fois fait rage,
Et pour en parler fans abus,
Nous n'aurions pas grand auantage,
Quand tels ribauds feroient pendus.

Mais ie voudrois que vous, fans plus,
Ayant d'écrire le partage,
Tout autre Efcriuain fuft perclus,
Ce ne feroit ja grand dommage.

TABLE
DES LETTRES
DE CE VOLVME.

Celles qui ont cette marque *****, *sont nouuelles en cette cinquiesme Impression.*

Ee iij

TABLE.

TABLE.

TABLE.

A Mon

TABLE.

TABLE DES LETTRES
AMOVREVSES.

                           F f

TABLE.

TABLE
DES LETTRES
en vieux langage.

TABLE
DES POESIES.

*Les pieces qui ont cette marque * ſont pareille-*
ment nouuelles en cette Impreſſion.

ELEGIES.

                                    Ff iij

TABLE.

TABLE.

RONDEAVX.

TABLE.

G g.

PRIVILEGE DV ROY

LOVIS par la grace de Dieu, Roy de France & de Nauarre. A nos amez & feaux Conseillers, les gens tenans nos Cours de Parlement, Maistres des Requestes ordinaires de nostre Hostel, Baillifs, Seneschaux, Preuosts, leurs Lieutenans, & à tous autres nos Iusticiers & Officiers qu'il appartiendra. Nostre cher & bien-amé Estienne Martin, Sieur de Pinchesne, Controlleur de nostre Maison, nous auroit remontré, qu'il auoit recouuré plusieurs Pieces, tant en Vers qu'en Prose de feu le Sieur de VOITVRE son Oncle, l'vn de nos Conseillers & Maistres ordinaires de nostre Hostel, & introducteur des Ambassadeurs prés la Personne de nostre tres-cher & honoré Oncle le Duc d'Orleans : lesquelles il desireroit faire imprimer en vn ou plusieurs volumes, s'il auoit sur ce nos Lettres necessaires. A CES CAVSES, desirant gratifier & fauorablement traiter ledit Sieur Martin Controlleur de nostre Maison, Novs luy auons permis, & permettons par ces Presentes, de faire imprimer, vendre & distribuer en tous les lieux de nostre obeïssance, les Oeuures, tant en Vers qu'en Prose dudit feu Sieur de VOITVRE, & ce par tel Imprimeur ou Libraire qu'il voudra choisir, en telle forme, marge & caractere, & autant de fois que bon luy semblera, pendant le temps & espace de Dix ans, à compter du iour qu'elles seront acheuées d'imprimer pour la premiere fois. Et faisons tres-expresses deffences à tous Imprimeurs, Libraires, & autres perfonnes de quelque qualité & condition qu'elles foient, u'imprimer, ou faire imprimer, vendre & debiter en aucuns lieux de noftre obeïflance, fous pretexte d'augmentation, correction, changement de titres, faufles marques, qu'autrement, ny aucunes de fes Pieces feparées, en quelque forte & maniere que ce foit, fans le confentement dudit Sieur Martin, ou de ceux qui auront droit de luy. Deffendons auffi à tous Marchands Libraires, Imprimeurs, tant François qu'Eftrangers, d'apporter ny vendre en ce Royaume des Exemplaires defdits Liures imprimez hors iceluy, fans la permiffion de l'Expofant : à peine de trois mille liures d'amende, payable par chacun des contrevenans, & applicable vn tiers à nous, vn tiers à l'Hoftel-Dieu de Paris, & l'autre tiers audit Expofant, ou au Libraire duquel il fe fera feruy : De confifcation defdits Exemplaires contrefaits, & de tous defpens, dommages & interefts ; A condition qu'il fera mis deux Exemplaires defdites Oeuures en noftre Bibliotheque publique, & vn en celle de noftre tres-cher & feal le Sieur Seguier, Cheualier Chancelier de France, auant que de l'expofer en vente, à peine de nullité des Prefentes, du contenu defquelles, Nous voulons & vous mandons, que vous faffiez iouïr & vfer pleinement & paifiblement ledit Sieur Martin, & ceux qui auront droit de luy, fans fouffrir qu'il leur foit donné aucun empefchement. Voulons auffi, qu'en mettant au commencement ou à la fin defdits liures vn Extrait des Prefentes, elles foient tenuës pour deuëment fignifiées, & que foy y foit adiouftée, & aux copies collationnées par l'vn de nos amez & feaux Confeillers, comme à l'Original. MANDONS au premier noftre Huiffier ou Sergent fur ce requis, de faire pour l'execution des Prefentes, tous Exploits neceffaires, fans demander autre permiffion : CAR tel eft noftre plaifir, nonobftant clameur de Haro, Charte Normande, & autres Lettres à ce contraires. DONNE' à Paris le feiziefme iour

Gg ij

de Iuillet, l'an de Grace mil six cens quarante-huit; Et de noftre Regne le fixiefme. Signé par le Roy en fon Confeil, BERNAGE : Et fcellé.

Et ledit Sieur Martin a cedé & tranfporté le droit de fon Priuilege à Auguftin Courbé Marchand Libraire à Paris, fuiuant l'accord qui a efté fait entr'eux.

Acheué d'imprimer pour la premiere fois le quatriefme iour de May 1654.

Les Exemplaires ont efté fournis.

PRIVILEGE DE MONSEIGNEVR
le Vice-Legat d'Auignon.

OvS Laurens Cursi, Doyen des Protonotaires du nombre des Participans, Referendaire de l'vne & de l'autre signature, V. Leg. & Gouuerneur general pour nostre saint Pere en cette Cité & Legation d'Auignon, & Sur-intendant General aux faits des armes pour sa Sainteté en cét Estat; Par ces Presentes, Auons permis & permettons au sieur Iean Piot, Imprimeur & Libraire du saint Office de cette Cité d'Auignon, de faire imprimer vn liure, intitulé *les Oeuures de Monsieur de Voiture*, de nouueau augmentées, auec inhibitions & deffenses à tous Imprimeurs & Libraires de cette dte Ville & Comtat Venaissain, & à tous autres que besoin sera, d'imprimer, vendre, ni debiter ledit Liure, que ce ne soit de l'impression dud t Piot, ou de ceux qui auront droit d'iceluy, pend nt le temps de sept ans, à compter du iour & datte des Presentes, à peine de vingt-cinq marcs d'argent applicables au profit de sa Sainteté, & de confiscation des Exemplaires; decernant pour raison de ce, toutes intimations requises. Donné au Palais Apostolic dudit Auignon, ce 14. Aoust 1650.

> L. Cursius V. Leg.
>> Par mandement de mondit Seigneur l'Illustrissime V. Leg. Ruffy Archipr.

Et ledit Iean Piot Imprimeur & Libraire du saint Office, a cedé & transporté le droit de son Priuilege à Augustin Courbé, Marchand Libraire à Paris, suiuant l'accord fait entr'eux.

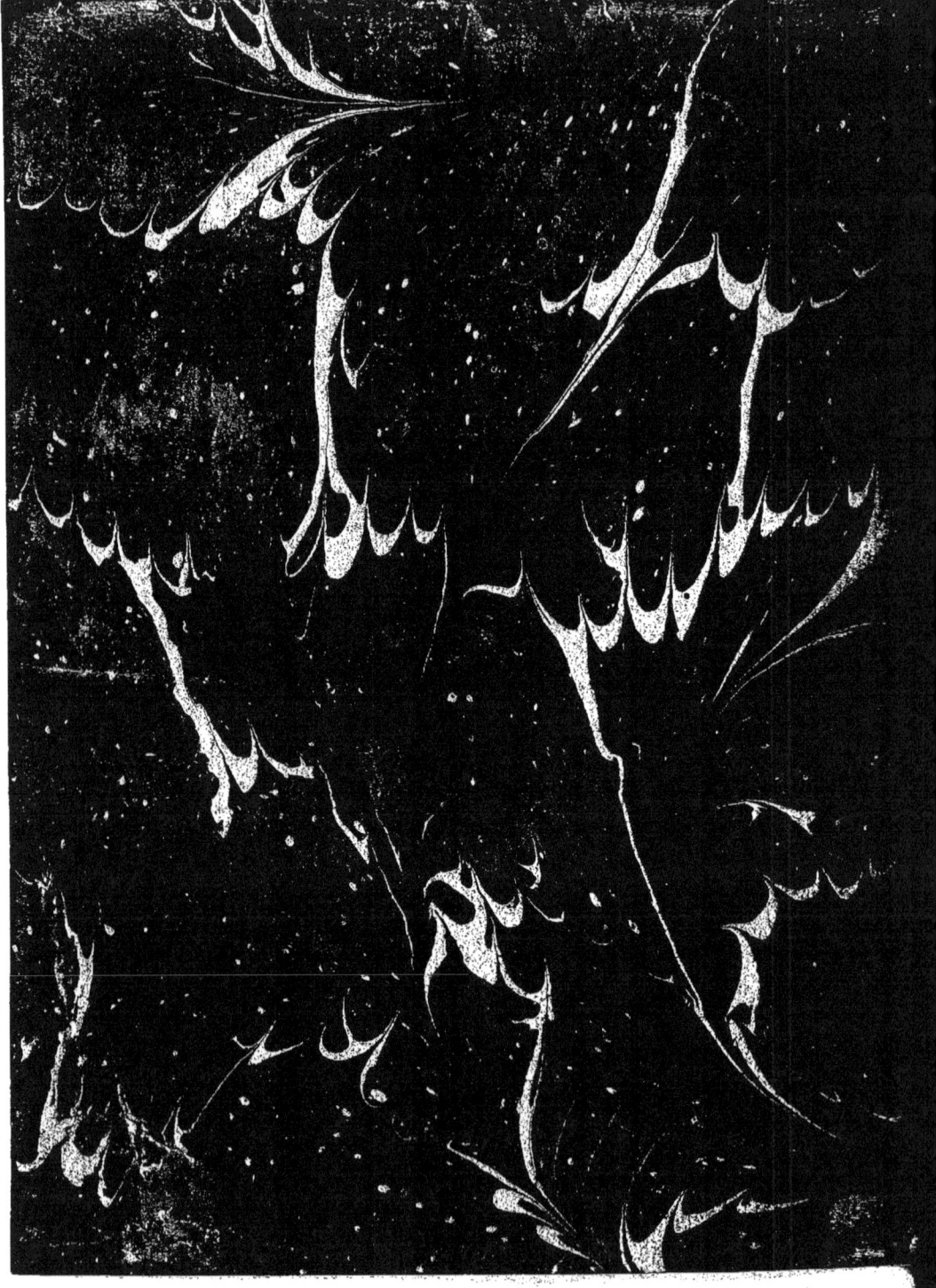

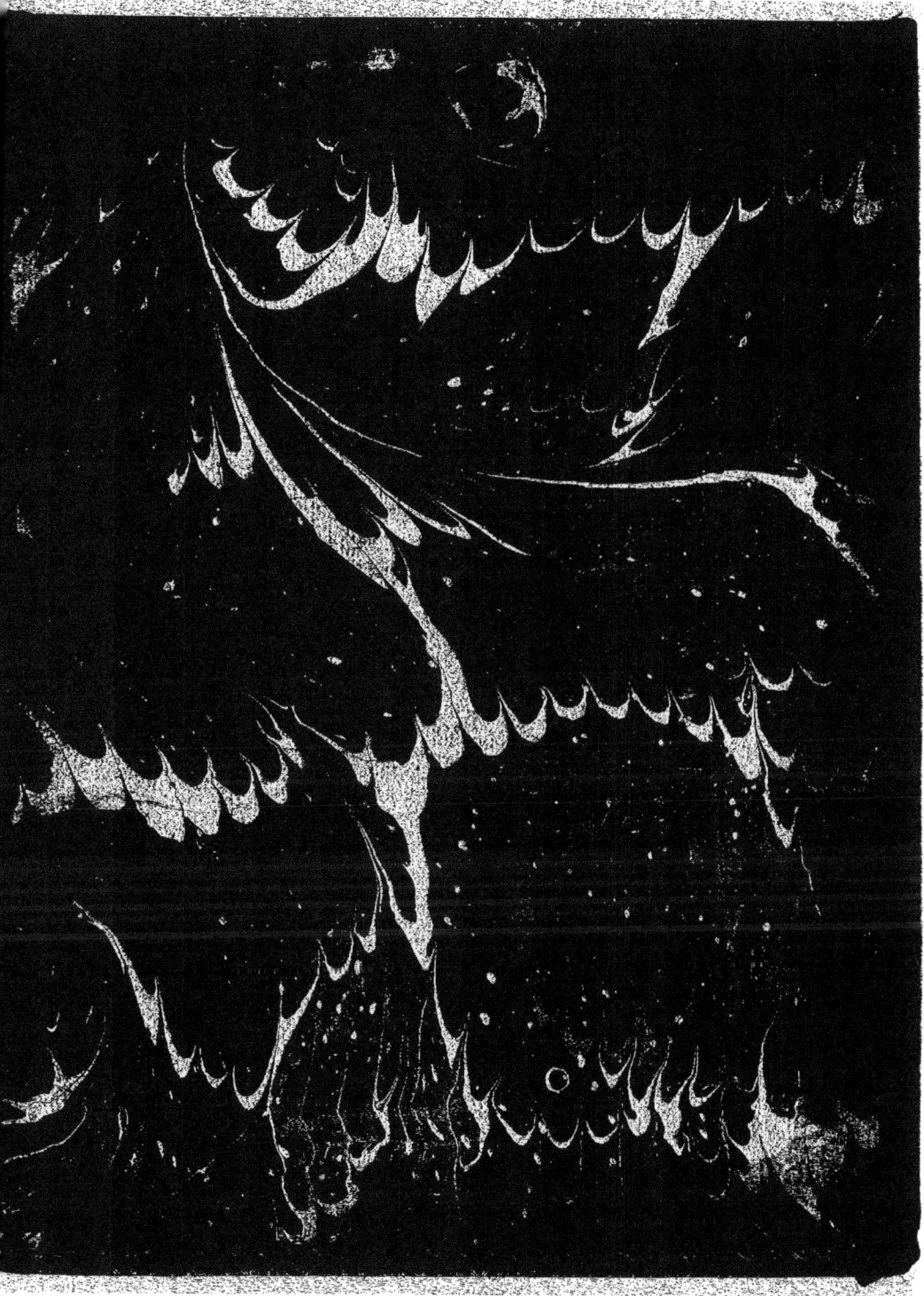

ŒUVRES

DE

VOLTAIRE